{ 중국역대사화 (I) }
中國歷代史話

춘추전국사화

春秋戰國史話

도연 진기환 著

明文堂

《中國歷代史話》를 기획하며

중국의 역사는 우리나라 역사와 관련이 많고, 그들의 역사 기록은 정말 방대하다.

우리나라 고조선이 멸망하고 한(漢)나라 4개의 군(郡)이 설치된 이후, 우리나라와 중국의 역사는 서로 깊은 연관 속에 전개되었다.

우리 삼국시대(三國時代)에 중국에는 수(隋)와 당(唐)이 존속했는데 당의 역사는 통일신라시대까지 영향을 끼쳤다.

그런데 당(唐)의 역사를 기록한 북송(北宋) 구양수(歐陽修, 1007-1072)의 《신당서(新唐書)》는 본기(本紀) 10권, 지(志) 50권, 표(表) 15권 및 열전(列傳) 150권으로 총 225권인데, 구양수 외 여러 사람이 17년에 걸쳐 완성한 대작이다.

그러니 이《신당서》원문을 모두 완독하겠다는 사람은 정말 많지 않을 것이며 우리말 주석과 번역을 계획하는 사람도 찾아보기 힘들 것이다. 설령《신당서》전체를 주석하고 번역했다 하여 모두를 끝까지 읽겠다고 누가 손을 들겠는가?

전한(前漢) 사마천(司馬遷)의 《사기(史記)》는 원문만 52만 자이고, 후한 반고(班固)가 지은 《한서(漢書)》 원문은 80만 자이니, 우리말로 번역하고 주석할 경우, 그 분량은 크게 늘어난다.

필자는 《한서》 100권(紀 12권, 表 8권, 志 10권, 傳 70권)을 국내 최초로 원문을 수록하며 완역하였는데, 6, 7백 페이지 책이 모두 15 권이었다.

이어서 범엽(范曄)의 《후한서(後漢書)》의 본기와 열전의 주석과 번역은 전10권이었고, 진수(陳壽)의 《정사 삼국지(正史 三國志)》는 전6권으로 모두 명문당(明文堂)의 지원을 받아 우리말로 완역 출간했다. 그리고 중국인이 《삼국지연의》를 통달한 다음에 읽는 《수당연의(隋唐演義)》(전5권)도 완역하였다. 필자의 번역과 주석은 힘든 과정이었지만, 중국의 문사철(文史哲)을 공부해야 하는 동학(同學)을 위하여 충분히 시도할 만한 일이었다.

《정사 삼국지》 이후 서진(西晉)과 동진(東晉)의 정사(正史) 기록인 《진서(晉書)》와 그리고 《신당서(新唐書)》, 또 북송(北宋)과 남송(南宋)의 정사인 《송서(宋書)》의 발췌 번역을 생각했지만, 그 내용이 너무 방대하여, 발췌 번역으로는 전체적인 흐름과 전개를 파악하기가 쉽지 않다고 생각했다. 그리고 개론서(概論書)는 전체와 대강을 파악할 수 있지만, 사실 재미가 없다.

이에 국내 일반 독자에게 중국의 역사를 쉽게 소개하고, 어느 정도 관심을 끌면서 깊이 있는 내용의 사화(史話)는, 개론서보다 확실한 재미와 깊이가 있고, 더 탐구하려는 욕구를 자극할 수 있다고 생각하였다.

중국 역대 왕조의 정사(正史)로 《이십사사(二十四史)》가 있는데, 어느 시대나 읽고 탐구할 가치가 있다. 사실, 《이십사사(二十四史)》의 요약 소개도 쉽지 않지만, 그러한 요약이 우리나라에서 흥미와 관심 속에 읽혀질 것이라 예상하기도 어렵다.

그러나 우리나라에서도 특히 관심을 가지고 중시하는 시대가 있다. 이에 필자는 가장 핵심적인 중국의 역사와 문학, 철학을 소개하기 위하여 《중국역대사화(中國歷代史話)》를 엮어 국내 동학(同學)들에게 일독을 권한다.

필자가 기획하는 《중국역대사화(中國歷代史話)》는 우선
① 《춘추전국사화(春秋戰國史話)》, ② 《진한사화(秦漢史話)》, ③ 《삼국사화(三國史話)》와 ④ 《양진사화〔兩晉史話; 서진(西晉), 동진(東晉)〕》, ⑤ 《수당사화(隋唐史話)》와 ⑥ 《송대사화〔宋代史話; 북송(北宋), 남송(南宋)〕》이다.

그러면서 중국 남북조(南北朝)와 요(遼), 금(金), 원(元) 시대, 그리고 명(明), 청대(淸代)의 사화(史話)는 차후 검토키로 일단 보류하였다.

본 《중국역대사화》전6권은 소설이 아닌 역사기록이다. 본서는 역사적 사실을 바탕으로 쉽고도 평이한 내용이지만, 설명해야 할 역사적 사실과 내용이 많다.

　사화(史話) 내용 이해를 위한 사실(史實) 설명에 치중하면 이야기를 읽는 리듬이 깨지기 쉽다. 그래서 역자는 많은 내용을 주석(註釋)으로 처리하였다.

　본서를 읽으며 여력(餘力)이 있다면 주석을 읽어 중국사에 대한 깊이 있는 지식을 축적하기 바란다. 상세한 주석은 고급 독자의 궁금증이나 지적 욕구에 대한 충족이며, 독자가 가질 수 있는 이견(異見)에 대한 보충이 될 것이라고 생각한다.

　중국 역사 이야기를 하면서 한자를 첨가하지 않으면 이해가 불가하다. 진(晉, Jin)과 진(秦, Qín)이 진(陳, Chén)을 사이에 두고 패권을 다투며 전쟁을 한다. 그런데 한자만 보면 머리에 쥐가 난다는 독자를 위하여 '진' 이라고만 표기한다면 이해가 되겠는가?

　인명, 지명, 연호, 관직, 경전이나 도서명, 문학작품 등에는 반드시 한자를 병기하였다.

　필자의 경험으로, 중국 역사를 고등학생에게 가르치거나, 또 중국 역사를 공부하는 동학(同學)들과 함께 연학(硏學)하면서, 그리고 중국 역사와 문학과 철학에 관한 집필을 계속하는 동안, 필자의 관심은 '무엇을 얼마만큼 공부하고 설명해야 하는가?'에 있었다. 이는 곧 중국 역사적 사실(史實)의 취사(取捨) 선택이고, 독자의 지적 욕구에 대한 호응의 깊이이다.

목마른 사람에게 물 한 바가지를 떠주려면 나는 물 한 동이를 준비해야 한다.

> 「산에 산, 물에 물이라 길이 없는 듯하더니,　　(山重水複疑無路)
> 버들 무성하고 꽃이 핀 다른 마을이 있네.　　(柳暗花明又一村)」
>
> 　　　　　　　　　　　　　　　　　－〈遊山西村〉部分

이 시를 읊은 남송(南宋)의 육유(陸游, 1125-1210)는 변화를 위한 노력을 계속했고 새로운 길과 마을을 보았다. 이 시인이 그랬던 것처럼, 나는 꽃이 밝게 핀 마을까지 쉬지 않고 걸어가야 한다.

나의 일선(一善)을 위하여 그리고 새로운 지경(地境)에 이르도록 나는 힘쓸 것이다.

우리가 중국 사화(史話)를 읽고 공부하여 중국 천년풍운의 변환(千年風雲之變幻)을 알고, 고금 세상사의 부침(古今世事之浮沈)을 이야기한다면, 이 또한 얼마나 재미있고 유익하겠는가? 이것이 바로 우리 일상생활의 큰 복락(福樂)이 아니겠는가?

2024년 5월

도연(陶硯) 진기환(陳起煥)

중국 역사에서 삼황오제(三皇五帝) 시대는 전설시대이고, 다음에 하(夏)·은(殷)·주(周) 왕조 3대는 읍성(邑城)과 주변 농촌지역을 포함하는 도시국가의 단계였다.

　　그런데 그 수많은 도시국가가 춘추전국시대(春秋戰國時代)를 거치면서 넓은 영토를 지배하는 국가로 발전하는데, 결국은 합치고 합치는 과정에서 전쟁이 계속된다.

　　당대(周代)의 제후국이 춘추시대를 거치면서 여러 제후국을 호령하면서 맹주(盟主) 노릇을 하는 강력한 제후가 나타나니, 이를 춘추오패(春秋五霸)라고 한다.

　　그러면서도 약육강식(弱肉强食) 상황은 계속 진행되어, 전국시대에는 몇 개의 약소국과 7개의 큰 나라, 곧 전국칠웅(戰國七雄)이 존재했다.

　　그러다가 진시황(秦始皇)의 통일로 춘추전국시대의 분열은 종지부를 찍었다.

　　필자가 어렸을 때, 마을 할아버지들이 어린 아이들 노는 모양을 보고서는 "허, 그 녀석 '쇠진쟁이'처럼 말 잘하네!"라고 하였다. 그때, 필자는 '쇠진쟁이'가 마을의 '대장쟁이(鐵工匠)'와 비슷한 사람일 것이라 생각하였다. 그러나 나중에 중국사를 공부한 뒤에야 '쇠진쟁이'가 전국시대의 소진(蘇秦, 前 382-332)과 장의(張儀, 前 373-310)라는 사실을 알았다.

춘추오패 중 최초의 패자(霸者)는 제(齊)나라 환공(桓公, 재위 前 685-643)이었다.

어느 날 환공이 신하인 관중(管仲)과 포숙아(鮑叔牙), 그리고 영척(甯戚)과 함께 술을 마시면서 담소하였다.

그때 환공이 포숙아에게 말했다.

"왜 나를 위해 축수(祝壽)를 하지 않는가?"

그러자 포숙아가 일어나 잔을 올린 다음 말했다.

"공께서는 출분(出奔)하여 거(莒) 땅에 피난했던 일을 잊지 마시기〔毋忘出如莒(무망출여거)〕바랍니다. 그리고 관자(管子, 관중)는 노국(魯國)에 잡혀있던 일을 잊지 마시고, 영척은 소를 기르며 수레 아래서 잠자던 때를 잊어서는 안 될 것입니다."

이 말을 들은 환공은 피석(避席)하고 포숙아에게 재배하며 말했다.

"나와 두 대부(大夫)가 공의 말씀을 잊지 않는다면 사직은 틀림없이 안전할 것이요."

　먼 뒷날 대만(臺灣)의 장개석(蔣介石, Jiǎng jièshí, 1887－1975) 총통
은 국난 극복과 본토 수복을 위한 「무망재거 운동(毋忘在莒 運動)」을
전개하였다.

　이를 읽으면 우리가 왜 역사를 공부해야 하는가? 또 역사 공부가
얼마나 유용한가를 알 수 있다. 춘추전국시대 제자백가(諸子百家)의
주장과 사상은 중국 모든 사상의 원류이다. 그만큼 춘추전국시대의
역사는 중요하다.

　쉬지않고 추구하며 공부해야 하기에, 또, 중국 문(文)·사(史)·철
(哲)의 연원이기에《춘추전국사화(春秋戰國史話)》를《중국역대사화
(中國歷代史話)》의 첫째 권으로 독자 여러분께 올린다.

2024년 5월

도연 진기환

일러두기

● 본서는 《중국역대사화(中國歷代史話)》의 첫 번째 책이다.

《중국역대사화》는 중국사 전체의 모습을 조망하기 위한 시리즈인데, 《춘추전국사화(春秋戰國史話)》, 《진한사화(秦漢史話)》, 《삼국사화(三國史話)》, 《양진사화(兩晉史話)》, 《수당사화(隋唐史話)》, 《송대사화(宋代史話)》로 구성되었다.

이는 그간 필자의 중국 정사서(正史書)의 번역을 바탕으로, 누구나 이해하기 쉽게, 또, 흥미를 갖고 읽을 수 있도록 이야기 형식으로 고쳐 쓴 역사책이다.

이는 우리나라에서 처음 시도되는 사화(史話) 시리즈이기에, 독자의 안목으로도 미비한 내용이나 오류가 있을 수 있다. 필자는 독자 여러분의 엄한 질정(叱正)을 기다린다.

● 본서의 기본 텍스트는 없고, 다음의 여러 도서를 참고하여 필자가 역사 수업을 하듯 본서를 집필하였다.

중국 역사를 고등학생에게 수업하며, 또 중국 역사를 공부하는 동학(同學)들과 함께 연학(研學)할 때, 가장 중요한 것은 무엇을 얼마만큼 가르쳐야 하고 공부하느냐? 곧 중국 역사의 내용과 깊이이다.

본 《춘추전국사화(春秋戰國史話)》는 춘추, 전국시대 역사의 개론을 줄거리 삼아 엮었지만, 개론서(槪論書)는 아니며 그렇다고 재미를 위한 사실(史實)의 변경이나 추가도 없었다. 다만 역사적 사실을 바탕으로 알기 쉽게 이야기 하듯 설명하였다.

● 본서에서는 역사적 사실, 제왕의 재위, 개인의 생몰(生歿) 연도를 모두 서기로 환산하여 ( ) 안에 기록하였다. 그리고 역사적 인물의 성명이나 관직, 지명 등 고유명사는 모두 한글에 한자를 병기하였다. 그밖에 다른 뜻으로 해석될 수 있는 내용도 한자를 병기했다.

● 상세한 주석을 달았다. 본서의 주석은 독자의 공부를 돕는 한 방법이다. 특히 역사 인물이나 사건에 대해서는 사실(史實)에 바탕을 둔 주석을 달았다. 독자의 여력이 있어 주석을 상세히 읽는다면 중국사에 관한 상당한 지식을 축적하리라 장담한다.

필자의 광범위한 주석은 고급 독자의 지적(知的) 욕구를 충족시켜주고, 의문 사항에 대한 답변이다. 본서에는 한자가 좀 들어갔는데, 이는 독자의 빠른 이해를 위한 방편이라 생각했다. 특히 한자만 보면 머리가 아프다는 독자도 있지만 이는 일종의 공포심이다. 한자를 읽으며 익히기를 계속한다면 그런 공포는 저절로 사라질 것이다.

● 어려운 한자의 경우 우리나라에서 통용되는 음훈과 중국어에서 통용되는 의미를 같이 설명하였다. 특히 성명의 우리말 표기에서는 국내 옥편의 음(音)을 따랐다.

예 契－사람 이름 설(商族의 시조), 맺을 계. 洗氏(선씨)－성씨 선. 씻을 세.

● 관직은 현재 통용되는 의미에 가깝게 보충하였고, 지명은 현행 중국 행정구역의 명칭으로 설명하였다. 곧 성(省), 지급시(地級市), 현(縣)이나 현급시(縣級市)를 병기하여 모든 독자가 현재의 중국 지도로 위치를 알 수 있게 하였다.

참고 도서

《中國歷代史話》全 5권 : 北京出版社 [編], 北京出版社, 1992.

《史記解讀》(上, 下) : 本册主編 曾志華, 杜文玉, 白玉林 外, 雲南教育出版
　　社, 2011.

《中國歷史圖說》全 10권 : 王壽南 編纂, 新新文化出版有限公司, 民國66년,
　　臺北.

《中國帝王的私生活》: 于鐵丘 著, 山東文藝出版社, 1992.

《中國通史》第 1-10册 : 人民出版社, 2004.

《中國通史綱要》: 白壽彝 主編, 上海人民出版社, 1980(1983. 6刷).

《中國通史圖鑒》1-15권 : 莫久愚, 趙英 [共] 主編, 內蒙古大學出版社, 2000.

《中國通史圖說》1-10 : 朱大渭 主編, 九洲圖書出版社, 1999.

《中華五千年史話》: 郭伯南, 劉福元 著, 臺北書林出版有限公司, 民國 81년.

《荀子史話》: 楊金廷, 范文華 著, 人民出版社, 2014.

《중국통사》1-4 : 중국사학회 엮음, 강영매 옮김, 범우, 2013.

《戰國策》(全 3권) : 진기환 역, 명문당, 2021.

차례

제1부

중국 고대사의 전개

〈中國 古代史 展開〉

1. 삼황오제

1927, 중국 북경 부근 주구점(周口店, Zhōu kǒu diàn 조우코우덴)에서 발견된 베이징 원인(原人)은 약 50만 년 전에 생존했던 인류로 추정된다. 이 베이징 원인 이외에도 여러 고(古) 인류와 그들의 구석기(舊石器) 문화유물과 유적이 곳곳에서 발굴되었다.

중국 상고사는 삼황(三皇)과 오제(五帝)의 전설로 시작한다.

이 삼황오제의 이름이나 치적은 그야말로 전설일 뿐이다. 그러나 이들의 전설 시대는 곧 국가 형태의 출현이다. 중국인들은 삼황(三皇)[1]과 오제(五帝)[2]가 인간 생활에 필요한 여러 가지 도구

---

1 三皇에 대하여 伏羲(복희)와 神農(신농)은 공통적이다. 《尙書大傳》에서는 燧人氏(수인씨)를 꼽았지만, 《尙書 序》와 《帝王世紀》에서는 黃帝(황제)를 삼황에 포함하였다. 사마천은 《史記》에서 三皇을 언급하지 않았다. 다만 사마정(司馬貞)은 그가 보충한 《史記 三皇本

나 제도를 만들어 인간이 동물 상태에서 벗어나 무리를 짓고 농경과 수렵을 하며 편안하게 살 수 있도록 가르쳤다고 말한다.[3]

삼황오제에 관한 고전의 기록은 동일하지 않지만, 수인씨(燧人氏), 복희씨〔宓羲氏, 복희씨(伏羲氏), 태호씨(太昊帝)〕,[4] 신농씨(神農氏)를 삼황이라 칭한다.[5]

오제(五帝)로는 《사기 오제본기(史記 五帝本紀)》의 경우에 황제(黃帝), 전욱(顓頊), 제곡(帝嚳)과 요(堯) 그리고 순(舜)을 열거하였다.[6]

―――――

記》에서 女媧(여왜)를 열거하였다. 책에 따라 축융(祝融)이나 공공(共工)이 들어가기도 한다.

2 五帝―《史記 五帝本紀》와 《世本》, 《大戴禮記(대대례기)》, 《易傳(역전)》, 《禮記》에서는 黃帝, 顓頊(전욱), 嚳(곡), 堯(요), 舜(순)을 꼽았다. 《禮記 月令》, 《呂氏春秋》, 《淮南子(회남자)》에는 五帝로 黃帝, 顓頊(전욱), 太昊氏〔태호씨, 伏羲(복희)〕, 少昊氏(소호씨)와 炎帝(염제, 神農氏)를 들었다.

3 이 시기는 고고학적으로 지금부터 약 6천 년 전에서 기원 前 21세기에 해당하는 新石器 시대라 생각할 수 있다.

4 복희씨(宓羲氏, 伏羲)―그물을 만들어 고기 잡는 법을 가르쳤다는 전설 속의 人物. 宓 音 伏.

5 염제(炎帝, 神農氏)―火德으로 王이 되었기에 炎帝라고 한다. 쟁기(耒, 뢰)를 처음 발명했고, 인간에게 농사를 가르쳤기에 神農氏라 부른다.

6 이 삼황과 오제의 덕을 모두 겸비했다고 자찬하며 황제(皇帝)라는 말을 만든 사람이 바로 중국 최초의 통일 왕조를 이룩한 秦의 시황제(始皇帝)이다.

황제(黃帝), 흑백 판화 〈출처: 위키백과〉

황제(黃帝)는 치우(蚩尤) 일족[7]을 제거하고 중원(中原)을 통일하였으며, 문자, 역법(曆法), 궁궐, 의상, 수레 등을 발명, 보급한 중국인의 공동 조상이며 '인문초조(人文初祖)'로 추앙받고 있다.

전욱(顓頊)[8]과 제곡(帝嚳)[9]은 그 공적에 특별한 기록이 없다.

---

7 치우(蚩尤) – 蚩는 어리석을 치. 尤는 더욱 우. 멀리 떨어지다. 신화나 전설 속 부족의 우두머리. 神農氏(炎帝) 후손의 한 갈래. 뒷날 黃帝와 크게 싸웠다. 이에 치우는 전쟁과 동의어로도 사용된다. 치우를 받드는 자에게는 전쟁의 신이지만, 배척자들에게는 재앙의 상징이다. 중국 묘족(苗族)의 조상이라고 알려졌다.

8 전욱제 고양씨(顓頊帝 高陽氏) – 전설 속의 인물. 五帝之一. 부친은 昌意. 黃帝의 손자. 고양〔高陽, 수 河南省 동부 開封市 관할 杞縣(기현)〕에 봉해졌다. 黃帝가 죽은 뒤에 제위에 올랐다. 제구(帝丘)에서 통치했는데 그때 20세였다고 한다.

9 帝嚳 高辛氏(제곡 고신씨) – 전설 속 인물, 五帝之一. 제곡은 어려서부터 덕행이 있고 총명 유능했다. 전욱(顓頊) 死後에 제위에 올랐는데 時年 30세였다. 박〔亳, 수 河南省 낙양시 동쪽 偃師市(언사시)〕에 도읍. 木德爲帝. 少昊氏(소호씨) 이전은 그 덕목을 천하 통치자의 호칭

요(堯)[10]와 순(舜)[11]에 대해서는 《상서(尚書) / 서경(書經)》의 〈요전(堯典)〉과 〈순전(舜典)〉의 기록을 통해 인덕(仁德)으로 천하를 잘 통치한 성인으로 알려졌다. 요와 순은 각각 후임자를 골라 그 제위를 선양(禪讓)하였으니, 이 시기에 왕조가 성립되지는 않았다. 순은 치수 사업에서 대공을 세운 우(禹)에게 선양했다.[12]

사실 중국의 삼황오제의 여러 공적이나 선정은 모두 후대의 기록이니, 이는 중국인들이 생각하는 이상 세계의 모습일 뿐이다. 요순 시대는 당우(唐虞) 시대라 하여 태평성세로 꼽히는데, 이는

으로 사용했다. 그러나 전욱제 고양씨부터는 출신 지명으로 호칭을 삼았다. 高陽과 고신(高辛)은 모두 지명이다. 전욱(顓頊)과 곡(嚳)은 그 字를 호칭으로 함께 사용했다.

10 요(堯) ─ 帝堯 陶唐氏(도당씨), 名 방훈(放勳). 도(陶)에 봉해졌다가 唐(당, 今 山西省 중부 臨汾市)으로 옮겼다. 당요(唐堯)라고도 부른다. 역사 전설 중 五帝의 한 사람. 道教의 天官大帝. 탄생일은 정월 보름 上元節이라고 한다.

11 순(舜) ─ 帝舜. 유우씨(有虞氏)는 상고시대 五帝의 한 사람. 名 중화(重華). 姚姓(요성), 뒷날 嬀水(규수) 가에 살아 嬀姓(규성), 도읍은 蒲阪(포판, 今 山西省 서남부 永濟市). 堯의 선양(禪讓)을 받았다. 공자는 舜에 대하여 '德으로는 聖人, 尊位로는 天子이다.'라고 하였다.

12 帝禹 夏后氏(하후씨) ─ 前 2123 ─ 前 2055년? ─ 姒(사) 姓, 夏后氏. 전설에서 名은 文命, 보통 대우(大禹)라 존칭. 사실 神話的 인물이다. 황제 헌원씨(軒轅氏)의 현손(玄孫)이며, 大禹 治水로 널리 알려졌다. 禹는 중국 최초 세습 왕조 하(夏)의 건국자이다. 왕위를 아들 계(啟)에게 넘겨주었다. 安邑에 定都했었다.(今 山西省 서남부 運城市 관할 夏縣 / 《資治通鑑》의 저자 司馬光의 고향)

인류 문화 발전을 모두 성인의 공적으로 돌리는 중국인 사고방식의 한 표현일 것이다.

2. 삼대[13]

(1) 하(夏)

삼황오제의 전설 시대 뒤에 하(夏, 여름 하) 왕조가 출현한다. 하 왕조의 건국은 우(禹, 大禹)의 치수 사업이 성공한 결과이다.[14]

---

13 삼대(三代) – 夏(하), 商(상, 殷), 周(주)의 3개 朝代의 合稱, 夏, 殷, 周로도 통칭한다. 三代란 말은 《論語 衛靈公》「斯民也, 三代之所以直道而行也.」에 처음 보인다. 戰國時期에는 夏, 商, 西周를 지칭하고 秦朝 이후에 三代는 東周를 포함하는 용어로 쓰였다. 周代에는 夏와 은(殷)을 지칭하는 '二代'란 말이 사용되었다. 《史記》13권에 〈三代世表〉第一이 있다.

14 요(堯)는 홍수를 만나, 山을 끼고, 산길로 다니면서, 천하를 12州로 나누었고, 우(禹)를 시켜 홍수를 다스리게 하였다. 치수 사업의 결과, 水土가 안정되자, 禹는 다시 九州를 제정하였고, 五服의 땅을 구분한 뒤에, 각 州 토지의 특성에 따라 공물(貢物)을 지정하였다. 《尙書》에서는 우(禹)가 지역을 나누고, 山을 따라 나무를 깎아 세워, 高山과 大川을 이름을 지어 확정하였다고 기록했다. 《書經 夏書 우공(禹貢)》.

순(舜)은 중원의 홍수를 다스린 우에게 제위를 선양(禪讓)했다.[15] 우는 그 아들 계(啓)에게 제위를 물려주었으니, 이는 종래의 선양이 아닌 세습(世襲)이니 곧 왕조가 성립한 것이다.

하(夏)나라는 우왕(禹王)에서 마지막 걸왕(桀王)까지 14세(世)에 17왕 470여 년으로 대략 서기 前 2050년 무렵에서 1550년경에 해당한다.

하(夏)의 폭군 걸왕(桀王)
손에 창을 쥔 걸왕이 엎드린 여인을 의자로 삼아 앉아 있다. 〈출처: 위키백과〉

하왕조의 영역은, 지금의 산서성(山西城) 남부, 하남성(河南省) 서부, 섬서성(陝西省) 남부 일대로 추정한다.

하(夏)왕조에서는 씨족 내부의 싸움은 물론, 주변 이민족들과의 전쟁이 많았다. 3대 태강(太康)에 이어 4대 '소강중흥(少康中興)'도 있었으나 결국 잔인한 폭군 걸왕(桀王)[16]에 이르러 멸망한다.

---

15 고대 帝位이 정통을 이어온 순서는, 태호(太昊)-(共工)-炎帝(神農氏)-黃帝-少昊-堯-舜-夏禹-商湯-周-(秦)-漢이다.

16 걸왕(桀王, 前 1652-1600?)-사성(姒姓), 하후씨(夏后氏). 夏朝 17대.

일반적으로 하대(夏代)의 역사를 뒷받침할 유물이 없어 전설로 인식되었던 나라였지만, 지금은 여러 유물이 출토 발굴되면서 실존 왕조로 인정하고 있다.

(2) 상(商, 은)

하(夏)왕조가 황하 중류 지역에서 발전할 때, 황하의 하류에서는 상족(商族)이 점차 강성해졌다. 상족의 시조는 설(契)[17]인데, 대우(大禹)의 치수를 도왔다.

설의 후손인 탕(湯)[18]은 부족의 실력을 키우면서, 이윤(伊尹)[19]

최후의 왕. 신체 건장하여 맨손으로 호랑이를 잡을 정도였다. 말희(妹喜)를 총애하며 폭정을 일삼았다. 포락(炮烙)의 형벌로 관용봉(關龍逢) 같은 대신을 죽였다. 주지육림(酒池肉林)의 잔치를 벌린 商의 주왕(紂王), 그리고 周의 여왕(厲王)과 함께 폭군의 대명사로 통한다. 걸왕의 아들 순유(淳維)가 북쪽으로 달아나 나라를 세우고 흉노의 조상이 되었다고 한다.

17 설(契) – 사람 이름 설. 생졸년 미상. 맺을 계, 子 姓, 名 契. 또는 卨(사람 이름 설) 同. 제곡(帝嚳)의 아들, 唐堯의 異母弟, 殷朝의 조상. 生母 간적(簡狄)이 제비 알을 삼켜 임신, 출산했다. 이는 모계사회의 그 일족이 제비를 토템으로 하는 씨족이었다는 뜻이다.

18 湯王(탕왕, 약 前 17세기 – 16세기) – 子姓, 商湯 또는 무탕(武湯), 天乙, 成湯, 成唐으로도 호칭. 유신씨(有莘氏)와 통혼. 부족 연맹의 기반 위에, 현신 이윤(伊尹)과 중훼(仲虺)를 등용했다. 명조(鳴條)의 싸움에서 夏의 걸왕(桀王)을 정벌하고 개국했다.

19 이윤(伊尹, ?前1649 – ?1549) – 姒姓, 伊氏, 名 摯(지). 商朝의 명신. 중

같은 인재를 등용하고, 막강 군사력으로 하의 걸왕(桀王)을 축출하고, 상(商)을 건국했다.

상 왕조가 멸망한 뒤 주(周)에서서는 상(商)을 은(殷)이라 불렀기에 상(商)과 은(殷)은 혼용된다.[20] 상(商)은 대략 前 1600년경에서 1046년까지 550여 년을 존속했다. 상(商)에 관한 주요 기록으로 동주(東周)의 《죽서기년(竹書紀年)》이나 《상서(尙書)》, 그리고 사마천(司馬遷)의 《사기 은본기(史記 殷本紀)》가 있다.

상조(商朝) 중기의 군주 반경(盤庚)[21]은 은(殷)에 정도하였는데 은(殷)은, 지금의 하남성 북부 안양시에 해당한다. 상(商) 무정(武

국 주방장의 神. 商 湯王(탕왕)의 주방장, 商湯에게 음식을 올릴 기회를 틈타 천하 형세를 분석 — 이에 탕왕은 이윤을 아형(阿衡, 재상, 후에는 이윤을 지칭하는 말로 변했다)에 임명. 탕왕의 아들 太甲(태갑)이 즉위했는데, 혼용(昏庸)에 무능하자 이윤은 太甲을 동지(桐地, 今 河北省 남부 臨漳縣)에 放流했다가 3년 뒤에 다시 즉위케 했다. 이를 복벽(復辟)이라 한다.

20 夏, 殷, 周 이후, 秦, 漢은 물론 魏, 晉 그리고 隋(수)와 唐(당), 宋까지 그 나라와 연관이 있는 지명을 국명으로 사용했다. 몽고족은 중국을 차지하고 중국 지명과 관련이 없기에 元(으뜸 원)이라는 추상명사를 채용했고 이어 明과 淸에 이어졌다.

21 반경(盤庚) — 殷 19대 君主. 商朝 중후기 군주. 湯의 9대손, 帝 祖丁의 子, 帝 陽甲의 아우. 《史記》에는 재위 28년. 前 1300년 경으로 추정. 쇠락하는 국위를 만회하려고 殷(은, 今 하남성 북단 안양시)으로 천도했다(盤庚遷殷). 선정. 백성이 반경을 추모하여 〈盤庚三篇〉을 지으니, 이것이 今文 《尙書》의 〈盤庚(반경)〉이다.

丁)의 중흥(中興)[22]도 있었지만, 상조(商朝)의 마지막 군주는 제신 〔帝辛, 紂王(주왕), 명(名) 애(受)〕[23]인데 목야(牧野)의 싸움에서 주 무왕의 공격으로 패망한다(前 1046).

상(商)은 신정(神政)을 통해 연맹 부족을 통제 지배하였다. 은(殷)에서는 제사가 주요한 국정이었으며, 상의 왕은 정치적인 지도자이면서 종교적 권능도 함께 행사하는 신정(神政)을 시행하면서, 신(神)의 뜻을 물어 통치했다.

신의 뜻을 묻고 길흉 판단을 위한 내용이 복사(卜辭)이고, 이 복

---

22 무정(武丁, 재위 前 1250 – 1192 / 高宗)이 이룩한 나라의 융성. 이 기간에 국세는 강성하고 정치는 淸明했으며 백성은 부유하고 인구도 크게 늘었다. 商王 武丁은 인재를 널리 등용했고, 그의 의식은 소박했다. 무정은 傅說(부열) 甘盤(감반), 禽匕(금비), 그리고 女兒 小臣인 타(妥, 온당할 타) 등 남녀 현신의 도움을 받았다. 土方, 서강(西羌), 工方, 귀방(鬼方) 등 81개 소국을 병합하고 많은 제후를 分封했으며 殷 문화를 長江 유역까지 전파되었다. 甲骨文과 金文을 널리 사용했고 玉器의 명문(銘文)도 出現했다. 전설상으로 神農, 黃帝, 堯, 舜, 禹, 湯王 등의 공헌은 기록일 뿐 실증할 유물이 없는데 武丁의 치적은 확실한 기록과 유물이 있다.

23 帝辛(제신, 紂王 주왕) – 은나라의 마지막 왕이며 폭군인 紂王(말고삐주, 諡法, 殘忍捐義曰 紂)은 夏의 걸왕과 함께 걸주(桀紂)라 하여 폭군의 대명사로 통한다. 紂王(주왕)은 언행이 당당하고 견문이 광박(廣博)하며 능언 선변(能言, 善辯)하고 기지가 뛰어난 인물이었다. 자신의 총명을 과신하여 안하무인에 중신을 초개(草芥)로 여겼고 백성을 개돼지로 보았다. 거기에 사치와 음일(淫佚), 잔인한 성격 등 亡國君主의 자질을 완비한 인물이었다.

사가 갑골문(甲骨文)으로 기록되었고, 이는 한자의 기원이 되었다. 청동(青銅)의 각종 제기(祭器)와 정(鼎)과 종(鐘), 그리고 무기가 제작되었기에 상(商)은 확실한 청동기 시대이며, 역사 시대이다.

상(商)은 상왕(商王)을 중심으로 하는 왕실 귀족과 지방의 씨족장들이 지배층을 형성하였는데, 상왕과 같이 모계 중심의 성(姓)을 가질 수 있는 사람들을 백성이라 하였다. 지배계층의 거주지는 보통 읍(邑)이라 하였는데, 상(商)은 이러한 읍의 연합에 의한 국가체제로 운영되었다.

일반 평민은 농민으로 국가에 공물(貢物)을 바치고 요역(徭役, 繇役)의 의무를 지고 있었다. 노예 계층은 전쟁이나 약탈을 통해 형성되었고 순장(殉葬)이나 제사의 희생물이 되었다.

상나라의 모든 토지는 왕의 토지로 인식되었고(王土思想), 족(族)을 기반으로 한 씨족공동체에 의한 집단 경작 방식이 일반적으로 행해졌다.

(3) 주(周, 西周)의 건국과 발전

지금의 섬서성(陝西省)의 위수〔渭水, 하수(河水)의 최대 지류〕 유역에서 성장한 주족(周族)[24]은 고공단보(古公亶父, 태왕)[25] 때 기산(岐

---

24 周族 - 후직(后稷) - 역사상 周 부족 姬姓의 시조. 姬姓(희성), 名 棄(버릴 기), 有邰氏(유태씨)의 딸 姜嫄(강원)이 거인의 발자국을 밟아 임신하여 출산했는데, 들에 버렸다 하여 이름을 棄(기)라고 했다.

山) 기슭에 자리를 잡았다.[26]

이후 아들 계력(季歷)에 이어, 계력의 아들 창(昌)이 뒤를 이었다. 창은 주(周) 왕조의 기반을 다진 서백(西伯)인데 뒷날 문왕(文王)[27]이라 불리며 공자가 성인으로 추모했었다.

서백(西伯, 문왕)의 아들 무왕〔武王, 성은 희(姬), 이름은 발(發)〕[28]이

기는 각종 농작물을 잘 길렀고, 요순 시대에 農官으로 백성에게
농사를 가르쳤다.

25 고공단보(古公亶父, 古公亶甫) ─ 周 太王. 周朝의 王氣는 고공단보에
서 시작되었다 하여 太王이라 추존했다.

26 기산(岐山) ─ 山名, 今 陝西省 서남부 寶雞市(보계시) 관할 岐山縣
일대. 周王朝 발상지(發祥地). 周朝의 先祖인 고공단보는 薰育(훈
육)과 戎狄(융적)의 침입을 받자, 살고 있던 豳(빈)을 떠나 漆水(칠
수)와 沮水(저수)를 건너 岐山(기산) 아래 정착하였다.

27 周 文王(西伯 昌. 前 1125 ─ 1051) ─ 姬 姓, 名 昌. 商朝 말기 제후
국 周의 君主, 작위는 西伯, 아들 周 武王이 文王으로 追諡(추시).
儒家의 大道에 통달, 존중받는 인물. 공자가 본받으려 했던 聖人
은 堯(요)와 舜(순), 그리고 禹王(우왕)과 湯王(탕왕)에 이어 周 文王
과 武王 그리고 周公을 꼽을 수 있다.

28 周 武王(생존, 재위 년도 미상) ─ 서백후(西伯侯, 약 前 1049 ─ 약 前 1046)
에서 商(殷)을 멸망시킨 뒤에 西周 第1代 천자로(약 前 1046 ─ 약
前 1043년) 재위했다(추정). 희(姬) 姓, 名은 發, 西伯 昌과 太姒(태
사)의 적차자(嫡次子). 正妻는 邑姜(읍강). 武는 시호. 文王(昌), 아
들 武王(發)과 무왕의 아우 周公(旦, 아침 단)을 특별히 三聖이라 칭
한다. 堯 ─ 舜 ─ 夏禹 ─ 商湯 ─ 周文王으로 이어지는 道統의 계승
자. 儒家에서 받드는 先秦시대 첫째 明君. 西周 봉건제도의 창시
자이다.

즉위한 뒤, 은나라 서쪽 지역의 제후 세력들을 규합하여 폭군 주왕(紂王)을 축출한다.[29] 이를 보통 은주 혁명(殷周革命)이라 하는데, 이때가 기원전 1046년(?)이었다.

무왕이 은을 정복한 지 3년(?) 만에 죽자, 어린 성왕(成王)이 즉위하였다. 이 어린 성왕을 잘 보필하면서 국난을 타개하며 주 왕실의 기반을 확실하게 다진 사람은 바로 무왕의 동생이면서 성왕의 숙부(叔父)인 주공(周公) 단(旦)이었다.[30]

공자는 바로 이 문왕(文王, 서백 창), 그 아들 무왕(武王, 발), 무왕의 동생 주공 단(旦, 아침 단)을 가장 존경하였고, 이들에 의하여 만들어진 제도와 문물, 곧 주례(周禮)로의 복귀를 염원하였다.

공자는 만년에 자신의 이상 실현이 어려워지자 "나의 쇠약이

---

29 목야의 싸움(牧野之戰) — 殷商 帝辛〔제신, 周朝에서는 紂王(주왕)이라 통칭〕의 군사와 周 武王의 결전. 史稱 '무왕극은(武王克殷)', '武王克商', '무왕벌주(武王伐紂)'라 한다. 목야(牧野)는 今 河南省 북부 新鄉市 牧野區 일대이다.

30 주공(周公) — 周 武王을 도와 殷(은)을 정벌하고 周를 건국한 뒤, 국가 제도와 문물을 이룩한 周公(姬旦)은 武王의 친동생으로 魯國의 시조이다. 周公은 성심으로 마음을 열고 인재를 맞이하며 대우하였다. 周公은 한 번 목욕하는 동안 손님이 왔다는 말을 듣고 세 번이나 두발을 움켜쥐고 나와서 손님을 맞이했으며〔一沐三握髮(일목삼악발)〕, 한 끼 식사를 하면서 세 번이나 입안에 든 밥을 뱉고〔一飯三吐哺(일반삼토포)〕 나와서 손님을 상대하였다. 주공은 이처럼 바빴고, 이처럼 할 일이 많은 재상으로 나라의 내정과 외교를 지휘하였다. 이는 周公의 미덕이며 진심이었다.

아주 심하구나! 나는 오랫동안 주공을 꿈에서도 뵙지 못했다."라고 탄식하기도 했다.[31]

무왕은 은나라를 멸망시키고 호경(鎬京, 지금의 섬서성 남부 서안시(西安市))에 도읍을 정하고 일족과 공신들에게 지역을 나누어 주며 각지의 통치자로 임명하는데, 이를 봉건(封建)이라고 한다. 이렇게 분봉된 통치자들을 제후(諸侯)라 하는데 제후는 주 왕실과의 혈연관계에 의한 동족이거나 공신으로 모두 주왕의 신하였다. 주 개국 당시에 분봉된 일족, 곧 동성 제후가 56개국, 이성(異姓) 제후가 약 70여 국이었다.

주(周)의 최고 통치자는 천자로서 왕이라 칭했고, 직할지는 왕기(王畿)라 하였다. 제후들은 국(國)을 세우고 보통 공(公)이라 호칭했는데 경(卿)과 대부를 가신으로 거느렸다. 제후들은 주 왕실에 대하여 정기적인 조근(朝覲, 제후가 주 왕실에 가서 천자를 배알하고 신하의 예를 표함)과 공납(貢納)의 의무를 수행해야만 했다.

주 왕실의 천자와 제후들은 예악(禮樂)은 물론 수레나 복식에도 차이를 두었는데, 이는 절대로 넘볼 수 없는 것이었다.

주의 봉건제도를 운영하는 기본은 종법(宗法)에 의한 장자상속제도였으나 세월이 가면서 혈연관계는 점점 멀어졌고, 인구의 증

---

31 공자는 주공을 무척이나 존경했다. 공자는 주공의 道統을 계승하려 공부했고 노력했다. 공자는 만년에 "내가 너무 늙어 쇠약했구나! 오랫동안 꿈에서도 주공을 뵙지 못했다.(子曰, 甚矣吾衰也! 久矣吾不復夢見周公!)"《論語 述而》라고 탄식하였다.

가와 철기의 보급에 따라 생산 방식도 크게 변화했다.

따라서 황하 중상류 지역에 형성되었던 봉건 제후국들은 변방 지역으로 영토를 확대하면서 강대국으로 발전하였으나 제후국에 둘러싸인 주 왕실은 소국으로 존속할 수밖에 없었다. 멀어진 혈연관계와 역전된 형세 속에서 주 왕실(종주宗周)은 명목상의 지배자였을 뿐 제후국의 강성과 저항을 통제할 방법이 없었다.

제2부

춘추시대 사화

〈春秋時代 史話〉

1. 춘추시대의 대략

기원 전(前) 771년, 융적(戎狄)의 침입을 받은 주 왕실은 호경(鎬京, 섬서성, 함양시 부근)을 버리고 성주〔成周, 낙읍(雒邑, 洛邑), 지금의 하남성 낙양시〕로 천도(遷都)하였는데 호경에 도읍하고 있던 주(周)를 서주(西周), 낙읍에 도읍한 주나라를 동주(東周)라 구분한다.

서주는 호경에 도읍한 약 350여 년간이었고, 동주는 기원전 770년부터 마지막 난왕(赧王, 얼굴 붉힐 난, 名)이 죽고, 멸망하는 前 256년까지 514년간을 말한다.

동주 500년의 역사는 춘추시대와 전국시대로 대별한다. 춘추시대와 전국시대의 역사 이야기를 상론하기 전에 우선 춘추시대의 역사 전개의 대략을 설명한다.

이는 그 줄거리 파악을 위한 과정이다.

(1) 명칭 및 시기

춘추(春秋)시대는 공자(孔子, 공구(孔丘), 前 551-479)[32]가 편찬한 제후국 노(魯)의 편년체 역사책인 《춘추(春秋)》[33]에서 따온 말이

32 孔子(孔丘, 공구) - 공자는 叔梁紇(숙량흘, 孔紇, 叔梁은 字)에게 둘째 아들이었다(仲). 맏아들은 孟皮(맹피)이다. 숙량흘은 72세에 顔氏(안씨) 집안의 셋째 딸 徵在(징재, 微在(미재)가 아님)와 나이 차이가 많이 나는 결혼을 하였는데, 司馬遷(사마천)은 이 결혼을 야합(野合)이라고 표현했다.

聖母인 顔氏(안씨)는 魯의 尼丘山(이구산)에 기도를 드렸고, 공자가 출생하였는데, 출생할 때 그 우묵한 정수리가 이구산과 비슷하여서 이름은 丘(구)라 하였으며, 字는 仲尼(중니)이다. 공자의 출생 연월일에 관해서는 상당한 논쟁을 거쳐 1952년 臺灣(대만) 中華民國(중화민국) 교육부에서 정한 '魯 襄公(양공) 22년 8월 27일(前 551년 9월 28일)'이 일반적으로 통용되고 있다. 孔子는 魯나라 23대 襄公(양공, 재위 前 572-542) - 昭公(소공) - 定公(정공)을 거쳐 哀公(애공, 재위 前 494-468년) 16년, 서기 前 479년에 73세로 죽었다.

33 《春秋(춘추)》 - 《春秋古文經》. 《春秋》는 본래 先秦 시대 각국의 편년체(編年體) 史書이나 지금은 통상적으로 유일하게 전해진 魯國의 역사책인 《춘추》를 지칭한다. 《춘추》는 孔子가 魯國 史官의 기록을 중심으로 새로 구성하여 편찬한 책이다. 《춘추》는 魯國을 중심으로 당시 각국의 大事를 알 수 있는 중국 최초의 편년체(編年體) 史書이다. 그 주요 주제는 역사적 史實보다는 '義'에 있다. 기록 범위는 魯 隱公(은공) 원년(前 722년)부터 魯 哀公14년(前 481)까지 242년의 기록이다. 기록된 治者는 魯 隱公 → 桓公(환공) → 莊公(장공) → (子 般) → 閔公(민공) → 僖公(희공) → 文公 → 宣公(선공) → 成公 → 襄公 → (子 野) → 昭公 → 定公 → 哀公의 12公이다.

다. 사서(史書) 《춘추》는 노(魯)나라 은공(隱公) 원년(前 722)에서 시작하여 애공 14년(前 482)에 서술이 끝나지만, 역사상 춘추시대는 기원전 771년부터 前 403년까지 약 367년간을 지칭한다.

좀 더 상세히 언급하자면 주 평왕(平王) 원년, 동주의 낙읍으로 천도하는 입국(立國, 前 770)에서 주 경왕(敬王)이 붕어하는 44년(前 476)까지, 또는 《좌전(左傳)》의 기록이 끝나는 前 468년, 학자에 따라서는 진(晉)의 삼가(三家)가 지씨(智氏)를 없애는 前 453년, 또는 3가(家)의 분진(分晉)이 공식적으로 인정된 前 403년까지를 '춘추시대'로 구분하는데, 이 시기는 대략 동주의 전반기에 해당한다.

(2) 시대 상황

이 시기에 주(周) 천자(天子)의 세력은 크게 약해졌고, 그 대신 상대적으로 강역을 넓히거나 경제적으로 번영한 제후가 제후들을 규합하여 회맹(會盟)을 주도하며 패권을 행사하는 이른바 패자(覇者)가 등장하였다.

───────

《春秋》는 《左氏傳》, 《公羊傳》, 《穀梁傳(곡량전)》의 《春秋三傳》 외에도 《鄒氏傳(추씨전)》, 《夾氏傳(협씨전)》으로 학파가 나뉘었다. 《춘추》는 漢代에 들어 五經의 하나가 되었고, 四庫全書 중 經部에 들었으며(13經으로 《左氏傳》에 본문 포함). 《공양전》과 《곡량전》도 《春秋》를 해설한 책으로 13經에 포함되었다. 참고로 13經은 《周易》, 《尙書》, 《詩經》, 《周禮》, 《儀禮》, 《禮記》, 《左氏傳》, 《公羊傳》, 《穀梁傳》, 《孝經》, 《論語》, 《爾雅(이아)》, 《孟子》이다.

춘추시대의 유명한 패자로 제(齊) 환공(桓公), 송(宋) 양공(襄公), 진(晉) 문공(文公), 진(秦) 목공(穆公), 초(楚) 장왕(莊王)을 특히 '춘추오패(春秋五覇)'[34]라 부른다.

그때 제 환공은 '주 왕실을 존중하고(尊王), 이적(夷狄)을 물리치며〔攘夷(양이)〕, 찬역이나 시해를 금지하고〔禁簒弑(금찬시)〕, (강대국이 약소 제후국의) 겸병(兼倂)을 억제하겠다는〔抑兼倂(억겸병)〕 구호를 내세우며 그 시기 제후국들의 관계를 주도하였다. 이 춘추시대에, 주 왕실은 형식상이지만 존중의 대상이었다.

《춘추》의 기록 242년 동안 36명의 제후국 군주가 신하에게 시해되거나 분쟁 중에 피살되었고 52개국이 멸망하였으며, 크고 작은 480여 차례의 전역(戰役, 전쟁)이 일어났고, 제후국 상호 간 조빙(朝聘)이나 회맹(會盟)이 450여 회였다는 통계가 있다.

---

34 春秋五覇－五覇는 五伯(伯 音 패)로도 기록. 覇는 覇主 곧 諸侯의 領袖(영수)라는 뜻이다. 《左氏傳》에 처음 보인다. 戰國七雄과 병칭한다. 5패는 齊 桓公, 晉 文公, 楚 莊王, 宋 襄公, 秦 穆公－《史記》. 齊晉楚宋秦으로도 표기. 또는 齊 桓公, 晉 文公, 楚 莊王, 吳王 부차(夫差), 월왕(越王) 구천(勾踐)－《荀子·王覇》의 기록. 齊晉楚吳越로도 표기한다.
會盟에서의 주요 구호는 존왕양이(尊王攘夷)인데, 여기에는 '尊周室(존주실), 攘夷狄(양이적, 물리칠 양), 禁簒弑(금찬시), 抑兼倂(억겸병)'의 뜻을 포함한다. 춘추오패의 재위 연대는 齊 桓公(환공, 前 685－643), 秦 穆公(목공, 前 659－621), 宋 襄公(양공, 前 650－637), 晉 文公(문공, 前 636－628), 楚 莊王(장왕, 前 613－591), 越王勾踐(월왕구천, 前 496－464), 吳王 夫差(오왕 부차, 前 495－473)이다.

(3) 역사적 사실 요약

춘추시대의 주요 사건을 아래와 같이 순차적으로 요약 정리하면 대체적인 그 흐름을 파악할 수 있다.

● 前 771년 － 서이(西夷) 견융(犬戎)이 서주(西周)의 도성 호경(鎬京)에 침입. 주 유왕(幽王)을 살해했다. 주 평왕이 계위했다.

● 前 770년 － 주 평왕(平王) 낙읍〔雒邑, 수리부엉이 낙, 강이름 낙(洛)〕으로 천도했다.

● 前 722년 － 정(鄭) 장공(莊公) 공숙단(共叔段)의 난을 평정.

－ 노(魯) 은공(隱公) 원년,《춘추》편년(編年)의 시작.

● 前 720년 － 주 평왕, 정 장공과 상호 인질(子) 교환. 주 천자 지위 실추.

● 前 707년 － 주 환왕(桓王) 제후의 군사를 이끌고 정(鄭)을 공격했으나, 정 장공(莊公)에게 패배. 이후 제후들의 세력 다툼이 본격화 되었다.

● 前 704년 － 초 무왕(武王) 웅통(熊通)이 칭왕(稱王)했다. 제후가 칭왕하기 시작.

● 前 685년 － 제 환공(桓公) 즉위, 관중(管仲)을 상(相)으로 등용, 변법(變法) 시행.

● 前 656년 － 제 환공은 제후 연합군을 인솔하여 초국(楚國)을 압박. 소릉지맹(召陵之盟)을 체결했다. － 춘추시대의 첫 번째 패자

이다.

●前 632년 – 진(晉) 문공(文公), 송(宋)을 구원, 성복(城濮)의 전
(戰)에서 초군(楚軍)을 대패시킨 뒤, 천토(踐土)에서 회맹, 中原의
명실상부한 패주(覇主)가 되었다.

●前 627년 – 진(秦)과 진(晉)의 회전(會戰)에서 진(秦)이 대패.
이후 진(秦)은 서쪽 경영에 주력, 서융(西戎)을 제패했다.

●前 597년 – 초(楚)와 진(晉)의 회전에서 초가 대승했다.

●前 575년 – 초(楚)와 진(晉)의 언릉(鄢陵) 회전. 진(晉)이 대승.
초 공왕(共王)은 눈(目)을 잃었다.

●前 506년 – 오왕 합려(闔閭)는 오자서(伍子胥)를 장수로 삼아
초(楚)에 침공. 초도(楚都) 영(郢)을 함락시켰다.

●前 496년 – 오군(吳軍)이 월(越)을 침공. 오왕 합려(闔閭)는 패
전과 부상으로 사망.

●前 494년 – 오왕 부차(夫差, 재위 前 495 – 473)가 흥병하여 월
(越)을 격파 – 월왕 구천(勾踐, 재위 前 496 – 464)은 굴복, 강화.

●前 473년 – 월왕 구천. 오국(吳國)을 멸망시킴. 오왕 부차(夫
差) 자살. 구천은 齊와 晉 등과 서(徐)에서 회맹. 춘추 최후의 패주
(覇主).

(4) 중원(中原)의 지리적 개념

여기서 특별히 중원(中原)이라는 지리적 개념을 확실히 해둘

필요가 있다.

중원(中原)은 중산(中土) 또는 중주(中州)로도 불리는데, 중국 한족(漢族)에게는 주요한 지역 개념이다. 보통 지금의 하남성(河南省)을 중심으로 황하 중하류의 광대한 지역이며, 그 자리는 화하(華夏) 문명의 발원지이다. 중국의 한족은 그들만이 문화적으로 우수하기에 그들의 거주지인 중원을 천하의 중심이라고 생각하였다.

한족은 문화적으로 우수하며 도덕의 주체이나 주변의 이민족은 '화외지민(化外之民)' 또는 '사이(四夷)' 라 통칭하였다. 그러면서 그들 나라는 세계 중심이기에 중국(中國), 중토(中土), 중주(中州)라 불렀고 이런 말들은 중원(中原)의 동의어로 사용되었다.

고대의 구체적 지역 명칭으로는 낙양(洛陽)을 중심으로 예주(豫州) 전체와 기주(冀州)의 남부 지역을 의미했다. 이런 개념은 지금도 유효하여 협의의 중원은 하남성을, 광의로는 황하 중하류 지역이다.

이를 구체적으로 열거한다면 섬서성(陝西省) 동남부인 관중(關中)과 산서성(山西省) 남부, 산동성(山東省) 서부와 안휘성(安徽省) 북부, 그리고 하북성(河北省) 남부까지 확대되는데, 결국 그 중심은 여전히 지금의 하남성이다.

중원의 문화적 의의는 중화의 문화이고, 중국 전통문화를 지칭한다. 중원이라는 개념의 중국 법치 영역의 확산에 따라 사방으로 확산되었다.

진(秦)의 통일 이후 그 정치와 문화는 관중 땅이니, 곧 중원의 서부 지역이었다. 후한 성립 이후는 본래의 중원 지역이었고, 서진의 멸망과 동진의 건국에 따라 중원의 개념은 장강까지 확대되지만, 장강의 중하류는 초(楚)라는 개념이 강했으며, 장강 하류 남쪽은 강동(江東)이라 통칭하였다.

특히 북방 유목민족의 중원 진출에 따라 그 정치의 중심이 금(金), 원(元), 명(明), 청대(淸代)에 화북(華北) 지역으로 이동하면서, 중원은 한족(漢族)의 거주지역이라는 개념으로 생각되었다.

2. 서주西周 멸망

(1) 선왕중흥(宣王中興)

○ 국인(國人) 폭동

주(周) 선왕〔宣王, 재위 前 828－782, 성은 희(姬), 주씨(周氏), 이름은 정(靜). 서주(西周) 11대 천자〕은 여왕(厲王)의 아들이다.

여왕 재위 중에는 계속되는 대외 원정으로, 국고가 비었다. 이에 여왕은 영이공(榮夷公)을 경사(卿士)로 등용하여 국고 보충을 위한 여러 정책을 시행하며, 백성들의 산림이나 천택(川澤)에서 경제활동을 통제하였다. 이에 백성의 불만이 터지자, 심복 무당을 시켜 백성의 비방을 단속하고 위반자를 처형하는 고압적인 정책을 폈다.

前 841년 여왕의 폭정에 불만을 품은 백성(國人)들이 도읍 호경(鎬京, 수 섬서성 서안시 장안구)에 모여서 무기를 들고 봉기하여 왕궁을 포위했다. 주 여왕은 도성을 탈출하여 위수(渭水)를 따라 체〔彘, 수 산서성 남부 임분시 관할 곽주시(霍州市)〕까지 피난하였다.

한편 국인(國人)들이 왕궁에 들어가 왕을 찾지 못하자 태자 정(靜)을 수색했다. 그러면서 소국(召國) 목공(穆公)의 집을 포위하자, 소목공은 태자를 집에 숨기고, 자신의 아들을 내주었다. 국인들이 소목공의 아들을 태자로 알고 죽였고, 태자 정(靜)은 목숨을 건졌다.

○ 공화행정(共和行政)

국인(國人)의 분노가 가라앉았지만, 종주(宗周)에는 주군이 없었다. 이에 제후(諸侯)들은 공백〔共伯, 共은 국명. 위치는, 지금의 하남성 북부 신향시(新鄕市) 관할 휘현시에 해당〕인 화(和)를 추대하여 천자의 직무를 대행케 하였는데, 이를 역사에서는 공화행정(共和行政, 前 841 – 828, 14년)[35]이라 한다.

---

35 이 共和에 대해서는 ○共伯인 화(和)의 통치와 ○周定公과 소 목공(召 穆公)의 2인 통치, ○삼경 공치(三卿 共治) 등 3가지 주장이 있다.

○ 선왕 중흥(宣王 中興)

쫓겨난 주 여왕(厲王)이 체(彘)에서 죽자(前 828) 공백(共伯)인 화(和), 그리고 소 목공(召 穆公), 주 정공(周 定公) 및 여러 제후들이 태자 정(靜)을 모셔 계위케 하니, 이가 주 선왕(周 宣王, 재위 前 828-782)이다.

주 선왕은 즉위 이후 소 목공(召 穆公), 윤길보(尹吉甫), 중산보(仲 山甫) 등의 현신을 등용하여 조정(朝政)을 일신하였다. 그러면서 주실을 위협하는 험윤(獫狁), 서융(西戎), 회이(淮夷), 그리고 서국 (徐國)과 초국(楚國) 등을 정벌하였다. 이에 주의 국력이 회복되고 왕실의 권위가 확립되니, 이를 선왕 중흥(宣王 中興)이라 부른다.

그러나 선왕은 만년에 대외 원정에서 실패를 거듭했는데, 특히 남국(南國, 장강과 그 지류인 한강 유역 일대) 전투에서 전군의 몰살을 겪기도 했다. 이후 선왕은 정치를 독단하며 충언을 받아들이지 않으며 대신을 함부로 죽이니, 선화중흥은 금방 눈앞을 스쳐 지나가는 꽃이었다〔曇花一現(담화일현)〕.

(2) 유왕과 포사

주 유왕(幽王, 재위 前 782-771)은 선왕의 아들(모친은 신후申后)로 서주 12대 군주로 11년간 재위했다. 시호는 유(幽, 어둘 유, 아득하다)이다. 유왕이 즉위 초(前 780)에 관중(關中) 지역에 큰 지진이 발생하여 국기(國基)를 크게 흔들었는데, 태사 백양보(伯陽甫)는 이를 나라가 엎어질 징조로 보았다.

○ 정처(正妻)와 태자 폐립(廢立)

유왕 3년(779), 미녀 포사(褒姒)가 입궁하여 유왕의 총애를 받았고, 곧 임신하여 아들 백복(伯服)을 출산했다. 이에 유왕은 정실인 신후(申后)와 그 소생인 의구(宜曰, 뒷날 평왕으로 즉위. 曰 절구구)를 폐립했고, 포사는 황후로 그리고 소생인 백복은 태자가 되었다.

○ 아름다운 포사

포사(褒姒, ?−前 771)의 성은 사(姒). 포사의 출생에 대해서는 여러 가지 신비한 이야기가 전해진다.

《동주열국지(東周列國志)》[36]에 의하면, 포(褒) 지역에 사는 처녀(姒, 언니 사)로 유왕에게 속죄를 위해 바쳐진 자색이 뛰어나게 아름다운 여인이었다. 유왕 3년에 입궁한 포사는 곧 총애를 받았고, 임신하여 아들을 출산하였다.

○ 봉화희제후(烽火戲諸侯)

《사기 주본기(史記 周本紀)》 기록에 의하면, 포사가 좀처럼 웃지

---

36 《東周列國志(동주열국지)》− 長篇 역사 章回小說로 명나라 말기 풍몽룡(馮夢龍)이 엮었고, 이를 다시 淸代의 채원방(蔡元放)이 편평(編評)했다. 《三國演義》만 못하지만 그래도 널리 잘 알려진 소설이다.

않자, 유왕은 포사를 웃게 하려고, 여러 방법을 시도했지만 성공하지 못했다.

어느 날 유왕은 위급을 알리는 봉화(烽火)[37]를 올렸다. 여러 제후들이 서둘러 호경에 당도하였지만 왕과 포사는 술을 마시며 즐기고 있었다.

이에 화난 제후들이 투털대며 돌아

주(周) 유왕(幽王)의 포사(褒姒) 〈출처: 위키백과〉

---

37 봉화(烽火) − 周 幽王은 포사를 기뻐 웃게 할 방법을 찾으려고 千金을 내걸었다〔懸賞金(현상금)〕. 그러다가 아첨의 명수 곽석보(虢石父)의 건의로 봉화를 올렸다고 한다. 이에 대하여《呂氏春秋》에서는 포사를 웃게 하려고 큰 북을 울려 제후의 군사를 불렀다고 기록하였다. 「격고희제후(擊鼓戱諸侯)」

봉화는 봉수(烽燧)라고도 한다. 밤에 큰 불을 피워 적정을 통보하는 것을 봉(烽)이라 하고, 낮에 연기를 피워 보내는 신호를 수(燧, 햇불 수)라 하였는데, 연기를 피울 때는 이리나 늑대 같은 동물의 배설물을 사용했기에 낭연(狼煙)으로도 표기했다.

가자 포사는 크게 웃었다. 포사의 웃음에 유왕도 무한 기뻤다.

이후 몇 번 더 봉화를 올려 포사를 웃게 만들었지만, 여러 차례 속은 제후들은 다시는 군사를 거느리고 들어오지 않았다.

유왕은 아첨하는 신하(영신佞臣) 괵석보(虢石父)를 경(卿)에 임명하여 국인(國人)의 원망을 샀다. 괵석보는 세리(勢利)를 독점하여 신후와 태자를 폐립하는데 앞장서자, 신후(申后)의 부친 신후(申侯)는 크게 분노했다.

ㅇ 견융(犬戎)의 침공

유왕(幽王) 11년(前 771)에 신후(申侯)는 증국(繒國)과 서이(西夷)인 견융(犬戎)[38]과 연합하여 그 군사를 몰아 호경을 침략하였다.

이에 유왕은 연속 봉화를 올려 제후의 구원을 알렸지만, 유왕을 도우려 달려오는 제후는 없었다. 결국 유왕은 여산(驪山)[39]에서

---

38 견융(犬戎) – 先秦 시대 서융(西戎)의 한 부족. 周代에는 周의 서쪽, 今 甘肅省 동부와 영하(寧夏) 일대에 거주했었다. 《史記》에서는 이들이 하후씨(夏后氏) 후예의 한 갈래라고 기록했다. 고사서에 나오는 험윤(獫狁), 곤이(緄夷), 훈죽(葷粥), 귀방(鬼方) 등이 모두 견융(犬戎)을 지칭하는 이름이며, 흉노족의 다른 명칭이라는 주장도 있다.

39 여산(驪山) – 今 섬서성 서안시 동쪽의 秦嶺山脈(진령산맥) 한 줄기인 驪山(여산, Laíshān)은 동서 약 25km, 남북 14km, 해발 최고 1,302m의 큰 산이다. 여산의 이름은 멀리서 보면 흑색의 駿馬(준마)처럼 보인다 하여 검은 말 여(驪)로 이름이 지어졌다. 이 여산 아래에 현종과 양귀비 사랑의 무대인 유명한 온천 화청지(華淸池)

피살되었고, 포사는 견융의 포로가 되었다가 스스로 목매죽었다.

견융은 나라의 모든 재물을 노략질 하였고, 서주는 멸망했다.[40]

한편 유왕에게 폐립된 본래의 태자 의구(宜臼)는 곧장 외가인 신국(申國)으로 도주했다. 유왕은 사자를 보내 의구를 요구하였지만 신후는 단호히 거절했고, 신국과 유왕의 싸움에서 유왕은 패전 사망하였다.

가 있다. 화청지는 수려한 풍경과 질 좋은 지하 온천수 때문에 역대 제왕들의 관심을 받아왔다.

西周의 유왕(幽王)은 여기서 봉화 불을 올려 제후들을 농락했었고, 진시황이나 한 무제(漢 武帝)도 모두 이곳에 행궁(行宮)을 설치했었다. 여기에는 당 태종의 목욕탕인 星辰湯(성신탕)과 현종과 귀비의 침소인 飛霜殿(비상전), 蓮花湯(연화탕) 등 유적이 남아 있다.

40 《詩經·小雅·正月》에서는 포사가 宗周를 멸망케 했다고 노래했다.

마음의 시름이여, 무엇이 맺힌 듯하다.	「心之憂矣, 如或結之.
지금의 다스림은, 어찌 이리 사나운가?	今茲之正, 胡然厲矣?
한창 드센 불꽃도, 꺼버릴 수 있지만,	燎之方揚, 寧或滅之.
혁혁한 周 왕실을, 포사가 꺼버렸네.	赫赫宗周, 褒姒滅之.」

3. 평왕의 천도

동주(東周) 평왕(平王) 〈출처: 위키백과〉

유왕(幽王)이 견융의 침입을 받아 여산(驪山)에서 패사하자, 신후(申侯)와 증후(繒侯), 허(許) 문공(文公)의 도움을 받은 폐태자 의구(宜臼)가 즉위하니, 이가 평왕(平王, 재위 前 770−720)이고, 낙읍(雒邑, 지금의 하남성 낙양시)으로 천도하였다. 이를 평왕 동천(平王 東遷)이라 하고, 이후의 주 왕실을 동주(東周)라고 한다.

○ 추락한 왕실 권위

그러나 의구는 견융을 끌어들여 부왕을 공격 살해했다는 시부(弑父) 혐의에서 자유로울 수 없었다.

결국 의구는 견융(犬戎)으로부터 피할 수 있고, 또 진국(晉國)과 정국(鄭國)의 지원을 받아 낙양으로 천도하였다. 이로부터 춘추시대가 시작되었다.

　前 720년에, 의구도 죽어 시호가 평왕(平王)이었다.

　이런 과정에서 주조(周朝)의 국세는 천길 낭떠러지로 추락하였고, 진(晉)과 정(鄭) 두 나라 이외 다른 제후들은 평왕을 통치를 거부하는 형세였다. 곧 동주 국왕의 권위는 출발 시점부터 이미 땅에 떨어졌으니, 그저 명목상의 천자였고, 겨우 낙읍 일대 최소한의 직할지에서 왕명이 통할 뿐이었다.

○ 제후국의 강성

　낙읍(洛邑)으로 천도한 주 왕실의 권위 추락은 필연의 결과였다. 서주(西周, 宗周) 시절에도 강성한 제후국에서는 주 왕실에 입조하지 않거나, 조공(朝貢)을 보내지 않아도 주 왕실에는 나약한 국력으로 제후국을 제재할 방법이 없었다.

　그런데 주 왕실이 동천한 이후 주 왕실의 직할지를 늘린다는 것은 주변 제후국의 영지를 삭감해야 하는데, 어느 제후가 자신의 강역을 잘라주겠는가?

　주 개국 당시 태공〔太公, 여상(呂尚)〕[41]은 제(齊)에 피봉되었는데, 당시 제(齊)는 이민족인 동이족과 접경했었다. 그러나 제는 사방으로 영역을 확대하여 이미 서주 시대부터 강국이었다.

---

41 태공망(太公望) — 姓 姜(강), 氏는 呂(여), 名 尚(상). 周 文王과 武王의 軍師. 姜太公, 呂太公, 齊太公으로도 호칭. 태공은 齊國에 봉해졌다. 그의 戰功으로 후대에 武聖, 또는 兵家之聖으로 존숭되었다.

그리고 춘추시대에 교통요지에 자리 잡아 번성하는 정(鄭)과 산동(山東) 동쪽 끝에서 영역을 넓히며 어염(魚鹽) 이득으로 강대국으로 급성장한 제(齊), 그리고 산서(山西)의 평원을 배경으로 호인(胡人)과 교류하면서 농업과 목축으로 부강해진 진(晉), 남방으로 끝없이 영토와 인구를 늘려간 초(楚), 서쪽에서 목축으로 부강해진 진(秦), 장강 하류의 오(吳)와 월(越) 등이 이미 국력 경쟁을 벌리고 있었다.

　　이에 주나라 왕실은 명의(名義)상으로 '천하의 공주(天下共主)'일 뿐, 실제상으로는 제후국을 호령하지도 못했고, 호령할 의도조차 없었다. 제후국에서 때로는 주 왕실을 무시하는 처사가 있을 때, 다른 제후국에서는 그런 제후를 견제하는 명분으로 주 왕실의 존중을 내세워, 자신의 행위를 정당화하려 했다.

　　말하자면, 주 왕실에 대한 존중은 그냥 명목뿐이었다.

　　그러다 보니 강력한 제후는「존왕(尊王)」을 구호로 내세우며 제후들을 휘하에 장악하려 했으니 이런 제후, 곧 제후들 사이에 패권을 장악한 패주(霸主, 霸는 으뜸 패)가 등장하게 된다. 그러면서 결국 주 왕실은 패주에게 이용당하는 괴뢰(傀儡, 꼭두각시)가 되었다.

4. 정 나라의 흥성

(1) 정국(鄭國)

춘추시대 제후국 정(鄭)나라는 작은 나라였고, 그 출발도 다른 제후국에 비하여 크게 늦었다. 그리고 정(鄭)의 국군(國君)은 희(姬) 성(姓)에 백작(伯爵)이니 작위도 낮은 편이었다.

前 806년, 주(周) 여왕(厲王, 재위 前 877 – 828)의 막내아들로 한때 중흥을 이뤘던 주 선왕(宣王)의 동생인 왕자 우(友)가 정〔鄭, 지금의 섬서성 동부 위하 하류 위남시(渭南市)〕에 건국하니, 이가 정(鄭)의 개국시조인 환공(桓公, 재위 前 806 – 771)이었다.

정국(鄭國)은 처음에 주 왕조의 기내(畿內) 제후로 출발하였고, 여왕(厲王)의 폭정과 함께 쇠약해진 왕실이기에 정은 적극적으로 활로를 모색해야만 했고, 주 왕실과 존망을 같이할 수는 없었다.

정 환공은 왕실의 쇠약과 견융의 압박을 피할 수 있는 땅으로 제수(濟水), 낙수(洛水), 황하(黃河)와 영수(穎水)의 사이에 큰 나라가 없으니, 그곳의 괵국〔虢國, 동괵(東虢), 지금의 하남성 정주시(鄭州市)〕과 회국(鄶國)의 국군(國君)에게 재물을 주어 달래면서 점차 무력을 키우면, 새로운 땅을 얻을 수 있을 것이라 생각하였다.

결국 그런 계획을 실행하여 지금의 하남성 중부에 새로운 정나라 곧 신정(新鄭)을 건설하고 동쪽으로 나라를 옮겼다. 이제 정(鄭)은 기내(畿內) 제후에서 기외(畿外) 제후가 되었다.

○ 정국(鄭國)의 발전 – 상업 발달

정국의 동쪽에는 오래된 약소 제후국인 노(魯)와 송(宋)이 자리했고, 서북은 동천해 온 주왕실, 곧 성주(成周)와 그 멀리에 진(晉)이 있었다. 동북으로는 황하를 건너 위(衛), 서남쪽에는 진(陳)과 채(蔡), 허(許), 그리고 초(楚)가 이미 자리 잡았으며 그밖에 이성(異姓) 제후로 강성(姜姓), 언성(偃姓), 영성(嬴姓)의 여러 소국이 있었다.

주실(周室)이 동천(東遷)할 때, 정국(鄭國)과 진(晉)은 주실을 보위할 책임을 분담해야만 했다. 그러나 진(晉)이 내분으로 쇠약해지면서 주 왕실은 괵(虢)과 정(鄭)에 의지하였다.

정 환공은 주실을 도와 견융과 싸우다가 전사하였다.

그리하여 정 무공(武公, 재위 前 771 – 744)은 신정(新鄭)으로 천도하였다. 주 왕실이 동천한 이후 견융의 침입을 피해 동쪽으로 옮겨온 나라가 정나라뿐은 아니었다. 그러나 정은 처음부터 의도적으로 동천을 계획했고 새로운 터전이 중원(中原)의 교통 중심지라서 농업과 상공업에 유리하였다.

정(鄭)에서는 상업활동을 중시하면서 상인과 맹약을 통하여 상인은 정의 통치에 배반이나 항거하지 않으며 나라에서는 상업활동을 방해하지 않겠다고 약속하였다.

이에 각국의 상인들이 정에 모여들었고, 안심하고 상업을 경영하였으며, 정(鄭)에서는 정책적으로 상업활동에 유리한 여러 가지 조치가 있었다. 때문에 정의 상인은 서쪽으로는 진(秦)까지 상업로를 개통 확장하였으며, 남쪽으로는 초(楚), 서북으로 진(晉),

동북으로는 연(燕)까지 활동 지역을 넓혔다. 때문에 정(鄭)에서는 상인으로부터 얻을 수 있는 세금이 국고 수입의 중요한 부분이었고, 수공업 생산도 크게 늘어났다. 그러면서 늘어난 국고로 황무지 개간을 권장하며 농민 조세를 경감하여 부유하고 강성한 제후국이 되었다.

○ 장공(莊公) 즉위

장공은 주 왕실과 가까운 제후이면서 동주 왕실의 대신(大臣)으로서의 신분과 지위를 십분 활용하였다. 그리하여 겉으로는 왕실의 명분을 내세우면서 자국의 사리를 추구하였다.

정국은 주변의 소국을 겸병(兼倂)하면서 허국(許國)을 침탈하였고, 주변 송(宋)과 위(衛), 노(魯) 등 여러 나라 내정에 간섭하였으며, 제(齊)의 북적(北狄) 땅 침공을 응원하는 등 장공 재위 시 정국은 점차 강대해졌다.

이리하여 정 장공[莊公, 재위 前 744 - 701, 이름은 오생(寤生)]은 정국 3대 군주로 《사기 십이제후년표(史記 十二諸侯年表)》에는 정 무공[武公, 14년(前 757)]년 출생하였다고 기록되었다.

○ 불효 불목(不孝 不睦)

장공은 늘 아우 편을 들어주던 모친 무강을 영(穎, 강 이름 영)에 연금하면서 '황천에 가기 전에는 영원히 다시 만나지 않을 것(不到黃泉, 永不再相見)' 이라 다짐하였다. 뒷날 장공은 형제간 불화 불목(不和不睦)과 모친께 불효를 후회했다.

정나라에 영고숙(穎考叔)이란 사람이 장공에게 좋은 물건을 헌상하였다. 장공은 영고숙을 불러 음식을 대접했다.

그러자 영고숙은 식사 중에 고기(肉)를 따로 골라내었다.

장공이 묻자, 영고숙은 가져다가 모친께 드리려 한다고 말했다.

이에 장공이 말했다.

"경에게 노모가 계신가? 나는 노모를 모실 수가 없다오."

그러자 영고숙은 일부러 모른척하며 사연을 물었다. 장공은 사연을 말하면서 후회의 빛이 역력했다.

영고숙은 일을 꾸며 땅속에 길을(地下道) 팠는데 지하수(황천 黃泉)가 나오자 그만 팠다. 그리고 장공과 장공의 모친을 지하도, 곧 황천에서 상면케 하였다. 모자는 다시 좋아졌다.

장공과 아우 숙단과의 다툼, 모친과의 불화 등은 당시 주나라에서 종법 질서가 흔들리면서 효제(孝悌)의 윤리도덕이 바뀌었음을 의미했다.

서주에서는 불효와 불목(不睦)은 모두가 응징해야 할 죄악이었다. 그러나 당시 사람들은 장공에게 어떤 책임이 있다고 비난하지 않았다. 이는 단순히 '있을 수 있는 우연히 발생한 사건'으로 인식되었다.

○ 주(周)와 정(鄭)의 인질교환(周鄭交質)

정 장공은 부친 무공이 주 평왕 조정에서 받았던 경사(卿士)의 지위를 계승하였다. 뒷날 주 평왕이 괵공(虢公)을 총애하고 신임하며 정 장공의 권한을 축소하려 하자, 장공과 周 왕실과의 우호관계는 깨졌다.

이에 정 장공은 주 황실을 크게 혐오(嫌惡)했고, 주왕은 재빨리 변명하면서 왕자(王子)인 호(狐)를 정(鄭)에 인질로 보냈다.

따라서 정(鄭)에서도 세자 홀(忽)을 인질로 입조(入朝)시켰다.

이는 제후국의 대종(大宗)이 주 왕실과 대등한 지위에 올라선 것이고, 주 왕실의 권위가 땅에 떨어졌음을 확실하게 보여주는 사건이었다.

○ 수갈지전(繻葛之戰)

前 720년 주 평왕이 죽자, 주(周) 조정에서는 괵공에게 집정(執政)을 위임하며 장공의 권한을 대체하려 했다.

그런데 정(鄭)에서는 군사를 동원하여 온(溫) 땅의 보리(麥)와 周 왕실 소유의 벼(禾)를 거둬들였다. 이 때문에 주(周)와 정(鄭)의 관계는 크게 악화되었다.

前 717년, 정 장공이 입조했을 때, 주 환왕(桓王, 재위 719-697)은 이전의 앙금이 남아 있어 정 장공을 예우하지 않았다.

2년 뒤에(前 716) 정(鄭)에서는 주 왕실에 보고하지도 않고 노(魯)와 영지를 서로 교환하기로 합의하였다. 그러면서 정(鄭)과 제(齊)는 함께 주(周)에 입조하였다.

환왕 13년(前 707), 주 환왕은 주조(周朝)에서 장공의 권력을 회수하려 했고, 화가 난 장공은 주왕실에 입조하지 않았다. 이에 주환왕은 연합군을 조직하여 정국을 공격하였으나 오히려 정의 장군 축담(祝聃)의 화살에 어깨 부상을 입었고, 주 왕실의 군사는 대패하였다.

이를 수갈지전(繻葛之戰)이라 한다. 수갈은 지명으로, 지금의 하남성중남부 허창시(許昌市) 관할 장갈시(長葛市)에 해당한다.

비록 전투에서 대승했지만 정 장공은 천자의 지위를 넘볼 마음은 없었다. 이후 주실과 정나라 사이의 전투는 없었다. 이로써 정(鄭)의 대외적 지위는 크게 높아졌고, 주 왕실 편에 섰던 위(衛), 송(宋), 진(陳), 채(蔡) 4국은 쇠약해졌으며, 허(許)는 멸망했다.

나중에 주 환왕(桓王)이 병사하자, 주(周)에서는 재력이 부족하여 천자의 예에 따라 장례를 치루질 못하고 7년이 지난 다음에야 겨우 안장했다. 정 장공은 前 701년에 죽었는데, 이후 정나라의 국력도 계속 약해졌다.

정 장공이 죽고 세자 홀(忽)이 즉위하니, 정 소공(昭公)이다. 이후 정의 정치는 크게 문란하였고, 약소국의 명맥을 이어오다가 정 강공(康公, 재위 前 395 - 375) 때, 한(韓)에게 병합되어 완전히 멸망하였다.

○ 정 자산(鄭 子産)

정나라에 꼭 기억해야 할 사람이 있으니, 바로 자산〔子産, ?─前

522, 성은 희(姬), 국씨(國氏). 이름은 교(僑), 자(字)는 자산(子產), 이자행 (以字行))이다.

정 자산은 공손교(公孫僑), 동리자산(東里子產, 동리는 살았던 마을 이름) 또는 정교(鄭喬)로도 표기된다.

자산이 집정하는 시기에 정나라의 내정을 개혁하고, 외교에 공을 들여 위(衛)의 침략을 막아내며 국익을 지켜 정나라 백성의 존경을 받았다.

자산은 중국 역사에서 재상(宰相)의 전범(典範)으로 추앙된다. 자산은 前 536년에 정국의 형법을 정(鼎)에 주조하였는데, 이는 중국의 최초 성문법이라 알려졌다.

공자는 정나라의 자산을 유능한 정치가로 공경하였다.

○ 정국(鄭國)의 멸망

정 성공(聲公, 재위 前 500 – 463) 재위 중에는 진국(晉國) 6경의 세력이 강대하여 정의 영토를 잠식하였다. 성공(聲公) 5년(前 496), 자산이 죽으면서 정나라는 확실하게 기울기 시작하였다.

정 유공(幽公, 재위 423)은 정 공공(共公)의 아들로 1년간 재위하였는데, 한(韓)의 무자(武子)가 정(鄭)을 침략하여 유공을 죽였다. 그러자 정나라 사람들은 유공의 동생을 옹립하니, 이가 수공(繻公, 재위 前 422 – 396. 繻는 고운 명주 수)이다. 수공은 前 398년에 상(相)인 자양(子陽)을 죽였는데, 2년 뒤에 자양의 일당이 수공을 시해하였다.

이어 정 유공(幽公)의 동생인 강공[康公, 이름은 을(乙), 재위 前 395－375]은 한(韓) 애후(哀侯)에게 병탄되어 소멸하였다.

5. 제齊의 흥망 성쇠

(1) 제(齊)의 역사 개관

○ 강태공〔姜太公, 여상(呂尙)〕

태공망(太公望, 생졸년 미상)은 강(姜) 성(姓)에 여(呂)씨. 이름은 상(尙)이고, 자(字)는 자아(子牙)이다. 주 문왕(文王)과 주 무왕(武王)의 군사(軍師)였다. 보통 강상(姜尙), 강자아(姜子牙), 여상(呂尙), 여망(呂望)으로 부르며 강태공, 여태공(呂太公), 제태공(齊太公), 태공(太公), 태공망(太公望)의 호칭에, 상보(尙父, 父는 남자의 미칭 보), 사상보(師尙父)는 별칭이다. 사상보는 사부(師傅)이며 존경받고(尙) 부친과도 같다(父)는 뜻으로 태공의 모든 것을 종합한 말이다.

공자는 문성(文聖)이고 여상은 무성(武聖)으로, 병가지성(兵家之聖), 소열무성왕(昭烈武成王)으로 존중받는다. 당 초에는 무성왕묘(武成王廟)를 세워 제사하며 공자의 문묘(文廟)와 동격으로 숭배했다.

태공망은 주조(周朝)를 도와 은상(殷商)을 토벌하는데 유공(有

功)하여 제국(齊國)에 봉해졌다. 제(齊)의 국성이 강씨(姜氏)이기에 강제(姜齊)라 부른다. 이는 前 386년에 전화(田和, 재위 前 386-383년)가 강씨를 대신하여 제후가 되면서 전씨(田氏, 陳氏)의 제(齊)와 구분하기 위한 명칭이다.

강태공이 위수(渭水)에 낚시를 할 때, 긴 낚싯대에 짧은 줄, 구부리지 않은 곧은 낚싯바늘에, 뒤로 돌아앉아 낚시를 했다.

여기서 '강태공이 낚시를 한다(姜太公釣魚). -그래도 원하는 자는 걸려든다(願者上鉤).'라는 속언(俗諺, 정확히는 헐후어)이 생겼다. 중국인들은 만사가 잘 풀릴 때, '태공재차(太公在此, 태공이 여기에 있다)'라고 말한다.

○ 제(齊)나라의 시작

서주 무왕이 은(殷)을 정벌한 뒤에 주조(周朝)의 공신(功臣)과 종실(宗室)을 각지에 봉(封)했다. 일정한 지역(封土)을 나눠준 제후(諸侯)에게 지방 통치를 일임하는 제도가 봉건(封建)이다. 곧 종실은 동성 제후이고, 공신은 성씨가 다르기에 이성 제후(異姓 諸侯)라 칭한다.

제국(齊國)은 주대(周代)의 제후국으로 서주에서 춘추전국시대에 걸쳐 존속했다. 제는 개국 공신인 강상[姜商, 여상(呂尙), 태공(太公)]을 영구[營丘, 후에 임치(臨淄)로 개명]에 봉한 나라인데, 국군(國君)이 강성(姜姓)이라서 이를 보통 강제(姜齊)라고 부르며 서주 시대에서 동주의 춘추시대까지 이어졌다. 그러다가 전국시대 초기에 전씨[田氏, 전화(田和)]가 제(齊)의 국권을 탈취하였으나, 국명을 그대로 사용했기에 이를 전제(田齊)라 하여 강성(姜姓)의 제(齊)와 구분한다.

○ 춘추시대(春秋時代) - 강제(姜齊)

제(齊)의 시조인 태공[太公, 여상, 字 자아(子牙), 재위 前 1046 - 1026년]은 도읍인 영구(營丘)에서 풍속을 바로잡아 가며 예교(禮敎)와 바른 정치를 실행하였다. 특히 농토가 많은 자연 조건에, 어염(魚鹽)의 이득이 있으며, 상공업의 발달로 인구가 크게 증가하여 제는 건국 초기부터 강대국으로 발전할 여건이 갖춰져 있었다.

춘추 초기에 제(齊)의 상대적 라이벌인 노국(魯國, 주공을 봉한 나라) 사이에는 전쟁이 많았다. 前 689에 제 양공(襄公)은 기국(紀國)을 병합하여 동쪽으로 확장할 발판을 마련했다.

前 686, 공손(公孫)인 무지(無知)가 양공(襄公)을 죽이고 자립했는데 공자(公子) 규(糾)는 노(魯)로, 공자(公子) 소백(小白, 뒷날 제 환공)은 거국(莒國)으로 망명했다. 다음 해 제국(齊國)에서 무지(無知)가 피살되었다.

이에 노(魯)에서는 제(齊)를 공격하면서 공자(公子) 규(糾)를 옹립하려 했다. 한편 제의 고씨와 국씨는 소백(小白)을 불렀는데, 소백이 먼저 입국하면서 노(魯)의 군사를 격퇴했다. 즉위한 소백이 춘추시대 첫 번째 패자(覇者)인 제 환공(桓公, 재위 前 685 - 643)이다.

○ 춘주 말기 제나라

환공이 죽으면서 제(齊)는 패주(覇主)의 지위를 상실했고 이후 제후의 패권은 진(晉) 문공(文公)이 장악하였다. 前 567년 제의 영공(靈公)은 내국(萊國)을 멸망시켜 그 영역을 지금의 산동반도의 동부까지 확대하였는데, 동쪽으로는 발해(渤海)와 동해, 서쪽으로는 황하에, 남으로는 태산, 북으로는 체수〔棣水, 지금의 하북성 남부 창주시(滄州市)〕에 닿았다.

춘추 말년에 제(齊)는 크게 쇠락하면서 내부 간 권력 싸움이 빈발하였다. 前 548년에, 최저(崔杼)가 장공(莊公, 재위 前 554－548)을 시해하고, 경공(景公)을 세웠다. 前 546년, 좌상인 경봉(慶封)은 최씨를 공격하였고, 최저는 자살했다. 前 545년, 포씨(鮑氏), 고씨(高氏), 난씨(欒氏)가 경씨(慶氏)를 공격했고, 경봉(慶封)은 오국(吳國)으로 망명했다.

이후 제국(齊國) 정치는 상대부(上大夫) 안영〔晏嬰, 안자(晏子), 前 578－500, 자(字) 중(仲), 시호 평(平), 습관상 안평중, 또는 안자로 호칭〕이 주도했다. 안영의 생활은 질박(質朴)하고 검소했으며, 하사(下士)에게도 겸양(謙讓)했다. 바른 말로 경공(景公)을 일깨웠고 사마양저(司馬穰苴),[42] 월석보(越石父) 같은 인재를 등용했다. 안자로 인

---

42 司馬穰苴(사마양저, 생졸년 미상)는 嬀(규) 姓, 田氏, 名 穰苴. 춘추 후기, 齊 敬公(경공, 재위 前 548－490)의 장수. 兵法家. 田完의 후손.

해 제국(齊國)은 나라의 위신(威信)이 크게 높아졌다.

경공 때에, 진환자〔陳桓子, 전환자(田桓子)〕가 백성에게 시혜(施惠)하면서 백성의 마음이 진씨(陳氏, 전씨)에게 쏠렸고 이후 진씨의 세력이 강대해졌다.〔진(陳)과 전(田)은 당시에 동음(同音)이었고 서로 혼용하였다. 나중에는 전씨로만 표기했다.〕

前 532년, 전환자는 포씨(鮑氏)와 연합하여 난씨(欒氏), 고씨(高氏)를 공격했다. 이후 전씨 일족이 제(齊)의 국정을 거의 주도하였다. 前 386년, 전성자(田成子)의 현손인 전화(田和)는 제후로 자립하였고, 齊 강공(康公)을 해도(海島)로 방출하였다. 前 379년, 강공이 죽으면서 강제(姜齊)의 제사(祭祀)는 단절되었다.

(2) 제(齊) 환공(桓公)

○ 패도정치(覇道政治)

패도(覇道 / 覇 으뜸 패)는 전국시대 법가(法家) 사상의 대표자라 할 수 있는 한비(韓非)[43] 및 상앙(商鞅)[44] 등이 주창한 통치술의 한

---

43 韓非(한비, ?前 281 – 233) – 戰國시대 말기 韓國(한국)에서 출생. 法家 思想의 대표적 인물. '法, 術, 勢' 를 동시에 존중하는 이론을 세워 法家思想을 집대성했다.

44 상앙〔商鞅, 衛鞅(위앙), 公孫鞅. 前 390 – 338〕 – 戰國시대 정치가, 법가 사상의 대표자. 위국(衛國) 왕족 출신이라서 衛鞅 또는 公孫鞅(공손앙)이라 했다. 公孫은 衛公의 孫子라는 뜻. 庶孽公子(서얼공자)라는

가지이다.

이는 법가의 대표적 저술인 《한비자(韓非子)》 및 《상군서(商君書)》 등에서 볼 수 있다. 일반적으로 국내적으로는 군주전제권(君主專制權) 및 중앙집권을 강화하고, 부국강병책을 채용하며, 대외적 팽창정책으로 여러 제후국 사이에 패권을 장악할 국가경영을 목표로 한다.

이는 유가(儒家) 특히 맹자(孟子)가 강조하는 인의를 바탕으로 하는 왕도(王道) 정치의 상대적인 개념이다.

이러한 법가 사상을 가장 먼저 적극적으로 수용하고 채택한 제후는 진(秦) 효공(孝公, 재위 前 362 – 338)과 소양왕(昭襄王)[45]이었다.

―――

말은 직명이 中庶子였기에 이런 기록이 생겼는지도 모른다는 주석이 있다. 秦에서 戰功으로 상(商, 地名)에 봉해졌기에 商君, 또는 商鞅으로 통칭한다. 商鞅變法(상앙변법)으로 秦國을 강국으로 발전케 했다. 革法明敎(혁법명교)로 국가의 기강을 세웠고, 진공무사(盡公無私)한 정치인이었으며, 군사적 능력을 발휘한 전략가였다. 秦 孝公의 相을 역임했다. '徙木立信(사목입신)'의 故事가 유명하다. 그러나 人性이 각박했고 秦에서 빈부의 차를 극대화했으며 혹형(酷刑)을 남발했고, 우민(愚民) 정책을 펴면서, 儒家學說을 반대했다. 秦 孝公이 죽고 아들 惠文君이 계위(繼位)한 뒤 참소를 받았고, 자신이 만든 법에 걸려 거열형(車裂刑)으로 죽었다. 《史記 商君列傳》에 입전(立傳)되었다. 그 저서 《商君》 29편이 있었으나 지금은 그 일부분이 남아 전한다.

45 소양왕〔昭襄王, 簡稱 昭王. 재위 前 306 – 251. 名 稷(직)〕 – 秦 惠文王의 子, 秦 悼武王(간칭 武王)의 아우. 在位 56년이라는 대기록을 갖고 있다. 재위 기간에 범수(范雎) 같은 名臣과 백기(白起) 같은 무장을

효공은 예양(禮讓)을 버리고 전쟁을 貴하게 생각하였으며 인의 (仁義)를 방기(放棄)하고 사휼(詐譎)을 채용하며 부국강병을 추구하였다. 그 결과 진의 국력은 비약적으로 발전 융성하였기에 최종적으로 진시황(秦始皇)은 6국을 소멸케 하여 천하를 통일했다.

패도정치는 군비(軍備)를 충실히 하고, 대외적 확장정책을 추구하며, 내정에서는 법치로 국가기강을 확립하고 혹리(酷吏) 등용과 엄격한 형벌로 백성을 통제하기에 빠른 시일 안에 부강을 이룩할 수 있지만, 장치구안(長治久安)할 수 없다는 결정적 약점이 있었다.

실제로 진은 이러한 패도정치로 천하 통일을 성취하였으나 민력을 남용하였기에 신속하게 멸망하였다. 그러나 현실적으로 많은 제왕들이 이러한 패도정치를 채용, 시행하였다.

○ 춘추오패(春秋五霸)

춘추시대에 많은 제후국 사이에 패권을 장악한 5명의 제후가 있었는데, 이를 역사에서는 춘추오패라 불렀다. '五霸'는 '五伯'으로도 쓰는데, 이때 백〔伯, 맏이 백, 장자(長子)〕의 우리말 독음은 '패'

───────

등용했다. 부국강병책에 성공하여, 증손인 진시황의 통일 기반을 닦아주었다. 특히 前 260년 長平之戰에서 趙에 대승을 거두었다. 前 256년에 소양왕은 주 왕실 東周를 멸망시켰고, 前 251년 75세에 죽었다.

이다. 춘추오패는 전국칠웅(戰國七雄)과 나란히 비교, 통용된다.

다섯 명의 패자(覇者)는 《춘추좌씨전(春秋左氏傳)》에 보이는데, 기록에 따라 약간의 차이가 있다.

① 패자 및 재위 기간	② 패자 및 재위 기간
齊 桓公(환공), 前 685－643	齊 桓公
晉 文公(문공), 前 636－628	晉 文公
楚 莊王(장왕), 前 613－591	楚 莊王
秦 穆公(목공), 前 659－621	吳王 夫差(부차), 前 495－473
宋 襄公(양공), 前 650－637	越王 勾踐(구천), 前 496－464

패자된 제후는 제후들을 불러 모아(會) 맹서하는 의식을 실행하는데(盟, 다짐할 맹), 이러한 회맹의 주요 주제나 내용은 아래와 같다.

㉠ 존왕양이(尊王攘夷, 尊 周室, 攘 夷狄, 물리칠 양)

㉡ 금억찬시(禁抑簒弑, 찬탈이나 시해 행위를 하지 않는다.)

㉢ 제재겸병(制裁兼倂, 겸병 행위를 제재한다.)

○ 환공(桓公)의 즉위

제 환공은 제후국 제(齊)의 15대 군주이다. 강성(姜姓)에 제씨(齊氏)이며, 이름은 소백(小白)으로 제 희공(僖公, 재위 前 731－698)의 아들이며 제 양공(襄公)의 동생으로 춘추 오패 중 첫째이다.

제 양공 12년(前 686), 제의 대부인 연칭(連稱)과 관지보(管至父)가 양공을 살해한 뒤, 희공의 당제(堂弟)이며 공손(公孫)인 무지[無

知, 제 희공(僖公) 동모제(同母弟)]를 주군으로 옹립했다. 그러나 前 685년, 제(齊) 대부 옹름(雍廩)이 무지(無知)를 죽였다.

이런 내란 속에 형인 공자(公子) 규(糾)는 관중(管仲)의 보필을 받으며 노(魯)에 피신했고, 아우인 공자 소백(小白)은 포숙아(鮑叔牙)를 데리고 거국(莒國)⁴⁶에 피신하고 있었다.

공자 규와 소백은 국내의 상황 변화를 탐지하여, 무지(無知)가 피살당하며, 주군 자리가 비었음을 알았다. 공자 규(糾)와 소백(小白)은 제각각 귀국을 서둘렀다.

노(魯)에서는 군사를 내어 공자 규를 호위하여 귀국시키려 했다. 규는 관중을 거국에 밀파하여 소백의 귀국을 저지하려 했다. 관중은 귀국 중인 소백을 죽이려 활을 쏘았다. 관중의 화살은 소백의 허리띠 고리(帶鉤)에 명중했는데, 소백은 일부러 소리를 지르며 쓰러졌다.

관중은 공자 규에게 소백이 죽었다 알렸고, 공자 규는 여유롭게 노(魯) 군사의 호위 속에 귀국하였다.

그러나 죽은 체했던 소백은 서둘러 귀국했고, 도읍인 임치[臨淄, 지금의 산동성 중동부 치박시(淄博市)]에서 고혜(高傒) 등 제(齊) 귀족의 도움을 받아 즉위했다(환공, 前 685).

---

46 거국(莒國) – 춘추전국시대의 侯國. 前 1046년 건국, 前 431년 楚에게 멸망했다. 거국은, 今 산동성 남동부 일조시(日照市) 관할 거현(莒縣). 유명한 成語 '毋忘在莒(무망재거)'가 있다.

환공은 즉위하면서 곧 군사를 동원해 공자 규를 옹위하는 노(魯)의 군사를 공격했다. 노는 대패했다. 포숙아가 환공의 뜻을 노에 전달했다.

「공자 규(糾)는 제군(齊君)의 형이라서 차마 직접 죽일 수가 없으니 노나라에서 처형하기 바랍니다. 공자 규의 사부인 소홀(召忽)과 관중은 주군의 원수이니 노에서는 두 사람을 잡아 압송해 주기 바랍니다. 만약 魯에서 거부한다면 군사를 내어 노국을 원정할 것입니다.」

노(魯)에서는 제(齊)의 요구를 수락했고, 공자 규를 처형했고, 소홀은 자살했으며, 관중은 죄수로 잡혀 제에 압송되었다.

○ 관포지교(管鮑之交)

관중(管仲)과 포숙아(鮑叔牙)의 '관포지교(管鮑之交)'는 미담 중의 미담이다. 관중(管仲, 前 725 - 645)은 희성(姬姓)에 관씨(管氏), 名 이오(夷吾), 자(字)는 중(仲)이고, 제 환공(桓公)의 상(相)이었다.

관중은 춘추시대 법가(法家)의 대표 인물 중 한 사람이며, 중국 역사상 유능한 재상의 전범(典範)이었다. 제(齊)의 내정을 개혁하면서 상업도 중시하였다. 제 환공을 도와 구합(九合) 제후하면서 병거(兵車)에만 의지하지 않았다. 《사기 관안열전(史記 管晏列傳)》에 입전되었으며,《논어》에는 공자의 관중에 대한 언급이 많다.

곧 《논어 팔일(論語 八佾)》에 子曰, "管仲之器小哉! ……焉得儉?'가 그런 예이다.

또, "微管仲, 吾其被髮左袵矣."

"桓公九合諸侯, 不以兵車, 管仲之力也. 如其仁! 如其仁!" 등인데, 기본적으로 관중의 훌륭한 정치와 성과를 칭송하였다.

환공은 자신을 죽이려고 활을 쏜 관중을 크게 증오하였다. 즉위하고서 우선 관중을 죽이려 했다. 그러나 환공 즉위의 일등 공신이라 할 수 있는 포숙아가 관중을 천거하였다.

"군왕(君王)께서는 오로지 멀리 내다보셔야 합니다. 만약 齊만을 잘 다스리려 생각하신다면, 저와, 국씨(國氏) 그리고 고씨(高氏)들의 도움으로도 충분할 것입니다. 그러나 대왕께서 제후를 제패하시려 한다면 관중(管仲)이 아니면 안될 것입니다. 관중의 재능은 저보다 훨씬 뛰어납니다. 만약 관중을 등용하신다면, 우리 제(齊)는 큰일을 해낼 것입니다."

환공은 포숙아의 말을 받아들였다. 노(魯)에서 관중을 압송하자, 포숙아를 보내 맞이하였다. 그리고 도읍 임치에 오자 관중을 상국(相國)에 임용하였다. 관중은 자신이 목숨을 건지고 등용된 것이 모두 포숙아의 천거임을 잘 알고 있었다.

포숙아(鮑叔牙, ?-前 644)는 사(姒) 성(姓)에 포씨(鮑氏). 포숙(鮑叔), 포자(鮑子)라고도 부른다. 춘추시대 제국(齊國)의 대부인데, 영상〔潁上, 지금의 안휘성 중부 부양시(阜陽市) 영상현〕 출신으로, 의리로 관중을 도왔고, 관중을 제상으로 천거했다. 성어(成語) 무망재거

(毋忘在莒)의 주인공이다.

이는《관자 소칭(管子 小稱)》에 수록되었다. 곧

「환공과 관중, 포숙아와 영척(甯戚) 4인이 술을 마셨다.

환공이 포숙아에게 말했다.

"그대는 왜 나에게 축수(祝壽)하지 않는가?"

그러자 포숙아가 잔을 들고 일어나 말했다.

"공(公)께서는 거(莒) 땅에 쫓겨갔을 때를 잊지 마십시오〔勿忘在莒(물망재거)〕. 관자(管子)께서는 노(魯)에 갇혀 있을 때를 잊어서는 안됩니다. 영척은 우거(牛車) 아래서 밥을 먹던 때를 잊지 마십시오."

그러자 환공이 피석(避席)하고 재배하며 말했다.

"과인과 이대부(二大夫, 관중과 영척)가 부자(夫子, 포숙아)의 말씀을 잊지 않는다면, 사직은 위태롭지 않을 것이다."」

이는 포숙아가 환공과 관중에게 지난 고난을 잊지 말라고 깨우친 것이다.

그래서 관중은 "생아자(生我者)는 부모이나 지아자(知我者)는 포숙이다!"라고 말했다.(《사기 관안열전》)

공자도 말했다.

"제(齊)의 포숙은 지현(知賢)하니, 이는 지(智)이다. 현자를 추천하니(推賢) 이는 인(仁)이며, 현인을 잘 이끌어주니(引賢) 이는 의(義)이다. 이 3가지를 갖추었는데 무엇이 더 있어야 하겠는가?"

(《한시외전(漢詩外傳)》).

사람이 집에 있을 때는 부모에게 의지하고(在家靠父母), 밖에 나가서는 친우에게 의지한다(出門靠朋友). 사람에게 벗이 없다면(人沒有朋友), 나무에 뿌리가 없는 것과 비슷하다(就像樹沒有根). 서로 교제하는 벗이 세상에 많이 있다지만(相交朋友世上多), 마음을 아는 이 몇인가(知心能幾人)?

유명한 교제로는 다음과 같은 성어(成語)가 있다.

관포지교(管鮑之交) — 관중(管仲)과 포숙아(鮑叔牙)의 교우.

지음지교(知音之交) — 백아(伯牙)와 종자기(鍾子期)의 교우.

문경지교(刎頸之交) — 전국시대 조(趙) 장군 염파(廉頗)와 문신 인상여(藺相如)의 교우.

사명지교(捨命之交) — 전국시대 양각애(羊角哀)와 좌백도(左伯桃)의 의리.

교칠지교(膠漆之交) — 후한 진중(陳重)과 뇌의(雷義)의 사귐.

계서지교(雞黍之交) — 후한 장원백〔張元伯, 장소(張劭), 생졸년 미상, 자(字) 원백(元伯)〕과 범거경(范巨卿)의 우정.

망년지교(忘年之交) — 후한 말기 공융(孔融)과 예형(禰衡)의 우정.

도원지교(桃園之交) — 후한 말, 유비(劉備)·관우(關羽)·장비(張飛)의 의리.

ㅇ 환공의 치적

환공은 관중을 상국(相國)에 등용했고, 관중은 여러 가지 개혁을 추진하면서 군정합일(軍政合一)과 병민합일(兵民合一)의 정책을 강력히 추진하였다.

관중은 군사의 병기 부족을 해소하기 위하여 크고 작은 범죄에 대하여 무기를 바쳐 속죄(贖罪)할 수 있는 길을 마련했다. 관중은 광산 채굴과 어염 채취를 적극 권장하면서 농민들의 조세를 경감하였으며, 상인에 대한 징세도 완화하여 인구증가와 상공업의 발달을 위한 기본 정책을 지속적으로 추진하였다.

심지어 제국 각처에 「여여〔女閭, 여인의 마을 / 일종의 공창(公娼)〕」를 설치하였고, 범죄자의 버려진 아내와 남겨진 여인으로 채워, 생계를 해결해 주면서 세금을 징수하였다.

제(齊)의 경제정책이 성공을 거두자 주변 나라에서 백성들이 모여들었다 결과적으로 여러 혁신정책은, 곧 국가의 재정 충실과 군주권의 강화로 연결되었다.

ㅇ 구합제후(九合諸侯)

제(齊)와 노(魯)는 이웃 국가였지만 경쟁과 분쟁이 많았다.

제 환공 2년(前 684)에 장작(長勺)에서 노국과 싸워 패전하였다. 환공 5년(前 681)에는 제가 노를 공격하여 격파하자, 노 장공(莊公, 재위 前 693−662)은 할지(割地)하며 강화를 요청하자, 환공은 수락하면서 노국(魯國)의 가(柯)에서 회맹하였다. 그러나 노국의 용사인 조말〔曹沫, 생몰년 미상,《사기 자객열전(史記 刺客列傳)》에 입전〕이 비수를 들고 환공을 위협하며 땅을 돌려달라고 강요하자, 환공은 수락하였다.

관중은 비록 자객의 비수로 강요된 협박이지만, 일단 수락했으니 땅을 돌려주어야 다른 제후의 신임을 얻을 수 있다고 환공을 설득하였다.

환공은 前 679년에 견〔甄, 지금의 산동성 서쪽 끝 하택시(菏澤市) 관할 견성현(鄄城縣)〕에서 송(宋)과 진(陳) 등 4국의 제후를 불러 회맹(會盟)하면서, 환공은 맹주(盟主)가 되었다. 뒷날 송국(宋國)이 맹약을 위배하자, 환공은 주(周) 천자의 명의(名義)로 몇 나라의 군사를 모아 거느리고 송을 정벌하여 송을 굴복시켰다. 이후 환공은 담(譚), 수(遂), 장(鄣) 등 소국을 병합하였다.

당시 중화의 여러 나라들이 주변 융적(戎狄)의 침탈에 고생하고 있었다. 이에 관중은 「주왕실을 받들고(존왕尊王), 이민족을 물리치자(양이攘夷)」의 구호와 깃발을 내세웠다.

그러면서 제(齊)는 북쪽으로는 산융(山戎)을 공격하고, 남쪽의 초나라를 정벌하였다. 이로써 환공은 중원의 패주(覇主)가 되었다.

환공 35년(前 651), 환공은 전국의 제후를 규구〔葵丘, 지금의 하남성 중동부 상구시(商丘市) 관할 민권현〕에서 회맹하였는데, 주 양왕(襄王)은 환공에게 동궁시(懂弓矢)와 의전용 대로(大輅, 큰 수레) 등을 하사하여 환공의 권위를 더욱 높여주었다. 환공은 전후 9차례나 회맹을 주도하여 최강이면서 완전한 패자의 지위와 명성을 얻었다.

○ 요리사 역아(易牙)

환공은 그 만년에 어리석고 우매해졌다. 요리사인 역아(易牙)[47]나 환관인 수조(豎刁),[48] 위(衛)에서 제를 찾아온 개방(開方)[49] 같은 소인을 가까이하였다. 그 결과 환공이 병사한 뒤에 제(齊)는 내란 속으로 빠져들었다.

역아(易牙, 생졸년 미상. 易은 바꿀 역, 쉬울 이. 牙는 어금니 아) 본래는 옹〔雍, 지금의 하남성 북부 초작시(焦作市) 일대〕의 무당이었기에 옹무(雍巫) 또는 적아(狄牙)라고 부르는 환공의 요리사였다.

음식 조리 솜씨가 좋았고 맛을 잘 감별하였기에 환공과 환공의 희첩인 위 공희(衛 共姬)의 칭찬을 받았다.

어느 날 환공이 지나가는 말처럼 "아직 인육(人肉)을 먹어본 적이 없다."고 하였다. 그러자 역아는 곧 자기 어린아이를 죽여, 좋

---

47 역아(易牙) − 人名. 역아 이름은 《孟子 告子章句 上》에도 보인다.

48 수조(豎刁, ?−前 642년 豎刁. 더벅머리 수. 바라 조) − 춘추 시 제국 宦官. 내시 및 宮女 감찰을 담당. 역사에 등장하는 최초의 환관. 궁중에서 환공의 시중을 들었다. 소년으로 성장하자 궁을 떠나야 했는데, 스스로 거세한 뒤에 계속 환공을 섬겼다.

49 개방(開方, 衛 文公, ?−前 635) − 姬姓, 名 계방(啓方), 또는 벽강(辟疆). 위(衛, 國名) 소백(昭伯)의 아들. 衛 대공(戴公)의 아우. 한때 본국의 혼란을 피해 齊에 피난했다. 환공이 大臣으로 등용했다. 위 대공이 죽자, 환공은 개방을 衛君(文公, 在位 前 659−635, 25년)으로 앉혔다. 뒷날 前漢 景帝의 이름(啓)을 휘(諱)하여 개방으로 표기했다.

은 요리로 만들어 올렸다.

○ 환공의 최후

환공 41년(前 645), 관중이 중병으로 누웠다.

환공이 찾아가 물었다.

"여러 신하 중 누가 경의 후임이 될만한가?"

여러 사람이 포숙아(鮑叔牙)를 관중의 후임으로 생각하고 천거하였다. 그러나 관중이 한사코 반대하였다.

"포숙아가 군자이고 완미(完美)한 사람은 틀림없습니다. 그러나 포숙아는 지나치게 청렴결백하여 조그만 잘못이나 허물도 용납하지 못합니다. 따라서 승상의 직무 수행에는 부적합합니다."

사실 관중을 재상으로 강력하게 천거한 사람이 포숙아였지만, 관중은 마지막 순간에도 포숙아를 재상으로 천거하지 않고 오히려 강력하게 반대하였다. 보통 사람의 생각으로는 관중의 배신이며 의리가 없다고 생각할 수 있다.

그러나 어쩌면, 관중은 포숙아를 너무 잘 알았고, 또 환공의 만년과 환공 사후에 전개될 수 있는 상황을 예견할 수 있었기에 진정한 벗 포숙아를 지켜주려고, 재상 임용에 강력히 반대했다고 볼 수 있다.

관중은 최후에 습붕(隰朋)[50]을 천거하고 환공 41년에 죽었다.

---

50 습붕(隰朋, ?−前 645) − 姓 姜, 氏 隰, 名 朋. 齊 莊公의 아들. 관중이 죽은 뒤에 습붕도 곧 죽었다.

환공이 후임을 천거하라고 요구하자, 관중이 말했다.

"신하에 관해서 가장 잘 아는 사람은 바로 주군입니다."

"역아(易牙)는 어떻겠는가?"

"제 자식을 죽여가며 주군의 뜻을 따른 사람입니다. 사실 그런 일은 인정(人情)에 어긋나니 등용할 수 없습니다."

"개방(開方)은 어떠하겠나?"

"부모를 버려두고 주군을 찾아와 잘 보이려 애쓰니, 보통 인정과 어긋납니다. 가까이 둘 수 없는 사람입니다."

"수조(豎刁)는 어떠한가?"

"자신의 육신을 버려 주군에게 잘 보이려 했으니 보통 인정과는 크게 다릅니다. 가까이 할 수 없는 사람입니다."

그런데도 관중이 죽자, 환공은 이 3명의 간신을 불러들였고 3인이 국권을 마음대로 농간하였다.

환공이 중병으로 눕자, 수조는 궁궐의 외부인 출입을 막고 환공에게 음식도 주지 않았다. 환공이 시중드는 궁녀에게 물을 달라고 하였으나 궁녀는 감시가 두려워 물을 주지 못했다.

이에 환공이 탄식하였다.

"아! 성인을 어찌 먼 데서 찾겠는가? 죽은 사람이 지각이 있다면, 내가 죽어 무슨 면목으로 중부(仲父, 관중)를 볼 수 있겠는가?"

환공은 굶어죽었고(前 643), 시신은 침상에 방치되어 겨울인데도 몸에서 구더기가 나왔다. 환공은 죽은 지 67일에 땅속에 묻힐 수 있었다.

환공에게는 아들이 다섯이었다. 무휴(無虧), 소(昭), 반(潘), 원(元) 그리고 상인(商人)은 각자 무리를 거느리고 다퉜다. 무휴가 계위하자 소는 도주했고, 환관 수조(豎刁)는 부하와 함께 정전(正殿)을 지키며 다른 공자 무리들과 칼과 창을 겨루며 다투었다.

공자 소(昭)는 송국(宋國)으로 도주하여, 송 양공의 지원을 받아 군사를 이끌고 도읍을 공격하자 병권을 장악하고 있던 역아(易牙)는 적을 맞아 싸웠으며, 고호(高虎) 등 노신(老臣)은 도성을 방어하였다. 역아가 군사를 거느리고 성 밖까지 출정하자 고호는 수조를 불러 전략을 논의하자고 하였다. 수조가 부름에 응하자, 고호는 수조를 죽이고 공자 소를 불러들였고 무휴는 피살당했으며, 역아는 노국(魯國)으로 망명하였다.

(3) 환공의 여러 이야기

○ 잃어버린 관(冠) - 유관설치(遺冠雪恥)

환공이 술에 취해 관(冠)을 잃어버렸다. 환공은 이를 부끄럽게 여겨 3일이나 조회를 하지 않았다.

이에 관중이 말했다.

"이는 분명 부끄러운 일입니다만 주군께서는 선정으로 치욕을 씻을 수 있습니다."

환공은 옳은 말이라 생각하며 나라 창고를 열어 빈민을 구제하고, 감옥의 죄수를 감형하거나 풀어주었다.

그러자 백성들이 노래했다.

「주군은 관을 왜 다시 잃어버리지 않을까(公胡不復遺冠乎!)」

관중은 소인들에게 은덕을 베풀어 주군을 부끄러운 일을 잊게 했지만, 생각이 깊은 군자들에게는 주군의 치욕을 더 많게 하였다. 그런 선정(善政)은 평소에 베풀어야 하거늘, 왜 주군이 부끄러운 일을 겪은 다음에야 베풀겠는가?

나라의 창고를 열어 베푼 것은 아무런 공도 없이 상을 주고 받은 것이다. 그러면 백성은 다시 요행을 바라며 노력하지 않을 것이다. 또 아무런 개과천선(改過遷善)도 없는 백성의 형벌을 완화해 준 일은 오히려 백성이 비행을 조장할 수도 있다. 이는 혼란의 근본이다. 그러니 이런 일들을 어찌 허물을 씻는 일이라 하겠는가!《한비자・난이難二》[51]

○ 얻기는 힘들고, 부리기는 쉽다(索人勞, 使人佚)

환공 재위 중에 진(晉)에서 빈객이 왔다. 담당관이 예우에 관하여 묻자, 환공은 "중보(仲父, 管仲)에게 물어보라."고 말했다.

다른 관원의 물음에 환공의 그런 대답이 세 번이나 되자 듣고 있던 광대(優人)가 웃으며 말했다.

"임금 노릇하기 참 쉽네! 처음에도 중보, 두 번째도 중보만 말

---

51 《韓非子 難二》─ 여기 난(難)은 논란(論難)의 뜻이다.《한비자》에는 〈難 一〉부터 〈難 四〉까지 4편에 여러 사례가 수록되었다.

씀하시네!"

그러자 환공이 웃으며 말했다.

"내 생각으로는, 임금이 사람을 얻기는(索人) 어렵고, 사람을 부리기는 쉬운 것이다(佚於使人). 나는 힘들여 관중을 얻었고, 관중을 얻은 뒤에야 편하지 않은가?"

그러나 환공의 말은 잘못되었다. 이윤(伊尹)은 주방장이 되었다가 탕(湯)을 섬겼고, 백리해(百里奚)는 진 목공(穆公)의 노예였다가 발탁되었다. 현인을 얻는 것은 임금에게 어려운 일이 아니다. 작위와 관록(官祿)이 있으면 현자는 찾아오게 되었다. 임금은 그들을 맞이하여 맡기면 되니, 어려운 일이 아니다. 그리고 신하를 부려 임금이 편하려 한다면 잘못이다. 일정한 원칙과 법도에 맞게 일을 시키고 상과 벌을 내려야 하니 어찌 쉬운 일이겠는가! 그러니 어찌 편할 수 있겠는가!《한비자 · 난이難二》

○ 세 가지 환난(三難)

어떤 사람이 환공에게 수수께끼를 말했다.

"첫번째 재난, 두 번째 재난, 세 번째 재난이란 무슨 말이겠습니까?"

환공은 대답하지 못하고 관중에게 물었다.

그러자 관중이 말했다.

"첫째 재난은 군주가 광대같은 소인을 가까이 하며 현인을 멀리하는 일입니다. 두 번째 환난은 도성을 떠나 멀리 바닷가에 자주 행차하는 일입니다. 세 번째 우환은 주군이 늙었어도 세자를 두지 않은 것입니다."

환공은 "옳은 말이다."라면서 택일(擇日)을 불문하고 종묘에 가서 태자를 책봉하였다.

이에 어떤 사람이 말했다.

"관중의 말은 수수께끼를 맞히지 못했다. 인재의 등용은 그를 주군 곁에 가까이 두느냐 아니냐의 문제가 아니다. 광대란 본래 주군 곁에 있는 것이 본분이다. 현사를 멀리 둔다 하여 치국에 어려움은 없다. 군주가 가진 권한을 다 행사하지 못하면서 도성을 비우고 바닷가를 돌아다닌다 하여 꼭 국난이 닥치는 것은 아니다. 태자를 늦게 세워서 탈이 아니라 태자에게 어떤 권위를 부여하고 다른 아들들을 어떻게 통제하여 방자하지 못하게 만드는 일이 정말 어려운 일이다. (중략)"《한비자 · 난삼難三》

(4) 춘추 말기의 제국(齊國)

○ 제(齊) 장공(莊公)의 죽음

최저〔崔杼, ?－前 546, 강성(姜姓), 최씨. 杼 북 저, 베틀에 필요한 용구〕는 제국의 대신으로 제 혜공(惠公, 재위 前 609－599. 환공의 아들)의 총애를 받았고, 장공〔莊公, 후장공(後莊公), 前 554－548〕을 옹립한 공이 있었다. 그러나 제 장공은 최저에게 아무런 보은도 없었고,

오히려 최저의 아내와 사통(私通)하였다. 그래서 화가 난 최저는 장공을 살해하였다.

그전에 제나라 당읍(棠邑) 대부의 아내가 미인이었다. 당읍의 대부가 죽자 최저가 아내로 맞이하였는데, 장공은 어느 새, 최저의 아내와 사통하고 있었다. 장공은 최저의 집에 와서 최저의 아내와 사통하면서, 최저의 모자를 가져다가 다른 사람에게 선물로 보내주기도 했다. 최저는 참을 수 없어 복수를 노렸다. 그러다가 장공한테 매질을 당한 환관 가거(賈擧)와 밀모하며 기회를 노렸다.

제 장공 6년(前 548) 5월에, 제 궁정에서는 거국(莒國)의 사신을 위한 잔치를 벌였다. 그러나 최저는 몸이 아프다며 참석하지 않았다.

다음 날 장공은 직접 최저의 집에 문병한다면서, 최저의 아내를 찾았다. 최저는 아내를 데리고 내실에 들어가 문을 잠그었다.

장공은 내실 뜰에 들어와 기둥을 부여잡고 노래를 하며 신호를 보냈다. 그러자 환관 가거가 대문 밖으로 나가면서 대문을 닫아 버렸다.

최저의 집 하인들이 무기를 들고 튀어나와 장공을 포위했다. 놀란 장공은 담장을 기어올라 도망치려다가 하인들이 쏜 화살에 허벅지를 맞고 떨어져 죽었다.

대신인 안영(晏嬰, 안자)이 최저의 집 대문 앞에 서서 말했다.

"나라 임금이 국가와 사직을 위해 죽었다면 신하들이 따라 죽을 것이다. 임금이 나라나 사직을 위하여 망명한다면 신하들도 임금을 따라 망명할 것이다. 그러나 임금이 자신의 사적인 욕망 때문에 죽었다면, 총애를 받는 가까운 신하가 아닌 누가 따라 죽겠는가?"

안영은 대문을 열고 들어가 장공의 시신 앞에 엎드려 통곡하며 예를 표한 뒤에, 뒤돌아보지도 않고 떠나갔다.

이에 제나라의 사관(史官)은 「최저가 장공을 시해했다.」고 기록하였다. 그러자 최저가 분노로 사관을 죽여버렸다. 그러자 사관의 동생이 사관이 되어 똑같이 기록하였다. 그러자 최저가 마찬가지로 죽여버렸다. 그 사관의 막냇동생이 사관이 되어 똑같이 기록하자 최저는 어쩔 수가 없었다.

○ 안영(晏嬰)의 인품

공자가 말했다.

"안자(晏子, 안평중, 안영)는 교제를 잘했으니, 오래 교제하면서도 늘 남을 공경하였다."[52]

안평중(晏平仲)은 제나라의 대부인데 평(平)은 그의 시호이고, 중(仲)은 그의 자(字)이다. 공자는 정나라의 자산(子産)과 안영을 유능한 정치가로 공경하였다. 공자가 35세 전후에 제(齊)에 머물면서 출사(出仕)하려 했지만 안영의 반대로 등용되지 못했다.

---

52 原文 ─ 子曰, "晏平仲善與人交, 久而敬之."《論語 公冶長(공야장)》.

위 공자 말씀의 '구이경지(久而敬之)'는 장기간 교제하더라도 상대에 대한 공경심은 여전했다는 뜻이다. 사실 이 점이 어려운 일이다. 교우이신(交友以信)의 경우 신(信)의 바탕에는 공경심이 있어야 한다.

《사기(史記)》 62권, 〈관안열전(管晏列傳)〉 중 안영에 관한 짧은 기록이지만 안영의 고결한 인품이 잘 그려져 있다.

아래에 안영에 관한 기록을 번역하였다.

「안평중(晏平仲)인 안영(晏嬰)은 동래〔萊來, 지금의 산동성 연대시(烟臺市) 관할 위해시(威海市) 일대〕의 이유(夷維) 사람이다. 안영은 제(齊)의 영공(靈公, 재위 前 581 −554), 장공(莊公, 재위 554−548), 경공(景公, 재위 548−490)을 섬기었다. 안영은 절검(節儉)과 역행(力行)으로 齊에서 중용되었다. 제(齊)의 재상이었지만, 한끼 식사에 두 가지 고기를 먹지 않았고, 그의 아내는 비단옷을 입지 않았다. 조정에 들어가서는 주군의 하문(下問)에는 겸손하게 대답하였고, 말씀이 없으면 바르게 행동하였다. 나라에 정도가 지켜지면 명령에 따랐고 무도(無道)에는 상황에 따라 판단하였다. 안영은 3세에 걸쳐 주군을 섬기며 제후들 사이에 이름이 알려졌다.

월석보(越石父, 생몰년 미상. 이름이 석보)는 현인이었지만, 죄수였다(在縲絏中). (안영이) 외출 중에 길에서 만났는데, 안영은 곁말을 풀어주고(解左驂) 속신(贖身)하여 집으로 데려왔다.

집에 온 안영은 월석보에게 손님을 맞이하는 인사도 없이 안채로 들어갔다.

얼마 있으니 월석보가 안영에게 절교(絶交)하겠다고 말했다.

안영이 놀라 의관을 바로 하고서 월석보에게 물었다.

"제가 비록 불인(不仁)하다지만, 당신은 어려운 상황에서 도와주었습니다. 그런데 어찌 이리 빨리 절교하려 하십니까?"

석보가 말했다.

"그렇지 않습니다. 제가 알기로, 나를 몰라주는 사람에게는 굴종(屈從)할 수 있지만, 나를 알아주는 사람이라면 제 뜻을 펼 수 있다고 하였습니다. 제가 죄수로 묶였던 것은 그들이 나를 몰라주었기 때문입니다. 그런데 부자(夫子)께서 저에 대해 생각한 바 있어 나를 속신(贖身)케 하였으니, 이는 나를 알아주신 것입니다. 곧 저의 지기(知己)였습니다. 그런데 지기(知己)가 저에게 무례했다면, 이는 내가 죄수로 묶여 있을 때만도 못한 것입니다."

안영은 사죄하면서 월석보를 상객(上客)으로 모셨다.

안자(晏子, 안영)이 제(齊)의 상(相)일 때, 외출하는데, 마부의 아내가 대문 사이로 남편을 바라보고 있었다. 남편은 재상의 마부가 된 것이 자랑스러운 듯 수레 덮개를 매만지고, 말에게 채찍을 흔들어대며 의기양양, 매우 우쭐대었다. 마부가 집안에 돌아오자 아내가 이혼하겠다고 말했다.

그러자 마부가 까닭을 물었고, 그 아내가 대답하였다.

"안자께서는 그 키가 여섯 자도 안 되지만, 제나라의 상(相)으로 제후 사이에 이름이 알려졌습니다. 오늘 내가 그분 외출하시는 모습을 보니, 뜻이 깊으신 듯하면서도 겸손하게 자신을 낮추셨습니다. 그런데 당신은 8척이 넘는 큰 키에 마부 노릇이나 하면서 아주 만족한 듯 우쭐대니, 저는 이혼하고 떠나겠습니다."

그 이후로 마부는 아주 겸손한 사람이 되었다. 안자가 이상하다 여겨 물었더니 마부가 있었던 일을 말했다. 이에 안자는 마부를 대부의 자리에 천거하였다.

○ 이도살삼사(二桃殺三士)

제(齊) 경공(景公, 재위 前 548－490)은 후장공(後莊公)의 이모제(異母弟)인데 재위 중에 명상(名相) 안영(晏嬰, 안자)[53]의 보필을 받았다. 경공은 궁궐을 크게 짓고, 사냥개나 말을 모았으며 사치하고 무거운 세금에 형벌을 남발하였으며 사냥을 좋아하였으나 활솜씨는 좋지 않았다.

---

53 "晏平仲(안평중)은 교제를 잘했으니, 오래 교제하면서도 늘 남을 공경하였다."《論語 公冶長》子曰, "晏平仲善與人交, 久而敬之."《論語 公冶長》晏平仲은 齊나라의 大夫인 晏嬰(안영, 晏子)이니 平은 그의 시호이고, 仲은 그의 字이다. 공자는 鄭나라의 子産(자산)과 안영을 유능한 정치가로 공경하였다. 공자가 35세 전후에 齊에 머물면서 出仕하려 했지만 안영의 반대로 등용되지 못했다.《史記》62권〈管晏列傳〉은 짧은 문장이지만 안영의 고결한 인품이 잘 그려져 있다.

그래서 「제 경공(景公)은 천사(千駟, 四馬 사)의 말이(곧 4천 필) 있었지만, 죽을 때 백성에게 덕을 베풀거나 백성의 칭송이 없었다.」《논어(論語)·계씨편(季氏篇)》고 하였다. 그러나 경공은 안영의 권고를 받아들여 국내 치안은 상대적으로 안정되었다.

제 경공은 일찍이 공자에게 정치를 어떻게 해야 하느냐고 물었을 때, 공자는 주군은 주군다워야, 신하는 신하답고, 아버지는 아버지다워야, 자식은 자식의 일을 해야 한다고 말해주었다.[54]

제 경공은 3명의 용사(공손접公孫接, 전개강田開疆, 고야자古冶子)를 우대하였다. 안영은 이 3인이 무례하고 경공에게 참언을 올린다 하여 제거하였다. 안영은 3인에게 복숭아(桃) 2개를 주며 나눠먹으라고 하자, 3인이 서로 자기의 공(功)이 크다며 다투었지만, 결국 부끄러워하며 모두 자살하였다.

이것이 '이도살삼사(二桃殺三士)'[55]의 전고(典故)이다.

---

54 《論語 顔淵》. 齊景公問政於孔子. 孔子對曰, "君君, 臣臣, 父父, 子子." 公曰, "善哉! 信如君不君, 臣不臣, 父不父, 子不子, 雖有粟, 吾得而食諸?"

55 이도살삼사(二桃殺三士) ─ 이 역사 이야기는 《晏子春秋(안자춘추)》에 처음 기록되었다. 뒷날에는 살인하기 위한 계략을 편다는 뜻으로 쓰이는 成語가 되었다. 이 고사는 그림(畫像), 화본(話本), 소설, 시가(詩歌) 등 다양한 형식으로 전환 내용과 그에 따라 내용도 조금씩 바뀌었다.

《晏子春秋》의 기록에 의하면, 春秋시대 齊 景公 때, 齊國에 공손접(公孫接), 전개강(田開疆), 그리고 고야자(古冶子) 등 3명의 장수가 있었다. 이들은 자신의 용기와 무예를 믿고 심지어 재상까지도 무시

○ 사마천의 평가

태사공(太史公, 사마천)이 말했다.[56]

「내가 《관씨(管氏, 管仲)》의 〈목민(牧民)〉, 〈산고(山高)〉, 〈승마(乘馬)〉, 〈경중(輕重)〉, 〈구부(九府)〉 등 여러 편과 《안자춘추(晏子春秋)》를 읽었는데 그 논리가 매우 정연하였다. 관중의 저서를 읽고 관중의 행적을 살펴보려고 그의 열전을 지었다. 나는 그의 책에

하였다. 이에 재상 안영은 경공(景公)과 상의하여 3인을 모두 제거하기로 결정하였다. 그래서 경공은 세 장수를 불러 2개의 복숭아(桃子)를 내려주며, '그간의 공로에 따라 大小를 갈라 먹으라'고 분부하였다. 먼저 공손접과 전개강 두 장수가 자신의 전공을 크게 말하면서 복숭아를 하나씩 집었다. 이에 고야자는 즉시 불복하였다. 고야자도 그간 자신의 전공의 대략을 말하며 즉시 칼을 빼들고, 두 사람에게 대들었다. 이런 상황에서 공손접과 전개강은 복숭아 하나를 먹으려고 다툰 자신들이 내심으로 한없이 부끄러웠다. 두 사람은 복숭아를 고야자에게 건네주면서, 스스로 목을 찔렀다. 고야자는 두 사람이 건넨 복숭아를 손에 들고, 죽어가는 두 사람을 내려다 보았다.

고야자 역시 크게 부끄러웠다. 그러면서 자기 혼자 살아남겠다는 마음이 어느 사이 사라졌다. 고야자도 현장에서 자결하였다. 경공은 3인을 후장(厚葬)하라고 명령하였다.

56 원문 太史公曰. - 이글은 太史公(사마천)의 평론하는 글이다. 이는 문체 형식으로는 찬(贊)에 속한다. 贊은 雜贊, 哀贊, 史贊으로 대별하는데, 잡찬(雜贊)은 인물의 뜻을 襃彰(포창)한 글이고, 애찬(哀贊)은 사람의 죽음을 애도하며 그 덕을 조술하는 글이다. 史贊은 역사적 인물에 대한 평론과 함께 그 행적을 襃貶(포폄)한 글이다.

대해서는 논하지 않고, 세상에 알려지지 않은 이야기들을 엮었다.

세상 사람들은 관중을 현신(賢臣)이라 칭찬하였지만 공자는 관중을 대단치 않게 여겼다. 그 까닭은 주(周)의 왕도가 쇠미(衰微)하였던 그때에, 환공이 그만큼 현명했으니 환공을 왕자(王者, 제왕)가 되도록 보필하지 못하고, 어찌 패자(覇者)가 되도록 보필했는가? 그러니 관중을 낮게 평가했을 것이다.

옛말에(語曰), 「사람의 좋은 점을 더욱 장려하고(將順其美), 나쁜 것을 널리 바로 잡아주어야(匡救其惡) 상하가 함께 친밀할 수 있다.」고 하였다.

아마 이런 말은 관중 같은 경우를 두고 한 말이 아니겠는가?

그리고 안자(晏子)가 장공(莊公)의 시신 앞에 엎드려 곡(哭)을 하여 예를 갖춘 뒤에 떠난 것은 이른바 「의(義)를 보고서도 실천하지 않는다면 용기가 없는 것이다(見義不爲無勇).」에 해당하지 않겠는가? 안자가 주군에게 간언(諫言)을 올리면서 주군의 안색을 고려하지 않았으니, 이는 바로 「조정에 들어가서는 충성을 다하고(進思盡忠) 물러나서는 자신의 잘못을 바로잡는 일(退思補過)」일 것이다!

가령 지금이라도 안자가 살아있다면(假令晏子而在), 나는 그를 위하여 말 채찍을 잡을 것이니(余雖爲之執鞭), 이는 나의 흠모의 정일 것이다(所忻慕焉).」

○ 제(齊) - 노(魯)의 협곡지회(夾谷之會)

제 경공 48년(前 500) 제국(齊國) 경공(景公)과 노국(魯國) 정공 (定公)은 협곡〔夾谷, 지금의 산동성 중부 내무시(萊蕪市) 협곡욕(夾谷峪)〕에서 회담하였다. 당시 노 정공은 공자를 대사구(大司寇)에 임명하고, 공자를 대동하여 회담에 응했다. 이 협곡지회에서 공자는 크게 활약했고, 노 정공의 국제적 지위와 명성은 크게 높아졌다. 이 협곡지회는 공자와 관련 있는 여러 서책에 기록이 있지만 정작 《논어》에는 언급이 없다.

아래는 《공자가어(孔子家語)》의 기록을 옮겼다.

「노 정공과 제후(齊侯, 제 경공. 재위 前 548 - 490)가 협곡(夾谷)에서 회맹(會盟)할 때,[57] 공자는 의례진행을 담당하면서(攝相事),[58] 정공에게 말했다.

"신(臣)이 알기로, 문사(文事)를 처리하더라도 반드시 무비(武備)가 있어야 합니다. 또 무사(武事)를 처리할 때도 반드시 문비(文備)가 있어야 합니다. 그래서 옛날에 제후가 국경을 나갈 때는(出

---

57 魯 定公과 齊 景公은 定公 10년(前 500년)에 夾谷(협곡, 齊地)에서 會盟하였다. 이 夾谷之會는 《左傳》 정공 10년 條, 《穀梁傳》, 《史記 孔子세가》에 기록되었다. 《論語》에는 공자의 관직에 대한 기록이 없다.

58 원문 攝相事(섭상사) - 攝은 당길 섭. 잡다. 대신하다(攝行). 相의 儀禮나 행사를 보좌하다. '國相(宰相)의 직무'라고 해석하면 무리이다. 공자가 司寇(사구)의 직책이니 卿(경)이었지 모든 경을 총괄하는 國相으로 확대 해석할 근거가 없다.

疆) 반드시 속관(屬官)을 수행케 하였으니 좌, 우 사마를 데리고 가십시오."

정공은 공자의 말에 따랐다. 회맹 장소에서는 3단의 흙을 쌓아 단(壇)을 만들었다. 단에 올라가, 상견하는 예(禮)에 따라 상면하였다. 읍양(揖讓)하고 단상에서 서로 술잔을 헌상하는 예를 다 마치자, 제(齊)에서는 래(萊, 국명)의 사람을 시켜 병기와 북을 치며 정공을 겁박(劫迫)하였다.

그러자 공자는 계단을 밟고 올라가 정공을 (안전하게) 물러서게 하며 말했다.

"군사가 무기를 들고(兵之), 두 주군의 우호적 행사에 변방 동이(東夷) 졸개들을 시켜 병기로 겁을 주려 하니, 이는 제군이 제후들을 상대하는 의례가 아닙니다. 변방 이민족이 중원을 도모할 수 없고, 동이가 중화(中華)를 어지럽힐 수 없습니다. 잡인(俘, 내인萊人)이 제후 회맹을 주관할 수 없고, 군사로 우호를 핍박할 수 없습니다(兵不偪好). 이는 마음에도 상서롭지 못한 일이고(於神爲不祥), 덕행에 대의가 없으며, 인간으로서 예(禮)를 잃은 행위이니 주군께서는 마음 쓰지 마십시오."

그러자 제후(齊侯, 경공)는 마음속으로 부끄러워하며 (내이萊夷를) 뿌리쳐 물러나게 하였다. 잠시 뒤에, 제(齊)에서는 궁중의 음악을 연주하며, 배우(俳優, 광대)와 난쟁이(주유侏儒)가 앞에 나와 장난질을 했다.

그러자 공자가 빠른 걸음으로 걸어와 계단을 올라 마지막 계단에서 말했다.

"필부(匹夫)가 제후를 희롱한다면, 그 죄는 응당 죽여야 하니 우사마(右司馬)에게 서둘러 처형하게 명령하십시오."

그러자 난쟁이를 죽였고 그 손발이 잘려 나갔다. 제후는 두려웠고 부끄러웠다.

제후가 귀국하여 그 신하들을 책망하였다.

"노(魯)에서는 군자의 도(道)로 그 주군을 보좌하는데, 그대들은 이적(夷狄)의 도리로 과인(寡人)을 보좌하여 (노군魯君에게) 죄를 지었다."

그리고서는 이전에 침탈하였던 노(魯)의 4개 마을(四邑)과 전지(田地)를 반환하였다.

○ 진완분제(陳完奔齊)

진완〔陳完, 前 706 - ?, 규(嬀) 姓, 진씨(陳氏), 名 완(完)〕은 진(陳)과 전(田)의 고음(古音)이 상근(相近)하여 제국(齊國)에 들어온 이후로는 전완(田完)으로 통용했다.

진완은 진 여공(厲公, 재위 前 707 - 700)의 아들로 진국(陳國)[59]에

---

59 陳國 - 西周에서 春秋 시대에 존속한, 舜의 후손인 嬀姓(규성)의 제후국. 陳 建都는 완구(宛丘, 今 河南省 중동부 周口市 관할 淮陽市)였고 최대 14개 성을 통치했는데 하남성 중동부와 안휘성 북부 일부를 장악했었다. 25세를 이어오다가 前 479년에 楚 惠王이 陳 민공(湣公)을 죽여 나라를 없앴다.

서 계위할 수 없다. 제(齊)로 이주했고, 제의 대부가 되었고, 시호
는 경중(敬仲)이기에 전경중(田敬仲)으로도 표기된다.

뒷날 제의 주군의 성씨가 강(姜)에서 전(田)씨로 바뀌지만, 나라
이름은 여전히 齊이었기에, 전국시대 전씨의 제(齊), 곧 전제(田
齊)의 시조(始祖)이며 득성(得姓)의 시조가 되었다.

진완이 출생하기 전에 진(陳) 여공(厲公)이 태사(太史)를 불러 길
흉을 점치게 하였더니, 관괘觀卦(風地觀, ☴ ☷)의 변형인, 비〔否, 천
지부(天地否), ☰ ☷. 否 막힐 비〕괘가 나왔다. 그러자 태사는 새로
태어날 아들의 후손이 강성(姜姓)의 나라에서 군권(君權)을 차지
할 것이라고 예언하였다.

뒷날 진완은 제국에 와서 전씨로 바꾸어 행세하였는데, 과연
강씨를 대신하여 왕권을 차지하였다. 그렇다면 이것을 천의(天
意)로 풀이할 수도 있으나, 진완(陳完)의 이주는 당시로는 부득이
그러할 수밖에 없었다.

○ 전상시군(田常弑君)

제의 전걸(田乞, ?－前 485)의 시(謚)는 희〔僖, 사기(史記) 作 리(釐),
전리자(田釐子)〕는 백성으로부터 전조(田租)를 거둬들일 때는 규정
보다 작은 말(斗)을 사용하고, 백성에게 곡식을 대여할 때는 규정
보다 큰 말을 사용하여 민심을 얻었다. 사실 위정자의 이런 행위
는 의도적인 속임수이기에, 백성에게 베푸는 은덕이 꼭 옳은 것
은 아니다. 안영(晏嬰, 안자)은 제 경공에게 여러 번 이런 행위를

금지시켜야 한다고 건의하였지만, 제 경공은 간섭하지 않았다.

전걸은 제 도공(悼公, 재위 前 489 – 485)을 옹립한 공훈으로 상국 (相國)이 되었다. 전걸이 죽자 아들 전상(田常 / 전항)이 상(相)이 되었으니(前 485), 이가 전성자(田成子)이다.

제(齊) 도공(悼公)이 포목(鮑牧)에게 살해되자, 간공(簡公, 재위 前 485 – 481)이 즉위했는데, 간공은 감지(監止)와 전상을 신임하며 좌 우상(左右相)으로 임명했다.

그러나 감지와 전상은 불화했고, 전상은 감지를 두려워하고 꺼 렸다. 그러나 전상은 이미 작은 말과 큰 말(大斗)로 민심을 얻었 기에, 백성들은 전상의 편이었다.

이에 제(齊)의 대부 어앙(御鞅)이 간공에게 진언했다.

"전씨와 감씨(監氏)는 양립할 수 없으니, 주군께서는 한 사람에 게만 정사를 맡겨야 합니다."

그러나 간공은 따르지 않았다. 전상은 간공을 시해하고, 간공 의 동생인 오(鷔)를 옹립하니, 이가 제 평공(平公, 재위 前 481 – 456) 이다.

결국 전상은 제국의 상(相)으로 정권을 독단하니, 제(齊)는 완전 히 전씨에게 장악되었다.

6. 춘추시대 송宋나라

(1) 송(宋)의 역사

○ 송국(宋國)

송(宋)은 주조(周朝)의 제후국인데, 국군(國君)은 자성(子姓)으로 지금 하남성 중동부의 끝 상구시(商丘市)와 안휘성(安徽省) 회북시(淮北市) 일대가 그 영역이었다. 처음 상조(商朝)의 제후국으로 번성했었다. 송은 중원의 교통요지에 자리했기에 전국에서 대상인이 모여들었고, 상업 수완이 좋다고 소문이 났었다.

서주 무왕이 은(殷)을 멸망시킨 뒤에 그들의 제사를 끊어지게 할 수 없기에, 멸망한 제신[帝辛, 주왕(紂王)]의 아들 무경(武庚)을 은(殷)에 봉하여 그들 조상의 제사를 받들게 하였다.

주 무왕 사후에 무경(武庚)이 반역하자, 주공은 동방을 원정하여 무경을 죽인 다음에 제신의 서형(庶兄)이며, 이미 주조(周朝)에 투항한 미자계(微子啓)[60]를 상구(商丘)에 봉하고 국호를 송(宋)이

---

60 미자[微子, 생졸년 미상, 子姓, 名 계(啓)]－殷商의 宗室貴族, 商王 帝乙의 長子, 帝辛의 庶兄. 降周 이후 春秋시대 宋國의 開國 始祖. 《論語》에서는 미자(微子), 기자(箕子), 비자(比子)를 '은삼인(殷三仁)'이라 불렀다.

라 하였다. 그러면서 상조(商朝) 역대 왕의 제사를 받들게 하였다.
이는 공자가 《논어 요왈(論語 堯曰)》에서 말한 「흥멸국, 계절세(興
滅國, 繼絶世)」의 실천이었다.[61]

송은 주변 사방이 모두 평원이었다. 송의 입장에서는 방어하
기가 어렵고, 공격하는 입장에서는 그만큼 쉬웠다. 주(周)에서 은
(殷)의 후손에게 그런 지역을 봉지(封地)로 내준 것은 또 있을지
모르는 유민들의 반란과 진압을 염두에 두었기 때문이다.

○ 송 양공(襄公)

춘추시대 초기, 제후국 송(宋)에서는 형제 상속의 전통이 이어
졌다. 前 728년에 송 선공(宣公)이 죽자, 아우인 목공(穆公)이 계위
했다. 前 690년 송국(宋國)에 내란이 있었고 여러 공자들은 분분

---

61 이왕삼각(二王三恪, 恪은 삼갈 각) − 이빈삼각(二賓三恪), 二代三恪, 또
는 간단히 삼각(三恪)이라고 한다. 二王은 고대 빈례(賓禮)의 한가
지인데, 새 왕조에서 전조의 후계자를 손님 모시듯 잘 대우한다는
의미이다. 말하자면, 周 왕실이 천하를 차지하고서 이전 商(殷) 왕
조의 왕족이나 유민을 모조리 죽이지 않고 그 후손을 찾아 대우하
였다. 삼각(三恪)은 이전 왕조의 후손을 찾아 제후로 봉하고 封地
를 지급하며, 그들 조상 종묘를 세워 제사를 받들게 하고, 그들의
문화 유풍이나 습속을 보존할 수 있도록 포용하는 정책을 말한다.
이는 승자가 패자에게 베푸는 관용이며 여유이고 존경을 표하여
前朝 유민의 반항을 무마하려는 회유정책이다.

히 외국으로 망명했다. 이후 송국(宋國)은 발전 강대해졌는데 송 양공(襄公)은 춘추오패의 한 사람으로 꼽힌다.

송 양공(襄公, 재위 前 650-637)은 송 환공(桓公)의 차자(次子)이다. 양공은 즉위하며 서형(庶兄)인 공자(公子) 목이(目夷)를 상국(相國)으로 삼았다.

주 양왕(襄王) 9년(前 643)에 제 환공이 중병으로 눕자, 환공의 다섯 아들은 서로 싸웠는데 그중 둘째 아들인 공자 소(昭)가 송으로 망명하였다.

주 양왕 10년(前 642)에 송 양공은 위국(衛國)과 조국(曹國), 그리고 주국(邾國)의 군사를 연합하여 거느리고 제(齊)의 도성에 들어갔다. 내외의 합동작전으로 송국(宋國)에 망명한 공자 소(昭)가 즉위하니, 이가 제 효공(孝公, 재위 前 642-633년)이다. 이로써 양공의 명성은 널리 알려졌다.

그러면서 송 양공은 점차 제 환공의 패업을 계승하려는 마음을 품었다.

송 양공은 그 성정이 흉악하고 폭력적이며 잔인한 일면이 있었다. 그러기에 주변 소국을 능멸하고 무시하며 압박을 가했지만, 겉으로는 언제나 인의(仁義)를 내세우며 그렇게 꾸며댔다.

송 양공은 제 환공처럼 패자가 되고 싶었지만 송의 국력이나 자신의 능력이 부족하는 것을 염두에 두면서 초를 경쟁 상대로 인식하였다. 그러기에 초에 대해서는 언제나 인의를 내세우며 초보다 우월하다고 생각하였다.

송 양공이 제 환공의 아들 소(昭)를 제(齊) 주군으로 옹립한 뒤
(제 효공, 前 642), 몹시 우쭐대었다.

주 양왕(襄王) 11년(前 641), 송 양공은 회맹(會盟)하는 기회를
이용하여 증국(鄫國)의 군주가 참석이 늦었다고 처형하였고, 등
(滕) 선공(宣公)을 사로잡은 뒤, 조국(曹國)을 겁박하였다.

이는 닭을 죽여 그 피를 원숭이에게 보여 원숭이를 겁박하는
'살계급후간(殺鷄給猴看)' 하는 수법이었다. 그러면서 송 양공은
더욱 기고만장(氣高萬丈)하였다.

송 양공은 초(楚)가 자신이 주도하는 회맹에 참여한다면 자신
의 위망(威望)을 높일 수 있다고 생각하여 초 성왕(成王, 재위 前
671 - 626)과 회동을 제의하였다. 송양공은 초 성왕과 회담한 뒤,
그해 가을에 송(宋), 초(楚), 정(鄭), 진(陳), 채(蔡), 조(曹), 허(許) 등
의 회맹을 송국의 우(盂)에서 개최하기로 합의하였다.

그 회맹에 앞서 송 양공이 아무런 무비(武備)도 없이 초왕과 회
동하려 하자, 송의 상국 목이(目夷)가 "회담을 주도하면서 무비가
없으면 화를 당할 수 있다."고 충고하였지만 송 양공은 듣지 않았
다.

송 양공은 회맹에서 여전히 신의(信義)를 강조하였다. 그러나
초 성왕(成王)은 회맹에 참여하면서 기회를 보아 송 양공을 생포
하였다. 그리고 초는 승세를 잡아 송을 공격하였다. 송에서는 결
사항전으로 버티며 초의 침입을 격퇴하였다.

그 겨울, 초(楚)는 박(亳)에서 회맹하면서, 위신을 세운 뒤에 송

양공을 풀어주었다(前 639).

○ 홍수의 싸움(泓水之戰)

귀국한 송 양공은 다시 즉위하고서도 정신을 못차렸다. 양공은 설욕(雪辱)하려고 초(楚)와 일전을 준비하였다. 양공은 인의(仁義)의 군사는 결코 패하지 않는다며 자신의 인의는 초의 배신을 이길 수 있다고 생각하였다.

양공은 초의 편에 선 정(鄭)나라를 선공하면서 정을 이겨 자신의 인의의 승리를 널리 알리고자 하였다. 그러면서 초의 내침을 걱정하지도 않았다. 양공이 정을 공격하자 예상대로 초(楚)가 송(宋)을 공격했다. 양공은 서둘러 회군하여 진지를 완성하고 초와 일전에 대비하였다.

초의 군사가 홍수〔泓水, 지금의 하남성 동부 상구시(商丘市) 관할 자성현(柘城縣)〕를 건너기 시작하자, 대사마인 공손(公孫) 고(固)는 초군을 공격 승리하여 유리한 입장에서 강화해야 한다고 주장했다. 상국(相國)인 목이도 즉시 공격해 적을 '물에 빠진 개(落水狗)'로 만들어야 한다며 공격을 주장했지만, 양공은 "인의의 군사는 적의 곤경을 이용하여 승리하지 않는다."며 공격하지 않았다.

강을 건너온 초군이 진영을 준비하는 동안에도 양공은 공격하지 않았고(不鼓不成烈), 적이 진지를 완성한 뒤 정식으로 정면 대결해도 인의의 군대이기 때문에 승리할 수 있다고 큰소리쳤다.

초군의 진지가 완성되자 양공은 공격을 명령했고, 싸웠지만 송의 군사는 대패했고, 양공도 허벅지에 큰 부상을 입었다(前 638).

양공은 패전한 채 회군했다. 신하들이 양공을 원망하자, 침상에 누운 양공은 여전히 인의타령을 계속했다.

"우리는 군자(君子)로서 언제나 인의와 도덕을 지켜야 하기에 적이 곤경에 처하거나 준비가 없다면 공격해서는 안 된다. 적군일지라도 백발(白髮)인 군사를 포로로 잡을 수 없으며 진지가 완성되지 않았다면 공격할 수 없다."

그러자 상국 목이(目夷)가 양공을 비웃으며 말했다.

"전쟁은 적을 이겨야 합니다. 적의 사정을 다 고려하고 인의를 지킨 다음에 어떻게 이길 수 있겠습니까? 인의를 지킨 다음에는 그저 적의 노예가 될 뿐입니다."

다음 해, 여름에 양공은 상처 때문에 죽었고 아들 성공(成公, 재위 前 636－620)이 즉위했다.

소국 송나라에서, 패자를 꿈꾸는 양공의 헛된 야망은 비웃음 속에 치욕의 이름만 남았다.

송 양공이 죽기 전에, 진(晉)의 공자 중이(重耳, 뒷날 문공)가 송국을 지나가다가 양공을 만났다. 양공은 중이가 진국(晉國)의 주군이 될 것이라 확신하며 중이를 우대하였다. 양공은 「존왕양이(尊王攘夷)」의 패업을 대국인 晉은 이룰 수 있으리라고 중이에게 말해주었다.

○ 송(宋)의 멸망

前 318년, 척성군(剔成君)의 동생인 대언(戴偃)이 군사를 일으켜 척성군의 자리를 찬탈하였는데, 이가 송 강왕(宋 康王, 재위 前 328-286)이다. 강왕은 정치를 개혁하고, 강병을 이룩하였다. 그리고서 동쪽으로 제(齊)와 남쪽으로 초(楚)를 격파하였지만, 결국 내란이 일어나고, 강왕은 망명했다. 그러면서 송(宋)은 제(齊)에 병합되어 소멸하였다.

○ 송(宋) 출신 사상가(思想家)

송국(宋國)은 은(殷, 商)의 후예(後裔)로 춘추전국시대에 문화의 중심이었다.

묵자(墨子)[62]와 전구자(田俅子)[63]는 묵가(墨家)의 대표적 인물이

---

62 묵자〔墨翟(묵적), ?前 468-376년〕 - 子姓, 墨氏, 名 翟. 春秋시대 말기, 戰國 시대 초기의 인물. 宋國人(今 河南省 동쪽 끝 商丘市). 묵자의 성명, 국적에 대해서는 여러 異論이 많다. 묵자는 형벌을 받아 손발이 굳었고 얼굴도 墨刺(묵자)의 형벌로 검었다는 주장이 있다. 묵자는 非儒, 兼愛(겸애), 非攻, 尙賢, 尙同, 明鬼, 非命, 非樂(비악), 節葬(절장), 節用(절용), 交相利 등 儒家와 상반되는 주장을 내세웠고, 당시 영향력이 매우 커서 '儒墨'이란 말이 통했다. 《千字文》의 「墨悲絲染(묵비사염)」은 《墨子 所染》에서 나왔다.

63 전구자(田俅子, 생졸년 미상. 田鳩. 田襄子) - 전국시대 묵자의 제자. 그의 저서 《田俅子》가 《漢書 藝文志》에 수록되었으나 실전(失傳) 되었다.

다. 제국(齊國)의 현신(賢臣)인 안자(晏子)와 초국(楚國) 시인 송옥(宋玉)⁶⁴의 조적(祖籍)도 역시 송나라였다. 그리고 도가의 유명한 장주(莊周)⁶⁵와 혜시(惠施)⁶⁶ 역시 宋 출신이었다.

(2) 춘추시대 다른 소국

1) 기국(杞國)

○ 하(夏)의 후손

기국(杞國, 杞 구기자 기)은 상조(商朝)에서 전국시대 초기까지 1천 년 이상 존속한 소국이다. 상(商, 殷)의 건국자인 탕왕(湯王)은

---

64 宋玉(송옥, 생졸년 미상, 字 子淵) − 戰國 후기 楚國의 辭賦 작가. 屈原 이후 楚辭 최고의 작가. 굴원과 함께 '屈宋'이라 병칭한다. 西晉의 潘岳(반악, 서기 247−300) 만큼 유명한 미남. 대표작은 〈九辯〉, 〈登徒子好色賦〉, 〈高唐賦〉, 〈神女賦〉 등이다.

65 莊周(장주, ?前 369−286년) 莊氏. 名 周, 一說 字 子休. 孟子와 거의 동시대 사람. 戰國시대 宋國 蒙縣(몽현, 今 河南省 동쪽 끝 商丘市) 사람. 漆園吏(칠원리)를 역임. 老子 사상의 계승자, 뒷날 老子와 함께 '老莊'으로 병칭. 唐 玄宗 天寶 연간에 莊周를 남화진인(南華眞人)에 봉하고, 그의 저서 《莊子》를 《南華經》이라 했다. 四庫全書에서는 子部 道家類로 분류되었다. '장주몽접(莊周夢蝶)', '莊周試妻 / 〔扇墳(선분)〕'의 故事가 유명하다. 《史記 老子韓非列傳》에 입전되었다.

66 혜시(惠施, ?前 370−310) − 전국시대 宋國人. 莊子와 같은 시대 인물. 《莊子》에 혜시의 담론이 많이 들어있다.

하(夏)를 멸망시킨 뒤에 그 후손을 찾아 기(杞, 지금의 하남성 동부 개봉시 관할 기현) 땅에 봉했다.

국군(國君)은 사(姒) 성(姓)으로 하(夏)의 건국자인 우(禹)의 후손을 봉한 나라인데, 멸망과 다시 이어지기를 반복했다. 적어도 남의 집안 제사를 끊어놓지만 않는다는 중국식 윤리 의식이 이어진 것이다.

상(商)이 망하고 주(周) 왕조가 건국된 뒤에도 기국의 봉호(封號)가 이어졌다. 동루공(東樓公)부터 20여 국군이 이어오다가 前 445년, 기국 간공(簡公, 재위 前 448–445) 때 초 혜왕(惠王)에게 병합되어 소멸했는데, 망할 때 도읍은 순우(淳于)란 곳이었다.

멸망한 나라의 후손을 찾아, 너희 조상 제사나 지내며 살라고 제후로 봉해준 제후이니, 그런 나라에 무슨 변변한 인물이 있겠는가? 그래도 사마천은 이 작은 나라를 《사기 진기세가(史記 陳杞世家)》에 기록하였는데, 기국에 관한 내용은 겨우 270여 자뿐이었다.

기국은 주변 강국의 압력을 받아 나라를 자주 옮겨다녔다.

그런 기국이 사마천의 눈길을 끌었던 이유는 하 왕조의 후예로 하조(夏朝)의 예제(禮制)를 유지하고 있었기 때문이다.

공자도 하(夏)의 예(禮)를 알고 싶어 기국을 방문한 적도 있었다. 그러나 기국의 많은 문헌이 흩어졌기에 "나는 하의 예를 설명할 수 있지만, 기국(杞國)에는 그럴만한 증거가 많지 않다."라고

탄식하였다.[67]

○ 하늘이 무너지면〔杞人憂天(기인우천)〕

사실, 힘이 약한 사람은 주변의 큰 사람에게 늘 눌리고, 그래서 이런저런 걱정이 많다. 마찬가지로 가난한 사람은 가난하기에 이것저것 걱정이 많을 수밖에 없다.

부자는 끼니 걱정을 전혀 하지 않지만, 가난한 사람은 걱정해야 한다. 그렇다면, 가난한 사람의 걱정을 쓸데없는 걱정이라고 웃어넘길 수 있겠는가?

보통 사람들은 남의 어리석은 언행을 말하며 함께 웃는다. 그런데 이야기의 사실성을 강조하려면 어느 마을 사람 누구라고 말한다. 그렇다면 춘추전국시대에 어리석은 사람을 어느 나라 사람이라고 말하면 사람들이 더 많이 공감하겠는가?

약소국을 거명하는 것이 훨씬 자연스럽다. 그래서 쓸데없는 걱정을 하는 어리석은 사람으로 기나라 사람(杞人) 이야기가 만들어졌을 것이다.

아래는 《열자 천서(列子 天瑞)》편의 이야기이다.

「기나라 사람이 하늘이 무너지거나 땅이 꺼질까 걱정하였다

---

67 子曰, "夏禮吾能言之, 杞不足徵也, 殷禮吾能言之, 宋不足徵也. 文獻不足故也. 足則吾能徵之矣." 《論語 八佾(팔일)》

(기우杞憂). 그는 걱정 때문에 침식이 불안하였다. 그런데 또 다른 사람은 하늘이 무너질 것이라 불안해하는 그 사람이 걱정되어 그 사람을 찾아가 하늘의 해와 달과 별은 절대로 떨어지지 않는다고 이치를 설명해 주었다. 그리고 땅이 무너질 수 있다는 걱정에 대해서는 땅은 산과 강, 쇠나 돌, 나무, 흙 등 모든 것이 꽉차 있기에 무너질 수 없다고 설명하여 납득시켰다. 이에 하늘과 땅을 걱정하던 사람은 안심하며 크게 기뻐하였다.」

이에 대하여 열자(列子)가 말했다.
「하늘이 무너지고 땅이 꺼질까 걱정하는 사람도, 또 무너지지도 꺼지지도 않는다고 확신하는 사람도 사실 모두 분에 넘치는 걱정과 확신을 하는 사람이다. 사실 하늘과 땅에 대한 걱정은 사람의 걱정 대상이 아니다. 왜냐면 걱정한다 하여, 또 안심한다 하여 사람의 뜻대로 이뤄지지 않는다. 무너지든 아니 무너지든 인간에게는 모두 마찬가지이다. 사람이 출생할 때는 죽음을 알지 못하고 죽을 때는 자신의 출생을 생각하지 못한다. 올 때는 갈 때를 생각 못하고, 갈 때에는 오는 것을 생각 못한다. 무너지고 안 무너지는 것을 어찌 마음에 담아둘 수 있겠는가?」

사실 이는 약소국 기나라에서 늘 겪어야 하는 우환 의식의 표출일 것이다.

2) 진국(陳國)

○ 서주(西周)의 제후국

진(陳)은 서주에서 동주의 춘추시대에 이어지는 제후국으로 국성(國姓)은 규(嬀)이며, 춘추시대 주요한 12제후국의 하나였다. 건국 군주는 주 문왕의 도정(陶正, 도자기 제조를 담당하는 관직)이었던 알부(閼父, 一昨 閼父)의 아들이었던 호공 만(胡公 滿)이었다.

그가 받은 봉지(封地)의 이름을 국명에, 그리고 씨(氏)를 진(陳)으로 하여 이름은 진만(陳滿)이 되었고, 60년을 재위한 뒤 前 986년에 죽었고, 시호는 호공(胡公)이었다. 주 무왕은 그 장녀인 대희(大姬)를 호공(胡公)에게 보냈고 순(舜)의 제사를 받들게 하였다. 그전에 순은 규수(嬀水, 지금의 산서성 서남부)에서 살았기에 규성(嬀姓)이었다.

진(陳)의 도읍은 완구[宛丘, 지금의 하남성 남동부 주구시(周口市) 회양구 일대]였는데, 영역은 14개 성읍으로, 지금 하남성 동남부와 안휘성(安徽省) 일부 지역이었다.

진나라는 호공이 봉을 받은 이후, 25세 560여 년을 이어오다가 前 479년에 초 혜왕(惠王)이 진 민공(潛公)을 살해 병합하면서 끝났다.

○ 전씨대제(田氏代齊)

진(陳)은 멸망하였지만 그 일부인 진완[陳完, 전완(田完), 당시 진

(陳), 전(田)은 동음(同音)으로 통용]의 후손이 前 386에 태공망의 강성(姜姓)의 제국(齊國)을 대신하는데, 이를 전씨대제(田氏代齊)라 부른다. 전씨는 제후 자리를 탈취하였지만, 국호 제(齊)를 그대로 답습하였기에 이를 전제(田齊)라 칭하여 강제(姜齊)와 구분한다.

춘추시대 초기에 진(陳)은 이웃인 채(蔡)와는 상호 통혼하며 우호적이었지만, 정(鄭)나라와는 대체적으로 적대관계를 지속하였다.

3) 채국(蔡國)

○ 삼감(三監)의 난

채국(蔡國)은 춘추전국시대의 제후국으로 국군(國君)은 희성(姬姓)이었고, 그 영역은 현재의 하남성 남부 주마점시(駐馬店市) 관할 상채현(上蔡縣) 일대였다.

주 무왕은 상(商, 殷)을 별망시킨 뒤에 그의 동생 숙(叔) 도(度)를 채(蔡) 땅에 봉했다. 그래서 보통 채숙도라 하여 이름처럼 불렸다. 서주(西周) 초기에 채나라는 축성하며 나라의 기반을 확실하게 다졌다.

주 무왕이 죽자, 주공이 성왕(成王)을 도와 섭정(攝政)하였다. 그러나 주공의 동생인 채(蔡)의 도(度)와 관국(管國)을 다스리는 동생 숙(叔, 성왕에게는 숙부), 그리고 다른 동생 선(鮮, 보통 관숙선이라 호칭)은 주공을 신임하지 않았고 결국 삼감의 난(三監之亂)[68]

이 일어나게 된다.

이에 주공은 동정(東征)하여 채숙(蔡叔)을 방축하였다. 그리고 채숙도의 아들 호(胡)를 다시 채에 봉하고 도(度)의 제사를 받들게 하니 이 사람을 채중(蔡仲)이라 하였는데, 채중은 지금의 상채현(上蔡縣)으로 도읍을 이전하였다. 이들에 관한 기록으로 《사기 관채세가(管蔡世家)》가 있다.

○ 채씨(蔡氏)의 선조

춘추시대 초기에 채국(蔡國)은 노(魯), 송(宋)과 함께 출병하여 정(鄭)을 공격하였다. 前 684년 초국(楚國)은 채국과 식국(息國) 간

---

68 삼감의 난(三監之亂, 管蔡之亂, 武庚之亂) − 西周 초기(前 1042 − 103)에 주 왕실은 옛 殷 왕조의 도읍인 조가(朝歌) 일대(今 河南省 북부 安陽市 부근)에 文王의 3子로, 武王 發(문왕의 次子)의 동생이며, 周公 단(旦, 문왕의 4子)의 바로 위 형인 관숙 선(管叔 鮮, 나라 이름 管)과 채숙 도[蔡叔 度, 나라 이름 용(鄘)]와 또 다른 동생인(文王의 七子) 곽숙 처[霍叔 處, 나라 이름 패(邶)]를 제후로 봉하여 殷의 잔여세력[武庚(무경)]을 감시케 하였다. 이상 삼인의 제후를 당시에 三監이라 불렀다. 이들 3인은 周公의 섭정을 반대 비방하면서, 멸망한 殷의 폭군 주왕(紂王)과 그의 아내 달기(妲己)의 아들인 무경(武庚)과 결탁하여 西周 왕실에 대한 반란을 일으켰다. 이 반란이 일어나자 周公은 친히 군사를 거느리고 출정하여, 殷의 유민을 통치하던 무경(武庚)을 참수하였고, 관숙(管叔)을 죽였으며 채숙(蔡叔)을 북방으로 축출하였고, 곽숙(霍叔)을 서인으로 폐위시켜 삼감의 난을 평정하였다.

의 불화를 이용, 출병하여 채(蔡)의 애후(哀侯)를 생포하였고, 이후 채국은 초(楚)의 통제를 받으며 나라의 명맥을 유지하였다. 前 531년에 초는 일단 채를 멸망시켰다가 3년 뒤에 나라를 복구시켜 주었다.

前 506년에 채국은 오국(吳國)을 따라 초를 원정하여 초의 도읍 영(郢)을 점령했었다. 그러나 채는 결국 前 447년에 초에 병합 멸망되었다.

채국이 멸망한 이후 많은 사람이 채를 씨로 정했고 채씨들은 점차 해안 지방으로 이주하였기에, 지금의 광동성(廣東省)이나 복건(福建), 절강(浙江), 강소성(江蘇省) 등지에 채씨가 많이 분포되었다. 역사상 상채(上蔡) 출신으로 가장 유명한 사람은 이사(李斯, 前 280 – 208)이다.[69]

4) 위국(衛國)

○ 위(衛) 강숙(康叔)

위국(衛國)은 서주의 제후국으로, 국성(國姓)은 희(姬)이고 주 문왕의 8자(子)이며, 무왕 발(發)의 동생인 강숙[康叔, 이름은 봉(封)]의 후예(後裔)이다. 최초에는 은(殷)의 도읍이던 조가[朝歌, 지금의 하남성 북부 학벽시(鶴壁市) 기현(淇縣)]에 도읍했다가 여러 곳으로

---

69 이사(李斯, 前 280 – 208) – 楚國 上蔡(今 河南省 동부 上蔡縣) 출신.《史記 李斯列傳》에 입전.

옮겨다녔는데, 그 관할 지역은 대개 현재의 하남성 북부와 하북성 남부 일대였다.

어린 성왕(成王)의 섭정(攝政)인 주공은 삼감의 난(三監之亂, 管蔡之亂, 武庚之亂)을 평정한 뒤에 동모(同母) 소제(少弟)인 강숙(康叔)을 기위(淇衛)에 백작(伯爵)으로 봉했다. 경숙은 최초 책봉된 강(康)을 이름으로 정한 것이다.

주초(周初)에 위 경숙은 주공의 기르침을 잘 따르며 상인(商人, 殷人)의 정치 방식에 주법(周法)을 관철하며 안정을 이룩하였다. 그래서 위나라는 주조(周朝)의 제후국으로서 중요 역할을 다했으며, 강숙은 종주 왕실의 사구(司寇, 사법을 관장)를 담당하였다. 그래서 강숙은 자신의 아들인 용백(庸伯, 伯은 작위)으로 위를 통치케 하였다.

뒷날 견융(犬戎)의 침입을 받은 주 평왕이 동쪽 낙양으로 천도할 때(前 770), 위 무공(武公, 前 812-758)은 군사를 보내 평왕을 호위하여 안착하게 도왔다.

○ 위 의공(衛 懿公)의 호학(好鶴)

뒷날 황음(荒淫)에 사치(奢侈)하던 위 의공(衛 懿公, 재위 前 668-660)은 평소에 학(鶴)을 좋아하였다. 의공은 학을 특별히 보호 양육하기 위한 학성(鶴城)을 축조하고 무사를 보내 지키게 하였으며, 학에게 관직도 수여하였다.

그러나 위공의 사치와 향락에 반발하던 국내의 소수 부족인 적인(翟人)들이 반란을 일으켜 의공을 살해하였다(前 660).

○ 위 영공(衛 靈公)

《논어》에도 나오는 위 영공(衛 靈公, 재위 前 534－493)[70]이 공자에게 군대 진법(陣法)에 관해 물었다.

이에 공자가 말했다.

"예의에 관한 일은 들은 바가 있지만 군사에 관하여는 배우지 않았습니다."[71]

《사기 공자세가(史記 孔子世家)》에 의하면, 공자는 위(衛) 거백옥(蘧伯玉)의 집에 머물렀다.

위 영공의 부인 남자(南子)가 공자를 불러 공자와 만났다.

이를 자로가 좋아하지 않자, 공자가 맹서하며 말했다.

"내가 예의에 어긋나는 일을 했다면 하늘이 나를 버릴 것이다. 하늘이 나를 버릴 것이다."라고 확실하게 말했다.[72]

한 달 뒤 쯤, 영공이 부인과 동차(同車)로 외출하는데 환자(宦者, 환관) 옹거(雍渠)가 참승(參乘)하고, 공자를 차승(次乘)케 한 뒤에,

---

70 《論語》의 편명에 〈衛靈公〉이 있다.

71 《論語 衛靈公》衛靈公問陳於孔子. 孔子對曰, "俎豆之事, 則嘗聞之矣, 軍旅之事, 未之學也." 明日 遂行.

72 《論語 雍也》子見南子, 子路不說. 夫子矢之曰, "予所否者, 天厭之! 天厭之!"

손을 흔들며 큰 길을 지나갔다.

이에 공자가 말했다.

"나는 호색(好色)하는 만큼 호덕(好德)하는 사람을 보지 못했다."[73]

공자는 이를 부끄러워하며 위(衛)를 떠나 조(曹)나라로 갔다(前 495년 공자 57세).

○ 진(秦)의 부용국

前 241년에 진은 위국(魏國)을 공격했고, 이어 위국(衛國)의 원래 소유지였던, 지금의 하남성 북동부 복양시(濮陽市) 일대를 동군(東郡)에 귀속시켰다. 그리고 희성(姬姓)의 다른 후손을 찾아내어 위군(衛君)으로 옹립하고, 야왕(野王)이란 곳으로 이주시키면서 진(秦)의 부용국(附庸國)으로 만들었다.

이어 진(秦) 2세 원년(前 209), 위군(衛君)인 각(角)을 폐위하여 서인(庶人)으로 만들었고, 이에 위는 멸망하였다. 위국(衛國)은 주(周)의 제후국 중 가장 늦게 멸망한 국가가 되었다.

○ 정성(鄭聲)과 위음(衛音)

공자가 살았던 춘추시대 말기에 각 제후국에 따라 음악이나 성음(聲音)이 크게 달랐다. 공자는 특히 정(鄭)과 위(衛) 지역의 민가

---

73 《論語 子罕》子曰, "吾未見好德如好色者也."

나 음악이 퇴폐적이라 하여 정나라의 음악(鄭聲)을 방축(放逐)해
야 한다고 말했다.

○《한서 지리지》의 기록

반고(班固)의 《한서 지리지》에는 한대 여러 군국(郡國)의 역사
와 그에 따라 어떤 기풍과 습속(習俗)이 있는가에 대하여 언급한
부분이 있다.

「위(衛) 본국은 한때 적인(狄人)에게 멸망했었는데(前 660), 문
공이 초구(楚丘)로 옮겨 다시 나라를 세웠고 그 30년 뒤에, 아들
성공(成公)이 다시 제구(帝丘)로 옮겼다. 그래서 《춘추경(春秋經)》
에서는 「위(衛)가 제구(帝丘)로 옮겼다」하였으니, 지금의 복양현
(濮陽縣, 지금의 하남성 동북쪽 끝 복양시. 하수 북안)이다. 본래 전욱
(顓頊)의 옛 터였기에 제구(帝丘)라 하였다.

성공 이후 10여 세에 위(衛)는 한(韓)과 위(魏)의 침략을 받아 그
지방 읍을 모두 잃고 오직 복양(濮陽)만 남았다. 뒷날 진(秦)이 복
양을 차지한 뒤에 동군(東郡)을 설치했다가 (동군 치소를 다시) 야
왕현(野王縣)으로 옮겼다. 시황제가 천하를 다 병합한 뒤에도 위
군(衛君)만은 그대로 남겨두었는데, 진 2세 때 폐하여 서인(庶人)
으로 만들었다. 위(衛)는 총 40세에 9백 년을 이어왔고 주나라 제
후국 중 가장 늦게 멸망했기에 홀로 그 분야가 있다.

위(衛)는 곳곳에 뽕밭이나 하천의 은밀한 곳이(桑間濮上之阻)

많아, 남녀가 자주 만날 수 있기에 성색(聲色)이 저절로 생겨날만한 곳이라서 세속에서는 정(鄭)과 위(衛)의 성음(聲音)이라 하였다.

한(漢)이 건국된 이후에도 2천 석(太守) 등 치자(治者)는 여전히 살륙으로 권위를 세웠다. 선제(宣帝) 때 한연수(韓延壽)가 동군태수(東郡太守)가 되어, 은덕을 베풀고 예의를 숭상하며 바른말을 하는 사람을 존중하여 지금까지도 동군에서는 선량한 지방관이라 칭송하는데 모두 한연수의 교화이다.

그러나 위(衛)의 폐단으로 사치가 아주 심하고 혼례나 장례의 허례가 지나치며, 특히 야왕현(野王縣) 일대의 호기와 임협(任俠)은 아마도 복양 지역의 풍조일 것이다.」

7. 진晉 문공文公의 패업

(1) 진(晉)의 발전과 내분

○ 진(晉)의 개국

진국(晉國)은 서주 초기 북방에 분봉된 희성(姬姓) 제후국으로, 그 영역은 지금의 산서성(山西省) 일원이었고, 국도는 당도성〔唐都城, 지금의 산서성 중남부 임분시(臨汾市) 양분현(襄汾縣)〕이었으며, 국호는 당(唐)이었다. 처음 피봉된 제후는 주 무왕의 아들이며,

주 성왕의 동모제(同母弟)인 우〔虞, 후세에는 보통 당숙우(唐叔虞)로 통칭〕인데, 우의 아들 섭(燮)은 즉위 뒤에 국호를 진(晉)으로 고쳤다.

진국(晉國)은 주초(周初)의 3대 봉국(封國)의 하나였고, 춘추오패(春秋五覇)의 하나로 또 가장 오랫동안 패권을 장악한 나라였다.

○ 여희의 난(驪姬之亂)

진 헌공(獻公, 재위 前 676−651)은 강(絳, 지금의 산서성 남부 임분시 관할 익성현 동남)으로 천도하고 별도(別都)로 곡옥〔曲沃, 지금의 산서성 남부 문희현(聞喜縣)〕을 운영하였다.

진 헌공(獻公) 때 여희(驪姬)의 난(亂, 前 657−651)이 일어났다.

여희의 난은 헌공의 후궁인 여희(驪姬)가 태자인 신생(申生)을 죽이고, 공자 중이(重耳)와 이오(夷吾)를 방출하고 여희 자신의 소생인 해제(奚齊)를 태자로 세우며 일어난 정치 투쟁이었다.

진 헌공은 6명의 아내를 거느렸고, 5명의 아들을 두었다. 제강(齊姜)은 태자 신생(申生)을 출산했고, 융국(戎國) 출신의 대융(大戎) 호희(狐姬)는 중이(重耳, 뒷날 문공)를, 호희의 여동생인 소융(小戎)은 이오(夷吾)를 출산했었다. 나중에 여융족(驪戎族)의 여희(驪姬)는 해제(奚齊)를 출산했다.

여희는 헌공의 총애를 받으면서 자신의 소생인 해제를 태자로 세워 다음에 군위(君位)를 계승하기를 원했다. 그러면서 헌공의 신임을 받는 대신을 자기 편으로 만들어 헌공을 설득토록 일을 꾸몄다.

이들의 의견을 들은 헌공은 태자 신생(申生)을 곡옥(曲沃, 지금의 산서성 남부 문희현)에, 중이(重耳)를 포성(蒲城, 지금의 산서성 남부 임분시 관할 습현隰縣)에, 이오(夷吾)를 이굴〔二屈, 지금의 산서성 임분시 관할 길현 / 저명한 호구폭포(壺口瀑布)가 있는 곳〕에 나가 이민족의 침입을 저지하며 변경을 방어하라는 임무를 주어 지방으로 내려보냈다.

前 656년, 여희는 음모를 꾸며 태자 신생(申生)을 음해하였다. 우선 곡옥(曲沃)으로 출발에 앞서 죽은 생모에 대한 제사를 지내게 하였다. 신생은 제사 후 제사 지낸 술과 고기를 헌공에게 올렸고, 여희는 그 주육(酒肉)에 은밀히 독약을 넣었다. 그리고 헌공에게는 드시기 전에 맛을 보아야 한다고 말했다. 헌공이 고기를 썰어 개에게 주자 고기를 먹은 개는 즉사했다. 헌공이 나이 어린 환관에게 고기를 먹이자, 환관도 곧 죽었다.

이에 헌공은 신생이 자신을 죽이려 했다고 신생을 체포케 하였다. 신생은 곡옥으로 도피하였고, 헌공은 신생의 사부(師傅)인 두원관(杜原款)을 바로 처형하였다.

어떤 사람이 신생에게 자신을 변호하여 여희의 음모임을 밝혀야 한다고 말했다.

그러자 신생이 말했다.

"부군께서는 여희가 없다면 침식조차 불안해 하신다. 내가 나의 무죄를 밝혀 여희가 징벌을 받게 한다면 고령의 부친이 어찌 즐거울 수 있겠는가?"

그러자 그 사람은 그렇다면 아주 멀리 타국으로 떠날 것을 권유했다. 그러나 신생은 그해 섣달에 곡옥에서 스스로 목매 죽었다. 이에 백성들은 신생을 공태자(恭太子)라 불렀다.

이후 여희는 더욱 날뛰며 태자 신생의 이복 동생인 중이(重耳)와 이오(夷吾)를 음해하였다. 헌공은 군사를 보내 포성(蒲城)의 중이를 공격케 하자, 중이는 현사(賢士)인 조쇠(趙衰)와 호언(狐偃), 가타(賈佗), 선진(先軫) 등을 거느리고 외국으로 도주하였다.

이어 前 655년, 헌공은 가화(賈華) 등을 이굴(二屈)에 보내 이오(夷吾)를 토벌케 하니, 이오는 양국(梁國)[74]으로 도주하였다.

前 651년 9월에, 진 헌공이 죽었다. 그러자 15살인 해제(奚齊)가 국군(國君)이 되었고, 순식(荀息)은 상국(相國)이 되었다.

10월에, 진국대부(晉國大夫)인 이극(里克)이 즉위한 지 얼마 되지 않은 해제를 죽였다. 그때 진 헌공은 시신은 아직 안장하지 못했었다.

이극은 중이를 영접 귀국케 하여 옹립하려 했다.

그러나 위험을 감지한 중이가 말했다.

"부친의 뜻을 저버리며 도망했고, 부친 별세에 자식의 도리를

---

74 양국(梁國) – 춘추시대 영성(嬴姓)의 제후국, 秦國의 동북방에 위치했던 이웃 나라. 秦 목공(穆公)에게 병합되어 소멸했다.

지켜 장례를 모시지도 못했는데, 내가 무슨 면목으로 돌아가겠는
가!"

이에 이극은 중이의 동생인 이오(夷吾)을 국군으로 옹립했다.
이오는 곧 진 혜공(惠公)이니, 前 650－637년까지 14년간 재위했
다. 혜공 다음에 회공(懷公)이 前 637년에 즉위했다가 다음에 중이
(重耳)가 귀국 즉위하니, 이가 진 문공(文公, 재위 前 636－628)이다

본래 태자 신생의 여동생인 목희(穆姬)는 진(秦) 목공(穆公)의 부
인이었다. 진(秦) 목공은 진(晉)의 내정에 간섭하며 중원의 패권을
장악하고 싶었다. 이극이 양(梁)에 망명 중인 이오를 초치하자 진
목공은 즉시 군사를 내어 이오를 호위하여 진(晉)에 입국시켜 즉
위케 하였다.

○ 진(晉) 문공(文公)의 유랑

진 문공(文公, 출생 前 671, 재위 前 636－628)은 희성(姬姓)에 진씨
(晉氏)이며, 명(名)은 중이(重耳)로, 진(晉) 헌공의 아들이다. 춘추
시대에 가장 유명한 패자(霸者)로 이후 진국의 발전과 나아가 전
국시대 삼진[三晉; 조국(趙國), 위국(魏國), 한국(韓國)]이 전국칠웅으
로 발전할 수 있는 기초를 마련한 군주였다.

중이는 부친 헌공의 총애를 받던 여희(驪姬)의 난(亂, 前 657－
651)을 당하여, 현신인 조쇠(趙衰, 전국시대 趙의 기초를 닦은 선조),
호언(狐偃), 가타(賈佗), 선진(先軫), 위무자(魏武子, 전국시대 위국의
선조), 개지추(介之推, 개자추) 등과 함께 장장 19년 동안 각국을 떠

돌며 유랑했다.

헌공의 후궁인 여희는 아들 해제(奚齊)를 출산했고 음모를 꾸며 태자 신생(申生)과 중이(重耳), 이오(夷吾) 등을 음해하기 시작했다. 前 665년, 헌공은 중이를 포성(蒲城)에 보내 지방을 지키게 하였다.

前 655년, 중이의 이복형인 태자 신생이 여희의 모함을 받아 자살했다. 그때 중이는 도성을 떠나 포성에 머물고 있었는데, 헌공은 발제(勃鞮)라는 사람을 보내 중이를 죽이려 했다. 발제가 칼을 내려쳤는데 중이의 옷소매가 잘렸다. 중이는 담장을 넘어 모친의 친정 부족인 융족(戎族)의 마을로 달아났다가 적국(翟國, 狄國, 晉과 秦의 부용국 나중에 晉에 병합, 소멸)으로 달아났다. 적국(翟國)이 진국(晉國)의 공격을 받자, 중이는 다른 나라로 피신하며 숨어지냈는데 적(狄)과 위(衛), 제(齊), 조(曹), 송(宋), 정(鄭), 초(楚)와 진(秦) 등 9개국을 19년 동안 유랑했다.

중이가 적(狄) 땅에 머무는 前 651년에 헌공이 죽고, 해제가 즉위하였다. 그러나 이극(里克)이 해제를 격살하였고 여희도 채찍으로 때려 죽이자 상국 순식(荀息)은 자살하였다. 이극이 사람을 보내 중이를 영접하여 즉위시키려 하였으나 중이는 응하지 않았고, 중이의 이복동생인 이오(夷吾)가 즉위하니(前 650), 진(晉) 혜공(惠公)이다. 중이는 적국(狄國)에서 12년을 머물렀다. 혜공이 발제(勃鞮)를 보내 다시 중이를 죽이려 했는데, 죽음을 피한 중이는 적(狄)에서도 머물 수 없어 위(衛)나라로 옮겨갔다(前 644).

위국(衛國)[75]에 들어갔는데, 위국에서는 중이가 운(運)이 다한 공자라 생각하여 접대하지 않았기에 중이 일행은 그냥 지나가야만 했다. 오록[五鹿, 지금의 하남성 동북단 복양시(濮陽市)]이란 곳을 지나는데 모두가 크게 굶주렸다. 마침 농부들이 밭 두둑에서 식사하는데, 음식에 여유가 있는 것 같아 사람을 보내 음식 좀 나눠 달라고 요청하였다.

어떤 농부 하나가 흙덩이를 하나 집어주면서 음식을 주는 것처럼 농담을 했다. 중이는 화가 치밀어 칼에 손을 대었다.

그러자 중이의 외삼촌이 급히 중이를 저지하며 흙덩이를 받아 중이에게 보이면서 말했다.

"이 흙덩이가 바로 나라의 토지입니다. 백성이 우리에게 토지를 헌상하니, 이 어찌 길조가 아니겠습니까!"

그러면서 중이를 위로하자, 중이는 쓴웃음을 지으며 갈길을 갔다.

중이는 환공(桓公)의 재상인 관중(管仲)이 죽었다는 소식을 듣고 제 환공을 찾아가 위로하면서 제(齊)의 보호와 도움을 요청하였다

---

75 위국(衛國) − 周朝의 제후국, 姬姓, 周 武王弟 강숙(康叔)을 봉한 나라. 도읍은 조가(朝歌), 초구(楚丘), 제구(帝丘), 야왕(野王) 등 자주 옮겼다. 그 영역은 대략, 지금 하남성의 북부, 황하 이북과 하북성의 남부 지역. 전국 7웅에 들지 못하는 약소국이었다.

(前 644). 중이는 제(齊)에서 안일한 세월을 보내면서 군위(君位)를 회복하겠다는 생각을 잊어버릴 정도였다. 환공은 중이에게 크고 작은 수레 20량을 내주었으며 종실녀인 제강(齊姜)[76]을 중이에게 시집보냈다.

前 643년에 환공이 죽고 제(齊)에 내란이 발생했다. 어느 날 중이의 신하인 조쇠와 구범(咎犯)이 뽕나무 밭에서 제를 떠날 방법을 논의하였다. 그런데 마침 궁녀 하나가 숨어서 대화를 엿듣고서 바로 제강에게 들은 대로 이야기하였다. 제강은 일이 누설될까 두려워 그 자리에서 궁녀를 죽여버렸다.

그러면서 제강은 중이에게 빨리 떠나라고 재촉하였으나 중이는 떠나려 하지 않았다. 이에 조쇠는 중이에게 술을 취하도록 마시게 한 다음, 중이를 수레에 태워 제의 도성 임치(臨淄)를 떠났다. 중이가 술에서 깨었을 때는 이미 어쩔 수 없는 상황이었다. 화가 난 중이는 창으로 호언(狐偃)을 찔렀으나 죽이지는 못했다.

중이와 그 일행은 조국(曹國)[77]에 도착하였다(前 639년). 조(曹)

---

76 제강(齊姜, 생졸년 미상) − 齊國 宗室女. 《列女傳 賢明》에 수록. 「頌曰. 齊姜은 公正하고 言行이 태만하지 않았다. 晉文公을 勸勉하며 중이 귀국에 의심이 없었다. 公子가 不聽하니, 함께 계책을 마련해 술취하게 하여 도성을 떠나게 하여 뒷날 패업의 기반을 닦았다.」

77 조국(曹國)은 春秋시대 제후국. 伯爵, 姬姓에 曹氏. 前 12세기 말에 건국. 영역은 今 山東省 서부 菏澤市 定陶區 부근. 晉 文公에게 1차 멸망. 前 487년에 宋에 병합 소멸. 《史記 35권 管蔡世家》 참고.

의 共公이 중이에게 무례했기에 중이의 원한을 샀다.

前 638년, 초국(楚國)이 송 양공(襄公)의 군대를 격파하고 얼마 안 되어 중이 일행은 송에 도착했고(前 638), 양공은 중이 일행을 환대하였다.

중이 일행은 前 637년에 정(鄭)에 들어갔다. 그러나 정 문공은 우리나라를 경유하는 많은 군주들을 모두 다 예우할 수 없다며 접대를 소홀히 하였다. 거기다가 뒷날 성복의 싸움(城濮之戰)에서 정나라가 군사를 일으켜 초병(楚兵)을 도왔기에, 진 문공의 정국(鄭國)에 대한 감정은 좋지 않았다.

중이 일행은 前 637년에 초에 입국했고, 초 성왕은 중이를 환대하였다. 최후로 중이 일행은 前 636년에 진(秦)에 들어갔다. 진목공(穆公, 재위 前 659-621)은 열렬히 환영하면서 진의 종실 여인 5명을 중이에게 시집보냈다. 그 5인 중에는 진 목공의 신생녀인 회영(懷嬴)도 있었다.

○ 진(晉) 문공(文公)의 즉위

진 혜공(惠公, 前 650-637)이 즉위했으나, 치국에 방략이 없고, 대내외적 곤경이 많아 백성들의 원망이 많았다. 前 637년 가을, 진 혜공이 죽자, 아들 회공(懷公, 재위 637)이 즉위하였다. 그러는 동안 진 대부 난씨(欒氏)는 비밀리에 사람을 秦에 머물고 있는 중이에게 보내 조속히 입국하여 등극할 것을 종용하였다.

《좌전(左傳)》의 기록에 의하면, 주 양왕(襄王) 16년〔노 희공(僖

公) 24년, 진 목공 24년, 前 637년 12월]에 진 목공(穆公)은 군사를
내어 진국(晉國)으로 돌아가는 중이를 호위케 하였다.

진군의 호위를 받는 중이가 황하를 건너 진(晉)에 들어가자, 진
(晉)나라 서남부의 영호(令狐), 상천(桑泉), 구세(臼衰) 등 3개 읍이
연달아 중이에게 귀항(歸降)하였다.

진(晉) 회공(懷公)은 군사를 내어 진군(秦軍)을 맞아 싸우려고 상
천 부근에 주둔시켰다. 그러자 진(秦) 목공의 사자가 진군(晉軍) 진
영에 들어가 장수를 설득시키자 진군(晉軍)은 모두 중이 편으로 돌
아섰다.

이에 그간 중이를 수
행했던 호언(狐偃)이 진
(秦)과 진(晉) 양국의 대
부를 모아 순읍(郇邑)에
서 회맹하여 모두 중이
를 주군으로 모시며 지
지하였다.

그러자 중이는 진군
(秦軍)을 인솔하여 곡옥
(曲沃)을 거쳐 진도(晉都)
익(翼)에 들어가 계위하
니, 이가 진 문공(文公, 재
위 前 636 – 628, 9년)이다.

진 문공(晉 文公, 재위 前 636 – 628년)

한편 진(晉) 회공은 진국 북쪽 고량읍(高粱邑)으로 도주했지만, 문공이 보낸 자객에게 피살되었다.

(2) 진(晉) 문공(文公)의 패업

○ 주 왕실 존중(尊王)과 양이(攘夷)

前 635년, 주 양왕(襄王, 재위 前 652－619)의 동생인 대(帶)가 반란을 일으켰다. 주 양왕은 정국(鄭國)으로 피신하면서 진 문공에게 긴급히 구원을 요청했다. 마침 진국(秦國)에서도 주 왕실을 도우려 했다. 진 문공은 이런 기회에 진국(晉國)의 위상을 높일 기회로 생각하고, 즉시 천자를 도우려 나서며 주 양왕을 호위하여 귀국시켰고 왕자 대(帶)를 격파하였다. 주 양왕은 진 문공에 사례하며 하내(河內) 땅을 진(晉)에 하사하였다.

당시 제 환공은 이미 죽었고 중원 여러 제후국에 패권을 장악한 제후가 없었다. 초(楚)가 이를 기회로 삼아 패권을 장악하려 했으나 진 문공은 먼저 초국(楚國)의 우익(羽翼)인 조국(曹國)과 위국(衛國)을 공격하여 초(楚)와 단교케 하였다.

前 633년, 송국(宋國)의 도성인 상구(商丘)가 초군(楚軍)에게 포위되었다. 前 632년 초에, 진 문공은 군대를 거느리고 출정하여 위국(衛國)의 성복(城濮)의 싸움에서 초군(楚軍)을 대파하였다. 진 문공은 정(鄭)의 땅 천토(踐土)에서 노(魯), 제(齊), 진(陳), 송(宋), 채

(蔡), 정(鄭), 위(衛), 거(莒) 등 여러 제후와 주 양왕도 함께 참석한 자리에서 회맹을 체결하였다. 진 문공은 존왕양이(尊王攘夷)를 주장하며 패주(霸主)가 되었다.

○ 성복의 전쟁(城濮之戰)

성복의 싸움(城濮之戰)은 춘추시대 제후국 晉과 楚나라 사이에 있었던 유명한 전쟁(晉楚戰爭)이다.

前 633년, 초국은 송국을 공격했고, 송(宋)에서는 진(晉)에 구원을 요청하였다. 진 문공은 이를 계기로 진(晉)의 국제적 지위를 높일 수 있다 생각하였다. 초국은 약소국인 조(曹)와 위(衛)를 끌어들여 동맹을 맺었다(前 632).

진국(晉軍)은 조국(曹國)을 공격하여 조(曹)의 공공(共公)을 생포하였다. 이에 조(曹)와 위(衛) 두 나라는 진(晉)의 위협을 받자 초국을 배반하였다. 초국에서는 진국과의 일전을 각오하였다.

그 전날 문공(중이重耳)이 각국을 떠돌 때, 당시 초 성왕(成王)이 중이에게 "뒷날 군위(君位)에 오른다면 어떻게 보답하겠느냐?"고 물었다. 그때 중이는 나중에 전투에서 서로 맞설 경우 자신은 자신의 진영을 설득하여 삼사(三舍, 90리)를 후퇴할 것이라고 대답하였다.

진초(晉楚) 교전(交戰)이 시작되자(前 632) 진 문공(중이)과 중군장 선진(先軫)은 이전 약조를 지켜, 초(楚)의 군진에서 90리쯤 멀리 떨어진 곳에 진을 쳤다〔成語, 退避三舍(퇴피삼사)〕.

그러자 초(楚)는 진을 얕보고 진격하여 성복〔城濮, 지금의 산동성 서남, 하택시(菏澤市) 관할 견성현(鄄城縣)〕에서 결전을 벌렸다.

진군(晉軍)은 처음에 불리하였다. 그러나 진군이 초군의 약점을 잡아 한쪽을 무너트리자 상황이 역전되었다. 이어 초군의 다른 쪽이 무너지자, 초군의 중군(中軍)은 싸우지도 못하고 철수하였다.

진군(晉軍)은 초군(楚軍)의 본영을 점거했다가 3일 뒤에 개선하였다. 진 문공은 노(魯), 제(齊), 진(陳), 송(宋), 채(蔡), 정(鄭), 위(衛), 거(莒) 등 여러 제후와 주 양왕(襄王, 재위 前 652−619)을 불러 천토(踐土, 지금의 하남성 북부 신향시 관할 원양현)에서 회맹(會盟)하고 제(齊) 환공(桓公)의 뒤를 이은 확실한 패자가 되었다. 이후 초(楚)는 진(晉)이 두려워 감히 중원을 바로 바라보지도 못했다.

○ 충신 개지추(介之推, 介子推)

개지추〔介之推, ?−前 636년, 일작(一作) 개자추(介子推), 개자(介子), 개추(介推)〕는 춘추시대 진국인(晉國人)이다. 그는 개휴(介休)의 금산〔綿山, 지금의 산서성 중부 진중시(晉中市) 관할 개휴시(介休市) 소재〕에서 죽었는데, 본래 진 문공 중이(重耳)의 신하였다.

개자추는 진(晉)에서 여희(驪姬)의 난이 일어난 뒤에 국외로 망명하는 중이를 따라나서기 19년, 온갖 고생고생을 다하고 중이가 즉위하니, 이가 춘추5패 중 한 사람인 문공이다.

중이가 여희의 난을 피해 달아날 때 개자추를 비롯한 5명의 현신이 수행하였다. 중이 일행이 위국(衛國) 국경 근처에서는 식량을 모두 도적맞았다. 굶주린 중이는 힘이 없어 걸을 수가 없었다. 이때 개자추는 자신의 허벅지살을 베어 주군을 봉양하였다〔割股奉君(할고봉군)〕.

나중에 공자 중이가 진 목공(穆公)의 도움을 받아 귀국할 때, 19년의 망명생활을 함께했던 여러 사람들은 중이에게 자신의 고생을 말하면서 은근히 상훈을 바랐다.

그러나 개자추는 중이의 귀국과 또 즉위 모두가 하늘의 도움이지, 결코 인신(人臣)의 노력은 아니라고 생각하였다. 문공이 즉위후, 큰 공을 세운 자에게는 높은 작위와 봉읍을 수여했고, 작은 공을 세운 사람 모두에게도 관직을 내렸다. 일부는 중이를 떠나겠다는 뜻을 내비치며 보상을 희망했다.

그러나 개자추는 하늘의 뜻에 결코 견줄 수 없는 미미한 한때의 작은 공적을 내세워 보상을 요구하는 자체가 신하의 도리가아니라고 생각하였다. 때문에 개자추는 그런 사람들과 같은 배를타는 것 자체가 부끄럽다고 생각하며, 바로 늙은 어머니를 모시고 금산(錦山)으로 들어갔다. 문공은 개자추가 아무런 보상도 관작도 원하지 않는 것을 알고 신하를 보내 개자추를 데려오게 하였다. 이에 개자추는 아예 자신의 행적을 감추고 숨었다. 진 문공이 직접 금산에 들어와 개자추를 찾았지만 만날 수 없었다.

온 산을 수색해도 찾을 수 없자 문공을 산을 에워싸고 불을 질렀다. 그러나 개자추는 끝내 산을 내려오지 않고 모친과 함께 어느 버드나무(柳樹)에 올라가 매달려 불타 죽었다.

문공은 말할 수 없이 비통하고 참담(慘憺)하였다.

진문공(晉文公)은 금산(綿山)을 개자추의 봉지(封地)로 하사하고 금산을 개산(介山)이라 개명하였다. 그리고 개자추가 올라가 죽은 버드나무 한 토막을 잘라와 그 나무를 깎아 나막신을 만들었다. 그리고 문공은 그 나막신을 모셔놓고 슬피 울며 추모하였다 〔悲哉足下(비재족하)〕. 그리고 해마다 개자추가 죽은 날에 불을 피우지 못하고 차가운 음식을 먹게 하였다(寒食).

진 문공은 前 628년 겨울에 죽었고, 아들 진 양공(襄公, 재위 627-621)이 즉위하였다.

○ 삼가분진(三家分晉)

진 평왕(平公, 前 558-532) 이후, 진 육경(六卿)의 실력이 국군을 능가하여 6경의 집정(執政)이 성립되었다.

진 정공(定公, 재위 512-475) 때, 6경 중에서 범씨(范氏)와 중행씨(中行氏)가 멸족되어 경족(卿族)의 평형이 깨졌다. 진 출공(出公, 재위 前 475-452) 때 위씨(魏氏)와 한씨(韓氏)가 조씨(趙氏)와 연합하여 그때까지 강성했던 지씨(知氏, 智氏)를 없애면서, 진국(晉國)은 명존(名存)하나 실망(實亡)하였다.

결국 前 403년에 주 위열왕(威烈王, 재위 426-402)은 정식으로 진국(晉國)의 대부 한건(韓虔), 조적(趙籍), 위사(魏斯)를 한후(韓侯), 조후(趙侯), 위후(魏侯)에 봉하였다. 이에 진국(晉國)은 한(韓), 조(趙), 위(魏) 3제후국으로 분할되었다. 진국은 겨우 2개의 성(城)에서 명맥을 잇다가 前 376년에 멸망하며, 진(晉) 정공(靜公, 재위 378-376)은 서인이 되었다.

송대 사마광의 《자치통감(資治通鑑)》은 前 403년, 한(韓), 조(趙), 위(魏) 3제후국의 공식 인정받는 해부터 서술했다.

8. 진秦 목공穆公의 대업

○ 제후국 진(秦, qín)

진(秦)은 춘추전국시대의 제후국으로, 영성(嬴姓, 가득찰 영)에 조씨(趙氏)인데, 소호씨(少昊氏)의 후예라는 기록이 있다.

진(秦)의 선조는 비자(非子)인데, 말(馬)을 잘 길러 주 효왕(孝王, 재위 前 891-886년? 추정) 때 진읍〔秦邑, 지금의 감숙성 남부 천수시(天水市) 관할 청수현〕을 봉토로 받아 주조(周朝)의 부용국(附庸國)으로 출발하였다. 이후 秦人은 서융(西戎)의 여러 종족과 잔혹한 투쟁을 계속하며 성장하였다.

前 770년, 진(秦) 양공(襄公, 재위 前 778-766)은 견융(犬戎)의 침

략에 쫓긴 주 평왕(平王)을 동쪽으로 호송하고 지켜준 공(功)으로 백작(伯爵)의 작위를 받았고, 지금의 감숙성(甘肅省) 동남부와 섬서성(陝西省) 서남부 일부를 봉토로 받아, 정식 제후국이 되었다.

前 677년부터 진국(秦國)은 옹〔雍, 섬서성 서남부 보계시(寶雞市) 관할 봉상현(鳳翔縣)〕에 정도(定都)하고 근 300년간 지금의 감숙성 천수시에서 섬서성 서남부 농남시(隴南市) 일대를 통치하였다.

진 목공(穆公, 재위 前 659－621) 서융의 12개 소국을 모두 병합하여 춘추시대 4강의 기초를 다졌다.

전국시대 초기에는 강성한 위국(魏國)의 공격으로 하서(河西) 일대의 영역을 빼앗기는 등 한때 위축되었지만, 진 효공(孝公, 재위 前 361－338)이 前 356년에 상앙(商鞅)의 변법(變法)을 채택하면서 부국강병의 대로(大路)를 닦았고, 前 350년에는 함양(咸陽)[78]으로 천도하였다.

진 혜문왕(惠文王)은 前 325년에 칭왕(稱王)했고, 소양왕(昭襄王, 재위 前 306－251년) 때 본격적인 전쟁을 벌였는데, 이궐(伊闕), 언영(鄢郢), 화양(華陽), 장평(長平)의 4대 전역(戰役, 전투)을 통하여

---

78 함양(咸陽)－今 陝西省 중서부 渭河(위하, 渭水) 유역에 자리 잡았다. 동북으로는 延安市, 동쪽으로 銅川市와 渭南市, 동남으로 西安市, 서쪽으로 寶雞市, 서북쪽으로는 甘肅省의 平涼市, 북쪽으로는 甘肅省 慶陽市와 연접했다. 關中 황토 평원과 분지에, 황하 최대의 지류인 위하(渭河), 그리고 경하(涇河) 등이 흘러 一國의 도읍으로 손색이 없는 땅으로, 今 인구 5백만 이상의 대도시이다. 長安으로 통칭되는 西安市와는 40km 거리이다.

산동(山東) 6국의 1백만 군대를 죽이면서 통일의 기초를 다졌다. 결국 진왕 영정(嬴政)은 前 221년 6국을 멸하고 중국을 최초로 통일한 왕조를 개창한다.

진시황은 전국에 폭 50m의 치도(馳道, 달릴 치)를 정비하여 군사의 신속한 이동과 물자 공급의 편의를 도모하였는데, 이는 진(秦) 천하 통일의 기초가 되었다. 그리고 만리장성의 구축으로 북방 유목민족과의 경계를 분명하게 그었다. 물론 아방궁(阿房宮)과 여산릉(驪山陵)에 과도한 국력을 낭비하여 멸망의 한 원인이 되었다. 문자와 도량형의 통일은 이후 중국 발전의 토대가 되었지만, 분서갱유(焚書坑儒) 등 제자백가의 탄압은 치적 이상의 실정(失政)이라 평가받을 만하다. 그리고 군현제(郡縣制)의 전국적 실시 또한 중국 정치제도의 발전에서 큰 의미를 가진다.

시황제는 前 210년, 5차 순행 중 사구궁(沙丘宮, 지금의 하북성 남부 형대시(邢臺市) 관할 광종현)에서 50세를 일기로 병사한다. 이어 소자 호해(胡亥)가 2세 황제로 즉위한다.

그러나 진승(陳勝, ?- 前 208)의 봉기(前 209년) 이후 前 207년, 한 고조 유방이 입관하여 진왕 자영(子嬰)의 투항을 받았고, 진조(秦朝)는 멸망한다.

○ 진(秦) 목공(穆公)

진 목공(穆公, 재위 前 659 - 621)은 목공(繆公)으로도 기록하는데, 영성(嬴姓)에 이름은 임호(任好)이며, 《사기》에는 춘추오패의 한 사람으로 기록되었다.

진 목공은 인재를 중시하였으니, 그가 재위 중에 백리해(百里奚), 건숙(蹇叔), 비표(조豹) 및 공손지(公孫枝) 등 현신의 보필을 받았으며, 진(晉, jìn) 문공의 즉위를 도와주었고 진진연맹(秦晉聯盟)을 형성하였다. 그러면서 함곡관(函谷關) 서쪽에서 촉(蜀)까지 1천 리에 걸친 영토를 확보하였다. 이에 주 양왕(襄王, 재위 前 652-619)은 목공을 서방 제후의 우두머리로 인정하였다.

그러나 진 문공이 죽은 뒤에, 진진(秦晉) 연맹은 와해되어, 서로 대결하는 형상이었고. 진 목공은 前 627년과 前 625년 두 차례에 걸쳐 진(晉)에 대패했다.

진 목공 36년(前 624)에 목공은 직접 진(晉)을 공격하면서 황하를 건너 모든 배를 모두 불태우는 결전의지로 대승을 거두었다. 이후 진 목공은 함곡관 서쪽의 패자가 되어 「12개 국을 병합하고 1천 리 국토를 확보하였다(兼國十二, 開地千里).」(《韓非子 · 十過篇》)

진 목공이 죽었고(前 621), 그 장례에 167명을 순장했다는 기록이 있다.

○ 백리해(百里奚) - 오고대부(五羖大夫)

백리해(百里奚, 생졸년 미상), 자(字)는 정백(井伯), 백리씨(百里氏), 명(名) 해(奚, 어찌 해)는 백리혜(百里傒) 또는 백리자(百里子)라고도 쓰는데, 보통 오고대부(五羖大夫, 거세한 양 고)로 불리는 춘추시대 진국의 저명한 정치인이다. 본래 우국(虞國) 사람으로, 본래 우국의 대부였고, 그 아들이 맹명시(孟明視)[79]이다.

본래, 백리해는 빈한(貧寒)한 처지였다. 백리해는 제(齊)에 가서 유세하였지만 알아주는 사람이 아무도 없었다. 백리해는 밥을 빌어먹으며 지내다가 송(宋)에 흘러들어갔다. 백리해는 송에서 가난한 은사(隱士)인 건숙(蹇叔)[80]을 만나 서로 마음이 통하는 벗이 되었다.

백리해와 건숙은 동주(東周)로 가서 왕자 퇴(頹)의 소를 기르는 목부(牧夫)가 되었다. 백리해가 소를 잘 기르자 백리해를 관리에 임명하려 했다. 그러나 건숙과 백리해는 동주를 떠나 백리해의

---

79 맹명시(孟明視, 생졸년 미상. 百里氏, 名은 視, 字는 孟明) ─ 秦國 名相 백리해(百里奚)의 아들. 秦 穆公의 장수. 秦 穆公 32년(前 628) 겨울, 서걸술(西乞術), 백을병(白乙丙)과 함께 군사를 거느리고 鄭國을 침공하였다. 가는 길에 洛邑에서 鄭國 商人 현고(弦高)를 만났는데, 현고는 鄭 君主의 명이라면서 소 여러 마리를 잡아 秦의 군사에게 제공하였다. 이에 맹명시 등은 鄭이 이미 대비한다고 생각하여 가는 길에 활국〔滑國, 今 河南省 낙양시 동쪽 偃師市(언사시)〕를 멸망시켰다. 이후 秦과 晉은 치열한 전투를 계속했고, 마침내 진 목공은 서융(西戎) 땅의 패자가 되었다.

80 건숙(蹇叔, 생몰년 미상. 蹇 다리를 절 건) ─ 春秋時代 秦國의 上大夫. 본래 宋國人. 백리해의 천거로 목공에게 등용되었다. 前 628년(秦 穆公 31년) 秦軍의 鄭나라 원정을 반대, 간쟁하였으나 목공은 듣지 않았고, 진군은 대패하였다.

출신지인 우국(虞國)으로 갔다. 당시 우국의 주군은 재물 욕심이 많고 무능한 사람이었다.

당시 강국인 진(晉)에서는 우국(虞國)을 병합할 속셈이 있었다. 진(晉)에서는 우(虞)나라 주군에게 좋은 말과 보옥을 선물로 보내며, "괵국(虢國)을 정벌하러 지나갈 길을 빌려달라〔假道滅虢(가도멸괵)〕"고 요청하였다. 그러자 우국의 군주는 성큼 길을 빌려주기로 하였다.

이때 백리해의 벗인 궁지기(宮之奇)가 우국 주군에게 말했다.

"우(虞)와 괵(虢)은 서로 이웃한 소국(小國)으로 마치 입술과 치아의 관계입니다. 입술이 없어지면 치아가 보호를 받을 수 없습니다〔脣亡齒寒(순망치한)〕. 괵국이 멸망하면 우국도 존망이 위태로울 것입니다."

진(晉)은 괵국을 멸망시키고 회군하면서 우국도 없애버렸다.

우(虞)의 주군과 대부 백리해는 모두 진(晉)의 포로가 되었다. 백리해는 주 혜왕 22년(진 목공 5년, 前 655)에 진 헌공(獻公)의 장녀 목희(穆姬)의 시집갈 때 데려가는 노예가 되었는데, 치욕을 견딜 수 없어 초국(楚國)으로 도주하였다. 그러나 초국에서 사로잡혀서 소를 키우는 일꾼이 되었다. 뒷날 진 목공은 노비 한 명이 부족하다는 사실을 알고 수소문하여 초국으로 도주한 사실을 알았다. 이에 진 목공은 사람을 보내 양가죽 5장(五羖, 오고)으로 속신(贖身)케 하였기에 진나라에서는 백리해를 오고대부(五羖大夫)라 불렀다.

진 목공이 백리해를 상빈(上賓)으로 대우하자, 백리해는 건숙(蹇叔, 다리를 절 건)을 천거하였다.

"건숙은 정말 현명한 사람이지만, 누구도 그를 알아주지 않습니다."

백리해와 건숙은 진 목공의 좌, 우 재상이 되었다. 진 목공은 백리해의 아들 맹명시(孟明視)와 건숙의 아들 서걸술(西乞術)을 장군으로 등용하였다. 또 백을병(白乙丙), 공손지(公孫枝) 비표(邳豹), 유여(由餘) 등 인재를 등용하여 내정을 개혁하고 군비를 증강하여 진(秦)은 급속한 부국강병을 실현하였다.

9. 초楚 강왕의 패업

(1) 춘추시대 초(楚)나라

○ 주 왕실과 대등한 국가

주대(周代)의 국가로 춘추전국시대의 강국인 초국은 형국(荊國, 가시나무 형) 또는 형초(荊楚)로도 불렸다. 초(楚)는 본래 주(周)의 책봉을 받은 나라가 아니었다.

주(周) 건국 이전부터 존속했기에, 초(楚)는 다른 제후국과는 달리 일찍 칭왕(稱王)했으며, 주 왕실과 대등한 국가라 자부하였다.

초 장왕(莊王, 재위 前 613 – 591)은 춘추오패(五霸)의 한 사람이었고, 전국시대 초(楚)는 칠웅(七雄)의 하나였다.

초국의 국군은 미성(羋姓, 羊이 울 미)에 웅씨(熊氏)로 전국시대 중기에 최대의 영역을 차지했지만, 그렇더라도 남쪽으로는 오령(五嶺)산맥을 넘지 못했다. 곧 지금의 복건성(福建省), 광동성(廣東省), 광서성(廣西省) 일대에는 중화 한인의 정치 세력이나 문화 영역이 아니었다.

서주 초기에, 주 성왕은 웅역(熊繹)을 초(楚)에 봉하면서 단양〔丹陽, 지금의 하남성 서남부 남양시(南陽市) 석천현(淅川縣)〕에 거주케 하였다. 단양은 단수(丹水)와 석수(淅水)의 합류 지점으로, 지금은 단강구(丹江口) 수고(水庫, 댐) 수몰 지구에 해당한다.

초국은 주의 건국 이전부터 존속했으며 주 왕실과는 아무런 혈연관계도 없었다. 따라서 주의 제후국인 중원의 여러 나라는 초를 미개한 만이(蠻夷)의 나라로 인식하였다.

o 초(楚) 흥망의 대략

초후(楚侯)의 작위는 자작(子爵)이었다. 前 740년, 초(楚)의 자작 웅통(熊通)이 자립하여 왕을 칭했고(史稱, 초 무왕, 재위 前 740 – 690) 이후 초(楚)는 그 영역을 크게 확대하면서 장강(長江)과 장강의 최대 지류인 한수(漢水) 유역에 있는 여러 제후국을 병합하여 강국으로 변모하였다.

前 597년, 초 장왕(莊王)은 중원의 패주인 진국(晉國)을 격파하고 '춘추오패'에 이름을 올렸다. 그러나 춘추 말기에 초나라는 오(吳)와 세력 다툼에서 밀렸는데, 초 소양왕(昭襄王) 재위 중, 前 506년, 오왕(吳王) 합려(闔閭)가 손무(孫武, 손자)와 오자서(伍子胥) 등을 보내 초군을 격파하고 도읍 영(郢)을 함락시켜, 초는 거의 멸망 직전이었는데, 월왕 구천(句踐)이 오(吳)를 공격하였고, 또 진국(秦國)의 도움으로 초(楚)는 겨우 나라를 보전, 복국(復國)하였다.

전국시대 중기에 초국은 다시 흥기하였는데 초 선왕(宣王, 재위前 369–340년)과 초 위왕(威王, 재위 前 339–329년) 시대에 국세를 떨쳐 지방 5천 리, 대갑(帶甲) 백만, 전차 1천 승(乘), 전마(戰馬) 1만 필에 10년을 지탱할 군량을 보유했는데, 이를 역사에서 楚의 '선위성세(宣威盛世)'라 칭한다.

그러나 초 회왕(懷王, 재위 前 328–299) 후기, 이후. 내부적으로는 왕후 정수(鄭袖)의 미혹에 빠졌고, 밖으로는 장의(張儀)의 6백 리 할양이라는 감언(甘言)에 속아 넘어갔으며, 진(秦)과 남전(藍田), 단석(丹淅)의 전투에서 연패하며 국세가 위축되었다가 경양왕(頃襄王, 재위 前 298–263) 때, 前 278년, 진장(秦將) 백기(白起)의 공격에 도읍 언(鄢, 지금의 호북성 중부 양양시 관할 의성시)과 영(郢, 지금의 호북성 남부 형주시 관할 강릉시 서북)을 점령당했다.

그 뒤 결국 前 223년에 진군(秦軍)이 초도(楚都) 수춘〔壽春, 지금의 안휘성 중부 회남시(淮南市) 관할 수현〕을 점령하고, 초왕 부추(負

芻)를 생포하자 초국은 멸망했다.

○ 물산풍부(物産豊富)

진 문공 중이(重耳)가 즉위하기 전 잠시 초(楚)에 머물렀는데, 중이는 초의 금속제 무기가 진(晉)과는 비교할 수 없을 정도로 높은 수준이라고 감탄한 적이 있었다.

중원의 여러 제후국에서는 초를 만이의 나라(蠻夷之方)이라 폄하하였지만, 초의 문화 수준은 결코 중원에 비하여 손색이 없었다.

초는 땅이 넓고 물산이 풍부하며 기후가 온난하고 또 수운(水運)이 발달하여 춘추시대 초기부터 급속한 발전을 이루었다.

초는 주가 성립되기 이전 상(商, 殷)의 동맹국으로 상(商)의 문화 유산을 이어받았고, 주 평왕이 견융을 피해 동천(東遷)할 때에도 초에서는 유능한 주군이 즉위하였고, 초(楚)의 주변에는 약소국뿐이어서 초의 발전을 저해하는 나라가 없었다.

서주의 이왕(夷王, 재위 前 885−878 추정), 역왕(歷王, 厲王, 재위 877−828) 시기에 초(楚)의 웅거(熊渠)는 칭왕했다가, 주 여왕(厲王)의 침략을 받고 왕호를 포기했었다. 그러나 다음 웅통(熊通)은 무왕(武王, 재위 前 740−690)이라 칭왕했다. 무왕의 손자인 초 성왕(成王, 재위 前 671−626)은 제(齊)의 환공(桓公), 진(晉)의 문공, 진(晉) 목공(穆公) 등의 패자(覇者)와 경쟁하면서 적극적인 북진정책을 전개하여 성과를 거두었다.

성왕 다음에 목왕(穆王, 재위 625−614)에 이어 즉위한 장왕(莊王, 재위 前 613−591)은 드디어 춘주오패의 한 사람으로 이름을 올렸다.

○ 장왕(莊王)−도광양회(韜光養晦)

초 목왕(穆王) 재위 중에 초(楚)는 결코 약국이 아니었다. 목왕이 죽고, 장왕이 즉위했을 때, 진(晉)은 중원의 여러 나라와 회맹하여 초의 북진을 저지하며 패주(覇主)의 지위를 누렸다. 이때 진(陳, chén)과 채(蔡) 등은 초를 떠나 晉과 연맹하였다.

장왕은 즉위 초 3년 동안 내내 정사를 돌보지 않고 오로지 술과 여색에 탐닉했다. 대신이 뭐라고 간언을 올리더라도 들은 척도 안하더니 나중에는 '간언을 올리는 신하는 누구든 처형하겠다고 공언하였다. 그러니 누가 자신의 목숨을 내걸고 왕에게 무슨 충언을 올리겠는가?'

초 장왕(莊王)은 미(芈, 양이 울 미) 성(姓)에 웅(熊, 곰 웅)씨이고, 이름은 여(旅, 一作 呂, 侶)로 목왕의 아들로 춘추 초기에 대발전을 이룩한 초의 왕이었다.

초 장왕은 前 613년에 어린 나이에 즉위하였는데, 영윤(令尹)[81]

---

81 令尹 − 영윤(令尹)은 楚國의 宰相, 관직명. 伊尹(이윤)에서 유래되었다고 한다. 楚 武王 때 令尹을 처음 설치, 조정에서는 領政하고 밖에 나가서는 군사를 지휘했는데 楚가 秦에 멸망할 때까지 존속했다. 楚의 최고위 관직으로 楚 왕족 중에서 선임했다.

가(嘉, 자공)와 태사(太師)인 반숭(潘崇)의 난이 있었고, 겨우 왕위를 유지할 수 있었다.

　　장왕은 즉위하면서부터 권신의 제재를 받는 허약한 처지였기에 장왕은 부득이 자신의 재능을 숨기며 몰래 실력을 키우는 도광양회(韜光養晦, 韜는 감출 도)의 방책을 취할 수 밖에 없었고, 나중에 그 권신들의 제거 또한 쉬운 일이 아니었으며, 내란에 가까운 위기 속에서 겨우 목숨을 부지한 일도 있었다. 그리고 장왕은 술과 여색에 탐닉하며 정치를 팽겨쳤다.

　　○ 일비충천(一飛衝天), 일명경인(一鳴驚人)

　　장왕은 즉위하고서 3년이 지나도록 아무런 명령이나 정치적 조치도 없이 밤낮으로 술과 여색에 빠졌다. 그러면서 「간언을 올리는 자는 죽여버리겠다(有敢諫者死無赦).」고 공표하였다. 그런데 대신 중에 오거〔伍擧, 오삼지자(伍參之子), 오원(伍員, 오자서伍子胥)의 조부〕가 장왕을 찾아와 수수께끼 같은 이야기를 했다.

　　장왕은 술에 취한 채, 양 옆에 두 여인을 끼고 앉아있었다.

　　"초국의 높은 산에 큰 새가 한 마리 있습니다만, 3년간 쉬면서 날지도(飛) 울지도(鳴) 않는데 그 새가 무슨 새인지 아십니까?"

　　장왕은 오거가 말한 큰 새(大鳥)가 바로 자신을 빗대어 하는 말이라 생각했다.

　　그래서 정색을 하며 말했다.

　　"큰 새가 3년을 날지 않았으니 한 번 날아 오른다면 하늘 끝까지

날아오를(一飛衝天, 衝 찌를 충) 것이다. 3년을 울지 않았으니 한
번 소리를 내면 사람을 놀라게 할〔一鳴驚人(일명경인)〕 것이다."[82]

그런 뒤에도, 장왕은 몇 달 동안 여전히 음락(淫樂)에 빠져 살았
다. 그러자 대부인 소종(蘇從)이 죽음을 무릅쓰고 다시 간언을 올
렸다. 이에 장왕은 신하의 간언을 받아들였다. 우선 왕 주변의 소
인들을 죽이거나 제거하고 오거와 소종에게 정사를 맡겼다. 초의
조야(朝野)는 모두 기뻐했고, 초의 국력은 빠르게 커나갔다.

○ 천하제패의 뜻 – 문정경중(問鼎輕重)

장왕(莊王)은 더욱 분발하면서 오삼(伍參), 소종(蘇從), 손숙오
(孫叔敖),[83] 자중(子重) 등 재능이 뛰어난 문신과 무장을 등용하고

---

82 '一鳴驚人'의 주인공을 齊 위왕(威王)이라고도 한다. 곧《韓非子
喩老(유노)》의「不飛則已, 一飛沖天」과《史記 滑稽列傳(골계열전)》
의「不鳴則已, 一鳴驚人」의 뜻은 똑같다. 또 오거의 간언이 아니
라 齊의 賢士 순우곤(淳於髡)이 齊 威王에게 올린 건의라는 주장도
있다.

83 손숙오(孫叔敖, 前 630?–약 593) – 미(芈) 姓. 위씨(蔿氏). 孫叔은 字.
敖가 名. 손숙오가 어렸을 때 들에서 양두사(兩頭蛇)를 보았다. 당
시에 양두사를 본 사람은 곧 죽는다는 말이 있었다. 손숙오는 다
른 사람이 또 보지 못하도록 뱀을 죽여 묻어버렸다. 前 601년, 손
숙오는 楚國 令尹이 되었다. 수리사업을 일으켜 농업생산을 크게
늘렸다. 사마천《史記 循吏列傳(순리열전)》의 첫 번째 인물이다.
「손숙오는 三得相에 不喜했으니 知其材自得之也요, 三去相에 후
회 없었으니 知非己之罪也.」라 하였다.

내정을 일신하며 법제를 준수하자, 백성은 모두 안거낙업(安居樂業)하며 초(楚)의 국력이 크게 증강되었다.

장왕 3년(前 611)부터 초(楚)는 용(庸), 균(麇, 노루 균), 송(宋), 진(陳), 정(鄭) 등 작은 나라를 정벌하여 승리를 거두었다. 前 606년, 장왕은 육혼(陸渾)의 융족(戎族)을 정벌하고 낙수(洛水)에 진군하고 주 왕실의 직할지에서 초의 군사를 사열, 곧 관병(觀兵)하였다. 장왕의 이런 무력시위에 동주의 천자는 크게 놀라면서 즉시 왕손인 만(滿)을 보내 장왕을 위로하였다.

장왕은 기회를 틈타 주 왕실의 전국(傳國) 보물(傳國之寶)인 주정(周鼎)의 크기와 무게를 물었는데, 이는 주정을 초로 옮겨가고 싶다는 의사표시였다.

주정은 모두 9개(九鼎)인데, 이는 하(夏)의 우(禹)가 주조한 것으로 9주(천하)를 상징하며, 하에서 상(商)과 주(周)을 거치면서 전해 내려온 천자(天子) 권력의 징표였다.

이에 왕손인 만(滿)이 말했다.

"천자의 정사와 덕업이 청명하면, 정(鼎)은 작아도 무겁지만(政德淸明, 鼎小也重), 국군이 무도하면 정(鼎)은 크더라도 가볍습니다(國君無道, 鼎大也輕). 주 왕조가 중원에 정을 안치한 것은 그 권력을 하늘이 내린 것이며 정의 경중(輕重)을 물을 수가 없습니다."

그러자 장왕은 거드름을 피우며 왕손에게 말했다.

"왕손은 우리의 구정 주조를 저지할 필요가 없소. 우리 초(楚)

에서는 동구〔銅鉤, 병기(兵器)〕만을 모아도 9개의 정을 충분히 만들고도 남습니다."

○ 장왕(莊王)의 말 장례(莊王葬馬)

《사기 골계열전(史記 滑稽列傳)》의 이야기이다.

장왕이 몹시 아끼는 말이 있었다. 장왕은 그 말에게 대부에 해당하는 대우를 해주었다. 수놓은 비단옷을 입혔고, 부유한 사람이 먹을 수 있는 말린 대추를 먹였으며, 휘황찬란하게 장식한 마굿간에서 재웠다. 뒷날 그 말은 너무 살이 쪄서 마음껏 달려보지도 못하고 죽었다. 장왕은 애마를 위해 발상(發喪)하며 대신들에게 대부에 상응하는 장례를 치러주라고 명령했다. 이에 따라 큰 말이 들어갈 수 있는 내관(內棺)과 외곽(外槨)을 준비해야만 했다. 대신들은 장왕이 대신을 모욕주는 것이라 생각하여 불만을 표출하자, 장왕은 또다시 말의 장례를 문제 삼는 자는 모두 처형하겠다고 공표하였다.

이를 들은 우맹(優孟, 優는 배우, 직업. 孟은 이름, 성씨, 생졸년 미상)은 궁에 달려가 대성통곡하자, 장왕이 물었다.

그러자 우맹이 말했다.

"죽은 말은 대왕께서 진심으로 아끼시던 말입니다. 초(楚)는 중원 어느 나라보다도 부유하고 강대합니다. 그런 초(楚)에서 대왕께서 아끼시던 말을 겨우 대부의 예로써 장례하면, 이는 너무 각박하고 인색한 조치입니다. 응당 군왕의 예로 장례하며, 다른 제후를 초빙하고 그들이 도착하기를 기다려 성대하게 장례를 치러야 대왕의 체면에 손상이 없을 것입니다."

우맹의 말을 들은 장왕은 할 말이 없었다. 그러면서 말을 대부의 예로 장례하라는 명령을 취소하였다.

이런 조치를 내린 순간, 장왕은 우매 혼용(昏庸)의 군왕에서 명주(明主)로 다시 태어났다.

○ 갓끈 떼어내기[絶纓之宴(절영지연)]

前 604년 장왕은 국내 반란을 평정한 뒤 모든 문무 대신과 함께 큰 잔치를 열고 여흥을 즐겼다. 잔치는 해가 진 뒤에도 촛불을 밝히고 계속되었다. 이런 흥겨운 잔치에 술에 취하지 않는 문무 대신이 어디 있겠는가?

장왕은 자신이 가장 아끼는 허희(許姬)와 맥희(麥姬)를 시켜 대신들 좌석 사이를 돌며 술을 권하게 시켰다.

그런데 갑자기 돌풍이 불면서 모든 촛불이 꺼졌다. 어둠 속에서 대신들은 허희와 맥희의 손목을 잡거나 허리를 껴안았다. 그러자 놀란 허희는 침착하게도 몹쓸 짓을 하는 관리의 갓끈을 잡아당겨 끊었다.

그러면서 장왕에게 나아가 촛불을 켜고 무례한 짓을 한 자를 찾아달라고 말했다.

이에 장왕이 모든 대신들에게 말했다.

"오늘 밤은 군신 모두가 격의 없이 즐기는 날이다. 모두 자기 갓끈을 떼어내고 갓을 벗어놓고 즐겨라."

그리고 한참 뒤에 촛불을 밝히게 했다. 장왕은 허희의 하소연을 그대로 무시했다.

그로부터 7년이 지났다. 장왕이 정(鄭)을 정벌하자 초(楚)와 진(晉)은 교전을 계속했다. 초에서는 장왕이 알지 못하는 무장이 선봉으로 출전하여 다섯 번이나 교전하며 끝내 승리하였다.

장왕이 의아해 하며 물었다.

"나의 덕행이 천박하여 여태껏 장군을 우대하지 못했다. 그런데도 장군은 생사를 넘나들며 분전하였다. 그럴만한 까닭이 있는가?"

그러자 그 무장이 말했다.

"저는 본래 오래전에 죽었어야 할 죄인입니다. 그 옛날 잔치에서 술에 취해 군왕의 여인에게 몹쓸 짓을 해서 갓끈이 잘렸습니다. 그런데도 군왕께서는 모든 사람의 갓끈을 떼게 하여 저를 살려주셨습니다. 그 뒤로 저는 군왕의 은덕에 보답할 기회를 찾고 있다가 마침, 오늘 분전할 기회를 얻었습니다."

이후 초는 진군(晉軍)을 격파하고 더욱 강성해졌다.

초장왕 23년(前 591)에 장왕이 죽었다. 그 아들 웅심(熊審)이 즉위하니, 이가 초 공왕(共王, 재위 前 590 - 560)이다.

이후 초(楚)와 진(晉)의 패권 다툼은 계속되었다. 초의 강성에 따라 장강과 한수 일대의 개발이 크게 촉진되었으며, 이후 초는 오(吳)와 월(越)과 경쟁하며 회수(淮水) 유역으로 세력을 넓혀나갔다.

(2) 기우는 초(楚)나라

초 위왕(威王, 재위 前 339 - 329년)은 초 선왕(宣王)의 아들로, 전국시대 초국 중흥지주(中興之主)로 알려진 명군이다. 위왕 재위 중에 초(楚)는 최대 판도를 자랑하였다. 위왕은 재위 11년에 죽었고, 아들 초 회왕(懷王) 웅괴(熊槐)가 계승했다.

○ 화사첨족(畵蛇添足)

초(楚)의 장수 소양(昭陽)이 초를 위하여 위(魏)를 정벌하여,[84] 적군을 복멸시키고 장수를 죽였으며 8성(城)을 차지한 뒤에, 군사를 이동하여 제(齊)를 공격하였다.

진진(陳軫)[85]은 진왕(秦王)의 사자로 제(齊)를 공격 중인 초장(楚

---

84 소양(昭陽)은 楚 懷王(회왕, 재위 前 328 - 299년)의 장수. 楚가 伐魏한 사건은《史記 楚世家》에 의하면 懷王 8년(前 321년)이었다. 이 章에서 說客 陳軫(진진)은 승리한 소양에게 '화사첨족(畵蛇添足, 蛇足)'의 비유로 욕심내지 말라고 깨우쳤다. 이 사족(蛇足)의 成語는 참으로 재미있고 유익한 교훈이다.

85 진진(陳軫, 생졸년 미상, 軫은 수레 뒷턱나무 진) ─ 戰國시대 齊國 임치(臨淄) 출신. 종횡가. 秦國에 유세하여 惠文王의 예우를 받고 장의와 함께 경쟁하였다. 楚와 齊에서도 유세에 성공하였다. 초의 영

將) 소양(昭陽)을 만나 재배(再拜)하며 승전을 하례한 뒤에 일어서서 물었다.

"초의 법에 적군을 갈아없애고 적장을 죽이면 그 관작이 어떻게 됩니까?"

소양이 말했다.

"관(官)은 상주국(上柱國)이고, 작위는 상집규(上執珪)입니다."

진진이 물었다.

"이와 다른 고귀한 작위가 또 있습니까?"

"오직 영윤(令尹)뿐입니다."

진진이 말했다.

"영윤이 고귀하군요! 초왕이 두 명의 영윤을 두지 않는다면, 신이 공(公)을 위하여 비유해 보겠습니다.

초나라에 제사를 지낸 어떤 사람이 그 사인(舍人)들에게 치주(卮酒)를 하사하였습니다.[86]

사인들이 서로 말했습니다.

'여럿이 마시기에 부족하고 한 사람이면 좀 여유가 있다. 땅에 뱀을 그려 먼저 그리는 자가 마시기로 하자.'

윤(令尹, 相)을 역임하고 영천후(潁川侯)가 되었다. 畫蛇添足(화사첨족), 卞莊刺虎(변장자호) 등 故事를 만들어 낸 사람이다. 이때 진진은 秦의 사자로 齊에 왔다가 楚將 昭陽(소양)을 만났다.

86 舍人은 빈객을 시종(侍從)하는 자. 측근에 가까이 두고 부리는 사람. 卮는 술잔 치. 巵와 同.

한 사람이 뱀을 먼저 그린 뒤, 술잔을 들고 막 마시려다가, 왼손에 술잔을 잡고 오른 손으로 뱀을 가리키며 '나는 뱀의 발도 그릴 수 있지!' 라고 하였습니다.

그가 뱀의 발을 다 그리지 못했는데, 다른 한 사람이 뱀을 다 그리고서 술잔을 빼앗으며 말했습니다.

'본래 뱀은 발이 없는데 네가 발을 어찌 그리겠나?' 그러면서 그 술을 마셨습니다. 발을 그리던 사람은 끝내 술을 마시지 못했습니다.

지금 장군은 초(楚)를 위한 위(魏) 정벌에서 파군(破軍)하고 살장(殺將)하며 8성을 차지했고, 강한 군사로 제(齊)를 공격하니 齊는 장군을 매우 두려워합니다. 장군은 이로써 충분한 명성을 거두었고, 높은 관직에 중복 임용될 수도 없습니다. 전쟁에서 싸우면 이긴다 하여 그칠 줄을 모르는 사람이라면 몸이 죽거나 뒷사람이 관작을 차지할 것이니, 이는 뱀의 발 그리기와 같습니다."

소양은 옳다고 생각하여 군사를 철수하여 돌아갔다.

○ 초 회왕의 죽음

초 회왕〔懷王, 웅씨(熊氏), 이름은 괴(槐). 초 위왕의 아들. 재위 前 328－299, 사망은 前 296년〕의 정처(正妻)는 정수(鄭袖), 회왕은 간신 영윤(令尹)인 자란(子蘭), 상관대부 근상(靳尚)을 신임하였다.

위인(爲人)이 영리하였으나 헛똑똑이였고, 지략이 부족하여 국정은 날로 나빠졌다.

前 313년, 진국(秦國)에서는 장의를 초나라에 보내 속임수를 폈다. 초가 齊나라와 동맹을 단절하면 진나라에서 상어(商於)의 땅 6백 리를 내주겠다고 하였다. 이에 초나라에서는 제(齊)와 단교하였다. 회왕이 사자를 보내 진에게 6백 리의 땅을 요구하자, 장의는 6백 리가 아니라 6리의 땅이라고 말했다. 화가 치민 회왕은 굴개(屈丐)를 대장으로 삼아 10만 대군으로 진을 공격케 하였다. 그러나 초군은 대패했고, 굴개는 생포되었으며 초군 8만 명이 참수되었다. 회왕은 전국적으로 대군을 다시 소집하여 진을 공격했지만 남전(藍田)에서 대패했다.

진(秦)은 前 311년에, 공세를 펴서 초국의 소릉(召陵) 일대를 점거하였다.

前 306년(초 회왕 23년)에, 초국은 월(越)의 내란을 이용하여 제국(齊國)과 함께 월국(越國)을 공격하여 옛날 오(吳)의 강역 일부를 차지하였다.

前 302년(초 회왕 27년), 진(秦)에 인질로 가 있던 초(楚)의 태자가 사적 원한으로 진국(秦國) 대부를 죽이고 초국으로 도망쳐 돌아갔다.

前 301년, 진국(秦國)은 보복하려고, 제국(齊國), 한국(韓國), 위국(魏國)과 연맹하여 초국을 공격하여 초장(楚將) 당매(唐眛)를 죽이고 초나라의 중구(重丘) 일대를 점령하였다.

前 299년(초 회왕 30년). 진국(秦國)은 초국의 8개 성을 점거하였다. 진 소양왕은 초 회왕과 무관(武關)[87]에서 상면하여 강화하기로 약조하였다. 초 회왕은 굴원(屈原) 등의 권고를 무시하고, 무관에서 소양왕을 만났으나 그 자리에서 협박을 받아 진(秦)에 끌려가 유폐되었다. 결국 초에서는 태자를 즉위시키니, 이가 초 경양왕(頃襄王)이다.

경양왕 3년(前 296) 회왕은 진국(秦國)에서 병사했고 진(秦)에서는 회왕의 유해를 돌려보내주었다. 굴원(屈原)의 《초사(楚辭) 9장》의 1편인 〈사미인(思美人)〉은 회왕(懷王)의 죽음을 애도한 글이다.

진나라 말기 각지에서 영웅이 봉기할 때, 대장인 항량(項梁, 항연의 아들)은 초 회왕의 손자인 웅심(熊心)을 초왕으로 내세우며 회왕(懷王)이라 칭하면서 초(楚)의 민심을 획득하고, 웅심을 초 의제(義帝)로 높였다.

○ 회왕의 왕비 정수(鄭袖)

정수(鄭袖, 생졸년 미상, 袖는 소매 수) - 전국 시기 초 회왕(懷王)의 총비(寵妃)였다. 그 아들은 초 경양왕(頃襄王, 재위 前 298 - 263년)이다. 미모에 지혜롭고 총명했으며 질투심에 악독한 마음까지 겸비했으니, 심계(心計)가 정말 뛰어났다.

---

87 무관(武關) - 今 陝西省 남동부 商洛市 丹鳳縣 少習山 협곡의 관문. 함곡관(函谷關), 소관(蕭關). 대산관(大散關)과 함께 '秦'의 사색(四塞). 秦國의 南大門.

초 회왕(懷王, 재위 前 328 – 299)이 진(秦)의 사신으로 온 장의(張儀, 前 373 – 310)를 구류하고 죽이려 했다.

근상(靳尙)[88]이 장의를 위해 초왕에게 말했다.

"장의를 구속하면, 진왕(秦王)은 틀림없이 분노할 것입니다. 그리고 천하 제후는 초(楚)에 대한 진(秦)의 지원이 없다는 것을 알게 되어 초는 가벼이 무시될 것입니다."

또 왕의 총애를 받는 부인 정수(鄭袖)에게 말했다

"부인은 곧 왕에게 천시받게 될 일을 알고 계십니까?"

정수가 "왜 그런가?"라고 물었다.

근상이 말했다.

"장의는 진왕(秦王, 혜왕)의 충성스럽고 신임 받는 공신(功臣)입니다. 지금 초(楚)에 구속되었으니 진왕은 장의를 빼낼 것입니다. 진왕에게 사랑스럽고 아름다운 여인이 있고, 또 궁중에서 아름다우면서도 음률에 능숙하여 총애를 받을만한 여인을 골라 금옥(金玉)이나 보물과 함께 보낼 것이며, 또 상용(上庸)[89]의 6현을 왕의 탕목읍(湯沐邑)을 바치면서 왕에게 장의를 풀어달라고 할 것입니다. 그러면 초왕은 틀림없이 진(秦)의 여인을 총애할 것이고 그녀

---

88 靳尙(근상, ? – 前 311년, 靳은 가슴걸이 근) – 전국 시기 초 회왕의 신임을 받은 上官大夫, 三閭大夫인 屈原(굴원)의 동료, 靳江 부근의 땅을 봉지로 받았기에 세칭 靳尙(근상)이라 했다. 굴원을 투기한 전형적인 小人. 나중에 仇人에게 피살되었다.

89 上庸(상용) – 今 湖北省 서북부 十堰市(십언시) 관할 竹山縣 일대.

들은 진(秦)의 배경이 있어 중히 여길 것이며 또 보물과 땅을 함께 받았으니 왕의 아내로서 초(楚)에 군림할 것입니다. 왕은 그런 오락에 빠져 진녀(秦女)를 받아들이고 친애하면서 부인을 잊을 것이니, 왕비께서는 더욱 미천하고 날로 소원해질 것입니다."

이에 정수가 말했다.

"이 일을 공(公)에게 맡기고자 하니 어떻게 해야 하는가?"

"왕비께서는 왜 서둘러 왕에게 장의를 내주라고 말씀하시지 않으십니까? 장의는 풀려나면서 왕비께 끝없이 감사할 것이고, 秦에서는 여인을 보내지 않을 것이며, 왕비를 소중히 여길 것입니다. 그러면 왕비께서는 안으로 초(楚)의 고귀한 지위를 유지하고 밖으로 진(秦)과 친밀히 교류하면서 장의를 이용할 수 있을 것이며, 왕비의 아들은 틀림없이 태자가 될 것이니, 이는 평민들은 생각도 못하는 대리(大利)입니다."

정수는 서둘러 초왕에게 장의를 풀어주라고 말했다.

○ 잘려나간 미인의 코

위왕(魏王)이 초 회왕(懷王)에게 미인을 보냈는데, 초 회왕이 좋아하였다.[90] 초 회왕의 왕비 정수(鄭袖)는 왕이 새 사람(新人)을 좋아하는 줄을 알고, 신인을 많이 아껴주었다. 의복이나 노리개

---

90 魏 美人의 코를 잘라버린 이야기는《韓非子 內儲說 下》에도 기록되었다. 하여튼 여인의 질투는 아마 본능일 것이다.

등 신인이 좋아하는 대로 골라주었고 실내 치장이나 침구들도 좋은 것으로 골라 갖춰주었다. 정수의 그런 보살핌은 왕보다 더 극진하였다.

회왕이 말했다.

"부인이 지아비를 섬김은 미색이고, 부인의 질투는 감정이다. 지금 왕비는 과인이 신인을 좋아하는 줄을 알고, 그 신인을 과인보다 더 아껴준다. 이는 효자가 사친(事親)하고 충신이 사군(事君)하는 이치와 같을 것이다."

정수는 회왕이 자신이 질투하지 않는다고 믿고서 신인에게 말했다.

"왕께서는 자네 미모를 사랑한다. 그러나 자네의 코를 보기 싫어하신다. 그러니 그대가 왕을 섬길 때는 꼭 코를 가리도록 하라."

신인(新人)이 왕을 만나면 그 코를 가리었다.

회왕이 정수에게 물었다.

"신인이 과인을 볼 때마다 코를 가리는데, 왜 그럴까?"

정수는 "저는 알고 있습니다."라고 대답했다.

왕은 "나쁜 말이라도 꼭 말해보라."고 하였다.

정수가 말했다.

"아마 군왕의 체취를 싫어해서 그럴 것입니다."

왕이 말했다.

"고약하도다!"

그리고는 신인의 코를 베라고 명했고, 누구도 거역 못하게 하였다.

○ 굴원(屈原)의 초사(楚辭)

굴원(屈原, 前 340 - 278)은 전국 시기 초(楚)의 삼려대부(三閭大夫)였다. 초 회왕(懷王)에게 충간을 했으나 방축되어 단옷날에 상수(湘水)에 투신했다. 문학 장르인 초사(楚辭)의 원조(元祖)이다. 그의 작품으로는 〈이소(離騷)〉(2,490자의 대작)〉, 〈구장(九章)〉, 〈천문(天問)〉, 〈구가(九歌)〉, 〈어부사(漁父辭)〉 등이 있다. 굴원은 《사기(史記)》 84권, 〈굴원가생열전(屈原賈生列傳)〉에 입전되었다.

〈이소(離騷)〉는 천지간을 환유(幻游)하는 초현실적인 내용이나 수사(修辭)에 치중한, 이전에는 볼 수 없던 새로운 시가 형식이었다. 〈이소〉를 굴원의 작품으로 보지 않고, 한 무제 때 회남왕(淮南王)이었던 유안(劉安, ? - 前 122)의 유선시(遊仙詩)이며 굴원의 다른 작품도 한대(漢代)의 시가라는 주장도 있다.

굴원을 참소를 당한 충신의 모델로 만들었고, 〈이소〉에 '經'자를 붙여 《이소경(離騷經)》으로 부르게 한 장본인은 후한의 왕일(王逸, 생졸년 미상)이다. 왕일의 자(字)는 숙사(叔師)로, 후한 안제(安帝) 원초(元初) 연간에 (서기 114 - 119) 교서랑이 되었다. 순제(順帝) 때, 시중이 되었고 《초사장구(楚辭章句)》를 저술하였는데, 세상에 널리 알려졌고 현존한다.

부(賦)는 문체의 하나로 압운(押韻)한 문장이다. 초사(楚辭)에서

변화 발전하였는데 외형상 시나 산문이라고 한 가지로 단정할 수 없는 시문의 혼성체이다

《시경(詩經)》은 내용상 풍(風), 아(雅), 송(頌)으로, 작법상으로는 부(賦), 비(比), 흥(興)으로 분류한다. 이때 부(賦)는 포(鋪, 펼 포, 늘어놓다)의 뜻이니, 곧 '언지(言志)를 포진(鋪陳)한 형식'이며 거기에는 낭송(朗誦)의 뜻을 포함한다. 불가(不歌)하고 송(誦)하는 것이 부(賦)이다. 부(賦)는 한대에 유행한 문학 형식으로 시가와 산문의 특성을 합한 형태라 할 수 있다. 전한의 가의(賈誼), 매승(枚乘), 사마상여(司馬相如)가 한대 부(賦)의 대표적 작가이다.

한부(漢賦)는 사조(辭藻)가 화려하고 필세(筆勢)가 힘차다지만 대개 내용은 공허하고 글자와 뜻이 어려워 읽고 이해하기가 쉽지 않다. 사마상여(司馬相如) 이후에 후한 반고(班固)의 〈양도부(兩都賦)〉, 장형(張衡)의 〈이경부(二京賦)〉, 조식(曹植)의 〈낙신부(洛神賦)〉, 서진 육기(陸機)의 〈문부(文賦)〉, 좌사(左思)의 〈삼도부(三都賦)〉가 유명하고, 또 동진 도연명(陶淵明)의 〈귀거래사(歸去來辭)〉도 부(賦)의 명편이며, 당(唐) 두목(杜牧)의 〈아방궁부(阿房宮賦)〉, 송 구양수(歐陽脩)의 〈추성부(秋聲賦)〉, 소식의 〈적벽부(赤壁賦)〉도 모두 부(賦)의 명작이다.

중국에서는 각 시대를 대표하는 문학 형태로 '한문(漢文), 당시(唐詩), 송사(宋詞), 원곡(元曲), 명청(明淸) 소설'이란 말이 있는데, 한대에는 서사(敍事), 서정(抒情)을 위한 장문의 부(賦)와 기사(記

事)의 명문(名文)이 비약적으로 발전했다. 이런 장문의 시부나 명문은 진대 붓(毛筆)의 실용화와 한대(漢代) 직물(織物) 산업의 발전으로 크게 늘어난 비단의 생산, 이어 후한 채륜(蔡倫)의 종이(紙)의 발명에 원인을 찾을 수 있다.

○ 초(楚)의 멸망

경양왕(頃襄王, 재위 前 298 - 263년) 때, 前 278년, 진장(秦將) 백기(白起)의 공격에 도읍 언(鄢, 지금의 호북성 중부 양양시 관할 의성시)과 영(郢, 지금의 호북성 남부 형주시 관할 강릉시 서북)이 점령당했다.

그 뒤 결국 前 223년에 진군(秦軍)이 초도(楚都) 수춘(壽春, 지금의 안휘성 중부 회남시 관할 수현)을 점령하고, 초왕 부추(負芻)를 생포하자, 초국은 멸망했다

10. 오吳나라의 흥망

(1) 오(吳)의 건국

○ 태백분오(泰伯奔吳)

주나라 왕실의 선조인 고공단보(古公亶父, 태왕이라 추존)는 적인(狄人, 북방의 이민족)이 침입하자, 백성을 이끌고 기산(岐山)이란

곳에 정착하고 사람들을 다스렸다.

태왕이 자신의 지위를 3남 계력(季歷)의 아들 창(昌, 문왕)에게 물려주려 한다는 뜻을 알게 된 고공단보의 장남인 태백(泰伯)은 동생 우중(虞仲)과 함께 당시로서는 야만인의 땅인 장강 하류로 이주하였다. 그 지역은 중원과 언어가 불통하는 지역이었으니 습속도 크게 달랐을 것이다. 태백은 그 지역 만이[蠻夷, 형만(荊蠻)]들의 추대를 받았는데 건국 당시, 1천여 호의 백성이 이주하였다.

최초의 도읍은 지금의 강소성 남단 태호(太湖)의 북쪽 무석시(無錫市) 일대였는데, 나중에 합려성[闔閭城, 지금의 강소성 남단 상주시(常州市)와 무석시(無錫市) 접경지대]으로 약간 이동했다.

태백이 자리잡은 오(吳)는 한(漢)나라 때 회계군(會稽郡)이었는데, 회계군은 지금의 강소성(江蘇省)의 장강 이남, 상해시(上海市)와 절강성(浙江省)의 대부분을 관할했으며, 치소는 오현(吳縣)인데, 지금의 절강성(浙江省) 소주시(蘇州市)에 해당한다.

○《사기(史記) 오태백세가(吳泰伯世家)》

이런 사실은 사마천《사기》31권, 〈오태백세가〉에 수록되었다.

사마천(司馬遷, 前 145−87?)의 위대한 저술인《사기》는 12권의 〈본기(本紀)〉, 10권의 〈표(表)〉, 8권의 〈서(書)〉, 30권의 〈세가(世家)〉, 그리고 70권의 〈열전〉으로 총 130권, 52만 자의 대작이다.

그 30권 〈세가〉 중 16권까지는 주 왕조의 분봉을 받거나 춘추전국시대 제후국의 역사 기록이다. 그런데 이 30 〈세가〉의 첫 권

은 〈오태백세가〉이다. 그렇다면 사마천은 왜 〈오태백세가〉로
〈세가〉 서술을 시작하였는가?

《사기》 각 권의 서술의도나 목적은 《사기 태사공자서(史記 太史
公自序)》(130권)를 통하여 알 수 있다. 사마천은 〈오태백세가〉의
서술에 관하여 아래와 같이 말했다.

「태백은 계력(季歷)에게 양위하려고 물러나 장강 유역 만이의 땅
에 이주하였다. 그래서 문왕과 무왕이 흥기할 수 있었는데, (이는)
고공단보(古公亶父)의 자취이다. (태백의 후손) 합려(闔廬)는 료(僚)
를 죽이고 즉위하여 형초(荊楚) 지역을 복속케 하였고, 부차(夫差)는
제(齊)를 꺾었으며 오자서(伍子胥)는 맹장이었다. 백비(伯嚭)는 월국
(親越)을 가까이 했기에 오국은 멸망했다. 그래서 태백의 양위(讓位)
를 가상히 칭송하여 1권 오국세가(吳國世家)를 지었다.」⁹¹

이렇게 부친의 뜻을 받들고, 또 현명한 주군을 즉위시키기 위
하여 자신의 지위를 아낌 없이 버린 태백을 지덕(至德)이라 부를
수 있으며, 천하를 세 번이나 양보했지만 백성들은 그런 내용을
잘 몰라 칭송하지도 못한다고 공자(孔子)가 말했다.⁹²

---

91 원문「太伯避歷, 江蠻是適. 文武攸興, 古公王跡. 闔廬弑僚, 賓服荊
楚. 夫差克齊, 子胥鴟夷. 信嚭親越. 吳國旣滅. 嘉伯之讓, 作吳世家
第一.」

92 원문「子曰, "泰伯, 其可謂至德也已矣. 三以天下讓, 民無得而稱
焉."」《論語 泰伯》

주(周)에서는 고공단보의 셋째 아들인 문왕 창(昌)이 부친의 지위를 계승했고, 이어 문왕의 아들 무왕(武王, 성은 희(姬), 이름은 발(發))은 주(周)를 건국한다. 따라서 태백은 주(周)의 실질적인 건국자 무왕의 큰 할아버지이다.

○ 오국(吳國) 역사의 개괄

태백이 후사가 없이 죽자 동생 중옹(仲雍)이 계승했고, 이어 중옹의 아들 계간(季簡)이, 다음에 아들 숙달(叔達)이, 그리고 다시 그 아들 주장(周章)이 즉위하였다.

이때 중원에서는 문왕(文王, 昌)의 아들 무왕(武王)이 상(商, 殷)을 정벌하고 주(周)를 건국하였다. 주조(周朝)에서는 태백과 중옹의 후손을 찾았보았고 후손 주장(周章)이 오국(吳國)의 군주임을 알았다. 이에 오국을 제후로 봉하였고, 주장의 동생인 우중(虞仲)을 데려다가 주도(周都) 호경(鎬京)의 북쪽, 옛날 하 왕조의 옛터에 우국(虞國)을 봉하였다. 이 우국은 前 655년에 진 헌공(獻公)이 보내준 보석과 말을 받고서, 진(晉)이 괵국(虢國)을 정벌할 수 있도록 길을 빌려주었다가 진군(晉軍)이 돌아오면서 없애버린 나라이다.

춘추시대에 오국과 그 이웃의 월국(越國)의 풍속과 언어가 같아 중원의 여러 나라로부터 만이(蠻夷)라 불리면서 무시당했다. 그렇더라도 오국과 중원(中原)의 관계는 아주 밀접하였다. 다음에 언급하지만 오왕 수몽(壽夢)의 아들인 계찰(季札)이 사신으로 중원 여러 나라를 방문한 기록을 보면 오국 귀족의 중원 문화에 대한 이해가 아주 깊었으며 그 교양이 결코 뒤처지지 않았음을 알 수 있다.

사실 오국 태백(泰伯) 이후의 초기 역사는 상세한 기록이나 알려진 바가 없다. 오국에 관한 최초 기록은 《관자 소문편(管子 小問篇)》인데, 제 환공(齊 桓公)과 관중(管仲)의 대화에 오국과 한국(邢國, 지금의 강소성 북서부에 있던 소국, 나중에 吳에 병합되어 소멸) 간의 전쟁에 관한 내용이 실려 있다.

여러 기록을 종합할 때, 오국이 강대해져서 그 군주가 周 왕실과 동등하게 칭왕한 것은 수몽(壽夢)이 재위할 때로 알려졌다. 오왕 수몽 시대에 진국은 초국과의 쟁패(爭霸)에서 신하인 무신(巫臣)을 사신으로 보내고, 무신은 오국의 군사력 증강을 도모하며 중원 여러 나라와 교통할 것을 적극 권장하였다.

결과적으로 오국은 부국강병을 이룩했고, 초와 대등한 관계에서 전쟁을 하였고, 한때는 초를 멸망 직전까지 몰아붙이기도 했다. 이어 오왕 합려(闔閭)와 부차(夫差) 시대에는 오의 세력이 중원에 진출하여 진국과 패권을 다투었지만 이웃 월왕(越王) 구천(句踐)에게 패퇴, 멸망하여(前 473), 역사에서 사라지게 된다.

그러나 오(吳)의 국호는 문헌이나 청동기의 명문(銘文)에 구오(句吳) 또는 공어(工㢭, 물고기 잡을 어), 공오(攻吾), 공어(攻敔) 등으로도 표기 되었다.

수몽이 칭왕 이후에도 '공어왕(攻敔王)', '공오왕(攻吾王)'으로 표기되었고, 합려와 부차 대(代)에도 역시 그렇게 표기되었다.

오(吳)가 다시 국명으로 등장한 것은 후한 말 손견(孫堅)의 손책(孫策), 이어 제위에 오른 손권(孫權, 大帝 재위 222-252년)의 즉위하며 국호로 오(吳, Wú. 존속, 222-280년)를 채택하였다. 손권의 吳는 사서(史書)에서 춘추시대의 오(吳)와 구분하기 위하여 동오(東吳), 또는 손오(孫吳)로 표기한다.

(2) 오(吳)의 발전

○ 수몽 칭왕(壽夢 稱王)

노(魯) 선공(宣公, 재위 前 608-591) 8년(前 601), 초국 동부의 동이(東夷) 부족이 반란을 일으켰다. 초 장왕(莊王)이 이를 평정하였고 활예(滑汭)라는 곳에서 오(吳)와 월(越) 양국의 군주와 회맹하였다.

주(周) 정왕(定王) 21년(前 586)에, 오(吳)의 제후 거제(去齊)가 죽고 아들 승(乘)이 즉위하니, 이가 오왕(吳王) 수몽(壽夢, 재위 前 585-561)이다.

수몽이 즉위한 뒤에 오국(吳國)은 강대국으로 탈바꿈한다. 그러면서 수몽 자신은 자립하여 제후가 아닌 왕을 자칭했고, 다른 제후들과 세력을 다투었다. 그러나 이러한 오(吳)의 변신은 이웃인 남방의 강국 초(楚)의 견제를 받는다.

오왕 수몽 2년 봄(前 584년), 오국은 북쪽으로 담국(郯國)을 정벌했고, 나름대로 제(齊)와 대등한 강국을 자처하는 노국(魯國)의 정경(正卿)인 계문자(季文子)는 오(吳)의 강군(強軍)을 탄식했다.

그런 사이에 북방의 강국인 진(晉)에서는 무신〔巫臣, 생졸년 미상, 미성(芈姓), 굴씨(屈氏)〕을 오국에 보내 활쏘기와 전차(戰車) 몰기, 그리고 군진(軍陣) 배치 등을 코치하였다.

수몽왕 16년(前 570)에, 초 공왕(共王)은 공자 중(重)을 보내 오국을 정벌했지만 결국 패퇴했고, 오국의 반격으로 초국의 여러 성을 침탈당했다. 오왕 수몽은 吳의 국제적 지위를 크게 높였고 재위 26년째인 前 561년에 죽었다.

○ 오초 쟁패(吳楚 爭霸)

오왕 수몽에게는 아들이 4명이있었다.

장자는 제번(諸樊), 차남은 여제(餘祭), 셋째는 여매(餘昧), 막내는 계찰(季札)[93]이었다. 계찰은 많은 책을 읽어 견문이 많고 사리

---

93 季札(계찰) - 姬 姓, 名 札(찰), 季는 막내라는 뜻. 吳王 壽夢(수몽)의 4子. 延陵에 봉해졌기에 延陵季子(연릉계자)로 통칭. 吳王인 壽夢(수몽)은 현명한 막내아들 계찰에게 전위하고 싶었고, 수왕의 장자 諸樊(제번)은 부친의 뜻을 알고 숨어버렸다. 수왕이 죽은 뒤에 제번은 계찰에 양위하려 했지만 계찰이 끝내 거부하여 제번이 즉위

에 통달하였다. 수몽은 막내 계찰에게 왕위를 물려주고 싶었지만, 계찰은 끝까지 사양하며 왕위를 물려받으려 하지 않았다. 할 수 없이 장자 제번을 즉위시키면서 형이 죽으면 동생에게 물려주라고 새로운 상속 규칙을 만들었다.

제번 재위 13년(前 548), 오왕 제번이 죽었다. 동생인 여제(餘祭)가 즉위하고 계찰은 연릉(延陵)에 봉했다. 이에 계찰은 보통 연릉계자(延陵季子)라 불렀다.

前 544년, 오왕은 계찰을 사신으로 삼아 중원 각국을 방문케 하였다.

여제(餘祭) 재위 중에 초(楚)와 오(吳)는 수시로 전쟁을 벌렸다. 여제는 재위 17년인 前 531년에 죽었고, 동생인 여매(餘昧)가 즉위하였다.

오왕 여매가 前 527년에 죽었는데, 이때도 계찰이 왕위를 사양

했다. 제번은 자신이 죽으면 계찰이 즉위한다고 미리 공표까지 했지만 계찰은 끝내 사양하였다. 계찰은 장수하여 前 485년에 죽었다(애공 8년, 공자 68세). 魯 昭公 27년, 吳는 계찰을 齊(제)에 보내 聘禮(빙례)를 수행했다. (계찰이 돌아가는 길에) 그의 아들이 죽었다. 여행 중이라서 嬴博(영박)이란 곳에 장례했다. 孔子가 가보고 서는 계찰이 여행 중의 장례로 幽明(유명, 生死)에 따른 예절을 잘 알고 있다고 칭찬하며 말했다. "延陵季子는 예법에 맞게 장례했다." 공자는 前 515년 37세 때, 魯를 방문한 계찰과 상면한 적이 있었다.

하며 즉위하지 않자, 여매의 아들 료(僚)가 즉위하였다.

오왕 료(僚) 2년(前 525) 겨울, 오왕 료는 공자(公子) 광(光, 뒷날 오왕 합려)을 시켜 초를 공격했으나 오히려 초에 패배했고, 왕이 타는 큰 전선(戰船)까지 빼앗겼다. 나중에 다시 탈취해 왔지만 초와 전쟁은 계속되었다.

오왕 료 4년(前 523), 초 평왕의 권신 비무극[費無極, 비무기(費無 忌)][94]은 오사(伍奢)[95]와 태자 건(建)이 모반을 계획 중이라고 평왕에게 무고하였다. 초 평왕은 그 무고를 믿고 오사 일족을 멸족시키려 했다.

초 평왕은 오사(伍奢)와 큰아들 오상(伍尙)을 처형했고, 작은아들 오원(伍員, 오자서)[96]은 오국으로 도주하였다.

---

94 비무극(費無極, 費無忌, ?−前 515) − 평왕 재위 중, 태자소부(太子少 傅). 오사(伍奢)는 태자태부(太子太傅)였는데, 秦의 미인 맹영(孟嬴) 을 태자 건(建)과 결혼시키려 했다. 비무극은 평왕에게 자신이 맹 영과 결혼하고 싶다는 뜻을 표했지만 거부당했다. 비무극이 평왕 의 시봉을 들면서 나중에 태자가 즉위하면 자신이 위험할 것이라 예상하여 태자와 오자서가 반역을 계획한다고 무고(誣告)하였다.

95 오사(伍奢, 前 601?−522) − 오거(伍擧)의 아들 楚國 大夫, 楚 太子太 傅 역임. 오상(伍尙)과 오원[伍員, 伍子胥(오자서)]의 부친. 평왕은 오 사와 오상을 죽였고, 오자서는 복수를 다짐했다.

96 오원(伍員, 伍子胥, ?−前 484년)은 春秋 시대 吳나라의 장군. 본래 楚 의 公族. 박해를 피해 吳에 망명. 吳王 闔閭(합려)에 의해 重用되어 楚國을 대파했고, 평왕의 시신을 꺼내 매질로 복수하였다. 吳王 夫差(부차)가 즉위한 뒤에 참소를 받아 죽었다.

오자서(伍子胥)는 전대(橐, 전대 탁) 하나를 가지고 (오吳, 초楚의 경계인) 소관(昭關)을 벗어난 뒤, 밤에는 걷고 낮에는 숨으면서 국경을 지났으나, 입에 넘길 것도 없어 앉아서 뭉개고 기어다니면서, 오(吳)의 마을 거리에서 걸식을 하였고 나중에 오왕 료(僚)에게 초국 정벌을 건의하였다. 그러나 오(吳)의 공자 광(光)은 오자서는 사적인 원한으로 오국을 이용하여 복수하려 한다며 오자서의 말을 따르지 않았다. 오자서는 공자 光의 환심을 사려고 용사인 전제(專諸)[97]를 찾아내어 光에게 천거하였다.

전제(專諸)는 가축을 도살하는 도호(屠戶) 출신으로 모친에게 효도를 다했다. 전제는 누구와도 싸워 이길만한 힘과 용기의 사내였다. 그가 상대를 만나 막 싸우려는데 아내가 전제를 불렀다. 그러자 전제는 싸움을 포기하고 아내 앞에 달려가 얌전하게 서서 아내의 말을 들었다. 이는 전제가 겁쟁이라서가 아니라 아내가 모친의 지팡이를 들고 나왔기에, 아내의 말을 모친의 말씀처럼 듣고 따랐다.

공자 광(光)이 오왕 료(僚)를 암살하려 할 때, 전제는 모친이 살아계시기에 목숨을 건 약속을 할 수 없다며 공자 광의 요구를 거절하였다. 모친은 아들 전제가 자신 때문에 큰 뜻을 펴지 못한다 하여 모친은 자살했다. 전제는 모친상을 치룬 뒤에 광을 만났고,

97 전제(專諸, ?-前 515, 鱄諸) -《사기 자객열전》에 입전된 5명의 자객 중 한 사람, 곧 조말(曹沫) 전제(專諸), 예양(豫讓), 섭정(聶政), 형가(荊軻). - 春秋시대 吳國 棠邑人, 當時 유명한 자객.

그 뜻에 따라 오왕 료를 척살하였으나 자신은 왕의 경비병에게 피살되었다. 공자 광(光)이 즉위하니, 이가 오왕 합려(闔閭)이다.

(3) 오나라 계찰(季札)

○ 계찰의 양위(讓位)

오왕 수몽(壽夢)의 장자는 제번(諸樊), 차자는 여제(餘祭), 셋째는 여매(餘昧), 막내는 계찰(季札)이었다.

할아버지는 누구나 장손을 소중히, 끔찍히 귀여워하고, 아버지

吳 公子(오 공자) 계찰(季札)
《吳郡名賢圖傳贊(오군명현도전찬)》〈출처: 위키백과〉

는 장남에게 기대를 걸지만, 대개 막내아들을 총애한다. 이는 보통 사람들의 감정이다. 그런데 막내아들이 똑똑하고 현명하다면 부친의 애정은 막내에게 많이 기울 것이다.

수몽은 막내 계찰이 똑똑하고, 유능하기에 유달리 총애하며 태자로 삼아 왕위를 물려주고 싶었다. 그러나 계

찰은 끝까지 완강하게 거부하였다. 결국 수몽이 죽자, 장남이 제번이 즉위하였다(재위 前 560-548).

즉위 다음 해, 제번은 복상을 마치고 왕위를 계찰에게 물려주어 아버지의 뜻을 따르려 했다. 그러나 막내가 왕위 계승하는 것은 예의도 의리도 아니라며 끝까지 사양했고, 결국 궁궐을 버리고 전야(田野)에 숨어 농사를 지었다.

제번이 죽자 계찰은 사양했고, 결국 둘째 여제(餘祭)가 즉위하고 계찰을 연릉(延陵)에 봉했기에 이후 연릉계자(延陵季子)라 불렸다. 이어 셋째 아들 여매가 즉위했고(재위 前 543-527), 죽자 계찰이 즉위할 차례였는데도 계찰은 끝까지 사양하며 즉위하지 않았다. 결국 여매의 아들 료(僚)가 즉위한다(재위 前 526-515).

○ 공자(孔子)의 시와 음악

음악과 시가(詩歌)는 인간 감정의 표현이다. 춘추시대에 각국의 제후는 민정을 살펴 알고, 정치에 관한 백성의 감정이나 태도를 파악하기 위하여 관리들을 보내 민가(民歌)를 수집하게 하였으니, 이는 곧 '시가를 채집하여 풍속을 알려는 뜻(采詩以觀風俗)'이었다. 이렇게 시가를 모았고, 그중에서 후대에 전해지는 시가를 모은 책이《시경 국풍(詩經 國風)》이었다.

공자는 귀국한 이후 제자를 교육하면서 육경(六經)을 바로잡는 일을 계속했다. 그리하여 음악을 바로 세우고, 종래의 각국에서 채집된《시》3,000여 편을 대대적으로 정리하여 대략 300여 편의 시를 남겨두었다고 하는데, 이를 공자의 산시(刪詩, 刪은 깎을 산)라고 한다. 이후《시》의 아(雅)와 송(頌)이 제자리를 찾게 되었다.

《시경》은 본래《시》또는《시삼백(詩三百)》이라고 불렀다.《역(易)》,《서(書)》,《예(禮)》,《춘추(春秋)》등에 경(經)자가 붙게 된 것은 전국시대 말기였다.《시》305편은 풍(風), 아(雅), 송(頌)으로 대별한다. 풍(風)은 각국의 민요로 보통 나라 이름을 붙이기에 국풍(國風)이라 하고, 주남(周南), 소남(召南) 등 15국의 민요로 구성되었다. 아(雅)는 나라의 정악(正樂)이니 조회(朝會)의 정악인 대아(大雅), 나라에서 연회(宴會)할 때 연주하는 소아(小雅)로 대별한다. 그리고 송(頌)은 종묘 제사용 음악으로 주송(周頌), 노송(魯頌), 상송(商頌)이 있다.

사실 공자가 산시(刪詩)했을 가능성은 실제 매우 희박하지만 지금의 체제로 정리를 했을 가능성은 매우 높다고 한다.

공자는 자신이 누구에게서《시》를 배웠다고 말하지 않았다. 그러나《논어》곳곳에서 시에 대한 언급이 있다.

《시》를 공부하면 어떤 이득을 얻을 수 있는가에 대해서도 공자는 구체적으로 언급하였으니 "제자들(小子)은 왜 시를 배우지 않는가? 시를 통하여 감흥을 일으키고(可以興), 사물을 제대로 볼 수 있으며(可以觀), 함께 어울려 즐기고(可以群), 정치적 원망을 은근히 표현할 수 있다(可以怨). 가깝게는 부모를 모시고, 나아가

주군을 받들며, 새나 짐승, 초목의 이름도 많이 알 수 있다."고 하였다.[98]

또 공자는 "시삼백을 외우더라도 정사를 맡아 처리하지 못하고, 사방에 사절로 나가 대응하지 못한다면, 비록 많이 외운다 하여 어디에 쓰겠는가?"라고 시의 실용성을 강조하였다.[99]

그리고 공자는 "시(詩)로 흥을 깨워주고(興), 예(禮)로 사회생활 기준을 정하고(立), 악(樂)으로 인격도야를 완성한다(成)."고 하여 시와 예악(禮樂)의 상관성을 강조하였다.

아울러 공자는 아들 리(鯉)에게 "시를 배우지 않으면 말을 할 줄 모른다."고 《시경》을 공부하라고 훈계하였다.

공자는 시를 통한 인격도야와 바른 심성의 계발과 감정의 교류를 강조하였으며, 사회생활 등 실용적인 면에서도 시를 알아야 한다고 시교(詩教)의 중요성을 누누이 강조하였다.

춘추시대 제후국 간의 교류나 외교에서는 이렇게 전해오는 시가를 읊어 자신의 의사를 표현하였다. 곧 시는 문학 이외의 효용성이 있었다.

각국의 사절이 이런 시가를 이해하고, 그에 대한 자신의 감정

---

98 《論語 陽貨》子曰, "小子何莫學夫詩? 詩, 可以興, 可以觀, 可以群, 可以怨. 邇之事父, 遠之事君, 多識於鳥獸草木之名." 子謂伯魚曰 ~"

99 《論語 子路》子曰, "誦詩三百, 授之以政, 不達, 使於四方, 不能專對, 雖多, 亦奚以爲?"

을 표현하는 것은, 곧 그 사람의 교양이었다.

○ 계찰의 관악(觀樂)

사마천《사기 오태백세가(史記 吳泰伯世家)》에 수록된 오(吳) 공자 계찰이 노국을 방문하여, 노(魯)에 전승되는 각국의 음악과 시와 무용에 대하여 평론을 하였는데, 이는 상당히 중요한 의미가 있다. 이는 당시 각국의 사회기풍을 알 수 있고, 춘추시대의 문학과 음악, 예(禮)를 미루어 짐작할 수 있다. 뿐만 아니라 계찰의 인품과 소양에 대하여 감탄하지 않을 수 없다. 그래서 여기에 그 일부을 우리말로 옮겨 수록했다.

오(吳) 수몽(壽夢)의 차자 여제(餘祭, 재위 前 547 - 544) 재위 4년(前 544)에, 오(吳)의 사자 계찰(季札)이 노(魯)에 교빙(交聘)하며 주악(周樂)을 관람하겠다고 요청하였다.

(노魯에서) 시가인 〈주남(周南)〉과 〈소남(召南)〉의 국풍(國風)[100]을 연주하자, 계찰이 말했다.

---

100 국풍(國風) – 國은 제후의 나라이고, 風은 풍요(風謠), 곧 가요란 뜻이다. 국풍에는 〈周南〉부터 〈豳風(빈풍)〉에 이르는 15개국의 민요가 실려 있다.《詩》의 내용 風,雅,誦(풍,아,송)에서 〈風〉을 앞머리에 둔 것은 이런 작품이 궁정이나 묘당에서 연주하는 〈雅〉와 〈誦〉보다 백성의 마음을 더 진솔하게 묘사, 전달할 수 있었기 때문이다.

"아름답도다. 나라의 기틀을 다질 때이니, 아직은 미완성이나, 근면 속에 무슨 원(怨)이 있겠나!"

(국풍의) 〈패풍(邶風)〉과 〈용풍(鄘風)〉, 〈위풍(衛風)〉을 노래하자, 계찰이 말했다.

"아름답고도(美哉), 연원이 깊도다(淵乎). 근심하지만 피곤하지 않도다. 내가 알기로, 위(衛) 강숙(康叔, 건국자)과 무공(武公, 강숙의 9대손)의 덕행이 이와 같으니라. 아마 〈위풍〉이 아니겠는가?"

(중략)

〈진풍(陳風)〉을 듣고서 말했다.

"나라에 주군이 없으니 어찌 오래 가겠는가?"

그리고 〈회풍(鄶風, 檜風)〉 이하에 대해서는 언급하지 않았다.[101]

〈소아(小雅)〉[102]를 노래하자, 계찰이 말했다.

---

101 현존하는 《詩經》에서는 〈豳風(빈풍)〉이 15국풍 중 마지막이다. 현존 《詩經》에서 〈曹風(조풍)〉과 〈檜風〉에 대한 계찰의 評이 없다.

102 〈小雅(소아)〉 ─ 아(雅)는 正의 뜻이고 夏와 同意로 쓰였다는 주석이 있다. 그래서 〈小雅〉는 夏대로부터 이어온 정통음악을 의미한다. 그래서 〈小雅〉는 風보다 장중하고 우아한 가요였다. 〈小雅〉는 잔치〔宴饗(연향)〕 때 연주하는 음악이고, 〈大雅〉는 조회 때 연주하는 음악이라고 朱子는 구분하였다. 〈小雅〉를 다시 〈正小雅〉와 〈變小雅〉로 구분하는데, 經學者의 과도한 이론일 뿐 유념할만한 의미는 없다고 본다. 현존 〈소아〉는 시가를 10여 수씩 묶어 구분하였는데 〈鹿鳴之什(녹명지십)〉 등 7개 묶음에 총 80首의 시가가 전한다.

"아름답도다, 생각이 깊으면서도 어긋나지 않고(思而不貳), 원망이 있어도 말하지 않나니(怨而不言), 아마도 주실(周室) 덕의 쇠미한 모습이 아니겠는가? 그래도 선왕의 유민(遺民)일 것이다."

〈대아(大雅)〉를 노래하자, 계찰이 말했다.

"광활하면서도 밝게 빛난다. 굽었으나 곧음이 있으니 아마 문왕(文王)의 대덕(大德)일 것이다."

(중략)

〈상소(象箾)〉와 〈남약(南籥)〉의 무용을 보고서는 말했다.

"훌륭하도다. 감응이 온다."

〈대무(大武)〉의 무용을 보고서 말했다.

"아름답도다! 주실의 성대함이 이와 같단 말인가!"

〈소호(韶護)〉의 무용을 보고서는 말했다.

"성인(聖人)의 홍익(弘益)이로다. 약간은 부끄러움이 있으나 이는 성인에게도 어려움일 것이다!"

〈대하(大夏)〉의 무용을 보고서는 말했다.

"아름답도다. 열심히 애쓰고도 은덕을 베푼 것이 없다 겸손해하나니! 우(禹)가 아니면 어느 누가 이 같으랴?"

〈초소(招箾)〉의 무용을 보고서 말했다.

"위대한 덕이로다. 마치 하늘의 빛이 어디인들 아니 비추랴, 땅 위에 생육하지 않는 것이 무엇이겠나! 너무 큰 덕이니 여기에 더 보탤 것이 없도다."

관악(觀樂)이 끝나자 계찰이 말했다.

"다른 음악이 더 있더라도, 내가 무엇을 더 관람하겠는가?"

○ 묘상괘검(墓上掛劍)

오(吳)의 연릉계자〔延陵季子, 季札(계찰)〕가 북방 여러 나라에 교빙(交聘, 우호적 방문)하면서 제(齊)나라에 갔다가 돌아올 때, (동행했던) 장남이 도중에 병사하였다.

공자가 소식을 듣고서 말했다.

"연릉계자(延陵季子)는 오나라에서 예를 잘 아는 사람이다."

그러면서 공자는 연릉계자가 매장한 곳을 찾아가 보았다.

연릉계자는 (아들을) 평상시 옷을 입혀 염(殮)을 했고, 그 관을 넣은 광(壙)은 관과 같았으며, 깊이는 물이 안 나올 정도였고, 부장품 명기(明器)를 쓰지 않았다. 관을 매장한 뒤에 봉분은 넓이와 길이가 관을 덮을 정도였고, 봉분의 높이는 사람의 팔이 안 보일 정도였다.

봉분을 만든 뒤에 연릉계자는 왼쪽 소매를 벗은 채, 그 봉분을 돌아가면서 3번 아들을 부른 뒤에 말했다.

"골육이 이제 흙으로 돌아갔으니 운명이다. 만약 혼백이 있다면 가지 못하는 곳이 없으리니, 못 가는 곳이 없으리라!"

그리고는 무덤을 떠나갔다.

공자가 말했다.

"연릉계자의 장례는 예법에 맞았다."

계찰은 신의에 철저한 사람이었다. 묘상괘검(墓上掛劍)의 성어(成語)가 이를 말해준다.

계찰이 북쪽 여러 나라를 교빙하면서 서국(徐國)을 지나가다가 그 국군(國君)을 만났다. 서국의 국군은 계찰이 차고 있는 보검을 몹시 부러워했다. 그런 눈치를 알았지만 그렇다고 풀러줄 수도 없었다. 칼은 호신용 무기 이전에 군자가 갖춰야 할 예기(禮器)였다.

계찰이 귀국하면서 서국에 들렀을 때, 서군(徐君)은 이미 죽고 없었다. 계찰은 묘지에 가서 곡을 하여 예를 갖춘 뒤, 자신의 보검을 풀어 봉분의 나무에 걸어놓고 떠났다.

그러자 주위에서 말했다.

"그분은 이미 죽었습니다."

그러자 계찰이 말했다.

"내가 서군을 만났을 때, 서군은 말을 못했고, 나는 풀러줄 수 없는 상황이었다. 나는 그때 돌아오는 길에 들러 선물하겠다고 생각하였다. 그분이 지금 없다 하여 내가 마음에 다짐한 것을 바꿀 수 있겠는가?"

(4) 오(吳)의 멸망

○ 간신 백비(伯嚭)

오왕 합려(闔閭, 名은 光, 재위 514 - 496)는 즉위하면서 오자서를 상국(相國)으로 임명하여 국정을 총괄케 하였다. 그리고 초(楚)에서 도망 나온 백비(伯嚭)를 대부에 등용하였다. 합려는 오국(吳國)의 전성기를 누려 춘추오패의 한 사람으로 꼽힌다.

합려는 오나라의 도성을 절강성 무석시(無錫市) 매리(梅里)에서 지금의 소주시(蘇州市) 접경으로 옮겼다. 또 합려는 손무(孫武)를 대장으로 삼아 여러 번 초(楚)와 월(越) 양국을 격파하였다.

백비〔伯嚭, ?-前 473?, 백부(伯否). 嚭는 클 비〕는 본래 초국(楚國) 귀족으로 그의 조부가 초(楚)에서 처형되자 오(吳)로 피난하여 합려에게 등용되었다. 합려의 아들 부차(夫差) 재위 중에 태재(太宰)에 임명되었기에, 태재비(太宰否)라고도 호칭한다. 이 사람은 탐재호색(貪財好色)했다. 이를 간파한 월왕 구천은 신하 문종(文種)을 시켜 많은 보물과 여덟 명의 미녀를 태자비에게 보냈다. 태자비는 이를 받아들였고 일부는 합려에게 건네주었다.

오왕 부차가 월왕 구천(句踐)과 싸워 승리했다. 태자비는 월에서 바친 재물과 미인을 받아들인 뒤라서 부차에게 구천의 투항을 받아들여야 한다고 강력히 권했다.

목숨을 건진 구천은 태자비를 통해 오자서를 부차에게 음해케 하였다. 오자서가 제국(諸國)과 연결되었다고 오자서를 음해하여 결국 부차의 명에 따라 자살해야만 했다.

이후 오나라는 계속 부패했고, 와신상담(臥薪嘗膽)하며 재기한 구천에게 부차는 패전해 자결하고, 오나라는 멸망한다.

前 473년, 월왕 구천이 군사를 일으켜 오를 공격했고, 부차(夫

差) 자살 후에, 구천은 고소성(姑蘇城)의 오왕 궁궐에 들어가 오나라 백관(百官)의 축하를 받는다. 백비는 아주 자득(自得)하고 의기양양하였다.

그러나 구천은 백비를 불러세워 "주군에게 불충(不忠)하고 외국의 뇌물을 받아들였으며 구천 자신과 결탁하여 나라를 패망으로 이끌었다."며 처형하였다.

옛날 장강 하류지역, 소주(蘇州)나 무석(無錫) 일대에서는 간사하고 거짓말로 이득을 취하는 사람을 '백비 같은 놈'이라 욕을 한다. 일반적으로 백비라면 허풍쟁이에 남을 음해하는 악인이라는 의미로 통한다.

○ 손무(孫武) – 삼령오신(三令五申)

손무〔孫武, 前 545 – 470년, 자(字)는 장경(長卿)〕는 본래 제국인(齊國人)이었다. 손무는 고소성(姑蘇城, 지금의 강소 소주시) 밖 궁륭산(穹窿山)에 은거하며 《손자병법(孫子兵法)》을 완성했고, 나중에 합려(闔廬)의 신하가 되었다.

손무는 합려를 알현(謁見)하고, 자신이 저술한 병법서 13편을 헌상했다. 왕은 손무를 칭찬하면서, 자신의 면전에서 군진(軍陣)을 시연(試演)해 달라고 요청하였다.

손무는 궁중의 여인 180명을 모아 군복을 입히고 양편으로 나누고 왕의 총애를 받는 미녀 2인을 각 진영의 대장으로 임명하였다. 그리고 좌우로 돌고 전진과 후퇴의 훈련 요점을 설명하였다. 그리고 도끼와 처형대를 갖춰놓고 북소리에 따른 방향 전환과 나아가고 물러서는 요령을 다시 설명하며, 명령을 따르지 않으면 처형한다는 군령을 공포하였다.

드디어 손무가 대장기 아래에 서고 북을 치게 하여 좌우 부대의 좌우 전환을 명령했으나 여인들의 웃음 속에 아무것도 할 수 없었다.

손무는 군령이 무엇이며, 얼마나 엄정하게 집행하는가를 거듭 설명하였다〔三令五申(삼령오신)〕.

그리고 단호하게 경고하였다.

"약속이 분명히 이행되지 않고, 명령이 전달되지 않는 것은 각 대장(隊長)의 책임이다."

손무는 다시 좌우 전환과 군령을 다시 강조하고 북을 치게 하였으나 여인들의 웃음과 소란은 그치지 않았다. 이에 손무는 화를 내며 대장의 책무를 설명하고 양편 대장을 잡아 처형하겠다며 형구에 묶었다. 그런데도 여인들 소란은 그치지 않았다.

오왕은 손무의 기세에 놀라며 사람을 내려보내 손무에게, '두 여인이 없으면 침불안석(寢不安席)하며 식불감미(食不甘味)하다.'라며 처형하지 말라는 뜻을 전했다.

그러나 손무가 말했다.

"소신은 이미 대장(大將)에 임명되었고, 대장으로 군을 지휘하고 있습니다. 군중(軍中)의 장수는 군명(君命)을 받지 않을 수도 있습니다."

결국 부대장 여인 2인을 처형하여 그 수급을 여인들에게 보여주었다. 그리고 손무가 여인들을 조련(調練)하자, 여인 부대는 일사분란하게 움직였다.

합려는 손무의 처사가 못마땅했지만 어쩔 수가 없었다.

손무는 초(楚)를 격파하고 오(吳)를 강국으로 만들었다. 손무의 3子 중 장남은 전사했고, 차남 손명(孫明)이 부춘후(富春侯)에 봉해졌으니 이 사람이 부춘(富春) 손씨(孫氏)의 시조이다. 뒷날 손빈(孫臏)은 손무의 5세손이었다. 후한 말 손견(孫堅)은 부춘 손씨의 후예였다.

중국인들이 꼽는 무묘십철(武廟十哲)은 공자의 공문십철(孔門十哲)과 비슷한 개념이다. 당(唐) 숙종(肅宗) 상원(上元) 원년(서기 760년)에 태공망(太公望, 呂尙)을 무성왕(武成王)으로 추존하여 공자와 상동한 제사를 올리기 시작했다. 이를 간칭 무묘(武廟)라 하였는데, 주신(主神)은 태공망이고 한(漢) 장량(張良)을 부사(副祀)했다.

장량 등 10인은 아래와 같다.

곧 좌열에는 진(秦) 무안군(武安君) 백기(白起). 한(漢) 회음후(淮陰侯) 한신(韓信). 촉한 승상 제갈량(諸葛亮). 당(唐) 상서(尙書) 우복사(右僕射)이며, 위국공(衛國公)인 이정(李靖), 당(唐) 사공(司空) 영국공(英國公) 이적(李勣)을 모셨다.

우열에는 한(漢) 태자소부(太子少傅) 장량(張良), (춘추시대) 제
(齊) 대사마(大司馬) 전양저(田穰苴), (춘추) 오(吳) 장군 손무(孫武,
前 545-470년), (전국) 위(魏) 서하수(西河守) 오기(吳起), (전국) 연
(燕) 창국군(昌國君) 악의(樂毅)를 모셨다.

○ 오왕(吳王) 합려의 죽음

前 506년, 오군(吳軍)은 백거지전(柏擧之戰)에서 초국의 군사를
대파한 뒤 초(楚)의 국도(國都)인 영(郢)[103]을 점거하였다. 당시 초
의 소양왕(昭襄王)은 도성을 버리고 도주했고, 나라는 거의 멸망
한 것처럼 보였다. 이때 오자서는 이미 죽은 평왕의 무덤에서 그
시신을 꺼내 채찍으로 3백 대 매질을 했다. 그러나 이는 너무 지
나친 처사라서 오히려 초 백성의 반감을 불러일으켰다.

거기에 오왕 합려는 초(楚)의 국모(國母, 초 소양왕의 부인, 진 애공
의 딸)를 겁간하였는데, 초 소왕의 부인은 자결하였다. 합려의 동
생인 부개(夫槪) 또한 백성들의 부녀자를 간음하자, 초나라 백성

---

103 楚는 도성을 여러번 옮겨다녔다. 건국 초기에는 단양(丹陽, 河南
省 內)에 정도했다가 나중에는 漢中 땅의 영(郢, 鄢郢)으로 옮겼다
가 다시 동쪽으로 옮겨가 영(郢, 紀郢, 南郢)에 도읍했는데, 지금의
湖北省 서부, 荊州市 荊州區에 해당한다. 지금 河南城 중부 周口
市 관할 淮陽縣(회양현)에 도읍할 때는 그곳을 진영(陳郢)이라 불
렀다. 楚國 말기, 前 241년에 楚는 東遷하여 壽春(수춘, 今 安徽省
중부 淮南市 관할 壽縣)에 정도하였는데, 그때는 도읍을 수영(壽郢)
이라 불렀다.

의 분노는 극에 달했다.

진(秦)에서는 초(楚)에서 온 사신 신포서의 통곡 애원도 있고, 소공부인의 자결 소식도 전해져서 진은 초에 대한 원군을 급파하였다.

합려는 내우외환 속에 겨우 귀국하여 상황을 수습정리하였지만 여전히 교만하였다.

합려 19년(前 496), 월후(越侯) 윤상(允常)이 병사(病死)하자, 합려는 월(越)을 공격하여 취리〔檇李, 지금의 절강성 북부 가흥시(嘉興市)〕란 곳에서 싸웠다. 오왕 합려는 월군의 기습전술에 창에 찔려 큰 부상을 당했고, 중상을 고치지 못하고 죽었다. 합려는 눈을 감기 직전 아들 부차에게 아버지를 죽인 원수 越을 잊지말라는 비장한 유언을 남겼다. ·

○ 오자서와 신포서(申包胥)

신포서(申包胥, 생졸년 미상)는 초(楚)의 국성(國姓)인 미성(芈姓)에 신씨(申氏), 이름은 포서(包胥)이다. 일작(一作) 발소(勃蘇), 또는 분모발소(棼冒勃蘇)라 한다.

신포서는 춘추 시기 초국(楚國) 대부로 '신포서곡진정(申包胥哭秦庭)' 고사의 주인공이다. 신포서는 내내 오원〔伍員, 오자서(伍子胥)〕과 친구였다.

오자서가 초(楚)에서 망명하며 신포서에게 말했다.

"내 기어이 초를 복멸(覆滅, 엎어 없애다)하리라!"

이에 신포서가 말했다.

"맘대로 해라. 자네가 초를 멸망시킨다면, 나는 기어이 다시 일으키리라."

주(周) 경왕(敬王) 14년(前 506년, 초 소왕) 백거지전(柏擧之戰)에서 오자서가 거느린 오군(吳軍)이 초군(楚軍)을 격파하고 도성을 점령했다. 오자서는 초 평왕의 묘를 파헤치고 그 시신을 꺼내 매질했다〔편시(鞭屍)〕.

신포서는 산속에 숨어 있다 오자서에게 사람을 보내 말했다.

"그대의 보구(報仇)는 너무 심하지 않은가! 내가 알기로, 많은 사람의 한 마음은 하늘도 이길 수 있다고 하지만, 하늘 역시 파인(破人)할 수도 있다네. 자네는 옛날 평왕지신(平王之臣)으로 몸소 북면(北面)하여 평왕을 섬기지 않았던가. 지금, 죽은 사람을 도륙하니 이 어찌 천도(天道)의 끝이 없다고 말할 수 있겠는가!"

그러자 오자서가 사자에게 말했다.

"나 대신 말해주시오. 나에게 날은 저무는데 길은 멀다오〔日暮途遠(일모도원)〕. 그래서 나는 역행(逆行)하고 역시(逆施)할 것이오."

주 경왕(敬王) 15년(前 505), 신포서는 진국(秦國)에 가서 구원을 요청했다. 물론 일언(一言)에 거절당했다. 그러자 신포서는 진(秦)의 성벽에 올라 7일 7야(夜)를 통곡하니 나중에는 눈물도 흐르지 않았다.

그러나 당시 진(秦) 애공(哀公)을 감동시켜 초(楚)를 구원했다. 초는 복국(復國)했고, 소왕(昭王)은 신포서를 포상했지만, 신포서는 하나도 받지 않고 노소를 거느리고 산속에 은거하였다.

이후 신포서는 중국 충신의 전범(典範)이 되었다.

o 부차의 복수

오왕 합려(闔閭, 재위 前 514 – 496, 閭 문짝 합. 閭 마을 려)가 전투 부상의 후유증으로 죽은 뒤에, 태자가 부친을 승계 즉위하였으니, 이가 오(吳)의 마지막 군왕인 부차(夫差, 재위 前 495 – 473)이다.

부차 원년(前 495), 대부인 백비(伯嚭, 클 비)를 태재(太宰)로 임명하였다. 부차는 부친의 원수를 갚기 위하여 병법과 활쏘기를 익혔다.

다음 해(前 494) 부차는 오국의 정병(精兵)을 보내 월국(越國)을 원정하였는데, 월의 군사를 부초(夫椒, 지금의 강소성 소주시 서남 태호)에서 대파하였다. 그러자 월왕 구천은 겨우 5천여 잔여 군사를 데리고 회계산(會稽山)에 숨어들었다.

구천은 대부인 문종(文種)[104]을 보내 오국(吳國)의 태재(太宰)인 백비(伯嚭)에게 뇌물을 썼다. 뇌물을 받은 백비는 오왕 부차에게 구천이 투항하며 노비가 되어 군왕을 섬기려 한다니, 월나라의

---

104 문종〔文種, ?―前 472, 一作 文仲, 一名 會, 字는 子禽(자금)〕―楚國 영(郢, 今 湖北省 남부 江陵市) 출신. 춘추시대 저명한 모략가. 오왕 부차를 패망케 하였으나 나중에 구천에게 죽임을 당했다.

명맥을 유지해 주는 것이 좋을 것이라 설득하였다. 그러나 오자서는 구천을 죽여야 한다고 주장하였다.

오왕 부차는 오자서의 말을 따르지 않았고, 구천은 처자를 데리고 노비처럼 부차를 섬겨 부차의 경계심을 누그러뜨렸다. 구천은 목숨을 건진 뒤, 와신상담(臥薪嘗膽)하였다. 그러면서 복수를 꿈꾸며 국력을 키우고 민심을 얻었다.

○ 부차와 황지회맹(黃池會盟)

前 489년, 齊 경공(景公, 재위 前 548 – 490)이 죽은 뒤, 대신들이 서로 총애를 다투고, 어린 주군이 즉위하자(齊晏孺子, 재위 10개월)

부차는 제를 공격하고서 북벌(北伐)하려 했다.

이에 오자서가 말했다.

"월나라 구천은 검소한 음식에 소박한 옷을 입으며 사졸을 위로하고 있습니다. 이 사람을 죽이지 않으면 틀림없이 오나라의 환난이 될 것입니다. 이처럼 심복지환(心腹之患)을 전혀 걱정하지 않고 제(齊)를 공격하려 하시니

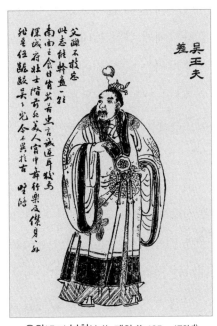

오왕(吳王) 부차(夫差, 재위 前 495 – 473년)

황당한 일입니다."

그런데도 오왕 부차는 귀를 기울이지 않았다. 그리고 군사를 거느리고 북벌에 나서서 제(齊)의 군사를 애릉(艾陵)에서 대파하고, 前 488년에 노(魯) 애공(哀公, 재위 前 494-468)과 증국(鄫國)에서 회맹하였다. 이후 오의 영역은 북쪽으로 더욱 넓어졌다.

부차 재위 11년(前 485), 월왕 구천이 신하들을 거느리고 입조하여 예물을 바치자 부차는 크게 기뻐하였다. 그러나 오자서는 구천의 간계를 알기에 크게 걱정하며 구천을 죽이지 않으면 오(吳)가 멸망할 것이라 경고하였지만, 오왕은 듣지 않았다.

오자서는 부차를 도저히 어찌할 수 없다 생각하며 자기 아들을 제나라에 몰래 들여보냈다. 이런 사실을 알게된 부차는 대노하며 오자서에게 칼을 보내 자결을 강요하였다.

오자서는 죽기 전에 말했다.

"나의 눈을 도성 동문에 걸어두라. 나는 오국을 멸망시키려 들어오는 월나라 군사를 똑바로 보겠다."

前 482년, 오왕 부차는 중원와 함께 황지〔黃池, 지금의 하남성 북부 신향시(新鄕市) 근처〕에서 회맹하였다. 이 회맹(會盟)은 노(魯) 애공과 진(晉) 정공(定公, 재위 前 512-475)이 오왕 부차를 맹주로 추대하는 형식으로 추진되었다. 부차는 의기양양했다.

이에 부차는 전국에서 동원할 수 있는 모든 정예병을 인솔하고 회맹에 참가하였다.

o 부차의 몰락

월왕 구천(勾踐)은 이런 기회를 놓칠 수 없었다. 비밀리에 3만 명의 군사를 모아 국경에 배치하였다. 오국의 정병이 도성인 고소성을 빠져나가자, 신속하게 상대방의 귀를 막는 형세로 진격하여 도성을 점거하였다.

월왕 구천은 부차의 태자 우(友)를 죽이고, 황지에서 보내오는 부차의 신하를 7명이나 차례로 죽였다.

그러나 황지의 회맹에서 진(晉) 정공은 호락호락하지 않았다. 당시의 군사력은 진보다 오(吳)가 강했고, 진(晉)이 국경을 맞대고 싸울 주적(主敵)은 초(楚)였다. 진(晉)으로서도 맹주 지위를 넘겨준다 하여 아무런 손해도 없었지만, 진 정공은 오가 먼저 맹주가 되고 다음에는 晉이 맹주가 된다고 약속을 받아내었다. 여하튼 오(吳)가 북진하여 중원제후의 맹주가 되었다는 외교적 성과를 거두었지만, 월의 군사가 오의 도성을 차지하는 상처를 입어야만 했다.

부차는 월의 잘 훈련된 군사에게 고전을 면치 못했다. 오랜 전쟁을 겪으면서 오군(吳軍)은 지쳤다. 나중에 부차는 백비에게 많은 예물을 주어 구천과 강화할 수 밖에 없었다.

오(吳)는 前 473년, 월(越)과 교전하여 패전했다.

구천은 부차에게 바닷가 작은 마을 1백 호를 내어주며 투항을 요구하였다.

부차는 수치에 몸을 떨며 말했다.

"이제 늙어 대왕을 섬길 수 없소. 오자서의 충성을 불용한 것을 후회할 뿐이요!"

그리고는 자살했고, 오국(吳國)은 멸망했다(前 473).

11. 월越의 흥망

(1) 월(越)나라

오(吳)나라의 흥기(興起)와 멸망, 오왕의 현신(賢臣)에 대한 신뢰와 배척은 불가분의 관계였다. 오(吳)의 역사무대 등장과 소멸은 짧았다. 그렇지만 오(吳)의 발전과 함께 장강 하류지역이 개발되었다. 장강 남쪽, 곧 강남 개발은 계속되었고, 그런 개발을 바탕으로 삼국시대 동오(東吳, 孫吳)가 번영하였다.

오왕 부차의 멸망은 많은 이야깃거리를 제공했다. 오나라를 멸망시킨 월왕 구천은 춘추시대의 패권을 장악한 마지막 제후가 되었다.

월국(越國)은 월(戉, 도끼 월) 또는 어월(於越, 於粵), 대월(大越)로도 표기했다. 전설에 의하면, 하후씨(夏后氏) 소강(少康)의 서자(庶子)인 무여(無餘)가 회계(會稽, 강소성 최남단 소주시와 절강성 소흥시 일대)에 건립한 나라인데, 월왕 구천이 부차(夫差)의 오국(吳國)을 멸망시킨 뒤, 전국시대 초기, 무강(無疆, 재위 前 342-306)이 재위할 때까지 강국의 면모를 유지하였다.

그 영역은 서쪽으로는 초와 접경했고, 동으로는 동해(東海), 남쪽으로는 백월(百越), 북쪽으로는 제(齊)와 노(魯)에 닿았으니, 지금의 강소성의 땅 대부분과 절강성 지역을 통치했었다. 월나라는 나중에 초에 부딪끼면서 나라의 명맥을 유지하여 서기 前 222년에 진(秦)이 초(楚)를 멸망시키면서 월(越)도 함께 소멸하였다.

○ 오월동주(吳越同舟)

본래 월나라 사람은 단발(斷髮)하고, 문신(文身)을 하는-중원에서 보면 분명한 남방의 야만인(蠻人)이었다. 월인들은 그들 원거주지를 개간하면서, 중원 문화의 영향하에, 성곽을 갖춘 국가로 성장하였다.

월인(越人)의 우두머리였던 윤상(允常, ?-前 497)이 재위 중인 前 510년에 월은 오국의 침략을 받았지만 잘 버티었다. 이때부터 오(吳)와 월(越)은 앙숙이 되었다.

前 497년에 윤상이 죽자, 아들 구천(勾踐, 생년 미상, 재위 前 496-464)이 계승하면서 나중에 칭왕(稱王)했다.

월국의 북쪽에 오국(吳國)이 먼저 강대한 나라로 발전했기에, 월(越)이 성장하기 위해서는 오(吳)와 경쟁하지 않을 수 없었다. 오왕 합려가 윤상이 죽은 틈을 타서 월을 침략하자, 월왕 구천은 오국을 맞아 취리〔檇李, 지금의 절강성 북부 가흥시(嘉興市)〕란 곳에서 싸웠다(前 496). 이 싸움에서 큰 부상을 당한 합려가 죽자 합려의 아들 부차는 월에 대한 복수심을 불태웠다.

다음 해(前 494) 부차는 오국의 정병(精兵)을 보내 월국(越國)을 원정하였는데, 월의 군사를 부초〔夫椒, 지금의 강소성 소주시(蘇州市) 서남 태호(太湖)〕에서 대파하였다. 그러자 월왕 구천은 경우 5천여 잔여 군사를 데리고 회계산(會稽山)에 숨어들었다.

(2) 월왕(越王) 구천(句踐)

○ 구천의 와신상담

구천이 부차에게 패해 회계산에 숨었을 때, 구천이 탄식했다.

"나의 사업이 결국 이 좁은 산속에서 끝이 나는가?"

그럴 때마다 문종이 말했다.

"과거에, 상(商)의 탕(湯)은 죄수로 하대(夏臺)에 갇혔었고, 주 문왕은 유리(羑里)의 옥에 구금되었습니다. 제국(齊國)의 소백(小白, 뒷날 齊 환공)은 제(齊)를 떠나 바닷가 소국인 거(莒)에 머물면서 기회를 기다렸습니다. 진국(晉國)의 중이(重耳, 뒷날 진 문공)는 난을 피해 적(狄)의 땅으로 도망쳐 숨어지냈으며, 이들 모두 죄수나 망명객으로 끝나지 않고, 왕이나 패자(霸者)가 되어 천하를 호령했습니다."

구천은 부차에게 목숨을 구걸했고 살아 돌아왔다. 구천은 백성과 똑같은 옷을 입었으며 고기(肉食)를 먹지 않았다. 부서진 궁궐에 살고, 멍석에서 잠을 잤으며, 쓸개를 핥으면서, 자신이 겪은 모욕은 이 쓸개보다 더 쓰다고 자나깨나 생각했다.

오국과의 전쟁에서 인구가 크게 줄

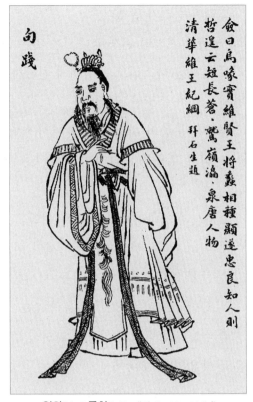

월왕(越王) 구천(勾踐, 재위 前 496 - 464년)

어들자 구천은 남자는 20세, 여자는 17세에 결혼을 하게 했고, 결혼을 시키지 않은 부모를 처벌하였다. 그래서 자식이 2명이면 1명을, 3명이면 2명을 국가에서 부양해 주었다. 구천의 아내는 부녀자와 똑같이 길쌈을 했고, 구천은 백성과 똑같이 밭에서 일을 했다.

구천은 유능한 인재가 있다는 말을 들으면 즉시 달려가 등용하였다. 구천은 범려와 문종에게 국정을 일임하였다.

그러자 범려가 말했다.

"군사를 거느려 전쟁에 나서는 일은 문종이 나만 못합니다. 그러나 나라를 다스리고 백성에게 친근하며 다른 나라를 상대하는 방책은 내가 문종만 못합니다."

구천은 문종의 계책에 따라 서시(西施)와 정단(鄭旦), 그리고 여러 미녀와 보물을 오나라의 태재(太宰)인 비(嚭/伯嚭)에게 보냈다.

오자서가 월나라에서 보내온 여인을 받아서는 안 된다고 부차에게 여러 번 충고하였지만, 서시의 미모를 본 부차는 오자서의 말을 듣지 않았다. 오왕 부차는 서시를 위하여 고소대(姑蘇臺)를 지었고, 밤낮으로 음주가무와 음락(淫樂)에 빠졌다.

결국 오나라의 정치 기강은 완전히 무너졌고, 오왕 부차의 교만은 끝이 없었다. 오국에서 월에 많은 군량을 보내라고 요구하자, 월나라에서는 아무 군말도 없이 오나라의 요구를 모두 들어주었다. 오왕 부차는 월왕 구천을 의심하지 않았고, 백비는 오자서를 모함하여 결국 부차의 명에 따라 오자서는 자결했다.

○ 조진궁장(鳥盡弓藏), 토사구팽(兎死狗烹)

문종(文種)은 범려(范蠡)와 함께 구천을 도와 월의 내정을 혁신하였다. 문종은 구천에게 오(吳)를 정벌할 수 있는 〈7가지 술법(伐吳七術)〉을 올려 실행하였다. 前 472년에 吳를 멸망시킨 뒤, 은거하자는 범려의 권유를 따르지 않았다. 문종은 구천을 도와 서주회맹(徐州會盟)을 성공시켰고 구천을 패자의 반열에 올리는 데 성공했다.

범려는 구천 곁은 떠나 제(齊)에 들어가 큰 돈을 벌었다. 범려는 문종이 구천의 독수(毒手)를 벗어나지 않는 것을 안타깝게 여겨 문종에게 서신을 보내 속히 구천 곁을 떠나라고 재촉하였다.

「하늘을 날던 새가 없어지면(飛鳥盡) 아무리 좋은 활일지라도 쓸모가 없어지고(良弓藏, 감출 장), 날쌘 토끼가 죽으면(狡兔死) 사냥개는 잡혀죽습니다(走狗烹, 烹은 삶을 팽). 월왕은 긴 목에 새부리와 같은 입〔長頸鳥喙(장경조훼)〕이니, 환난을 같이 할 수 있지만 복락(福樂)을 같이 누릴 수 없는 인물입니다. 그런데 당신은 왜 구천 곁을 떠나지 않습니까?」

문종은 느끼는 바가 있어 신병을 핑계로 입조하지 않았다.

그러자 문종이 모반할 마음을 품었다 생각하여, 구천은 사람을 시켜 칼을 보내며 말했다.

"그대가 나에게 오국을 없앨 7가지 방략을 말해주었는데, 그 중 3가지 술법으로 오국을 멸망시켰지만 나머지 4가지는 그대로 남았소. 그대가 나를 위해 한번 시범을 보여주기 바라오."

문종은 자신이 구천에게 수용될 수 없음을 알고 받은 칼로 자결하였다. 이후 사람들은 '조진궁장(鳥盡弓藏 : 새를 다 잡으면 활을 광에 넣어둔다는 말이며, 천하가 정해진 다음에는 공신이 버림을 받는다는 뜻이다.)'을 성어(成語)처럼 말하며 문종의 죽음을 슬퍼하였다.

○ 문종(文種)의 성공과 패망

춘추시대 말기의 저명한 모략가(謀略家)인 문종[文種, ?-前 472
년, 문중(文仲) 일명 회(會), 字 자금(子禽)]은 초국(楚國) 영[郢, 지금의
호북성 남부 강릉시(江陵市)] 출신이다.

초 평왕 때 완현(宛縣, 지금의 하남성 서남부 남양시) 현령이었는
데, 월왕 구천에게 달려가 모신(謀臣)이 되었다.

오와 월나라의 취리지전(檇李之戰)에서(前 496) 오왕 합려(闔閭)
는 창에 찔리는 중상을 입고 곧 죽었다. 합려 아들 부차(夫差)는
원수를 잊지 말라는 부친의 유언을 상기하며 이를 갈았다.

부차는 즉위 뒤에 대부인 백비(伯嚭)를 태재(太宰)로 임명하고
군비 증강에 힘썼다. 월나라의 범려(范蠡)는 월왕 구천에게 군사
행동을 서둘지 말라고 충고하였다.

그러나 월왕 구천은 이미 마음에 결심한 바가 있었기에 군사를
내어 오국을 공격했다. 월의 침입을 기다리고 있던 오왕 부차는
정병 5천을 출동시켰다.

오(吳)와 월(越)이 양쪽 군사는 부초(夫椒)란 곳에서 교전했고
(前 494), 월왕 구천은 패전했다. 오국의 군사는 월나라의 수도를
공격했고, 월왕 구천은 패잔병을 끌어모아 회계산(會稽山)에 들어
갔다.

월왕 구천은 은밀히 문종(文種)을 오나라 태재 백비에게 보냈
다. 백비가 재물에 탐욕이 많고 여색을 좋아한다는 사실을 알고
있던 문종이 백비를 자기 편으로 끌어들이기는 쉬운 일이었다.

부차의 신하 백비는 오와 월의 강화 회담에서 구천을 용서해줘도 무방하다고 강조했고, 오자서는 구천을 죽여 후환을 없애야 한다고 주장하였다.

오왕 부차는 문종이 백비를 통해 헌상하는 재물과 미녀, 그리고 구천의 눈물에 속아 구천의 목숨을 살려주었다.

오(吳)와 월(越)의 화의(和議)하자 구천은 처자를 거느리고, 범려와 함께 오나라에 들어가 인질이 되었다. 그 기간에 문종(文種)은 월나라의 정무를 주관하며 월왕 구천의 귀국을 기다렸다.

승리에 도취한 오왕 부차는 구천에 대한 걱정을 마음에서 지웠다. 그리고 구천의 귀국을 허락했다.

호구(虎口)에서 벗어난 구천은 하늘을 보고 싱긋이 웃으면서 돌아왔다.

문종은 구천에게 부차에 대한 복수계획서인 〈벌오칠술(伐吳七術)〉을 올렸다. 그리고 차근차근 내정을 개혁하는 한편, 와신상담(臥薪嘗膽)[105]의 쓴맛을 보며, 민심을 얻으면서 부차의 방심을 이끌어내었다. 이 모두가 문종의 지략이었다.

---

105 《史記》原文은 「越王勾踐返國, 乃苦身焦思, 置膽於坐. 坐臥卽仰膽, 飮食亦嘗膽也.」로 기록되었다. 곧 '쓸개를 핥는다'는 상담(嘗膽)의 구체적 행동은 있지만, 와신(臥薪, 땔나무 신. 장작)의 구체적 설명은 없다. 北宋의 文豪 소식(蘇軾)의 〈擬孫權答曹操書〉라는 글에도 와신상담은 成語로 인용되었다.

문종의 치밀한 계획은 확실했다. 前 473년 문종은 오(吳)를 정벌했고, 부차는 월왕 구천을 섬길 수 없다며 자결하였다.

오국이 사라진 뒤, 문종은 자신의 혁혁한 공로를 자랑하며, 왜 은거하지 않는냐는 범려의 충고를 받아들이지 않았다.

월(越)이 오국을 멸망시킨 뒤, 월왕 구천은 군사를 거느리고 북진하여 회수(淮水)를 건넜다. 그리고 제국(齊國)과 진국(晉國) 등 여러 제후를 모아 서주(徐州, 지금의 상소성 북단)에서 회맹(會盟)하면서(前 472), 주 천자에게 조공할 것을 결의하였다.

이에 주 원왕(元王, 재위 前 476－469)은 구천이 패주(覇主)임을 인정하였다. 월왕 구천은 오왕 부차가 침탈했던, 초(楚)와 노(魯), 송(宋)의 옛 땅을 모두 돌려주었으며, 구천의 국제적 명성은 드높았다. 이로써 구천은 춘추 말기 최후의 패주가 되었다.

문종(文種)의 지략이 너무 뛰어나 도량이 좁은 월왕 구천은 문종을 두려워했기에 나중에 문종에게 자결을 강요했다(前 472).

그리고 월왕 구천은 재위 29년(前 468)에 월의 도읍을 북쪽 낭야〔琅琊, 지금의 산동성 동부 청도시(靑島市)〕로 옮겼다.

(3) 범려 스토리

○ 서시(西施)와 범려(范蠡)

서시〔西施, 생졸년 미상. 본명 시이광(施夷光)〕는 중국 고대 4대 미녀 중 한 사람이다. 춘추시대 말기 저장성(浙江省) 소흥시 관할 제기시(諸暨市) 출신으로 알려졌다. 산 아래 양쪽 마을에 시씨가 많이 모여 살았는데, 서쪽 시씨 마을 여인이라서 서시(西施)라 불렸다.

서시는 냇가에서 비단 빨래를 하는 여인이었다. 서시가 빨래를 하면 서시의 미모에 물고기도 부끄러워하며 가라앉았다 하여 침어미인(沈魚美人)으로 알려졌다.

구천을 섬기던 문종(文種)이 서시를 찾아낸 뒤, 구천에게 데려갔고, 3년간 가무와 예절을 가르친 뒤, 범려가 데리고 가서 오왕 부차(夫差)에게 헌상했다. 오자서는 구천이 보내온 여인을 받아들일 수 없는 망국지물(亡國之物)이라며 극구 제지하였지만, 서시의 미모를 본 부차는 뿌리칠 수가 없었다.

부차의 정사는 황폐해졌고, 구천은 회생하며 힘을 키울 수 있었다.

고대의 4대 미녀라면 일반적으로 침어(沈魚)의 미인 서시(西施), 낙안(落雁)의 미녀인 전한의 왕소군(王昭君), 달도 구름 속으로 숨는다는 폐월(閉月)의 미인 초선(貂蟬), 그리고 꽃도 고개를 숙인다는 수화(羞花)의 미인 양옥환(楊玉環, 양귀비)를 지칭한다.

여기서 초선은 본래 동탁(董卓)의 비녀(婢女)였지만, 소설 속에서 새로이 창작된 가공의 미인이다.

범려(范蠡, 前 536－448, 蠡는 나무 파먹는 벌레 좀 려, 흉노 벼슬 이름리)는 보통 도주공(陶朱公)으로 알려졌다. 젊은 날, 초(楚)에 살면서 출사(出仕)할 뜻이 없이 경상(經商)으로 치부하여 세인에게 널리 알려졌다.

지금도 웬만한 상인의 점포나 집에는 도주공의 초상을 받들며 재신(財神)으로 추앙한다. 범려는 한때 월왕 구천을 섬겼다. 오왕 부차가 패망한 뒤, 구천이 부차에게 헌상했던, 미인 서시(西施)와 만나 오호(五湖)를 유람했다.

범려는 춘추시대 초국(楚國)의 완(宛, 지금의 하남성 서남부 남양시(南陽市) 관할 석천현(淅川縣))에서 출생하였다. 출신은 빈한했지만, 총민예지(聰敏睿智)에, 가슴에는 도략을 품었고(胸藏韜略(흉장도략)), 젊어 근학하여 오거(五車)의 책을 읽었기에(學富五車(학부오거)), 위로는 천문에 통하고(上曉天文(상효천문)), 아래로는 지리에 통달하였으며(下識地理(하식지리)), 뱃속에는 경륜이 가득했고(滿腹經綸(만복경륜)), 문무도략(文韜武略)에 정통하지 않은 곳이 없었다. 범려는 자신의 《병법(兵法)》과 《양어경(養魚經)》을 지었다는데, 지금은 전하지 않는다.

범려는 구천을 섬겨 월국 신하의 최고 반열에서, 오왕 부차를 멸망케 했다. 그렇기에, 이후 얼마든지 영화를 누릴 수 있었다. 그러나 범려는 즉시 구천을 떠나갔다.

평생에 걸친 큰 공을 세우고서도 부귀에 아무 미련없이 깨끗하게 물러났다. 이렇게 소탈한 처신은 그야말로 여러 문인들의 흠모(欽慕)와 경앙(敬仰)의 대상이었다.

그래서 이백(李白)도 범려를 두고 읊었다.

태어나 사는 한 세상이 마음에 안맞으니, (人生在世不稱意)
내일 아침엔 산발하고 배 저어 떠나리라. (明朝散髮弄扁舟)

李白〈宣州謝朓樓餞別校書叔云〉

그러나 범려인들 젊은 날에 어찌 쓴맛이나 실패가 없었겠는가? 나중에 크게 성공했기에 그 이전은 작은 고생은 하나도 보이지가 않았을 뿐이다.

자신의 뜻을 이룬다. 그리고서는 물러나 사람들에게 잊혀진다! 그렇다면 범려가 성공한 뒤, 서둘러 은퇴한 까닭은 무엇이겠는가?

한대(漢代)에 편찬된《오월춘추(吳越春秋)》에 의하면, 범려는 미인 서시(西施)와 함께 오호〔五湖, 태호(太湖), 강소성 소주(蘇州)의 대호(大湖)〕를 떠돌았다고 하였다. 서시는 정략적으로 뽑혔고, 훈련되었으며, 부차에게 보내졌다. 오나라가 멸망한 뒤에 오(吳) 멸망의 큰 역할을 했던 서시는 월인(越人)들의 환영을 받았는가?

서시는 고국인 월(越)이나 오(吳) 양쪽에서 홍안화수(紅顏禍水)였다.[106] 범려가 서시와 함께 단지 미녀 때문에 세상을 버리고 숨

---

106 홍안화수(紅顏禍水) — 男性의 명성이나 재산, 지위, 가정파탄 심지어 전란(戰亂)이나 亡國 등 중대한 재화(災禍, 재앙)의 원인이 되는

었겠는가?

범려는 세상사 이치에 밝고(洞明世事) 명지로 달관한(明智達觀)한 사람이었다. 자신의 뜻을 성취한 뒤에 대명(大名)의 영예를 누리며, 다른 사람과 함께 공락(共樂)하기가 쉽지 않다는 것을 잘 알고 있었다.

특히 범려는 구천의 사람됨을 알고 있었다. 구천의 관상은 목이 길고 송골매처럼 입이 튀어나온 음험한 관상이라서, 이런 사람은 '환난을 같이 이겨낼 수는 있지만(可與共患難), 함께 즐길 수 없는(不可與共樂) 사람'임을 꿰뚫어보고 있었다. 때문에 부차가 죽자, 구천 앞에 얼굴을 보이지도 않고 숨었다.

범려와 함께 구천을 도왔던 인물이 문종(文種)이었다. 범려는 문종이 은퇴하지 않자, 문종의 은퇴를 촉구하는 서신을 보내 말했다.

'날으는 새가 없어지면 양궁도 쓸모가 없고(飛鳥絶 良弓藏), 날쌘 토끼를 잡은 뒤에는 사냥개는 삶아 먹는다[狡兔死 走狗烹,

---

미인. 미모가 너무 출중하거나 재능이 뛰어났지만 결과적으로 비침한 운명으로 결말을 보는 여인. 후세 사람이 경계(警戒)로 삼을 만한 여인. 중국 역사에 또 나라의 멸망에 많은 여인이 등장한다. 예를 들면 말희(妺喜), 달기(妲己), 포사(褎姒), 여희(驪姬), 서시(西施), 조비연(趙飛燕), 우희(虞姬), 초선(貂蟬), 장려화(張麗華), 양옥환(楊玉環, 양귀비), 진원원(陳圓圓) 등 이루 다 셀 수가 없다.

兎死狗烹(토사구팽)).'고 말하면서 물러나길 충고하였다. 그러나 구천 앞에 머뭇거리던 문종에게 구천은 결국 자결을 명했다.

○ 범려삼천(范蠡三遷)

《사기 월왕구천세가(史記 越王句踐世家)》에 「범려는 세 번 옮겨 다녔는데, 늘 명성을 얻어 후세에 이름을 남겼다(范蠡三遷皆有榮名, 名垂後世).」고 하였다.

결론적으로 범려는 아주 똑똑한 사람〔極明智人(극명지인)〕이었다. 범려는 치가(治家)와 치국(治國)에 능력을 발휘하였다. 월국에 들어가서 공을 세운 뒤, 재산을 모두 친척과 친지에게 나눠준 뒤에, 월나라를 떠났다.

범려는 솔가(率家)하여 제(齊)나라 도〔陶, 지금의 산동성 서남단 하택시(荷澤市)〕로 이주하였다. 거기서 주공(朱公)이라 자칭하며 경상(經商)에 전념하여 거만(巨萬)의 재산을 일구었다. 다시 거만의 재산을 모두 버리고 서시와 함께 태호에 몸을 숨겼다.

○ 주공(朱公)의 천금구자(千金求子)

도주공(陶朱公)의 차남이 살인을 저질러 초나라에 구금(拘禁)되었다.

'살인했다면 어떤 사람이든 그에 합당한 액수를 보상하여 속죄받을 수 있다. 일신(一身)에 천금의 가치를 지닌 사람이라면 객지에서 죽을 수 없다.'

도주공은 한 수레의 황금을 초(楚)의 권신에게 풀어 처형을 면해보려고 막내아들을 보내려 했다. 그런데 장남이 자신은 家內 대소사를 관여할만한 위치이니 자신이 가겠다고 나섰다. 그러면서 허락하지 않으면 부친이 자신을 싫어하는 것이니 죽어버리겠다고 말하였다. 도주공은 장남을 안 보낼 수가 없었다.

도주공은 장남에게 초(楚)에 들어가 장생(莊生)을 찾아 황금을 주고 부탁하라고 구체적인 방법까지 알려주었다. 장남이 초에 들어가 장생을 만나보니 장생은 매우 청렴하고 정직하나 가난한 사람이었다. 가난한 사람에게 한 수레의 황금은 너무 많다고 생각하였다. 그래서 장남은 절반만 장생에게 예물로 바쳤다.

한편 도주공은 장남 몰래 사람을 보내 초나라의 다른 권신에게 금전을 뿌려 부탁하였다. 장남이 초에서 여러 사람은 만나보니, 장생에게 큰 돈을 쓰지 않아도 동생이 풀려날 것이라는 확신을 가질 수 있었다. 장남은 장생에게 큰 돈을 쓰는 것이 아까우며 헛돈을 썼다고 생각하였다.

장남은 장생을 다시 찾아갔다.

그러자 장생은 크게 놀라며 '아직 돌아가지 않았느냐?'고 물었다.

장남은 동생이 곧 풀려날 것 같다는 소식을 들었기에 인사를 올리고 기다렸다가 동생을 데려가겠다고 얼버무렸다.

장남의 속셈을 간파는 장생은 크게 부끄러웠다. 도주공과의 우정을 생각하여 작은 아들이 풀려난 다음에 돈을 돌려주려 했는데, 그 돈을 아깝다고 생각하여 돌아온 장남에게 장생은 서둘러 돈을 내주었다.

분노한 장생은 초왕을 만나 거리에서 백성들의 말을 전달하였다. 초왕은 대노했고, 도주공의 아들은 처형되었다.

동생의 시신을 싣고 돌아온 장남을 보고 모두가 놀랐다. 그러나 도주공은 자신의 실책을 인정하며 뉘우쳤다.

"나는 이렇게 될 줄 예상했었다. 장남이 동생을 사랑하지 않아서가 아니다. 장남은 어려서부터 나의 고생을 알았기에 그만큼 금전에 애착이 있었다. 때문에 큰돈을 꼭 써야 할 순간에도 주저하게 된다. 그러나 막내 아들은 그런 것을 모르기에 돈을 써도 아까운 줄을 모른다. 그래서 내가 막내를 보내려 했었다."

12. 춘추시대의 노魯

(1) 노의 건국

○ 노국(魯國)의 의의

노국(魯國)은 주조(周朝)의 희성(姬姓) 제후국이다. 주(周)의 건국자는 무왕〔武王, 발(發) / 희발(姬發)〕이나, 무왕을 도와 실질적 개국을 완성한 사람은 무왕의 동생인 주공(周公) 단(旦, 아침 단)이다.

주공은 건국 이후에도 주(周)의 국정 총책이었다. 무왕이 일찍 죽고, 무왕의 아들 성왕(成王)이 어린 나이에 즉위하였는데, 성왕(成王)을 도와〔攝政(섭정)〕 건국 초기의 온갖 난제를 해결한 사람이 주공이었다.

노(魯)는 본래 주공을 봉한 나라였다. 노국(魯國)의 위치는 주(周) 왕도〔王都, 호경(鎬京), 지금의 섬서성 서안시(西安市)〕에서 먼 곳이었다. 물론 태공(太公)을 봉한 제(齊)보다는 가까웠지만, 제(齊)와 노(魯) 지역은 동이(東夷)의 근거지라서 가장 강력한, 그러면서도 주 왕실이 절대적으로 신임할 만한 사람을 제후로 봉해야만 했다.

주공은 노(魯)에 봉해졌지만 주(周)의 국정 때문에 봉지에 부임할 수가 없었다. 대신 주공은 자신의 맏아들 백금(伯禽)을 현지에 보내, 개국하고 통치케 하였다.

노국은 25세(世)에 36명의 군주가 800여 년을 이어온 나라였고, 그 도읍은 곡부(曲阜, 阜는 언덕 부)이고 그 강역은 태산(泰山)[107]의 남쪽이니 대략 지금의 산동성 서남부에 해당한다. 노(魯)

---

107 태산(泰山)—중국인들은 五行 사상과 깊은 연관 지어 五嶽을 꼽고 있는데 오악이란 東岳으로 山東의 泰山(최고봉 1,533m), 西岳

가 한창 전성기에 그 강역은 지금의 하남성과 강소성 및 안휘성(安徽省)의 3개 성(省)에 걸친 나라였다.

　노국은 춘추시대의 주례(周禮)[108]를 완전하게 갖춘, 3대의 전적(典籍)을 고루 보유한 문화대국이었고, 공자 이후 유가의 본거지였다. 또 魯의 역사를 기록한 《춘추》는 魯의 역사이지만 춘추시대 각국의 역사적 사실과 편년(編年)의 근거가 되었다. 그래서 세상 사람들은 「주례는 모두 노국에 있다(周禮盡在魯矣).」고 말하였다.

○ 입국(立國)과 망국(亡國)

　서주 건국 초기에 주공〔周公, 이름은 단(旦)〕은 천자인 주 성왕을

인 陝西省의 華山(2,194m), 中岳인 河南省의 숭산(崇山, 1,491m. 嵩山), 北岳으로 山西省의 항산(恒山, 2,016m), 그리고 南岳으로 湖南省의 형산(衡山, 1,300m)을 말한다. 이중에서 泰山은 五岳의 으뜸(五嶽之長, 五嶽獨尊)으로 옛 이름은 대산(岱山) 또는 대종(岱宗)으로 불리었고, 山東省의 중앙부 泰安市에 자리하고 있으며, 태산의 주봉은 玉皇頂이다. 태산은 춘추시대 魯와 齊의 자연 경계선이었다. 泰山은 秦의 시황제 이후 漢 武帝, 또 역대 왕조의 황제들이 이곳에 친림하여 하늘에 제사하는 봉선(封禪) 의식을 행했다. 한 무제는 태산의 절경에 놀라면서 "高矣! 極矣! 大矣! 特矣! 壯矣! 赫矣(혁의)! 駴矣(해의, 놀랄 해)! 惑矣(혹의)!"라고 말했다는 전설이 전해진다.

108 周禮 – 여기의 禮의 예의(儀禮)나 도덕의 뜻보다, 모든 제도를 총망라하는 개념이다.

보좌해야 했고, 멸망한 은(殷, 商) 속국 세력의 반란을 평정해야만 했다. 주공은 어린 성왕이 즉위하여 20세 성인이 될 때까지 약 7년 정도 주(周)를 섭정하였다. 주공은 봉토로 받은 노(魯)에 맏아들 백금(伯禽, 禽 새 금, 날짐승)을 보내 건국하고 치민(治民)케 하였다.

백금(伯禽)은 곡부(曲阜)를 노국의 도성으로 정한 뒤, 종가인 주조(周朝)의 제도와 습속 그대로를 적용하여 다스렸다. 백금은 현지의 여러 악습을 제거하며 3년 만에 나라를 안정시킨 뒤에 성주(成周, 鎬京)에 들어가 치적을 보고하였다고 한다.

주 왕조는 동성 제후에게는 후덕(厚德), 온후하였지만 이성(異姓) 제후국에게 각박하였다. 주 성왕은 노국에게 교제(郊祭)에 문왕을 제사할 수 있는 특권과 천자의 예악(禮樂)을 연주할 수 있는 특권을 부여하였는데, 이는 국기(國基)를 확실하게 다져준 주공(周公)의 은덕에 대한 보답이었다.

이는 또한 노국이 주실(周室)의 가장 가까운 혈친이며, 동방의 대국으로 주실에 대한 보필(輔弼)을 희망하는 뜻이었다. 때문에 춘추시대 노국의 정치적 발언은 다른 제후국에 비해 강대하였다.

그리고 노국의 지리적 위치는 농업과 상업, 그리고 어염의 이득을 비교적 쉽게 얻을 수 있는 지역이라서 경제적으로 번영하였다.

때문에 노국은 주실의 확실하고도 강력한 울타리〔강번(强藩)〕이었다. 따라서 노국 초기에 주변의 조(曹), 등(滕), 설(薛), 기(紀),

기(杞), 구(穀), 등(鄧), 주(邾), 모(牟), 갈(葛) 등 여러 제후국은 늘 노국에 조근(朝覲)하였다.

춘추 중기 이후 노국의 정치는 귀족 대신의 손에 들어가 소위 삼환(三桓)의 장기 집권이 이어졌다.

전국시대 초기, 삼환의 세력은 점차 쇠약해갔지만 동시에 왕실의 권위와 국력도 쇠퇴하였다. 결국 초(楚)가 진(秦)의 압력을 피해 그 세력의 중심을 동방으로 옮겨오면서 초국의 압력은 계속 커졌다. 결국 前 249년, 초의 고열왕(高烈王)은 노국을 병합했고, 노국의 마지막 군주 경공(頃公, 재위 前 279 – 256)은 서민으로 강등되었으며, 유서깊은 노국은 사라졌다.

○ 노 은공(隱公), 환공(桓公)의 피살

노 은공은 노(魯) 혜공(惠公, 재위 前 768 – 723)의 서장자(庶長子)였다. 혜공의 본부인은 아들을 두지 못하고 죽었는데, 첩실인 성자(聲子)가 낳은 식(息)이 바로 은공(隱公, 재위 前 722 – 712)이었다.

뒷날 혜공은 아들 식(息)과 결혼시키려고 송국(宋國)에서 여인을 맞이했는데, 너무 미인이라서 혜공이 차지하였다. 그 송나라 여인이 아들 윤(允)을 낳자(前 731), 혜공은 즉시 송 여인을 정처로 맞이했고 윤(允)을 태자로 정했다. 그러나 그때 혜공은 재위 46년째였고, 바로 그해에 죽었다(前 723).

혜공의 뜻대로 실행한다면 윤(允)이 즉위해야 하나 10살도 안

된 어린아이라서 식(息)이 섭정으로 즉위하였다.

은공이 10여 년을 섭정하다 보니 윤이 장성하였다. 말하자면 은공은 주군의 자리를 윤에게 양위해야만 했다. 따라서 은공은 도성이 아닌 다른 곳에 별궁을 짓고 양로(養老)할 뜻이 있었다. 그런데 의외의 사건이 발생하였다.

원래 노국의 종실 중에 공자(公子) 휘(揮)라는 사람이 있었는데, 이 사람은 매사에 제멋대로였다. 공자 휘는 노(魯) 상국(相國)의 자리를 원하면서, 은공 즉위에 관한 거짓을 유포하면서, 자신이 태자 윤(允)을 제거하겠다고 은공에게 말했다.

그러나 인자한 은공은 그런 제의를 단번에 거절하였다. 거절당한 휘는 은공이 두려웠다. 마침 은공이 도성 밖에 제사를 지내려 행차하자, 공자 휘는 소씨(蘇氏) 등 몇 사람을 시켜 은공과 여러 사람을 죽였다. 그러자 대신들은 윤을 옹립하여 즉위시키니, 이가 노 환공(桓公, 재위 711 – 694)이다.

노 환공은 前 694년에 부인인 문강(文姜)과 함께 제국(齊國)을 방문했다. 제(齊) 양공(襄公)과 문강은 이복 남매지간이었는데, 문강이 노 환공과 결혼하기 이전부터 사통하고 있었다. 문강이 친정을 방문하자 제 양공과 통간(通姦)했고, 이런 사실을 알게 된 환공이 문강을 질책했다. 문강은 이를 제 양공한테 말했고, 양공은 환공을 불러 잔치하며 술에 취하게 한 다음에, 공자(公子) 팽생(彭

生)을 시켜 환공이 수레에 탈 때, 환공의 허리를 꺾어 죽여버렸다.

당시 사람들은 제 양공이 문강과 쉽게 통정하려고 환공을 죽였다고 말했다. 그런데도 노(魯)에서는 항의로 끝낼 수밖에 없었다. 제 양공은 팽생을 죽여 노(魯)를 달랬다.

환공이 죽자 환공과 문강 사이에서 태어난 태자가 즉위하니, 노 장공(莊公)이다.

문강은 노 환공이 죽은 뒤에 제(齊)에 머물면서 나쁜 평판이 가라앉기를 기다렸다. 문강은 아들이 다스리는 노(魯)와 친정 제(齊) 사이를 왕래하며 살다가 前 673년에 죽었다.

(2) 노국의 쇠약

○ 노(魯)의 삼환(三桓)

노 환공과 문강 사이에 출생한 적장자(嫡長子) 동(同)이 즉위하니, 노 장공(莊公, 재위 前 693－662)이다. 노의 장공 치세 30여 년은 나라가 무사했고, 점차 국력도 신장되었다. 그러나 장공 말년에 '경보(慶父)의 난'이 발생한다.

노 환공의 또 다른 아들로 서장자(庶長子)인 맹경보(孟慶父), 차자(次子)인 숙아(叔牙), 적차자(嫡次子)인 계우(季友)가 있었는데, 이들은 모두 경(卿)이나 대부가 되어 노(魯)의 국정에 관여하였다.

이들은 모두 환공의 아들이기에 이들 3인을 삼환(三桓)이라 통칭했다.

그런데 이들의 후대에도 노의 국정을 주무르는데, 이들에 대한 호칭(시호나 이름, 서열에 따른 호칭, 간략한 호칭 등)이 너무 많고, 이름에는 벽자(僻字)를 쓰는 경우가 많아 《논어》나 《춘추》를 읽다 보면 혼동하거나 구별하기가 쉽지 않다.

적장자(庶長子)인 경보(慶父)는 시호(諡)가 공(共)이기에 공중(共仲, 仲은 둘째의 뜻. 장공의 동생)이라고도 부른다. 후대에는 맹손씨(孟孫氏), 중손씨(仲孫氏), 맹씨(孟氏, 맏형의 뜻, 삼환 중에서는 제일 연장자)라고도 불렀다. 맹헌자〔孟獻子, 중손멸(仲孫蔑)〕, 맹장자〔孟莊子, 중손속(仲孫速)〕, 맹희자〔孟僖子, 중손확(仲孫貜)〕, 맹의자〔孟懿子, 중손하기(仲孫何忌)〕 등이 그 후손으로 경서(經書)나 사서(史書)에 보인다.

서차자(庶次子)인 숙아(叔牙)는 시호가 희(僖)이고, 그 후대는 보통 숙손씨(叔孫氏)라고 불렀다.

적차자(嫡次子)인 계우(季友)는 시호가 성(成)이고, 그 후대는 계손씨(季孫氏) 또는 계씨(季氏)로 불리며 후대에도 막강한 영향력을 행사했다. 계문자〔季文子, 계손행부(季孫行父)〕, 계무자〔季武子, 계손숙(季孫宿)〕, 계평자〔季平子, 계손의여(季孫意如)〕, 계환자〔季桓子, 계손사(季孫斯)〕, 계강자〔季康子, 계손비(季孫肥)〕; 계소자〔季昭子, 계손강(季孫强)〕 등이 모두 그의 직계손이다.

이들 삼환은 노 희공〔僖公, 장공(莊公)의 아들, 재위 前 659 – 627〕 이후 노에서 경(卿)의 직위를 세습하며 국정을 장악하였는데 삼환 중에서도 계손씨(季孫氏)의 실력이 가장 강대하였다. 이들 삼환은 서로 경쟁하면서도 공동의 이익을 추구하였기에 노국의 역사에 악 영향을 끼쳤다. 공자가 정치적 포부를 펴지 못했고, 공자의 제자들은 이들 삼환의 가신(家臣)으로 이들을 섬길 수 밖에 없었다.

공자가 노 정공(定公, 재위 前 509 – 495)에게 말했다.

"(경이나 대부의) 사가(私家)에서는 병기(甲, 甲鎧)를 보관할 수 없고, 그 성읍에는 1백 치(雉)의 성벽[109]을 쌓을 수 없는 것이 고대의 예제(禮制)입니다. 지금 삼가(三家)의 성읍(城邑)은 모두 예제(禮制)에 어긋나니 축소해야 합니다."[110]

그리고서는 계씨의 가신〔家臣, 재(宰)〕인 중유(仲由)로 하여금 3家의 도성을 헐어버리게 하였다.[111] (삼환三桓 중에서) 숙손씨(叔

---

109 원문 百之雉城 – 높이와 길이가 각 1丈(장)인 城을 堵(도, 담 도)라 말하고, 3堵를 1雉(치, 꿩 치, 성가퀴 치)라 한다.

110 이 기록은 《春秋 左氏傳》定公 12년(서기 前 498)에 수록되었고, 공자는 54세였다.

111 원문 乃使季氏宰仲由隳三都 – 季氏는 魯公의 家臣이다. 계씨는 周王에 대하여 가신의 가신이다. 이를 陪臣(배신)이라 한다. 仲由(중유)는 계씨의 가신인 子路이다. 隳는 무너트릴 휴. 부수다. 墮(떨어질 타), 毁(헐 훼)와 같은 뜻. 三都는 三家(三桓)의 家廟(가묘)

孫氏)는 계씨(季氏, 숙손씨)와 사이가 안 좋았는데,[112] 비(費)의 읍재
(邑宰)인 공산불요(公山弗擾)[113]와 함께, 비인(費人)을 거느리고 노
(魯)의 도성을 공격하였다.

공자는 정공과 계손씨, (그리고) 숙손씨, 맹손씨와 함께 (숙손
씨(費氏)의 궁궐에 진입하였고, 무자지대(武子之臺, 누각 이름)에
올라가 있었는데, 비인이 공격하여 누각 가까이 접근하였다. 공

가 있는 城邑(성읍). 계씨의 費(비), 숙손씨의 郈(후), 맹손씨의 成
邑(성읍)을 말한다. 공자의 삼도 철회는 결과적으로 실패했고, 공
자는 관직에서 물러났고 이어 魯國을 떠나야 했다.

112 원문 叔孫氏不得意於季氏 − 叔孫氏(숙손씨)는 이름이 輒(첩)인데,
庶子(서자)라서 다른 숙손씨의 인정을 받지 못했다. 季氏는《좌
씨전》의 기록과 같이 叔孫이 되어야 한다.

113 公山弗擾(공산불요) − 公山이 성씨, 弗擾(불요)가 이름이다. 〈孔子
世家〉에는 公山弗狃(공산불뉴)로 기록했다. 季氏의 家臣으로 費
邑(비읍)을 근거로 배반하였고, 명망 있는 공자를 초빙한 것은 자
기 반역의 정당화를 위한 명분이었을 것이다.
《論語 陽貨》公山弗擾以費畔, 召, 子欲往. 子路不說, 曰, "末之也
已, 何必公山氏之之也?" 子曰, "夫召我者, 而豈徒哉? 如有用我
者, 吾其爲東周乎!"
결과적으로 공자는 공산씨에게 가지 않았다. 공산불요의 공자
초빙에 대해서는 論難(논란)이 많다.《論語》나《史記 孔子世家》
의 내용을 고증하여 주목을 받는 책이 淸나라 崔述(최술)의《洙泗
考信錄(수사고신록)》이다. 최술은 공산불요가 배반할 때 공자는
사구(司寇)로 재직하였기에 본 장의 기록에 대하여 의혹을 제시
했다.

자는 신포수(申句須)와 악기(樂頎)에게 명령하여 군사를 데리고 내려가서 토벌케 하였다. 비인들은 패배하여 도주하였고, 마침내 삼도(三都)의 성을 헐게 하였다.

(이 조치로) 노(魯) 공실(公室)을 강화하고, 사가(私家)를 약화시켰으며, 주군을 높이고(尊君) 가신을 낮추었으며[卑臣(비신)], 정치와 교화가 크게 성공하였다(政化大行). -《공자가어 상로(孔子家語 相魯)》의 일부.

노 소공(昭公, 前 541-510) 재위 중에 삼환(三桓)은 노 공실(公室)의 토지나 군대, 백성을 나눠 차지하면서, 삼환은 노 공실을 부양했다. 소공은 삼환의 세력을 꺾으려다가 실패하여 진국(晉國)에 망명했고, 진국에서는 소공의 서재(庶弟)인 공자(公子) 송(宋)을 옹립하니, 이가 노 정공(定公, 재위 前 509-495)이다. 이후 노 애공(哀公, 재위 前 494-468), 노 도공(悼公, 재위 前 467-437), 노 원공(元公, 前 436-416)까지도 노 국군(國君)은 삼환의 굴레를 벗어나질 못했다.

노 목공(穆公, 前 415-383) 재위 중에 겨우 삼환으로부터 군권을 회수하기 시작했다. 목공 시기에 숙손씨(叔孫氏)와 맹손씨(孟孫氏) 일족이 제국(齊國)으로 망명했고, 계손씨는 그 세력의 근거지인 봉읍(封邑)인 비(費), 변(卞) 등이 비국(費國)으로 독립하면서 그 세력을 잃게 되었다.

○ 양호(陽虎)의 반란

양호〔陽虎 생졸년 미상, 희성(姬姓), 양씨(陽氏), 名 호(虎). 화(貨)는 字. 양화(陽貨)는 《논어》의 편명〕는 맹손씨의 족인(族人). 계손씨(계평자, 계손의여)의 가재(家宰)였다. 노 정공 5년(前 505), 계손의여(季孫意如)가 죽은 뒤에 한때, 노국의 실권을 장악했었다.

양호가 계씨의 가신으로 있을 때, 양호는 공자를 불러 만나려 했지만, 공자는 양호의 평소 야망을 알기에 찾아가지 않았다. 그러자 양호는 공자가 없을 때를 틈타서 삶은 돼지를 예물로 보냈다. 공자는 예물을 받았기에 답례하지 않을 수 없었다. 공자도 양호가 집에 없는 틈을 타서 찾아가 예를 표시하고 돌아오다가, 하필 귀가 중인 양화와 만났다.

그러자 양호가 말했다.

"가까이 오시오. 할 말이 있소!"

그리고 이어 말했다.

"몸에 보옥(寶玉, 才能)을 지니고서도 나라를 위해 일하지 않는다면 인(仁)이라 할 수 있습니까?"

공자는 대꾸하지 않았다.

"옳지 않습니다! 출사(出仕)할 수 있는데도 때를 자주 놓친다면 지혜롭다고 할 수 있습니까?"

그래도 공자는 대답하지 않았다.

"세월은 흘러가나니, 세월은 나와 함께 하지 않습니다!(日月逝

矣, 歲不我與.)"

이에 공자가 말했다.

"알겠습니다. 앞으로 출사하겠습니다(諾, 吾將仕矣)."《논어
양화(論語 陽貨)》

그러나 공자는 양화 아래 벼슬길에 나서지 않았다. 공자는 묵
묵부답으로 버티다가 더 이상 듣고만 있을 수 없어 간단히 "곧 출
사하겠다."며 양화의 체면을 세운 뒤 난처한 자리에서 벗어났다.

뒷날 공자가 각국을 주유할 때 광(匡)이란 곳에서 외모가 양화
〔陽貨, 양호(陽虎)〕와 비슷하다 하여 광인(匡人)들에게 포위되어 곤
욕을 치른 적도 있었다.

양호는 노 정공 8년(前 502)에 계손사(季孫斯)를 암살하려다가
실패하였다. 양호는 환읍(讙邑)과 양관(陽關) 등지를 근거로 반란
을 일으켰으나 실패하자, 제(齊)를 거쳐 진국(晉國)으로 도주하여
조간자〔趙簡子, 종주(宗主) 재위 前 517 - 476년〕에게 의탁하였다.

공자가 이 소식을 듣고 자로(子路)에게 말했다.

"조씨는 아마 당세에 난(亂)을 겪게 될 것이다."

자로(子路)가 물었다.

"권력이 양호에게 있지 않은데, 어찌 반란을 일으키겠습니까?"

공자가 말했다.

"네가 알지 못하는 것이다(非汝所知). 양호는 부유한 자와 친하고 인자한 자를 가까이하지 않았으며, (노魯에서) 계손씨의 총애를 받았지만 계손씨를 살해하려다가 성공하지 못하고 달아났었다. 齊에서 받아들여주길 원했지만 제(齊)에서 양호를 잡아가두려 하자 바로 晉으로 도망하였다. 이처럼 제(齊)와 노(魯)에서는 그 화근을 제거하였지만, 조간자〔趙簡子, 이름은 조앙(趙鞅)〕는 호리(好利)하고 사람을 쉽게 믿으니(多信, 輕信), 틀림없이 그 설득에 빠져 양화의 책모를 따를 것이고, 결국에는 패망할 것이니, 이는 1세가 지나지 않아도 알 수 있으리라."

– 이상《공자가어 변물(孔子家語 辯物)》

13. 춘추시대의 경제

(1) 철기의 보급

○ 미금(美金)과 악금(惡金)

인간이 처음 알게 된 금속물질은 청동이었다.

오행(五行)에서 토(土)와 목(木)과 수(水)와 다른 성질은 화(火)였다. 석(石)은 토(土)의 변형으로 생각했을 것이다. 석(石)은 깨트릴 수 있지만 화(火)에 녹지는 않았다. 그런데 토(土)와 석(石)과 달리 금(金)은 화(火)에 녹는다는 것을 알았다. 높은 온도로 녹인 금(金)은 변형이 가능했고, 그래서 여러 도구(道具)나 기물(器物)을 만들 수 있지만, 이 금은 얻기 어려운, 매우 귀한 물건이었다.

청동(靑銅)은 구리(紅銅, 赤銅. copper. Cu)와 주석(錫, tin. Sn)이나 아연(亞鉛, zinc. Zn) 또는 납(鉛, lead. Pb)의 합금이다. 보통 청회(靑灰)색을 띠거나 푸른색 녹이 있어 청동(靑銅)이라 불린다. 이 청동은 녹는 온도(熔點, 鎔點)가 800℃로 낮지만, 단단하기(경도硬度)는 구리나 주석의 2배 이상이며 다른 금속과 잘 융합하기에 주조나 성형(成型)이 쉬웠다.

따라서 이 청동을 알고 여러 기물을 만들면서 이를 金이라 기록하였다. 우리가 보통 말하는 금은 황금(黃金, gold. Au)이고, 은(銀, silver. Ag)은 백금(白金), 그리고 구리는 보통 적금(赤金)으로 표기한다.

인류 문화 발달단계를 석기시대, 청동기시대, 철기시대(鐵器時代)로 처음 구분한 사람은 1836년 덴마크의 고고학자 톰젠(Christian Thomsen, 1788 – 1865)이었다.

중국에서는 기원전 2900년대에서 2500년대에 청동기 문화가 크게 보급되었고, 문자의 사용과 함께, 선사시대에서 역사시대로 전환되었고, 국가가 출현하였다. 중국에서 하(夏), 상(商), 주(周)

시대는 확실한 청동기시대였다. 이 시대에 농업과 수공업의 생산 수준은 크게 높아졌고, 그만큼 물질생활은 풍족해졌다.

이후 중국은 철기시대로 접어드는데. 세계 최초로 철기를 사용한 사람들은 기원전 19세기에 힛타이트족〔Hittite, 혁제(赫梯) / 서태(西台)〕으로 알려졌다.

중국에서는 상(商) 시대에 철기가 사용되고 보급되었다고 한다. 철기는 청도에 비하여 검고 거칠기에, 이를 악금(惡金)이라 불렸고, 청동은 미금(美金)이라고 했다.

서주 시대에 들어서면서 철제 농기구가 보급되었는데, 전(錢)은 삽과 같은, 땅을 파는 농기구였다(田器). 이런 농기구는 동시에 교역의 수단이었다.

이런 교역의 수단은 본래 천(泉), 또는 화(貨)로도 불렸다. 농기구 형상을 본뜬 교역수단을 포전(布錢)이라 하였다. 이 농기구 모양이 전(錢) 대신 진(秦)에서 처음 원형방공(圓形方孔)의 구리를 주원료로 하는 반량전(半兩錢)을 제조 유통하면서 농기구 형상의 전(錢)은 사라지게 되었다. 전이 교역 수단으로 널리 알려지면서 농기구로서의 전은 조(銚, 가래) 또는 삽(臿, 가래 삽)이라 하였다. 그래서 《관자 해왕(管子 海王)》에서 「제국(齊國)의 농가 여인은 반드시 일침일도(一針一刀)를 가졌으며, 제(齊)의 농부는 응당 일뢰일사(一耒一耜, 쟁기 뇌, 보습 사)에 일조(一銚, 가래 조, 냄비 요)를 가졌다.」라고 하였으니 철제 농기구와 완전 보급을 의미하였다.

이런 철기의 보급은 경제와 사회에 엄청난 변화를 초래하였다.

역사에서 주 원왕(元王, 재위 前 476–469)의 재위 기간은 춘추시대와 전국시대의 분기점으로 알려졌다. 중국 역사학자들은 이를 중국의 노예제(奴隸制) 역사시대가 끝나고, 봉건제(封建制) 시대로 전환되는 지점이라고 설명한다.

o 철기 보급에 따른 변화

이미 앞에서 언급한 '삼가분진(三家分晉)'과 '전씨대제(田氏代齊)'는 제후의 가신(家臣)에 의한 하극상(下剋上)이었다. 이는 쇠약해진 제후보다는 강력해진 家臣의 권위가 통하는 사회였고, 가신끼리도 세력을 다투는 그야말로 약육강식(弱肉强食)의 시대였다.

이러한 사회 격변을 초래한 가장 근본 원인은 바로 철기의 보급이었다.

철기의 광범위한 보급은 먼저 齊에서 진행되었다. 제(齊) 환공(桓公)의 패권 장악은 철기 보급에 따른 제의 농업생산의 증대와 철제 무기의 대량 보급이 그 바탕이었다.

철제 농기구의 보급과 함께 우경(牛耕)의 확대를 언급해야 한다. 중국인들에게 소(牛)는 각종 제사에 희생물로 바치는 가축이었다. 그리고 수레를 끌거나 짐을 운반하는 수단이었다. 그러다가 철제 농기구의 보급에 따라 쟁기(犁, 쟁기 려, 얼룩소 리 / 뇌사(耒耜), 耒는 쟁기의 자루)가 만들어지고, 철제 보습(耜, 보습 사, 쟁기의 날)이 사용되면서 웬만한 자갈이 있는 토지나 딱딱하게 굳어진 땅도 흙을 뒤집을 수 있었다. 이런 쟁기를 끄는 데는 말보다도 힘이 더 강한 소가 훨씬 적합하였다. 소를 이용한 쟁기로 경작지를 깊게 갈게 되자 작물의 뿌리 내림이 깊어지며 단위 면적당 소출이 크게 늘었다.

노(魯) 선공(宣公, 재위 前 608 - 591) 15년(前 594)에 노국 계손씨(季孫氏)가 선포한 이 세제(稅制)는 공전(公田) 이외에 사전(私田)의 토지 면적에 따라 소출의 10분의 1을 징수하는(十取一也) 조치였다. 이는 정전이 아닌 토지의 사유를 인정했으며, 공동 경작이 아닌 개인 능력에 따른 소득을 인정한다는 획기적인 조치였다.

○ 춘추무의전(《春秋》無義戰)

춘추시대 3백 년의 역사를 개관한다면, 천자가 무능하면 제후가 들고 일어났다. 무능한 제후에 대해서는 실력을 갖춘 경(卿)이나 대부가, 그러한 배신(陪臣)이 상급자를 꺾어 누르는 사례가 계속해서 이어졌다.

끊임없이 이어지는 제후국의 흥망, 패자의 흥기와 쇠락, 군주의 축출과 시해, 뺏고 뺏기는 영토, 그 사이사이에 끼어드는 불륜(不倫)과 비도덕적 행태 등은 정말 머리가 아플 정도였으며, 그 모두를 기록할 수도 없었을 것이다.

그렇게 꺾어누르고 올라서는 방법은 경제적, 군사적 실력이었다.

곧 농업생산의 증대를 불러오는 철제 농기구의 보급, 그리고 계속되는 전투에서 상대를 이길 수 있는 철제 무기의 대량공급이 실력의 바탕이 되었다. 이런 변화는 철기 보급에 따른 당연한 결과였다.

《춘추》는 魯 은공(隱公) 원년(前 722)부터 노 애공(哀公) 14년(前 481)까지 242년간의 역사를 기록했다. 그중에 483건의 나라와 나라 사이의 군사행동이 기록되었다. 이런 군사적 동원이나 전쟁에 실질적인 고통은 모두 백성의 몫이었다.

이 모두는 자국민의 백성을 위하여 또는 대의를 위한 전쟁(義戰)이 아니었다.[114] 상대방을 이기기 위한, 또는 영역 확대와 통일을 위한 군사행동이었고 전쟁이었다.

결국 철제 무기와 농기구의 보급이 불러온 시대의 변화였다.

(2) 정전제(井田制)의 붕괴

아래는 《맹자 만장장구(孟子 萬章章句) 上》에 있는 구절이다.
「《시》에 말하기를,
넓은 하늘 아래에(普天之下), 왕의 땅이 아닌 곳이 없고(莫非

---

114 「《春秋》無義戰」 — 이는 前漢(西漢) 동중서(董仲舒)의 저술인 《춘추번로(春秋繁露)》 2권 〈竹林 第三〉에 나오는 내용이다. 「春秋之書戰伐也, 有惡有善也, 惡軸擊而善偏戰, 恥伐喪而榮復讎, 奈何以春秋爲無義戰而盡惡之也?」

王土),

모든 땅의 끝까지(率土之濱), 왕의 신하 아닌 사람 없다(莫非
王臣).」고 하였다.

말하자면, 나라의 땅 모두는 주군(主君) 소유이며, 그 땅에 사는
사람들은 모두 주군의 신하이다. 여기에 인용된 시는 본래《시경
소아 북산(詩經 小雅 北山)》의 시이다.

이는 나라의 귀족이나 일반 백성이건 토지의 소유자는 주군 한
사람이며, 경이나 대부, 농민 모두는 잠시 이용할 수만 있지, 내
것처럼 사유(私有)할 수 없다는 뜻이다.

이런 왕토사상(王土思想)을 바탕으로 서주의 토지제도인 정전
제가 적용, 운영되었다. 정전제(井田制)는 일정한 연령에 도달한
사람에게 똑같은 면적의 토지를 지급하여 경작케 하니 빈부의 차
이가 없고, 8호가 합심합력하여 내 땅만큼의 공전(公田)을 공동경
작하고, 그곳의 소출을 국가에 납부하니 농민의 부담도 가볍다는
매우 이상적인 토지제도라고 설명되었다.

그러나 현실에서 이런 제도는 그저 이상일 뿐이다.

사실, 이러한 정전제의 실질적 운영에는 몇 가지 전제(前提)가
충족되어야 한다. 우선 토질(土質)의 고하(高下)가 없이 균등해야
한다. 다음으로, 900무(畝)의 토지에 우물 정(井)자로 나눌 수 있
을 만큼 넓은 땅이 있어야 하며, 모든 정남(丁男)이 균등한 능력의
소유자이어야 한다. 마을의 대소, 인구의 조밀 여부가 모두 같아
야 한다는 여러 가지 문제가 해결되어야 한다.

이러한 전제를 고려한다면 정전제는 위정자의 머리에서 짜낸 탁상공론(卓上空論)이었다. 말하자면, 하나의 이론이었지 실제는 아니었다는 뜻이다.

서주의 건국 이후 인구의 증가는 필연이었다. 정말로 위정자의 선정(善政)이 이루어진다면 인구 증가는 자연적 현상이었다. 어떤 마을에 처음에 정전제가 적용되었지만 그 마을에 인구가 늘어나면 어디에 있는 토지를 지급해야 하는가?

더군다나 철제 농기구의 보급에 따라 생산량이 늘어난다. 그렇다면 정전법이 적용되지 않는 다른 지역의 땅은 누군가가 개간할 수 있다. 그렇게 새로 개간되는 토지를 모두 공전으로 흡수한다면 누가 새 토지를 개간하겠는가?

농사도 기술이고, 또 똑같은 신장(身長)의 농부가 똑같은 소출을 얻는 것도 아니다. 새로운 경작지의 개간, 농업기술력과 성실에 따라 사전(私田)을 만들고, 소득이 달라질 수 있다. 따라서 정전제의 붕괴는 자연스러운 결과였다.

농민이 사전을 개간한다면, 그래서 정전제가 무너진다면, 이전의 공전(公田)은 황폐해질 것이다. 잡초만 무성한 공전에 대비하여 새로이 개간된 사전(私田)─그 사전의 소유자는 미력한 농민이 아니라 경(卿)이나 대부, 또는 정치적 배경을 가진 공족(公族)이었다. 이들은 정전제에서 이탈한 농민을─이를 은민(隱民)이라 불렀다─끌어모았다. 정전을 이탈하여 사가(私家)에 투탁(投托)하는 농민은 늘어날 수 밖에 없었다.

다음으로 정전제의 붕괴는 공상(工商)에 종사하는 사람을 늘렸다. 농업이 아무리 본업이고, 상업이 아무리 말업(末業)이라지만 이득을 따라 모이는 인간의 본성을 막을 수는 없었다. 10년을 부지런히 농사지어도 부자가 되기 어렵지만, 공장(工匠)은 2, 3년 안에, 상인은 1년 안에 거부(巨富)가 될 수 있었다.

공자의 제자 중 안회(顔回, 안연)는 너무 가난하여 영양실조로 나이 30세 이전에 백발이 되어 아버지보다도, 스승인 공자보다도 먼저 죽었다.

그러나 공자의 유능한 제자 자공(子貢. 子贛)은 언변도 좋았지만, 상업으로 큰돈을 모아 공자의 노후 생활을 확실하게 보장하는 재정적 후원자였다.

정전제의 붕괴와 사전(私田)의 확대, 은민(隱民)이나 이주해오는 맹민(氓民)을 모으고 조직화한 농업생산의 증대는 중국 고대 토지제도 운영에 중대한 변혁을 불러왔다.

결과적으로 토지국유는 토지사유제의 확대과정을 거치면서 동시에 농업생산의 증가와 함께, 적극적 생산의지로 생산의 효율성을 추구하면서 개별적 노동에 의한 자유민의 출현을 초래하였다.

(3) 상공업의 발달

○ 공상식관(工商食官)의 변화

정전제의 붕괴는 상공업 분야에도 큰 변화를 가져왔다. 이른바 국가 주도의 수공업과 상업활동은 이제 개별 경영의 수공업 활동과 개인 능력에 따른 자유 상업활동을 불러왔다.

수공업에 종사하는 공장(工匠)이나 상인(商人)은 모두 국가에 등록되었고 국가와 관청, 관리를 위하여 봉사하였는데, 이를 '공상식관(工商食官)' 이라 하였다.

곧 '서인(庶人)의 공상(工商)은 각자 자기 직업의 본분을 다하여 (各守其業) 윗사람을 봉양해야만(以供其上)' 했다.

그래서 공장(工匠)은 관부의 요청에 의거 자신의 전업에 속한 물건을 제조하여 납품하였고, 그 이외의 기간에 자신의 제품을 제조 판매하였다.

상인은 자신이 매매하는 상품의 일정량을 국가에 납부하여야 했다. 이것은 공인(工人)과 상인의 자유로운 직업활동과 이동, 능력 발휘를 제약하는 굴레였다. 말하자면, 상공업자도 농민과 같은 노예의 속성을 지녔다.

춘추시대 철기의 대량 공급은 여러 가지 복잡한 과정을 거쳐 진행되었다.

광산에서 광물의 채굴과 운반, 제련의 여러 과정, 그리고 철괴를 녹여 특정한 제품을 생산하는 각 단계와 공정에 특별한 기술을 가진 사람이 필요하였다. 이런 과정의 모두를 관부에서 동원 관리하는 것은 수공업의 기술의 발전에 아무런 도움이 되지 못했다. 청동기의 세공 분야에서도 마찬가지였다. 또한 목공과 도공(陶工) 역시 그러하였다.

제국(齊國)은 농업 이외에 소금의 제조, 수산물의 공급에서 다른 제후국에 앞섰을 뿐만 아니라 여인들의 방적(紡績)과 직조(織造) 분야에서 타국보다 선진 고급 기술을 자랑했으며 제국은 제철이나 청동기 제조 분야에서도 우수하였다. 제 환공의 춘추 최초 패업(霸業) 성취도 이런 수공업 발달에 따른 국부(國富) 축적의 결과였다.

초국(楚國)도 철기(鐵器) 분야에서 일찍부터 두각을 나타내었다. 호남성 장사시(長沙市)에서 발굴된 춘추시대 분묘에서 출토된 철기는 2천여 년이 지난 지금에도 완연한 신품과 같아 후인을 놀라게 하였다.

이러한 수공업의 높은 수준에 따라 상업 활동도 변화하였다. 독립적 수공업자의 거주지를 사(肆)라 하였고, 상인의 거주 지역은 시(市)라 하였지만, 상공은 완전 분리 운영되는 시스템이 아니었다. 독립 수공업자와 상인은 긴밀한 관계에서 그들의 생업을 운영하였다.

춘추시대 정국(鄭國)은 상업이 가장 발달한 나라였다. 정국은 도읍을 정(鄭, 지금의 섬서성 동부 위남시 관할 화현)에서 신정(新鄭, 지금의 하남성 중부 신정시)으로 옮겨간 나라인데, 정국의 환공〔桓公, 이름은 우(友). 재위 前 806 – 771〕은 상인과 서로 협조한다는 맹약을 체결하였다.

곧 정공(鄭公)은 상인의 활동을 제약하지 않을 것이니, 상인 역시 국가 이익에 반하는 행위를 하지 않겠다는 약조를 맺었다. 이에 鄭에는 전국의 유명한 대 상인이 모여들었다.

정국의 상인 현고(弦高)는 상업 활동 중 정국을 원정하러 가는 진(秦) 대장 맹명시(孟明視)가 거느린 군부대를 만났다. 현고는 자신이 정(鄭)나라의 특사인 양 가장하고, 자신이 판매하려던 소(牛) 12마리를 군사들의 식용으로 제공하였다. 이에 진군(秦軍)은 정(鄭)이 내침을 알고 대비한 것이라 생각하여 정국에 대한 공격을 포기하였다.

춘추시대 진(晉)에도 대상인이 많았고, 노국에도 여름에는 농사를 짓고, 가을, 겨울에 도자기를 제조 판매하는 수공업자들이 많았다.

춘추 말기 대상인 중 특히 주목할 사람은 도주공 범려와 공자의 수제자 자공(子貢)이다.

도주공(陶朱公) 범려〔范蠡, 前 536 – 448. 자(字)는 소백(少伯)〕는 구천(句踐)이 오국 멸망시킬 수 있도록 월국의 정치와 군사에 큰 공을 세운 뒤, 구천을 떠나 제(齊)로 이주하였다.

포의(布衣)의 신분으로 천하의 지리적 중심이라 할 수 있는 도

〔陶, 지금의 산동성 서쪽 하택시(菏澤市)〕에 정착하여 시정(時政), 기후, 민정(民情), 풍속 등을 고려하면서, 남이 버리면 내가 모으고, 남이 모으면 내것을 공급하면서 자연의 순리에 따라 기회를 보아 움직이는 상업활동을 전개하였다. 그래서 거만(巨萬, 億)의 부를 이룩하며 도주공이라 자호(自號)하였다.

그곳 사람들은 모두 도주공을 존중하였고, 후세 사람들은 범려를 재신(財神)으로 숭배하면서 도덕을 준수하는 고상한 인품을 가진 상인의 시조로 추앙하였다. 그리하여 나라에 충성하고(忠以爲國) 지혜로 보신하며(智以保身), 상업으로 치부하여(商以致富) 천하에 이름을 날렸다(成名天下).

범려는 잉어를 양식하는 세계 최초의 전문서인《양어경(養魚經)》을 저술하였는데, 지금 전하지는 않지만, 이는 양어장이 재산을 증식할 수 있다는 상업적 안목을 가졌었다고 볼 수 있다.

(4) 자공(子貢)의 경영(經營)

자공(子貢, 子贛)에 대해서는《사기 중니제자열전(史記 仲尼弟子列傳)》중 자공에 관련한 부분을 발췌 요약하였다.

공자가 말했다.

"나에게 배워 육예(六藝)에 능통한 제자가 77명이니,[115] 모두가

115《孔子家語》에는 〈七十二弟子解〉가 있다.

특별한 능력을 가진 문사(文士)이다. 덕행이 훌륭한 자는 안연(顔淵)과 민자건(閔子騫), 염백우(冉伯牛, 冉耕), 중궁(仲弓)이다.[116] 정사에 유능한 자는 염유(冉有)와 계로(季路)이다. 언어(言語, 應對)를 잘하는 사람은 재아(宰我)와 자공(子貢)이다. 문학(文獻)에는 자유(子游)와 자하(子夏)가 뛰어났다."(이상 10명의 제자를 공문십철이라 지칭한다.)

단목사(端木賜)[117]는 위(衛)나라 사람으로, 자(字)는 자공(子貢)이다.[118] 공자보다 31세 어렸다. 자공은 말을 잘하고 언변이 뛰어

---

116 이는 《論語 先進》에 수록되었다. 《論語》에는 言語가 먼저이나 여기서는 政事를 먼저 열거했다. 德行, 言語, 政事, 文學을 孔門四科라고 하고, 顔淵, 閔子騫, 冉伯牛, 仲弓, 宰我, 子貢, 冉有, 季路, 子游, 子夏를 孔門十哲이라고 칭한다.

117 端木賜(단목사, 前 520~446년)－端木은 複姓. 端沐(단목)으로도 표기. 春秋 말년 衛國人, 衛國은 周 武王이 동생 康叔(강숙)을 봉한 제후국으로 朝歌, 楚丘, 帝丘, 野王 등의 도읍지였다. 영역은 지금의 河南省 북부와 河北省 남부 일대. 춘추시대 이후 趙, 魏, 齊, 楚 등 강국 사이에 끼여 겨우 명맥을 유지하다가 魏의 부용국이 되었다가 秦의 부용국으로 존재했었다.

118 字 子貢(子贛으로도 표기). 孔子의 제자 중 가장 득의(得意)한 사람이며(受業身通), 孔門十哲 중 言語로 유명했다. 자공은 언어와 응변은 물론 사업과 정무에도 달통하여 일찍이 魯와 衛의 相을 역임했다. 또 經商之道에도 밝아 曹國과 魯國에서 千金의 재산을 형성하여 공자 학단(學團)의 재정적 후원자였으며, 뒷날 중국에서는 훌륭한 인품과 학문이 뛰어난 富商에 대하여 '단목유풍

났지만 공자는 그 언변을 늘 싫어하였다.[119]

공자께서 "너와 안회는 누가 더 낫다고 생각하느냐?" 하고 물었다.

이에 자공은 "제가 어찌 안회를 따라갈 수 있겠습니까? 안회는 하나를 배워 열 개를 알지만, 저는 하나를 들어 겨우 두 개를 알 뿐입니다."라고 대답했다.[120]

자공이 공자에게 배우면서 공자에게 물었다.

"저는 어떤 사람입니까?"

공자는 "너는 그릇이다."라고 말했다.[121]

(端木遺風)'이라는 成語가 통하였으며, 장사에서 '君子愛財나 取之有道'의 교훈을 남겼다. 후세에는 財神으로도 숭배되었다.

司馬遷은 〈史記 貨殖列傳〉에서 子貢의 經商과 사업을 기록하였고 陶朱公〔范蠡(범려)〕과 나란한 명성을 누렸으며 유상(儒商)의 初祖라 할 수 있다. 前 479년(魯 哀公 16년 4월 己丑日)에 공자는 73세로 별세했고, 곡부(曲阜) 城北의 사수(泗水) 가에 장례를 치뤘는데, 다른 제자들은 3년을 복상하고 떠났지만 자공은 6년을 守喪(守墳, 수분)하였다.

119 공자는 교언영색(巧言,令色)을 싫어했다. 《論語 學而》子曰 "巧言令色 鮮矣仁." 《論語 公冶長》 "巧言,令色,足恭, 左丘明恥之, 丘亦恥之. ~."

120 孰은 누구? 누가? 愈는 더 잘하다, 낫다(勝也, 强也). 《論語 公冶長》 "賜也何敢望回! 回也聞一以知十, 賜也聞一以知二." 聞一知十은 하나만 알아도 그것과 관련한 전체를 안다는 뜻으로 새길 수 있다. 이에 공자도 "안회만 못하다(弗如也), 나와 너는 안회만 못하다.(吾與女弗如也)"라고 말했다. 弗如는 不如.

그러자 자공은 "어디에 쓰는 그릇입니까?"라고 다시 물었다.

공자는 "너는 호련(瑚璉)과 같다."라고 말했다.[122]

자공이 공자에게 물었다.

"부유하나 교만하지 않고 가난하나 아첨하지 않는다면 어떻습니까?"

이에 공자께서 말했다.

"괜찮다. 그러나 가난하면서도 낙도(樂道)하고 부유하면서도 예를 좋아하는 것만 못하다."[123]

진자금(陳子禽)이 자공에게 물었다.[124]

---

121 "女器也"는 그릇처럼 용도가 제한적이라는 의미. 공자는 "君子不器"라고 말했다(《論語 爲政》). 이는 보편적이어야지 제한적이어서는 안 된다는 뜻으로 해석한다. 또 이는 자공이 아직 仁의 경지에 이르지 못했다는 공자의 평가를 표현한 대답일 것이다.

122 瑚璉(호련)은 종묘 제사에서 黍稷(서직, 기장)을 담는 아주 중요한 祭器이다〔簠簋(보궤)와 同〕. 그만큼 중요한 역할을 할 수 있다는 자공의 능력을 인정한 말이다.

123 《論語 學而》에 실려 있다. 자공은 빈한했으나 巨富가 되었다. 자공은 자신의 성취를 공자가 어떻게 생각할까? 궁금하여 이런 질문을 했는데, 공자는 교만하지 않은 단계를 넘어 好禮하라고 미래의 목표를 제시하였다. 그러가 자공은 "詩云, '如切如磋, 如琢如磨', 其斯之謂與?" 곧 "부단히 노력하라는 뜻이 아닙니까?"라고 말했고, 공자는 "賜也, 始可與言詩已矣, 告諸往而知來者."라면서 자공의 그런 영민한 지혜를 칭찬하였다.

124 焉學의 焉은 어찌 언, 어디(何也). 《論語 子張》에는 '衛公孫朝'로도 기록했다. 衛의 大夫. 陳子禽(진자금)은 공자의 제자 陳亢(진

"중니(仲尼, 공자)의 학식은 누구에게 배운 것입니까?"

이에 자공이 말했다.

"문왕과 무왕의 예악의 도가 아직 땅에 떨어지지(없어지지) 않고 지금도 전하고 있어, 현자는 그 큰 뜻을 알고, 현자가 아닌 사람이라도 그 문무지도(文武之道)를 알지 못하는 사람이 없으니 부자(夫子, 공자)께서는 어디서든 학문을 아니하셨으며, 어찌 한 분한테서만 배웠겠습니까?"[125]

또 진자금이 물었다.

항). 〈季氏〉편에서는 공자의 아들 伯魚(백어)에게 "아버지한테서 특별히 따로 배운 것이 있느냐"고 물었다. 또 〈子張〉편에서는 자공에게 '당신이 스승 공자보다 더 뛰어나다'고 말했다.

125 자공은 공자의 학문이나 인격에 대하여 한없는 존경심을 갖고 있었다. 《論語 子張》에서 叔孫武叔(숙손무숙)이 "子貢이 仲尼보다 더 현명하다."고 말했고, 이를 子服景伯(자복경백)이 자공에게 전해주었다. 그러자 자공은 "자신의 담장은 어깨 높이라서 담 안의 화려한 건물을 볼 수 있다. 그러나 공자의 담장은 아주 높아서 문을 통해 들어가지 않는다면 종묘의 미려한 건물과 백관을 볼 수 없는 것과 같으며 그 대문을 열고 들어오는 사람이 거의 없다."는 멋진 비유로 설명하였다. 또 숙손무숙이 공자를 헐뜯자, 자공은 "공자를 헐뜯을 수 없다. 현명하다는 보통 사람은 산과 같아서 올라갈 수 있지만 공자는 日月과 같아 만지거나 올라갈 수가 없다. 사람이 어떻게 해와 달을 헐뜯을 수 있겠느냐?"고 말했다. 또 陳子禽이 자공에게 "공자가 당신보다 나은 것이 없다."는 뜻으로 말하자, 자공은 공자는 하늘과 같아서 층계로도 올라갈 수 없다는 비유로 공자의 위대함을 깨우쳐 주었다.

"공자께서 어떤 나라에 가시면 그 나라의 정치에 관하여 들으려 하십니다. 이는 꼭 알고 싶어서 그러시는지? 아니면 (제후국 주군이) 말해주는 것입니까?"

이에 자공이 대답하였다.

"부자께서는 온화, 선량, 공경(恭敬), 검소(儉素), 겸양(謙讓)의 미덕을 갖추신 분입니다. 부자께서 알고자 하시는 뜻은 보통 사람이 얻고자 하는 것과 다릅니다."[126]

그래서 자공이 한번 움직여 노(魯)를 안정시키고(存魯), 제(齊)를 혼란에 빠트렸고(亂齊), 오(吳)가 격파되었으며(破吳), 진(晉)을 강성하게 했고(彊晉), 월(越)은 패자가 되었다(霸越). 자공이 한번 사자로 나가 서로의 세력을 격파케 하였으니 10년 동안에 5나라에 변화가 있었다.

자공은 재화의 매입과 시세에 따른 전매를 잘했다.[127] 자공은 다른 사람의 장점을 널리 알리기를 좋아하였지만 다른 사람의 과

---

126 공자께서는 이런 五德을 갖추신 분이기에 人君이 공자에게 배우고자 먼저 말해준다는 뜻.

127 원문의 好廢擧, 與時轉貨貲 — 廢擧(폐거)는 비축하다(停貯也). 與時는 시세에 따라(逐時也) 또는 물가가 쌀 때 사들이고 비쌀 때 팔다(買賤賣貴也). 轉化는 시세에 따라 이리저리 轉賣하다. 貲는 재물 자(資와 通).

오를 숨겨주지는 않았다.[128] 자공은 노(魯)와 위(衛)나라의 재상을 역임했고, 집안에 천금을 비축했는데 나중에 제나라에서 죽었다.

(5) 오·월의 경제와 문화

○ 오(吳)의 경제, 문화

오국(吳國)이 자리잡은 지역은 중원에 비하여 경제적, 문화적으로 낙후된 지역이었고, 서주 왕실과 관련 없이 성장한 지역이었다. 그래서 종법(宗法) 제도와 같은 속박이 비교적 없었다.

춘추시대에 들어오면서 오국의 경제와 문화는 아주 빠르게 성장 발달하였다. 그래서 춘추시대 중기에는 정치나 경제 문화적으로 중원의 어느 제후국보다도 더 발달한 대국이 되었다.

군사적으로 오국의 군사가 노국(魯國)의 부용국이던 담국〔郯國,

---

128 《論語》에서 공자는 3차에 걸쳐 자공에게 '恕(서, 용서, 관용)'를 깨우쳐 주었다. 자공이 "죽을 때까지 지켜야 할 한마디 말이 무엇입니까?"라고 물었을 때, 공자는 "其恕乎! 己所不欲을 勿施於人하라."고 말했다. 《論語 衛靈公》 또 《論語 公冶長》에서 子貢曰, "我不欲人之加諸我也, 吾亦欲無加諸人." 子曰, "賜也, 非爾所及也."의 구절, 그리고 《論語 雍也》의 子貢曰, "如有博施於民而能濟?, 何如? 可謂仁乎?" 子曰, "何事於仁! 必也聖乎! 堯舜其猶病諸! 夫仁者, 己欲立而立人, 己欲達而達人. 能近取譬, 可謂仁之方也已."의 구절도 모두 자공에게 너그러운 마음을 가지라는 충고의 뜻이 들어있다.

지금의 산동성 남부 임기시(臨沂市) 관할 담현(郯縣) / 뒷날 전국시대 前 414년 월(越)에 멸망]을 정벌하였고, 담국에서는 부득불 오(吳)의 요구 조건을 수락하며 강화하였다.

그러자 노국의 집권자인 계문자(季文子)[129]는 "중원(中原)의 군사력이 약하여 만이의 침략을 받았다."고 탄식하였다.

오의 군사력이 강해지면서, 오왕 수몽(壽夢)이 칭왕(稱王)하자, 중원의 제후국도, 오국이 만이(蠻夷)가 아니라 희성(姬姓)의 제후국임을 인정하지 않을 수 없었다.

오국의 경제에서 특히 괄목할 사실은 철의 생산과 뛰어난 제련(製鍊) 기술이었다. 오국에서 생산되는 명검은 중원의 모든 제후가 탐내었다. 또 오국에는 개간할만한 황무지가 무진장이어서 개간에 따른 농업생산의 증가로 그 경제력은 군사력의 증강으로 이어졌다.

문화적으로 볼 때, 오국 귀족의 문화 수준은 중원의 여러 나라에서 감탄할 지경이었다.

---

129 계문자(季文子, 前 651 – 568, 姬姓, 季孫氏, 名 行父) — 魯 莊公의 弟 季友의 손자. 24년간 魯의 執政.

14. 춘추시대의 사회

○ 백성의 저항 – 민궤(民潰)

춘추시대 군주의 백성 통치에 어떤 정도(正道)가 있었겠는가? 각 제후국의 제후가, 그런 제후의 가신(家臣)들이 애민(愛民)이 정신이 있었다면 백성의 삶을 궁휼히 여겨 마음을 썼겠지만 그런 통치자가 얼마나 있었겠는가? 또 위정자의 통치 행위를 견제할 수 있는 무슨 제도적 장치가 있는 것도 아닐 것이니, 군주의 통치에 지나친 사치와 향락에 백성의 생활은 죽지 못해 사는 그러한 생활이었다.

그 시기에 사회계층 간의 모순이나 대립이 왜 없었겠는가?

제국(齊國)에서 귀족 계층의 백성에 대한 착취 결과 곡물을 산처럼 쌓아두어 썩어나더라도, 백성을 토목공사에 강제 동원하면서도 백성에게 식량을 분배하지 않아 굶주려 죽은 시신이 길을 메웠다고 하였다. 그러면서도, 백성이 삼림에서 천택(川澤)에서 식물을 채취하는 것조차 법령으로 엄금하였다니, 이런 상황에서도 백성은 주군에게 충성을 바쳐야 하겠는가?

제국에서는 형벌로 발이 잘린 사람이 너무 많아 '신발은 싸고(鞋子賤), 목발은 비쌌다(假脚貴).'고 하였다.

진(晉)나라 궁성 밖 길에는 굶어죽은 시신이 널려 있었고, 진 영공(靈公, 재위 前 620 – 607)은 누각에서 활을 쏘아 백성을 맞히기

를(彈弓打人) 즐겼다고 하였다. 그러면서는 백성을 궁궐 짓는 공
사에 동원하였기에 백성들은 국군의 명령을 들으면 도망가지 않
는 백성이 없었다고 하였다.

前 644년 겨울, 제(齊) 환공은 노(魯), 송(宋), 진(陳), 위(衛), 허
(許), 형(邢), 조(曹), 정(鄭) 등 여러 제후를 불러 회수(淮水) 상류에
서 회맹을 하기 위하여 성(城)을 축조하고 있었다. 과로에 추위와
굶주림에 지친 백성 몇 사람이 '제국에 난리가 났다'고 소리를
질렀다. 그러자 축성에 동원되었던 백성 수천 명이 즉석에서 연
장을 버리고 모두 달아났다. 결국 제 환공은 축성을 포기해야만
했다.

前 641년, 진국(秦國)에 가까운 소국 양(梁)의 제후는 백성을 강
제 동원하여 축성(築城)하고 있었다. 백성들은 굶주림 속에 연일
극심한 중노동에 시달렸고, 불평불만이 터져나왔다.

그럴 때마다 제후는 "도적떼가 언제 우리 성을 쳐들어와 모두
를 죽일지도 모른다."며 백성들을 위협했다. 성을 다 축성한 뒤
성 아래에 참호를 파는 공사를 연이어 계속하자, 백성들은 금방
이라도 폭동을 일으킬 기세였다.

그러자 양(梁)의 제후는 "진의 흉포한 군사가 곧 쳐들어 올 것
같다."는 거짓말을 꾸며대었다.

그러자 백성들은 "여기서 죽으나 진국(秦國) 군사에게 죽으나
죽는 것은 마찬가지다."라고 소리지르며 모두가 달아아버렸다.
이를 사서(史書)에서는 「백성의 궤멸(民潰, 潰는 무너질 궤)」이라

기록했다.

이런 소식을 들은 진(秦)나라 군사가 양(梁)에 들어오자, 양(梁)에서는 맞아 싸울 군사가 1명도 없었고, 결국 양(梁)은 고스란히 진(秦)에 병합되었다. 백성들의 이런 크고 작은 폭동은 춘추시대에 계속 일어났다. 이런 폭동이 일어날 때마다, 제후가 바뀌거나 몰락했다. 그런데도 제후나 통치 계급의 사치와 향락, 백성에 대한 착취 등은 그칠 줄 몰랐다.

○ 국인 폭동(國人 暴動)

국인 폭동은 춘추시대 백성들 투쟁 방법의 하나였다. 그러면 국인은 누구를 지칭하는가?

춘추시대의 제후는 책봉을 받은 봉지에 궁을 짓고, 궁을 보호하는 읍성(邑城)을 축조했다. 그 읍성에는 제후의 가까운 친족들이 거주했다.

그리고 수십 년, 수백 년의 세월이 지나면서 국도(國都) 읍성에 거주하는 백성은 늘어났다. 제후 친족의 후손이라도 점점 멀어진 혈연 관계에서 결국 남이나 다름 없었을 것이다.

도읍 안에는 제후를 섬기는 귀족이나 군졸 하급 관리들도 많았다. 물론 상인이나 수공업자, 노바들도 포함하여 읍성을 근거지로 삼아 거주하는 백성을 성 밖에 거주하는 농민과 구분하여 국인(國人)이라 불렀다. 이러한 국인의 폭동이라면 결국 지배계층에 속하는 귀족과 그들에게 대항하는 평민의 투쟁이었다.

춘추시대 초기에 적인〔狄人, 북적(北狄)〕¹³⁰이 위국(衛國)을 침략하였다. 당시 위(衛) 의공〔懿公, 성은 희(姬), 이름은 적(赤). 재위 前 668-660〕은 혼용무도(昏庸無道)한데다가 잔혹하게 백성을 압박 착취하였다. 이 의공은 재위 중 학(鶴)을 좋아하여, 학에게 고급 먹이를 먹이고, 비단옷을 지어 입혔으며, 멋진 수레에 싣고 다녔고, 학에게 작위(爵位)를 하사하며, 학에게 봉록(俸祿)을 수여하였다니, 이를 보면 얼마나 얼빠지고 우매했던 인간이었나를 알 수 있다.

前 660년, 12월 적인이 기습하자 의공은 서둘러 국인들에게 무기를 지급하고 나아가 싸우게 하였다. 그러나 국인들은 움직이지 않았다.

국인들이 의공에게 말했다.

"주군은 그간 선학(仙鶴)을 신임하고 작위와 봉록을 하사했습니다. 그러니 그 많은 선학을 출전시켜 싸우게 하십시오."

결국 적인의 침략을 받은 의공은 패전하며 피살되었다.

前 633년, 진(晉)과 초(楚)의 성복의 싸움(城濮之戰) 직전에, 위

---

130 적인(狄人, 北狄, 翟, 北翟) ─ 春秋時代에 周朝의 제후국이 아닌 사막지대 남북방에 거주하는 이민족을 지칭하는 말. 동이(東夷), 서융(西戎), 남만(南蠻)을 포함하여 사이(四夷)라 하였다. 이 북적과 서융을 합하여 융적(戎狄)이라 불렀다. 漢朝 이후에는 先秦 시대의 북적과 별 교류가 없던 동호(東胡), 흉노(匈奴), 고차(高車) 선비(鮮卑)도 포함하는 말이 되었다.

국(衛國) 성공(成公, 재위 634-600)은 진(晉)을 배신하고 楚의 편에 서려고 하였다. 그러나 국인들이 반대하며 성공(成公)을 축출하였다(前 633). 위 성공은 宋으로 망명했다가 나중에 진(晉)에 들어가, 진 문공(文公, 오패의 한 사람, 중이)의 용서를 받고 돌아와 다시 즉위하였다.

춘추 중기에 들어서도 국인들의 폭동은 계속되었다.

前 555년, 정국(鄭國)의 집정(執政)인 자공(子孔)은 잔인포악하고, 멋대로 정치를 하여 국인들의 불만을 샀다. 결국 국인이 폭동을 일으켜 자공을 죽이고 일족의 자산을 약탈분할하였다.

같은 해, 거국(莒國)의 집정인 여비공(黎比公)은 포악했기에 국인들이 그를 죽여버렸다.

前 520년, 거국의 국군인 경여(庚輿)는 호검(好劍)하나 몹시 잔인 포악하였다. 경여는 새 칼을 제조하면 그 칼이 얼마나 예리한가를 시험하려고 살아있는 백성을 잡아다가 실험하였다. 이에 국인들이 들고 일어나 공격하자 국외로 도주하였다.

이외의 여러 사례는 모두 열거할 수가 없다. 대체로 국인들은 그래도 그 제후국에서 어느 정도 경제적 능력과 지위, 깨어있는 인식의 소유자들이었다. 따라서 이들이 국군의 포악을 끝까지 참고 인내할 수는 없었을 것이다. 계속되는 국인 폭동은 통치 계급에 대한 저항이면서 춘추시대 철기의 완전 보급에 따른 사회, 경제적 변화의 결과물이라고 정리할 수 있다.

ㅇ 도척(盜跖)과 장교(莊蹻)의 봉기

정전제(井田制)는 사실 직업 선택과 거주 이전의 자유를 속박하는 법제였다. 그 시절에 백성에 대한 속박 아닌 것이 있었겠는가? 강제 노역 동원도 속박이었고, 무거운 형벌 또한 속박이었다. 사람의 발을 자르는 형벌－그렇게 발이 잘린 사람이 많아서 신발 값은 싸고, 목발 값이 비쌌다니!

서주 그 시절에 각종 속박을 피해 달아난 사람, 죄를 지었지만 그래도 형벌이 무서워 살던 고향과 집을 버린 사람들이 어디로 가겠는가?

산속에 들어가 사냥을 잘하면 며칠이야 살 수 있을 것이다. 호수의 늪지대에 들어가 숨으면 물고기를 잡아 당분간은 연명하겠지만, 그러나 그런 삼림(森林)이나 천택(川澤)도 마음대로 이용할 수도 없었다.

그런 도망자들이 모이고 또 모여 수백 명이 된다면?－떼를 지어 도둑질을 할 것이다. 도둑질한 명분(名分)이야 얼마나 많은가!

前 563년 제(齊)나라 최저(崔杼)의 집 노예들이 도주하였다. 이것이 바람타고 번지면? 도망친 백성이 여기도 한 무리, 저기도 한 무더기가 있었다. 숫자가 적으면 숨어 움직였지만, 규모가 커지면 커질수록 대담해졌다. 그런 무리들은 나라 안을 횡행(橫行)하였다.

많으면 1천 명, 아주 큰 집단은 1만 명이 넘기도 하였다.

소수일 때는 구걸하였지만, 다수가 되면 강탈할 수 있었다. 소수일 때는 손에 바가지만 하나 들고 있었지만, 숫자가 많아지자, 나무 몽둥이, 칼과 낫, 심지어는 독약을 품었고, 백성의 소와 말을 빼앗고, 귀족의 수레를 강탈하여 타고 다니며 으시대었다.

前 522년, 鄭나라에 도망친 농민이나 노예들이 추부 늪지〔萑苻之澤, 지금의 하남성 중부 정주시(鄭州市) 관할 중모현(中牟縣)〕에 모여들었다. 나라에서는 정규 군사를 동원하여 토벌하였다. 치열한 공방전이 벌어졌고, 결국 모두 죽음으로 끝났지만, 이는 엄중한 사태였다.

前 506년, 오(吳)의 군사가 초(楚)의 도성인 영(郢)을 공격했다. 초 소왕(昭王)은 운몽택(雲夢澤, 지금의 호남성과 호북성의 경계) 지역으로 피난했다. 그런데 그곳에 이미 결집하여 숨어있던 도적의 무리가 초왕을 공격했고, 더 크게 놀란 초왕은 운현〔鄖縣, 지금의 호북성 서북단 십언시(十堰市) 관할 지역〕으로 다시 피난했다. 이후 운몽택은 도적떼의 소굴이 되었다.

춘추시대 도적, 군도(群盜)라면 떠오르는 인물은 단연 도척과 장교이다. 이 두 사람에 관해서는 기록이 많이 있다.

도척〔盜跖, 생졸년 미상. 성은 희(姬), 전씨(展氏), 이름은 척(跖, 발바닥 척), 일작(一作) 蹠은 밟을 척〕은 전설속의 대도(大盜)로, 노국(魯國)의 대부인 유하혜(柳下惠)의 동생이었다. 도척은 초국(楚國)의 대도 (大盜)인 장교(莊蹻)와 같이 거명된다.

도척의 원명(原名)은 미상이다. 황제(黃帝) 시대에 대도 중 척 (跖)이 유명하였기에 그 이름을 따다가 그렇게 불렀다고 한다.

《장자 도척편(莊子 盜跖篇)》의 기록에 의하면, 「도척은 노국(魯 國) 대부 전금(展禽, 유하혜)[131]의 동생이라고 한다. 도척은 무리 9 천 명을 거느리고 천하를 횡행하며 제후의 재물을 침탈하였고, 백성의 가축을 빼앗고, 부모 형제에게도 행패를 부렸고, 남의 부 녀자를 약탈하였으며, 조상의 제사도 지내지 않았다.」고 하였다.

그 〈도척〉 편에 도척과 공자의 가상적 대화가 나온다. 거기에 서 도척은, 성(聖)과 지(智)를 버리고, 생명을 존중 보존하는 도가

---

131 유하혜(柳下惠) ― 魯의 대부로 본명은 展獲(전획)이고, 柳下를 식 읍으로 받았고, 惠는 시호이다. 공자는 유하혜의 탁월한 재능을 칭찬하였다. 유하혜는 典獄官(전옥관)으로 현명하고 유능하였지 만, 관직에서 3번이나 쫓겨났다. 어떤 사람이 유하혜에게 "당신 은 아직도 떠나지 않을 겁니까?"라고 물었다. 이에 유하혜가 말 했다.
"正道로 주군을 섬긴다면 어디를 가더라도 3번쯤은 쫓겨나지 않 겠습니까? 정도를 굽힌 왕도(枉道)로 섬길 것이라면 하필 부모님 이 살던 나라를 떠나겠습니까?"라고 말했다.
이처럼 유하혜는 사리에 맞는 말을 사려 깊은 행동으로 정도를 지켰지만 3번이나 면직되는 치욕을 겪었다(降志辱身).《論語 微 子》柳下惠爲士師, 三黜. 人曰, "子未可以去乎?" 曰, "直道而事 人, 焉往而不三黜? 枉道而事人, 何必去父母之邦?"

철학을 가진 내용으로 대화가 진행된다. 그리고 도척은 일반 부녀자를 약탈하지만 동시에 잘 보호하는 인물이라서 창기(娼妓)의 수호신인 '백미신(白眉神)'으로 추앙받는다고 한다.

《장자 지협(莊子 胠篋)》의 기록에 도척의 무리 하나가 도척에게 물었다.

"도둑질(盜)에도 도(道)가 있습니까?"

그러자 도척이 말했다.

"어딜가든 도(道)가 없을 수 있겠는가! 실내에 감춰진 것을 생각하지 않으니 성(聖)이고, 먼저 들어가니 용(勇)이며, 나중에 나오니 의(義)이다. 가부(可否, 성공 여부)를 알으니 지혜(智)이고, 균등히 배분하니 인(仁)이다. 이 5개의 도를 갖추지 않고서 대도(大盜)의 명성을 누리는 자는 있을 수 없다."

모택동(毛澤東) 주의자들은 도척을 당시 권귀(權貴)에 대한 투쟁으로 보아 그 행위를 '도척기의(盜跖起義)'라고 미화하였다.

장교[莊蹻, ?-前 256. 장씨, 이름은 교(蹻, 발돋을할 교, 짚신 갹). 자(字)는 기족(企足)]는 전국시대 장군이라고 알려졌다. 또 다른 이름으로 장교(莊嶠, 산 높을 교)로도 통용되었다. 《한비자》에는 장교(莊蹻)로 기록되었다. 초 장왕(莊王)의 후손이라고 한다.

장교는 처음에 당매(唐眛)의 부장(部將)이었는데 나중에 초에 반기를 들며 유명한 대도(大盜)가 되었고 도척(盜蹠)과 나란한 명성에 늘 함께 거명되었다. 뒷날 초에 귀순(歸順)하였다고 한다. 학자에 따라서는 대도 장교와 장군 장교는 모두 다른 사람인데, 이름이 비슷하여 혼동한다는 주장도 있다.

순자(荀子)는 임무군(臨武君)과 병법을 논하면서 초국(楚國)의 장교(莊蹻), 제국(齊國)의 전단(田單), 진국(秦國)의 상앙(商鞅), 연국(燕國)의 악의(樂毅)는 모두 용병을 잘하는 좋은 장수(良將)라고 평가하였다.

15. 춘추시대의 종결

오(吳)와 월(越)이 중국의 동남방에서 크게 다투는 동안 중원(中原)에서 제후의 각축은 크게 줄어들었다.

○ 삼가(三家) 분진(分晉)과 전씨대제(田氏代齊)

제(齊)에서 '전씨대제(田氏代齊)'는 아래와 같은 과정을 거치면서 진행되었다.

前 481년, 전걸(田乞)의 아들 전항[田恒, 전성자(田成子), 전상(田常)]이 제(齊) 도공(悼公)의 아들 간공(簡公)과 제 공실(公室)의 여러 사람을 죽인 뒤 제 평공(平公, 재위 前 481 – 456)을 옹립하며, 정권을 장악한 뒤 '수공행상(修公行賞)'을 통해 민심을 수습하였다.

前 391년, 전완(田完)의 10세손인 전화(田和)가 강공(康公, 재위

前 405－386)을 폐위하고 자립하면서(田齊 太公) 강공(康公)을 해도(海島)로 유배시켰다.

前 386년, 주 안왕(安王) 16년인데, 주 천자는 전화(田和)를 제후로 책봉하였다. 내쫓긴 강제(姜齊) 강공은 주 안왕 23년(前 379)에 죽었다.

이보다 앞서 진(晉)에서는 '삼가분진(三家分晉)'의 대 전변(轉變)이 있어, 춘추 말기에 조(趙), 위(魏), 한(韓), 범(范), 지(智), 중행씨(中行氏)의 육가(六家)가 세력을 다퉈 이를「진국육경(晉國六卿)」이라 불렀다. 이들의 경쟁과정에서 범씨와 중행씨가 먼저 탈락하고, 조(趙), 위(魏), 한(韓) 3가가 합심하여 가장 강력하다는 지씨(智氏)를 없애버리면서 지씨의 영역을 분할하였다(前 453).

그리고 이들 3家는 더 나아가 주 고왕(考王) 7년(前 434), 진(晉) 애공(哀公)이 죽고, 진 유공(幽公)이 즉위하는 기회를 이용하여 진(晉)의 강역을 삼분(三分)하여 독립하였다.[132] 이들 조, 위, 한국을 이후 보통 삼진(三晉)으로 통칭한다.

이후 주 위열왕(威烈王) 23년(前 403)에, 주 천자는 위사(魏斯), 조적(趙籍), 한건(韓虔) 3인을 공식적으로 제후에 책봉하였는데,

---

132 周 현왕(顯王) 20년(前 349)에 韓과 趙 二家는 명맥만 유지하던 晉의 후도공(後悼公)의 잔여 식읍을 나눠가짐으로 晉國은 역사에서 완전히 사라졌다.

이는 신하의 주군 시해와 강탈을 공식적으로 인정한 것이었다.

이처럼 주 천자가 책봉한 제후국(晉)을 가신들이 뒤엎어버려도, 천자가 인정할 수 밖에 없었으니, 주 천자의 권위도, 종법(宗法)의 질서도 모두 붕괴되었음을 의미한다. 사마광의 《자치통감(資治通鑑)》은 여기서부터 역사 서술을 시작하는데, 이는 춘추시대와 전국시대의 확실한 분계점이었다.

제3부

전국시대 사화

〈戰國時代 史話〉

1. 전국시대의 대략

○ 춘추(春秋)에서 전국시대(戰國時代)로

춘추시대를 이은 전국시대는 주(周) 원왕(元王) 원년(前 475)부터 진시황(秦始皇)에 의한 6국 통일이 이루어지는 前 221년까지 총 254년을 말한다.

춘추시대가 작은 제후국들을 병합하며 대국으로 성장한 제후국 곧 제(齊), 진(晉), 초(楚), 진(秦), 오(吳)와 월(越) 등이 제후들 사이의 패자(覇者)가 되면서 주 천자를 허수아비(괴뢰傀儡)로 만들었으며, 전쟁이 계속되는 시기였는데, 그러한 배경은 철기의 완전 보급이었다.

그러나 전국시대에는 제(齊)와 초(楚), 그리고 조(趙), 한(韓), 위(魏)(이른바 삼진三晉)과 동북 변방의 연(燕), 그리고 서쪽의 진(秦) 등 7개 강국이 출현했고, 강국과 강국의 상호 합종(合從, 合縱)과 연횡〔連橫, 연형(連衡)〕을 통해 이합집산(離合集散)하며 중원을 제패하려는 기싸움의 시대였다.

춘추시대가 5패(五覇)의 시기였다면, 전국시대는 전국칠웅(戰國七雄, 7강)의 무대였는데, 최후의 승자는 역사에 뒤늦게 출현하여 전중국을 통일한 秦이었다.

전국시대 7웅의 공통적 특징은 중앙집권과 부국강병의 추진이었고 그 과정에서 상호 경쟁이었다.

춘추시대에 이어지는 전국시대(前 5세기 - 前 221년)는 그 시작 시기에 대하여

① 주(周) 경왕(敬王) 44년(前 476) - 경왕이 붕어하고 주 원왕(元王)이 계승하는 해(원왕 원년 前 475),

② 주(周) 정왕(定王) 16년(前 453) - 조양자(趙襄子), 위환자(魏桓子), 한강자(韓康子) 등이 지백(知伯, 智伯)을 격파하고 그 땅을 3분하여 소유한 해,

③ 주(周) 위열왕(威烈王) 23년(前 403) - 위(魏), 한(韓), 조(趙)가 공식적으로 제후에 봉해진 해를 시작으로 보는 견해가 있다.

그리고 전국시대의 끝마무리(결속結束)에 대해서도 진시황(秦始皇) 26년(前 221)의 중원(中原) 통일, 또는 그보다 앞서 동주의 주 난왕(赧王) 59년(前 256)에 주 왕실이 진국(秦國)에 의해 멸망한 해를 전국시대의 소멸로 보는 견해가 일반적이나, 진시황에 의해 중국 통일이 이루어지는 기원전 221년까지를 지칭하기도 한다.

○《전국책(戰國策)》

전국시대란 명칭은 저자 미상의《전국책(戰國策)》¹³³에서 유래하였다.

저자 미상이나, 일설에 전한의 유향(劉向, 前 77 - 前 6년) 저술이라 주장하는《전국책》은 前 455년 진양(晉陽)의 전쟁에서 시작하여 前 221년 고점리(高漸離)가 진시황을 저격 실패하는 사건까지 수록했는데, 이 책에 전국시대의 시대 상황과 각국의 경쟁 모습이 사실적으로 기록되었다.

책 이름《전국책》을 문(文), 사(史), 철학(哲學)으로 단순 분류하자면 사학의 저술이고, 사서의 서술 방식으로는 기전체〔紀傳體, 정사체(正史體)〕나 편년체(編年體)도 아닌 국별사(國別史)로 분류한다.

사마천〔司馬遷, 前 145 - 86년?, 자(字)는 지장(子長)〕의《사기(史記)》는 통사(通史)이면서 서술 형식으로는 기전체(紀傳體)로 정사서(正史書)의 비조(鼻祖)이다.

반고(班固, 서기 32 - 92년, 字는 孟堅)의《한서(漢書)》는 기전체의 서술 방식을 계승했지만, 전한(前漢, 서한, 前 206 - 서기 8년)의 역사

133《戰國策》- 서사(敍事)와 설사(說事)에 뛰어나며, 인물 묘사와 설복력(說服力)이 우수한 저술이다. 전국시대의 社會 실상과 당시 士人들의 정신과 풍채를 정말 특별하게 묘사 반영한 역사서이며 散文이다. 이는 산문으로써 문학의 최고 경지에 이르렀기에 이런 저술을 통해 '文, 史, 哲 不分家' 란 말을 체험할 수 있다.

만을 서술한 단대사(斷代史)이다. 이후 중국의 정사는 모두《한서》의 서술 형식을 채용했다.

서진(西晉) 진수〔陳壽, 서기 233－297년, 자(字)는 승조(承祚)〕의 정사《삼국지》는 그 서술 형식은 본기(本紀)와 열전(列傳)만을 갖춘 기전체(정사체正史體)이나 위(魏, 220－265)를 정통으로 서술하면서 촉한(蜀漢, 221－263 존속)과 동오(東吳, 손오, 222－280년)의 역사를 서술하였기에 국별사(國別史)라고 분류한다.

《전국책》은 중국의 전국시대 책사(策士)의 언행을 중심으로 기록한 사서로, 전국 말기의 동(東), 서주(西周) 왕실 상황과 진(秦), 제(齊), 초(楚), 조(趙), 위(魏), 한(韓), 연(燕) 등 7국, 그리고 약소국이었던 송(宋)과 위(衛) 및 중산국(中山國) 등의 사적을 기록했는데, 일시일인(一時一人)의 저술이 아닌 것은 확실하다.

전한 말에 유향(劉向)[134]은 흩어진 채로 전해오던 문장을 수집

---

134 유향(劉向, 前 77－前 6년, 字는 子政)－原名은 更生(경생). 전한 成帝 때 向으로 改名. 漢朝의 宗室. 漢 高祖의 弟인 楚 元王 劉交의 玄孫이다. 劉向은 박람군서(博覽群書)하고 天文星象에 精通하였다. 成帝 시에 向으로 개명한 뒤에 中郞官, 領護三輔都水使, 光祿大夫에 임명되었다. 궁중의 經傳, 諸子書, 詩賦 등 서적을 校閱(교열)하고《별록(別錄)》一書를 편찬하니, 이것이 中國 최초의 도서 분류 목록이라 할 수 있다. 이는 뒷날 班固의《漢書 藝文志》의 기초가 되었다. 유향의 저술로는《별록》외에《新序》,《說苑(설원)》,《列女傳》,《洪範五行傳》등이 있고,《戰國策》,《楚辭》등을 교정

하여 편집하고 교정했으며《전국책》이라고 명명하였다. 이후에 후한 고유(高誘)[135]가 이를 주석하였다.

《전국책》은 고대 사학의 명저로, '국책(國策)', '국사(國事)', '단장(短長)', '사어(事語)', '장서(長書)' 등 여러 이름으로 불렸는데 사서의 체례로 분류한다면 국별사이다.

《전국책》은 나라 별로 서술을 달리하였는데, 그 대상은 동주국과 서주국, 그리고 7웅으로 알려진 진국(秦國), 제국(齊國), 초국(楚國), 조국(趙國), 위국(魏國), 한국(韓國), 연국(燕國), 약소국으로 분류되는 송국(宋國)과 위국(衛國), 그리고 중산국(中山國) 등 12개 국이다.

그 서술 내용은 전국시대 소진(蘇秦)과 장의(張儀) 같은 세객(說客)의 언행, 많은 종횡가(縱橫家)들의 정치적 책략(策略)과 변론(辯論)과 그런 기교(奇巧)와 합종연횡(合縱連衡)의 실제 정황을 수록하였는데, 이런 과정에서 전국시대의 역사 및 사회의 모습, 그리고 그 시대의 사상과 문화를 알 수 있어 전국시대 연구에서 매우 중요한 서적으로 그 가치를 인정받고 있다.《사고전서(四庫全書)》

하였다. 그의 賦 33篇이 있었으나 지금은 〈九歎(구탄)〉만이 전해온다. 經學家인 劉歆(유흠)은 그의 아들이다.《漢書》36권, 〈楚元王傳〉에 입전되었다.

135 고유(高誘, 생몰 연대 미상, 後漢 말 獻帝 연간에 여러 관직 역임) ― 馬融(마융)의 再傳弟子. 유학자로《淮南子(회남자)》,《呂氏春秋》,《戰國策》을 주석했다. 현존하는 漢代 各家의 주석으로는 정현(鄭玄)의 주석이 가장 많고 다음으로는 고유(高誘)의 주석이 많다고 한다.

에서는 사부(史部)로 분류되었다.

○ 시대 상황

전국시대는 정치, 경제, 문화나 과학기술의 대변화와 함께, 군현제도(郡縣制度)와 사전(私田)의 확대, 철기의 대량 보급에 따라 나라와 나라 간의 대규모 전쟁이 빈발했고, 그에 따라 약소국은 급속도로 병합되거나 소멸되었다.

이 시기에 각국에서는 부국강병을 추구하면서 강력한 군주권의 확립과 중앙집권의 강화를 위하여 변법(變法)의 채택 등, 그야말로 백가쟁명(百家爭鳴)의 시대였다.

춘추시대의 제후국은 전국시대에 들어와 7개의 큰 나라(七雄)로 병합되었다. 이는 곧 제후의 성(城)을 중심으로 한 도시국가에서 영토국가로 발전하는 과정이었다. 결국 진(秦)에 의한 최초의 중국 통일이 이루어졌고 그 단명에 이어 한(漢)의 통일 제국이 형성 발전하였고, 중국의 고대 문화의 완성에 이어 중국의 중세로 이어진다.

한마디로 전국시대는 중국 역사에서 철기의 보급과 과학기술의 진보와 향상에 따른 사회적, 경제적 혁명적인 변화가 이루어지면서 기존의 정치 방식이나 세력의 변화가 진행되었다. 그리고 합종(合縱)과 연횡책〔連衡策 / 저울대 형. 가로 횡, 연황(連橫)과 동(同)〕에 따른 겸병(兼倂) 전쟁의 본격화, 분열과 할거(割據)의 시대에서 통일과 중앙집권으로 변화가 아주 빠르게 집행되었다. 특히 사상과 학문에서 백가쟁명(百家爭鳴)에 따른 인재의 배출과 함께 중국의 모든 사상이 한꺼번에 피어나는 백화제방(百花齊放)의 시기였다.

이러한 변화의 주역이면서 강국으로 존재한 대 제후국으로 진(秦), 초(楚), 한(韓), 조(趙), 위(魏), 제(齊), 연(燕)을 전국칠웅(戰國七雄)이라고 불렀다.

그러한 7국 틈에 그래도 동주(東周), 송(宋), 위(衛), 중산(中山), 노(魯), 등(滕), 추(鄒), 비(費) 등의 소국이 존재했는데, 결국 이런 소국은 부용(附庸)의 속국적 지위를 벗어나지 못하다가 병합 멸망되었다.

이 7국 중에서도 강자는 진(秦)과 제(齊)로 서제(西帝)와 동제(東帝)라 자칭할 정도였다. 한(韓)은 가장 약소국으로 제일 먼저 秦에 병합되었다. 위(魏)의 도읍 대량(大梁)은 당시 가장 큰 도시였으며, 조국(趙國)에서는 명장이 많았다. 연(燕)은 북쪽에 치우쳐 중원(中原) 여러 나라와 교류가 많지 않았다. 초(楚)는 광대한 영역을 차지하고 한때 진(秦)과 어깨를 겨루었다.

7국 중 진(秦)을 제외한 6국은 모두 효산(崤山)[136]의 동쪽에 있

---

136 효산(崤山, 殽山)—古代 地名, 長安(今 陝西省 西安市)과 洛陽 중간 지역, 河水 남쪽. 부근의 함곡관(函谷關)과 함께 효함(崤函)으로 병칭한다. 古代 군사전략 요충지로 지세는 험준하고, 關隘(관애)는 견고하여 易守難攻(이수난공)의 험지로 유명하다. 關東에서 關

어 보통 '산동육국(山東六國)'이라 불렀다. 전국시대의 일반적 형세는 부국강병을 먼저 이룩한 진(秦)이 동쪽으로 세력을 팽창하면서 다른 6국이 이해관계에 따라 이합(離合)하면서 맞서는 형세였다.

前 230년, 한(韓)이 진(秦)에 병합되었고 이후 하나씩 병합되어 前 221년에, 진군(秦軍)이 제(齊)의 도읍 임치(臨淄)를 포위 멸망시키며 전국시대 군웅(群雄)의 할거(割據)는 종료된다.

○ 역사적 사실 요약

전국시대의 주요 사건을 순차적으로 정리하면 아래와 같다.

● 前 453년 – 진국(晉國)의 씨족인 한(韓), 조(趙), 위(魏) 3가(家)가 지씨(智氏, 지백)를 죽이고 그 영역을 삼분하여 차지했다.

● 前 434년 – 진(晉)의 애공(哀公)이 죽고, 晉 유공(幽公)이 즉위했다. 한, 조, 위 3가(家)가 진국(晉國)의 영토를 분할 차지했다. 유공은 곡옥(曲沃)과 강(絳)의 영지만을 소유한 채, 이후 前 349년까지 존속했다.

中에 들어가는 관문이며 요새지. 효산의 동쪽을 山東, 함곡관의 동쪽을 關東이라 지칭한다. 함곡관(函谷關)은 今 河南省 서부 三門峽市(삼문협시) 관할의 영보시(靈寶市) 동북방. 漢代의 함곡관 關門都尉(관문도위)는 믿을 수 있는 귀족 자제 중에서 특별히 선임하였다.

●前 403년 - 삼가분진 이후의 한, 위, 조국을 주 위열왕(威烈王)이 정식 제후로 책봉 인정했다. 사마광의 《자치통감(資治通鑑)》은 여기서부터 시작한다.

●前 386년 - 주(周) 안왕(安王)은 강제(姜齊)를 찬탈한 전화(田和)를 제후(齊侯)로 정식 책봉하였다.

●前 379년 - 제(齊) 강공(康公)이 죽었고, 강 태공(太公, 여상)의 후손 단절. 전씨가 식읍(食邑)을 전부 차지했다.

●前 359년 - 진(秦) 효공(孝公) 상앙(商鞅)을 등용, 변법(變法)을 시행했다.

●前 354년 - 위(魏)가 조도(趙都) 한단(邯鄲)을 침공했다.

●前 353년 - 조(趙)가 제(齊)에 구원 요청, 제에서는 손빈(孫臏)을 보내 위도(魏都) 대량〔大梁, 지금의 하남성 중부 개봉시(開封市)〕을 침공하여 위군(魏軍)에 대승했다.

●前 344년 - 위후(魏侯)가 봉택지회(逢澤之會)를 주관, 제후를 인솔하여 주 천자를 조견(朝見)했다. 중원(中原) 제후 중 제일 먼저 칭왕했다.

●前 342년 - 제(齊)는 마릉지전(馬陵之戰)에서 위군(魏軍)을 대패시켰다. 위장(魏將) 방연(龐涓)은 병패(兵敗)한 뒤 자살했다.

●前 340년 - 진(秦)에서는 위앙(衛鞅, 상앙)을 상군(商君)에 봉했다.

●前 318년 - 함곡관의 전투(函谷關之戰). 5국이 진(秦)을 공격했으나 성과 없이 해산했다.

●前 314년 - 연국(燕國)의 선양(禪讓)으로 유발된 내란을 이용

하여 제국(齊國)이 연국을 점령, 나중에 철수했다.

●前 307년 – 조(趙) 무령왕(武靈王)이 호복(胡服)과 기사(騎射)의 전법을 채용했다.

●前 287년 – 조(趙), 위(魏), 한(韓), 연(燕), 초(楚) 5국이 연합하여 진(秦)을 공격. 진(秦)은 할지(割地)하며 조(趙)와 위(魏)에 구화(求和)했다.

●前 286년 – 제국(齊國)이 송국(宋國)을 없앴다.

●前 284년 – 연(燕)의 주도하에, 진(秦), 한(韓), 조(趙), 위(魏) 5국이 연합하여 공제(攻齊)했고, 연군(燕軍)은 제(齊)의 도읍 임치(臨淄)를 점거했다. 제(齊)는 70여 성(城)을 잃었고, 겨우 거(莒)와 즉묵(卽墨)에서 명맥을 유지했다.

●前 280년 – 초국(楚國)의 장강(長江)을 거슬러 공진(攻秦)했으나 오히려 역습 당했고, 다음 해 언(鄢)에서도 진군(秦軍)에게 대패했다.

●前 279년 – 즉묵(卽墨)의 전단(田單)이 연군(燕軍)을 속속 격파하며 제국(齊國)을 수복했지만 국력 쇠약은 어쩔 수 없었다.

●前 278년 – 초도(楚都) 영(郢)이 진장(秦將) 백기(白起)에 함락되었고, 초(楚)는 진(陳)으로 천도했다. 시인 굴원(屈原)이 멱라수(汨羅水, 汨은 강이름 멱. 물소리 골)에 자진(自盡 : 식음을 끊거나 병들어도 약을 먹지 아니하여 스스로 죽음.)했다.

○ 전국시대의 종결

이후부터는 전국시대의 종결 과정이라 할 수 있다.

●前 271년 – 객경(客卿)인 장록〔張祿, 범수(范睢)〕이 진(秦) 소양왕(昭襄王)에게 '원교근공책(遠交近攻策)'을 건의했고, 이를 소양왕이 받아들였다.

●前 263년 – 진(秦)이 출병하여 한(韓)을 공격하며 상당군(上黨郡)과 한(韓)의 도성(都城)인 신정(新鄭)의 통로를 단절했다. 한(韓)에서는 상당군을 진(秦)에 분할하려 했으나 상당의 군민이 따르지 않자, 조국(趙國)에 구원을 요청했다. 조(趙)에서는 노장 염파(廉頗)를 보내 장평(長平)에 주둔 방어케 하며 상당군을 성원(聲援)했다.

●前 260년 – 진국(秦國) 대장인 왕흘(王齕)이 상당군을 점령하고 염파(廉頗)와 장평에서 대치(對峙)하며, 쌍방이 4개월을 버티었다. 진국(秦國)은 반간계(反間計)를 써서 조국(趙國)의 젊은 장수 조괄(趙括)이 염파를 대신하게 했다. 그러면서 비밀리에 대장 백기(白起)를 출전시켰다. 장평전(長平戰)에서 조군(趙軍)은 참패했고, 趙나라는 전사자와 항졸을 합한 40만을 잃었다. 항졸(降卒)은 모두 구덩이에 산 채로 묻혔다. 이후 산동(山東) 6국은 진(秦)에 항거할 전력이 없었다.

●前 258년 – 위(魏)의 신릉군(信陵君), 조(趙) 평원군(平原君), 초(楚) 춘신군(春申君) 등이 한단(邯鄲)에서 진군을 대파했다. 신릉군은 그 뒤에도 군사를 동원하여 함곡관에서 진군(秦軍)에게 대승을 거두었지만 진(秦)은 크게 약화하지 않았다.

●前 256년 – 주(周) 난왕(赧王)이 병사했다. 진국(秦國)은 낙읍

(雒邑)에 진공했고, (난왕 붕어 이후 분열된, 제후국인) 서주의 주군이 투항하며 주조(周朝)는 (공식적으로) 멸망했다.

●前 249년 – 진상(秦相) 여불위(呂不韋)는 공읍(鞏邑)을 함락시켜 (난왕 붕어 이후 분열된, 제후국) 동주 주군(主君)의 투항을 받았다.

결국 진왕(秦王) 정(政)은 前 221년, 6국을 멸망시킨 뒤, 진시황은 분서(焚書)하고 갱유(坑儒)하며, 전국 시기 각국 역사 기록을 훼손하고 없앴다.

2. 전국시대 정치 상황

(1) 사문(私門)의 강대(强大)

○ 병합에 의한 영토 확장

춘추시대 정치적 형세의 특징은 주 왕실의 쇠퇴와 제후국의 강성이다. 주 왕실의 강역은 이미 여러 제후국으로 둘러쌓였기에 왕실이 적극 나서서 제후국의 영지를 탈취하지 않는 이상, 그 강역을 넓힐 수가 없었다. 그러나 제후국은 달랐다.

《춘추》에 기록된 242년간에 140 – 150개의 작은 제후를 가장 많이 병합한 제후국은 진(晉)과 초(楚)와 제(齊)와 진(秦)이었고 나중에 흥기한 오(吳)와 월(越)도 주변 약소국을 병합하였다.

그 밖에 노(魯)와 정(鄭), 위(衛)도 주변 소국 몇 개씩은 병탄하여 나라를 키웠다.

이러는 과정에서 강대국 영역의 확대와 함께 경제 규모가 커졌으며 동시에 인구도 크게 증가하였다.

그런데 제후국에서 제후 공실(公室)의 정치적 역량보다는 공실을 보필하는 경(卿)이나 대부(大夫)의 세력이 비약적으로 강화되었다.

경과 대부는 그 가문의 정치적, 경제적 능력을 바탕으로, 제후로부터 식읍(食邑)을 받고, 식읍을 중심으로 개간을 통하여 농지를 부단히 확대하였다. 그런 개간을 통하여 인구가 크게 불어나면서 경과 대부는 제후의 통제에서 벗어난 독립적 세력으로 성장하며 제후국의 정치를 좌우하였다.

결국 주 왕실의 책봉을 받은 제후는 정치적 실권을 잃고, 경과 대부의 사문(私門)에 조정되는 허수아비(괴뢰傀儡)가 되었다. 물론 제후국 내 유력한 사문의 세력다툼도 병행되면서 결국 경이나 대부가 전권(專權)을 행사했고, 주(周) 천자의 종법 권위에 의한 통치는 완전히 붕괴되었다. 이러한 경과 대부의 권력 장악은 춘추 후기의 일반적 현상이었다.

노국(魯國)에서 노 공실의 공(公)은 실권을 이미 상실하였고, 대신 계손씨(季孫氏), 맹손씨(孟孫氏), 숙손씨(叔孫氏)의 삼환(三桓)이 국권을 행사하였다.

정국(鄭國)에서는 칠목(七穆)의 세력이 강대했다. 칠목은 정(鄭) 목공(穆公, 재위 前 627 – 606)의 경이나 대부였던 7개의 사문(私門) 으로, 사씨(駟氏), 한씨(罕氏, 그물 한), 국씨(國氏), 양씨(良氏), 인씨 (印氏), 유씨(游氏), 그리고 풍씨(豐氏)를 지칭하는데, 이들은 정 영 공(靈公, 재위 前 605)과 정 양공(襄公, 재위 前 604 – 587) 이후 공실의 다른 후손을 방출하고 정국의 정권을 분담 행사하였다. 이 칠목 중 한씨(罕氏)가 가장 막강하였다. 한씨는 정나라 상경(上卿)의 지 위를 세습하였고, 칠목 중 가장 늦게 소멸하였다.

○ 염지(染指) – 의외의 이득

정 영공(靈公, 재위 前 606 – 605, 목공의 아들)의 재위 기간은 만 1 년이 되지 않았다. 별것도 아닌 일로 다른 형제의 분노를 유발했 고 그래서 시해당했다. 그래서 처음 시호는 유공(幽公)이었다가 나중에 은공(隱公)으로 바뀌었다.

前 605년, 봄에 초국(楚國)에서 정나라에 여러 마리 갑어(甲魚, 별(鼈), 별(鱉, 자라 별), 거북이와 생김새는 비슷, 수중 동물)를 보내주었 다.

마침 정국(鄭國)의 공자(公子)인 송(宋)과 귀생(歸生)은 영공을 만날 일이 있었다.

공자 귀생이 공자 송(宋)에게 말했다.

"오늘, 내 둘째 손가락(食指)이 근질근질하니 분명 맛있는 음 식이 생길 것이야!"

두 사람이 영공을 만났는데, 영공은 마침 자라탕을 맛있게 먹고 있었다.

두 사람이 마주 보고 웃으며 식탁에 둘러 앉았으나 영공은 두 사람에게 아무런 음식도 권하지 않고 식사를 끝냈다. 공자 송과 귀생은 크게 화를 내며, 둘째 손가락으로 영공 식기에 남은 자라탕을 찍어 입맛을 다신 다음에 바로 나가버렸다. 그러자 영공이 크게 분노하며 두 사람을 죽여버리려 했다.

이런 눈치를 챈 공자 송과 귀생이 먼저 손을 써서 여름에 영공을 죽여버렸다. 그러자 정나라 사람들은 목공의 아들로 영공의 이복동생인 견(堅)을 옹립하니, 이가 정 양공(襄公, 재위 前 604-587)이다.

이후 '식지가 근질근질하다' 란 말의 염지(染指, rǎnzhǐ)는 '의외의 이익 또는 맛있는 음식' 또는 '부당한 이익을 취하다' 또는 '욕망에 이끌려 손을 대다' 란 뜻으로 쓰였고, 둘째 손가락(식지 食指)은 무례한 행위를 뜻하는 말이 되었다.

○ 사문(私門)의 무력(武力)

경과 대부 등 세족 내부에서도 자연스럽게 분봉(分封)이나 분화(分化)가 이뤄지면서 그 권력 지형은 계속 바뀌었다.

이들 경 대부들 곧 사문의 가장은 자신이 일가의 집정자(執政者), 곧 종주(宗主)로 자신 아래의 사(士)를 가신(家臣)으로 거느리며 외조(外朝)와 내조(內朝)를 구성하여 세력을 키웠다.

경 대부 가문의 외조는 곧 제후의 조정에 나가 제후국 내부의 정무를 수행하고, 내조(內朝)는 자신의 봉지내의 정무를 처리하는 가재(家宰)나 읍재(邑宰)를 지칭한다.

경과 대부의 세족은 제후국의 군사와 다른 별개의 무력을 보유하고 육성하였다.

진국(晉國) 내의 난씨(欒氏), 범씨(范氏), 그리고 제(齊)의 경씨(慶氏)들은 자체의 무장한 군사를 보유하였다. 《좌전(左傳)》의 기록에 의하면, 노(魯) 정공(定公) 12년(前 498) 계씨(季氏)의 가재(家宰)인 공산불뉴〔公山不狃 / 《논어》에서는 공산불요(公山弗擾)〕와 숙손첩(叔孫輒)은 계씨 비읍(費邑)의 군사를 이끌고, 노국 군사와 싸워 승리하였다. 이는 제후국 내 경(卿)이나 대부의 정치적, 군사적 세력의 실질을 보여주는 사례라 할 수 있다.

진국(晉國)에서는, 한씨(韓氏), 위씨(魏氏), 조씨(趙氏), 중행씨(中行氏), 지씨(智氏, 知氏)의 6가(家) 외에 극씨(郤氏)와 난씨(欒氏)의 세력도 강했었다.

정국(鄭國)에서는 칠목(七穆)의 세력이 강대하였다.

송국(宋國)에서는 대씨(戴氏), 장씨(莊氏), 환씨(桓氏)가 국권을 농단했으며, 위국(衛國)에서는 석씨(石氏)에 이어 영씨(寧氏)가 국정을 장악하고, 제후 공실(公室) 위에 군림하였다.

그리고 제국(齊國)에서는 전씨(田氏), 국씨(國氏), 고씨(高氏), 습씨(隰氏), 최씨(崔氏), 경씨(慶氏), 관씨(管氏), 포씨(鮑氏) 등의 세력이 형성되어 있었다.

이렇게 자신의 실력을 강화한 경(卿)은 자기의 봉토 내에서 군(君) 또는 공(公)으로 불리면서, 자신만의 행정조직을 갖추고, 부세(賦稅)를 징수하였으며, 군사를 훈련시키고, 정사를 토론하여 그들 자신의 역량을 키워나갔다. 그리하여 결국 제후를 허수아비로 만들거나 축출하였다.

이렇듯 제후국의 정치가 사문에 장악되는 곧 '정재사문(政在私門)'은 춘추 말기의 일반적 상황이었다. 이런 현상을 직접 목도(目睹)한 공자이기에 '예악의 붕괴(禮崩樂壞)'를 탄식하지 않을 수 없었다.

(2) 사(士) 계층의 대두

○ 사(士)−무사(武士)

춘추 후기 제후는 경(卿)이나 대부(大夫) 사(士)로 구성되는 계층구조에서, 서주〔西周, 종주(宗周)〕의 종법적 통치 질서 붕괴에 중요한 작용을 한 것은 사(士) 계층의 대두(擡頭)였다.

서주 건국 당시 사(士) 계층의 시원이라 할 수 있는 것은 제후에 소속된 말단의 무사들이었다. 이들은 그 씨족의 구성원이면서 상층 귀족을 위하여 복무하고 필요한 경우 전투원으로 참가하여 최일선에서 적과 싸우는 병졸이었다.

주(周)의 건국 이후 정치와 사회가 안정되면서 사(士) 계층은 경과 대부에게 분급(分給)되었고, 이들은 경과 대부를 위하여 백성과 접촉하면서, 징세(徵稅)나 기타 여러 가지 직능을 수행하였다. 때문에 이들은 귀족들과 정치적으로 밀접하게 연결되었고, 귀족들을 위한 복무 대가로 토지를 받아서, 경작하는 농민으로부터 조(租)를 받아 생활하였다.

이들 사 계층의 지위는 대부의 아래였지만 서인의 위에 존재(大夫之下, 庶人之上)하였고 분급 받은 토지를 바탕으로 안정된 생활을 누렸지만, 대부 계층과 달리 종법상의 어떤 제약이나 구속은 많지 않았다. 이는 곧 사(士) 계층의 능력에 따른 상승과 하강이 가능했다는 뜻이다. 그래서 사(士)는 자신의 신분 향상을 위하여 학문과 무예, 또는 사회생활에 필요한 예(禮)를 비롯한 여러 가지 지식 습득의 필요성을 절감하는 계층이었다.

○ 사(士) - 군역(軍役) 담당

사(士) 계층의 주요 임무는 경이나 대부를 위한 군역(軍役)이었다.

노국(魯國) 계씨(季氏)의 비읍(費邑) 읍재(邑宰)였던 남괴(南蒯)는 노 소공(昭公) 12년(前 530)에 가주(家主)인 계손의여(季孫意如, 계평자)가 예우해주지 않자, 노 소공이 진국(晉國)에 갈 때, 계손의여가 수행하는 기회를 이용하여 비읍을 근거로 반역했다가 나중에 제(齊)로 도주한 일이 있었다.

그리고 양화[陽貨, 곧 양호(陽虎)]는 노국(魯國) 맹손씨 후예로, 계씨의 가신(家臣)이었는데, 그가 계씨에게 반역했을 때, 노공(魯公)의 군사와 싸워, 처음에는 이기다가 결국은 패배하였지만, 그 정도로 배신(陪臣)의 역량은 강했다.

공자가 정공(定公)에게 말했다.

"경이나 대부의 사가(私家)에서는 병기(갑甲, 갑개甲鎧)를 보관할 수 없고, 그 성읍에는 1백 치(雉)의 성벽[137]을 쌓을 수 없는 것이 고대의 예제(禮制)입니다. 지금 3가(家)의 성읍은 모두 예제에 어긋나니 축소해야 합니다."[138]

그리고서는 계씨의 가신[家臣, 재(宰)]인 중유(仲由, 자로)로 하여금 3가의 도성을 헐어버리게 하였다.[139] 공자는 이런 조치로,

---

137 높이와 길이가 각 1丈(장)인 城을 堵(도, 담 도)라말하고, 3堵를 1 雉(치, 꿩 치, 성가퀴 치)라 한다.

138 이 기록은《春秋 左氏傳》定公 12년(서기 前 498)에 수록되었고, 공자는 54세였다.

139 季氏(계씨)는 魯公의 家臣이다. 계씨는 周王에 대하여 가신의 가신이다. 이를 陪臣(배신)이라 한다. 仲由(중유)는 계씨의 가신인 子路이다. 三都는 三家(三桓)의 家廟(가묘)가 있는 城邑(성읍). 계씨의 費(비), 숙손씨의 郈(후), 맹손씨의 成邑(성읍)을 말한다. 공자의 삼도 철회는 결과적으로 실패했고, 공자는 관직에서 물러났고 이어 魯國을 떠나야 했다.

노(魯)의 공실(公室)을 강화하고, 사가(私家)를 약화시켰으며, 주군을 높이고(尊君) 가신을 낮추었으며(비신卑臣), 정치와 교화가 크게 성공하였다(政化大行). ─《공자가어 상로(孔子家語 相魯)》

이런 사실을 통하여 춘추 말기에 본래의 사(士) 계층에 속하는 노국(魯國)의 경(卿)이나 대부 봉읍의 가재(家宰)나 읍재(邑宰)들이 지방의 정권이나 재정권을 장악하였으며, 그들의 군사 역량을 키워 경이나 대부의 통제에 반항하거나, 국군이나 대부세족(大夫世族)이 나라의 운명을 좌우할 수 있었다. 곧 '배신집국명(陪臣執國命)'의 상황을 알 수 있다.

춘추 후기의 유능한 사(士)들은 자신의 능력이나 판단을 기준으로 경이나 대부를 위하여 복무(服務)하였다. 이는 제후가 아직 명목상이나마 주실(周室)에 예속되는 상황과는 달랐다. 자신에 대한 경이나 대부의 예우에 따라 충성의 대상을 선택하였다.

이런 현상은 곧 '좋은 새는 가지를 가려 둥지를 틀고〔良禽擇木而棲(양금택목이서), 棲는 깃들 서〕' 또는 '사는 자신을 알아주는 사람을 위해 죽는다(士爲知己者死).'고 하였다. 이는 속어(俗語)이지만, 이는 춘추와 전국시대에 사(士) 계층이 자신의 주군을 선택한다는 사회현실을 반영한 말이라 할 수 있다.

○ 사(士) 계층의 분화

철기시대의 완전한 도래에 따라, 사(士) 계층 주변에 큰 변화가 일어났고, 사(士) 자체로도 분화가 진행되었다.

　공자의 선조는 송(宋)의 대부 계층이었으나 노(魯)에 이주하면서 사(士)에 속하는 신분이었다.

　공자는 신분상 일반 평민이 아닌 관직에 나갈 수 있는 길이 열린 사(士)에 속했지만 경제적으로 힘든 궁사(窮士)였다.

　사(士)는 문화적 소양과 지식을 지닌 계층으로 중하급 관리 노릇을 할 수 있었으며 경제적으로는 토지를 사유할 수 있어 국가적으로도 중요한 계층이었다. 사 계층의 위로는 귀족이라 할 수 있는 대부(大夫)가 있고, 아래로는 생산 활동에 종사하는 평민(소인)이 있었다.

　사(士)는 스스로의 노력과 관운에 의거 신분 상승을 할 수도 있지만 잘못하면 평민으로 떨어질 수도 있었기에 이들은 태생적으로 현실 개혁 의지를 갖고 있었다고 볼 수 있다.

　공자 역시 처음에는 창고지기(위리委吏)와 목장 관리인(승전乘田) 같은 낮은 직위에 있었다. 공자 자신도 이런 낮은 지위에 근무했었다는 사실을 숨기지 않았다.[140] 공자가 창고지기를 할 때는 회계는 정확했고, 목장 관리인을 할 때에, 소나 양들이 잘 번식했다는 기록이 있다.[141]

---

140 《論語 子罕(자한)》大宰問於子貢曰, ~ 子聞之曰, ~ 吾少也賤 故多能鄙事.~ / 牢曰, 子云, 吾不試 故藝.

141 《孟子 萬章章句 下》孔子嘗爲委吏矣 曰會計當而已矣. 嘗爲乘田矣 曰牛羊 茁壯長而已矣.

그러나 농사를 지어도 굶주릴 수 있고, 학문을 하면 녹봉을 얻을 수도 있었기에[142] 공자나 그 제자들은 스스로 노력하며 관직을 구하려 애를 썼다. 이들 사 계층은 관직을 유지하고 잘 살아가려면 반드시 공경(公卿)이나 대부들에게 매달릴 수밖에 없었다.

공자의 제자도 사(士)에 속하는, 경이나 대부를 위해 복무하는 문사나 무사였다. 자로(子路)는 본래 야인이었지만 교양을 쌓은 무사로 출사하였고, 나중에 위(衛)에서 무신의 본분을 지켜 죽었다. 공자의 제자 중 자로나 염유(冉有), 중궁(仲弓), 자고(子羔) 등이 모두 계씨의 가신이 되었고, 계씨가 노(魯)의 국정을 장악하면서 계씨의 가신인 공자의 제자들도 자연 노(魯)의 국정에서 참여하였다.

자공(子貢)은 본래 위(衛)나라 출신이었지만, 경상(經商)으로 치부(致富)하였고, 언변과 교양으로, 노(魯)와 위(衛)의 상(相)이 되었지만, 본래 위(衛)나 노(魯)의 제후와는 아무런 종법적 예속 관계가 없었다.

그래서 공자의 제자들은 능력을 바탕으로 종법(宗法)을 지키고 따르는 경이나 대부의 가신이나 읍재가 되어 복무하였다. 그러면서 공자의 제자들은 문화적 소양을 지닌 신흥 사대부 집단으로

---

142 《論語 衛靈公》子曰, ~ 耕也 餒在其中矣, 學也 祿在其中矣. 君子
憂道不憂貧.

분류될 수 있는 사(士)였다.

이러한 학문적 교양과 능력을 갖춘 사(士) 계층은 전국시대에 들어서면서 각국의 경이나 대부들의 환영을 받으며 제후국의 상층 관리로 입신출세하였고, 이들의 개혁과 변법(變法)에 의하여 제후국의 흥망성쇠(興亡盛衰)가 달라졌다.

춘추전국시대에 제후와 경, 대부 상호 간의 권력 충돌에서 학문적 교양과 실력을 갖춘 신흥 사(士) 계층의 등용과 그들 주장의 채택은 국가의 명운(命運)에 큰 영향을 끼쳤다. 사(士) 계층의 굴기(崛起)는 이제 새로운 시대로 진입하는 대변혁의 표지(標識)가 되었다.

3. 삼가三家 분진分晉

(1) 조(趙)의 역사 개관

○ 전국 칠웅(戰國七雄)의 하나

조국(趙國)은 형식상으로는 주(周) 왕실의 책봉을 받은 제후국으로 전국 7웅의 하나이다. 작국(勺國, 술 떠내는 국자 작)이라고 부르기도 한다. 도읍은 진양[晉陽, 지금의 산서성 성회(省會)인 태원시(太

原市)]이었다가 뒤에 중모〔中牟, 지금의 하남성 북부 학벽시(鶴壁市)〕, 다시 한단〔邯鄲, 지금의 하북성 남단 한단시(邯鄲市)〕으로 옮겼는데, 국토 주요 부분은 지금의 하북성 중남부 및 산서성 중부, 그리고 섬서성(陝西省) 북동부 일부를 포함하였다.

서쪽으로 진(秦)과 접하면서 계속 동쪽으로 밀리는 형세였고 남으로는 한(韓)과 위(魏), 동북으로는 연(燕)과 동남에 제(齊)와 국경을 맞대었다. 그리고 북쪽으로는 여러 유목민족과 싸워야만 했다. 거기에 영역 내에 중산국(中山國)이 존재했었다.

조(趙) 무령왕(武靈王, 재위 前 325 – 299)은 호복(胡服)과 기사(騎射)를 받아들이는 개혁에 성공하여(前 302년) 전국 후기의 강국으로 등장하여 진(秦)에 맞설 수 있는 당당한 군사 강국이 되었지만, 前 260년 장평지전(長平之戰)에서 참패하면서 국세와 기상(氣像)이 크게 꺾였고, 결국 前 222년 진(秦)에 멸망되었다.

○ 조국(趙國)의 기원(起源)

조국(趙國)과 진국(秦國)의 같은 조상은 비렴(蜚廉)이다. 《사기》권 43 〈조세가(趙世家)〉에 의하면, 비렴의 아들 중 악래(惡來)는 은(殷) 주왕(紂王)을 섬기다 피살되었는데, 그 후손은 진(秦)으로 이주했다. 악래(惡來)의 동생 계승(季勝)과 그 후손은 조(趙)로 이주했다.

조국(趙國)은 대부(大夫)인 조보(造父)의 후예로 조(趙)를 성(姓)으로 정했고, 주(周) 땅에 살면서 주 천자를 섬겼는데, 선조인 조보(造父)는 주 목왕(穆王)의 어자(御者, 馬夫)였다.

서주 말년에 숙대(叔帶)가 진국(晉國)에 이주하여 진 문후(文侯)를 섬겼다. 후손 조쇠(趙衰 / 조최)가 나중에 공자(公子) 중이(重耳)를 따라 유망(流亡)했다가 중이가 진 문공으로 즉위하며, 춘추 오패의 한 사람이 되었는데, 조쇠는 고위직에 올랐고 이후 조순(趙盾), 조무(趙武), 조앙(趙鞅), 조무휼(趙無恤) 등이 진(晉)의 고굉지신(股肱之臣)이 되었다.

나중에 진 출공(出公) 때 진국 공실(公室)이 쇠약해지면서 나라의 권력을 지백요(知伯瑤), 조양자(趙襄子), 한강자(韓康子), 위환자(魏桓子) 등이 나눠가졌다 이들 사경(四卿)은 前 456년에 진 출공(出公)을 방축하고 진 애공(晉 哀公)을 옹립했다.

○ 지씨(知氏) 몰락과 삼가분진(三家分晉)

前 454년 강력했던 지백요(知伯瑤, 고대에 知와 智는 통용)[143]는

---

143 지요(知瑤, ?−前 453. 智氏, 知氏 同. 知襄子, 智襄子로 통칭)−춘추 말기, 晉國 四卿의 한 사람. 지요는 자신의 힘을 믿고, 韓康子, 魏桓子, 조양자(趙襄子)에게 땅을 분할해 달라고 강요했는데 趙氏는 주지 않았다. 이에 지요는 대노하며, 韓과 魏와 함께 조양자를 공격했다. 조양자는 서둘러 근거지인 진양(晉陽)으로 옮겨 저항했고, 지요는 포위하고 성안에 2년(前 455−453)에 걸쳐 水攻했다. 성이 함락 직전에 사석에서 욕심을 부리는 말 한마디에 韓과 魏 두 나라가 마음을 돌려 창을 거꾸로 들었고, 趙와 연합하여 知氏 진지를 공격했다. 결국 지요는 사로잡혀 피살되었다. 지백요의 영지는 韓, 魏, 趙 三家에게 과분(瓜分)되었다.

한강자(韓康子)와 계환자(魏桓子)를 한편으로 삼아 조양자(趙襄子)의 세력 근거지인 진양(晉陽, 지금의 산서성 중부 태원시 남쪽)을 포위 공격했다. 수공(水攻)으로 성이 함락 직전이었는데(前 453), 지백 요의 욕심에 한(韓)과 위(魏)가 창을 거꾸로 돌려(倒戈) 지백요를 죽였고, 이후 지씨의 땅을 균분(均分)하였다.

이 조양자 사후에—조환자(趙桓子)—조헌자(趙獻子)로 이어졌고 헌자의 아들 조적(趙籍)이 계위하니, 이가 조(趙) 열후(烈侯, 재위 前 408–400)이다.

그전에 前 437년, 진(晉) 애공(哀公)이 죽고, 그 아들 진 유공(幽公)이 계위했지만 진국(晉國) 군주는 아무 힘도 없었다. 결국 前 403년(주 위열왕 23년), 조(趙)의 열후(烈侯) 조적(趙籍), 한(韓)의 경후(景侯) 한건(韓虔), 위(魏)의 문후(文侯) 위사(魏斯) 등 삼경(三卿)을 주 천자가 제후로 책봉하니, 이로써 삼가분진이 완성되었다. 송대 사마광의《자치통감》에서는 여기서부터 전국시대가 시작된다.

그 이후 前 376년에 한(韓), 조(趙), 위(魏)가 진(晉) 정공(靜公)을 폐출한 이후, 진국의 나머지 땅도 삼국이 나눠가졌다.

○ 조(趙)의 강성(强盛)

조양자(趙襄子, 재위 前 475–443년)의 집정 이후, 조국(趙國)은 점차 강성해졌고, 前 441년, 조양자와 남쪽 월(越)나라는 여러 제후국 군사도 동원하여 제국(齊國)을 정벌하였다.

이 무렵 위 문후(文侯, 재위 前 445-396)는 이회(李悝)의 변법(變法)을 채용하며 강성하여 조(趙)와 패권을 다툴 정도가 되었다.

조(趙)는 열후(烈侯, 재위 前 408-400) 즉위 후에 공중련(公仲連)을 등용하여 상(相)으로 삼고 변법 혁신하였다. 前 405년, 조(趙)는 공청(孔青)을 장수로 삼아 5만 병력으로 제나라 군사를 늠구(廩丘)에서 대파하며 제(齊)의 군사 3만 명을 죽였다. 前 404년, 삼진(三晉)의 연합군은 월국(越國)을 중심으로 제국(齊國)을 공격하여 제 강공(康公, 재위 前 405-386)을 포로로 잡기도 하였는데, 이런 국세로 주 천자로부터 정식 제후로 인정받을 수 있었다. 前 400년, 삼진은 초국을 원정하여 승구(乘丘)까지 진격했었다.

조(趙) 경후(敬侯)가 즉위했다(재위 386-375년). 그는 중원(中原)을 중시하며 남진하려고 도읍을 한단(邯鄲)으로 옮겼고, 이후 한단은 천하의 명도(名都)가 되었다.[144] 前 385년, 조군(趙軍)은 영

----

144 한단(邯鄲) - 전국시대 趙나라의 수도. 조나라는 수도를 여러 번 옮겼다. 趙의 敬侯(경후)가 中牟縣(중모현)에서 이곳으로 옮겨왔다.(前 386년). 한단은 今 河北省 남부 한단시(邯鄲市). 연(燕)나라의 남쪽, 제(齊)의 서쪽, 위(魏)의 북, 한(韓)의 동쪽에 자리잡았다. 《漢書 地理志》에 '邯鄲(한단)은 北으로는 燕이나 탁군(涿郡)에 이어지고, 南으로는 鄭과 위(衛)나라, 漳水(장수)와 河水가 함께 통하는 곳이다. 그곳 땅은 넓고, 풍속은 혼잡하며, 매사가 거칠고, 氣勢를 숭상하며 쉽게도 不法을 자행한다.'고 기록했다. 北宋시대에는 北京大名府로《水滸傳(수호전)》의 무대이다. 황량미몽(黃粱美夢), 한단학보(邯鄲學步), 완벽귀조(完璧歸趙), 문경지교(刎頸之交), 모수자천(毛遂自薦) 등 수많은 故事成語의 고향이다.

구(靈丘)에서 제군(齊軍)을 격파했다 그러나 이후 한때 위국(魏國)에 밀리기도 했지만 조(趙)와 위(魏), 제(齊)의 갈등은 계속되는 전쟁으로 이어졌다.

조(趙) 성후(成侯)는 재위 기간(前 374－350년)에 여러 나라를 공격하였는데 특히 위(魏)의 부용국(附庸國)이 된 위(衛)의 여러 성을 차지하였다. 그러나 前 353년에는 위(魏)의 침입을 받아 한단(邯鄲)이 포위되었고 결국 함락되었다가 다시 수복은 했지만 이후 조(趙)의 국세는 위축되었다.

이어 조(趙) 숙후(肅侯, 재위 前 349－326) 때에는 위(魏)의 위협은 없었지만 秦과 齊의 강성으로 전쟁은 그칠 날이 없었다.

(2) 지백(知伯)의 몰락

ㅇ 지백의 욕심

지백(知伯, 知는 성씨. 智와 通, 伯은 작위)이 조(趙), 한(韓), 위(魏)를 거느리고 범씨(范氏)와 중행씨(中行氏)[145]를 멸망시켰다.[146] 몇 년

---

145 中行氏(중행씨)는 子姓으로 晉國의 世族이며 晉 六卿의 하나. 中行桓子 荀林父(순림보)의 후손인데 관직을 姓氏로 삼았다. 晉 六卿의 하나였다. 前 632년 성립, 前 490년 敗亡했다. 春秋時代 晉國의 政治軍事 제도로 晉 文公은 三軍制를 채택하였다. 곧 中軍, 上, 下 三軍인데 각 軍에 1명의 將軍과 一名의 좌(佐, 副職)를 두었다. 곧 中軍將, 中軍佐, 上軍將, 上軍佐, 下軍將, 下軍佐이다. 이

을 쉬었다가 (지백은) 사람을 보내 한(韓)에 땅을 요구하였다. 한
강자〔韓康子, 성은 희(姬), 한씨(韓氏), 이름은 호(虎), ?−前 424〕 땅을
할양하지 않으려고 하자, (한인韓人) 단규(段規)가 저지하며 말했
다.

"불가합니다. 지백은 그 위인이 호리(好利)하고 또 잔인, 괴팍
하니, 땅을 달라고 할 때, 할양하지 않으면 틀림없이 우리를 공격
할 것입니다. 군(君)께서는 땅을 주십시오. 땅을 주면 저쪽은 탐
욕이 있어 다른 나라에도 땅을 요구할 것이고, 그쪽에서 주지 않
으면 틀림없이 군사로 침략할 것이니, 우리 한(韓)은 환난을 우선
피하면서 사태의 변화를 기다려야 합니다."

한강자는 "옳은 말이다."라 하면서 사람을 보내 1만 호 성읍
하나를 지백에게 주었다. 지백은 좋아하면서, 다시 사람을 보내
위(魏)에도 땅을 요구하였는데, 위선자〔魏宣子, 위환자(魏桓子)〕는
내주려 하지 않았다.

──────

들에 의해 晉의 정치와 군사가 움직였다. 中軍將은 元帥(원수) 또
는 집정(執政)이라 불렀다. 그 이후 여러 차례 변동이 있었다. 晉
平公 때 六卿에 趙氏, 韓氏, 魏氏, 智氏, 范氏(범씨), 中行氏(중행
씨)의 六家가 정치를 농단(壟斷)했다. 곧 6卿은 6卿의 가문을 의
미했다. 范氏와 中行氏가 먼저 멸망하고, 이어 知氏(智氏)가 멸
망하면서 韓氏, 魏氏, 趙氏의 私門은 韓, 魏, 趙國으로 발전했다.

146 范氏(범씨)는 晉 6卿 중 하나. 본 내용은 《韓非子 十過篇》과 대략
비슷하다. 趙襄子(조양자)의 모신(謀臣) 張孟談(장맹담)은 사태 파
악과 劃策(획책)에 뛰어나 위기를 안정으로 전환하였다.

이에 (위인魏人) 조가(趙葭, 葭 갈대 가)가 말했다.

"저쪽(지백)은 한(韓)에 땅을 요구했고 한(韓)에서는 땅을 주었습니다. 우리 위(魏)에 땅을 요구했는데 우리가 내주지 않으면 안으로 자강(自强)하다 여기는 것이고, 밖으로 지백을 화나게 하는 것입니다. 그러면 틀림없이 외병(外兵)을 불러들이는 꼴입니다! 차라리 주는 것이 좋습니다."

위선자는 "알았다."면서 사람을 보내 1만 호의 성읍 하나를 지백에게 내주었다. 지백은 기뻐하면서 사람을 조(趙)에 보내 채(蔡)의 땅을 요구하였다.

그러나 조양자(이름은 무휼無恤)는 땅을 주지 않았다. 지백은 이에 은밀히 한(韓)과 위(魏)와 결합하면서 조(趙)를 정벌하려고 했다.

○ 조(趙)의 대비

조양자(趙襄子)가 장맹담(張孟談)을 불러 이런 일을 알려주며 말했다.

"지백의 위인이 겉으로는 친하면서 속으로는 사람을 멀리하는데, 한(韓)과 위(魏)에 3번 사람을 보냈지만, 나에게 사람을 보내지 않은 것은 틀림없이 우리를 공격할 것이요. 지금 내가 어디에서 대응하면 좋을 것 같은가?"

그러자 장맹담은 말했다.

"진양(晉陽)[147]을 지금은 윤택〔尹澤, 윤탁(尹鐸)〕이 이어 다스리

고 있는데, 그 정교(政敎)의 유풍이 아직도 남아있으니 주군께서
는 진양에 머무는 것이 좋을 것입니다."

조양자는 진양성(晉陽城)에 도착하여, 성곽과 부고(府庫, 창고)를
둘러보고, 군량 창고도 시찰한 뒤 장맹담을 불러 말했다.

"우리 성곽은 완전하고 창고는 물자가 충분하며 군량은 충실
하나 화살이 없으니 어찌해야 하는가?"

그러자 장맹담이 말했다.

"臣이 알기로는, 동안우(董安于)가 진양을 다스리면서 관서나
건물의 담장 모두에 여러 가지 갈대나 쑥대, 가시나무 등으로 둘
러쳤고, 여러 종류 갈대의 길이도 한 길이 넘는다 하였으니, 그것
을 뽑아 사용하면 될 것입니다."

그런 것을 뽑아 시험해 보니 아주 견고하였다.

이에 조양자는 "아주 좋다. 그런데 살촉을 만들 구리가 부족하
니 어떻게 해야 하는가?"

장맹담이 대답하였다.

"제가 알기로 동안우가 진양성을 다스리면서 여러 건물의 방
에 제련한 구리로 기둥을 만들었다고 하였으니, 그것을 뽑아다
쓰면 구리도 여유가 있을 것입니다."

조양자는 "좋다."고 말했으며, 영을 내려 준비하니 방어 시설
을 다 갖추었다.

---

147 晉陽(진양) – 今 山西省 省會인 太原市. 그 서북에 龍山이 있어 晉
水가 발원한다.

○ 순망치한(脣亡齒寒)

삼국[三國, 지백(知伯), 한(韓), 조(魏)]의 군사가 진양성(晉陽城)을 포위하고 마침내 전투가 시작되었다. 3달 동안 진양성을 점거하지 못하자, 군사를 쉬게 하면서 포위한 채 진수(晉水)를 터서 성안으로 흐르게 했다.

진양성이 포위된 3달 동안, 성 안에서는 나무 위에 둥지를 짓고 살았으며 솥을 매달아 취사하였는데, 여러 물자와 식량이 바닥나고 사졸도 병들고 야위었다.

조양자가 장맹담에게 말했다.

"양식이 떨어지고 물자와 힘도 다 되었으며 사대부는 병이 들었고 나도 이제 방어할 수도 없으니 성을 나가 항복하려는데 어떻겠는가?"

그러자 장맹담이 말했다.

"신(臣)이 알기로, 망할 것을 살리지 못하고(亡不能存), 위기를 안전하게 할 수 없다면(危不能安), 고귀한 지사(志士)라는 말을 들을 수 없다고 하였습니다. 주군께서는 그런 계책을 절대로 다시 말하지 마십시오. 제가 한(韓)과 위(魏)의 주군을 만나보겠습니다."

조양자는 "좋다."고 하였다.

장맹담은 이에 몰래 한(韓)과 위(魏)의 주군을 만나 말했다.

"신이 알기로, 입술이 없으면 치아가 시리다고[脣亡齒寒(순망치한)] 하였습니다. 지금 지백이 두 나라의 군사를 거느리고 조

(趙)를 정벌하지만, 조(趙)가 망한다면 다음은 두 주군이 당할 차례입니다."

이군(二君)이 말했다.

"우리도 그것을 알고 있습니다. 그러나 지백의 사람 됨됨이가 거칠고 가까이 할 수 없으니, 우리의 책모를 쓰기도 전에 알려지면, 화가 바로 닥칠 것이니 어떻게 하면 좋겠소?"

장맹담(張孟談)이 말했다.

"지금의 이 논의는 이군(二君)의 입에서 바로 내 귀에 들어왔으니, 다른 사람은 모를 것입니다."

이군(二君)은 장맹담과 비밀리에 삼군(三軍)이 협조키로 약속했고, 결정한 날 밤에 진양 성안으로 군사를 보내기로 약속하였다. 장맹담이 조양자에게 보고하자, 조양자는 장맹담에게 재배(再拜)하였다.

장맹담이 두 사람을 만나고 나오다가 지과(知過, 知果, 인명)를 군(軍) 영문〔營門, 원문(轅門)〕 밖에서 만났었다.

이에 지과(知過)가 들어가 지백을 만나 말했다.

"이주(二主)가 아마 변심할 것 같습니다."

지백이 "왜 그런가?"라고 물었다.

"신(臣)이 영문 밖에서 장맹담을 우연히 만났는데, 의기양양한 듯 그 행동이 당당했습니다."

"그럴 리 없다. 나와 이주(二主)는 틀림없이 약속했고, 조(趙)를 격파하여 그 땅을 삼분(三分)하기로 했으며, 과인이 그들을 가까이 하는 만큼 절대로 나를 속이지 않을 것이요. 그대는 안심하고 다시 입 밖에 내지 마시오."

지과는 물러나와 (한韓, 위魏) 이주(二主)를 만난 뒤 다시 들어가 지백에게 말했다.

"이주(二主)의 안색이 불안하고 마음이 변한 것 같으니 틀림없이 주군을 배신할 것입니다. 차라리 죽여버리는 것이 낫습니다."

"우리 군사가 진양에 싸우기 3년이니 곧 아침이나 저녁에 함락하고 그 승리를 맛볼 것인데 딴마음을 갖겠는가? 그럴 수 없을 것이니 그대는 절대로 다시 말하지 말라."

"죽이지 않겠다면 차라리 더 가까이 대하십시오."

"어떻게 가깝게 하는가?"

○ 지백(知伯)의 조(趙) 공격

지백〔知伯, 지백요(知伯瑤), ?－前 453년〕이 한(韓)과 위(魏)의 군사와 함께 조(趙)의 성을 공격하는데,[148] 진양(晉陽)을 포위하고 물을 흘려보내, 성 안에 물이 차지 않은 곳이 겨우 널판 3쪽 만큼이었다.

신하인 극자(郤疵)가 지백에게 말했다.

"한(韓)과 위(魏)의 군주는 틀림없이 배반할 것입니다."

---

148 지백요(知伯瑤, 知伯, 智伯, ?－前 453)－韓, 魏兵을 거느리고 조양자의 성을 공격하였고 실패하여 도리어 멸망당한 것은 周 貞定王 16년, 前 453년이었다.

지백이 "어떻게 알았는가?"라고 물었다.

극자가 말했다.

"그 사람이 하는 일로 알 수 있습니다. 한(韓)과 위(魏)의 군사를 거느리고 조(趙)를 공격하여 조가 망하면, 환난은 틀림없이 한(韓)과 위(魏)에 미칠 것입니다. 이미 조(趙)를 이기면 그 땅을 삼분한다고 약조하였습니다. 지금 성안에 물에 안 잠긴 곳이 널판 3개 정도이고 절구(臼)나 부엌 아궁이(灶)에 개구리가 살며 인마(人馬)를 상식(相食)하여 성이 투항할 날이 가까운데도 한(韓)과 위(魏)의 주군이 기뻐하지 않고 우울한 안색이니, 이것이 배반의 징조가 아니라면 무엇이겠습니까?"

다음 날, 지백은 이를 한(韓)과 위(魏)의 군주에게 말했다.

"당신들이 배반할 것이라 극자가 말했소."

그러자 한(韓)과 위(魏)의 주군이 말했다.

"조(趙)를 이겨 그 땅을 삼분할 것이고, 성(城)이 곧 함락될 지금입니다. 3가가 아무리 어리석기로 눈앞의 큰 이득을 버리거나, 약조를 배신하면서 성공할 수도 없는 위험한 일을 하지 않는 것은 누구나 다 알고 있습니다. 이는 극자가 조(趙)를 위한 계책으로 우리 두 사람을 의심케 하여 조(趙)에 대한 공격을 늦추려는 뜻입니다. 지금 군(君)께서 신하의 참언을 믿고 우리 두 사람과 교제를 끊는다면 군을 위해 안타까울 뿐입니다."

그러면서 빠른 걸음으로 물러났다. 얼마 뒤, 극자가 지백에게 물었다.

"군께서는 저의 말을 왜 두 사람에게 알려주었습니까?"

지백이 "그대는 어떻게 알았는가?"라고 물었다.

"한(韓)과 위(魏)의 군주가 저를 두려운 듯 쳐다보고서는 빠른 걸음으로 지나갔습니다."

극자는 (지백이) 자신의 말을 안 받아들일 줄을 알고 제(齊)에 사신으로 가겠다고 요청했고, 지백은 보내주었다. 한(韓)과 위(魏)의 주군은 예상대로 배반했다.[149]

○ 지백의 몰락

지과가 말했다.

"위선자(魏宣子)의 모신(謀臣)은 조가(趙葭)이고, 한강자의 모신은 단규(段規)인데, 모두가 그들 주군의 책모를 바꾸게 할 수 있습니다. 주군께서 그 이군(二君)과 약속했지만 조(趙)를 격파하면 그 두 사람에게도 각각 1만 호의 현(縣)에 봉하겠다고 하면 이주(二主)의 마음은 변하지 않을 것이고, 그래야만 주군께서는 원하는 것을 얻을 수 있습니다."

---

149 知伯은 이득에 눈이 멀어 닥칠 화를 생각하지 못했다. 이는 하늘이 지백의 혼령을 탈취했기 때문일 것이다. 그렇지 않고서야 어찌 謀士의 말을 반대편에 그대로 말해줄 수 있겠는가? 미친 바보가 아니라면 어찌 배반할 수 있는 당사자에게 배반할 것이냐고 물어보겠는가? 韓과 魏에서 '우리는 배반할 것인데 어떻게 알았습니까?' 하면서 감탄할 줄 알았는가?

그러자 지백이 말했다.

"파조(破趙)하여 그 땅을 3분 하는데, 다시 모사(謀士) 두 사람에게 각각 1만 호의 현(縣)을 하나씩 나눠줘야 한다면 내가 얻을 수 있는 것이 적어지는데, 그럴 수 없다."

지과는 지백이 받아들이지도 않고 말하더라도 따르지 않을 것을 알고, 지백을 떠나 성(姓)을 보씨(輔氏)로 바꾸고, 아예 나타나지 않았다.

장맹담은 이를 전해 듣고 들어가 조양자에게 말했다.

"신이 우연히 지과를 원문〔轅門, 군영(軍營)의 정문〕 밖에서 만났을 때, 나를 의심하는 시선이었고, 지금 성(姓)을 바꾸고 떠났습니다. 오늘 밤에 공격하지 않는다면 틀림없이 늦을 것입니다."

조양자는 "좋다."고 승낙하면서 장맹담을 보내 한(韓)과 위(魏)의 군주에게 말했다.

"한밤에 제방을 지키는 군리(軍吏)를 죽이고 물을 터서 지백(知伯)의 군영으로 보냅시다."

지백의 군영에서는 흘러드는 물을 막느라고 혼란에 빠졌고, 한(韓)과 위(魏)는 양 옆에서 공격하였고, 조양자는 그 전면을 공격하여 지백의 군사를 대파하였으며, 지백을 사로잡았다.

지백은 죽었고 그 나라도 망했으며 그 땅도 분할되어 천하의 웃음거리가 되었는데, 이는 그 탐욕이 만족할 줄을 몰랐기 때문이었다. 지과의 말을 따르지 않아 망했으며 지씨(知氏)는 모두 없어졌지만, 보씨(輔氏)는 살아남았다.¹⁵⁰

(3) 예양(豫讓)의 충성

○ 지기(知己) 위해 죽어야!

진(晉)나라 필양(畢陽)의 후손인 예양(豫讓)¹⁵¹은 처음에 범씨(范氏)와 중행씨(中行氏)를 섬겼으나 인정받지 못했기에 그들을 떠나 지백을 찾아갔고, 지백은 예양을 신임하였다. 삼진〔三晉; 한(韓), 위

---

150 利에 집착하면 智가 혼미해진다. 자신을 도운 韓과 魏의 모사(謀事)에게 1만 호의 땅을 떼어주기가 그렇게 아까웠는가? 작은 것을 아끼려다가 모두를 한꺼번에 다 잃었다. 그러니 뒷날 孟子가 양혜왕(梁惠王, 梁은 魏의 도읍. 양혜왕은 魏 혜왕)에게 "何必曰利?"라고 물었다.

151 晉畢陽之孫豫讓 — 畢萬(필만)의 후예인 晉나라 畢陽(필양). 필양 역시 義士로 알려졌다. 필양의 후손 豫讓(예양, ?-前 453년?)은 晉國 中軍將 知伯(智伯)의 家臣이었다. 곧 韓, 魏, 趙 三家가 지백을 멸망시킨 해(前 453)의 일이다. 本章의 주제는 '士爲知己者死(士는 知己者를 위해 목숨을 바친다)'이다. '예양의 죽음을 전해들은 당시 趙國의 志士들이 눈물을 흘렸다'는 기록으로 당시의 기풍을 짐작할 수 있다. 당시의 유명 자객이라 하지만, 의리를 지켜 행동했을 뿐, 실제 남을 죽이지는 못했다. 《史記》의 五刺客(5자객)은 曹沫(조말), 專諸(전제), 豫讓(예양), 聶政(섭정), 荊軻(형가)를 말한다. 이들 면면을 본다면 자객의 기본은 義理이다. — 《史記 刺客列傳》 참고.

(魏), 조(趙)]이 지씨의 땅을 나눠가질 때, 조양자[趙襄子, 이름은 조무휼(趙無恤), 재위 前 475－443]는 지백을 가장 증오하면서 (지백의) 두개골을 (옻칠하여) 음기(飮器)로 사용하였다.[152]

예양은 산중으로 도망하여 숨었다가 말했다.

"차호(嗟乎)라! '사(士)는 지기자(知己者)를 위하여 죽고(士爲知己者死), 女는 자신을 기뻐하는 자를 위해 얼굴을 꾸민다[女爲悅己者容(여위열기자용)].'고 하였다.[153] 나는 지씨의 원수를 갚아야 한다."

예양은 곧 성명을 바꾸고 형벌을 받은 사람처럼 꾸미고서, (조양자의) 집에 들어가 측간(廁과 同, 화장실)을 청소하면서(塗) 조양자를 찌르려고 기다렸다. 조양자가 뒷간에 갈 때, 가슴이 두근거려, 청소하는 자를 잡아 물어보니 바로 예양(豫讓)이었다.

(예양은) 그 흙손을 날카롭게 만들었고, "지백을 위해 원수를 갚으려 했다!'고 말하자, 좌우에서 죽이려 했다.

이에 조양자가 말했다.

"그 사람은 의사(義士)이고 내가 조심하여 피하면 된다. 그리고 지백은 이미 죽었고 그 후손도 없는데, 그 가신이 원수를 갚아주

---

152 음기(飮器)는 酒器. 술 담는 桶(통). 虎子(호자, 小便器)라는 기록도 있다.

153 爲悅己者容 ― 爲는 위하여, 때문에. 悅己者는 己(女人)를 기뻐하는 사람. 나를 사랑하는 사람. 容은 얼굴 용. 얼굴을 꾸미다(修其容色) 동사로 쓰였다.

려 한다니, 이는 천하의 현인이다."

그러면서 예양을 풀어주었다.

예양은 다시 몸에 옻칠을 하여 문둥이처럼 꾸미고, 수염과 눈썹도 없앴고 얼굴을 자해하여 모습을 바꾸고 걸인이 되어 구걸하였는데, 예양의 처도 알아보지 못하고 "모습은 내 남편과 다르지만 그 목소리는 남편과 아주 똑같다."고 하였다.

그러자 예양은 불타는 숯을 삼켜 벙어리가 되어 목소리를 바꿨다.

예양의 벗이 말했다.

"자네의 복수 방법은 고생만 많고 성공하지 못할 것이네. 그대 뜻이야 그러할 수 있지만, 그대 지혜로 그런 방법은 좋지 않네.[154] 그대의 재주로, 조양자를 잘 섬긴다면, 조양자가 틀림없이 믿고 총애할 것이니, 그대가 쉽게 접근할 수 있어 바라는 바를 이룰 수 있으며, 아주 쉽게 틀림없이 성공할 수 있을 것이다."

이에 예양은 웃으며 대답하였다.

"그것은 먼저 복수해야 한다는 사실을 알지만 실천은 뒤로 미루는 것이니, 마치 옛 주군을 섬기려 새로 섬기는 주군을 죽이는 것이라서, 이는 군신지의(君臣之義)를 크게 어지럽히는 일이다. 내가 이렇게 고행을 자초하는 것은 군신지의를 분명히 하려는 뜻

---

154 원문 謂子智則否 − 子는 그대. 너. 그대의 학문이나 事理로 그런 방법은 옳지 않다. 더 쉬운 방법이 있을 터인데, 자신의 몸을 학대하며 뜻을 이루려 할 필요가 없다.

이지 쉬운 방법을 따르려는 것이 아니다. 뜻을 굽혀 남을 섬기면서 자신을 뜻을 이루려 죽인다면, 이는 처음부터 두 마음을 품고 주군을 섬긴 것이다. 내가 어렵게 복수를 하려는 뜻은 뒷날 남의 신하된 자가 두 마음을 품은 것을 부끄럽게 하려는 뜻이다."

○ 국사(國士)의 복수

얼마 후, 조양자가 외출할 때, 예양은 조양자가 지나가야 할 다리(橋) 아래에 엎드려 기다렸다. 조양자가 다리에 이르자, 말이 놀랐다.

조양자가 말했다.

"이는 틀림없이 예양일 것이다."

사람을 시켜 찾아보니 과연 예양이었다.

이에 조양자가 예양을 면전에 두고 죄를 따져 물었다.

"너는 그전에 범씨(范氏)와 중행씨(中行氏)를 섬기지 않았느냐? 지백이 범씨와 중행씨를 없앨 때, 너는 복수를 하지 않고 오히려 몸을 맡겨 지백을 섬겼다. 지백은 이미 죽었는데, 너는 어찌 이리 심하게 원수를 갚으려 하는가?"

예양이 말했다.

"이 몸이 범씨와 중행씨를 섬길 때 그들은 보통 사람으로 나를 대우했기에 나 역시 보통 사람처럼 그를 섬겼습니다. 지백은 나를 국사(國士)로 대우했기에 나는 국사로서 그를 위해 복수하려는 것입니다."[155]

조양자는 한숨을 쉬며 탄식하며 말했다.

"아! 예양이여! 그대가 지백을 위한 명분은 이미 다 이뤄주었소. 내가 그대를 한 번 풀어주었으니, 이 또한 명분을 갖춘 것이요. 이제는 과인도 그대를 풀어줄 수는 없소."

그러면서 군사가 그를 데려가게 하였다.

이에 예양이 말했다.

"내가 알기로, 명주(明主)라면 다른 사람의 의리를 무시하지 않고, 충신은 죽기를 마다하지 않기에 이름을 남긴다고 하였습니다. 당신이 앞서 나를 풀어주는 관용을 베풀었기에 천하 사람 누구나 당신을 현인이라고 알고 있습니다. 오늘 나는 죽어야 하지만, 그러나 당신의 옷을 나에게 내주어 내가 찌를 수 있게 해준다면, 나는 죽어도 여한이 없을 것입니다. 감히 바랄 수 없는 일이지만 내 속마음을 말씀드렸습니다."

그러자 조양자는 이를 의롭다 생각하여 사람을 시켜 옷을 가져다가 예양에게 주라고 시켰다. 예양은 칼을 뽑아들고 3걸음을 뛰어가 하늘을 보고 소리친 다음에 옷을 칼로 찢은 다음에 말했다.

"이제 지백에게 보답하였도다."

그리고는 칼 위에 엎어져 죽었다. 그가 죽은 날에 조국(趙國)의 사인(士人)들은 이를 알고서 모두가 눈물을 흘렸다.

---

155 國士 - 그 명성이 나라에 알려진 사람. 나라에서 가장 뛰어난 인물. 蕭何(소하)는 韓信(한신)을 '국사무쌍(國士無雙)'이라고 칭찬하였다.

(4) 조(趙) 무령왕(武靈王)의 개혁

○ 호복기사(胡服騎射)와 중흥

조(趙) 숙후(肅侯)의 아들 무령왕[武靈王, 재위 前 356 - 299, 이름은 옹(雍)]이 즉위 이후, 진(秦), 제(齊), 초(楚), 위(魏), 연(燕) 등이 각각 정예군을 파견하여 숙후의 장례를 치루는 조(趙)를 공격하였다.

겨우 십여 세의 무령왕은 나라의 군사를 한단으로 집결시키면서 연(燕)의 북쪽 호족(胡族)과 연합하여 연(燕)을 공격케 하면서, 남쪽의 송국(宋國)과 결탁하여 제(齊)를 공격케 하자, 5국 동맹은 저절로 와해되었다.

이전부터 조국(趙國)과 흉노(匈奴)는 장기간 대치했고 흉노의 기병은 사나웠다. 조(趙)에서는 많은 말(馬)을 사육했지만 주로 전거(戰車)에만 이용했다. 흉노 기병의 민첩한 기동력을 조(趙)의 전거로 당할 수가 없었다.

이에 무령왕은 재위 기간 27년에, 기마에 편리한 호복(胡服)을 착용케 하였고, 또 말을 타고 달리며 화살을 쏘는 기사(騎射)의 전술을 익히고 채용케 하였다.

이때부터 조(趙)는 점차 강성해졌으며 중산국(中山國)을 멸망시키고, 임호(林胡)와 누번(樓煩)의 두 종족을 물리쳤으며, 운중(雲中)과 안문(雁門)과 대군(代郡) 등 3개 군을 새로 개척하였고 조(趙)의 장성(長城)을 구축했다. 이제 조(趙)는 진(秦)과 제(齊)와 거의 대등한 강국으로 발전하였다.

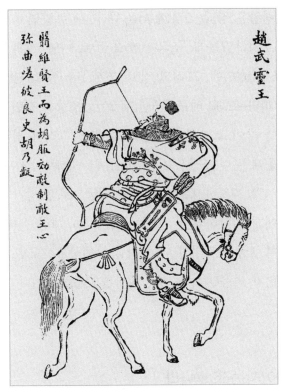

조(趙) 무령왕(武靈王, 재위 前 325 - 299년)

○ 사구(沙丘)의 변란(變亂)

　　조(趙) 무령왕(武靈王) 27년 주 난왕(赧王, 난왕 16년, 前 299)에 조
군(趙軍)은 중산국(中山國) 도성 영수(靈壽)를 격파하였다. 조(趙)
무령왕이 작은 아들 조하(趙何)에게 선위하니, 이가 조(趙) 혜문왕
(惠文王, 재위 前 298 - 266)이다. 그러면서 자신은 '주보(主父)'라 자
칭하였다. 혜문왕 4년(前 295)에 중산국을 아예 병합하였다.

앞서 무령왕은 장남 조장(趙章)을 대(代)에 봉하면서 안양군(安陽君)으로 호칭하였는데, 조국(趙國)을 둘로 나눌 계획으로 조하(趙何)를 조왕(趙王)에, 그리고 장남 조장(趙章)을 대왕(代王)이라 불렀다. 그러나 조(趙) 혜문왕 5년(前 294), 조장은 정변을 일으켜 조하(趙何)를 죽이고 자신이 자립하려 했다. 그러나 기밀이 누설되면서 싸움에 밀린 조장은 사구〔沙丘, 지금의 하북성 서북부 장가구시(張家口市) 관할 탁록현(涿鹿縣) 동남〕의 행궁으로 도망가 아버지인 조옹(趙雍)에게 의탁하였다. 공자 성(公子 成), 대장 이태(李兌) 등이 출병하여 행궁을 포위한 뒤, 조장을 살해하고서도 포위를 풀지 않았고 무령왕 조옹(趙雍)은 행궁에서 3개월을 버티다가 결국 아사(餓死)했다.

(5) 기울어지는 조(趙)나라

○ 진조(秦趙) 쟁패(爭霸)

조(趙) 무령왕(武靈王)은 호복기사(胡服騎射)의 개혁으로 중원 제일의 기병 부대를 육성하였다. 무령왕 자신은 사자의 수행원 신분으로 위장하여 직접 입진(入秦)하여 진국(秦國)의 지형을 관찰하였고, 함곡관으로 출격하여 진(秦)을 병합하겠다는 뜻을 세웠다.

前 284년, 제국(齊國)은 송국(宋國)을 병탄한 뒤에 자존망대(自尊妄大)하자 연(燕), 조(趙), 진(秦), 위(魏), 한(韓) 등이 조나라 악의

(樂毅)를 대장으로 삼아 제국(齊國)을 대파하며 한때 제(齊)의 70여 성을 점령했었다. 제국(齊國)은 이후 크게 쇠약했고, 조(趙)는 제(齊)의 기세를 꺾은 뒤, 진(秦)과 계속해서 싸우면서 지친 초(楚)를 대신하여 6국의 우두머리가 되었다.

이어 조(趙) 혜문왕(惠文王, 재위 前 298－266) 시기에 조국(趙國)에서는 명장(名將)과 명상(名相)이 배출되면서 진군(秦軍)을 여러 차례 격파하였다. 민지〔澠池, 지금의 하남성 서부 삼문협시(三門峽市)〕에서 진(秦)과 회맹했으며, 진(秦)이 초(楚)를 공격하는 틈을 타서 제(齊)의 고당(高唐)을 점거하였다. 그러나 진(秦)과 상당군(上黨郡)을 놓고 분쟁하여 장평지전(長平之戰, 前 262－260) 치렀으나 조(趙)는 대패하였다.

○ 완벽귀조(完璧歸趙)

前 283년, 조(趙) 혜문왕(惠文王)은 초국(楚國)의 화씨벽(和氏璧)[156]을 손에 넣었다. 진(秦) 소양왕(昭襄王, 재위 前 306－251)은 그 소식을 듣고, 조나라에 사신을 보내 진(秦)의 15개 성과 화씨벽을 맞교환하자고 제의하였다. 조(趙) 혜문왕과 대장군 염파(廉頗) 등

---

156 화씨벽(和氏璧)－古代의 유명한 옥석. 楚國人 변화(卞和)가 발견. 우여곡절 끝에 가공하여 秦, 漢, 魏, 晉, 隋, 唐 등 역대 왕조 전국(傳國) 옥새(玉璽)로 전해졌는데, 五代十國의 혼란 시기에 행방불명되었다고 한다.

대신(大臣)이 상의했지만, 진(秦)의 욕심과 무신(無信)을 볼 때 성을 내줄 것 같지 않아 보내지 않으려 했지만 그렇게 되면 진의 침공이 두려웠다.

그러자 환관의 우두머리인 목현(繆賢)이 혜문왕에게 말했다.

목현은 자신의 문객인 인상여(藺相如, 藺은 골풀 인, 성씨)란 자가 지모가 뛰어나다고 사자로 보낼만 하다고 천거하였다.

혜문왕이 인상여를 불러 만났고, 진(秦)의 제안과 성지(城地)를 돌려받기가 어렵다는 상황 등을 분석하며 설명하였다. 인상여는 어쩔 수 없는 일이지만, 진(秦)이 억지를 부린다 하여 약한 조(趙)도 억지를 부릴 수는 없다며, 자신이 화씨벽을 가지고 입진(入秦)하겠지만, 진왕이 자신에게 모욕을 줄지라도, 화씨벽을 그냥 내주지는 않을 것이라 대답하였다.

조(趙)의 인상여(藺相如, 생졸년 미상)

진왕(秦王)은 인상여를 접견하였고, 인상여는 진왕에게 화씨벽을 보여주었다. 진왕은 크게 기뻐하며 그 화씨벽을 옆에 시중드는 미인들에게도 보여

주며 구경케 하였다. 진왕 주변 사람 모두가 만세(萬歲)를 부르며 환호하였다.

인상여는 진왕이 약조한 15개 성을 내줄 의사가 없음을 확인하고, 진왕에게 말했다.

화씨벽에 다른 사람이 모르는 하자(瑕疵)가 있다고 말하자, 진왕은 화씨벽을 인상에게 돌려주었다.

인상여는 화씨벽을 받자, 곧 큰 기둥 옆으로 물러서면서 소양왕에게 말했다.

"조왕(趙王)께서는 조정 대신과 의논하였고, 중신들의 반대에도 불구하고 화씨벽을 진에 보내기로 결정하셨습니다. 조왕은 평민에게도 약조를 꼭 지켜야 하거늘 진국(秦國)과 같은 큰 나라에서 어찌 약조를 어기겠는가라고 말하셨습니다. 조왕께서는 여러 신하의 반대에도 불구하고, 저를 믿고, 또 진(秦)과 조(趙) 양국의 화평을 위하여 이 진보(珍寶)를 보내기로 결정하셨습니다. 조왕은 5일동안 재계(齋戒)하신 뒤에 저에게 화씨벽을 내주셨습니다. 그런데 지금 대왕께서는 신의를 지켜 약조에 대한 말씀도 없이 미인들에게 돌려보게 하시니, 이는 저와 조왕을 가지고 희롱하는 것입니다."

그러면서 인상여는 화씨벽을 쥐고 기둥에 부딪쳐 깨트리려 하였다. 놀란 진왕은 크게 놀라면서 조국(趙國)에 내어주겠다며 15개 지역을 말했지만, 그 성들은 조(趙)가 차지하고 관리할 수도 없는 지역이었다.

인상여는 진왕의 간계를 파악했기에 '진왕께서 5일 간의 재계를 마치면 그때 다시 입궐하여 봉헌(奉獻)하겠다.'고 약조한 뒤 객관으로 돌아왔다. 그러면서 인상여는 바로 시종을 변장시켜 화씨벽을 가지고 조(趙)에 돌아가게 하였다.

진왕이 5일 후에 재계를 마쳤다며 대전(大殿)에 구빈을 맞이하는 예(九賓之禮)를 갖추고 인상여를 불렀다.

인상여는 진왕 앞에 나가 당당하게 말했다.

"진국(秦國)은 진 목공(繆公) 이래 20여 군주가 재위했지만, 다른 나라와 신의를 지킨 전례가 없었습니다. 저는 대왕께서 이번에도 조국(趙國)을 기만할 뜻이라 확실하게 간파했기에 화씨벽을 그날로 조(趙)에 돌려보냈습니다. 지금 진은 강하고 조(趙)는 약한 나라입니다. 만약 대왕께서 조(趙)가 차지하고 관리할 수 있는 지역으로 15개 성을 확실하게 먼저 비워 성의를 보이신다면, 조(趙)는 즉각 화씨벽을 내어드릴 것입니다. 저는 대왕에게 거짓말을 한 저의 죄를 잘 알고 있습니다. 대왕께서 저를 삶아 죽인다 하여도 조(趙)에서는 아무 말도 못할 것입니다. 그러나 이런 사실은 곧 여러 나라에 널리 알려질 것이니, 저의 죽음을 아까워하지 않고 대왕과 진나라의 신의가 없음을 탓하고 비웃을 것입니다. 저를 죽인다 하여도 진(秦)에게는 아무런 이득도 없지만 대왕의 거짓은 중원(中原)에 널리 퍼질 것입니다."

진왕의 신하들이 인상여를 끌고 나가 처형하려 했지만 진왕이 제지하였다. 진왕은 살려보내 진(秦)과 조(趙)의 우의(友誼)를 유지하는 것이 더 이롭다고 생각하여 인상여가 귀국토록 허용했다.

인상여는 무사 귀국했고, 조왕은 군명(君命)을 욕되게 하지 않았고, 조국(趙國)의 체면을 드높인 인상여의 용기와 지모를 크게 칭찬하며, 인상여를 상대부(上大夫)에 임명하였다.

진(秦)에서는 15개 성을 할양하지도, 또 화씨벽을 다시 요구하지도 않았다.

인상여는 조(趙)의 상경(上卿)이 되었고 인〔藺, 지금의 산서성 중서부 여양시(呂梁市) 부근〕 땅을 식읍으로 받았고, 그 식읍 이름으로 씨(氏)를 칭했다. 인상여에 관한 기록은 매우 적으나,《사기 염파 인상여열전(史記 廉頗藺相如列傳)》에 실려있다.

○ 민지(澠池) 회담

완벽귀조(完璧歸趙) 이후 진 소양왕은 분노가 치밀었다. 진왕은 대장군 백기(白起)를 보내 조(趙)를 공격케 하였다.

《천자문》에 「기전파목(起翦頗牧), 용군최정(用軍最精). 선위사막(宣威沙漠), 치예단청(馳譽丹靑).」이라 하였다. 곧 진국(秦國)의 백기(白起, 前 332 – 257년). 진(秦)의 왕전(王翦, 생졸년 미상, 翦은 자를 전). 조국(趙國)의 염파(廉頗, 前 327 – 243년) 조국(趙國)의 이목(李牧, ? – 前 229년)을 전국시대 4대 명장으로 꼽았다.

백기는 진군(秦軍)을 동원하여 간(簡)과 기(祁)를 공격 탈취했고, 다음 해에 다시 조(趙)를 공격하여 조(趙) 백성 2만여 명을 살상하였다.

이렇게 승리한 뒤에, 前 279년, 진 소양왕(昭襄王)은 조나라를 다시 공격할 트집을 잡으려고 조 혜문왕(惠文王)에게 민지〔澠池, 하남성 서부 삼문협시(三門峽市)〕에서 회담하여 전날의 유감을 해소하는 것이 좋겠다고 제의하였다.

혜문왕으로서는 회담에 응하고 싶지 않았지만, 인상여와 염파는 만약 응하지 않으면 진(秦)에 약점만 내보이는 것이니 당당히 응하는 것이 좋겠다고 건의하였다. 결국 혜문왕은 인상여와 함께 회담에 응하고, 염파는 군사로 왕을 호위케 하였다.

진과 조, 두 군주의 회담에서 진왕이 무리한 요구로 조왕의 체면을 깎으려 했지만 인상여는 조금도 물러서지 않고, 똑같이 진왕에게 대응하여 조왕의 체면을 확실하게 지켰다.

○ 장군 염파의 분노

귀국 후에 조 혜문왕은 인상여의 공로를 높이 평가하여 상경(上卿)에 임명하였고, 그 지위는 염파(廉頗) 장군보다 높았다. 염파는 자신도 군사를 거느리고 왕을 호위한 공로가 있는데도 서생인 인상여가 자신보다 상위직에 임명된 것을 몹시 불쾌하게 생각하였다.

염파 장군은 주위 사람들에게 공공연히 말했다.

"나는 조국(趙國)의 장군으로 여러 번 큰 공을 세웠다. 그러나 인상여는 보통 사람보다 말을 조금 더 잘한다고 갑자기 나보다 높은 자리에 앉았다. 인상여는 그 출신이 미천한데도 나는 그 아래에 있어야 한다. 나는 이를 정말 큰 치욕이라고 생각한다. 만약 내가 인상여를 마주치면 그 자에게 큰 모욕을 주겠다."

○ 부형청죄(負荊請罪)와 문경지교(刎頸之交)

인상여는 염파 장군의 불평을 알고 있었기에 될 수 있으면 염파와 상봉하기를 꺼렸다. 몸이 아프다고 조회에 빠지는 일도 있었고, 염파의 수레를 보면 방향을 바꿔 다른 길로 갔다. 이에 인상여의 문객은 물론 일족조차 이를 수치로 생각하였다.

나중에 인상여가 그런 사람들에게 물었다.

"여러분들은 진왕과 염파 장군 중 누가 더 강하다고 생각하는가? 나는 진왕 앞에서도 당당히 그와 논쟁했거늘, 내가 우리나라 안에서 염 장군을 무서워하겠는가? 지금 나는 결코 염파 장군이 무섭거나 두렵지 않다. 호랑이 두 마리가 싸운다면 분명히 호랑이 하나는 다치거나 죽는다. 만약 나와 염파 장군이 불화하여 싸운다는 사실을 秦에서 알면 그런 틈을 노려 우리를 침략할 것이다. 내가 염파 장군을 피하는 까닭은 나라의 큰일이 두 사람 개인의 은원(恩怨)보다 훨씬 중요하기 때문이다. 나는 나라를 위하여 염파 장군을 피할 뿐이다."

인상여의 이런 말을 전해들은 염파는 부끄러웠다. 염파는 곧 윗통을 벗고 가시나무를 등에 지고, 인상여를 찾아가 자신의 죄를 꾸짖어달라고 요청하였다〔負荊請罪(부형청죄), 荊 가시나무 형〕.

이후 두 사람은 상대방을 위하여 자신의 목숨도 내줄 수 있는 벗이 되었다〔刎頸之交(문경지교), 刎 목벨 문, 頸 목 경, 목덜미〕.

○ 늙은 염파 장군!

염파(廉頗, 前 327－243, 封 信平君)는 전국시대 말기 조국(趙國)의 장군으로 백기(白起), 왕전(王翦), 이목(李牧)과 함께 '전국 4대 명장'으로 꼽힌다. 염파 장군은 前 245년(趙 효성왕 21년)에 위국(魏國)의 번양(繁陽)을 점거하였다. 그런데 그 해에 조 효성왕(孝成王)이 죽었고, 효성왕 계위를 놓고 내분이 일어났다.

결국 조 도양왕(悼襄王, 재위 前 244－236)이 계승했고, 악승(樂乘)을 보내 염파의 직책을 대신케 하였다. 병권을 빼앗긴 염파는 악승을 공격했고, 즉시 위국(魏國)의 도읍 대량(大梁)으로 망명하였지만 조(魏)에서 신임을 얻지 못해 할 수 있는 일이 없었다.

나중에 조나라의 군사는 진군(秦軍)의 공격을 자주 받았다. 이에 도양왕은 염파를 다시 등용하고 싶었다. 그래서 사자를 보내 염파의 근황을 알아보게 했다. 도양왕의 사자가 찾아온다는 말에 염파는 자신의 건재함을 보여주고 싶었다.

사신을 만난 염파는 사신 앞에서 1斗의 밥에 10근의 고기를 먹은 다음에 갑옷을 입고 말에 뛰어올라 말을 몰아 질주하였다.

그러나 왕의 심부름을 온 사자는 조왕의 간신인 곽개(郭開)[157]에게 이미 매수된 사람이었다. 사자는 돌아가 도양왕에게 사실대로 밥과 고기를 먹고 말에 올라탄 일 등을 모두 사실대로 보고하였다.

그리고 마지막에 한마디 거짓말을 더 보탰다.

"염파장군은 한 끼 식사를 하면서 화장실에 3번 다녀왔습니다(一飯三遺矢)."[158]

조 도양왕은 그 말을 듣고 염파는 늙은 사람이라 등용할 수 없다 생각하여 끝내 등용하지 않았다.

초국(楚國)에서는 몰래 염파에게 사람을 보내 초국의 장군으로 임명하였다. 그러나 초(楚)에서 아무런 공적도 없었다.

염파는 "나는 조(趙)에서 불러주길 기다렸다."라고 탄식하며, 초국(楚國) 도읍 수춘〔壽春, 지금의 안휘성 중부 회남시(淮南市) 관할 수현(壽縣)〕에서 죽었다.

○ 조사(趙奢)와 조괄(趙括) 부자(父子)

조사(趙奢, 생졸년 미상, 이름은 奢 사치할 사)는 조국(趙國)의 명장

---

157 곽개(郭開, 생졸년 미상) - 전국시대 말기 趙國의 간신, 趙 도양왕(悼襄王), 趙王 천(遷) 두 군주를 섬기며, 염파와 이목을 음해하여 나라를 멸망으로 내몰았다.

158 일반삼유시(一飯三遺矢) - 矢(shǐ)는 화살. 똥(屎, shǐ). 遺矢(유시)는 대변을 보다.

으로 알여의 싸움(閼與之戰, 前 269)에서 진국(秦國)을 크게 이겨 마복군(馬服君)에 봉해졌다. 조사는 전한 가의(賈誼)가 지은 문장 〈과진론(過秦論)〉에 실린 동방 6국의 8명 명장 중의 한 사람이다.

《전국책 조책(戰國策 趙策)》의 기록에 의하면, 조사는 일찍이 평원군(平原君) 조승(趙勝)의 천거로 상곡군(上谷郡)을 방어하는 장수가 되었다.

조 혜문왕 19년(前 280), 조사는 제국(齊國) 맥구(麥丘)의 땅을 점거하였다.

진(秦)이 조(趙)를 공격하여, 인(藺), 이석(離石), 기(祁) 땅을 점거하였다(前 281). 조(趙)는 공자(公子) 오(郚)를 진(秦)에 인질로 보내면서 초(焦), 려(黎), 우호(牛狐)의 성을 바치겠으니 인(藺), 이석(離石), 기(祁)를 조(趙)에 돌려달라고 하였다. 그러나 조는 진과 약속을 저버리고 초(焦), 려(黎), 우호(牛狐)의·땅을 주지 않았다. 이에 진왕(秦王, 진 소양왕)은 분노하며 공자 증(繒)을 보내 땅을 요구하였다.

조왕은 이에 정주(鄭朱)를 시켜 대답하였다.

"인(藺), 이석(離石), 기(祁)의 땅은 조(趙)에서 아주 멀고 대국(大國, 秦)에 가깝습니다. 선왕의 명지(明智)와 선신(先臣)의 노력으로 우리 조(趙)가 보유할 수 있었습니다. 지금 과인(寡人)은 그분들 능력만 못하여 아직 사직도 제대로 보존하지 못하는데 어떻게 인, 이석, 기 땅을 돌볼 수 있겠습니까? 과인에게 내 명을 듣지 않는 신하가 있어 이런 일이 생긴 것이라서 과인이 알지 못하고 어찌할 수도 없습니다."

그러면서 끝내 진(秦)과 약조를 어겼다. 진왕(秦王)은 대노하며 장군을 보내 조(趙)의 알여(閼與, 지명)[159]를 공격케 하였다. (조趙의 장군) 조사(趙奢)는 군사를 거느리고 알여를 지켰다. 위(魏)에서는 공자 구(咎, 허물 구)를 보내 정병을 거느리고 안읍(安邑)에 주둔하면서 진(秦)을 협공하였다. 진(秦)은 알여(閼與)에서 패전하자, 군사를 돌려 위(魏)의 기(幾)를 공격하였는데 (조趙의) 염파(廉頗)[160]가 기(幾)를 구원하여 진(秦)의 군사는 대패하였다.

조사(趙奢)는 마복군(馬服君)에 봉해졌는데 그 자손들은 마복(馬服)을 씨(氏)로 정했다가 나중에 마(馬)를 씨로 정했다.

○ 장평(長平)의 싸움(長平之戰)

조 효성왕(孝成王) 재위 중인 前 262년, 진(秦)은 한(韓)을 공격하여 야왕현[野王縣, 지금의 하남성 서북부 초작시(焦作市) 부근]을 차지하여 한국(韓國)의 상당[上黨, 지금의 산서성 동남부 장치시(長治市) 부근]과 한(韓)의 도성인 남정[南鄭, 지금의 하남성 중부 신정시(新鄭

---

159 秦國이 趙國의 藺(인), 離石(이석), 祁(기)를 점거한 것은 前 281년 이었다. 그 뒤 여러 협상이 있고 결국 閼與之戰(알여지전)이 벌어 지는데, 이는 前 270−269의 일이다. 閼與(알여)는 今 山西省 중부 晉中市 和順縣에 해당한다.

160 廉頗(염파, 생졸년 미상)−廉氏, 名 頗(조금 파, 자못, 약간)는 戰國 末期 趙國의 良將. 藺相如(인상여)에게 負荊請罪(부형청죄)하고 刎頸之交(문경지교)를 맺은 장군.《史記 廉頗藺相如列傳》참고.

市)]과의 연결을 끊어버렸다.

한왕(韓王)은 상당군을 진(秦)에 내주면서 강화를 시도하였으나 상당태수(上黨太守)인 풍정(馮亭)은 항명(抗命)하며 상당을 秦이 아닌 조(趙)에 헌상하였다. 조국(趙國)은 한국(韓國)의 상당군을 접수하고 중병(重兵)을 출동시켜 전략 요충인 장평[長平, 지금의 산서성 남동부 진성시(晋城市) 부근]에 주둔케 하며 진(秦)에 항거하였다. 진(秦)도 대군을 출동하였으며, 대치 2년 6개월에 조군(趙軍)에는 도주자가 속출하였다.

장평(長平)의 싸움은 진국(秦國)이 조국(趙國)을 공격한 대규모의 전쟁으로 3년(前 262-260)을 계속했다. 2년 6개월의 탐색 및 대치 뒤에 6개월간 치열한 전투가 이어졌다.

조(趙)는 진(秦)의 반간계(反間計)에 걸려들어 유능한 장군 염파(廉頗)를 소환하고, 성어(成語) '지상담병(紙上談兵)'으로 알려진 조괄(趙括, 290-260, 명장 조사의 아들)이 지휘관이었다. 그에 비하여 진(秦)은 백기(白起, 前 332?-257)가 대장이었다.

○ 지상담병(紙上談兵)

조괄(趙括, 前 290-260)은 조국(趙國)의 명장으로 널리 알려진 마복군 조사(馬服君 趙奢)의 아들이기에 마복자(馬服子)로도 불렸다. 조괄은 어려서부터 부친의 영향으로 여러 병서를 두루 읽었고 거기다가 능언선변(能言善辯) 하였기에 전술을 토론할 때는 언제든지 상대방을 이겼다. 조 효성왕(孝成王) 6년(前 260) 장평의 싸움에서 진(秦)과 조(趙) 두 나라가 오래 대치할 때, 진(秦)에서는 반간계(反間計)를 폈다.

그때 조괄의 부친 조사는 이미 죽은 뒤였고, 조(趙)의 지휘관은 경험이 많고도 신중한 염파(廉頗)였다. 진에서는 여러 방법을 동원하여 진(秦)에서는 마복군의 아들 조괄이 조군을 지휘할까 걱정하고 두려워한다고 헛소문을 퍼트렸다. 이러한 소문은 조나라에도 전해졌다.

이에 조(趙)에서는 염파를 불러들이고 조괄을 총 지휘관으로 교체하였다. 물론 조에서 상국인 인상여(藺相如)도 염파의 교체와 조괄의 임명에 반대하였다.

조괄은 병서를 읽고 토론만 하였지(紙上談兵) 실전 경험이 없으며, 전쟁은 토론이 아니라 실질적 행위라고 조괄의 무경험을 인상여가 지적하였지만, 효성왕은 듣지 않았다.

조괄의 부친 조사는 그의 아들에게 '용병(用兵)은 수천 수만의 생명을 사지에 몰아넣는 것이기 때문에 쉽게 그 장단(長短)이나 결과를 평론해서는 안 된다.'고 누누히 조괄을 타일렀다.

ㅇ 조괄 모친의 탄원

조괄의 지휘가 거의 확정되었을 때, 조괄의 모친이 효성왕에게 알현을 요청하였다. 그리고 모친으로서 아들의 단점을 잘 알고 있다며, 조괄은 대군을 지휘할 재목도 아니고 그럴만한 능력도 없다며 조괄의 임명이 불가하다고 누누히 강조하였다.

조괄의 모친이 말했다.

"처음에 조괄의 부친이 군사를 지휘할 때, 저는 남편을 찾아온 손님에게 차와 술이나 음식을 언제나 접대하였으며, 수백 명의 벗들에게 시중을 들었습니다. 그리고 대왕이나 종실의 여러분이 하사하는 금전이나 물건이 있으면, 집안에 단 하나도 남겨놓지 않고 모두를 아래 장졸에게 그대로 내주었습니다. 그리고 군사를 지휘할 책무를 받았다면 전혀 가사를 생각지도, 입에 올리지도 않았습니다. 그런데 지금 어린 아들 조괄은 넓은 방에서 동쪽을 향해 앉아 찾아오는 부하를 마치 조견(朝見)하듯 상대하고 있습니다. 그러니 부장들 누구든 조괄 앞에서 고개를 들지 못하고 있습니다. 그리고 대왕께서 제 아들에게 하사하신 비단이나 金玉을 지금 전부 집안에 쌓아 두었습니다. 그러니 이런 아들이 어찌 부친만하겠습니까? 이처럼 부자간의 심성이 다르니 내 아들이 전투에 이길 수 없을 것입니다. 제발 출정시키지 마십시오."

그래도 효성왕이 뜻을 바꾸지 않자 조괄의 모친이 말했다.

"대왕께서 능력이 없는 아들을 보내기로 결정하셨습니다. 내 아들이 패전하여 전사하더라도, 패전에 연좌하여 저의 가문이 멸족당해야 합니까?"

이에 조 효성왕은 패전에 연좌하여 멸족시키지는 않겠다고 약속하였다.

조괄 모친의 예상대로 조괄은 패전하여 전사했지만 모친과 다른 형제들은 목숨을 건질 수 있었다.

그런데 장평전에서 조군(趙軍) 25만이 전사했고, 패전 후 투항한 조군 병사 20만이 산 채로 매장당하였으니, 지상담병의 결과는 너무 참담하였다.

2300년 가까운 세월이 흘러버린 지금도 장평지전(長平之戰)의 현장인 산서성 고평현 영록진(永錄鎭)에는 조졸(趙卒)의 시골갱(屍骨坑)이 그대로 남아있다고 한다.

장수의 모친까지 나서서, '아들은 그럴만한 그릇도 아니고, 능력도 없으니, 임명해서는 안 된다.' 고 그렇게 간청하고 역설했지만, 삼십이 넘은 풋내기에게 나라의 운명을 맡긴 효성왕의 안목이나 결심은 무엇이란 말인가?

장평의 패전과 조괄의 일은 후세에 정말 큰 교훈을 남겼고, 그 교훈을 얻으려고 40만 명은 목숨을 버리고 잃어야만 했다. 무능한 장수 한 사람 때문에 치러야 할 대가는 결코 통한(痛恨)이라는 단어로 대신할 수 없을 것이다.

○ 진(秦) 왕전(王翦)의 침공

진(秦)이 왕전(王翦)을 시켜 조(趙)를 침공하자, 조에서는 이목(李牧)[161]과 사마상(司馬尙)을 시켜 방어케 하였다. 이목은 진군(秦

軍)을 여러 번 격파했고, 진장(秦將) 환의(桓齮, 齮 깨물 의, 音 蟻)를 죽이자, 왕전은 이목을 증오하여, 조왕의 총신(寵臣)인 곽개(郭開) 등에게 황금을 주어 반간(反間)으로 삼았고, 곽개가 왕에게 말했다.

"이목(李牧)과 사마상(司馬尙)은 진(秦)과 한 편이 되어, 조(趙)에 반역하고, 진(秦)에서 크게 봉(封)을 받을 것입니다."

조왕은 이목을 의심하여 조총(趙葱, 葱은 파 총, 蔥)과 안취(顔聚, 史記에는 顔聚)를 보내 장수를 대신케 하면서 이목(李牧)을 죽이고 사마상을 파면하였다.

그 3개월 뒤에 왕전은 조를 급습하여 조를 대파하고 조군(趙軍)을 몰살하였으며, 조왕 조천(趙遷, 재위 前 227－222년) 및 그 장수 안취를 사로잡았으며. 마침내 조(趙)를 멸망시켰다.

前 229년, 진(秦)은 조국(趙國)을 공격했고, 조 유목왕(幽繆王, 유무왕)은 이목(李牧)과 사마상(司馬尙)을 보내 항전케 하였다. 진장(秦將)은 반간계(反間計)를 써서 유목왕이 이목과 사마상을 죽이게 만들었다. 진장 왕전(王翦)은 대군을 거느리고 공조(攻趙)하여 정형구(井陘口)를 돌파하고 도읍 한단을 공격, 함락시켰으며, 조왕을 포로로 잡았다.

---

161 李牧(이목, ?－前 229年)－牧은 字. 趙國 名將, 白起(백기), 王翦(왕전), 廉頗(염파)와 함께 戰國 四大名將의 한 사람. 《千字文》에도 「起翦頗牧, 用軍最精」이라 하였다.

조가(趙嘉)가 대성(代城)으로 피난하며 대왕(代王)을 칭했지만,
前 222년 대왕이 진에 투항하면서 조국(趙國)은 완전히 멸망했다.
이후 어느 나라도 진에 항거하지 못했고 진(秦)은 중국 최초의 통
일 왕조를 수립하였다.

4. 전씨田氏가 차지한 제齊나라

(1) 전국시대 제(齊) 역사 요약

○ 진완(陳完)의 망명

전씨(田氏)는 진국(陳國)의 공자(公子)인 진완(陳完)의 후손인데,
진국에 내란이 일어나자, 진완은 제국(齊國)으로 망명했다. 진완
은 제 환공(桓公, 재위 前 685 – 643)에게 발탁되어 출사했다.

진완의 5세손인 진환자〔陳桓子, 田桓子, 고대에 진(陳)과 전(田)은
동음이라 통용되었다.〕는 백성에게 은혜를 베풀었고, 민심은 전씨
田氏(陳氏)에게 기울었다. 제(齊)의 현자(賢者)인 안영(晏嬰)도 일찍
이 '제국(齊國)의 정사는 결국 전씨에게 귀속될 것이다' 라고 말했
었다.

前 481년, 전항(田恒, 전성자)은 제 간공(簡公, 재위 前 485 – 481)과

여러 공족(公族)을 죽이고 제 평공(平公, 재위 前 481－456)을 옹립하였으며, 포씨(鮑氏), 안씨(晏氏) 등을 제거하며 이른바 '수공행상(修公行賞)' 하면서 민심을 얻었다. 전씨 일족은 평공(平公), 선공(宣公, 前 456－405), 강공(康公, 前 405－386) 3대에 걸쳐 국정을 완전 장악하였다.

前 391년, 전성자(田成子)의 현손(玄孫, 4세손) 전화(田和, 태공, 재위 前 386－384)는 제 강공(康公)을 옹립했다가, 前 386년에 齊 강공을 방출하고 자립하여 국군(國君)이 되었는데(田齊 太公), 같은 해에 주 안왕(安王)은 책명으로 전화(田和)를 제후(齊侯)에 봉하였다. 전화는 齊라는 국호를 그대로 사용했기에 이후의 제(齊)는 '전제(田齊)'로 불러 '강제[姜齊, 강태공, 여상의 제(齊)]'와 구분한다.

○ 전제(田齊)의 번영과 쇠퇴

전제(田齊)의 4대 위왕(威王, 재위 前 356－320년)은 부국강병에 힘써 국세를 크게 신장하였다. 前 353년에 위군(魏軍)을 계릉(桂陵)에서 격파하였고, 前 343년에는 손자병법에 따라 위군을 마릉(馬陵)에서 다시 격파하였다.

여기서 그간 위(魏)가 장악하고 있던 패권을 제(齊)가 차지하였다. 前 334년(주 현왕顯王 35년), 위왕(威王)은 정식으로 칭왕(稱王)하였다. 전제의 부강은 선왕(宣王, 재위 前 319－301) 그리고 민왕(湣王, 재위 前 300－284)까지 이어졌다. 이 사이에 제(齊)는 한(韓)과 위(魏)를 압박하면서 다른 한편으로는 연(燕)을 정벌하고 초(楚)와 충돌하면서 송(宋)을 멸망시켰다. 그리고 한때는 진 소양왕(昭襄王)과 함께 칭제(稱帝)도 했었다(東帝).

그러나 전제는 연나라 장수 악의(樂毅)에게 침탈당하여 멸망 직전의 위기에 내몰렸다.

前 284년, 연(燕) 소왕(昭王)은 악의(樂毅)를 상장군(上將軍)으로 삼고, 진(秦), 한(韓), 조(趙), 위(魏)와 연합하여 제(齊)를 공격하였다. 제의 도읍 임치(臨淄)가 함락되었고, 70여 성이 점령되었다. 제의 거(莒)와 즉묵(卽墨) 등 겨우 2개의 성만 남았고, 제 민왕(湣王, 閔王)은 거(莒)로 피난했다가 초장(楚將) 요치(淖齒)에게 살해되었다. 왕손인 진가(陳賈)와 거인(莒人)들이 요치를 살해하고 민왕아들 법장(法章)을 옹립하니, 이가 齊 양왕(襄王, 재위 283-265년)이다.

연군(燕軍)이 군사를 동원하여 즉묵(卽墨)을 포위했을 때, 성중(城中)에서는 전단(田單)을 장수로 삼아 대항하였다. 쌍방은 5년을 대치하였다.

前 279년, 연(燕) 소왕(昭王)이 죽고, 연 혜왕(惠王)이 계위하자 (재위 前 278-272), 전단(田單)은 반간계를 써서 악의를 소환케 하였다. 연 혜왕이 다른 장군을 대행케 하자, 악의는 결국 조국(趙國)으로 망명하였다.

전단은 조직적으로 반격하면서 '화우진(火牛陣)'으로 연군을 대파하고 실지(失地)를 수복하였다. 그러나 이후 제(齊)의 국력은 크게 약화되어 진(秦)에 대항할 여력이 없었고, 현상유지에 급급

했다.

前 265년, 제 양왕(襄王) 사후에 그 아들 전건(田建)이 즉위하였고, 경왕(敬王, 재위 264–221) 모친 군왕후(君王后)가 섭정하였다. 前 249년, 군왕후가 죽었고, 그 족제(族弟)인 후승(后勝)이 집정하였다. 후승은 탐욕이 많은 사람이었고, 진국(秦國)에서 보내오는 뇌물을 계속 받아들였다. 제왕(齊王) 건덕(建聽)은 후승의 주장을 따르면서 다른 5국(한韓, 위魏, 조趙, 초楚, 연燕)에 대해 수수방관하였으며 전쟁에 대한 대비도 없었다. 5국이 멸망한 뒤에야 제왕(齊王)은 진(秦)의 위협을 깨닫고 전군을 제(齊)의 서방(西方)에 집결시켰다.

前 221년, 한(韓), 조(趙), 위(魏), 초(楚), 연(燕)을 멸망시킨 뒤에, 제(齊)가 진(秦) 사절의 입국을 거부했다는 이유로 왕분(王賁)에 명하여 제(齊)를 공격케 했다. 진장(秦將) 왕분은 주력부대가 대기 중인 제(齊)의 서부전선을 피하여 연(燕)의 남부에서 제(齊) 도읍 임치로 직행하였다.

제(齊)는 북에서 내려오는 진군(秦軍)에게 속수무책(束手無策)으로 토붕와해(土崩瓦解)되며 前 221년에 6국 중 마지막으로 진국(秦國)에 병합 멸망하였다. 제지(齊地)에는 제군(齊郡)과 낭야군(琅邪郡) 등이 설치되었다.

代	稱號	國君 名	在 位 年
1	齊 太公(태공)	田和(전화)	前 386－384
2	시호 없음	田剡(전섬)	前 383－375
3	桓公(환공)	田午(전오)	前 374－357
4	威王(위왕)	田因齊(전인제)	前 356－320
5	宣王(선왕)	田辟彊(전벽강)	前 319－301
6	湣王(민왕, 閔)	田地(전지)	前 300－284
7	襄王(양왕)	田法章(전법장)	前 283－265
8	敬王(경왕)	田建(전건)	前 264－221

(2) 전씨(田氏) 세력의 대두

○ 전환자(田桓子)의 민심 얻기

전무우〔田無宇, 생졸년 미상. 시호는 환(桓), 진환자(陳桓子), 전환자(田桓子)로 통칭〕는 제국(齊國) 전씨 가문의 우두머리이었다. 전환자는 제 영공(靈公, 재위 前 582－554), 제 후장공(後莊公, 재위 554－548), 제 경공(景公, 재위 前 548－490) 3대를 섬겼다.

전환자의 아내는 제 영공(靈公)의 딸이며 경공(景公)의 누나였다.

前 571－567년에, 전무우는 안약(晏弱)을 수행하여 내국(萊國)을 공격하여 멸망시켰다. 前 548년, 최저(崔杼)가 제 후장공(後莊公)을 살해하고, 아들 저구(杵曰)가 계위하니, 이가 경공(景公)이다. 前 546년 경봉(慶封)이 제(齊)의 최씨(崔氏) 일족을 멸족시키

자, 제(齊)의 다른 경가(卿家)인 난(欒), 고(高), 전(田), 포씨(鮑氏) 4
족(族)이 합심하여 경봉(慶封)을 역공했고, 경봉은 오국(吳國)으로
도주하였다.

전무우(전환자)는 백성들에게 여러 은덕을 베풀었다. 전환자
는 백성들에게 곡식을 대여할 때는 규정보다 큰 말(大斗)로 내주
었으나 조세를 징수하거나 대여한 곡식을 상환받으면서는 규정
보다 작은 말(小斗)로 상환받았다.

전환자가 이렇게 백성에게 은혜를 베풀자, 민심은 마치 물이
흐르듯 저절로 전씨에게 쏠렸고, 이후 전씨의 세력을 더욱 커졌
다. 前 532년, 전환자는 포씨(鮑氏)와 연합하여 난씨(欒氏), 고씨(高
氏)를 공격했고, 이들은 노국(魯國)으로 망명했다. 이후 안영(晏嬰,
안자)이 집정하는 동안 전환자는 계속 세력을 키웠고, 제(齊)의 공
실(公室)은 점점 허명(虛名)만 남았다. 전환자가 죽자, 아들 전무자
〔田武子, 전개(田開)〕가 계위했다. 그러나 전무자가 아들 없이 죽어
곧 전환자의 작은아들 전걸(田乞, ?−前 485)이 계승하였다.《사기
전경중완세가(史記 田敬仲完世家)》참고.

○ 나라를 훔치면 제후이다(竊國者侯)

전씨 일족이 신흥 세력으로 민심을 얻으며 세력을 확장하는 동
안, 그에 대한 구귀족과 강씨(姜氏) 공실 간 권력 투쟁은 점차 강
렬해졌다.

이들 간의 1차 투쟁은 前 532년에 일어났다. 전환자는 포씨(鮑

氏)와 연합하여 난씨(欒氏)와 고씨(高氏) 세력을 제(齊)에서 방출하였다.

이어 2차 투쟁은 前 490년, 제 경공(景公)이 죽고 어린 아들 도(荼)가 즉위하니, 곧 재 안유자(晏孺子, 재위 10개월)이다. 이에 구 귀족 세력인 고장(高張)과 국하(國夏)가 전권을 행하자 전걸(田乞)은 포목(鮑牧) 등과 연합하여 고장과 국하를 방출하고, 안유자를 죽인 다음에 안유자의 이복형 공자(公子) 양생(陽生)을 옹립하니, 이가 제 도공(悼公, 재위 前 489-485)이다.

전걸은 재상(宰相)이 되어 정치와 군사의 대권을 장악하니 전씨 세력은 더욱 굳건해졌다.

전걸이 죽고 아들 전항(田恒)이 계위하니, 이가 전성자(田成子)이다.

3차 투쟁은 제 간공(簡公, 재위 前 485-481)과 전성자(田成子, 田恒) 간의 투쟁으로 前 481년에 일어났다. 제 간공은 즉위하면서 전항(田恒)과 감지(闞止, 監止)를 좌, 우상으로 임명하였고, 감지를 총애하며 전항을 제거하려 획책하였다. 이에 전항은 군사를 동원하여 간공의 친위세력과 싸웠다. 그리하여 감지를 패퇴시켰다가 죽였고, 간공을 방출하였다, 간공은 서주(舒州)란 곳으로 도주했다가 잡혀 죽었다. 그리고 간공의 동생인 오(鰲)를 옹립하니, 이가 평공(平公, 재위 前 481-456)이다.

전성자(田成子)의 이런 폭거에 공자는 크게 분노했다. 공자는 재계(齋戒) 3일 후 입조하여 노(魯) 애공(哀公)에게 제국(齊國) 토벌을 주청하였다. 그러나 애공은 노(魯)는 세력이 약하다면서, 계손씨에게 물어보라고 대답하였다. 결국 애공은 이웃 나라 신하의 주군 시해에 성토하지도 못했다.

전성자의 이런 시해 사건은 《장자 거협(莊子 胠篋)》에 '전성자 취제(田成子取齊)'라 하여 전성자는 제(齊)의 대도(大盜)라 기록되었다. 후세 사람들은 이를 인용하여 「낮을 훔친 자는 주살되지만〔竊鉤者誅(절구자주)〕, 나라를 훔친자는 제후이다〔竊國者侯(절국자후)〕.」라고 하였다.

제(齊) 공실과 전씨의 세력 다툼에서 전씨 일족은 완전한 승리를 거두었고, 그 완성은 전성자였다. 전성자는 제국(齊國)의 국성(國姓)인 강(姜, 여씨)을 대신하는 전씨대제(田氏代齊)의 실질적 토대를 완전히 구축하였다. 전성자는 그간의 제 공실(公室)을 둘러싼 투쟁을 통하여,

1) 제국(齊國)의 형벌 관련한 실질적 대권을 완전 장악하였다. 그간 전씨와 협조하면서 명맥을 유지해왔던, 포씨(鮑氏), 안씨(晏氏) 잔여세력 및 전항(田恒)에 맞섰던, 감지(監止) 등을 모두 제거하였고, 전씨 일족을 대거 대부 직위에 임명하여 나라의 사법권을 완전 장악하였다.

2) 전씨 일족의 사유지를 대대적으로 확대하였다. 전성자는 안평〔安平, 지금의 산동성 중동부 임치시(臨淄市)〕에서 낭야(琅邪)에 이르는 광활한 지역을 확실한 세력범위로 확보하였다.

3) 기타 주변 제후국에 대하여 다양한 방식으로 외교 관계를 정립 형성하며 자신의 국내 정치 기반을 국제적으로 인정받았다.

이로써 前 467년 이후, 제국(齊國)의 모든 실권은 전씨 수중에 떨어졌고, 제 공실(公室)은 언제 날아갈 줄 모르는 불안속에 좌불안석(坐不安席)하며 겨우 명맥을 이어갔다.

○ 전제(田齊)의 성립

전항(田恒, 전성자)이 죽고, 아들 양자〔襄子, 반(盤)〕가 계위했다.

前 392년, 전양자(田襄子)의 손자인 전화(田和)는 명의(名義)만 남은 제 강공(康公)의 거처를 동해의 섬으로 옮겼고, 「일성(一城)의 조세만 있으면 그 선조의 제사를 지낼 수 있을 것이다(食一城以奉其先祀).」라 하였다.

그리고 전화가 등극하니, 이가 전제 태공(太公, 재위 前 404 - 392 - 384)이다. 전화는 前 386년을 전제 원년으로 칭했는데, 이는 주 안왕(安王) 16년(前 386)에 주 천자(天子)가 공식적으로 전화(田和)를 제후에 책봉했기 때문이다.

섬으로 쫓겨간 강공은 前 379년에 죽었고, 전씨가 그 식읍을 차지했고, 강태공의 제사는 이에 단절되었다.

전화는 前 384년에 죽었고, 아들 전섬(田剡)이 즉위하였다.(재위 前 383 - 375). 전섬은 동생인 전오(田午)에게 시해되었고, 전오(田午)가 즉위하니, 이가 전제(前齊) 환공(桓公, 재위 前 374 - 357)이다.

(3) 제(齊) 위왕(威王)의 개혁

○ 전제(田齊) 환공의 즉위

전오〔田午, 전제, 환공 오(午), 재위 前 374－357〕는 태공 전화(田和)의 아들인데, 형 전섬(田剡)을 죽이고 즉위하였다. 전오는 채(蔡)에 궁궐을 짓고 거처하였기에 채 환공(蔡 桓公)으로도 불린다. 제 환공 오(桓公 午)는 직하학궁(稷下學宮)을 세우고 천하의 현사들을 초빙하였다. 이에 인재들이 모여 강학하고 저술하며 입설(立說)하여 학문이 크게 융성하였다. 직하학궁은 제(齊) 선왕(宣王) 때 가장 융성하였다.

○ 환공과 편작(扁鵲)

전해오는 이야기로, 명의 편작(扁鵲)이 환공 오(午)의 병세를 살펴보았다. 편작은 증세가 가벼울 때부터 환공에게 여러 번 주의할 바를 말해주었다. 그러나 환공은 의생의 말을 신뢰하지 않으면서 편작의 권고를 따르지 않았다.

편작이 다시 병세를 진맥했는데, 병이 이미 고황(膏肓, 명치 끝)에 들어 치료할 방법이 없었다. 편작은 서둘러 궁궐을 나오면서 밤을 새워, 멀고 먼 진(秦)으로 도주하였고, 환공 오는 곧 죽었다. 이런 사실은 《한비자 유노(韓非子 喩老)》에 「편작견채환공(扁鵲見蔡桓公)」이라고 기록되었다.

○ 환공(桓公)의 직하학궁(稷下學宮)

직하학궁(稷下學宮, 稷下之學)은 사료에 기록된 가장 오래된 국가 주도 고등 학술기구이다. 직하(稷下)는 제국(齊國) 국도(國都) 임치〔臨淄, 지금의 산동성 중부 치박시(淄博市)〕의 직문(稷門) 부근이고, 전제 환공〔桓公, 이름은 전오(田午). 재위 前 374-357〕이 처음 설치하였으며, 제(齊) 선왕(宣王, 재위 前 319-310) 때 천하의 명사(名士)를 초치하니, 유가(儒家), 도가(道家), 법가(法家), 명가(名家), 병가(兵家), 농가(農家), 음양가(陰陽家) 등 백가지학(百家之學)이 모두 모여 강론하고 저술에 종사하였다.

당시 직하에 모였던 쟁쟁한 諸子는 아래와 같았다.

● 음양가(陰陽家)

추연(鄒衍) - 음양가 학파의 창시자. 오덕종시설(五德終始說) 주장.

추석(騶奭) - 추연의 학설을 확장, 조룡석(雕龍奭)이라 불렸다.

● 도가(道家)

윤문(尹文) - 《윤문자(尹文子)》 저술.

전병(田駢) - 유변재(有辯才), 호쟁론(好爭論), 인칭(人稱) '천구변(天口駢)'.

팽몽(彭蒙) - 전병(田駢)의 스승. 적로사(的老師).

신도(愼到) - 조국인(趙國人). 법가(法家)로도 분류.

송견(宋鈃) - 순자(荀子)에 영향.

● 유세가(遊說家)

순우곤(淳于髡) ─ 제국대신(齊國大臣), 외교관, 변론에 능함. 각
　　　　국에 사절로 파견.

노중련(魯仲連) ─ 제국인(齊國人), 유세명사. 《한서 예문지(漢
　　　　書 藝文志)》에 《노중련자(魯仲連子)》 14편.

● 유가(儒家) ─ 순자〔荀子, 이름은 황(況), 순경(荀卿)은 존칭임.〕는
　　성악론(性惡論)을 주장했다.

제(齊) 위왕〔威王, 재위 前 356-320, 이름은 인제(因齊)〕은 전제(田
齊) 환공의 아들이다. 재위 초기에는 '음락(淫樂)에 장야지음(長夜
之飮)'을 즐겼다. 나중에 희첩인 우희(虞姬)의 말을 받아들여 유능
한 대부들을 중용하고 간신들을 제거하자 제국(齊國)이 대치(大治)
되었다.

나중에 추기(鄒忌)와 공자(公子)인 전기(田忌)[162] 같은 신하의 보
필을 받았다. 제(齊)는 위왕 때부터 칭왕(稱王)했다.

──────

162 전기〔田忌, 생졸년 미상, 嬀姓, 田氏, 名 忌(기). 一作 陳忌, 田臣思〕─ 전
　　국시대 齊國公子. 前 340년 경에 손빈(孫臏)은 齊로 망명했다. 손
　　빈의 재능을 알아본 사람이 바로 전기였다. 전기는 말 경주를 좋
　　아하였는데, 손빈이 말했다. 전기의 하등 말과 상대방의 상등 말
　　을 경주하게 했고, 이어 전기의 상등 말과 상대의 중등 말을, 그
　　리고 전기의 중등 말과 상대의 하등 말과 시합을 벌리게 하였다.
　　이것이 유명한 '전기새마(田忌賽馬, 賽 내기할 새)' 이다.

○ 문정약시(門庭若市)

재상(宰相) 추기(鄒忌)가 위왕(威王)에게 말했다.

"성북(城北)의 서공(徐公) 명(明)은 분명 저보다 훨씬 잘생긴 미남입니다. 그러나 저의 아내와 첩실, 문객은 모두 내 앞에서 서공에 대한 칭송을 하지 않습니다."

그러면서 추기는 제 위왕에게 간언을 받아들이길(납간納諫) 권유했다. 위왕은 이후 추기의 말에 따랐다.

그러자 대신들이 다투어 왕 앞에 나와 바른 말로 충고하였다. 대신들이 모여드니 마치 궁정 문 앞은 시장처럼 번잡하였고〔門庭若市(문정약시)〕, 1년 뒤에 제국은 대치(大治)하였다.

제 위왕은 추기와 같은 현신의 도움을 받아 정치개혁을 시행하였다.

첫째, 언로(言路)를 크게 열어 간언을 널리 받아들였다.

다음으로 상벌을 분명히 하며, 현재(賢才)를 널리 등용하였다. 당시 즉묵(卽墨, 지금의 산동성 청도시 관할 평도시)의 대부는 황무지를 널리 개간하고 나라의 세수(稅收)를 크게 늘렸지만, 위인이 정직하여 위왕의 근신(近臣)들에게 뇌물 보낼 줄을 몰랐다. 그래서 위왕에게는 즉묵대부의 치적이 나쁘다는 보고만 들어갔다.

그러나 아〔阿, 지금의 산동성 중서부 요성시(聊城市) 관할 양곡현〕의 지방관은 그 치적이 형편 없었으나, 왕의 근신들에게 아부를 잘하여, 위왕에게 칭송하는 보고가 들어갔다. 이에 위왕은 두 곳의 지방관을 불러 물어 확인한 뒤, 직접 사자를 보내 확인하고 실적에 따라 상벌을 분명히 시행하였다. 이후 제나라의 지방관은 치적을 속여 보고하지 못했다.

위왕은 도읍 임치의 직문 밖에 큰 건물을 짓고, 직하학궁(稷下學宮)이라 부르면서 천하의 학자들을 초치하니, 제(齊)는 명실상부한 강국이 되었다.

○ 일명경인(一鳴驚人)

제 위왕(威王)은 본래 제국 국력이 강대하다고 믿으면서 음주와 행락(吃, 喝, 玩, 樂)에 빠져 국정을 돌보지 않았다. 관리들은 하는 일 없이 봉록만을 받아 먹으니 조정의 정치 기강은 완전히 무너졌다. 그러면서 위왕은 희노(喜怒)가 무상하여 분노로 관직에서 쫓겨나거나 살신의 화를 당하는 신하도 많았다.

당시 제(齊)에 유명한 관리 순우곤(淳于髡)이 있었다.[163]

순우곤은 키가 작았지만 언변이 뛰어났기에 자주 여러 나라에 사신으로 나가 그 임무를 훌륭하게 수행하였다.

---

163 순우곤(淳于髡, 前 386 ?－310)－齊國 黃縣 출신. 齊國의 관리. 박문강기(博聞强記), 善於辯論. 순우곤은 직하학파(稷下學派)의 한 사람, 안영(晏嬰)을 흠모하였다. 魏 惠王(梁惠王)에 유세하여 양혜왕의 인정을 받았지만 魏에 출사하지 않았다. 순우곤은 齊 위왕에서 '술자리 끝은 혼란이고(酒極則亂), 쾌락의 끝은 슬픔뿐이라(樂極則悲).'고 말했고, 이후 위왕은 밤샘 술자리를 그만두었다고 한다.

순우곤은 위왕이 수수께끼를 좋아하는 것을 알고, 위왕을 찾아와 말했다.

"우리나라에 아주 큰 새가 한 마리 있습니다. 대왕의 궁정 안에 살고 있지만 몇 년 동안 날지도 않고, 또 울지도 않습니다. 그 까닭이 무엇이겠습니까?"

위왕은 순우곤이 말한 큰 새란, 바로 정사를 돌보지 않는 자신을 지칭한다고 생각하였다.

그래서 웃으면서 말했다.

"그 새가 날지 않고 울지 않는다면 그것으로 끝이다. 그러나 한 번 날았다면 하늘 꼭대기에 이를 것이고〔一飛沖天(일비충천)〕한 번 울었다면 사람들을 놀래킬 것이다〔一鳴驚人(일명경인)〕."

그러자 순우곤도 즉석에서 웃으면서 말했다.

"대왕께서는 정말 영특하십니다. 지금 조정의 모든 신하가 큰 새가 한번 하늘에 날아오르고 큰 소리로 울기를 고대하고 있습니다."

이후 제 위왕은 힘써 정사를 돌보았다. 제국을 얕보던 주변 국가를 모두 물리치자, 그동안 제(齊)에서 침탈한 땅을 모두 돌려주었다.

○ 제(齊)와 위(魏)나라의 보배

前 355년, 제(齊)의 위왕(威王)과 위(魏) 혜왕(惠王, 재위 前 369−319)은 교외에서 사냥하다가 위왕은 위나라가 부유하다고 자랑하였다. 그러자 제(齊)의 위왕은 나라의 보물은 인재(人才)이니, 보석이 아니라고 말했다.

"우리 제나라의 전분(田盼)이 고당(高唐)을 지키자 조국인(趙國人)은 감히 강을 건너와 고기를 잡지 못했습니다. 내가 신박(申縛)에게 서주(徐州)를 지키게 하자 연(燕)과 조(趙) 두 나라의 백성들은 길을 떠나기 전에 하늘에 빌고 출발합니다. 내가 단자(檀子)에게 남성(南城)을 방어하게 하자 초인(楚人)들이 감히 북쪽에 올라오지 못합니다. 이런 사람들이 영향력을 어찌 시시한 야명주(夜明珠)에 비교할 수 있겠습니까?"

○ 마릉지전(馬陵之戰)

前 342년, 대장인 공자(公子) 전기(田忌)는 손빈(孫臏)이 뛰어난 장수라면서 그를 위왕(威王)에게 천거하였다. 제왕(齊王)이 손빈을 등용하자, 손빈은 두 차례나 위군(魏軍)을 크게 격파하였고 마릉의 싸움(馬陵之戰)에서 적장 방연(龐涓)[164]을 사살했고, 위(魏) 태자 신(申)을 사로잡았다.

---

164 방연(龐涓, 前 385-342) - 魏國의 將軍. 同學인 손빈(孫臏)을 박해하자, 손빈은 齊國으로 망명했다. 前 354년 괘릉의 싸움(桂陵之戰)에서 제나라 손빈의 포로가 되었다가 나중에 협상을 통해 석방되었다. 前 342년 마릉의 싸움(馬陵之戰)에서 위나라 태자 신(申)과 함께 패전하며 전사했다.

○ 서주(徐州)에서 서로 왕(王)을 칭하다

제 위왕(威王) 23년(前 334), 위 혜왕(惠王)은 서주(徐州)에서 제 위왕을 왕으로 호칭하였고, 제(齊) 위왕 역시 위 혜왕을 왕으로 호칭하였다. 이를 역사에서는 「서주 회담에서 서로 왕을 칭하다(會徐州相王).」라고 하였다.

그러자 전부터 왕을 자칭하던 초 위왕(威王, 재위 前 339－329)은 이에 대하여 크게 분노하였다. 다음 해 초 위왕은 친히 대군을 거느리고 제(齊)를 공격했고, 이 기회를 노려 조국(趙國)과 연국(燕國)에서도 군사를 내어 제(齊)를 공격하였다. 초 위왕은 조군(趙軍)과 연합하여 서주에서 제장(齊將) 신박(申縛)을 크게 무찔렀다.

(4) 제(齊)의 미남 추기(鄒忌)

○ 추기(鄒忌)의 연주

제 위왕(威王, 재위 前 356－320)은 음악을 즐겼다. 추기는 자신이 탄금(彈琴)을 잘한다며 위왕을 만났다. 그러나 추기는 금(琴)의 줄을 고르면서 만지작거렸지만 정작 연주는 하지 않았다. 그러면서 추기는 자기는 탄금의 이론은 잘 알지만 연주는 서투르다면서 이론에 대한 이야기를 꺼냈다. 추기의 멋진 담론에 위왕은 매료되었다.

추기가 말했다.

"대왕께서는 소신이 연주하지 않는 것을 괴이하게 여기시면서 즐거워하지 않으십니다. 마찬가지로 지금 제(齊)의 백성들은 대왕께서 제(齊)라는 대금(大琴)을 만지기만 하시고 연주하지 않는 것을 이상하게 여기고 있습니다."

이에 위왕이 말했다.

"경은 나를 충언으로 권고하였습니다. 나는 경의 뜻을 분명히 깨달았습니다."

그러면서 위왕은 추기와 국가를 다스리고, 백성의 살림을 안정시킬 수 있는 방법을 논했다. 3개월 뒤에 위왕은 추기를 국상(國相)으로 등용했다.

○ 추기(鄒忌)의 인재 천거

추기(鄒忌)는 선왕(宣王, 재위 前 319 – 301년)을 섬기면서 많은 사람을 등용하였는데, 선왕은 이를 좋아하지 않았다. 안수(晏首)는 고귀한 지위에서도 새로 등용하는 사람이 많지 않아 왕이 안수를 좋아했었다.

이에 추기가 선왕에게 말했다.

"제가 알기로 아들 하나의 효도는 다섯 아들의 효도만 못하다고 하였습니다. 지금 안수에 의해 등용된 사람이 몇이나 되겠습니까?"

선왕은 이에 안수가 사인(士人)의 출사(出仕)를 막았다고 생각하였다.

○ 추기(鄒忌)는 8척(尺) 장신

추기(鄒忌)는 8척이 넘는 장신에,[165] 외모도 뛰어나게 멋졌다. 추기가 조복(朝服)에 의관을 갖추고 거울을 바라보다가 아내에게 말했다.

"나와 성북(城北)의 서공(徐公)은 누가 더 멋진가?"

그의 처가 대답했다.

"당신은 정말 잘 생겼습니다. 서공이 어찌 당신을 따라오겠습니까!"

성북의 서공은 제국(齊國)의 미남자였다. 추기는 자신도 못 미더워 다시 그 첩(妾)에게 물었다.

"나와 서공 중 누가 더 멋진가?"

첩이 말했다.

"서공이 어찌 나리를 따라오겠습니까!"

다음 날, 외지에서 찾아온 문객과 좌담을 하면서 객인에게 "나와 서공 중 누가 더 잘 생겼는가?"라고 물었다.

문객은 "서공은 당신처럼 미남이 아닙니다."라고 말했다.

---

165 漢代의 1尺은 23.1cm이다. 23.1cm×8尺=184.8cm. 요즈음 190cm 정도이다. 이 정도가 되면 외모로 한 몫 보았을 것이다. 반면 비슷한 시기 齊나라 안자(晏子, 晏嬰, 안영)는 「晏子長不滿六尺, 身相齊國, ~」이라 했으니 23.1cm×6尺=138.6cm. 하여튼 요즈음 키로 150cm이 안 되었을 것이니 작아도 너무 작았다. 그러나 역사상 추기를 모르는 사람이 100명이라면 안자를 모르는 사람은 30명도 안 될 것이다.

다음 날 서공(徐公)이 찾아왔다. 추기가 자세히 보았더니 자기 스스로 서공만 못했다. 혼자 거울에 비춰보니 차이가 더 많은 것 같았다.

추기가 밤에 누워 생각했다.

'내 아내가 나를 잘 생겼다고 한 것은 나와 가깝기 때문이다. 첩이 나를 미남이라 한 것은 나를 두려워하기 때문이다. 객인이 나를 잘났다고 말한 것은 나에게 무엇인가를 바라기 때문일 것이다.'

이에 추기는 입조(入朝)하여 위왕(威王)에게 말했다.

"신(臣)은 정말로 서공(徐公)만한 미남이 아니지만, 신의 아내는 내 편을 들어주고, 신의 첩은 저를 두려워하고, 객인은 저에게 얻으려는 것이 있기에 모두 서공보다 더 잘 생겼다고 말하였습니다. 지금 제(齊)는 사방 둘레가 1천 리에 120개의 성, 그리고 궁 안의 여인과 측근들 모두가 대왕의 편이 아닌 사람이 없고, 조정에는 대왕을 두려워하지 않는 신하가 없으며, 온 나라 사방에 대왕에게 무엇인가를 얻으려 하지 않는 사람이 없습니다. 이렇게 본다면 대왕께서는 정말 많이 가려졌습니다."

왕은 "좋은 말이다."라 하였다. 그리고는 하명하였다.

모든 신하와 백성으로 대면하여 과인의 잘못을 지적하는 자에게는 상등(上等)의 상을 내릴 것이다. 과인의 잘못을 상서하는 자에게는 중등의 상을 내리겠다. 시장에서 과인의 잘못을 비방하여 과인이 알게 된 자에게는 하등의 상을 내리겠다.

명령을 내린 초기에는 간언(諫言)을 올리려는 여러 신하들이

모여들어 궁정 문 앞이 시장처럼 북적였다. 몇 달이 지나자 가끔
씩 틈을 보아 진언하였다. 1년이 지나자, 할 말을 하려 해도 할 만
한 일이 없었다. 연(燕), 조(趙), 한(韓), 위(魏)에서는 이런 소문을
듣고 모두 제(齊)에 입조하였다. 이는 조정에 앉아 적국을 이긴
것이라고 말할 수 있다.

　ㅇ 제 선왕과 순우곤

　순우곤(淳于髡)이 하루에 7인을 제 선왕(宣王)에게 알현케 하였
다.[166]

　선왕이 말했다.

　"그대 이리 와보시오. 과인이 알기로, 천리에 일사(一士)가 있
다 하여도 어깨를 나란히 서있다고 말하며,[167] 백세에 일성(一聖)
이 나오더라도 발뒤꿈치를 이어 찾아온다고 하였소. 그런데 그대
는 하루에 7인의 사인(士人)을 알현케 하였으니 사인이 너무 많은
것 아니오?"

　이에 순우곤이 말했다.

　"그렇지 않습니다. 새는 같은 날개를 가진 부류끼리 모여 살고

---

166 淳于髡(순우곤)─《史記 滑稽列傳(골계열전)》참고. 宣王(선왕, 재위
　　前 319─301)은 文學 및 遊說之士를 좋아하였다. 鄒衍(추연), 田駢
　　(전병), 接予(접여), 愼到(신도) 등 많은 인재들이 稷下(직하)의 學館
　　에 모여들었다.

167 1천 리 땅에서 인재 1인 얻기도 어렵다는 뜻이다. 比肩(비견)은
　　차례로 연이어 서다.

(鳥同翼者聚飛) 짐승은 같은 발(足)을 가진 무리끼리 함께 다닌 다고(獸同足者俱走) 하였습니다. 지금 시호(柴葫)나 길경(桔梗) 같은 (산에서 나는) 약초를 늪지에서 구한다면 여러 세대가 지나더라도 찾을 수가 없지만, 역서(櫟黍)나 양보(梁父)[168] 산의 북쪽 기슭에 가면 수레 가득 싣고 올 수 있습니다. 사물에 각각 그 짝이 있으니, 지금 저는 현자(賢者)의 무리입니다. 왕께서 저 같은 사람을 통하여 사인(士人)을 구한다면 하수(河水)에서 물을 긷고, 봉수(烽燧)에서 불씨를 구하는 것처럼 쉬울 것입니다. 이 순우곤이 앞으로도 다시 알현케 할 것이니, 어찌 7명뿐이겠습니까?'

○ 가장 빠른 개

제(齊)가 위(魏)를 정벌하려고 했다.[169]

순우곤이 제왕(齊王)에게 말했다.

"한(韓)의 검은 개 로(盧)는 세상에서 빨리 달리는 개입니다. 동곽준(東郭逡)은 세상에서 가장 날쌘 토끼입니다.[170] 한로가 동곽

---

168 櫟黍(역서) 梁父(양보) ― 모두 山名.

169 蚌鷸之爭(방휼지쟁)의 漁父之利와 같은 뜻이다. 兩虎相鬪도 같은 비유이다.

170 東郭逡者, 海內之狡兔也. ― 逡은 뒷걸음칠 준. 狡는 빠를 교, 간교하다. 狡猾(교활)하다. 兔는 토끼 토. 狡는 獪 교활할 회. 빠르다. 우리말의 '교활하다'는 남을 잘 속이면서 안 그런 척 한다는 뜻이다. 狡兔(교토)는 날쌘 토끼이지 교활한 토끼이겠나? 빨리 도망가는 토끼는 그 본능이거늘 인간을 속이려는 뜻이 들어 있겠나?

준을 쫓아가는데, 산을 세 바퀴나 맴돌고 꼭대기까지 다섯 번이
나 치달았더니, 토끼는 앞에서 지칠 대로 지치고, 개는 뒤에서 죽
을 지경이 되었고, 토끼와 개가 모두 지쳐 그 자리에서 죽어 버렸
습니다. 농부가 그것을 보고서는 아무런 힘도 들이지 않고 모두
차지하였습니다. 지금 제(齊)와 위(魏)가 오랫동안 서로 싸워 병졸
은 완전히 지쳤고, 그 백성도 피폐하였으니, 신(臣)은 강대한 진
(秦)이나 초(楚)나라가 뒤를 따라와 농부처럼 이득을 차지할까 걱
정이 됩니다.”

　제왕(齊王)도 두려워하며 원정 준비를 그만두고 군사를 쉬게
하였다.

5. 위국 魏國의 변법과 강성

(1) 위(魏)의 역사 개관

　위국(魏國)은 전국시대 제후국인데, 전국 칠웅(七雄)의 하나로
분류된다. 국성(國姓)은 주실(周室)과 같은 희성(姬姓)이나 위씨(魏
氏)이다. 위국의 선조(先祖)는 주 문왕의 아들인 필공(畢公) 고(高)
이다. 후대에 필공(畢公) 고(高)의 후손인 필만(畢萬)이 진국(晉國)
으로 이주했고, 진 헌공(獻公)의 대부가 되었으며 전공(戰功)으로

위(魏)에 봉해지면서 '위씨(魏氏)'가 되었다.

이후 점차 발전하여 진국(晉國) 6경의 하나가 되었다. 진 헌공 (獻公, 재위 前 676－651) 사후에 4자(子)가 쟁위(爭位)할 때, 필만의 아들 위주(魏犨, 소 헐떡거리는 소리 주)는 공자(公子) 중이(重耳)를 따라 국외를 유망했었다. 19년 뒤, 중이가 돌아와 즉위하니, 이 중이가 춘추 오패 중 하나인 진 문공(文公, 재위 前 636－628)이고, 위주는 대부가 되었는데, 시호는 위(魏) 무자(武子)이다.

이후 진(晉)의 가신(家臣)인 위(魏)는 점차 강해졌다. 춘추 말기 에 진국(晉國) 정경(正卿)인 지백(知伯, 智伯)은 위환자(魏桓子), 그리 고 한강자(韓康子)와 함께 조양자(趙襄子)를 공격하였는데, 조양자 가 멸망 직전에 이르러 지백의 교만을 이용하여 한(韓)과 위(魏)를 설득했고, 한과 위는 창을 돌려 지백을 멸망시킨 뒤, 그 땅을 나 눠 영역을 확보했다.

결국 진국(晉國)은 조(趙), 위(魏), 한(韓) 3경(卿)이 패권을 다투 게 되고, 이들이 진(晉)을 삼분하며, 중국은 춘추시대에서 전국 시 대로 접어든다.

○ 삼가분진(三家分晉)

前 403년, 진국(晉國)의 위사〔魏斯, 문후(文侯)〕, 조적〔趙籍, 열후(烈 侯)〕, 한건〔韓虔, 경후(景侯)〕 등 3대부는 주조(周朝) 위열왕(威烈王, 재위 前 425－402)의 책봉을 받아 공식 제후가 된다.

이때 진국은 강성(絳城)과 곡옥(曲沃)의 땅을 가진 소국(小國)으로 명목상 존속했다. 주 안왕(安王) 26년(前 376), 위(魏), 한(韓), 조(趙)는 진(晉) 정공(靜公)을 폐위하고 그 땅을 마저 분할하니. 이로써 한(韓), 위(魏), 조(趙)의 삼가분진은 마무리 된다.

위(魏)의 영역은 지금 산서성의 남부와 하남성의 북부, 그리고 섬서성(陝西省)과 하북성의 일부를 포함하였다. 위국의 서쪽으로는 진국(秦國)과 국경을 맞대었고, 동쪽으로는 회수(淮水)와 영수(潁水)로 제(齊)와 송(宋)과 이웃하였으며, 서남쪽으로는 한국(韓國), 남쪽으로는 홍구(鴻溝)에서 초국(楚國)과 접경하였다. 또 북으로는 조국(趙國)과 접경했다.

위국(魏國)은 처음에 안읍〔安邑, 산서성 서남부 운성시(運城市)〕에 도읍했다가 前 361년 위(魏) 혜왕(惠王, 재위 前 369 – 319)은 안읍(安邑)에서 대량〔大梁, 지금의 하남성 북동부 개봉시(開封市)〕으로 천도하였다. 그래서 수도 이름인 양(梁)이 나라 이름으로 통용되었다.

《맹자》 첫 장 〈양혜왕장구(梁惠王章句)〉의 첫 구절 「孟子見梁惠王하니 王曰, "叟, 不遠千里而來, 亦將有以利吾國乎?"」의 그 왕이 양〔梁, 위(魏)〕 혜왕이다.

○ 위(魏)의 융성

위 문후(文侯)와 위 무후(武侯) 때 위국(魏國)은 크게 융성했다.

위 문후는 공자의 제자였던 자하(子夏),[171] 그리고 전자방(田子

---

[171] 子夏(자하) – 孔門十哲의 한 사람(文學), 子夏(자하)는 卜商(복상)의 字이다. 공자보다 44세 어렸다. 공자께서 말했다. "卜商은 함

方),¹⁷² 단간목(段干木)¹⁷³ 등을 스승으로 모셨고, 악양(樂羊)¹⁷⁴에 명하여 중산국(中山國)을 공격케 했으며, 서문표(西門豹)를 업(鄴) 현령(縣令)으로 삼아 장수(漳水)에 12개 인공 수로(水路, 渠 도랑 거) 를 만들었다.

이회(李悝)를 등용하여 변법(變法)을 시행하였는데, 이회는 성 문법전(成文法典)인 《법경(法經)》을 저술하여 법치의 근거를 확보 하였다. 前 413-409년에 걸쳐 위(魏)는 진(秦)을 공격하였고, 하 서(河西)의 땅을 확보하여 서하군(西河郡)을 설치하고 오기(吳起)

께 詩를 논할 수 있다." 그리고 공자께서 자하에게 말했다. "너 는 君子와 같은 유생이 되어야지 小人儒가 되지 마라." 이 말은 道를 밝힐 수 있는(明道) 儒者가 되어야 한다는 뜻이다. 명성이 나 얻으려 한다면 小人儒일 것이다. 공자 사후 前 476년에 자하 는 晉國의 西河(今 陝西省 渭南市)에서 학당을 개설하고 제자를 교육했다. 그곳은 三家가 分晉한 뒤에 魏國의 영역에 속했다. 자 하는 '西河學派'의 개조가 되었고, 그 문하에서 治國의 良才가 많이 배출되었고 뒷날 法家 성장의 요람이 되었다. 서하 일대에 서는 子夏를 孔子처럼 대우하였다. 《論語》一書도 많은 부분이 자하의 제자들에 의해 이루어졌다고 알려졌다.

172 전자방(田子方, 생졸년 미상)-戰國시대 초기 人物. 魏 文侯가 사부 로 대접하였다.

173 단간목(段干木, 생졸년 미상)-본래 晉國 市場 중개인, 子夏에게 배 웠다. 魏 文侯가 스승으로 대우하였다. 위문후는 단간목 집 앞을 지날 때마다 수레에서 예를 표했다. 魏 文侯는 단간목에게 治國 之道에 관하여 자문을 구했다.

174 악양(樂羊, 생졸년 미상)-中山國人. 戰國時 魏國의 大將. 名將 악 의(樂毅)의 先祖.

를 서하군수(西河郡守)에 임용하며 국방을 강화했다. 前 408년에, 위국(魏國)은 조국(趙國)에 길을 빌려(假道) 중산국을 멸망시켰다(1차) 前 405-404년 사이에 위(魏)는 조(趙), 한(韓)과 연합하여 제국(齊國)을 공격하였으며, 제 장성(長城)을 넘어 제 강공〔康公, 前 405-386년, 강제(姜齊)의 마지막〕을 생포하였다. 前 400-391년에 3진(晉)의 연합군은 초(楚)를 침공하여 적잖은 땅을 늘리기도 했다.

○ 쇠락

전국시대 중기까지 위국(魏國)은 여전히 강대하였다. 그러나 결국 땅덩어리가 큰 제국(齊國)과 진국(秦國)이 동서 양쪽에서 강대해지면서 위(魏)는 쇠퇴할 수밖에 없었다.

거기에 남북으로 초(楚)와 조(趙)의 국력 신장에 따라 위(魏)와 한(韓)은 한계에 봉착할 수밖에 없었다.

위(魏) 3대 위〔魏, 양(梁)〕혜왕〔惠王, 이름은 위앵(魏罃), 재위 前 369-319〕은 농업 경제의 발전을 근거로 건강한 부국(富國)이었으나 큰 흐름은 쇠락이었다. 이 시기 위(魏)의 동방 진출은 여러 번 좌절하였다. 前 353년의 계릉지전(桂陵之戰)이나 前 341년의 마릉지전(馬陵之戰)에서 제국(齊國)에 연패하였다. 前 330년, 위 혜왕 후 5년에 상앙(商鞅)의 변법(變法)을 거치면서 강해진 진(秦)에게 하서 지역을 빼앗겼는데, 이는 위(魏)에게 큰 타격이었다.

이에 도읍 안읍(安邑)이 무방비로 노출되면서 대량〔大梁, 지금의 하남성 북동 개봉시(開封市)〕으로 천도하였다. 이후에도 진(秦)의 침략은 계속되었다. 前 334년 위(魏) 혜왕과 제(齊) 위왕(威王, 前 356 - 320)은 함께 칭왕(稱王)하였다.

○ 합종(合縱)

前 323년, 위국(魏國)의 서수(犀首, 군관 직명)인 공손연(公孫 衍)[175]은 위(魏), 조(趙), 한(韓), 연(燕), 그리고 중산국까지 5국의 동맹으로 진(秦)에 항거하기 위한 합종(合縱, 合從)을 추진하였지 만 성공하지 못했다. 前 293년의 이궐지전(伊闕之戰)에서, 진군(秦 軍)은 위(魏)와 한(韓)의 연합군을 격파하였다. 이후에도 계속되는 진(秦)의 압박에 국세는 크게 위축되었다.

이 무렵에 신릉군〔信陵君, 공자(公子) 무기(無忌), 안리왕(安釐王)의 弟〕 前 257년에 병부를 훔쳐 위(魏)의 군사로 진(秦)과 싸우는 조국(趙 國)을 도왔지만 신릉군은 귀국하지 못하고 조국(趙國)에 머물고 있었다. 이때 진(秦)이 위(魏)를 침공하자 위왕은 신릉군을 불러 상장군에 임명하였다. 신릉군은 前 247년 다른 5국의 도움을 받 으며 항전하여 진(秦)을 격퇴시켰다.

이런 승리에도 불구하고, 결국 위왕의 신릉군에 대한 시기와 의심이 작동했고, 진(秦)의 반간계(反間計)가 성공했으며, 신릉군 은 위왕과 불화 속에 술에 탐닉했고, 결국 실의 속에 죽었으며~, 나라가 멸망으로 가는 일반적인 공식이 여기에도 그대로 적용되

---

175 공손연(公孫衍, 約 前 360 - 約 前300?) - 魏國 무신. 서수(犀首)라는 무관직에 임명.

었다.

○ 멸망

진왕(秦王) 정(政, 뒷날 秦始皇) 즉위(前 247년) 이후, 위국(魏國)에 대한 진(秦)의 압력은 더욱 증강되었다. 前 225年, 진(秦) 장(將) 왕분(王賁)은 수공(水攻)으로 대량(大梁)을 격파하니, 위국은 멸망하였다.〔마지막 왕은 위가(魏假), 재위 前 227－225년〕위(魏)는 前 403부터 前 225년까지 179년간 존속하였다.

※ 위국(魏國)의 선대(先代)

칭호	성명	재위 연도	관계
魏武子(위무자)	魏犨(위주)	前 594년 이후	畢萬之孫, 芒季之子
중간 생략			
魏襄子(위양자)	魏侈(위치)	前508 －482년?	魏取之子
魏桓子(宣子)	魏駒(위구)	?－前 446년	魏侈之子

※ 위국군주(魏國君主)

칭호	성명	재위 연도	참고
文侯(문후)	魏斯(위사)	前 445－396	前 403 侯爵
武侯(무후)	魏擊(위격)	前 395－370	
惠王(혜왕)	魏罃(위앵)	前 369－319	前 334 稱王, 改元
襄王(양왕)	魏嗣(위사)	前 318－296	
昭王(소왕)	魏遫(위칙)	前 295－277	
安釐王(안리왕)	魏圉(위어)	前 276－243	
景湣王(경민왕)	魏午(위오)	前 242－228	
魏王 假(가)	魏假(위가)	前 227－225	秦에 멸망

이 무렵 위 문후(文侯, 재위 前 445－396)는 이회(李悝)의 변법(變法)을 채용하며 강성하여 조(趙)와 패권을 다툴 정도가 되었다.

(2) 위(魏) 문후(文侯)의 치적

○ 전국시대 최초

위 문후(魏 文侯, 성은 희(姬), 위씨(魏氏), 이름은 사(斯). 재위 前 445－396) － 위국(魏國) 개국군주(開國君主). 주(周) 정정왕(貞定王)으로 24년(前 445) 위(魏) 환자(桓子)의 아들로 부친의 지위를 계승했다.

이어 위열왕(威烈王) 23년(前 403)에 한(韓), 조(趙) 양가(兩家)와 함께 주 위열왕의 책봉을 받아 제후가 되었으니, 이를 '삼가분진(三家分晉)'이라 한다. 위 문후는 나라를 일신시켜 놓고, 주 안왕(安王) 6년(前 396)에 죽었다.

위 문후는 전국 7웅 중 가장 먼저 변법(變法)을 실행하고, 정치를 개혁하였으며 수리사업을 일으키고 농업과 함께 백성의 군공(軍功)을 장려하였으니 뒷날 진(秦) 효공(孝公)의 상앙 변법(商鞅變法)은 모두 위국의 개혁을 모델로 삼았다.

위 문후는 사마천의 《사기 유림열전(史記 儒林列傳)》에서 '호학(好學)'의 군주로 기록되었는데, 위 문후는 늘 공자의 제자 자하(子夏)와 재전(再傳) 제자인 전자방(田子方), 단간목(段干木) 등을 청해 강론을 들었기에 유가 사상에 정통했었다.

○ 국세(國勢) 증강

위 문후는 위현(魏縣) 법가 사상가인 이회(李悝)를 재상으로 삼아 '유공자에게 녹봉을 주며', '유능한 자에게 상을 내리고 잘못에는 합당한 처벌을 내리는' 변법을 시행케 하였다. 위나라는 이회의 변법 이후 강성해졌다.

그리고 악양(樂羊)을 장수로 삼아 중산국(中山國)을 패망케 하였고, 오기(吳起)를 장수로 삼아 진국(秦國)의 서하(西河)의 5개 성을 차지 하였고, 서문표(西門豹)를 업현 현령으로 임명하여 수리사업과 농업을 장려하였다. 또 책황(翟璜, 翟 성씨 책)을 상경(上卿)으로 삼아 정치 개혁을 추진하여 전국시대 초기에 가장 강력한 나라로 발전하였다.

○ 악양(樂羊) - 중산국(中山國) 공격

악양(樂羊)이 위장(魏將)이 되어[176] 중산국(中山國)[177]을 공격하

---

176 원문 樂羊爲魏將而攻中山. ― 樂羊(악양, 생졸년 미상, 羊이 名)은 본래 中山國 출신이었다. 樂羊은 처음에 魏 相國 翟璜(책황, 성씨 책)의 門客이었는데, 中山國君인 窟(굴)이 發兵하여 침공하자, 책황은 악양을 천거했다. 樂羊의 子 樂舒(악서)는 그때 中山王의 將領으로 근무하면서 싸움에서 책황의 아들 翟靖(책정)을 죽였었다. 그런 줄을 알면서도 책황은 樂羊의 사람됨을 알기에 恩怨(은원)을 따지지 않고 악양을 천거하고 보증하였다. 樂羊은 출병 후에 적은 강하고 아군은 약하기에 緩兵之計(완병지계) 작전을 썼다. 이에 魏에서는 많은 사람들이 악양이 중산국과 내통한다는 무고

였다(前 408년). 그런데 악양의 아들은 중산국 장수로 근무 중이
었다. 중산국 국군(國君)이 악양의 아들을 삶아 국물(갱羹)을 보냈
다.

악양은 장막 안에 앉아서 한 그릇을 모두 마시었다.

문후가 도사찬(睹師贊)[178]에게 말했다.

"악양은 나 때문에 그 자식의 살점을 먹었도다."

도사찬이 대답했다.

도 있었다. 中山國에서 악의의 아들을 죽여 삶은 국물을 보내자
악양은 그 국물을 그대로 마셨다. 이후 중산국을 대파하였다. 燕
將 樂毅(악의)의 先祖이다.

177 中山國(중산국)은 周朝의 제후국이다. 중산국은 春秋時代 前 507
年 건국된, 姬姓에 爵位는 侯爵(후작)인 나라였다. 그 위치는 지
금 河北省 중부 太行山의 동쪽 일대이다.

初期의 中山國은 城 가운데(中)에 山이 있어 中山이라는 이름을
얻었다. 中山이라는 이름이 史書에 처음 보이는 것은 前 505년
과 前 504年에 晉國이 두 차례에 걸쳐 中山을 공격한 것으로 나
타나는데, 이후 晉은 韓, 魏, 趙에 의하여 三家 瓜分(과분)되었
다.(周 定王 16년, 前 453). 趙國과 燕國의 중간에 끼인 중산국은
북으로 燕을, 南으로 趙를 침공하면서 한때 강성했었다. 이후 趙
國의 연속되는 침공에 시달리고 영역도 축소되었다.

中山國의 땅은 척박하나 인구는 많은 지역이었다. 중산국은 어
려운 환경에서도 농업과 목축을 생업으로 삼았고, 수공업이 발
전했다. 중산국의 수공업의 발전과 그 기술의 진보는 司馬遷의
《史記 貨殖列傳》에서도 그 품질의 우수성을 찬탄하였다.

178 도사찬(睹師贊) - 인명. 후대에 도사(堵師)로도 표기.

"그 자식의 살점도 먹는데 무엇을 못 먹겠습니까!"

악양이 중산국을 격파하자 문후(文侯)는 그 공을 높이 상찬(賞讚)하였지만, 그의 잔인한 마음을 의심하였다.

○ 업(鄴)의 현령 서문표(西門豹)

서문표(西門豹)가 업현(鄴縣) 현령이 되어,[179] 위 문후에게 출발인사를 했다.

그러자 문후가 말했다.

"경은 출발하시오. 꼭 치적을 쌓고 이름을 남기시오."

위 문후 25년(前 400), 서문표는 업현(鄴縣) 현령으로 부임하였다. 그런데 현의 농지에는 잡초만 무성하고, 마을에는 빈집이 많았다.

서문표가 노인들에게 묻자, 노인들은 이곳 무당들이 장수(漳水)의 수신(水神)인 하백(河伯)에게 해마다 처녀를 며느리로 바치면서 수만 전의 금품을 갈취하기에 그를 피해 백성들은 생활터전인 정든 마을을 버리고 도망갔기 때문이라고 말했다.

---

179 西門豹(서문표, 생졸년 미상, 西門이 複姓)－戰國時代 魏國 政治家, 水利 전문가. 鄴令으로 재직 중 '河伯娶婦(하백취부)'의 악습을 뿌리뽑고, 장수(漳水)에 12개 운하를 개통했는데, 이를 西門豹渠(서문표거)라 했다. 업현(鄴縣)은, 今 河北省 남부 邯鄲市 臨漳縣이다. 《韓非子》, 《史記 滑稽列傳(골계열전)》, 《논형(論衡)》, 《戰國策》, 《회남자(淮南子)》, 《설원(說苑)》 등에 서문표와 관련된 기록이 있다.

해마다 장수가 범람하기 전에 무당은 민가를 뒤져 얼굴이 예쁜 처녀를 골라 하백의 부인으로 뽑았다면서 외딴 곳에 가두고 잘 먹이며 치장을 한 다음 길일을 골라 강에 빠트려 죽인다고 하였다. 백성들은 무당 일당에게 수백 수천의 전곡을 바치다가 결국에는 견디지 못하고 딸을 데리고 도망간다고 하였다.

이에 서문표는 자신이 그런 행사에 동참하겠다면서 무당이 고른 처녀는 못생겨서 안 된다며 늙은 무당이 하백의 시중을 가장 잘 들을 것이라며 무당과 그 일당을 물에 빠트렸다. 그 무당이 다시 떠오르지 않자 서문표는 하백이 무당을 아내로 맞이했다면서 백성들을 해산시켰다. 이후 하백취부(河伯娶婦)의 악습은 사라졌다.

서문표는 업현의 지세를 살펴보아 장수(漳水)의 물을 관개에 이용할 수 있다고 생각하여 백성을 동원하여 12개소의 작은 물길〔거도(渠道, 渠는 물도랑 거)〕을 내어 강물의 범람을 줄이면서 농전(農田)에 관개(灌漑)하였다.

관개 사업이 완성된 이후 범람과 가뭄의 피해가 사라졌고, 농가의 수확은 크게 늘었으며 농민의 생활은 안정되었다.

○ 문후(文侯)와 우인(虞人)의 약속

위 문후와 우인〔虞人, 산택(山澤) 관리자〕[180]이 사냥을 기약했었다. 그날, 음주의 행락도 있거니와 또 비가 내리고 있었다.

---

180 虞人(우인)은 山澤을 관장하거나 苑囿(원유, 정원)를 관리하는 사람.

문후가 나가려 하자 측근이 물었다.

"오늘 다른 음주 약속도 있고 또 비가 오는 날씨인데, 어째서 가시려 합니까?"

문후가 말했다.

"내가 우인(虞人)과 사냥을 약속했는데, 음주가 즐겁겠지만, 기약했는데 어찌 아니 갈 수 있겠는가!"

문후는 나가서 직접 취소하였다. 위(魏)는 이때부터 강성해졌다.

○ 위 문후(魏 文侯)와 전자방(田子方)

위 문후(魏 文侯)와 공자의 재전(再傳) 제자인 전자방(田子方)이 음주하면서 음률을 논했다.[181]

문후가 말했다.

"종성(鍾聲)이 맞지 않습니다. 왼쪽이 높군요!"

그러자 전자방이 웃었다.

문후가 "왜 웃으십니까?"라고 물었다.

전자방이 말했다.

"신(臣)이 알기로, 군주가 현명하면 치관(治官)을 즐기나(君明

---

181 이 故事는 연대를 알 수 없다. 田子方의 요점은 國政의 大體가 중요하다는 뜻이다. 王이 細技를 알거나 논할 필요가 있겠는가? 田子方은 魏 文侯가 스승으로 모셨던 인물. 魏 문화에 대해서는 "晉 魏斯(文侯)는 好賢하였으니, 卜商(子夏)을 스승으로 모셨고, 段干木(단간목)을 벗으로, 그리고 田子方도 師友로 생각하였다." 는 말이 있다.

則樂官), 불명(不明)하다면 악음(樂音)을 즐긴다(不明則樂音)[182]고 하였습니다. 지금 주군께서는 성률(聲律)에 정통하시니 신은 치관(治官, 治國)에 어두울까 걱정입니다."

문후가 말했다.

"훌륭한 말씀입니다. 삼가 가르침을 따르겠습니다."

(3) 이회(李悝)의 변법

○ 이회(李悝)

위 문후는 前 445년 계위한 뒤에 중앙집권을 강화하였다. 문후는 前 422년 이회를 상국(相國)에 임명하였고, 오기(吳起)를 서하 군령(西河郡令), 서문표(西門豹)를 업현 현령으로 임명하여 정치, 경제, 군사(軍事) 방면의 개혁을 진행하였다.

이회〔李悝, 前 455-395, 悝는 희롱할 회. 一作 이극(李克)〕는 위국(魏國) 출신으로 공자의 제자 자하(子夏)의 제자이니, 공자의 재전(再傳) 제자이다.

전국시대 유명한 법가 사상가인데, 이회의 저술로《이자(李子)》32편과《법경(法經)》6편이 있었지만 지금은 전하지 않는다.

이회는 위국(魏國)의 상(相)을 역임하며 변법을 주관하였는데,

---

182 樂은 즐길 악. 樂官은 治官을 즐거움으로 여긴다는 뜻. 樂音은 음악을 즐긴다.

이회 변법의 요점은 중농(重農)과 법치(法治)이다. 뒷날 위앙(衛鞅, 상앙)과 한비(韓非)에게 직접 큰 영향을 끼쳤으며 법가의 시조(始祖)라 할 수 있다.

이회 변법의 주요한 내용은 아래와 같이 요약할 수 있다.

첫째, 귀족의 관작 세습을 반대하였다. 아무 일을 하지 않고서도 윗대의 관작을 받아 백성을 착취하며 풍족한 녹봉을 받아 좋은 옷을 입고서, 밖으로 나오면 수레를 타고, 집에 들어가서는 좋은 음식에 풍악을 즐기는 그런 귀족을 이회는 음민(淫民)이라 규정하였다. 그리하여 음민의 관작을 박탈하여, 새로이 선발하는 유능한 관리에게 혜택을 돌려주어야 한다고 강조하였다.

그리하여 문후는 이회의 '유공자를 시상하고 죄 지은 자를 틀림없이 처벌하라.' 는 건의를 받아들였다.

다음으로 이회는 나라 경제의 바탕으로 농업의 생산성 제고를 강조하였다. 농민은 기장(稷), 서(黍, 밭 작물의 일종), 보리(麥, 맥), 콩(菽), 삼(麻, 마) 등을 동시에 파종 경작하여 지력의 효과를 거두게 하였다. 그리고 단위 면적당 소출을 늘린 농민에게는 1무(畝)당 삼두(三斗)의 곡식을 포상으로 지급할 것을 주장, 실행하였다.

이회는 정전제(井田制)의 타파를 주장하며, 토지의 경계를 없애 보다 넓은 경작지를 직접 경작하며, 단위 면적당 소출을 늘려야 한다고 강조하였다. 그리고 곡물가격 조절을 위한 평적법(平糴法, 糴 곡식 사들일 적)을 시행하여 평균 가격으로 사들이고 팔아서 '값

싼 곡물가격에 농민이 손해를 보고(穀賤傷農), 비싼 곡물가격에 나라 백성이 고통 받는(穀貴傷民)' 현상을 바로잡아야 한다고 강조하였다.

세 번째 개혁 요점은 법치 질서 확립이었다. 이회 저술《법경》의 원문은 전하지 않지만 그 6개의 편명이 전해온다. 6편의 제목은 〈도법(盜法)〉, 〈적법(賊法)〉, 〈수법(囚法)〉, 〈포법(捕法)〉, 〈잡법(雜法)〉, 〈구법(具法)〉으로 치안유지, 도적 체포, 백성의 반역행위 예방 및 범법자 처벌 방법 등 사법(司法)의 여러 단계에 따른 구체적 방법을 제시했다.

이회의 여러 개혁으로 위(魏)는 전국시대 초기에 부강한 나라로 변모하였고 다른 나라들은 위(魏)와 경쟁할 수가 없었다.

○ 공숙좌(公叔痤)의 병

위(魏) 공숙좌가 병석에 눕자, 위 혜왕(惠王, 재위 前 369 - 319)이 찾아가 물었다.

"공숙께서 병이 들었으니, 만약 피할 수 없다면,[183] 사직(社稷)을 어찌해야 합니까?"

공숙좌가 대답했다.

"제가 중서자(中庶子) 직위에 앙(鞅)이란 사람을 가신(家臣)으로

---

183 원문 卽不可諱－죽음은 누구나 피할 수 없다. 죽음에 대한 완곡한 표현.

데리고 있는데, 그에게 국사(國事)를 물어보시기 바랍니다. 만약 위앙의 말을 들어줄 수 없다면, 위앙이 나라 밖으로 못 나가게 하십시오."

혜왕은 대답하지 않고, 나와서 측근에게 말했다.

"어찌 서글프지 않은가! 공숙좌가 현명하지만 과인에게 그의 중서자 앙(鞅)의 말을 들어보라 하니, 이 어찌 잘못되지 않았는가!"

공숙좌가 죽자, 공손앙(公孫鞅, 衛鞅)은 이런 사실을 알았다. 장례를 마친 뒤, 공손앙은 서쪽 진(秦)으로 갔고,[184] 진 효공(孝公)은 위앙을 받아들여 등용하였다.[185] 과연 진(秦)은 날로 강해졌고, 위(魏)는 나날이 줄어들었다.

이는 공숙좌가 잘못된 것이 아니라 혜왕의 잘못이었다. 판단 착오의 후환은 잘못되지 않은 것을 잘못되었다고 생각했기 때문이다.

---

184 《史記 秦本紀》에 의하면 秦 孝公이 원년(前 361)에 求賢할 때, 위앙(衛鞅, 公孫鞅, 商鞅)이 찾아왔다. 이는 魏 惠王 9년이었다. 뒷날 魏는 秦의 강성에 계속 당했다. 公叔痤(공숙좌)의 경고를 무시한 惠王의 잘못이 아니겠는가?

185 상앙(商鞅, 公孫鞅. 衛鞅 前 390 – 338년) – 戰國시대 정치가, 법가 사상의 대표자. 衛國 왕족 출신이라서 위앙(衛鞅) 또는 公孫鞅(공손앙)이라 했다. 公孫은 衛公의 孫子라는 뜻. 庶孼公子(서얼공자)라는 말은 직명이 中庶子였기에 이런 기록이 생겼는지도 모른다는 주석이 있다. 秦에서 戰功으로 商에 봉해졌기에 商君, 또는 商鞅으로 통칭한다.

○ 공손연(公孫衍)

공손연(公孫衍)이 위장(魏將)이 되었는데, 상(相)인 전수〔田繻, 전수(田需)〕와는 사이가 안 좋았다. 계자(季子, 인물 미상)가 공손연을 위하여 양왕〔梁王, 위왕(魏王)〕에게 말했다.

"왕께서는 천리마 사이에 매인 소(牛)를 못 보셨습니까? 1백 보도 달려가질 못합니다. 지금 대왕께서는 (공손연을) 장수가 될 만하다 생각하여 등용하셨습니다. 그런데 (왕께서는) 상(相)의 말만 따르니, 이는 천리마 사이에 낀 소와 같습니다.[186] 소와 말 모두 함께 죽게 되니, 공을 이룰 수도 없어 왕의 국정은 손상될 것입니다. 대왕께서 살펴보시기 바랍니다."

(4) 문후(文侯) 이후의 위(魏)나라

○ 위 문후(魏 武侯)의 유람

오기(吳起)는 위 문후가 현명한 군주라는 사실을 알고 위국(魏國)으로 찾아갔다.

문후가 이회에게 오기가 어떤 사람인가를 묻자, 이회가 대답하였다.

---

[186] 수레는 말 4마리가 끌게 되었다. 거기에 소(牛) 한 마리가 끼였다면 모두가 잘못된다. 用賢하나 불초(不肖)한 사람이 끼었다는 뜻이다. 공손연은 적임자가 아니라는 의미인 것 같다.

"오기는 공명(功名)을 추구하면서도 여색을 좋아합니다. 그러나 그가 군사를 거느리고 전투를 벌인다면 사마양저(司馬穰苴)[187]도 오기를 이기지 못할 것입니다."

이에 문후는 오기를 대장으로 삼았고 서하(西河)를 지키면서 진(秦)에 대항케 하였다.

무후(武侯, 재위 前 395−370)가 여러 대부와 함께 서하(西河)에서 유람하며 말했다.[188]

"험고한 산하가 정말 견고하지 않은가?"

왕을 시종하던 왕종(王鍾)이 말했다.

"이 때문에 진국(晉國)이 강성했었습니다. 만약 이를 잘 이용했었다면 패왕(覇王)의 대업을 이뤘을 것입니다."

그러자 오기(吳起)가 말했다.[189]

---

187 司馬穰苴(사마양저, 생졸년 미상)−嬀(규) 姓, 田氏, 名 穰苴(양저). 春秋 후기, 齊 敬公(재위 前 548−490)의 장수. 兵法家. 田完의 후손.

188 魏 武侯−名은 魏擊(위격), 文侯의 차남으로 계위, 재위 前 395−370년. 西河는 황하의 중간 부분, 今 陝西省과 山西省의 경계를 이루면서 북쪽 내몽고에서 남으로 흐른다. 龍門河라고 부르는 사람도 있다. 본 章은 魏 武侯 초기의 일이나 연대를 확정할 수 있다. 吳起(오기)는 자연 지형보다 더 중요한 것은 人德(德政)과 人謀라고 강조했다.

189 오기(吳起, 前 440−381년)−戰國初期의 兵法家. 兵家의 대표적 인물. 衛國 左氏縣(좌씨현, 今 山東省 서쪽 荷澤市 관할 定陶縣) 출신. 吳

"주군의 말씀은 나라를 위태롭게 할 것입니다. 그리고 당신(王鍾)은 거기에 맞장구를 쳤으니 모두 잘못되었습니다."

그러자 무후가 얼굴을 붉히며 말했다.

"그대 말은 근거가 있는가?"

이에 오기가 대답했다.

"험고한 산하(山河)가 나라를 지켜주지 못합니다. 패왕(伯王, 覇王)의 대업은 험고한 산하에서 이뤄지지 않습니다. 걸왕(桀王)[190]이 다스리던 하(夏)는 좌측에 천문산〔天門山, 천정관(天井關)〕이 우측이 천계산(天谿山)의 남쪽이고, 여역(廬嶧)이 그 북쪽에 있으며, 이수(伊水)와 낙수(洛水)가 그 남쪽을 흘렀습니다. 이런 험고한 지형이었지만 위정(爲政)이 불선(不善)하여 (은殷의) 탕왕(湯王)에게

起는 魯, 魏, 楚 3국에 출사(出仕)하여, 각국에서 능력을 인정받았다. 前381년, 楚 悼王(도왕)이 죽은 뒤, 楚에서 兵變이 일어나며 피살되었다. 《吳子兵法》 6편만 존재. 곧 〈圖國〉, 〈料敵〉, 〈治兵〉, 〈論將〉, 〈應變〉, 〈勵士〉 등이다. 《孫子兵法》과 함께 《孫吳兵法》으로 통칭. 北宋 시대에 《吳子兵法》은 《武經七書》의 하나였다.

190 곧 桀王(걸왕). 桀(걸, 생졸년 미상) ─ 姒姓, 夏后氏. 名 履癸(이규), 夏桀로 통칭. 夏朝 17대 겸 마지막 왕. 發王의 아들. 桀은 신체가 건장하여 적수공권(赤手空拳)으로 호랑이를 때려잡을 정도였다. 王后 妹喜(말희)를 총애했고, 정사에 전혀 뜻이 없었으며, 忠良한 신하를 대량으로 학살하였다. 酒池肉林의 잔치를 벌였으며, 湯王에게 명조의 싸움(鳴條之戰)에서 패해 南巢(남소, 今 安徽省 巢湖市 居巢區)로 방출되었다가 병사했다. 폭군의 대명사. 《史記》에는 桀의 아들 淳維(순유)가 북으로 도망가 흉노가 되었다고 하였다.

정벌되었습니다. 주왕(紂王)의 은(殷)나라는 좌측에 맹문산(孟門山)이, 우측에 장수(漳水)와 부수(釜水, 滏水)가 흐르고, 남쪽에 하수(河水)가 북쪽은 산지(太行山)[191]로 둘러싸였습니다. 그러나 이러한 험고한 지형이었지만 위정에 불선하여 무왕에게 정벌되었습니다. 그리고 주군께서는 친히 신(臣, 吳起)과 함께 성을 공격하여 이긴 적이 있었는데, 그 城이 결코 낮은 것이 아니었고 백성이 적지 않았지만 우리가 차지하여 병합한 것은 그 정치가 나빴기 때문입니다. 이를 본다면 지형이 험고하다 하여 어찌 패왕(覇王)이 될 수 있겠습니까!'

이에 무후가 말했다.

"옳은 말이요. 나는 오늘에야 성인(聖人) 같은 말씀을 들었습니다! 이곳 서하의 통치는 전적으로 그대에게 일임하겠소."

오기는 위(魏)에서 27년간 서하 지역을 다스렸다. 이 기간에 진나라 군사는 감히 동쪽을 바라보질 못했다고 한다. 오기는 서하 지역 5만의 군사로 진나라 50만의 군사를 두려워 떨게 만들었다.

○ 오기연저(吳起吮疽)

오기는 용병(用兵)에 뛰어난 군사전략가였다. 오기는 증자(曾

---

191 太行山 — 一名 五行山, 王母山, 或作 太形山. 中國 동부의 주요 산맥. 北京市, 河北省, 山西省, 河南省에 달하는 400여 km의 대산맥. 東周 列禦寇(열어구)가 말한 '우공이산(愚公移山)'의 목표물.

子)의 제자로 노군(魯君)을 섬기었다. 제(齊)가 노(魯)를 침공해오자, 노군은 오기를 장수로 등용하여 제(齊)를 격퇴하려 했으나 오기의 아내가 제나라 출신이라서 유예하며 결정하지 못했다.

사실, 오기는 어떻게든 자신의 능력을 발휘하여 인정받고 공명(功名)를 이루고 싶었다. 오기는 아내 때문에 장수 등용이 유예되고 있다는 것을 알자, 곧바로 아내를 죽여버렸다.

결국, 오기는 장수가 되어 제나라 군사를 대파하였다.

뒷날, 몇 사람이 오기의 단점을 노군에게 말했고, 노군이 오기의 인품을 의심하며 중용(重用)하지 않자, 오기는 즉시 노(魯)를 떠나 위(魏) 문후(文侯)를 찾아갔다. 위 문후는 오기가 탐욕이 많고 여색을 좋아한다는 사실을 알고서도 오기를 중용하였다.

오기는 장수로써 하급 졸병들의 신뢰를 얻는 것이 중요하다는 사실을 누구보다도 잘 알고 있었다. 그래서 오기는 하급 졸병과 똑같이 먹었고 함께 잤다. 부대가 이동할 때에도 말을 타지 않았으며 졸병과 함께 도보로 행군하였고, 병졸과 똑같이 자신의 군량을 짊어지고 걸었다. 장수가 말을 탄다 하여 병졸보다 빨리 도착해서 무엇하겠는가?

필자가 어렸을 때만 해도 농촌의 아이나 어른들에게 피부병은 아주 흔한 질병이었다. 피부병 중에서도 종기(腫氣)는 그 고통이 심했고, 고약한 냄새의 종기 고름이 몸에 흘러내렸다. 종기고름을 짜내는 고통은 이루 말할 수 없었으며, 종기는 그 뿌리를 뽑아야만 완치되었다.

오기의 어떤 부하가 악성 종기로 고통을 받자, 오기는 직접 병졸의 종기 고름을 입으로 빨아주었고〔吮疽(吮은 빨을 전, 핥을 연, 疽는 종기 저)〕, 그 종기는 완치되었다.

이 소식을 들은 병졸의 모친은 '이제 우리 아들은 죽었구나!' 하며 대성통곡하였다.

사람들이 장군이 그렇게 잘 보살펴 주는데 왜 '아들이 죽었다' 통곡하느냐고 물었다.

그러자 병졸 모친이 말했다.

"작년에 장군이 내 남편 몸에 난 종기 고름을 직접 빨아주었습니다. 남의 종기 고름을 빨아주는 일은 그 아내도, 자식도 못하는 일입니다. 남편은 장군의 은덕에 감동하였고, 그래서 더욱 용감하게 싸우다가 전사하였습니다. 이번에는 장수가 내 아들의 종기 고름을 빨아주었으니 내 아들이 어찌 용감히 싸우지 않겠습니까? 내 아들이 언제, 어디서 죽을지 모르기에 어미가 통곡한 것입니다."

○ 오기와 맹상군

오기가 위 문후를 찾아갔고, 중용되었으며 서하 일대를 지켜내어 크게 명성을 떨쳤다. 문후가 죽고 위 무후(武侯)가 즉위하였는데, 무후는 즉위하면서 제나라의 맹상군 전문(孟嘗君 田文)을 상국으로 임명하였다.

은근히 재상 자리를 생각하고 있던 오기는 기분이 좋지 않았다. 어느 날 우연한 자리에서 두 사람이 만나자 논공(論功)의 논쟁이 벌어졌다.

먼저 오기가 맹상군에게 물었다.

"삼군(三軍)을 거느리며 사졸(士卒)들이 나라를 위하여 기꺼이 전투에 참여하게 만들어 다른 나라에서 감히 위국(魏國)을 얕보지 못하게 하는 점에서 당신과 나는 어떻습니까?"

그러자 맹상군이 말했다.

"군사 지휘통솔에서는 내가 당신만 못합니다."

"백관(百官)을 관리하고 백성이 친부(親附)하며 국고를 충실히 할 수 있는 능력은 어떻습니까?"

그러자 맹상군도 고개를 끄덕이며 말했다.

"그 점에서도 당신이 나보다 더 훌륭하십니다."

이에 오기는 더욱 당당하게 맹상군에게 물었다.

"서하의 국경지대를 지켜 진(秦)이 넘보지 못하게 만들었고, 한(韓)과 조(趙)가 우리와 동맹을 맺어 위국의 지위를 굳건히 하는 점은 어떻습니까?"

그러자 맹상군은 선뜻 "그점에서도 당신이 정말 뛰어나십니다."라고 대답하였다.

그러자 오기가이 물었다.

"지금 이 3가지(군사통술, 내정, 외교) 면에서 당신은 모두 나만 못하다고 인정하셨습니다. 그런데도 당신이 나보다 상위 직책에 오른 것은 무슨 도리입니까?"

그러자 맹상군은 한동안 말이 없다가 조용히 오기에게 물었다.

"지금 국군(國君)은 젊은 나이에, 국내는 불안정하여 백성들은 국군을 신뢰하지 못하고 있습니다. 지금 이런 상황에서 국군은 국정의 총책임을 나와 당신 누구에게 맡길 것 같습니까?"

오기는 뜻밖의 질문에 한동안 깊이 생각했다.

그리고서는 말했다.

"아마도 당신에게 맡겨야 할 것 같습니다."

그러자 맹상군이 말했다.

"저도 그렇게 생각합니다. 장군께서 인정해 주시니 정말 고마울 뿐입니다."

맹상군 전문(田文)이 죽은 다음에도 오기는 재상의 자리에 오르지 못하고 오히려 무후의 의심을 받는 처지가 되었다. 오기는 前 383년, 위(魏)를 떠나 초(楚)로 망명했다.

초(楚)에서는 오기에게 초의 북방 원[苑, 지금의 하남성 서남부 남양시(南陽市) 일원]의 통치를 맡겼다가 1년 뒤에 영윤[令尹, 국상(國相)]에 임명하여 변법(變法)을 주관케 하였다.

○ 조(趙)를 위한 소진의 합종책(合從策)

소진(蘇秦)이 조(趙)를 위하여 합종책(合從策)으로 위왕을 설득

하였다.[192]

　"《주서(周書) / 일주서(逸周書) 화오해(和寤解)》에서도 '면면(綿綿)히 끊어지지 않고 뻗어나가니 어찌할까? 호모(毫毛, 작은 털)를 뽑지 않으면, 곧 도끼 자루만큼 커지리라.' 하였으니, 미리 생각하여 결정하지 않으면 뒷날 대환(大患)이 있을 것이니 앞으로 어찌 하시겠습니까? 대왕께서 진정 신(臣)의 말을 따라주신다면 6국이 합종으로 친밀해지고, 한마음이 되어 힘을 합치신다면 강한 진(秦)에 대한 환란은 없을 것입니다. 그래서 저희 조왕〔趙王, 조숙후(肅侯), 재위 前 349-326〕께서는 사신으로 신을 보내어 우계(愚計)를 헌상케 하여 분명한 약속을 받들라 하셨으니 대왕의 명령이 있으시기를 바랍니다."

　이에 위왕이 말했다.

　"과인이 불초(不肖)하여 여태껏 명교(明敎)를 듣지 못했습니다. 이번에 君께서 조왕의 명으로 나에게 알려주시니 삼가 나라와 함께 따르고자 합니다."

　○ 장의(張儀)의 유세(遊說)

　장의(張儀, 前 373-310)가 진(秦)을 위하여 연횡책(連橫策)으로 위왕을 설득하며 말했다.

---

192 《史記 蘇秦列傳》은 周 顯王 36년(前 333)에 유세한 것으로 되어 있다.

"합종(合從)을 주장하는 사람들은 큰소리가 많고, 믿을 수 있는 말은 적으며, 한 나라를 설득하고 나와 수레를 타는 시간에, 다른 한 나라의 약조를 맺고 돌아서면 봉토를 받는 토대가 만들어집니다. 이러하기에 천하의 유사〔遊土, 책사(策土)〕들은 누구나 밤낮을 가리지 않고 팔을 휘두르며, 눈을 부릅뜨고, 이를 갈면서 합종의 이득으로 군주를 설득하지 않는 자가 없습니다. 인주(人主)들은 그런 자들의 말을 듣고 그런 말에 끌리니 어찌 현혹되지 않겠습니까? 臣이 알기로, 가벼운 깃털도 많이 실으면 배가 가라앉고(積羽沈舟), 가벼운 티끌이 수레 굴대를 부러트리며(群輕折軸), 여러 사람 말에 쇠도 녹는다고(衆口鑠金)[193] 하였습니다. 그러니 대왕께서는 이를 깊이 숙고하시기 바랍니다."

이에 위왕이 말했다.

"과인(寡人)이 우둔하여〔준우(蠢愚)〕 앞서 계책은 실패하였습니다. (진秦의) 동쪽 번신(藩臣)으로 (진왕을 위한) 제궁(帝宮)을 짓고, (진의 신하로) 관대(冠帶)를 받으며, (진을 받들어) 춘추로 제사를 지내고, 하수 서쪽의 땅을 바치고자 합니다."

○ 장의(張儀)가 위(魏)를 진(秦)과 한(韓)에 연합하여

장의(張儀)가 위(魏)를 진(秦)과 한(韓)에 연합케 하여[194] 제(齊)

---

193 중구삭금(衆口鑠金) ─ 여러 사람이(衆口) 헐뜯으면 金石이라도 녹일 수 있다. 훼방이 쌓이면 뼈도 녹일 수 있다(積毀銷骨). '積讒銷金, 積讒磨骨.'

와 초(楚)를 공격하려고 하였다. 혜시(惠施)[195]는 위(魏)를 제(齊)와 초(楚)에 연합케 하여 군사 행동을 멈추게 하려 했다. 그러나 많은 사람들은 왕의 면전에서 장의의 편이 되었다.

이에 혜시가 혜왕(惠王)에게 말했다.

"소사(小事)에도 찬성하는 사람과 반대하는 사람이 반반이거늘, 하물며 대사(大事)야 어떻겠습니까? 위(魏)를 진(秦)과 한(韓)에 연합하게 하여 제(齊)와 초(楚)를 공격하는 일은 대사인데, 왕의 많은 신하들은 모두 찬성하고 있습니다. 이 일이 정말 옳은 일인지 또 그렇게 분명히 판단할 수 있는 일인가는 모르겠습니다. 군신(群臣)들이 그 방책을 알고 있는지 그래서 같은 뜻이겠습니까? 이 일이 가한 일인지 아니면 명백한 일인가는 모르겠고, 군신이 술책을 아는 것도 또 모두가 같은 뜻도 아닐 것이니, 이는 그 절반이 입을 다물고 있기 때문입니다. 이른바 왕에게 두려운 일은 말하지 않는 그 절반을 잃었다는 것입니다."

---

194 본 구절은 周 顯王(현왕) 47년, 前 322년의 일이다. 《史記 秦本紀》 및 《張儀列傳》에 의하면, 秦 惠文王 3년(前 322), 韓과 魏의 태자가 入秦했고, 장의는 魏相이 되었다. 惠施(혜시)의 말은 兼聽(겸청)하면 밝고(明), 偏聽(편청)하면 어둡다(暗)는 뜻으로 人主에게는 藥石과 같은 말이다.

195 惠施(혜시, ?前 370−310년)−戰國시대 宋國人. 莊子와 같은 시대 인물. 名家의 대표적 인물.《莊子》에 혜시의 담론이 많이 들어있다. 〈天下篇〉의 '歷物十事', 〈秋水篇〉의 '濠梁之辯' 등이 그 예이다. 혜시는 당시 魏 惠王(재위 前 369−319년)의 相이었다.

○ 장의(張儀)가 위(魏)의 상(相)이 되자

장의(張儀)가 진(秦)의 힘으로 위(魏)의 상(相)이 되자,[196] 제(齊)와 초(楚)에서 화를 내며 위(魏)를 침공하려 했다.

위인(魏人) 옹저(雍沮)가 장의에게 말했다.

"위(魏)에서 공(公)을 상(相)으로 맞이한 것은, 공을 상으로 삼아 나라가 편안하고 백성에게 환난이 없기를 바란 것이었소. 그러나 공이 상이 되자 위(魏)는 병란을 당하게 되니 이는 위(魏) 계책이 틀린 것입니다. 제(齊)와 초(楚)가 우리 위(魏)를 공격해 온다면 공은 틀림없이 위태로울 것입니다."

장의는 "그러니 어쩌면 좋겠소?"라고 물었다.

옹저는 "제(齊)와 초(楚)에게 침공을 풀도록 설득하겠습니다."라고 말했다.

옹저는 제 민왕(閔王)과 초 회왕(懷王)을 찾아가 말했다.

"왕께서는 장의가 진(秦) 혜왕(惠王)과의 약속을 알고 계십니까? 장의는 '왕께서 만약 저 장의를 위(魏)의 상(相)이 되게 해주시면, 제(齊)와 초(楚)에서는 장의를 미워하여 틀림없이 위(魏)를 공격할 것입니다. 위(魏)가 제(齊), 초(楚)와 싸워 이긴다면 제(齊)와 초(楚)는 군대를 잃고, 장의의 지위는 확고해질 것입니다. 만약 위(魏)가 이기지 못한다면, 위(魏)는 진(秦)을 섬기며 위의 땅을

---

196 본 장은 〈齊策 二〉 '張儀事秦惠王' 章을 본떠 가탁한 글이다. 雍沮(옹저)는 같은 말로 齊와 楚 두 왕을 설득했고 똑같은 대답과 후속 조치를 얻어내었다. 策士들이 이처럼 유능했겠나?

갈라 진왕(秦王)에게 헌상하겠습니다. 만약 (제齊, 초楚가) 다시 공격해 온다 하여도 이미 지친 제(齊)와 초(楚)는 진(秦)의 상대가 안될 것입니다.' 라고 말했습니다. 이는 장의가 진왕(秦王)과 비밀리에 약속한 내용입니다. 지금 장의가 위(魏)의 상(相)이 되었다 하여 공격한다면 장의가 진왕과 비밀 약속한 그대로 나가는 것이니 결코 장의를 궁지에 모는 수가 아닙니다."

제(齊)와 초(楚)의 왕이 말했다.

"맞는 말이요."

그리고는 서둘러 위(魏)에 대한 공격을 중지하였다.

○ 장의(張儀)가 진(秦)과 위(魏)의 상(相)을 겸임하려고,

장의가 진(秦)과 위(魏)의 상(相)을 겸임하려고[197] 위왕(魏王, 혜왕)에게 말했다.

"신(臣)이 진(秦)에게 한(韓)의 삼천(三川)을 공격하라고[198] 요청하겠습니다. 왕께서는 그간에 한(韓)의 남양(南陽)을 공격하십시오. 그러면 한씨(韓氏)는 멸망할 것입니다."

---

197 원문 張儀欲並相秦,魏 —《史記 六國年表》에 의하면, 周 顯王 47년(前 322) 秦國에 '張儀免相, 相魏' 라고 기록되었다. 이는 秦惠文王 後 3년, 魏 惠王 後 13년이었다. 동시 겸임은 못했다.

198 以秦攻三川 — 三川은 韓의 郡名. 지금의 河南省 洛陽市 일대. 뒷날 秦의 郡名. 秦이 漢에게 멸망할 당시 三川郡守는 李斯(이사)의 아들이었다.

사염〔史厭, 이름은 엄(厭)〕이 초(楚)의 조헌(趙獻, 인물 미상)에게 말했다.

"공(公)은 왜 초(楚)로 하여금 장의가 위(魏)의 상(相)이 되려는 것을 도와주지 않습니까? 한(韓)이 멸망할 위기에 처하면 남(南)으로 초(楚)에 와서 구원을 청할 것입니다. 장의가 진(秦)과 위(魏)의 상(相)이 되면, 공은 초(楚)와 한(韓)의 상(相)이 될 것입니다."

○ 위왕(魏王)이 장의(張儀)를 상(相)에 임용하려 하자,

위왕이 장의를 상(相)에 임용하려 하자,[199] 서수〔犀首, 공손연(公孫衍)〕는 이롭지 않다고 생각하여 사람을 시켜 (한韓의) 한공숙(韓公叔)에게 말했다.

"장의는 이미 진(秦)과 위(魏)를 연합케 하였습니다. 장의는 '위(魏)는 (한韓의) 남양을 공격하고, 진(秦)이 한(韓)의 삼천군(三川郡)을 공격하면, 한씨는 필망(必亡)이라.'고 하였습니다. 또 위왕이 장의를 귀하게 대우하는 것은 땅을 얻으려는 뜻이니, 곧 한(韓)의 남양입니다. 당신은 왜 땅을 조금 떼주어 공손연의 功으로 만들어 주지 않습니까? 그러면 진(秦)과 위(魏)의 결합은 곧 폐지될 것입니다. 이렇게 되면 위(魏)는 필히 진(秦)에 대항하고, 장의를 버리며, 한(韓)과 결합하려고 공손연을 상(相)에 임용할 것입니다."

---

199 본 章은 魏 惠王 後 13년(前 322)의 일이었다. 장의가 魏의 相이 된 뒤에 魏는 秦을 섬기지 않았고, 公孫衍(공손연)을 張儀 대신 相에 임용하였다.

한공숙은 그렇게 믿으면서 한(韓)의 땅을 떼어주며 서수(犀首, 공손연)의 공적으로 만들어 주었고, 공손연은 위(魏)의 상(相)이 되었다.

6. 진秦의 굴기崛起

(1) 진대(秦代) 사실(史實) 이해의 기초

○ 전국칠웅(戰國七雄)의 경쟁

33권의《전국책(戰國策)》은 사실상 진(秦)과 다른 6국과의 경쟁 관계에서 이기기 위한 책모(策謀)를 서술하였다. 국가 간 전쟁의 승리는 곧 국력의 경쟁이고, 국력은 사회와 경제적 틀을 바탕으로 한 정치[政治, 법가(法家)]와 외교[外交, 종횡가(從橫家)], 그리고 군사[軍事, 병가(兵家)]에서 그 능력의 총화였다. 여기서 이해를 돕기 위한 방편으로 진국(秦國) 관련 여러 가지를 요약 정리하였다.

① 우선 진(秦)이 자리 잡은 지역은 중국 고대 역사의 본 무대인 중원(中原)이 아닌, 그리고 효산(崤山)과 함곡관(函谷關)으로 구분되는 관중(關中)에서도, 그 서쪽의 변방이었다.

그런 만큼 역사적 전통과 전통에 따른 제약이 없는, 곧 혁신을 저해하는 요소가 6국에 비하여 적거나 거의 없었던 신천지였다. 이는 마치, 신대륙에서 미국의 독립과 발전 과정에서 나타나는 각 방면에 걸친 다양한 활력을 연상할 수 있다. 이런 환경에서 상앙(商鞅)의 변법(變法)은 성공할 수 있었다.

② 상앙(商鞅)의 1차 변법은 십오제(什伍制)를 중심으로 한 연좌제(連坐制)의 채택이었다. 이는 상벌에 의한 공동체의 형성이고, 이를 통한 국가 권력의 효율적 집행이었다. 그리고 가족제도의 개혁은, 곧 성인의 분가를 통한 인구 증대와 생산력 증강의 효과를 거두었다.

또한 군공(軍功)을 장려하기 위하여 백성과 관리에게 20등급의 작위(爵位)를 수여하였다. 이 20작위 제도는 한대(漢代)에도 계속 시행되었다. 그리고 농업 장려인데, 이를 통해 나라의 경작지 확대와 군량의 자체 공급이 가능했다.

③ 그 10년 뒤, 상앙의 2차 변법의 요체는 함양(咸陽) 천도와 군현제(郡縣制)의 채택을 통한 중앙 집권의 강화였다. 동시에 도량형(度量衡)의 통일은 국가 경제발전에서 상당히 중요한 작용을 했다. 이런 상앙의 변법에 나름대로 귀족 내부의 반발이 있었지만 효공(孝公)의 강력한 개혁 의지를 바탕으로 성공할 수 있었다. 여기서 다시 한번 지도자의 결단과 능력을 생각해야 한다.

④ 서쪽에 치우친 진(秦)에서 변법의 성공과 자강(自强)이 진행되는 동안 6국의 관계와 세력 역시 계속 바뀌었으니, 그 요점은

언제나 '변화와 진전(進展)'이었다.

위(魏)의 강성에 따른 秦의 위축도 있었으나 위(魏)는 곧 쇠약해 졌고, 한(韓)은 강국 사이에서 힘을 펼 여건이 되지 않았으며, 조 (趙)는 중원(中原)의 북동에서 서북에 걸친 강국으로 많은 명장을 배출했지만 국운(國運)의 부침은 마찬가지였다. 한때 서제(西帝) 를 자처했던 제(齊)도 연(燕)의 침략에 국가 체제가 흔들리고 영토 를 할양해야만 했었다. 초(楚)는 중원 남방의 대국(大國)으로 제 (齊)와 조(趙), 한(韓), 위(魏) 및 진(秦)과 세력을 다투며 경쟁을 계 속했다.

⑤ 이런 전국칠웅의 세력 다툼은 각국의 부국강병의 채택으로 연결되었다. 그 부국과 강병의 요체는 인재등용이었고, 인재등용 은 신분이 아닌 능력의 존중이었다. 따라서 제자백가(諸子百家)의 출현은 춘추시대였지만, 현실 적용 곧 실용화(實用化)는 전국시대 였다. 그 실용화는 곧 백화제방(百花齊放)이라 표현한다.

⑥ 전국 말기 6국의 사정을 요약하면, 한(韓)과 위(魏)는 진(秦) 과 다툼에서, 제(齊)는 북쪽으로 연(燕), 남쪽으로 초(楚)와 경쟁하 였는데, 이 3국의 국력은 이제 거의 고갈되어 진(秦)과 비교할 때 경쟁 상대가 되지 못했다.

초(楚)는 그 광대한 영토를 자랑하지만 사실 장강 이남은 전부 미개지였다. 물론 진(秦)도 파(巴)와 촉(蜀)이 미개발지였지만 초 (楚)의 강남과는 달랐다. 따라서 초는 회수(淮水) 유역이 국토의 중심이었지만, 진과 경쟁에서 밀리는 형세였고, 세력이 강대한 중앙 귀족은 국가 발전의 장애물이었다.

북방의 조(趙)는 진(秦)과 장평전(長平戰)에 패배하면서 국력은 크게 위축되었다. 장평지전(長平之戰)은 지금의 산서성 동남부 진성시(晉城市) 관할 고평시(高平市)에서 前 262－260년 걸친 전투였는데, 진(秦)의 명장 백기(白起)는 승리를 거두면서 조(趙)의 투항한 장졸 20여만 명을 생매장했다.

⑦ 전국시대에 이런 국제 관계와 세력의 변화에서 중요한 것은 협력과 동맹이고, 이를 주장하며 설득하는 과정에서 종횡가(縱橫家)가 활약한다. 그런 종횡가의 대표적 인물이 소진(蘇秦)과 장의(張儀)인데, 소진과 장의는 《전국책(戰國策)》 전편의 중심인물이다.

○ 전국시대 진(秦)의 역사 개관

전국시대에 진(秦)과 관련한 주요 사건을 순차적으로 정리하면 아래와 같다.

前 359년－진(秦) 효공은 상앙(商鞅 위왕)을 등용, 변법을 시행했다.

前 340년－진에서는 위앙(衛鞅, 상앙)을 상군(商君)에 봉했다.

前 318년－함곡관의 싸움. 5국이 진을 공격했으나 성과 없이 해산했다.

前 287년－조(趙), 위(魏), 한(韓), 연(燕), 초(楚) 5국이 연합, 진(秦)을 공격. 진은 할지(割地), 조(趙), 위(魏)에 구화(求和).

前 278년 – 진(秦)의 장수 백기(白起)가 초군(楚都) 영(郢)을 점령했다. 초(楚)는 진(陳)으로 천도했다. 시인 굴원(屈原)이 멱라수(汨羅水)에 자진(自盡)했다.

前 271년 – 객경(客卿)인 장록〔張祿, 범수(范雎)〕이 진 소양왕(昭襄王)에게 '원교근공책(遠交近攻策)'을 건의했고, 이를 소양왕이 받아들였다.

前 263년 – 진(秦)이 출병하여 한(韓)을 공격하며 상당군과 한(韓)의 도성인 신정(新鄭)의 통로를 단절했다. 한(韓)에서는 상당군을 진에 분할하려 했으나 상당의 군민이 따르지 않자, 조국(趙國)에 구원을 요청했다. 조(趙)는 노장 염파(廉頗)를 보내 장평(長平)에 주둔 방어케 하며 상당군을 지켰다.

前 260년 – 진국(秦國) 대장인 왕흘(王齕)이 상당군을 점령하고 염파와 장평에서 대치하며, 쌍방이 4개월을 버티었다. 진국은 반간계를 써서, 조국(趙國)의 젊은 장수 조괄(趙括)이 염파를 대신하게 했다. 그러면서 비밀리에 대장 백기(白起)를 출전시켰다. 장평전에서 조군(趙軍)은 참패했고, 20여 만 항졸(降卒)은 구덩이에 산 채로 묻혔다. 이후 산동 6국은 진(秦)에 항거할 전력(戰力)이 없었다.

前 258년 – 위(魏)의 신릉군(信陵君), 조(趙) 평원군(平原君), 초(楚) 춘신군(春申君) 등이 한단(邯鄲)에서 진군을 대파했다. 신릉군은 그 뒤에도 군사를 동원하여 함곡관에서 진군에게 대승을 거두었지만 진(秦)은 크게 약화되지 않았다.

前 256년 – 주(周) 난왕(赧王)이 병사했다. 진국(秦國)은 낙읍(雒

邑)에 진공했고, (난왕 붕어 이후 분열된) 제후국(西周)의 주군이 투항하였다. 이는 주 왕실의 공식 멸망으로 기록된다.

前 249년 – 진상(秦相) 여불위(呂不韋)는 공읍(鞏邑, 지금의 하남성 공의시 강점진)을 함락시켜 난왕 붕어 이후 분열된, 제후국 동주 주군의 투항을 받았다.

前 241년 – 초(楚)는 수춘(壽春)으로 재 천도했으나 진(秦)에 대항할 여력이 없었다.

前 230년 – 진(秦)이 한(韓)을 멸망시켰다.

前 228년 – 조국(趙國) 멸망.

前 225년 – 위국(魏國) 멸망.

前 223년 – 초국(楚國) 멸망.

前 222년 – 연국(燕國) 멸망. 남방 월국(越國) 멸망.

前 221년 – 제국(齊國) 멸망. 중원(中原) 통일.

6국을 멸망시킨 뒤, 진시황은 분서(焚書)하고 갱유(坑儒)하며, 전국시대 각국의 역사 기록을 훼손하고 없앴다.

○ 전국시대 – 진국 군주 세계(秦國 君主 世系)

칭호	재위 연도	비고
21. 簡公(간공)	前 414 – 400년	懷公(회공)의 子
22. 惠公(혜공)	前 399 – 387년	簡公(간공) 子
23. 出公(출공)	前 386 – 385년	惠公(혜공) 子
24. 獻公(헌공)	前 384 – 362년	靈公(영공) 子
25. 孝公(효공)	前 361 – 338년	獻公(회공) 子
26. 惠文王(혜문왕)	前 337 – 311년	孝公(효공) 子

27. 悼武王(도무왕)	前 310 – 307년	惠文王(혜문왕)
28. 昭襄王(소양왕)	前 306 – 251년	혜문왕 子, 武王弟(무왕제)
29. 孝文王(효문왕)	前 251 – 250년	昭襄王(소양왕) 子
30. 莊襄王(장양왕)	前 249 – 247년	名,異人,子楚. 孝文王子
31. 始皇(시황)	前 246 – 222년 前 221 – 210년	莊襄王(장양왕) 子 稱皇帝前 – 秦王 政.
32. 二世(이세)	前 209 – 207년	始皇(시황) 子
33. 秦王 子嬰 (진왕 자영)	207년(약 50일)	胡亥(호해, 2세 황제)의 질 자(姪子) 출생 불명

(2) 위앙의 개혁

○ 위앙(衛鞅)

위앙[衛鞅, 상앙(商鞅), 공손앙(公孫鞅), 前 390 – 338]은 전국시대, 법가 사상의 대표자이다. 위국(衛國) 왕족 출신이라서 위앙 또는 공손앙이라 했다. 공손(公孫)은 위공(衛公)의 손자라는 뜻이다. 서얼 공자(庶孽公子)라는 말은 위(魏)에서 위앙이 공숙좌(公叔痤)를 섬길 때, 직명이 중서자(中庶子)였기에 이런 기록이 생겼는지도 모른다는 주석이 있다. 진(秦)에서 전공(戰功)으로 상(商)에 봉해 졌기에 상군(商君), 또는 상앙(商鞅)으로 통칭한다.

위앙은 위(魏)에서 망명하여 입진(入秦)하였는데, 효공(孝公)이 상(相)으로 삼아 상(商)에 봉했기에 상군(商君)으로도 불린다.[200]

---

200 商은 弘農郡의 지명. 商州는 今 陝西省 동남부 商洛市 商州區.

○ 위앙의 변법

위앙은 변법(變法)으로 진국(秦國)을 강국으로 발전케 했다. 혁법명교(革法明敎)로 국가의 기강을 세웠고 진공무사(盡公不私)한 관리였으며 군사적 능력을 발휘한 전략가였다.

진 효공(孝公, 재위 前 361 – 338)의 상(相)을 역임하면

상군〔商君, 위앙(衛鞅), 前 390 – 338년〕

서 백성의 신뢰를 얻기 위하여, 먼저 성문에 세워 둔 통나무를 다른 성문에 옮기는 자에게 상금을 주겠다고 공고했다. 백성들이 비웃으며 아무도 옮기지 않았다. 그러자 어떤 백성이 통나무를 옮겼고, 위앙은 즉시 상금을 내주었다. 이로써 백성의 신뢰를 얻은 다음〔徙木立信(사목입신)〕 새로운 법령을 공포하였다.

상군이 치진(治秦)할 때, 법령을 철저하게 시행하였고, 공평에 무사(無私)하였으며, 징벌에 강종대족(强宗大族)이라 하여 그 집행

을 면하지 않았고, 친근하다 하여 상을 주지도 않았다.

태자가 법을 어기자, 사부를 묵형(墨刑, 黥)에 처하고 코를 베는 형벌(劓)에 처하였다.[201] 1년 뒤에 길에 떨어진 물건을 마음대로 집어갖는 자가 없었다. 병혁[兵革, 병갑(兵甲), 군사력]이 막강하자, 제후들은 진(秦)을 두려워했다. 그러나 법 집행이 너무 엄격하고 관용이 없어 (백성은) 다만 억지로 복종할 뿐이었다.

위앙은 그 인성이 각박했고 진(秦)에서 빈부의 차를 극대화 했으며 혹형(酷刑)을 남발했고, 우민(愚民) 정책으로 유가학설(儒家學說)을 반대했다. 진 효공이 죽고, 아들 혜문왕(惠文王, 前 337 – 311)이 계위(繼位)한 뒤 참소를 받았고, 자신이 만든 법에 걸려 거열형(車裂刑)으로 죽었다.

《사기 상군열전(史記 商君列傳)》에 입전되었다. 그의 저서 《상군(商君)》 29편 중 지금은 일부분 남아 전한다.

효공이 죽고 혜문왕이 즉위하고, 임정(臨政)한 지 얼마 뒤에, 상군은 사직을 청했다.

상앙이 위(魏)로 출국하지 못하고 진(秦)으로 돌아오자, 혜문왕

---

201 太子가 犯法하자, 형을 면할 수 없기에 法이 태자에 해당되었다고 표현했다. 그 태자가 뒷날 秦 惠王(재위 前 399 – 387년)이었다. 黥은 묵형할 경. 이마에 죄명을 새기다(刻其額, 以墨實其中). 劓는 코를 벨 의(截其鼻), 傅는 師傅(사부). 師인 公孫賈(공손가)의 코를 베고, 傅인 公子虔(공자건)을 黥刑에 처했다.

은 상앙을 거열형(車裂刑)에 처했는데, 진인(秦人)은 아무도 불쌍
히 여기지 않았다.

(3) 소진과 장의의 유세

○ 소진(蘇秦)의 유세(遊說)

소진(蘇秦)[202]은 연횡책(連橫策)[203]으로 진(秦) 혜문왕(惠文王, 재
위 前 338 − 311)[204]에게 유세(遊說)하였다.

---

202 蘇秦(소진, ?−前 284년, 字는 季子)은 東周 雒邑人. 鬼谷子(귀곡자)의
徒弟(도제). 戰國시대 縱橫家(종횡가). 蘇秦과 張儀(장의)는 鬼谷子
아래서 함께 縱橫(종횡)의 술수를 배웠다. 이후 몇 년 동안 제후
를 찾아 유세했지만 인정을 받지 못했다. 다시 각고하며 《陰符
(음부)》를 정독한 다음에 유세에 나서 燕 文公의 인정을 받고 사
신으로 趙國에 나갔다. 소진은 6國이 合縱(합종)하여 抗秦(항진)
해야 한다는 전략을 유세하여 결국 6국의 연맹을 이루며 '從約
長(종약장)'이 되어 六國의 相印을 지닐 수 있었으며, 이후 15년
간, 秦은 函谷關(함곡관)을 나올 수 없었다. 나중에 齊가 燕을 침
략했고 소진은 齊에 점령한 땅을 돌려주라고 설득했는데, 결국
齊에서 보낸 자객에게 살해되었다. 소진이 성공한 동안 張儀의
연횡책은 설득력을 얻었다. 《史記 蘇秦列傳》에 입전.

203 連橫策(연횡책) − 南北을 從(좇을 종, 세로 縱), 東西를 橫(횡, 가로)이
라 한다. 또 關東의 통합을 從, 秦과 相通을 連橫이라 한다. 통합
의 利를 강조하면 從, 威勢(위세)로 서로를 위협하는 것을 橫이라
한다. 또 關中과 연합을 橫, 關東의 연합을 從이라 한다.

204 秦 惠文王(혜문왕, 재위 前 338−311년) − 孝公의 아들. 작위는 伯

소진(蘇秦, ? - 前 284년)

"대왕의 나라는 서쪽으로 파(巴)와 촉(蜀), 한중(漢中)의 풍요로운 땅이 있고,[205] 북쪽으로는 호락(胡貉)과 대마(代馬) 지역에서 용무(用武)할 수 있으며,[206] 남쪽으로는 무산(巫山)과 검중군(黔中郡)의 험한 지형이 막아주며,[207] 동쪽으로는 효산(肴山,

爵. 시호 惠文王, 惠公은 재위 13년(周 顯王 14년, 前 325년)에 稱王하였다. 이후 韓, 趙, 燕, 中山國과 宋까지 5국이 칭왕하니 이를 五國相王이라 한다. 樗里疾(저리질), 嬴華(영화), 張儀(장의) 등을 등용하였다. 소진이 혜왕에 유세할 때는 재위 초기이기에 그때는 王이 아니었다.

205 巴, 蜀, 漢中의 三郡은 漢代에 益州刺史部 관할이었다. 巴는 지금의 重慶市 일원, 蜀은 今 四川省, 漢中은 今 陝西省 서남부를 지칭한다.

206 胡貉(호락)과 대마(代馬)는 모두 지명이다. 胡는 樓煩(누번)이나 林胡(임호). 代馬는 代郡의 馬邑을 의미. 貉은 오랑캐 맥. 狐(여우 호)와 비슷한 동물. 代馬는 代郡에서 얻을 수 있는 말(馬)을 뜻하지 않는다. 代馬之用의 用은 用武. 곧 군사상 要衝地(요충지).

207 巫山縣(무산현)은, 今 重慶市 동부. 湖北省과 접경. 黔中(검중)은

崤山)과 함곡관(函谷關)이 굳게 지켜주고 있습니다.[208] 전답은 비옥하고 백성은 많고도 부유하며, 전차 1만 승(乘)은 백만 군사를 격파할 수 있고, 옥야(沃野)가 1천 리에 축적(縮積)이 풍요하고 많으며, 지세는 공수(攻守)에 모두 유리하니, 이는 하늘이 내려준 땅으로, 천하의 강국입니다. 현명하신 대왕과 많은 사민(士民), 거마(車馬)와 기병(騎兵), 병법(兵法)의 교습으로 제후를 집합시켜 천하를 차지하고, 칭제(稱帝)하여 통치할 수 있습니다. 바라건대, 대왕께서 조금 유의하시면 제가 그 효과적 방책을 아뢰고자 합니다."

그 뒤로 소진은 진왕을 설득하는 글을 열 번 이상 올렸지만 설득이 통하지 않았다. 검은 담비 가죽의 갓옷은 다 낡아 해졌고, 황금 1백 근도 다 써버렸다. 자용(資用)이 다 떨어지자, 소진(蘇秦)은 진(秦)을 떠나 낙양으로 귀가했다. 천으로 발을 싸매고 짚신을 신었으며, 책을 짊어지고 전대를 메었으며, 비쩍 마른 모습에 검은 얼굴로 부끄러운 기색이 완연했다.

집에 돌아왔지만 처(妻)는 베틀에서 내려오지도 않았고, 형수는 밥도 해주지 않았으며 부모는 말도 하지 않았다.

소진이 크게 탄식하며 말했다.

지명. 뒷날 武陵郡. 之限은 험한 지형이 막아준다는 뜻.

208 肴(안주 효)는 殽(섞일 효), 崤(산 이름 효). 函은 函谷關. 固는 牢堅(뇌견). 단단하게 둘러싸다. 難攻(난공)하나 易守(이수)한 지형.

"처는 나를 지아비로 생각하지 않고, 형수는 나를 시동생으로 여기지 않으며, 부모는 나를 자식으로 보지도 않는 이 모든 것이 진나라의 허물이다.

그리고 밤이 되자 책을 꺼내고, 책 상자에서 수십 권을 늘어놓고, 태공(太公)의 음부경(陰符經)의 책모를 찾아²⁰⁹ 엎드려 외우거나 가려 뽑아 연습하며 숙달하였다.

독서하면서 졸음이 오면 송곳을 꺼내 허벅지를 찔러 그 피가 발까지 흘러내렸다.

그러면서 소진이 말했다.

"인주(人主)에게 유세하여 금옥이나 비단을 내놓게도 못하면서 어찌 경상(卿相)의 존귀한 자리를 차지할 수 있겠는가?'

1년이 지나 소진이 말했다.

"이를 가지고 당세의 군주를 설득할 수 있다!'

뒷날 소진이 조(趙)에 출사하여 크게 출세한 뒤에, 초 위왕(威王, 재위 前 339-329)에게 유세하러 가는 길에, 낙양을 지나가는

---

209 陰符(음부) - 太公兵法. 太公은 太公望(태공망, 생졸년 미상)은 姜
姓. 呂 氏. 名 尙. 字 子牙. 周 文王과 周 武王의 軍師였다. 보통
姜尙, 姜子牙, 呂尙, 呂望(여망)으로 부르며 姜太公, 呂太公, 齊太
公, 太公, 太公望, 尙父(상보), 師尙父(사상보)는 별칭이다. 師尙父
(사상보)는 師傅(사부)이며 존경받고(尙) 부친과도 같다(父)는 뜻
으로 태공의 모든 것을 종합한 말이다. 太公望은 周朝를 도와 殷
商을 토벌하는데 有功하여 齊國에 봉해졌다.(姜齊의 始祖). 殷을
멸망시킨 戰功으로 武聖, 兵家之聖으로 칭송된다.

데, 소식을 들은 소진의 부모가 집을 청소하고 길을 치우며 풍악과 음식을 준비하려 30리 밖까지 나와서 맞이하였다. 아내는 곁눈으로 바라보면서 귀로 소진의 말을 들었고, 형수는 뱀처럼 땅을 기며 4번 절하고 꿇어앉아 사죄하였다.

소진이 물었다.

"형수는 전에는 어찌 그리 거만했고, 지금은 이리 겸손합니까?"

그 형수가 말했다.

"시숙(媤叔)께서 높은 자리에 올라 돈이 많기 때문입니다."

이에 소진이 말했다.

"아! 내가 빈궁하니 부모도 자식으로 여기지 않나니 부귀하니 친척도 두려워한다. 인생 한 살이에, 힘과 지위와 부귀를 어찌 경시할 수 있겠는가!"[210]

○ 장의(張儀) – 진왕(秦王)에게 유세하다

장의(張儀, 前 373–310)가 진 혜문왕(惠文王, 재위 前 338–311)에

---

210 곤궁과 영달이 다 타고난 팔자이고(窮通有命), 부귀는 하늘의 뜻이다(富貴在天). 가난한 부부에겐 온갖 일이 모두 서럽다(貧賤夫妻百事哀). 빈천하면 친척도 떠나지만(貧賤親戚離) 부귀하면 남도 다가온다(富貴他人合). 부자는 깊은 산 속에 살아도 먼 친척이 찾아오고(富在深山有遠親), 가난뱅이는 저자 거리에 살아도 인사하는 사람이 없다(貧居鬧市無人問).

게 말했다.[211]

"신(臣)이 알기로, 잘 알지도 못하며 말을 한다면 그것은 부지(不智)이고, 알면서 말하지 않는다면, 그것은 이국(利國)과 안군(安君)의 방책을 알고 있으면서 말하지 않으니, 불충(不忠)입니다. 인신(人臣)이 되어 불충한다면 응당 죽여야 하고, 상세히 살피지 않고 말한다면(不智) 역시 죽여야 합니다. 그렇지만 제가 들은 바를 모두 말씀드리오니 대왕께서 저의 죄를 판별해주시기 바랍니다."

"지금 진(秦)에서는 명령을 내리고 상벌을 하여 유공한 자, 무공한 자를 서로 섬기게 하였습니다.[212] 부모의 품속에서 태어나 적군을 본 적이 없으면서도 전쟁이라는 말만 들으면 힘차게 뛰고, 맨 손에 웃통을 벗고서 하얀 칼날에 대들고 시뻘건 숯불을 밟으며 앞으로 나아가니, 결코 죽을 수 없는 백성들입니다. 대체로, 결단코 죽어도 좋다는 마음과 기어코 살겠다는 마음은 같지 않은데 백성이 그럴 수 있는 것은 그런 용기를 귀하게 알아주기 때문입니다. 백성들의 이런 용기는 하나가 열을 이길 수 있고, 열이 백(百)을, 백이 천(千)을, 천은 만(萬)을, 만은 천하를 이길 수 있습니다. 지금 진(秦)의 지형은 긴 곳을 잘라 짧은 곳에 이으면 사방 수

---

211 이 장문의 要旨는 六國의 合從을 격파하고 講和없이 계속 진공하여 秦王의 패업(霸業)을 이룩해야 한다는 주장이고, 秦의 통일 천하는 그대로 실행되었다.

212 秦에서는 전공에 따라 無功者는 유공자의 노예가 되기도 했다.

천 리의 땅이고,[213] 용감한 군사가 수백 만에다가, 상벌을 장려한
명령, 유리한 지형 등 전체적으로 천하에 이 같은 나라는 또 없을
것입니다."

(4) 힘쓰다 죽은 도무왕(悼武王)

○ 진(秦) 도무왕의 죽음

진(秦) 도무왕〔悼武王, 재위 前 310-307, 혜문왕의 자(子), 성(姓)은
영(嬴). 이름은 탕(蕩)〕─보통 무왕이나, 《사기 진시황본기(史記 秦始
皇本紀)》에 진 도무왕(悼武王)으로 기록했다. 장편 역사소설 《동주
열국지(東周列國志)》에 진 도무왕은 92회에 등장한다.

진(秦)의 의양지전(宜陽之戰) 이후에, 진 무왕은 주도(周都) 낙양
(雒陽)에 가서 태묘(太廟)에 있는 구정(九鼎)을 구경했다. 무왕은
평소에 힘깨나 쓰기에 힘자랑을 하고 싶었다. 그러나 측근은 무
왕에게 솥(鼎)을 들어서는 안 된다고 말렸다.

맹분(孟賁)[214]은 9정의 하나인 옹주정(雍州鼎)을 구우이호(九牛

---

213 남북으로 긴 국토를 잘라 동서의 짧은 부분을 메워 사각형으로
땅으로 계산해본다는 뜻.

214 맹분(孟賁, 생졸년 미상)─戰國時期 위국(衛國)의 勇士. 그 힘이 정
말 장사였다. 하육(夏育), 오획(烏獲)과 함께 천하장사로 늘 거명된
다. 秦 武王은 齊國 출신의 맹열(孟說)을 신입하였는데 맹분과는
다른 사람이라고 알려졌다. 《史記 范雎列傳》에도 이름이 나온다.

二虎)의 온 힘을 다하여 반척 정도(약 12cm) 들어올렸다. 무왕도 그 솥을 역시 반 자 정도 들었는데, 갑자기 팔에 힘이 빠지는 것을 느끼며 솥을 떨어뜨렸는데, 하필 오른쪽 다리에 닿으며 정강이뼈가 부서지면서 피가 쏟아졌다. 무왕은 바로 그날 밤에 죽었다. 주 난왕(赧王)은 소식을 듣고 바로 관(棺)을 짊어지고 가서 조상(弔喪)하였다.

진(秦) 무왕 사후, 저리질(樗里疾)[215]은 소양왕(昭襄王)을 맞아 계위하게 하였다. 무왕의 생모인 혜문후(惠文后, 진 혜문왕 妃)는 무왕을 죽게 한 책임을 물어 맹분(孟賁)을 거열형(車裂刑)에 처한 다음 삼족을 멸했다. 무왕에게 주(周)의 구정을 관람하게 했다 하여 상(相)이던 감무(甘茂)는 저리질의 박해를 받아 위(魏)로 망명했고 거기서 죽었다.

○ 도무왕과 감무

감무(甘茂, 생졸년 미상)는 전국시대 초국(楚國) 하채읍〔下蔡邑, 지금의 안휘성 중부 방부시(蚌埠市) 관할 봉대현〕 사람으로 진국(秦國)의 명장이었다. 백가(百家)의 여러 학설을 공부하였고, 뒷날 장의(張

---

215 저리자(樗里子, 저리질. ?-前 300) - 秦 孝公의 子, 惠文王의 弟, 秦의 장군, 대신. 외교 군사 전문가. 武王이 장의를 방출한 뒤에 숙부인 저리질을 우승상에 임명. 진의 판도 확대, 6국 통일의 기반을 마련. 뒷날 蜀郡 엄현(嚴縣, 수 四川省 滎經縣)에 피봉, 거주 - 嚴君疾로 호칭됨. 엄씨의 시조. 因足智多하여 秦의 지낭(智囊)으로 호칭.《史記 樗里子甘茂列傳第十一》.

儀)와 저리질(樗里疾)의 천거로 혜문왕을 섬겼다. 주 난왕 3년(前 312)에 진(秦), 한(韓), 위(魏) 3국이 초(楚)를 공격했고, 초국(楚國)은 대패했다. 진국은 초국의 한중(漢中)을 차지했고 감무(甘茂)는 한중 일대를 평정하였다. 뒷날 진(秦)을 떠나 제국(齊國)으로 옮겨갔고 제국의 상경(上卿)에 올랐다. 나중에 위국에서 죽었다. 감무의 손자가 12살에 진국(秦國)의 상경이 되었다는 감라(甘羅, 前 247 - ?)이다. 삼국시대 오(吳) 손권의 부장 감녕(甘寧)은 감무의 후손으로 알려졌다. 《사기 저리자감무열전(史記 樗里子甘茂列傳)》참고.

진(秦) 도무왕이 감무(甘茂)에게 말했다.

"과인은 수레로 한(韓)의 삼천(三川) 땅[216]을 지나 주실(周室)을 탐색하고 싶은데, 그리하면 과인이 죽더라도 명성은 남지 않겠는가?"

이에 감무가 대답했다.

"제가 위(魏)에 가서 한(韓) 정벌의 맹약을 체결하고자 합니다."

무왕은 상수(向壽, 向은 성씨 상)[217]에게 감무를 수행케 하였다.

감무는 위(魏)에 도착해서, 회담이 성사(成事)한 뒤에 상수에게 말했다.

"그대는 돌아가서 왕께 '위(魏)가 나의 뜻에 동의했으나 아직

---

216 三川은 의양(義陽). 周의 王城이고 당시 河南縣이었다.

217 向壽는 宣太后의 外族. 向이 姓氏일 때는 상.

은 공격하지 마십시오.'라고 보고하라. 나중에 일이 다 잘 되면 모두 그대 功이 될 것이다." [218]

상수가 돌아와 왕에게 보고했고, 나중에 무왕은 감무를 식양 (息壤)까지 나와서 맞이했다.

감무가 도착하자, 무왕이 공격하지 말라는 까닭을 물었다. 이 에 감무가 대답했다.

"한(韓)나라의 의양(宜陽, 지금의 하남성 낙양시 관할 의양현)은 대 현(大縣)으로 상당군과 남양군에서 재물을 축적한 지 오래되었으 며, 이름은 현(縣)이지만 실제로는 군(郡)입니다. 왕께서 지금 여 러 위험을 무릅쓰고 1천 리를 행군하여 의양 땅을 공격하기는 어렵습니다. 신(臣)이 알기로, 장의(張儀)는 그전에 서쪽으로 파 (巴)와 촉(蜀) 땅을 병합하고, 북으로 서하 밖의 땅을 차지하였으 며, 남으로는 초(楚)의 상용(上庸)의 땅을 정벌하였지만, 천하 사 람들은 장의를 칭찬하지 않고 선왕(先王, 혜문왕)을 현명하다고 생 각합니다. 위 문후(文侯, 재위 前 445년 – 396) [219]는 악양(樂羊)을 장

---

218 向壽는 왕의 인척이 되고, 감무의 조치를 왕이 의심할 수 있으므 로 미리 '그대의 功'이라며 다른 말을 못하게 예방하였다.

219 魏 文侯 – 戰國시대 魏國 統治者. 姬姓, 魏氏. 名 斯(사). 周 貞定 王 24년(前 445) 즉위, 周 威烈王 2년(前 424)에 稱侯 改元했고, 威烈王 23년(前 403)에 韓, 趙와 함께 정식 제후로 책봉받았다. 이것이 바로 三家分晉이다. 周 安王 6년(前 396)에 죽었다. 魏國

수로 삼아 중산국(中山國)[220]을 정벌케 하여 3년 만에 점령했는데, 악양(樂羊)이 돌아와 전공(戰功)을 보고하자 위 문후는 악양을 비방하는 투서 한 궤짝을 보여주었는데, 악양은 재배(再拜)하고 머리를 숙여 말했습니다. '이는 저의 공적이 아니라 주군의 공력(功力)입니다.' 지금 臣은 외국에서 들어온 신하입니다. 저리질(樗里疾)과 공손연(公孫衍) 두 사람은 한(韓)을 끼고 국정을 의논하고 왕께서는 그 말을 필히 따르시니 이는 왕께서 위(魏)를 속이는 것입니다. 그리고 저는 공중치(公仲侈)와 같은 원망을 들어야 합니다.[221] 옛날에 증자(曾子)[222]가 비읍(費邑)에 살 때, 비인(費人) 중에

100년 霸業의 開創者인데, 戰國 七雄 중 제일 먼저 變法을 실행하여 정치를 개혁하고 농업을 장려하고 水利사업을 일으켜 경제를 발전시켰는데, 이 모두가 뒷날 秦 孝公이 시행한 상앙변법(商鞅變法)의 모델이(藍本) 되었다.

220 중산국은 公元 前 325년 稱王, 멸망 당시 국도는 靈壽(今 河北省 서남부 石家庄市 관할 平山縣). 멸망 — 前 406년 魏國에 멸망 — 前 380년 復國 — 前 296년에 趙國에 멸망. 《史記 43권 趙世家》, 《戰國策 中山策》 참고.

221 公仲(공중)은 韓의 相國인 韓朋(한붕). 韓侈(한치)로도 기록. 《史記》에는 韓馮(한풍).

222 曾子(증자) — 본명은 曾參(증삼, 前 505–435), 字는 子輿(자여), 공자보다 46세 연하. 아버지 曾晳(증석)과 함께 부자가 모두 공자의 제자였다. 공자의 학통을 이은 제자로 宗聖(종성)으로 추앙받고 있다. '하루에 자신을 세 번 살피는(日三省吾身)' 수양을 했다. 《大學》과 《孝經》을 저술했으며 효자로 널리 알려졌다. 또 曾參殺人(증삼살인)과 曾子殺豬(증자살저, 豬 돼지 저) 등 여러 故事의 주인공.

중자(曾子)와 같은 이름의 족인(族人)이 있어 살인을 하자, 어떤 사람이 증자의 모친에게 '증삼(曾參)이 살인했습니다.' 라고 말했으나, 증자의 모(母)는 '내 아들은 살인하지 않습니다.' 라고 말하며 그냥 베를 짜고 있었습니다. 조금 있다가 다른 사람이 와서 또 '증삼이 살인했습니다.' 라고 말해도 그 모친은 태연자약 베를 짰습니다. 그 뒤에 또 다른 사람이 와서 '증삼살인(曾參殺人)' 이라고 하자, 증자의 母는 두려워 떨며 북(杼, 북 저)을 던지고 담을 넘어 달아났습니다. 이처럼 증삼의 현명(賢明)과 그 모친의 신뢰도 3인이 의심하니 아무리 그 모친일지라도 아들을 믿을 수 없었습니다. 지금 저의 현명함은 증자에 미치지 못하고, 대왕의 저에 대한 신임은 증자의 모친만 못하며, 저를 의심하는 자는 3인 뿐이 아니기에 신은 대왕께서 북(杼, 감무에 대한 신뢰)을 던져버릴까 두려울 뿐입니다."

그러자 무왕이 말했다.

"과인은 그런 참언을 듣지 않을 것이라고, 그대와 맹서하겠다."

그러고서는 감무와 '식양(息壤)의 맹서' 를 하였다.

나중에 감무는 무왕의 명을 받아 의양(宜陽)을 공격했지만 5개월이 지났어도 점령할 수가 없었다. 저리질(樗里疾)과 공손연(公孫衍) 두 사람은 조정에서 감무를 비난했고, 무왕은 그런 말을 듣고 감무를 불러 알려주었다.

그러자 감무가 말했다.

"식양(息壤)이 어디인가는 대왕께서도 알고 계시지요?"

무왕은 "그렇소."라고 말했다.

무왕은 온 나라의 군사를 동원하여 감무에게 다시 공격케 하였고 마침내 의양(宜陽)을 점령하였다.[223]

○ 안면 몰수 거짓말

진(秦)이 한읍(韓邑)인 의양(宜陽)을 공격할 때(宜陽戰役, 前 308) 풍장(馮章)이 진 무왕에게 말했다.

"의양을 아직 함락시키지 못했는데, 한(韓)과 초(楚)가 우리 지친 틈을 타서 공격해오면 틀림없이 나라가 위태해집니다. 그러니 초에게 한중(漢中)의 땅을 돌려주겠다고 해서 초(楚)의 환심을 사야 합니다. 초가 좋아하며 진격하지 않으면 한(韓)은 고립되어 우리 진(秦)에게 아무것도, 어쩌지도 못할 것입니다!"

무왕이 말했다.

"옳은 말이다."

---

223 甘茂의 (韓) 宜陽(의양) 정벌은 秦 武王 3년(前 308)에 시작하여 다음 해에 끝났다. 이 章에서는 의양 정벌은 군사적으로 어려운 일이기에 주군의 신뢰가 절대적으로 중요하다. 그 신뢰를 보장받아야 군사작전에 성공할 수 있다. 그래서 감무는 魏 文侯와 曾子 모친의 故事를 비유로 무왕을 설득하였다. 그래서 무왕으로부터 息壤(식양)의 誓言(서언)을 이끌어내었다. 이는 감무가 군사적 능력뿐만 아니라 智計에도 뛰어났다는 반증일 것이다. 당시 감무는 右丞相이었다.《史記 樗里子甘茂列傳》참고.

그러면서 풍장을 보내 楚에게 한중 땅 반환을 약속했고 의양을 점령하였다.

초 회왕(懷王)이 풍장의 말대로 한중을 요구하자, 풍장이 진 무왕에게 말했다.

"왕께서는 신을 방축하셨다면서 '과인은 정말로 초왕에게 주겠다고 약속한 땅이 없다' 고 말씀하십시오."[224]

○ 나라 간 눈치 보기

의양(宜陽)의 싸움에서 초(楚)는 진(秦)을 배반하고 한(韓)을 도왔다. 진 도무왕은 이를 두려워했다.

감무가 말했다.

"초(楚)가 비록 한(韓)의 편에 섰지만 한(韓)을 위하여 먼저 우리를 쳐들어오지는 않을 것입니다. 한(韓)도 마찬가지로 싸우다가 초(楚)가 어떻게 변할지 걱정하고 있습니다. 따라서 한과 초는 틀림없이 서로 견제할 것입니다. 초는 한의 편이라고 말하면서도 우리 진(秦)과 원수가 되기를 원치 않기에 신(臣)은 그들이 서로를 관망하리라 생각합니다."

---

224 戰國時代 外交에서 詐僞(사위, 거짓말)가 어제 오늘의 일도 아니고, 약속을 안 지키면 어찌 하겠다는 대응책도 없이, 說客의 말만 믿고, 망신 당한 경우가 非一非再했다. 楚 懷王의 경우 이미 張儀에게 商於(상어)의 땅 속임수에 넘어가고서도 똑같은 나라에 똑같은 술법에 넘어갔으니, 楚 회왕의 어리석은 탐욕 이외 그 무엇으로도 설명할 수가 없다.

○ 적국 사신에 대한 심리전

진왕(秦王)이 감무(甘茂)에게 말했다.

"초(楚)에서 손님으로 오는 사자(使者)가 달변이라서, 과인이 그들과 논쟁하다 보면 자주 말이 궁색해지는데 어찌해야 하는가?"

감무가 대답했다.

"왕께서는 걱정하지 마십시오. 사자가 달변이면 왕께서는 그 사자 말을 그냥 무시하십시오. 만약 유약한 자가 사자로 오면, 왕께서는 꼭 들어주십시오. 곧 유약한 사신의 말을 들어주고 달변한 자를 받아주지 않는 것입니다. 왕께서는 이렇게 하면 통제할수 있습니다."

○ 감무가 진(秦)의 상(相)이 되었다

감무가 진(秦)의 상(相)이 되었다. 진왕(秦王)은 공손연(公孫衍)을 편애하고 있어, 둘만이 있을 때, 공손연을 상(相)으로 삼고자, 스스로 말했다.

"과인은 그대를 상(相)으로 삼을 것이요."

감무의 하급 관리가 지나다가 듣고서 감무에게 말해주었다. 감무가 들어가 왕을 알현하고 말했다.

"왕께서 현상(賢相)을 찾으셨으니, 재배(再拜)로 하례합니다."

"과인은 당신에게 국정을 맡겼는데 어찌 현상을 얻을 수 있겠는가?"

"왕께서는 곧 서수(犀首, 공손연)를 상(相)에 임명하십시오."

"그대는 어디서 들었는가?"

"서수가 저에게 말해주었습니다."

왕은 서수가 누설했다고 생각하여 화를 내며, 바로 서수를 방출하였다.

(5) 진(秦) 소양왕(昭襄王)

○ 진(秦) 선태후(宣太后)가 사랑한 위추부(魏醜夫)

진 선태후(宣太后, 前 337 – 265년)는 혜문왕의 후비(后妃)로 소양왕의 생모이다. 평소에 만총(男寵)으로 위추부(魏醜夫)를 총애하였다.

태후가 병들어 죽으려 할 때,[225] "나를 장례할 때 꼭 위자(魏子, 위추부)를 함께 순장(殉葬)하라."고 명령하였다.

위추부는 두려웠다. 그래서 진(秦)의 신하인 용예(庸芮, 인명)에게 부탁하여 자신을 위하여 태후를 설득해 달라고 요청하였다.

이에 용예가 선태후에게 말하였다.

"죽은 사람이 아는 것이 있겠습니까?"

태후가 말했다.

"아무것도 모를 것이다."

"이처럼 태후의 신령(神靈)으로도 사자(死者)가 무지하다고 분명

---

225 선태후는 秦 昭襄王 42년(前 265)에 73세로 죽었다.

히 알고 계시면서, 살아 아끼던 사람을 왜 아무것도 모르는 죽은 사람과 함께 묻어 달라 하십니까? 만약 사자(死者)가 무엇인가를 알 수 있다면, 선왕(先王, 혜문왕)께서 분노를 품었던 날이 매우 오래였을 것입니다. 그러면 태후께서 용서를 구해도 부족할 터인데, 사후 어느 겨를에 위추부와 사정(私情)을 나눌 수 있겠습니까?"

태후는 "옳은 말이다."라면서 순장하라는 명령을 그만두었다.

○ 소양왕의 즉위

前 306년, 무왕이 갑자기 사망하자, 조(趙) 무령왕(武靈王, 무왕)과 진국(秦國)의 위염(魏冉) 등은 무왕의 동생인 소양왕(昭襄王, 간칭 소왕)을 추대하였다.

진 소양왕(昭襄王, 소왕, 재위 前 306 - 251, 영(嬴) 성(姓), 이름은 직(稷)]은 혜문왕(惠文王, 재위 前 337 - 311)의 아들(子)로 도무왕(悼武王, 간칭 무왕, 재위 前 310 - 307)의 동생으로 도무왕의 뒤를 이어 즉위하였다.

진 소양왕은 재위 56년 중, 초기에는 모친 선태후(宣太后, 혜문왕의 첩실, 뒷날 진시황의 고조모)의 보정(輔政, 섭정은 아님)이 있었지만 소양왕이 직접 통치하는 중반 이후로는 위염(魏冉), 범수(范雎),[226]

---

226 范雎(범수, ?- 前 255年) - 字 叔. 전국시대 전략가. 秦 昭襄王의 宰相. 《史記 范雎蔡澤列傳》에는 雎(音 '雎 수' 目字部). 《韓非·外儲說》에는 范且(범저, 范且, 范雎也. 且는 雎 同字)로 기록되었다.

백기(白起) 등 명신을 등용하며 군비를 확장하는 부국강병에 힘써 뒷날 진시황 6국 통일의 바탕을 마련해 주었다.

소양왕은 前 260년 조국(趙國)과 장평(長平)의 전쟁(長平之戰) 에서 초국을 완전히 꺾어버려, 이후 어느 나라도 감히 진(秦)을 무서워하지 않을 수 없게 만들었다. 그리고 前 256년, 소양왕은 허울 뿐이던 동주(東周)를 아예 없애버렸다.

소양왕은 前 251년, 75세에 죽었다.

○ 원교근공(遠交近攻)

진(秦) 소양왕이 말했다.

"과인은 위(魏)와 친교(親交)하고 싶지만, 위(魏)는 태도를 자주 바꾸는 나라라서 과인이 친교할 수가 없습니다. 위(魏)와 친교를 어찌 해야 합니까?"

범수가 말했다.

"겸손한 말과 많은 재물을 보내 교제하십시오. 불가하다면 秦 의 땅이라도 잘라 주십시오. 그래도 불가하면 군사를 내어 정벌 하십시오." 227

이에 소양왕은 군사를 동원하여 형구(邢丘)를 공격했고, 형구

---

227 遠交近攻을 주장하는 범수의 책략은 옳았다. 말이 끝나기도 전에 화친을 내세우고, 화친하면 정벌하고 싶고 그러면 정벌을 권유했다. 방책 중 最善이 있고, 다음에 次善, 다음에는 손실을 각오한 대책이 있을 것이다.

가 함락되자 위(魏)는 진(秦)에 귀부(歸附)하였다.

이어 범수가 말했다.

"진(秦)과 한(韓)의 지형은 수(繡)를 놓은 듯 섞였습니다. 진(秦)의 곁에 한(韓)이 존재하는 것은 나무에 좀(蠹, 좀 두)이 있고, 사람의 심장과 복부에 병이 든 것과 같습니다. 천하에 변란이 일어나면 한(韓)만큼 진(秦)에 해를 크게 끼칠 나라가 없습니다. 대왕께서는 한(韓)을 차지하셔야 합니다."

"과인은 한(韓)을 합병하고 싶지만 따르지 않는다면 어찌해야합니까?"

범수가 말했다.

"거병(擧兵)하여 형양(滎陽)을 공격한다면, 성역[成皐, 성고(成皐)]과 통하는 길이 막힙니다. 그러면 북으로 태행산으로 통하는 길이 막히고, 상당의 군사가 남하하지 못할 것입니다. 일거에 형양을 공격하면 한(韓)의 땅이 잘려 3개가 됩니다. 그러면 위(魏)와 한(韓)은 나라가 멸망할 것이 눈에 보이니 어찌 아니 따르겠습니까? 한(韓)이 우리말을 따르게 되면 패업은 성사될 것입니다."

왕은 "옳은 말"이라고 했다.[228]

소양왕(昭襄王)이 범수에게 말했다.

---

[228] 秦은 昭襄王 44년(前 263) 韓을 공격하여 南陽을 점령했고 絶太行道를 단절하였으니 모두가 범수의 책략대로 진행되었다. 前 230년, 韓은 六國 중 제일 먼저 秦에 합병되었다.

"석자(昔者)에 제 환공(桓公)이 관중(管仲)을 얻고서 '중보(仲父)'라 불렀습니다. 지금 과인은 그대를 얻었으니, 역시 나의 '숙보(叔父)' 입니다."[229]

○ 소양왕 재위 기간 연표

前 306년 - 형인 무왕의 뒤를 이어 즉위.

前 304년 - 관례(冠禮) 거행, 국정(國政) 친결, 초왕(楚王)과 황극(黃棘)에서 회담. 상용(上庸)을 초(楚)에 할양.《사기 권5, 진본기(秦本紀)》의 기록.

前 303년 - 소양왕 위국(魏國) 토벌, 위국의 포판(蒲阪), 진양(晉陽), 봉릉(封陵) 등을 탈취, 다음 해(前 302) 위 양왕(襄王) 진국(秦國)에 입조, 포판 등의 땅을 위국에 돌려주었다.

前 301년 - 장군 사마착(司馬錯)을 시켜 촉(蜀)을 평정.

前 300년 - 초국(楚國) 토벌 신성(新城) 등지를 탈취. 前 299년에

229《史記 睢列傳》에 「今范君亦寡人之叔父也」라는 구절이 있다. 管仲의 仲은 그의 字이다. 그래서 桓公이 '仲父' 라 호칭했다. 呂望을 '尙父' 라 존칭했다. 범수의 字는 叔이다. 昭襄王이 '叔父' 라고 할 때 그 뜻은 '伯, 叔父' 의 뜻은 아니다. 굳이 우리말로 뜻을 풀이한다면 '아버지 같은 범수' 일 것이다. 이때 父는 '男子의 美稱' 의 뜻으로 본다. 이때 우리말 독음은 '보' 이다. '尙父, 仲父, 叔父' 가 그 字에 父(보)라는 말을 보탠 美稱이다. 田父, 武父의 父는 늙은이란 뜻이다. 이때 우리말 독음을 '전부', '무부' 냐? 아니면 '전보' '무보' 인가? '부', '보' 가 혼용되어 분별이 매우 어렵다.

도 초국을 정벌했다.

前 299년 – 초 회왕(懷王)은 굴원(屈原) 등의 반대에도 진(秦)에 입조, 회맹(會盟). 소양왕은 楚의 검중군(黔中郡) 할양을 요구. 회왕이 수락했지만 초 회왕의 거짓임이 밝혀져서 소양왕은 초 회왕을 억류, 연금했다. 前 296년, 초 회왕은 조국(趙國)으로 도망했지만 조국(趙國)에서 받아들이지 않았다. 초(楚)와 제(齊)의 관계가 악화되어 제(齊)에 도피할 수도 없어 진(秦)으로 다시 돌아왔고, 진에서 억류되었다가 나중에 죽었다. 초 경양왕(頃襄王)은 정사에 태만하여 초국은 날로 기울었다.

결국 前 279년, 진국(秦國)은 초도(楚都) 영(郢)을 공격 – 초는 동쪽 진현(陳縣)으로 천도 – 이후 초는 진의 상대가 되지 못했다.

前 301년 – 소양왕은 맹상군(孟嘗君) 전문(田文)의 재능을 듣고, 동생 경양군(涇陽君)을 제(齊)에 인질로 보내고 맹상군 입국을 희망했으나 맹상군은 입국치 않았다.

前 298년 – 제 민왕(湣王)은 맹상군을 진국(秦國)에 보냈다. 소양왕은 맹상군을 재상에 임명하였으나 진(秦)을 위험에 빠트릴 것이라는 권고를 받아들여 맹상군을 억류하고 죽이려 했다.

前 297년 – 맹상군은 식객들의 도움을 받아 제국(齊國)으로 돌아갔다〔雞鳴狗盜(계명구도)〕.

前 296년 – 맹상군은 제국(齊國)의 재상으로 한(韓), 위(魏)와 연합하여 진국(秦國)을 공격. 진(秦)은 함곡관(函谷關)에서 패전했다

(函谷關之戰).

前 288년 - 소양왕(昭襄王)은 서제(西帝)를 자칭. 이후 명존실망 (名存實亡)의 주(周) 천자 권위는 바닥에 추락했다. 진(秦)에서는 사신을 보내 제 민왕(湣王)[230]은 동제(東帝)를 자칭했다. 그러나 제 민왕은 곧 칭왕을 취소하였다.

前 286년 - 진국(秦國)은 위국(魏國)을 공격. 위국은 옛 도읍 안 읍(安邑, 지금의 산서성 서남부 운성시 하현)을 할양하며 진(秦)과 강 화했다. 진은 안읍의 백성을 모두 위국으로 방출하여 빈 성만 남 겼다.

前 285년 - 진국(秦國)은 초국(楚國)과 완성(宛城, 지금의 하남성 서 남부 남양시)에서 회담. 진과 조국(趙國)은 중양(中陽, 지금의 산서성 중서부 여양시 중양현)에서 회담. 진국(秦國)의 대장 몽무(蒙武)[231]는 제국(齊國)을 공격 9개 성을 점거했다.

前 284년 - 연국(燕國)의 장군 악의(樂毅), 조국(趙國), 진국(秦 國), 한국(韓國), 위국(魏國) 회면(會面) 5국 연합군이 제국(齊國)을 공격 제국(齊國)의 70여 성을 점거. 제국(齊國)은 거의 멸망 수준.

前 283년 - 진(秦), 조(趙) 2국이 양성(穰城, 지금의 하남성 서남부 남

---

230 齊 민왕(湣王, 재위 前 300-284, 閔王, 嬀姓, 田氏, 名은 地) - 재위 17 년에 혁혁한 武功을 세워 秦과 연(燕)을 격파하고 楚를 제압하였 으며 宋國을 멸망시켰다.

231 몽무(蒙武, 생졸년 미상) - 그 선조는 齊國人. 몽염(蒙恬) 및 몽의(蒙 毅)의 부친.

양시 관할 등주시)에서 회담. 진국(秦國)이 위국(魏國)을 공격하여 안성(安城)을 점거, 도읍 대량(大梁)을 공격하고 귀국. 소혜왕은 조국(趙國)에 화씨벽(和氏璧)과 15개 성과 교환을 제의. 인상여(藺相如)의 완벽귀조(完璧歸趙).

前 280년 – 진국(秦國) 대장 백기(白起)는 조국(趙國) 군사 2만 명을 죽였고, 대군〔代郡, 지금의 하북성 장가구시 울현(蔚縣)〕을 점거하였다. 진국(秦國) 대장 사마착(司馬錯)은 초국(楚國)을 공격하여 검중(黔中)을 점거했고, 초(楚)는 한수(漢水) 이북 및 상용(上庸, 지금의 호북성 서북단) 십언시(十堰市) 일대를 진국(秦國)에 할양하고 강화하였다.

前 278년 – 진국(秦國)대장 백기(白起)는 초국(楚國)을 공격 초국 국군 영(郢, 지금의 호북성 중남부 형주시 강릉현)을 점거했다. 초(楚)는 진구〔陳丘, 故 진국(陳國), 지금의 하남성 중동부 주구시 회양현〕으로 천도하여 명맥을 유지했다.

前 270년 – 진국(秦國)은 조국(趙國)을 침공. 조국(趙國)의 대장 조사(趙奢)가 진군(秦軍)을 격퇴, 진국(秦國)에서는 범수(范雎)를 객경(客卿)에 임명했다.

前 266년 – 진국(秦國)은 범수(范雎)를 승상(丞相)에 임명, 응후(應侯)로 봉했다. 선태후(宣太后)를 후궁에 퇴거하게 하였다. 그러면서 선태후의 친척인 위염(魏冉), 미융(芈戎), 공자(公子) 회(悝) 등을 함양에서 방출하여 봉지(封地)에 거처케 하였다.

前 271년 – 승상인 장록(張祿, 범수)은 소양왕에게 「원교근공책(遠交近攻策)」을 건의하였다.

前 265년 – 진국(秦國)은 조국(趙國)을 공격하여 3개성을 공격하였다. 조국(趙國)의 좌사(左師)인 촉룡(觸龍)은 태후(太后)를 설득하여 어린 아들 장안군을 제국(齊國)에 인질로 보냈고, 제(齊)에서는 원군을 보내 조국(趙國)을 구원하였다.

前 260년 – 진국(秦國)의 좌서장(左庶長)인 왕흘(王齕)이 조국(趙國)을 공격하여 상당〔上黨, 지금의 산서성 동남부 장치시장자현(長治市長子縣)〕을 점거했다. 조국(趙國)의 대장 염파(廉頗)는 굳게 방어하며 반격 기회를 노렸다. 진국(秦國)에서는 염파가 진국의 걱정거리라 생각하여 반간계를 써서 진국은 염파를 두려워하지 않고 조괄(趙括)을 두려워한다는 소문을 퍼트렸다. 조국(趙國)에서는 염파 대신 조괄을 대장으로 임명하였다. 진인은 이 소식을 듣고 미친 듯이 좋아하였고 비밀리에 백기(白起)를 보내 왕흘과 교체하였다. 진군은 조군을 포위했고, 군량이 끊긴 조군은 46일 만에 붕괴하였다. 진군은 조괄을 죽였고, 조국(趙國) 군사 20여 만이 투항하자 이들을 모두 산채로 묻어죽였다. 이 장평지전(長平之戰) 후에 조(趙)를 멸망시키려 했으나 범수(范睢)는 진군(秦軍)을 휴양생식(休養生息)해야 한다며 공격을 중단시켰다. 백기는 절호한 기회를 놓치고 울분했다. 그 이후 백기는 다시 조국(趙國)을 공격했지만 이기지 못했고, 결국 병으로 누워 다시 일어나지 못했다.

前 259년 – 한국(韓國)과 조국(趙國)이 그들의 땅을 헌납하며 진국(秦國)에 구화(求和)하려 했다. 소양왕은 범수의 원수로 조국(趙國)의 재상인 평원군(平原君) 조승(趙勝)을 인질로 보내라고 요구하였다. 그러면서 평원군을 인질로 잡고 위제(魏齊, 인명)[232]를 맞교환하겠다고 위제를 보내라고 요국하였다. 위제는 조국(趙國)을 거처 위국(魏國)으로 도주했지만 위국에서는 위제를 보호할 수가 없었다. 궁지에 몰린 위제는 자살했다. 조국(趙國)에서는 위제의 수급을 잘라 진(秦)에 보내며 용서를 빌었고 진에서는 평원군을 풀어 보내주었다.

前 258년 — 진국(秦國)에서는 왕릉(王陵)에 이어 왕흘(王齕)을 보내 조(趙)의 도읍 한단(邯鄲)을 포위 공격하였다. 조국(趙國)은 두려워 떨며 각국에 구원을 요청하였다. 위(魏)에서는 진비(晉鄙), 초(楚)에서는 대장 황헐〔黃歇, 춘신군(春申君)〕[233]이 각각 10만 군사를 거느리고 조국(趙國)을 구원하였다. 소양왕은 위(魏) 안리왕(安釐王)에게 사신을 보내, 만약 위에서 조국(趙國)을 돕는다면 군사를 보내 위(魏)를 없애버리겠다고 협박하였다. 위 안리왕은 진(秦)이 두려워 병력(兵力)을 업성(鄴城, 하북성 남부 감단시 관할 임장현)에 주둔시킨 채 움직이지 못했다. 이에 위국(魏國) 신릉군(信陵君)

---

232 위제(魏齊, ?–前 265) — 魏國의 宗室로 魏 昭王의 相國이었다.

233 황헐(黃歇, 春申君, ?–前 238) — 楚 考烈王 때 楚國 令尹. 趙의 平原君 趙勝, 齊의 맹상군(孟嘗君, 田文), 魏의 信陵君 魏無忌(위무기) 4인을 '戰國 四公子'라 일컬었다.

위무기(魏無忌)는 계교로 병부(兵符)를 훔쳐 진비의 군사 8만을 전진시켜 조(趙)를 도왔다.

前 257년-소양왕은 왕흘 대신 무안군 백기를 원수로 삼아 조(趙)를 공격케 하였다. 그러나 백기는 절호의 찬스(長平之戰, 직후의 기회)를 이미 잃었기에 왕명을 따르지 않았다. 소양왕은 대노하면서 백기를 방축했다. 그리고 범수는 '백기는 축출되면서 원한을 품었기에 다른 나라에서 등용한다면 진국(秦國)에 큰 위협이 될 것이라'고 진언하였다. 이에 소양왕은 백기에게 죽음을 명했고, 백기는 목매 자살하였다. 위(魏)와 초(楚)는 연합하여 진군현(秦軍聯)을 대파하였다. 진(秦)에서는 태자 영주(嬴柱)의 아들 영이인(嬴異人)²³⁴을 조(趙)에 인질로 보냈다. 뒷날 조국(趙國)의 상인(商人)인 여불위(呂不韋)는 재물로 인질인 영이인을 도왔고, 함께 진(秦)에 돌아왔다. 이 영이인은 영자초(嬴子楚)로 개명했다. 이 자초의 아들이 바로 뒷날 진시황(秦始皇)이다.

前 256년-진국(秦國)의 대장 조섭(趙摻)이 한국(韓國)을 공격 4만 명을 죽였다. 조국(趙國)을 공격하여 20여 개 현에서 9만 명을 죽였다. 주(周) 난왕〔赧王, 은왕(隱王). 재위 前 314-256. 이름은 赧 부끄러울 난. 일명 연(延)〕은 두려워 연국(燕國), 초국(楚國)과 밀모하여

---

234 영이인(嬴異人)-뒷날 秦 장양왕(莊襄王, 莊王. 前 281-247. 재위 前 250-247) 원명은 《戰國策》에 子異, 異人에서 子楚로 개명. 秦 孝文王과 하희(夏姬)의 아들. 아들 진시황이 나중에 太上皇으로 추존했다.

다시 합종으로 진(秦)을 공격하려 했다.

이에 진국(秦國)에서는 즉각 난왕을 공격 생포했다가, 풀어주었다. 난왕은 귀국 도중에 죽었고, 동주(東周)는 멸망하였다. 주(周)는 무왕 건국 후 791년간 존속했다.

前 255년—소양왕은 범수의 사직을 허용했다. 채택(蔡澤)을 승상 임명. 몇 달 후 사임.

前 254년—진국(秦國)은 위국(魏國)을 공격. 위국(魏國)은 투항했고, 진(秦)의 속국으로 명맥을 유지했다.

前 251년—소양왕 재위 56년에 거세(去世), 시년(時年) 75세. 子 안국군(安國君)인 영주(嬴柱)가 계위—효문왕(孝文王, 재위 前 251 – 250년 11월).

7. 초楚의 강성

(1) 초(楚) 역사 개관(전국시대)

○ 전국시대의 초(楚)나라

주조(周朝)의 제후국으로 춘추전국시대의 강국인 초국(楚國)은 형국(荊國) 또는 형초(荊楚)로도 불렸다. 초 장왕(莊王, 재위 前

613-591)은 춘추 5패(五霸)의 한 사람이었고, 전국시대에 초(楚)는 칠웅(七雄)의 하나였다.

초국의 국군(國君)은 성(姓)은 미(芈, 羊이 울 미)에 웅씨(熊氏)로 전국시대 중기에 최대의 영역을 차지했지만,[235] 그렇더라도 남쪽으로는 오령(五嶺)산맥[236]을 넘지 못했다. 곧 지금의 복건성, 광동성, 광서성 일대에는 중화 한인의 정치 세력이나 문화가 미치는 지역이 아니었다.

서주 초기에, 초후(楚侯)의 작위는 자작(子爵)이었다. 前 740년, 초(楚)의 자작 웅통(熊通)이 자립하여 왕을 칭했고(史稱, 초 무왕, 재위 前 740-690) 이후 楚는 그 영역을 크게 확대하면서 장강과 장강 최대 지류인 한수 유역의 많은 제후국을 병합하여 강국으로 변모했다.

前 597년, 초 장왕은 중원(中原)의 패주(霸主)인 진국(晉國)을 격

---

235 楚는 戰國 중기에 全盛하였는데 그 강역(疆域)은 서쪽으로는 巴蜀의 대파산, 동쪽은 동해, 북쪽으로는 회수(淮水)와 사수(泗水), 남쪽으로는 오령(五嶺)산맥에 걸쳐 있었다.

236 오령산맥－五嶺(또는 南嶺)山脈은 廣東, 廣西, 湖南, 江西의 4개 省의 경계를 이루는 중국 최대의 東西 주행 산맥이다. 이 산맥은 長江(장강) 水系와 남쪽의 珠江(주강) 水系의 분수령이다. 이 산맥 남쪽을 嶺南지방이라 하는데, 아열대성 기후로 산맥 이북과 판연히 다르다. 여기에는 越城嶺(월성령), 都龐嶺(도방령), 萌渚嶺(맹저령), 騎田嶺(기전령), 大庾嶺(대유령)이 있는데, 이중 대유령은 江西省에서 廣東省으로 들어가는 교통요지이다.

파하고 '춘추오패(春秋五霸)'에 이름을 올렸다. 그러나 춘추 말기에 초(楚)나라는 오(吳)와 세력다툼에서 밀렸는데, 초 소왕(昭王) 재위 중, 前 506년, 오왕 합려(闔閭)가 손무(孫武, 손자)와 오자서(伍子胥) 등을 보내 초군을 격파하고, 도읍 영(郢)을 함락시켜 초는 거의 멸망 직전이었는데, 월왕 구천(句踐)이 오(吳)를 공격하고, 진국(秦國)의 도움으로 초(楚)는 겨우 보전, 복국(復國)하였다.

전국시대 중기에 초국은 다시 흥기 하였는데, 초 선왕(宣王, 재위 前 369－340년)과 초 위왕(威王, 재위 前 339－329) 시대에 국세를 떨쳐 지방(地方) 5천 리, 대갑(帶甲) 1백 만, 전차 1천 승, 기마 1만 필에 10년을 지탱할 군량을 보유했는데, 이를 역사에서 초(楚)의 '선위성세(宣威盛世)'라 칭한다.

그러나 초 회왕(懷王, 재위 前 328－299) 후기 이후, 내부적으로는 왕후 정수(鄭袖)의 미혹에 빠졌고, 밖으로는 장의(張儀)의 6백리 할양이라는 감언에 속아 넘어갔으며, 진(秦)과 남전(藍田), 단석(丹淅)의 전투에서 연패하며, 국세가 위축되었다가 경양왕(頃襄王, 재위 前 298－263) 때, 前 278년, 진장(秦將) 백기(白起)의 공격에 도읍 언(鄢, 지금의 호북성 중부 양양시 관할 의성시), 영(郢, 지금의 호북성 남부 형주시 관할 강릉시 서북)이 점령당했다.

그 뒤 결국 前 223년에 진군(秦軍)이 초도(楚都) 수춘(壽春, 지금의 안휘성 중부 회남시 관할 수현)을 점령하고, 초왕 부추(負芻)를 생포하자 초국(楚國)은 멸망했다.

○ 초(楚)의 몰락 과정 정리

楚王(초왕)	내용
懷王(회왕) 재위 前 328 – 299	굴원(屈原) 등을 등용 주요 개혁을 추진했으나 귀족의 반대로 개혁에 실패했다.
	前 312년. 秦과 단양(丹陽), 남전지전(藍田之戰)의 대패 – 楚, 秦의 세력 역전.
	前 299년. 회왕(懷王) 만년에 秦 소양왕(昭襄王)에게 속아 秦國에 들어갔다가 함양(咸陽)에서 객사. 흥병하여 초왕을 탈취해오려던 楚軍 – 秦將 백기(白起)에게 대패. 이후 급속히 쇠퇴했다.
頃襄王 (경양왕) 재위 前 298 – 263	前 293년 – 秦 대장 백기(白起)는 한국전에 대승(伊闕之戰), 秦 소양왕 楚 경양왕에게 자웅을 결정하자고 통첩. 경양왕은 겁을 먹고 秦國과 강화(講和). 前 292년 – 秦國의 신부 영접 – 진초강화(秦楚講和).
	前 285년 – 楚 경양왕과 秦 소양왕(昭襄王)이 완(宛, 今 하남성 남양시)에서 회동, 의화결친(議和 結親).
頃襄王 (경양왕) 재위 前 298 – 263	前 281년 楚 경양왕 齊, 韓과 연합, 회왕(懷王) 위한 복수를 계획.
	前 280년 – 秦 선발제인(先發制人), 사마조(司馬錯)가 楚 검중군(黔中郡)을 점령, 경양왕은 상용군(上庸郡)과 한강 이북의 땅을 할양.
	前 279년 – 秦 백기 대거공초(大擧攻楚), 등(鄧) 점령, 이후 파죽지세로 도읍 영(郢)을 점거. 이릉(夷陵, 今 호북성 서남부 의창시)의 楚 선왕 묘를 파묘. 楚軍 대패. 왕은 동북으로 피신. 진(陳, 今 하남성 회양현)으로 천도. 楚의 명맥 유지. 自保
考烈王 (고열왕) 前 262 – 238	前 262년 – 楚 고열왕 계위, 춘신군을 영윤에 임용, 춘신군(春申君)은 派兵, 趙國 한단(邯鄲)의 포위를 구원, 魯國 멸망시킴. 부흥(復興). 前 241년 – 춘신군 동방국과 최후 합종. – 秦에 패배. 고열왕(考烈王)은 秦의 보복을 겁내 東의 수춘(壽春)에 다시 천도.

	前 238년 - 고열왕 사후, 춘신군 피살. 진왕 정(政) 친정(親政) 후, 이신(李信)에게 20만 대병 침공. 楚將 항연(項燕)이 격파 대승.
幽王(유왕) 前 237-228	前 229년 - 진왕 정(政). 진군(秦軍)이 구도(舊都) 영(郢)을 점령, 남군(南郡) 설치.
負芻(부추) 재위 前 227-223	前 223년 - 秦將 왕전(王翦) 60만 군이 楚軍을 대파, 초왕 생포.
	前 222년 - 왕전(王翦) - 초국 장강 이남 완전 점거.
	前 209년 - 楚人의 秦에 대한 원한은 '초수삼호(楚雖三戸), 망진필초(亡秦必楚)'라며 설한(雪恨)의 의지 강조. 항연(項燕)의 손자 항우가 멸진.

(2) 초(楚) 선왕(宣王)의 치적

○ 제(齊)와 초(楚)가 서로 싸우다

제(齊)와 초(楚)가 교전하게 되자,[237] (약소국) 송(宋)은 중립을 내세웠다.[238] 제(齊)가 송(宋)에 압력을 가하자, 송은 지원을 약속

---

237 漢代의 南郡, 江夏, 零陵, 桂陽, 武陵, 長沙, 漢中, 汝南郡 등이 모두 楚의 영역이었다. 江陵(강릉)은 楚의 옛 도읍 郢(영)이었는데, 西로는 巫(무)와 巴(파)에 통하고 그 동쪽으로는 풍요로운 雲夢(운몽)의 땅이 있다. 《史記 六國年表》와 《史記 楚世家》에 周 赧王(난왕) 14년(前 301. 楚 懷王 28년)에 「秦,韓,魏,齊, 敗我將軍唐眛於重丘」라 기록했다. 아마 이것이 齊, 楚構難일 것이라는 설명이 있다.

238 宋國 - 周朝의 諸侯國이다. 國君은 子姓, 나라가 今 河南省 동부 商丘市와 安徽省 淮北市 一帶였다. 이는 周에 멸망당한 商의 후손을 봉한 나라라서 처음부터 무시당했던 나라였다. 각종 우화

했다. 이에 (초인楚人) 자상(子象)이 초(楚)를 위하여 송공(宋公)에게 말했다.

"초(楚)는 대처가 느렸기에 송(宋)을 같은 편으로 만들지 못했지만, 앞으로는 제(齊)를 본떠서 급하게 재촉할 것입니다. 齊가 급박하게 몰아 송(宋)을 자기편으로 만들었으니, 이후로도 늘 宋을 압박할 것입니다. 지금 제(齊)를 따라 초(楚)를 공격하더라도 이득은 틀림없이 없을 것입니다. 제(齊)가 싸워 초(楚)를 이긴다면, 정세는 틀림없이 송(宋)에 위태로울 것입니다. 제(齊)가 이기지 못하면 이는 약한 송이 강한 초에 덤빈 것입니다. 두 만승지국(萬乘之國, 楚, 齊)은 원하는 그대로 宋에 압력을 가할 것이니, 송(宋)은 틀림없이 위태로울 것입니다."

○ 호가호위(狐假虎威)

초 선왕(宣王, 재위 前 369 ─ 340)이 여러 신하에게 물었다.[239]

"내가 알기로, 북방(北方)에서 우리의 소해휼(昭奚恤)[240]을 두려

에서 宋나라 사람은 우둔한 사람으로 묘사되는 경우가 많았다. 그러나 실제로는 中原의 요충지이고 교통의 요지라서 富商과 巨富들이 모여들었고, 宋人은 經商에 뛰어났었다. 前 286년에 宋國은 齊에 합병 소멸했다.

239 宣王은 전국시대의 楚 전성기의 王. 이는 내용상 前 352년(楚 宣王 18년)의 일이다. 유명한 故事成語 '狐假虎威(호가호위)'의 출처이다.

240 소해휼(昭奚恤, 생졸년 미상) ─ 昭氏, 一說 昭魚(소어). 江君奚恤(강

위한다는데, 정말 왜 그러한가?"

여러 신하 중 대답하는 사람이 없었다. 그러자 강일(江一, 江乙, 본래 魏人)이 대답했다.

"호랑이가 모든 짐승을 잡아먹는데, 여우를 만났습니다. 여우가 말했습니다. '당신은 나를 잡아먹을 수 없습니다. 천제(天帝)가 나를 백수(百獸)의 어른(長)이라 하였습니다. 나를 잡아먹으면 천제의 명령을 어기는 것입니다. 당신이 내 말을 못 믿으면 내가 앞에 갈 것이니, 나의 뒤를 따라오며 모든 짐승들이 나를 보고서 도망치나 아닌가를 보십시오.' 호랑이도 그리 생각하고 여우와 함께 걸어갔습니다. 짐승들은 이를 보고서는 모두 도망쳤습니다. 호랑이는 짐승들이 자신을 무서워 도망하는 줄을 알지 못하고 여우를 무서워하는 줄로 생각했습니다. 지금 대왕의 땅은 方 5천 리에 대갑(帶甲)이 백만이나 그 군사가 모두 소해휼에게 속했습니다. 그래서 북방 여러 나라가 소해휼을 두려워하나, 사실은 대왕의 군사를 두려워하는 것이니, 마치 모든 짐승이 호랑이를 두려워하는 것과 같습니다."[241]

군해휼)로도 불린다. 수상격인 슈尹을 역임. 宣王, 威王, 회왕(懷王)을 섬김. 前 353년, 魏國이 趙國 한단(邯鄲)을 공격할 때, 趙에서 구원을 요청했지만 소해휼은 지원을 반대했다. 江乙(강을)과 불화. 江乙이 楚 宣王에게 狐假虎威(호가호위)를 말했는데 그 여우(狐)는 소해휼을 뜻한다.

241 成語 '호가호위(狐假虎威)'는 그야말로 전국시대에 유행한 詐術(사술), 詐僞(사위), 欺瞞(기만), 僞善(위선)의 풍조를 가장 집약적으

○ 강을(江乙)이 초왕에게 소해휼을 헐뜯으려 하다

강윤(江尹, 江乙)[242]이 초 선왕에게 소해휼(昭奚恤)을 헐뜯으려 했지만, 자신의 힘으로는 어려워서, 양(梁)의 산양군(山陽君)에게 초(楚)에서 땅을 나눠 봉할 것을 요청하였다.

초왕은 "좋다."고 하였다.

그러자 소해휼이 말했다.

"산양군은 초국(楚國)에 아무 공적도 없으니 봉할 수 없습니다."

강윤은 이렇게 해서 산양군을 소해휼을 헐뜯는 동지로 만들었다.

○ 위(魏)에서 소해휼을 헐뜯다

위(魏)나라에서 온 사람이 초왕에게 소해휼을 헐뜯자, 초왕이 이를 소해휼에게 말해주었다.

그러자 소해휼이 말했다.

"신(臣)은 조석(朝夕)으로 국정을 수행하나, 위(魏)에서 군신을 이간하고 있어, 저는 이를 크게 걱정하고 있습니다. 신은 위(魏)를 두려워 하지는 않습니다! 저와 대왕 간의 교제를 외부로 누설하여 세상 사람이 믿게 된다면 그런 짓을 한 사람이 악에 가까울 것입니다.

───
로 요약한 말이라 생각된다.

242 江尹은 江乙. 관직명을 이름 대신 호칭으로 사용.

정말로 밖에서 들어오는 비방을 극복 못한다면, 내부에서의 모함을 어찌 잊어버릴 수 있겠습니까? 신이 득죄(得罪)할 날이 가까운 것 같습니다."

선왕(宣王)이 말했다.

"과인이 알고 있는데, 대부(소해휼)는 무얼 걱정하는가?"

o 우물에 오줌 싸는 개

강을〔江乙, 강일(江一)〕이 소해휼(昭奚恤)을 미워하며 초 선왕(宣王)에게 말했다.[243]

"어떤 사람은 개가 집을 잘 지킨다고 개를 귀여워했습니다. 그런데 그 개는 늘 우물에 오줌을 누었습니다. 이웃 사람이 개가 우물에 오줌 싸는 것을 보고 들어가 주인에게 말하려 했습니다. 개는 그 사람을 증오하며 문을 막고 물으려고 하였습니다. 이웃 사람은 개가 무서워서 들어가 말할 수가 없었습니다. (조趙의) 한단(邯鄲)이 함락될 때, 초(楚)는 (위魏의 도읍) 대량(大梁)을 점거했습니다. 소해휼은 위(魏)의 보기(寶器)을 사적으로 절취하였습니다. (신臣이) 위(魏)에 있었기에 알았는데, 그래서 소해휼은 제가 대왕을 알현하는 것을 늘 미워하고 있습니다."

---

243 이는 楚 宣王 18년(前 352)의 일이다. 尿井之狗(요정지구)는 우물에 오줌 싸는 개. 능력을 인정받는다며 그를 이용하여 나쁜 짓을 하다. 또는 狗嚙告者(구서고자)는 자신의 악행을 고발하는 자를 개가 물어뜯는다는 뜻.

○ 강을(江乙)이 초(楚)에 소해휼을 악담하려 하다

강을(江乙)이 楚에 소해휼(昭奚恤)에 대한 험담을 하려고, 초왕
에게 말했다.

"아랫사람들(下)이 결당(結黨, 比周)하면 윗사람(上)이 위태롭
고(危), 아랫사람들이 분쟁(分爭)하면 윗사람들이 평안한데,[244] 왕
께서도 이를 알고 계십니까? 대왕께서는 이를 잊지 마십시오. 또
타인의 선행을 높이 칭송하는 사람은 왕께서는 어떻게 생각하십
니까?"

왕이 말했다.

"그런 사람은 군자이니 가까이 할 것이다."

"타인의 악행을 널리 소문내는 사람이라면 왕께서는 어떻게
생각하십니까?"

"그런 자는 소인이니 멀리할 것이다."

"그렇다면 아들이 그 부친을 죽이고 신하가 그 주군을 시해하
려는데, 왕께서는 끝까지 모르신다면 되겠습니까? 왕께서는 남
의 장점만 듣기 좋아하시고, 남의 악행에 대하여 아는 것도 싫어
하십니다."

"옳은 말이요. 과인은 앞으로 양쪽 말을 다 들은 것이요."

---

244 분열하면 친하지 않고, 다투면 협동이 안 되니, 곧 아래에서 단결
하여 대들지 못하니 윗사람은 편안하다는 의미.

(3) 초(楚)의 합종 연횡

○ 소진(蘇秦)의 합종(合從) 설득

소진(蘇秦)이 조(趙)의 합종책(合從策)을 위하여 초 위왕〔威王, 이름은 웅상(熊商). 재위 前 339 – 329〕에게 말했다.[245]

"초(楚)는 천하의 강국이고, 대왕께서는 천하의 현왕(賢王)이십니다. 초지(楚地)의 서쪽에는 검중(黔中)과 무군(巫郡)이 있고, 동쪽으로는 하주〔夏州, 형주(荊州) 강릉현〕와 바다가 있으며, 남으로는 동정〔洞庭, 파릉(巴陵)〕과 창오〔蒼梧, 교주군. 지금의 광동성. 옛 월지(粤地)〕가 있고, 북쪽으로는 분형(汾陘)의 요새지와 순양(郇陽. 順陽, 여남과 영천일대)이 있으니, 영지가 사방 5천 리에, 무장 병졸(帶甲)이 1백만, 전차 1천 승, 기마(騎馬) 1만 필, 군량(粟粟)이 10년을 버틸 수 있으니, 이는 패왕(覇王)이 될 수 있는 바탕입니다. 이처럼 강성한 초(楚)에 현명하신 대왕을 상대할 만한 사람은 천하에 아무도 없습니다. 그런데도 지금 서면(西面)하여 진(秦)을 섬기려 하시는데(事秦), 다른 제후들은 누구도 장대(章臺, 함양의 진궁) 진

---

245 《戰國策 楚策 一》〈蘇秦爲趙合從說楚威王〉章은 지어낸 문장이라 알려졌다. 《史記 蘇秦列傳》과 《史記 六國年表》에는 소진이 周 顯王 36년(楚 威王 7년, 前 333)에 유세한 것으로 되어 있는데, 이는 당시의 상황과 일치하지 않는다. 소진(蘇秦)이 활동하는 시기는 楚 頃襄王(재위 前 296 – 263) 때로 楚 威王(재위 前339 – 329) 시대보다 훨씬 뒷날이다.

(秦)이 남면(南面)하기를 원하지 않을 것입니다. 진(秦)이 천하에 끼치는 해악은 초(楚)가 아니면 막을 수가 없으니, 초가 강하면 진이 약하고, 초가 약하면 진이 강한 것처럼 (진秦, 초楚) 두 세력은 양립할 수 없습니다. 그래서 대왕을 위한 가장 좋은 계책은 합종책을 따라 진(秦)을 고립시키는 것보다 더 나은 것은 없습니다. 대왕께서 합종을 취하지 않는다면 진은 틀림없이 2군을 동원할 것이니, 1군은 무관(武關, 관중의 남문)으로 출병하고 다른 1군을 검중(黔中)[246]에 주둔시킬 것입니다. 이렇게 되면 (초의 도읍) 언(鄢)과 영(郢)이 동요할 것입니다. 신이 알기로, 혼란은 일어나기 전에 다스려야 하고, 일은 터지기 전에 막아야 하며, 환난이 닥친 뒤에 걱정한들 이미 늦은 것이니 대왕께서는 일찍 계책을 세우시길 바랍니다."

(중략)

이에 초왕이 말했다.

"과인의 나라는 서쪽으로 진(秦)과 접경하였고, 진(秦)은 파촉(巴蜀)[247]과 한중(漢中)을 차지하려는 마음을 품고 있습니다. 진은

---

246 黔中郡(검중군) ─ 옛날 戰國시대 楚가 설치한 郡. 그 관할 지역은 今 湖南省 서부와 貴州省 동부인데 뒷날 秦의 영역이 되었다. 治所는 臨沅縣(임원현, 今 湖南省 북부 常德市)이었는데 그 관할 지역이 너무 광대했다. 지금 湖南省 沅江 유역과 湖北省 清江 유역, 重慶市 黔江(검강) 유역과 貴州省 동부를 포함하였다. 韓 高祖 5년(前 202년) 武陵郡으로 개칭하였다.

247 巴蜀(파촉) ─ 巴郡과 蜀郡의 땅. 보통 하나의 단어처럼 쓰였다. 巴

호랑지국(虎狼之國)이라 가까이 할 수 없습니다. 한(韓)과 위(魏)는
진나라 걱정에 겁박 당하고 있으니 함께 깊은 방책을 모의하기가
어려우며, 아마 우리를 배반하고 진(秦)의 편이 될 수도 있기에,
우리가 대책을 마련하기도 전에 그 나라가 위기에 처할 것 같습
니다. 그리고 과인이 생각할 때, 초(楚)가 (혼자) 진(秦)과 맞서 이
기기는 어려울 것입니다. 조정에서 모든 신하와 모의하더라도 믿
을 수도 없습니다. 그래서 과인은 와불안석(臥不安席)하고 식불감
미(食不甘味)하며, 마음은 매달린 깃발처럼 흔들리니, 끝내 어디
마음 둘 데가 없습니다. 지금 군(君)이 천하를 하나로 묶어 제후
를 안정케 하고, 위기에 처한 나라를 존속케 하려 애쓰니, 과인은
사직과 함께 합종을 따르고자 합니다."

○ 장의(張儀)의 초왕 유세

장의(張儀)가 진(秦)을 위해 합종 파괴와 연횡(連橫)[248]을 초왕에
게 설득하며 말했다.

"진의 땅은 천하의 절반이고 그 군사는 사방의 나라를 상대하
고 산과 하천에 의해 사방이 둘러싸인 험고한 나라입니다. 용맹

郡은 今 重慶市 일대이고, 蜀郡은 今 四川省 省都市 일원이다.

248 장의(前 373 - 310)는 보통 '蘇秦張儀'로 호칭하다 보니 蘇秦이
(? - 前 284년)이 앞서 살았던 사람처럼 생각되나, 소진은 장의보
다 26년 뒤에 죽었다. 먼저 죽은 사람이 26년 뒤에 소진이 죽은
것을 어찌 말할 수 있나?《史記 張儀列傳》에 立傳되었다.

한 군사가 1백 만이나 되고, 전차가 1천 乘, 기마가 1만 필(疋)에, 곡식은 산더미와 같습니다. 법령(法令)이 명백하고 士卒은 위난 (危難, 兵革之事)에 기꺼이 죽으려 합니다. 군주는 위엄 있고 현명하며, 장군들은 지혜와 무예를 갖추었습니다. 비록 병갑(兵甲)을 동원하지는 않고 있지만, 험고한 상산〔常山, 항산(恒山)〕[249]을 넘어 천하의 척추를 꺾어버릴 수 있으니, 천하에서 秦을 따르려 하지 않는 나라는 먼저 망할 것입니다. 그리고 秦에 대항한다는 합종이란 양떼를 몰아 맹호를 공격하는(驅羊攻虎) 것과 다름없습니다. 분명히 호랑이와 羊은 서로 상대가 되지 않습니다. 지금 대왕께서는 맹호(猛虎)의 편이 아닌 양 떼의 편이 되려 하시니, 제 생각이지만 이는 대왕의 잘못된 계책입니다."

(중략)

"또 秦이 15년이나 함곡관(函谷關) 밖으로 군사를 출동하여 제후를 정복지 않은 이유는 천하를 삼키려는 음모가 있기 때문입니

---

249 恒山(항산) ─ 五嶽 중 北嶽. 今 河北省 曲陽縣과 山西省의 접경에 山西省 북단에 자리했다. 一名 元岳, 常山, 北岳. 恒山. 주봉 天峰嶺은 해발 2,016m. 戰國時代 趙의 元氏縣에 위치. 劉向이 漢文帝를 避諱하여 常山이라 고쳐 기록했다. 常山하면 누구나 趙雲을 생각한다. 趙雲(조운, ?─229년, 字는 子龍)은 三國 시기 蜀漢 名將, 常山郡 출신. 조운의 대담한 용기에 대하여 유비도 "子龍의 一身이 전부 쓸개이다(子龍一身都是膽也)."라고 말했으니, 사람의 담력은 쓸개에서 나온다고 생각하였다. 趙子龍은 중국 민간신앙과 민간 예술에 수많은 소재를 제공한 인물이다.

다. 楚는 일찍이 秦나라와 얽혀 한중(漢中)[250]의 땅에서 싸웠습니다. 楚人은 이기지 못했고, 제후(諸侯)와 집규(執珪, 楚의 上爵)로 죽은 자가 70여 명이나 되었지만 결국 한중(漢中)을 잃었습니다. 초왕은 대노하며 군사를 일으켜 진(秦)을 습격하여 남전(藍田)[251]에서 싸웠지만 또 밀렸습니다. 이는 이른바 양호상박(兩虎相搏)입니다. 진(秦)과 초(楚) 양쪽이 피폐하면 한(韓)과 위(魏)가 그 배후를 공격하려들 것이니 이보다 더 큰 과오는 또 없을 것이니, 대왕께서는 계책을 숙고하시기 바랍니다."

"진 태자가 초(楚)에 인질로 들어오고, 초(楚)에서도 태자를 진(秦)에 인질로 보내며, 진(秦)의 왕녀를 대왕의 첩으로 보내게 하고, 1만 호의 대읍(大邑, 萬家之都)을 대왕의 탕목읍(湯沐邑)[252]으로 바치어, 오래도록 형제의 나라가 되어 서로 공격하지 않을 것입니다. 두 나라 화친에 이보다 더 좋은 방책은 없다고 신은 생각합

250 漢中(한중) – 漢代에는 군 이름. 今 陝西省(섬서성) 남부와 湖北省 서북 일부 지역을 관할. 長安城에서 蜀, 巴郡에 가려면 거쳐야 하는 길목이었다.

251 秦 惠王 13년(前 325년, 楚 懷王 4년)에 秦은 漢中을 차지했고 다시 17년에 藍田(남전)에서 楚를 물리쳤다. 藍田은, 今 陝西省 西安市 관할 藍田縣. 중국 四大名玉의 하나인 藍田玉의 원산지. 秦嶺北麓, 關中平原 동남에 위치. 藍田生玉(남전생옥)은 '좋은 집안에서 훌륭한 인재가 나온다.' 는 뜻으로 쓰이는 成語이다.

252 湯沐邑(탕목읍) – 湯沐은 몸을 씻고 머리를 감다. 齋戒沐浴하다. 國君이나 皇太子의 封地를 의미하였으나 나중에는 女性皇族, 公主, 郡主, 翁主, 皇后, 皇太后, 황후의 생모들의 封地를 지칭했다.

니다. 그래서 저의 진왕(秦王, 혜문왕)께서 신을 보내 대왕께 헌서케 하고 대왕의 수레를 따라다니며 가르침을 받고 모름지기 결정을 기다리라고 하였습니다."

이에 초왕이 말했다.

"楚國은 비루한 동쪽 바닷가에 있는 나라입니다. 과인(寡人)은 나이도 어려 나라의 장기 방책에도 서툴기만 합니다. 지금 상객(上客)께서 명확한 방책을 과인에게 말해주셨으니, 삼가 나라와 함께 따르고자 합니다."

그러면서 사신과 함께 수레 1백 乘에 계해지서(雞駭之犀)[253]와 야광지벽(夜光之璧, 夜光珠) 등을 진왕에게 보냈다.

8. 한韓의 흥망

(1) 한(韓)의 역사 개관

○ 가장 약한 칠웅(七雄)

한국(韓國)은 전국 칠웅의 하나인데, 국성(國姓)은 희(姬)이고 한

---

253 雞駭之犀(계해지서) — 駭雞之犀(해계지서). 물소의 한 종류. 장식용 무소뿔이라 생각된다.

씨(韓氏)이다. 춘추시대 진(晉)을 분할하여 성립되었으며, 前 403년에 정식제후가 되었는데, 후작(侯爵)이고, 前 323년에 칭왕하였다.

한(韓) 영토의 주요 부분은 지금의 산서성 남부 및 하남성 북부 지역으로 최초의 도읍은 평양[平陽, 지금의 산서성 서남부의 임분시(臨汾市)]이었다가, 양책[陽翟, 지금의 하남성 중부 허창시(許昌市) 관할 우주시(禹州市). 적음(翟音) 책]으로 천도했다가, 나중에 정국(鄭國)을 병합하고서 신정[新鄭, 지금의 하남성 중부 정주시(鄭州市) 관할 신정시]으로 옮겼다. 진왕 정(政) 18년(前 230년)에 한왕(韓王) 안(安)이 진(秦)에 투항하며 멸망하였다.

○ 삼진(三晉)의 하나

곡옥(曲沃, 지금의 산서성 남부 임분시 관할 곡옥현) 땅의 환숙(桓叔)의 서자인 한만(韓萬)이 곡옥(曲沃) 무공(武公)으로부터 분수(汾水)의 하류 지역인 한지[韓地, 지금의 산서성 남부 운성시(運城市) 관할 직산현(稷山縣) 일원]에 피봉된 이후, 그 일족이 번영하면서 진(晉)의 문벌로 자리잡았으며 한헌자[韓獻子, 한궐(韓厥)] 이후 두각을 나타내었다.

이어 한강자(韓康子, 韓虎, ?-前 425)는 위 환자[桓子, 위구(魏駒)]와 함께 당시 진(晉)의 집정인 정경(正卿) 지백(智伯, 知伯)의 명을 받아 조양자(趙襄子, 前 475-443 집권) 정벌에 참여했다. 그러나 지백의 횡포에 대항하여 한(韓)과 위(魏)가 창을 잡고 돌아서면서 조

(趙)와 합작하여 3가(家)가 지씨를 제거하고(前 453), 지백 소유의
식읍을 나눠가졌다.

이후 진(晉)에서는 이들 3경(卿)의 세족이 晉의 정치를 독점하
였다. 이어 진(晉)의 영지를 분할하였으며 前 403년에, 주 천자 위
열왕(威烈王, 재위 前 425 - 402)의 작위를 받아 정식 제후국이 되었
다(三家分晉). 이후 한(韓), 위(魏), 조(趙)는 보통 3진(晉)으로 합칭
(合稱)되었다.

  ○ 한(韓)의 강성(强盛)

한국(韓國)은 이른바 중원(中原)에 자리를 잡아 북쪽으로는 위
(魏)와 조(趙), 동쪽으로는 제(齊), 남쪽으로는 초(楚), 그리고 서쪽
에는 진(秦)이 있어 사방에서 적의 침공을 받을 수 있는 위치였다
(四戰之地). 그러나 한(韓)은 인구가 많고 당시로서는 최고의 신
(新) 병기인 최고급 노(弩, 쇠뇌)가 있었다.

그리하여 그 당시에 '천하의 강궁(强弓)과 경노(勁弩, 勁 굳셀 경)
모두 한(韓)에서 나온다.'는 말이 있었으며, 한국의 쇠뇌(弩)의 사
정거리는 약 800m 정도로, 공포의 신무기였기에 한(韓)은 결코
만만한 나라가 아니었다. 또 한국에서는 특별히 예리한 검(劍)이
생산되어 우마(牛馬)를 절단할 수 있었으며, 견갑(堅甲)과 철막(鐵
幕)을 뚫을 수 있다고 하였다. 이런 무기를 바탕으로 애후(哀侯) 2
년(前 375년)에 중원의 오래된 나라이면서, 한때 강성했던 정국
(鄭國)을 병합하였다. 한국이 가장 강성했던 시기는 한(韓) 이왕(釐

王, 재위 前 295 - 273) 때였다. 내정을 개혁하여 나라의 평안과 번영을 이룩했다.

○ 장량(張良)의 조국(祖國) - 멸망

한(韓)은 하수의 중류 지역에 자리잡아 북으로는 위국(魏國)에 포위되었고 서쪽은 진(秦), 남쪽에는 초(楚), 그리고 미약하나 그래도 명목상의 왕실인 동주(東周, 낙양)가 있어 나라가 뻗어나갈 자리가 없었다.

그리하여 전국 7웅 중 가장 작고 허약하였기에 주변 나라의 침략에 시달려야만 했다. 물론 강국의 틈에 이쪽저쪽에 시달리며 완충국의 역할을 하였다지만, 늘 지치고 피곤한 나라였다. 前 262년, 진(秦)은 한(韓)의 상당을 점령했다. 그러나 한의 지방관이 진(秦)에 병합될 수 없다며 그 지역을 가지고 조(趙)에 투항했다.

거기에서 진(秦)과 조(趙)의 국운을 건 장평지전(長平之戰)이 일어났고(前 262년 4월 - 260년 9월), 그 전장(戰場)은 한국이었다.

前 230년, 한국은 6국 중 제일 먼저 진(秦)에 병합되어 멸망했다(174년간 존속). 진(秦)은 한(韓)의 고지에 영천군(潁川郡, 지금의 하남성 중부 지역)을 설치하여 통치했다.

한국(韓國)의 장개지(張開地)는 한(韓) 소후(昭侯, 재위 前 358 - 333)와 한 선혜왕(宣惠王, 재위 前 332 - 312), 한 양왕(襄王, 재위 前 311 - 296)의 재상을 역임하였는데, 초한(楚漢) 시기 장량(張良)의 조부였다.

장평(張平)은 장개지의 아들로 장량(張良)의 부친인데, 한 이왕(釐王, 재위 前 295-273)과 한 환혜왕(桓惠王, 재위 前 272-239) 재상을 역임했다. 부친 장개지와 함께 한국 5대의 재상을 역임하여 보통 '오대상국(五代相國)'이라 칭했다.

장량은 이처럼 명문귀족의 후손이었고 그만큼 秦에 대한 반감이 있어 시황제을 저격했으나 실패했고, 몸을 숨겼다가 나중에 패공(沛公) 유방(劉邦)을 만난다.

○ 한국(韓國) 군주(君主)

칭호	재위 연도	관계
1. 景侯(경후, 경자)	前 408-400년	韓武子(한무자)의 子
2. 烈侯(열후, 무후)	前 399-387년	景侯(경후)의 子
3. 文侯(문후)	前 386-377년	列侯(열후)의 子
4. 哀侯(애후)	前 376-371년	文侯(문후)의 子
5. 懿侯(의후, 共侯, 莊侯)	前 370-359년.	哀侯(애후)의 子
6. 昭侯(소후, 昭釐侯)	前 358-333년	懿侯(의후)의 子
7. 宣惠王(선혜왕)	前 332-312년	昭侯(소후)의 子
8. 襄王(양왕, 양애왕)	前 311-296년	宣惠王(선혜왕)의 子
9. 釐王(이왕)	前 295-273년	襄王(양왕)의 子
10. 桓惠王(환혜왕, 悼惠王)	前 272-239년	釐王(이왕)의 子
11. 韓王 安(한왕 안)	前 238-230년	桓惠王(환혜왕)의 子

(2) 한(韓)의 흥기

○ 지씨(知氏) 몰락 이후

삼진(三晉; 韓, 魏, 趙)이 지백을 격파한 뒤에 그 영지를 분할하려 했다.[254]

그때 단규(段規)[255]가 한후(韓侯)에게 말했다.

"분지(分地)할 때 꼭 성고(成皐)를 차지하십시오."

韓王이 말했다.

"성고[256]는 돌이 많은 땅이라서 과인에게는 쓸모없는 땅이요."

단규가 말했다.

"그렇지 않습니다. 臣이 알기로 1리 넓이의 땅으로(一里之厚), 1천 리를 다스릴 힘을 가질 수 있는 것이(動千里之權) 지리의 이점입니다. 1만 인의 군사로, 삼군(三軍, 前軍, 中軍, 後軍 / 1군은 12,500명)을 격파할 수 있는 것은 不意의 공격입니다. 왕께서 臣의 말을 신용한다면, 韓은 틀림없이 鄭나라를 차지할 수 있을 것입니다."[257]

---

254 이는 周 貞定王 16년, 晉 出公 22년, 前 453년의 일이었다.

255 단규(段規)는 韓의 謀臣, 韓侯는 韓康子 虎(호)이다. 정식 제후는 그 손자 景侯(재위 前 408－400) 때였고(前 403), 稱王은 宣惠王 (前 332－312) 때였다.

256 成皐(성고)는 今, 河南省 중부 鄭州市 관할 滎陽市(형양시). 戰國 시대 韓의 滎陽邑.

왕은 "옳은 말이다."라 말했고, 성고(成皐)를 차지했다. 한(韓)
이 정(鄭)을 차지한 것은 한(韓)이 성고를 차지한데서 시작되었다.

○ 신불해(申不害)의 도움

대성오(大成午)가 趙에서 찾아와[258] 한(韓)의 신불해(申不害)[259]
에게 말했다.

"당신이 한(韓)을 이용하여 내가 趙에서 중용(重用)되게 해주면,
조(趙)에서는 당신을 한(韓)에서 중용토록 하겠습니다. 그러면 당
신은 두 개의 한(韓)을, 나는 두 개의 조(趙)를 갖는 셈입니다.[260]

○ 신불해의 눈치

위(魏)가 조(趙)의 도읍 한단(邯鄲)을 포위하였다.[261] (그 무렵)

---

257 韓은 애후(哀侯, 재위 前 376-374년) 2년(前 375년)에 鄭을 병합하
였다.

258 大成午從趙來 ─ 大成午(대성오)는 인명.《史記 趙世家》와《漢書
古今人表》에도 보인다. 대성오는 趙에, 申不害는 韓에 있었다.

259 申不害(신불해, 前 420-337) ─ 전국시대 鄭國 京邑人〔今 河南省 榮
陽市(형양시)〕. 鄭國이 韓國에 멸망한 후, 法家 학설로 韓 昭侯의
(재위 前 358-333년) 宰相이 되었다(前 355년). 法家에서 특히
'術'을 강조했다.《史記 老子韓非列傳》에 입전.

260 각자 양국에서 힘을 쓸 수 있다. 외국의 힘을 국내 정치에 연계
활용할 수 있다는 의미.

261 이는 前 354년의 사건으로 魏가 趙의 도읍을 포위 공격했다. 韓

신불해는 한왕의 신임을 받기 시작했지만, 왕이 무엇을 원하는지 알지 못하여, 자신의 말이 왕의 뜻에 맞지 않을까 걱정하고 있었다.

소왕(昭王)이 신자(申子, 신불해)에게 물었다.

"내가 어느 편에 서는 것이 좋겠는가?"

신불해가 대답하였다.

"이는 국가 안위(安危)의 요체(要諦)이며 국가의 대사(大事)입니다. 신(臣)은 왕께서 심사(深思)하고 또 고사(苦思)해야 된다고 생각합니다."

그러면서 은밀히 조정의 신하인 조탁(趙卓)과 한조(韓鼂)에게 말했다.

"당신들은 모두 나라의 변사(辯士, 달변가)인, 인신(人臣)이 되어 왕이 받아들일 수 있는 말로 충성을 다해야 합니다."

이에 두 사람이 각자 국사를 왕과 논의하였다. 신불해는 왕이 좋아하는 말들을 은밀하게 알아내어, 그렇게 왕에게 말했고, 왕은 크게 기뻐하였다.[262]

o 재상 신불해

한(韓) 소후(昭侯, 名은 武. 재위 前 362-333)는 재위 10년(前 353)

———
昭侯 9년에 해당한다.

262 신불해는 자기 주관을 강조하기보다는 왕의 뜻에 영합하려 했다. 이는 '術의 最下'일 것이다.

에, 군대를 보내 주조(周朝)를 공격하여 2개의 촌락을 점령하였다.

그 2년 뒤에, 소관(小官)인 신불해가 법가 학설을 가지고 소후(昭侯)에게 자신을 천거하였고, 소후는 신불해를 재상으로 중용하였다. 이로부터 신불해는 15년간(前 351 – 337) 내정을 개혁하고 여러 강국 사이에서 평화를 모색하는 외교로, 소국 한(韓)나라를 일약 강국으로 만들었다.

신불해가 그의 사촌 형의 관리 임용을 요청했지만, 소후가 불허(不許)했다.

신불해에게 원망의 안색이 나타나자 소후가 말했다.

"이는 과인이 경(卿)한테 배운 바가 아니요. 경의 부탁을 들어주려고 경의 도(道)를 버려야 하는가? 아니면 경이 말한 술(術, 통치술)을 실천하면서, 경의 청탁을 버려야 하는가? 경은 그간 과인에게 공로(공적)에 따라 상을 내리고(信賞), 서열〔序列, 차제(次第)〕을 지켜야 한다고 하였소. 그런데, 지금 卿이 얻고자 하는 바를 내가 어떻게 들어줄 수 있겠는가?"

이에 신불해는 바로 거소(居所)를 옮겨 머물면서, 청죄(請罪)하며 말했다.

"주군께서는 정말 명군(明君)이십니다!"

한국은 이때부터 강국으로 발전하기 시작했다.

○ 한(韓) 소후(昭侯)의 헌 바지

소후가 시종에게 자신의 헌 바지 한 벌을 내주며 잘 보관하라고 말했다.

그러자 시종이 대꾸하였다.

"주공께서는 어찌 이리 인색하십니까? 아랫사람에게 입으라고 주시면 아랫사람이 기뻐 좋아할 터인데, 이를 보관하라고 말씀하십니까?"

이에 소후가 말했다.

"영명(英明)한 주군은 자신의 감정을 잘 다스릴 수 있어야 한다. 다른 사람에게 불만이 있으면 눈살을 찌푸리고, 과인이 만족한다면 기뻐 웃을 것이다. 이것이 헌 바지이지만, 나에게 아니면 나라에 조그만 이익을 가져다 준 사람에게 나는 이 바지를 주고 싶다. 이는 나의 기쁨이며 웃음과 같을 것이다."

○ 닭의 주둥이가 될지언정~

소진(蘇秦)이 조(趙)를 위해 합종(合從)으로 한(韓) 선혜왕(宣惠王)에게 유세했다.[263]

"한(韓)의 북쪽에는 공(鞏)과 낙(雒), 성고(成皐)의 험고한 땅이 있고, 서쪽으로는 의양(宜陽), 상판(常阪, 商阪)[264]의 요새가 있으

---

263 본 章은《史記 蘇秦列傳》에서 韓 宣王(宣惠王, 재위 前 332－312년)에게 유세한 내용으로 되어 있다. 그러나 韓이 비록 약소국이었지만, 韓 昭侯(昭侯, 재위 前 358－333년) 이후 한창 국운이 상승한 韓에게 秦에 복종하는 형상을 언급한 내용 등은 당시 상황과 맞지 않기에《戰國策 韓策》의 기록은 후인의 의탁(擬托)일 것이라는 주석이 있다.

며, 남쪽으로는 형산(陘山)까지, 사방 1천 리에 이르는 땅에, 무장 군사(帶甲)가 수십 만이나 됩니다. 천하의 강궁(強弓)과 경노(勁弩, 강력한 쇠뇌) 모두 한(韓)에서 제조됩니다. 계자(谿子)와 소부(少府, 소부에서 제조), 시력(時力), 거래(距來) 같은 쇠뇌(이상 노쇠의 이름)는 모두 6백 보 밖에서 발사합니다.[265] 한(韓)의 장졸(將卒)은 이 쇠뇌를 발로 밟고서 1백 발을 쉬지 않고 발사하는데,[266] 멀리

---

264 常阪(상판, 商阪)－商阪은 商山, 商洛縣의 남쪽에 위치. 楚山이라고도 부른다. 關中 땅으로 들어갈 수 있는 武關(무관)의 要塞(요새)가 있다.

265 《삼국연의》에서 〈呂奉先轅門射戟, 여포가 轅門에서 활로 창을 쏘다.〉라는 장면이 있다. 거기에 여포는 劉備와 袁術의 부장 紀靈(기령)을 한 자리에 불렀다. 술이 몇 순배 돌아가자 여포가 말했다. "당신들은 나의 체면을 보아 각자 모두 군사를 철수하시오." 그러면서 여포가 畫戟(화극)을 손에 쥐자 기령과 현덕은 모두 하얗게 질렸다. 여포는 측근에게 화극을 갖고 나가 轅門(원문, 軍門) 밖 먼 곳에 세워 놓게 시켰다. 그리고 기령과 현덕을 돌아보며 말했다. "원문은 여기 中軍에서 150步(보)인데, 내가 활을 쏘아 화극의 작은 가지를(날) 명중시키면 양쪽은 모두 군사를 철수하고, 만약 명중하지 못한다면 각자 자기 군영으로 돌아가 준비하고 싸우시오. ~." 여기서 步는 걸음 보. 좌우측의 발이 한 번씩 나간 거리가 1步이다. 우리의 '한 걸음'과는 개념이 다르다. 5尺이 1步라 하는데, 漢代 1尺은 23.1 cm. 5尺＝115cm. 150步는 약 170－180m 정도였을 것이다. 그렇다면 6백 보는 680－720m. 좀 과장해서 800m정도라 생각한다.

266 쇠뇌를 발로 밟는 것은 쇠뇌를 고정시키는 방법이었을 것이다.

로는 적의 앞가슴을 맞추고, 가까이는 적의 심장을 꿰뚫습니다. 한(韓)나라 군사의 검(劍)과 창(戟, 극)은 모두 명산(冥山), 당계(棠谿), 묵양(墨陽)에서 생산되고, 등사(鄧師), 완풍(宛馮), 용연(龍淵), 대아(大阿)의 명검은 모두 땅에서는 소나 말을 단칼에 자르고, 물에서는 큰 고니(곡鵠)나 기러기〔鴈(안), 雁〕를 찌를 수 있으며, 적병과 맞서면 견고한 갑옷을 벨 수 있습니다. 그리고 한(韓) 군사의 방패(순盾), 군화(제鞮, 가죽 신발 제, 혁리革履), 투구(무鍪, 투구무), 두무(兜鍪), 철막(鐵幕, 어깨 보호 장비), 혁결〔革抉, 궁사(弓射) 보조 골무〕, 벌예(哎芮, 방패의 일종) 등 완비되지 않은 것이 없습니다. 한졸(韓卒)의 용기에, 견고한 갑옷을 입고(被堅甲), 밟고 서서 쏘는 강한 쇠뇌에(蹠勁弩), 날카로운 검을 들고 싸우는 1인 당백(當百)의 군사는 말로 다 설명할 수가 없습니다. 이러한 한(韓)의 무력에, 대왕의 현명함을 갖추고서도, 서쪽을 바라보고 진(秦)을 섬기며 동(東)의 번신(藩臣)을 자칭하고, 진을 위한 제궁(帝宮)을 지어야 하며, 진의 관대(冠帶)를 받고, 진의 선왕(先王)을 춘추(春秋)로 제사하며, 팔을 모아 굴복할 생각을 갖고 계십니다. 이는 한(韓) 사직(社稷)의 수치이며 천하의 웃음거리이니 이보다 더한 것은 없을 것입니다. 이러하니 대왕께서는 숙고하셔야 합니다. 대왕께서 진(秦)을 섬긴다면, 진은 틀림없이 의양(宜陽)과 성고(成皋)의 땅을 요구할 것입니다. 지금 그 땅을 바친다면 내년에는 더 많은 땅을 요구할 것입니다. 일단 주게 되면 (나중에는) 없는 땅도 주어야 할 것입니다. (땅을) 주지 않는다면, 앞서 주었던 그 공

(功)이 모두 없어지며 그 후로 더 많은 화(禍)를 당할 것입니다. 그보다 대왕은 땅이 다 없어지더라도 진(秦)의 요구는 끝이 없을 것입니다. 유한한 땅으로 무한한 요구를 들어주어야 하니, 이는 곧 남의 원망과 화를 사오는 것이고, 싸우지도 못하면서 땅을 모두 빼앗기는 것입니다. 신은 '닭의 주둥이가 될지언정 소의 꽁무니는 되지 않겠다(寧爲雞口, 無爲牛後)'는 비속한 말을 들었습니다.[267] 지금 대왕께서 서면(西面)하여 양손을 모은 신하가 되어 진(秦)을 섬기는 것이 소 꽁무니와 무엇이 다르겠습니까? 현명하신 대왕께서 강한 한나라의 군사를 보유하고서도 소 꽁무니라는 말을 듣게 된다면, 저로서는 대왕을 위해 부끄러울 뿐입니다."

한왕은 화가 나 얼굴이 붉어지며 팔을 휘저으며 칼을 잡고서는 하늘을 우러러 크게 한숨을 쉬고서 말했다.

"과인이 비록 죽는 한이 있어도 결코 진(秦)을 섬기지 않을 것이요, 지금 군이 조왕의 교시를 일러주시니 삼가 사직을 받들어 따르겠습니다."

---

267 寧爲雞口, 無爲牛後 ― 계구(雞口)는 작지만 자기 의지로 먹을 수 있다. 牛後(소 꽁무니, 항문)는 크지만 자기 마음대로 할 수 있는 것이 없다. 비슷한 뜻으로 '寧爲雞屍, 不爲牛從'이라고도 말한다. 이때 雞屍는 닭장 안의 우두머리 수탉이다(屍, 雞中主). 牛從은 송아지처럼 따라다닌다.

○ 사질(史疾)과 초왕(楚王)의 문답

사질(史疾)이 한(韓)의 사신으로 초(楚)에 가자, 초 고열왕(考烈王, 前 262 - 238)이 물었다.[268]

"객인(客人)은 무슨 학문을 전공하셨는가?"

"열자(列子), 열어구(烈圄寇, 列禦寇)의 가르침을 배웠습니다."[269]

"무엇을 귀히 여기는가?"

"정(正)을 중시합니다."

"정(正)으로 치국(治國)할 수 있는가?"

"할 수 있습니다."

"초국(楚國)에 도적이 많은데 정(正)으로 도적을 막을 수 있겠는가?"

"막을 수 있습니다."

"정(正)으로 도(盜)를 어떻게 막겠는가?"

그때 까치 한 마리가 옥상에서 울었다.

---

268 본 장은 年代를 확정할 수 없지만, 도적이 횡행하는 말기적 현상이 있었다는 것을 알 수 있다.

269 《列子, 일명 沖虛眞經》8편은 魏晉 시대의 위작(僞作)이라 알려졌다. 《列子》의 저자는 鄭人 列禦寇(열어구)로 莊子보다 先代이다. 〈天瑞〉, 〈黃帝〉, 〈周穆王〉, 〈仲尼〉, 〈湯問〉, 〈力命〉, 〈楊朱〉, 〈說符〉 等 8편. 우언(寓言)과 故事가 많다. 우리에게 잘 알려진 '愚公移山(우공이산)', '杞人憂天(기인우천)', '岐路亡羊(기로망양)', '男尊女卑', '朝三暮四' 등이 있다. 唐代에는 《道德經》, 《莊子》, 《文子》, 《列子 (沖虛眞經)》를 道敎 4部 經典이라 했다.

"이 새를 초인(楚人)은 무엇이라 부릅니까?"

"까치(작鵲)라 부르네."

"까마귀(鳥)라고 할 수 있습니까?"

"불가하오."

"지금 왕의 나라에는 주국(柱國), 영윤(令尹), 사마(司馬), 전령(典令, 이상 모두 楚의 관명)의 관리를 두고 임무를 수행합니다. 그러면서 필히 청렴결백하고 임무를 완수한다고 말합니다. 지금 도적이 공공연히 횡행하는데 금할 수도 없습니다. 이는 까마귀를 까마귀라 부를 수 없고, 까치를 까치라 부르지 못하는 것과 같습니다."

○ 자객 섭정(聶政)의 의리

한괴(韓傀)가 한(韓)의 상(相)이 되었고,[270] 엄수(嚴遂)는 한(韓) 군왕[君王, 애후(哀侯)]의 총애를 받았는데 서로를 비방하였다. 엄수가 국사를 논의할 때, 손가락으로 가리키며 한괴의 잘못을 지적하였다.

한괴는 이를 조정에서 엄수가 자신을 모욕했다고 말했다.

그러자 엄수가 칼을 뽑아들고 한괴를 추격했고, 다른 사람이 한괴를 구해주었다. 이후 엄수는 처벌이 겁나서 망명하여, 각지

---

270 본 장은 그대로 하나의 단편소설이다. 이처럼 실감나게 전개된 이야기는 많지 않다. 司馬遷의 《史記 86권 刺客列傳》에는 韓傀(한괴)가 韓의 相이 아니고, 俠累(협루)를 韓의 相이라 하였다. 이는 韓 哀侯 6년(前 371년)의 사건이다.

를 떠돌며 한괴에게 복수해줄만한 사람을 찾아다녔다.

제나라에 갔을 때, 어떤 제인(齊人)이 말했다.

"하내군(河內郡) 지현(軹縣)[271]에 사는 섭정(聶政)은 용감한 사인(士人)인데, 원수를 피하여 도축(屠畜)하는 사람들 틈에 숨어 있습니다."

엄수는 은밀히 섭정과 가까이 교제하며 후하게 대우하였다.

섭정이 물었다.

"그대는 나를 어디에 쓰려 하십니까?"

그러자 엄수가 말했다.

"내가 당신을 알고 가까이 한 기간도 얼마 안 되고, 지금껏 해드린 것도 없는데, 어찌 감히 청이 있겠습니까?"[272]

이에 엄수는 술자리를 준비하고서 섭정 모친에게 술을 올렸다. 엄수는 황금 1백 일(鎰)을 앞으로 놓으며, 섭정 모친께 축수하였다. 섭정은 놀라며, 더욱 그 후의를 이상히 여기며 굳이 사양하였다.

엄수가 꼭 주려 하자, 섭정이 사례하며 말했다.

"저에게 노모가 계시고, 가난하여 떠돌며 개 잡는 일을 하고 있습니다만, 그래도 조석으로 좋은 음식으로 모친을 봉양하려 합니다. 모친을 잘 봉양하라는 뜻이겠지만, 그래도 의리상 당신의

---

271 軹縣(지현) ― 今 河南省 북부 焦作市 초작시 관할 濟源市.

272 아직은 부탁 말을 하지 못하겠다는 완곡한 표현.

하사를 받지 못하겠습니다."

엄수는 사람을 물리치고 섭정에게 말했다.

"저에게 원수가 있어 그간 여러 제후들 사이를 떠돌았습니다. 그러다가 제(齊)에 이르렀고 귀하의 의기가 아주 높다는 말을 들었습니다. 그래서 바로 1백 금을 올린 것은 어른의 식사 비용과 당신 교제 비용일 뿐 어찌 다른 것을 바라겠습니까?"

이에 섭정이 말했다.

"저는 뜻을 굽히고 거친 일을 하고(降志辱身) 시정에 살며 다행히도 노모를 봉양하고 있습니다. 노모가 계시기에, 저는 목숨을 남에게 허락할 수 없습니다."

엄수는 굳이 드리려 했고, 섭정은 끝까지 받지 않으려 했다. 그래도 엄수는 결국 손님과 주인의 예를 다 갖춘 뒤에 떠나갔다.

얼마 뒤에, 섭정의 모친이 죽었고, 장례를 치렀으며, 복상도 마쳤다.

그리고 섭정이 말했다.

"아! 나는 시정(市井)에서 짐승이나 잡는 사람이지만, 엄수 저분은 제후의 경상(卿相)인데, 천리를 멀다 아니하고, 왕림하여 나와 사귀었는데, 내가 그를 대한 것은 너무 미천했었다. 그의 큰 뜻에 알맞은 보답도 없었는데, 엄중자는 1백 금으로 모친을 위해 축수하였으니, 내 비록 받지는 않았더라도 그는 나를 진정으로 알아주었다. 현자가 자신을 무시한 자에게 분노하며, 이렇게 궁벽한 곳에 사는 나를 찾아와 신뢰하였으니, 나 섭정이 어찌 침묵하며 가만히 있어야 하겠는가? 또 지난날에 나를 필요로 했었지만, 나는 다만 노모를 모셔야만 했다. 노모는 이제 천수를 누리셨으니, 이제 나는 나를 알아주는 사람을 위해 할 일을 해야 한다."[273]

섭정은 마침내 서쪽으로 복양(濮陽)[274]에 찾아가서 엄수를 만나 말했다.

"앞서 당신에게 이 몸을 불허한 것은, 다만 모친이 계셨기 때문이었습니다. 지금 모친께서 이미 돌아가셨습니다만, 당신께서 갚고자 하는 원수가 누구입니까?"

엄수는 모든 일을 다 알려준 다음에 말했다.

"저의 원수는 한(韓)의 상(相)인 한괴(韓傀)인데, 지금 한(韓) 군왕의 작은 아버지(季父)이며, 그 종족은 융성하고, 그 호위가 엄중하여 신(臣)이 사람을 시켜 척살하려 했지만 끝내 이룰 수 없었습니다. 지금 당신께서 다행히도 저를 버리시지 않으셨으니 수레나 필요한 장비와 장사를 보태어 도와드리겠습니다."

그러자 섭정이 말했다.

"한(韓)과 그곳은 거리가 멀지 않습니다. 지금 죽여야 할 상대는 나라의 상국(相國)이고 국군(國君)의 혈친이며, 또 그 형세가 사

---

273 志士는 知己를 위해 죽을 수 있고(士爲知己者死), 여자는 자신을 기쁘게 해주는 사람을 위하여 화장을 한다(女爲悅己者容).

274 복양(濮陽) – 春秋時代의 帝丘. 漢代 東郡 濮陽縣(복양현)은, 今 河南省 동북 끝, 황하 북안의 濮陽市(복양시).

람이 많을 필요는 없습니다. 사람이 많으면 그 이해득실이 아니 생길 수 없고, 이해득실 관계가 있으면 말이 누설될 수 있고, 말이 새나가면 한(韓)의 온 나라가 당신을 원수로 생각할 것이니 어찌 위험하지 않겠습니까!"

결국 수레나 기마, 여러 사람을 마다하고, 인사를 한 뒤, 칼 한 자루만을 품고 한(韓)으로 갔다.

한(韓)에서는 마침 성읍의 큰 행사가 있어 한왕(韓王)과 상(相)이 모두 함께 모였고, 병기를 잡고 호위하는 병사도 매우 많았다. 섭정은 곧장 들어가서 계단을 뛰어올라 한괴를 찔렀다. 한괴는 달아나 왕인 애후(哀侯)를 껴안았지만, 섭정이 그를 찌르면서 애후(哀侯)까지 상처를 입자, 큰 소동이 일어났다.

섭정은 큰소리를 지르며 달려드는 자를 10여 명이나 죽였다. 그리고 스스로 자기 얼굴을 칼로 긋고, 눈을 파내었으며, 스스로 배를 찔러 내장을 잡아 꺼내며 죽었다. 한(韓)에서는 섭정의 시신을 시장 바닥에 내놓고 천금의 상을 내걸었다. 그러나 오래도록 누구인지 아는 자가 없었다.

섭정의 누나(姉, 姉)[275]가 소문을 듣고서는 말했다.

"내 동생은 아주 현명한 사람이니, 내가 이 몸뚱이를 아껴 내 동생의 이름을 사라지게 할 수는 없다. 그러나 이것이 내 동생의

---

275 《史記》에는 「榮」으로 기록. 《列女傳》에는 그 이름은 없다.

뜻은 아니다."

그리고서는 한(韓)으로 갔다.

동생 시신을 보고서는 말했다.

"용기로다! 드높은 긍지로다. 맹분(孟賁)이나 하육(夏育)[276]보다도 뛰어나고, 성형(成荊)[277]보다도 드높구나. 지금 죽었어도 이름이 없지만, 부모님이 모두 돌아가셨고, 형제가 없는 것이 모두 나를 지켜주려는 뜻이로다. 그러나 어찌 내 몸을 아껴 내 동생 이름을 알리지 않을 수 있겠는가?"

그리고는 시신을 껴안고 울면서 말했다.

"이 사람은 내 동생이니, 지현(軹縣) 사람 섭정(聶政)입니다."

그리고서는 시신 곁에서 자살하였다.

진(晉; 한韓, 위魏, 조趙)과 초(楚), 제(齊), 위(衛)의 사람들이 이를 전해 듣고서는 말했다.

"섭정만이 홀로 훌륭하지 않고, 그 누나 또한 열녀(烈女)이다."

섭정(聶政)의 이름이 후세에 알려질 수 있었던 것은 그 누나가 처형되어 젓을 담그는 형벌을 두려워하지 않았기 때문이었다.

---

276 맹분(孟賁)과 하육(夏育) — 모두 고대의 勇士 이름.

277 成荊(성형)은 古代의 勇士.

9. 연燕의 흥망

(1) 연(燕)의 역사 개관

○ 연인(燕人) 장비(張飛)

다음은《삼국연의(三國演義)》의 한 장면이다.

「그때 옆에서 한 장수가 둥그렇게 큰 눈(圓睜環眼)과 곤두 선 호랑이 수염으로(倒豎虎鬚) 장팔사모(丈八蛇矛)를 휘두르며 말을 달려 나오면서 소리쳤다.

"성(姓)이 셋이나 되는 종놈은 도망가지 말라!(三姓家奴休走! / 呂布) 연인(燕人) 장비(張飛)가 여기 있다!(燕人張飛在此!)"

옛날 사람들은 자기 출신 지역을 자랑했다. 예를 들어, 조운(趙雲)은 '상산(常山) 조자룡(趙子龍)'이라 했는데, 상산(常山)은 한대(漢代) 군국명(郡國名)이다. 연(燕)은 춘추전국시대의 국명(國名)이다. 옛 연(燕)의 땅이었던 현재의 북경시와 그 주변을 지칭한다. 명(明)·청대(清代)에 북경을 연경(燕京)이라 통칭했다.

지금의 북경시에서 요동(遼東)반도 일원이 춘추 전국시대 연(燕)의 세력권이었다. 전한과 후한에 걸쳐 낙랑군 지역을 포함한 이 지역은 유주자사부(幽州刺史部)의 관할 지역이었다. 유주(幽州)는 지금 북경시와 천진시(天津市), 곧 옛 연(燕)의 땅이었다.

연국(燕國)은 주 무왕이 동생 소공 석(召公 奭)[278]을 봉한 나라인데, 희성(姬姓)에 신씨(臣氏)이며 작위는 후작에서 백작이 되었다가 前 323년에 칭왕(稱王)하였다. 국도(國都)는 박(亳)이었다가 계(薊, 당의 유주, 지금의 중국 천진시)로 옮겼고, 연대(燕代)에는 보통 상도(上都)로 불렸다. 연(燕)은 기원 前 11세기에서 前 222년까지 존속했는데(마지막 왕은 연왕燕王 희喜) 전국칠웅의 하나로, 나라가 43왕 800년에 걸쳐 존속했었다.

연(燕)에 관한 주요 사료는《사기 34권 연소공세가(燕召公世家)》이다.

○ 춘추시대의 연(燕)

연국(燕國)은 건국 이후 지리적 위치 때문에 중원(中原) 여러 나라와 왕래가 매우 적었다. 문화적으로도 중원에 비하여 낙후되었다. 춘추 초기에 북쪽 산융(山戎)의 침략에 시달렸었다.

연 장공(莊公) 재위 중(前 690 − 658) 산융(山戎)이 침입하자 장공은 대적하지 못하고 제국(齊國)에 구원을 요청했는데, 제국 환공(桓公, 재위 前 685 − 643)의 '존왕양이(尊王攘夷)'의 방책에 의거 망국의 액운을 면했다. 그리고 제 환공은 연(燕)을 도와 산융을 정벌하면서 제(齊)와 연(燕) 주변의 고죽(孤竹), 영지(令支), 무종(無終) 등 소국을 병합하였다.

연 혜왕 때의 내분과 연 도공(悼公, 재위 前 535 − 529)을 거치면

---

278 소공 석(召公 奭) − 周 成王을 보필한 三公의 한 사람.《詩經 召南》의 〈甘棠(감당)〉의 시는 소공 석의 善政을 읊었다.

서 제국의 도움으로 명맥을 유지하였다.

○ 전국시대의 연나라

전국시대 여러 나라가 부국강병을 추진할 때도 연(燕)은 별다른 개혁이나 변법(變法)이 없었다. 연(燕)은 남쪽 제나라의 북진에 밀려 前 380년에는 상구(桑丘)의 땅을 빼앗겼다. 그러다가 前 373년에 연(燕)은 제(齊)와 싸워 이겼고, 前 355년에 제국이 연국의 역수(易水) 지역을 침략하자, 연(燕)은 한(韓), 조(趙), 위(魏) 등 3국의 도움을 받으면서 제군을 격퇴하여 그 야심을 꺾었다. 그러나 연(燕)은 북방 동호족(東胡族)의 침략에 시달리기도 했다.

전국 초기 연국(燕國)의 영역은 대략, 지금의 하북성의 북부와 산서성의 동북 지역 일부였다. 연(燕)의 영역은 동북으로는 동호족과 접경했고, 서쪽으로 중산국(中山國) 및 조(趙)와 접경했다. 그리고 남쪽은 바다와 바다 건너 제(齊)를 마주보고 있었다. 나중에 요동(遼東)과 이어 한반도와 접경했었다.

○ 멍청한 왕 – 연쾌(燕噲)

前 323년에 연 역왕(易王, 재위 前 332 – 321) 공손연(公孫衍)이 주창한 한(韓), 위(魏), 조(趙), 연(燕), 중산(中山)의 '오국상왕(五國相王)'에 동참하며 칭왕했다. 역왕이 죽자 아들 쾌(噲, 재위 前 320 – 312, 史記)가 계위했다. 前 318년, 연왕 쾌는 요(堯)를 흉내내며, 왕위를 상국(相國)인 자지(子之)에게 선양(禪讓)하였고, 3백석 이상

고관의 인수(印綬)를 전부 회수하여 자지(子之)에게 넘겨주었다.

이는 구 귀족의 불복과 반발을 불러와 연(燕)은 큰 내분에 휩쓸렸다. 제(齊)의 선왕(宣王, 재위 前 319-301)은 이 기회를 이용하여 연을 공격하여 50일도 안 되어 연의 주요 지역을 점령했는데, 이에 연왕 쾌와 상국인 자지는 모두 피살되었다. 동시에 중산국도 출병하여 연(燕)의 서남 지역을 점령하였다.

이렇게 되자, 연인(燕人)이 스스로 봉기하여 제군과 싸웠고, 진(秦)과 조(趙)는 제(齊)의 강성을 그대로 좌시할 수 없어 결국 제(齊)는 대패하면서 제(齊)는 연(燕)에서 쫓겨났다. 이어 연(燕)의 소왕(昭王, 재위 前 313-279)이 즉위한다.

○ 소왕(昭王)의 초현(招賢)과 등용

연왕(燕王)으로서 나라의 안정과 부흥, 복수와 설치(雪恥)를 생각 안할 수 있겠나?

소왕은 곽외(郭隗)의 건의를 받아들여 초현(招賢)하고 납사(納士)하였다. 소왕은 자신을 낮추고(卑身) 후한 예물(厚幣)로 초현(招賢)하였고, 황금대(黃金臺)를 짓고 '천금으로 매골(買骨)하니' 각국의 사인(士人)이 다투어 연(燕)으로 모여들었으며, 연은 단시일에 다방면의 인재를 확보할 수 있었다.

○ 연 소왕(燕 昭王)의 강성

연 소왕은 극신(劇辛),[279] 악의(樂毅),[280] 추연(鄒衍)[281] 등 인재들

을 등용하였다. 소왕 치세 기간에 연(燕)은 약소국에서 강국으로 변모했고, 이는 제(齊)에 대한 위협이 되었다. 소왕은 소진(蘇秦)을 제국에 보내 이전에 제 선왕(宣王)이 탈취했던 10여 성에 대한 반환을 요구했다. 그러면서 제(齊)와 조(趙)의 관계를 이간시키면서, 조(趙) 무령왕(武靈王), 위(魏)의 양왕(襄王), 초(楚)의 회왕(懷王), 한(韓)의 양왕(襄王) 등과 다자 외교를 전개하였다.

前 286년, 제국이 송국(宋國)을 멸망시키자, 반제(反齊) 연맹이 형성되었다.

前 284년, 소왕은 악의(樂毅)를 상장군에 임용했고 진(秦), 한(韓), 조(趙), 위(魏) 등 5국의 연합으로 제(齊)를 정벌하고 대승을 거두면서 5년간 제국 70여 성을 점령하여 옛 치욕을 씻었다. 제

---

279 극신(劇辛, ?-前 242)-劇子로도 호칭. 戰國시대 燕國의 장군, 前 242년 趙國의 龐煖(방난, 龐援)에게 패전, 전사했다.

280 악의(樂毅, 생졸년 미상)-燕國 명장. 齊의 70여 성을 탈취(前 284). 法家 代表 人物 중 한 사람.

281 추연(鄒衍, ?前 305-240)-齊人. 燕 昭王의 사부. 齊 직하(稷下)의 학궁에서 硏學. 號는 談天衍(담천연). 鄒衍(추연)은 戰國시대 陰陽家의 創始者이고 대표적 인물이다. 추연의 주요 學說은 '오덕종시설(五德終始說)'인데, 이는 후대에 정말 큰 영향을 끼쳤고 논쟁거리를 제공하였다. 五德終始(5덕종시)의 歷史觀, 곧 모든 물질은 金, 木, 水, 火, 土로 구성되었고 사물의 변화 발전 과정에서 5行이 相剋(상극)하고 相生하며 순환 발전하는데, 이는 必然이며 自然이라고 주장하였다. 《史記 孟子荀卿列傳》에서는 추연의 저서가 《終始》,《大聖》 등 10여만 자라고 했다.

국은 겨우 거〔莒, 지금의 산동성 동남부 일조시(日照市) 부근〕와 즉묵(卽墨) 등 3성(城)으로 명맥을 유지했다.

연 소왕 때, 연장(燕將) 진개(秦開)는 동호(東胡)와 조선(朝鮮) 지역을 정벌하여 연(燕)의 영역을 크게 넓혔다.

연 소왕이 죽은 뒤, 연 혜왕(惠王, 前 278 - 272. 史記)이 즉위한다. 惠王은 태자 시절부터 악의(樂毅)와 불화(不和)했다.

제국의 전단(田單)이 이를 알고 반간계를 쓰자, 연 혜왕은 걸려들었고, 악의를 소환하자 악의는 조국(趙國)으로 도망쳤다.

前 272년, 연(燕)에 내분이 일어났고, 혜왕은 연상(燕相) 공손조(公孫操)에게 피살되었으며, 연 무성왕(武成王)이 즉위하였으나 허수아비였다.

○ 연(燕)의 쇠퇴와 멸망

연(燕)의 말기 무성왕(武成王, 재위 前 271 - 256), 효왕(孝王, 前 257 - 255), 희왕(喜王, 前 254 - 222)의 3대에 걸쳐 연(燕)과 조(趙)는 계속 싸웠다. 조(趙)는 진(秦)과 前 259년에, 장평지전(長平之戰)에서 대패했고, 연(燕)은 이를 이용하며 조(趙)를 침략했었다. 결국 연(燕)과 조(趙) 모두 지칠 수밖에 없었고 이런 소모 전쟁은 자연스레 망국으로 이어졌다.

前 230년, 진국(秦國)은 한국(韓國)을 멸망시킨다.

前 228년, 진국은 조국(趙國) 도성인 한단(邯鄲)을 점령하고 연국(燕國)에 압력을 가한다. 연국에서는 2가지 작전을 생각한다.

조(趙)의 잔여 세력과 연합하여 진(秦)에 대항하기!

다른 하나는 진왕(秦王)의 암살이었다. 그 주동 인물은 과거 진(秦)에 인질로 잡혀있다가 돌아온 태자 단(丹)이었다. 단(丹)은 자객 형가(荊軻)를 모셨다.

前 227년, 태자 단(丹)은 형가를 역수(易水)에서 전송한다. 형가는 「풍소소혜(風蕭蕭兮)에 역수(易水)는 한(寒)한데, 장사일거혜(壯士一去兮)에 불복환(不復還)이라.」라고 노래했다. 함양에 들어간 형가는 다시 돌아오지 못했지만, 이는 진국에게 연국을 침략할 구실이 되었다.

前 227년, 진왕(秦王)은 대장 왕전(王翦)과 신승(辛勝)을 보내 연(燕)을 공격한다. 연은 역수의 서쪽에서 대패했고, 진군(秦軍)은 연의 태반을 점령한다.

前 226년, 진(秦)은 연도(燕都) 계성(薊城)을 공격 점령했다. 연왕 희(喜)와 태자 단(丹)은 정병을 거느리고 요동을 지켰으나 진장(秦將) 이신(李信)은 추격을 계속한다. 연왕은 태자 단을 죽여 그 수급을 헌상하며 강화를 요청한다.

진(秦)은 연(燕)의 땅에 어양군(漁陽郡), 우북평군(右北平郡), 요서군(遼西郡)을 설치하고 이어 상곡군(上谷郡), 광양군(廣陽郡)을 설치하여 통치했다.

前 222년, 진(秦)은 다시 왕분(王賁)을 보내 요동을 공격했고, 연군(燕軍)이 패전하며 연왕 희(喜)는 포로로 잡힌다. 그 지역에는 요동군(遼東郡)이 설치되었다.

연국군주열표(燕國君主列表)

(※《史記 燕世家》를 중심으로 작성 / 춘추시대 중기 이전은 생략)

侯 / 王	재위 기간	관계
召康公 奭(소강공 석)	주 무왕-강왕	무왕 弟. 시조
18. 燕 莊公(장공)	前 690-658년	燕桓侯(연환후) 子
19. 燕 襄公(양공)	前 657-618년	燕莊公(연장공) 子
20. 燕 桓公(환공)	前 617-602년	
21. 燕 宣公(선공)	前 601-587년	
22. 燕 昭公(소공)	前 586-574년	
23. 燕 武公(무공)	前 573-555년	
24. 燕 文公(문공)	前 554-549년	
25. 燕 懿公(의공)	前 548-545년	
26. 燕 惠公(혜공)	前 544-536년	燕懿公(연의공) 子
27. 燕 悼公(도공)	前 535-529년	
28. 燕 共公(공공)	前 528-524년	
29. 燕 平公(평공)	前 523-505년	
30. 燕 簡公(간공)	前 504-493년	
31. 燕 孝公(효공)	前 492-450년	
32. 燕 成公(성공)	前 449-434년	
33. 燕 閔公(민공)	前 433-403년	
34. 燕 釐公(이공)	前 402-373년	
35. 燕 桓公(환공)	前 372-362년	
36. 燕 文公(문공)	前 361-333년	
37. 燕 易王(역왕)	前 332-321년	燕文公(연문공) 子
38. 燕王 噲(쾌)	前 320-312년	
子之(자지)	前 317-312년?	
39. 燕 昭王(소왕)	前 311?-279년	
40. 燕 惠王(혜왕)	前 278-272년	
41. 燕 武成王(무성왕)	前 271-258년	
42. 燕 孝王(효왕)	前 257-255년	燕 武成王(무성왕) 子
43. 燕王(연왕) 喜(희)	前 254-222년	燕 孝王(효왕) 子

(2) 연(燕)의 정치 상황

○ 소진(蘇秦)의 연 문공(燕 文公) 유세

소진(蘇秦)이 합종하려고 북으로 가서 연(燕)의 문후(文侯, 文公, 재위 前 361－333)에게 말했다.

"연(燕)의 동쪽으로는 조선(朝鮮)과 요동(遼東)이 있고,[282] 북쪽으로는 임호(林胡)와 누번(樓煩)의 땅이 있으며,[283] 서쪽로는 운중(雲中)과 구원(九原)의 땅이 있고,[284] 남쪽으로는 호타(呼沱)와 역수(易水)가 흐르는[285] 지방 2천여 리가 넘는 땅에, 무장 병사가 수십 만이며, 전차가 7백 승(乘)에 말이 6천 필이고, 군량은 10년을 버틸 수 있습니다. 그리고 남으로는 풍요로운 갈석(碣石)과 안문(鴈門)의 땅이 있고,[286] 북으로는 대추(조棗)와 밤(율栗)의 생산이

---

282 朝鮮은 당시 箕子(기자)를 봉한 나라라 알려졌지만, 燕의 땅은 아니었다. 요동은 요하(遼河)의 동쪽이란 뜻으로 今 요령성(遼寧省)의 서남부이다. 遼河(요하)는 今 河北省, 內蒙古, 吉林省, 遼寧省에 걸쳐 흐르는, 길이 1,390km의 큰 강이다.

283 林胡(임호)와 樓煩(누번)－둘 다 종족 이름인데 이들의 땅은 今 내몽고의 서남 지역으로 당시에도 燕의 땅이라 할 수 없는 지역이었다.

284 雲中과 九原－이는 趙의 郡으로 燕의 땅이 아니었다.

285 呼沱(호타)와 易水(역수)－呼沱(호타)는 今 河北省 서북부를 흐르는 강, 山西省 五臺山 동북에서 발원. 易水(역수)는 河北省 중서부 保定市 관할 易縣, 곧 太行山 동록에서 발원하는 강.

많은데(利), 백성이 전작을 하지 않더라도 대추와 밤으로 양식을 대신할 수 있습니다. 이는 바로 하늘이 낸 풍요의 땅입니다. 나라가 안락하고 무사하며, 군사가 패전하거나 장수가 죽을 걱정도 없으니, 이렇게 연(燕)보다 더 좋은 나라는 없습니다. 대왕께서는 그런 까닭을 아십니까? 이처럼 연이 외적의 노략질이나 다른 나라 군사의 침략이 없는 것은 조나라가 남쪽을 가려주기 때문입니다. 가령 진(秦)과 조(趙)가 전쟁을 5번을 한다면, 진이 2번 조가 3번을 이길 것입니다. 이처럼 진과 조가 서로 싸워 피폐하더라도 왕께서는 연(燕)을 보전하면서 사후의 사태를 제압할 수 있어 연은 정말 침범하기 어려운 나라입니다. 게다가 진(秦)이 연(燕)을 공격하려면, 운중(雲中)과 구원(九原)의 땅을 통과하고, 대(代)와 상곡(上谷)을 지나야 하며, 그 길이 수천 리에 이어지기에 연(燕)의 성을 차지했다 하더라도 진(秦)으로서는 지킬 수가 없습니다. 이러니 진(秦)은 연(燕)에 해악을 끼칠 수가 분명 없습니다. 지금 만일 조(趙)가 진(秦)을 공격하려고 군사를 동원한다면 열흘도 걸리지 않아 십수 만의 군사가 연(燕)의 (동읍東邑인) 동원(東垣)에 집결할 것입니다. 그리고서 호타하(呼沱河)와 역수(易水)를 건너면, 4, 5일이 안 걸려 국군(國都)에 다다를 것입니다. 그래서 진의 연나라 공격은 천리 밖에서 싸움이 벌어지나, 조(趙)의 연나라 공

---

286 碣石(갈석)과 鴈門(안문) – 碣石山(갈석산)은 燕의 동남에, 鴈門山(안문산)은 燕의 서남에 있다.

격은 1백 리 안에서 싸움이 벌어진다고 말할 수 있습니다. 그렇다면 1백 리 이내의 환난을 우려하지 않고 천리 밖의 싸움을 더 크게 걱정한다면, 이는 크게 잘못된 것입니다. 그러니 바라옵건대, 대왕께서는 조(趙)와 합종으로 친하면서, 천하가 하나로 된다면 나라에는 아무 걱정이 없을 것입니다."

이에 연왕이 말했다.

"과인의 나라도 작은데, 서쪽으로는 강한 진(秦)이, 남쪽으로는 조(趙)와 제(齊)가 가까운데, 제(齊)와 조(趙) 또한 강국입니다. 지금 군(君)께서 친히 일러 가르쳐서, 합종으로 연(燕)을 안전케 하니, 삼가 나라와 함께 따를 것입니다."

그리고는 소진에게 거마에 금전과 비단을 주어 조(趙)로 가게 하였다.

○ 권(權)의 싸움에서 이기지 못하다

권(權)의 싸움에서 연(燕)은 (제齊와) 다시 싸웠으나 이기지 못했는데,[287] 조(趙)는 연(燕)을 구원하지 않았다. 곽임(郭任)이 소왕 (昭王, 재위 前 311 – 279)에게 말했다.

---

287 權(권)은 지명이다. 今 河北省 太行山 동쪽 기슭 保定市 관할 順平縣에 해당한다. 이는 前 296년의 일이다. 燕의 내분을 틈타서 齊가 침공했고, 燕은 두 차례 전투에서 모두 패했다. 趙에서 안 도와주니 齊에 땅을 떼어주고 강화하자는 전략이다. 그러면 齊만 강해진다. 그래서 趙의 구원을 이끌어내었다.

"할지(割地)하여 제(齊)에 주면서 강화를 요청하면 조(趙)에서는 필히 우리를 도울 것입니다. 만약 조(趙)에서 우리를 구원하지 않으면 부득불 제(齊)를 섬겨야 합니다."

소왕(昭王)은 "옳다."고 말했다.

그리고서는 곽임을 보내 땅을 갈라주며 제(齊)에 강화를 요청케 하였다. 조(趙)에서 이를 알고서 바로 출병하여 연(燕)을 구원했다.

○ 전화위복(轉禍爲福)

연(燕)의 문공(文公, 재위 前 361 - 333)[288] 중에 진(秦) 혜왕(惠王, 재위 前 338 - 311)은 딸을 燕 太子와 결혼시켰다. 문공이 죽고, 역왕(易王, 재위 前 333 - 321)이 즉위했다. 제 선왕(宣王, 재위 前 319 - 301)은 연(燕)의 국상(國喪)을 틈타 연에 침공하여 10개 성을 탈취하였다.

무안군(武安君)인 소진(蘇秦)이 연(燕)을 위하여 제왕에게 유세하였는데, 재배(再拜)하면서 하례(賀禮)하고서는 하늘을 우러러 조문(弔問)하였다.

---

288 본 장의 '轉禍爲福(전화위복)' 고사는 잘 알려진 이야기이다. 그러나 본 章은 사실과 크게 다르다. 燕 易王과 齊 宣王 시에 소진이 활동하지 않았다. 燕의 국상과 齊 宣王 재위 기간이 맞지 않는다. 燕의 10개 성을 탈취한 사실도 없다. 齊 宣王이 秦王에게 머리를 진흙에 처박으며 사죄했다는 서술은 너무 과장되었고, 그럴 형세도 아니었다.

제왕(齊王)은 창(戈)을 잡고, 한발 물러서며 말했다.

"왜 이렇듯 축하와 조문을 한꺼번에 빨리 하는가?"

소진이 대답하였다.

"사람이 굶주려도 독초인 오훼[烏喙, 일명 천웅(天雄)]를 먹지 않는 것은 잠깐 동안은 배가 부르지만 죽을 듯 배가 아프기 때문입니다. 지금 연(燕)이 비록 약소국이지만 강한 진나라의 어린 사위 나라입니다. 왕께서 10개 성의 이득을 챙겼지만 강한 진나라의 큰 원한을 산 것입니다. 지금 약한 연(燕)을 기러기 날아가듯 앞서 보내고 강한 진나라가 그 뒤를 제압할 것이니, (제齊는) 천하 정예군의 침공을 자초하였습니다. 이는 독초(毒草)인 오훼를 먹은 것과 같습니다."

제왕이 물었다.

"그러니 어찌해야 하는가?"

"성인(聖人)은 일을 처리할 때, 전화(轉禍)하여 위복(爲福)하고 패배를 딛고서 성공합니다. 그래서 제 환공(桓公)은 채(蔡)의 여인을 방출하고서 명성이 더욱 높아졌고,[289] 진(晉)나라의 한헌[韓獻, 헌자(獻子) 한궐(韓闕)]은 죄를 짓고도 상관인 조순(趙盾)과의 교제

---

289 桓公이 蔡姬(채희)와 뱃놀이를 하는데, 채희가 배를 흔들어 환공을 겁먹게 했다. 환공은 채희를 蔡國에 돌려보냈지만 이혼은 아니었다. 蔡에서는 그 여인을 다른 나라에 시집보냈다. 환공은 나중에 채를 멸망시켰고 이어 楚를 정벌하며 패자로서의 명성을 높였다.

는 더욱 공고해졌으니, 이 모두는 전화위복이고 실패를 성공으로 바꾼 것입니다. 왕께서 신(臣)의 말을 따르시겠다면, 우선 연(燕)에 10개 성을 돌려주는 것이 좋을 것이며, 이어 아주 겸손한 말로 진(秦)에 사죄하십시오. 진에서는 왕께서 진이 두려워 연(燕)에 성을 돌려준 사실을 알고 왕을 고맙게 여길 것입니다. 연에서는 아무 일도 없이 잃었던 성을 돌려받으니 왕에게 고맙다고 할 것입니다. 이는 강력한 진의 원한을 해소하면서 오히려 진과 확실한 친교(親交)를 맺는 것입니다. 그리고 연(燕)과 진(秦)이 함께 제(齊)를 섬기게 되니, 이는 대왕의 호령에 천하가 모두 따라오는 것입니다. 이렇게 하면 왕은 그저 빈말로 秦과 가까워지고 (남의 나라) 10개 성을 가지고 천하를 호령할 수 있으니, 이런 것이 바로 패왕(霸王)의 대업(大業)이고 이른바 전화위복이며 패배를 딛고 성공하는 길입니다."

제왕은 크게 기뻐하며 연(燕)에 점거했던 성을 돌려주었고, 이어 나중에 금 1천 근으로 사과하였다. 그리고 제왕은 진흙에 머리를 조아리며 형제가 되고 싶다고 진(秦)에게 사죄하였다.

○ 장의(張儀)의 유세

장의(張儀)가 진(秦)을 위하여 합종을 깨고 연횡책을 쓰도록 연왕(燕王)에게 말했다.

"대왕에게 조(趙)만큼 가까운 나라는 없습니다. 옛날 조양자(趙襄子)는 그 손윗누이를 대왕(代王)의 아내로 주었는데, 대(代)를 병합하려고 대왕과 구주산(句注山)²⁹⁰의 요새에서 만나기로 하였습니다. 그리고 공인(工人)을 시켜 쇠(銅)로 국자(斗)의 자루를 길게, 사람을 때릴 수 있게 만들라 하였습니다. 조양자가 대왕과 술을 마시면서 몰래 주방에 알려 '술이 한창 취하거든 뜨거운 국물을 올리면서 국자로 대왕을 후려치라.'고 시켰습니다. 그리고는 술이 얼큰해지자 뜨거운 국을 올리라 했습니다. 요리하는 사람이 국을 올리면서 국자 자루를 잡고 대왕을 내리치자 대왕(代王)의 머리가 터져 땅을 적셨습니다. 그 누이는 소식을 듣고서는 비녀(계笄)를 뾰쪽하게 갈아 스스로 찔러 죽었습니다. 그래서 지금도 마계산(摩笄山)이 있으니 천하에 이를 모르는 사람이 없습니다."²⁹¹

이에 연왕이 말했다.

"과인은 후미진 변방에서 비록 다 장성한 남자라지만 생각은 아직도 어린아이와 같아, 말을 하여도 바른 길을 모르고 모사(謀事)하더라도 결단을 내리지 못했습니다. 지금 대객(大客)께서 이렇게 친히 가르쳐 주시니 사직을 받들어 서쪽을 바라보며 진(秦)을 섬기겠으며, 상산〔常山, 항산(恒山)〕의 끝자락에 있는, 연(燕)의 서남방, 5개 성을 헌상하겠습니다."

---

290 句注山(구주산) - 今 山西省 북부 朔州市 관할 代縣 소재 雁門山(안문산), 恒山 山脈의 중간 척추 부분, 古代 九塞의 하나, 雁門關이 있다.

291 이는《史記 趙世家》에도 수록되었다.

○ 연왕(燕王) 쾌(噲)가 즉위한 뒤에,

연왕 쾌(噲)[292]가 즉위한 뒤에 소진(蘇秦)도 제(齊)에서 죽었다. 소진이 연(燕)에 머물던 시기에 소진과 국상(國相)인 자지(子之)는 자녀 간 혼인을 하였고, 소진의 동생 소대(蘇代)도 자지와 친교가 있었다. 소진이 죽자 제 선왕(宣王, 재위 前 319 – 301)은 소대를 다시 등용하였다.

연왕 쾌 3년에 초(楚)와 삼진(三晉; 한, 위, 조)이 진(秦)을 공격하였지만 이기지 못하고 돌아왔다. 자지(子之)가 연(燕)의 상(相)이 되면서 귀한 자리에서 정사를 독단하였다. 소대(蘇代)가 제사(齊使)로 연(燕)에 오자, 연왕이 물었다.

"제(齊) 선왕(宣王)은 어떤 사람입니까?"

"패권을 잡으려 하지는 않을 것입니다."

"왜 그럴까요?"

"그 신하를 믿지 못합니다."

소대는 그렇게 하여 연왕이 상(相)인 자지를 충분히 신뢰하게 만들려 하였다. 이에 연왕은 자지를 크게 신뢰했다. 자지(子之)는 이에 소대에게 백금을 주었고 소대의 말을 잘 따라주었다.

녹모수(鹿毛壽)가 연왕에게 말했다.

---

292 燕王 噲(쾌, 목구멍 쾌. ? – 前 314年, 재위 前 320 – 316) – 燕 易王의 子. 본 章은 〈燕世家〉의 문장을 인용하였으며, 蘇秦 형제에 대한 언급이 많이 보인다.

"자지에게 국권을 선양하는 것이 좋을 것입니다. 사람들이 요(堯)를 현자라 하는 이유는 요가 허유(許由)에게 선양하려 했으나 허유가 받지 않았지만, 그래도 (요堯는) 천하를 양보하려 했다는 명분을 얻었고 실제 천하를 잃지도 않았습니다. 지금 왕께서 나라를 상(相)인 자지에게 선양하더라도 자지는 틀림없이 감히 받을 수가 없을 것이니 왕께서는 요(堯)와 같을 것입니다."

연왕은 이에 나라를 자지에게 선양하였고, 자지는 막강한 권력을 잡았다.

또 다른 사람이 말했다.

"우(禹)는 익(益)에게 천하를 위임하고 (아들) 계(啓)를 관리에 임용했다가 늙게 되자 계(啓)에 천하를 맡기기가 부족하다 생각하여 익(益)에 전위하려 하였는데, 아들 계와 그 일당이 익을 공격하여 천하를 탈취하였습니다. 이는 우(禹)가 명분으로는 익에게 선양하였지만 사실은 계가 스스로 탈취했습니다. 지금 왕께서 나라를 자지에게 인계하였으나 관리 중에 태자의 편에 서지 않은 자가 없습니다. 그래서 명분상 자지(子之)에게 선양했으나 실제로도 태자가 권력을 행사하고 있는 것입니다."

왕은 이에 질록(秩祿) 3백석 이상 관리의 인수(印綬)를 걷어 자지에게 넘겨주었다. 이에 자지는 마치 남면(南面)한 듯 왕권을 행사하였고, 쾌는 늙었다 하여 정사를 보고 받지도 않았기에, 백성들에게 쾌는 자지의 신하처럼 생각되었으며, 모든 국사(國事)는 상(相)인 자지가 결단하였다.

자지의 국정 3년에 연국(燕國)은 크게 혼란하였고 백성은 모두 원망이 많았다. 장군인 시피(市被)와 태자인 장남 평(平)이 모의하여 자지를 공격하였다.

제(齊)의 저자(儲子)란 사람이 齊 선왕에게 말했다.

"이 기회에 연(燕) 자지를 엎어버리면 틀림없이 연을 격파할 수 있습니다."

이에 제왕은 사람을 보내 연(燕) 태자 평에게 말했다.

"과인은 태자의 대의를 익히 들었는바, 폐사(廢私)하고 입공(立公)하며, 군신의 의(義)를 엄히 지키고, 부자의 지위를 바로세우려 한다고 들었습니다. 과인의 나라가 작다지만 그래도 부족하나마 도와드릴 수 있습니다. 그러나 오직 태자의 말씀만 따르겠습니다."

태자는 이에 무리를 많이 모았고 장군인 시피(市被)는 공궁(公宮)을 포위하고 (상相인) 자지를 공격하였으나 이기지 못했다. 장군 시피 및 백성들은 도리어 태자 평(平)을 공격하였다. 장군 시피는 이미 죽었고, 나라는 여러 달에 걸쳐 내부 싸움에 휘말렸으며, 죽은 사람이 수만 명에 달하면서 백성은 원한에 사무쳐 나라를 배반하려 했다.

이에 맹가(孟軻, 맹자)가 제 선왕(宣王)에게 말했다.[293]

---

293 孟軻謂齊宣王曰 ─《孟子》에는 이와 관련한 구절이 없다. 孟子가 이런 일에 관여하여 齊王에게 정벌을 권유했을 리가 없다. 뒷날 후인이 추가했을 것이라는 주석이 있다.

"지금 연(燕)을 정벌한다면, 이는 (주周의) 문왕 및 무왕과 같은 때이니 놓칠 수 없습니다."

제(齊) 선왕은 장자(章子)에게 명하여 오도(五都, 5개의 大邑)의 군사를 거느리고 북쪽 지역의 백성과 함께 연(燕)을 정벌케 하였다. (燕의) 사졸(士卒)은 맞서 싸우지도, 성을 닫아놓지도 않았으며 연왕 쾌(噲)도 죽었다.[294]

제(齊)는 연(燕)에 대승하였고 자지도 죽었다. 그 2년 뒤에 연인(燕人)들이 공자(公子) 평(平 / 職이어야 한다)을 옹립하니,[295] 이가 연 소왕(昭王, 재위 前 311−279년)이다.[296]

---

294 연왕 噲(쾌)는 七國의 가장 멍청한 군주(愚主)였다. 삼국시대 蜀漢의 後主 劉禪(유선)보다 더 어리석은 것 같다. 그런 어리석은 군주한테는 꼭 간신이 달라붙게 되었다. 아마 이런 이치는 古今이 동일할 것이다.

295 燕人立公子平 ─ 연왕 噲, 相인 子之, 太子 平(평)은 내란 중에 모두 죽었다.《史記 六國年表》에 의하면, 이후 312년까지 그간 趙에 인질로 가 있던 왕자 직(職)이 귀국하자, 백성들이 옹립했고, 이가 燕 昭王이다.

296 燕 소왕(昭王, 昭襄王. 姬姓, 名 職) ─ 戰國시대 燕國 君主. 燕王 쾌(噲) 사후에 백성들이 옹립했다. 燕昭王은 재위 기간 중 장군 秦開(진개)가 東胡를 大破하였고 朝鮮 쪽으로도 영토를 확장하였다. 上將軍 樂毅(악의)는 주변 4국을 연합해서 五國이 齊를 정벌하여 齊의 영역 70여 성을 점령하고 莒(거)와 即墨(즉묵)만을 남겨주는 등 燕國의 盛世를 이룩했다.

○ 초현(招賢) - 천금매골(千金買骨)

연 소왕(昭王)은 완전히 망가진 연(燕)을 수습하고 즉위하였는데,[297] 자신을 낮추고 후한 예물로 현자를 초빙하며 제(齊)에 대한 원수를 갚으려 했다(報讎).

그래서 소왕은 곽외(郭隗)[298] 선생을 찾아 만나서 말했다.

"제(齊)는 우리의 혼란을 틈타 습격하여 나라(燕)를 부수었습니다. 저는 우리가 소국이고 국력도 부족하여 복수할 힘이 모자라는 것을 잘 알고 있습니다. 그래서 현사를 초빙하여 나라와 함께 선왕(先王)의 치욕을 씻어내는 것이 저의 소원입니다. 나라를 위하여 복수하려면 어떻게 해야 합니까?"

곽외 선생이 대답하였다.

"제왕은 스승과 함께 거처하고, 왕자(王者)는 벗과 함께, 패자(覇者)는 신(臣)과 함께, 망국자(亡國者)는 천역(賤役)들과 함께 생

---

297 어리석은 燕王 噲(쾌)의 禪讓(선양) 소동은 齊의 침입과 내란으로 이어졌고, 前 314년, 燕王 噲와 태자인 平, 相인 子之 등이 모두 피살되었다.《史記 六國年表》그리고 王의 空位 상태가 2년간 이어진다. 312년, 백성들은 연왕 쾌의 아들로 趙에 인질로 가 있던 왕자 職(직)을 왕으로 옹립한다. 원년은 前 311년이다.(재위 前 311 - 279년). 본 章의 요지는 소왕의 초현(招賢)이다. 招賢의 방법으로 스승 곽외(郭隗)의 천금매골(千金買骨)의 비유는 그야말로 天下之格言이라 아니할 수 없다.

298 郭隗(곽외, 생졸년 미상. 隗는 험할 외, 郭隗) - 천금매골(千金買骨) 成語의 주인공.

활한다고 하였습니다. 또 북면(北面)하여 스승에게 배우면 자신보다 백배 나은 사람이 찾아온다고 하였습니다. 남보다 먼저 일하고 남보다 나중에 쉬며(先趨而後息), 먼저 묻고 나중에 조용히 생각하면(先問而後默) 자신보다 열 배 나은 사람(十己)이 찾아온다고 하였습니다. 남이 일할 때 나도 일하면(人趨己趨) 자신과 같은 (수준의) 사람이 찾아옵니다. 안석에 기대앉아서, 막대기를 들고(馮几據杖) 눈을 부라리고 손가락으로 지시하면(眄視指使) 천한 사람들이 모여들 것입니다. 만약 방자하게 눈을 부라리고 화가 나 때리거나(恣睢奮擊), 발로 차거나 꾸짖기만 한다면〔呴籍叱咄(구적질돌)〕 노예 같은 자들만(徒隷之人) 곁에 있게 된다고 하였습니다. 이는 예로부터 도(道)를 배우는 사람이 사인(士人)을 모으는 방법이라 하였습니다. 왕께서 진정으로 나라 안의 현자를 널리 모시려면 먼저 그 문하(門下)로 찾아가 뵈어야 합니다. 그러면 왕께서 현신(賢臣)을 모시려 한다고 천하가 알고, 천하의 인재들이 틀림없이 연나라로 달려올 것입니다."

소왕(昭王)이 물었다.

"과인은 누구를 먼저 찾아뵈면 좋겠습니까?"

곽외 선생이 말했다.

"신이 알기로, 옛날 어떤 군왕이 천금으로 천리마를 구하려 했지만 3년이 지나도록 구하질 못했습니다. 어떤 연인(涓人, 하위 관직)이 그 군왕에게 '제가 천리마를 구해보겠습니다.' 라고 말하자, 그를 보냈습니다. 3달이 지나 겨우 천리마를 찾았지만 이미 죽은 뒤라서, 죽은 천리마의 머리를 5백 금에 사서 왕에게 보고하였습니다. 군왕이 대노하며 말했습니다. '살아 있는 말을 구해와야지, 어찌 죽은 말을 사는데 5백 금을 버려야 하겠는가?' 그러자 그 연인이 말했습니다. '죽은 말도 5백 금에 샀다면 하물며 살아 있는 말이라면? 세상 사람들은 틀림없이 왕이 천리마를 사려한다는 것을 알고 지금쯤 천리마가 오고 있을 것입니다.' 그리고서는 1년이 안 되어 천리마가 3필이나 들어왔습니다. 지금 왕께서 뛰어난 인재를 부르고 싶다면 저 곽외부터 시작하십시오. 곽외도 등용되었는데 저보다 뛰어난 사람이야! 그런 사람들이, 어찌 천리를 멀다고 생각하겠습니까?'

이에 소왕은 곽외를 위하여 새집을 지어주고 스승으로 섬겼다. 이에 악의(樂毅)는 위(魏)에서 왔고, 추연(鄒衍)은 제(齊)에서, 극신(劇辛)은 조(趙)에서 찾아왔다. 이렇듯 인재들이 다투어 연(燕)으로 모여들었다. 연왕은 사인(死人)에게 조의를 표하고 산 사람을 찾아 문안하며 백성과 함께 동고동락하였다. 그러하여 소왕의 재위 기간에 연국(燕國)은 풍요롭고 부유하였으며 사졸들은 마음이 즐거우면서도 전투를 두려워하지 않았다.

이에 소왕은 마침내 악의(樂毅)를 상장군으로 삼아, 진(秦)과 초(楚), 그리고 삼진(三晉; 한, 위, 조)과 함께 모의하여 제(齊)를 정벌하였다. 제병(齊兵)은 패주하였고, 제 민왕(閔王)은 도성 밖으로 도주하였다. 연(燕)의 군사는 계속 추격하여 북쪽으로는 임치(臨淄)에 들어가 제(齊)의 보물을 모두 탈취했고 그 궁실과 종묘를 불태웠다. 제(齊)의 성으로 함락되지 않은 곳은 오직 거(莒)[299]와 즉묵(卽墨)[300] 등 3개 성읍뿐이었다.

ㅇ 거짓말은 싫다

연왕이 소진의 동생 소대(蘇代)에게 말했다.

"과인은 거짓말쟁이의 말을 가장 싫어한다."

이에 소대가 응대하였다.

"주(周)의 옛 땅에서는 중매쟁이를 천하게 여기는데, 그것은 양쪽 모두에게 칭찬만 하기 때문입니다. 남가(男家)에 가서는 여자가 미인이라 하고, 여자 집에 가서는 남자가 부자라고 말합니다. 그러나 주(周)의 습속에 남자나 여자는 스스로 아내를 고르지 못합니다. 또 처녀는 중매를 거치지 않으면 늙도록 시집을 가지 못합니다. 중매쟁이를 제쳐두고 자신을 팔려 하여도 성사가 되지 않아 팔지 못합니다. 순리를 따라 실패 없고, 팔고도 손해를 보지 않는 것은 오직 중매뿐입니다. 또 어떤 경우라도 권력이 아니라

---

299 莒(거) – 본래 莒國(거국)은 己姓(기성) 前 431年 楚에게 멸망했다. 거국의 영토 대부분은 齊國이 점령했다. 莒(거)는 今 山東省 동남부 日照市 관할 莒縣.

300 卽墨(즉묵) – 漢代 膠東國(교동국)의 치소. 今 山東省 淸島市 관할 平度市.

면 성공할 수 없고, 형편에 따르지 않으면 이뤄지지 못합니다. 이렇듯 사람을 앉혀놓고도 일을 성공케 하는 것은 오직 중매쟁이의 거짓말뿐입니다."

왕은 "맞는 말이요."라고 했다.

(3) 악의(樂毅)의 말년

○ 불화와 반간계(反間計)

창국군(昌國君) 악의(樂毅)[301]가 연 소왕(昭王)을 위하여 5국(조趙, 초楚, 한韓, 위魏, 연燕)의 군사를 거느리고 공제(攻齊)하여 70여 성을 함락시켜 모두 연(燕)의 군현(郡縣)으로 소속시켰다. (제齊의) 3개 성을 함락시키지 못했는데〔요성(聊城), 즉묵성(卽墨城), 거성

---

301 樂毅(악의, 생졸년 미상) - 燕 昭王에 의해 발탁. 前 284년, 昭王은 樂毅(악의)를 上將軍에 임용했고 秦, 韓, 趙, 魏 등 5국의 연합으로 齊를 정벌하고 대승을 거두면서 5년간 齊國 70여 성을 점령하여 옛 치욕을 씻었다. 齊國는 겨우 莒(거, 今 山東省 동남부 日照市 莒縣)와 卽墨(즉묵) 등 3城으로 명맥을 유지했다.

燕 昭王이 죽은 뒤, 燕 惠王(혜왕, 前 278 - 272년, 史記)이 즉위했다. 惠王은 태자 시절부터 樂毅(악의)와 不合했다. 齊國의 田單(전단)은 이를 알고 反間計를 쓰자, 燕 惠王은 걸려들었고 악의를 소환하자, 악의는 趙國으로 도망쳤다. 昌國君은 燕에서 받은 작위, 趙國의 작위는 望諸君(망제군)이다. 춘추시대 齊의 管仲(관중)과 나란한 명성을 누렸다. 三國 時期 諸葛亮(제갈량)은 南陽에서 농사지으면서 자신을 관중(管仲)과 악의(樂毅)와 같다고 생각했다.

(莒城)], 연 소왕이 죽었다(前 279년).

아들 혜왕(惠王, 前 278-271)이 즉위하였다. 혜왕은 태자 시절부터 악의를 싫어하였다. 제(齊)의 장군 전단(田單)은 반간계를 써서 혜왕이 악의를 의심케 하였고, 반간계에 걸린 연에서는 기겁(騎劫, 人名)을 장수로 삼아 악의를 대신하게 하였다.

악의는 조(趙)로 망명하였고, 조(趙)에서는 망제군(望諸君)에 봉하였다.[302] 제(齊)의 전단(田單)[303]은 기겁(騎劫)을 기만하면서, 연군(燕軍)을 격파하여 70여 성을 수복하여 제(齊)를 복구하였다. 연왕은 후회했고, 조(趙)가 악의를 등용하여 연(燕)이 피폐한 틈을 이용하여 연을 정벌할까 걱정하였다.

연왕은 이에 사람을 보내 (서신으로) 악의를 비판한 일을 사과하였다.

「선왕(先王)이 나라를 통째로 장군에게 위임하였고, 장군은 연(燕)을 위하여 파제(破齊)하며 선왕의 원수를 갚아주었으니, 천하

---

302 망제군(望諸君) ─ 望諸는 觀津縣(관진현, 今 河北省 남부 衡水市 武邑縣)의 澤名이다.

303 田單(전단, 생졸년 미상, 陳單) ─ 戰國시대 田齊의 宗室. 齊國이 軍事 戰略家이다. 燕 昭王 28년(前 284), 燕의 장군 樂毅(악의)는 齊를 정벌하여 도읍 臨淄(임치)를 점령하였다. 昭王 32년(前 280)에는 齊의 70여 城을 탈취하였는데, 그 다음 해에 田單은 卽墨之戰에서 火牛陣으로 燕軍을 격파하고 燕에 빼앗겼던 70여 성을 수복했다. 이어 相이 되어 齊 襄王을 보필하였다.

에 두려워 떨지 않은 사람이 없었으나, 과인이 어찌 단 하루라도 장군의 공(功)을 잊을 수 있었겠습니까! 선왕께서 돌아가시고(棄群臣), 과인이 막 즉위하면서, 좌우에서 과인을 오도(誤導)하였습니다. 과인이 기겁(騎劫)으로 장군을 대신하게 한 것은 장군이 오랫동안 야전(野戰)에서 고생하셨기에 장군을 불러 쉬게 하면서 계책을 마련하려 했습니다. 그러나 장군은 이를 잘못 알아들었고, 과인과 틈이 있다 생각하여, 결국 연(燕)을 버리고 조(趙)를 찾아갔습니다. 장군께서 자신을 위한 계책이겠지만, 그것이 선왕께서 장군을 아끼신 뜻에 대한 보답일 수 있겠습니까?」

○ 악의의 답신(答信)

망제군〔望諸君, 악의(樂毅)〕은 곧 사람을 보내 연 혜왕(惠王)에게 헌서하였다.

「신이 똑똑치 못하여, 선왕지교(先王之敎)를 받들지 못했고, 신왕(新王) 측근의 마음에 들지 못했기에 도끼로 처형당할 죄에 걸려들었다 생각하였으며, 선왕의 명철을 다 헤아리지 못했고 귀하(혜왕)의 의(義)를 이해할 수 없어 조(趙)를 찾아 몸을 숨겼습니다. 모두가 신의 불초한 죄라 생각하며 여러 말로 변명하지는 않겠습니다. 지금 왕께서 보낸 사자가 저의 죄를 따졌지만, 신은 귀하의 측근들이 선왕께서 신을 친애한 뜻을 여전히 알지 못하고 있기에, 신이 선왕을 모신 마음을 명백하게 밝혀야 하겠다는 생각으로 감히 서신으로 답하겠습니다.」(중략)

○ 교절(交絕)에 무악성(無惡聲)

「신이 알기로, 현명한 군주는 큰 공을 세워 훼손되지 않기에 역사(春秋)에 기록되고 선견지인(先見之人, 蚤知之士, 이를 조)은 명성을 이루어 허물지 않기에 후세까지 칭송을 받습니다. 이처럼 선왕께서는 원수를 갚고 치욕을 씻었으며, 만승(萬乘)의 강국을 부수었고, (연국燕國 역사) 8백 년의 축적을 거두었으니 돌아가시는 날까지 후사에게 대의를 따르도록, 그리고 집정하고 국정을 맡은 신하들에게는 법령을 따라 일하게 하셨으며. 서얼(庶孽)의 순차를 밝히고 백성에게 은혜를 베풀도록 가르치셨으니 이 모두가 후세의 본보기가 되었습니다.

신이 알기로, 일을 잘하는 자라도 그 결과가 꼭 좋을 수는 없고 (善作者不必善成), 좋게 시작했다 하여 그 끝이 꼭 좋지는 않습니다(善始者不必善終). 옛날에 오자서(伍子胥)는 (오왕) 합려(闔閭)의 명령에 잘 따랐기에 오왕은 멀리 초(楚)의 도읍 영(郢)까지 발자취를 남기었지만, 아들 부차(夫差)와는 사이가 좋지 않았습니다. 오자서를 가죽 자루에 담아 장강에 던져 죽여버렸습니다. 오왕 부차는 선인(先人)의 의론을 따라 실천하면 성공할 수 있다는 진실을 알지 못하여 오자서를 빠트려 죽이고서도 후회를 몰랐습니다. 그리고 오자서는 주군의 국량(局量)이 (부자간에) 같지 않다는 것을 미리 알지 못했기에, 강물에 던져지더라도 어쩔 수가 없었습니다. 일신의 허물을 피하고 이룬 공을 보전하며, 선왕의 자취를 밝게 빛내는 일이 신의 상계(上計)일 것입니다. 몸이 훼손되고 비방의 재앙을 당하거나 선왕의 명성을 허문다면 신에게 가장 두려운 일입니다. 헤아릴 수 없는 죄에 휘말리면서 요행히 벗어나기를 바라는 일은 의리상 해서는 안 될 것입니다. 신은 알고 있습니다. 옛 군자는 교절(交絶)하더라도 악성(惡聲)을 남겨서는 안 되고, 충신은 죽더라도 그 명예를 더럽힐 수 없다고 하였습니다. 신이 비록 우둔하더라도 자주 군자의 가르침을 받았습니다. 귀하께서 좌우의 친근한 자들의 말만 들으시고, 멀리 떠나간 사람의 행실을 살피지 못할까 걱정이 됩니다. 그래서 서신을 올리오니 군왕께서 유념해 주시길 바랍니다.」

(4) 태자(太子) 단(旦)과 형가(荊軻)

○ 태자(太子) 단(丹)

태자 단〔丹, ?-前 226, 성은 희(姬), 연씨, 이름은 단(丹)〕은 전국시대 말기 마지막 연왕 희(喜, 재위 前 254-222)의 태자이다.

진왕(秦王) 정(政)은 즉위한 이후에 각국에 대하여 인질 1인을 진(秦)에 보낼 것을 요구하였다. 연의 태자 단(丹)은 인질로 진에 들어가 모욕을 당하고 연왕 희(喜) 23년(前 232)에 연으로 돌아왔고, 진왕 정(政)에 대한 복수를 계획했다.[304]

---

304 본 장은 前 228-227년의 일이다.

○ 태자 단의 결심

태자 단(旦)은 秦이 6국을 멸망시키려, 이미 그 군사가 역수(易水)까지 진출한 것을 보고 곧 화가 닥칠 것이라며 두려워하였다. 태자 단(丹)이 태부(太傅)인 국무(鞫武)에게 말했다.

"연(燕)과 진(秦)은 양립할 수 없으니, 태부께서 어찌해야 할지 일러주시기 바랍니다."

이에 국무가 대답하였다.

"진(秦)의 땅은 천하에 두루 널렸고, 한(韓)과 위(魏)와 조(趙)를 위협하고 있으니, 역수 이북일지라도 안전할 수 없습니다. 어찌 인질로 잡혀갔던 원한 때문에 진왕(秦王)의 역린(逆鱗)[305]을 거슬리려 하십니까?"

"그렇다면 어찌해야 합니까?"

"일단 들어가 쉬시고, 차츰 생각해 봅시다."

얼마가 지난 뒤에 번(樊) 장군[306]이 진(秦)에서 망명하여 연(燕)

---

305 逆鱗(역린) ─ 韓非子의 《說難(세난)》이란 책에 의하면, 龍을 잘 훈련시켜 타고 나를 수도 있지만, 목 아래에 있는 1尺 정도의 거꾸로 박힌 비늘을(逆鱗) 건드리면 꼭 탄 사람을 죽인다고 하였다. 人主에게도 그런 일면이 있다고 하였다.

306 樊於期(번오기, ?─前 227년) ─ 전국 말기 秦의 장군. 秦王에게 득죄하여 燕에 망명. 태자 丹이 자객 형가가 入秦하기 전. 번오기의 목숨을 요구한다. 번오기는 지우지은(知遇之恩)에 대한 보답으로 자결하고, 형가는 번오기의 수급을 가지고 秦에 들어간다. 於는 감탄하는 소리 오.

에 들어왔고, 太子가 손님으로 받아들였다.

이에 태부 국무가 간언을 올렸다.

"번 장군을 받아들여서는 안 됩니다. 진왕(秦王, 政, 시황)의 포악이 연(燕)으로 향하면 그것만으로도 충분히 두려운데, 또 거기에 번 장군까지 여기 있다는 것을 알면 더 큰일입니다! 이는 고깃덩어리를 굶주린 호랑이(餓虎)가 다니는 길에 던져놓은 것처럼 화가 닥쳐도 구할 방법이 없을 것입니다! 비록 제(齊)의 관중(管仲)이나 안자(晏子, 안영)³⁰⁷가 있더라도 어찌할 수가 없을 것입니다. 태자께서는 빨리 번(樊) 장군을 흉노(匈奴) 땅으로 보내 입을 다물게 하십시오. 그러면서 3진(晉)과 동맹을 체결하고 남으로 제(齊)와 초(楚)에 연합하고 북쪽으로 (흉노의) 선우(單于)와 강화하신다면 가히 진(秦)을 도모할 수 있을 것입니다."

이에 태자 단이 말했다.

"태부의 계책은 너무 많은 시일에 오래 걸리고, 지금 저의 마음은 어지러워 잠시도 기다릴 수가 없으며, 또 이것만이 아닙니다. 번 장군은 천하에 곤궁한 몸으로 쫓겨 저(旦)를 찾아왔으니, 저는

---

307 晏子(안자. 晏嬰, 前 578 - 500년, 字는 仲, 諡는 平, 습관상 晏平仲, 또는 晏子로 호칭) ─ 晏嬰(안영)은 교제를 잘했으니, 오래 교제하면서도 늘 남을 공경하였다.(「子曰, 晏平仲善與人交, 久而敬之.」《論語 公冶長》) 晏平仲은 齊의 大夫. 공자는 鄭나라의 子産(자산)과 안영을 유능한 정치가로 공경하였다. 공자가 35세 전후에 齊에 머물면서 出仕하려 했지만, 안영의 반대로 등용되지 못했다. 《史記》62권 〈管晏列傳〉 참고.

끝내 강한 진(秦)으로부터 핍박을 받더라도 가련한 처지의 사람을 버려 흉노 땅으로 보낼 수 없으니, 아마 내 목숨이 죽은 뒤라면 모르겠습니다. 태부께서는 이를 다시 생각해 주시기 바랍니다."

그러자 국무가 말했다.

"우리 연나라에 전광(田光) 선생이란 분이 있는데, 지모가 깊고 침착한 용기를 가진 분이니 함께 일을 도모할 수 있을 것입니다."

이에 태자가 말했다.

"태부께서 저를 전 선생에게 소개시켜 줄 수 있습니까?"

"삼가 그렇게 하겠습니다."

○ 전광(田光)의 의기(義氣)

태부 국무는 나가서 전광(田光)을 만나 태자의 뜻을 이야기 한 다음에 말했다.

"태자가 선생에게 국사(國事)를 논의할 것이 있다고 합니다."

이에 전광(田光)이 말했다.

"삼가 가르침을 받고자 합니다."

그리고 전광은 태자를 찾아왔다.

태자는 무릎을 꿇은 채 전광을 맞이하였고, 뒷걸음으로 안내한 다음에 무릎을 꿇은 채 좌석으로 모셨다.

전광은 좌정하였고 좌우를 모두 물리자, 태자는 자리에서 물러나 꿇어앉은 채 말했다.

"연(燕)과 진(秦)은 같이 양립할 수 없으니 선생께서 유념해 주

시기 바랍니다."

전광이 말했다.

"신이 알기로, 천리마가 한창 때에는, 하루에 천리를 달릴 수 있습니다. 그러나 쇠약해지면 둔한 말(노마駑馬)이 앞섭니다. 지금 태자께서는 저(光)의 젊은 시절 이야기만 들으셨지, 저의 정력이 이미 쇠퇴하여 없어진 줄을 모르십니다. 그렇지

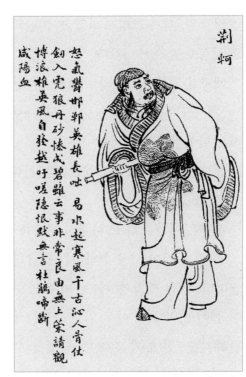

형가(荊軻, ? - 前 227년) - 《史記刺客列傳》 참고

만 저는 지금도 국사를 소홀히 할 수는 없습니다. 저와 친한 형가(荊軻)[308]도 뜻을 같이할 수 있습니다."

태자가 말했다.

"선생을 통해서 형가(荊軻)란 분을 뵐 수 있겠습니까?"

---

308 荊軻(형가, ? - 前 227년) - 戰國 말 위국(衛國) 출신. 荊卿(형경)으로도 불림. 司馬遷의 《史記 刺客列傳》에 立傳. '圖窮匕見(도궁비현)'의 成語가 유명하다. 형가를 노래한 시가 중 가장 잘 알려진 것은 唐 駱賓王(낙빈왕)의 5언절구 〈於易水送人(어역수송인)〉이다.

전광은 "삼가 그렇게 하겠습니다."라 말하고서 즉시 일어나 빠른 걸음으로 걸어 나갔다.

태자가 전광을 전송하며 대문에 이르러 말했다.

"제가(丹) 선생에게 말씀드린 내용은 나라의 대사이니 선생께서는 발설하지 말기 바랍니다."

전광은 허리를 굽히고 웃으며 말했다.

"알겠습니다."

전광은 예를 표하고, 나가서 형가를 만나 말했다.

"나와 당신이 서로 친하다는 것을 연나라에 모르는 사람이 없습니다. 지금 태자께서는 나의 젊었을 적 이야기만 들었지 지금 이 몸이 이미 늙어 아무 일도 못하는 줄을 모르고서 나에게 일러 말하기를 '연(燕)과 진(秦)은 양립할 수 없으니 선생은 유의해 달라.'고 말했습니다. 이 몸(光) 혼자서 당신을 빼놓을 수 없다 생각하여 족하(足下)를 태자에게 말했으니, 족하께서는 궁궐로 태자를 찾아뵙기 바랍니다."

그러자 형가는 "삼가 가르침을 받들겠습니다."라고 말했다.

전광이 말했다.

"내가 알기로, 장자(長者)는 그 행실에 다른 사람의 의심을 받아서는 안 된다 하였으니, 태자는 나에게 '말씀드린 것은 모두 국사(國事)이니 선생께서는 발설하지 마시오.'라고 다짐을 받았는데, 이는 태자가 나를 의심한다는 뜻입니다. 일을 시킨 사람을 의심하는 것은 절의를 지키는 협사(俠士)가 아닙니다."

그러면서 전광은 자신의 죽음으로 형가를 격분시켜야 한다 생
각하며 말했다.

"족하(足下)는 급히 태자를 찾아가 뵈면서 전광이 이미 죽었다
고 말하고 자세한 것은 말하지 마시오."

그리고서는 목을 찔러 죽었다.

○ 태자의 정성

형가는 태자를 알현하고 전광이 이미 죽었다며 발설하지 않았
음을 분명히 하였다. 태자는 재배하고 꿇어앉았다가, 무릎으로
기어가[309] 눈물을 흘리며, 한참을 울먹이다가 말했다.

"제가(丹) 전광 선생에게 말하지 말라고 한 것은 대사를 성취
하려는 계획이었지만, 지금 전광 선생이 죽음으로서 누설하지 않
았음을 밝혔으니, 이 어찌 단심(丹心, 忠心)이 아니겠습니까?"

형가가 좌정하자, 태자는 자리를 물리고 고개를 땅에 조아리며
말했다.

"전 선생께서는 저의 불초(不肖)를 아시지 못하고, 선생 앞에
나아가 뜻하는 바를 말씀하셨으니, 이는 하늘이 연(燕)을 애통히
생각하고 저를 버리지 않은 것입니다.[310] 지금 진(秦)의 탐욕을

---

309 자신이 상대방 앞에서 미천한 사람임을 뜻하는 행동.

310 원문 不棄其孤也 - 棄는 버릴 기. 無父曰孤. 그때 燕王 喜가 재위
중이었다. 당시 제후의 嫡子는 孤라고 자칭할 수 있었다는 주석
이 있다.

만족시킬 수가 없습니다. 천하의 땅을 끝까지 다 차지하고, 해내(海內)를 모두 신하로 만드는 왕자(王者)가 되기 전에는 그 욕심은 충족되지 못할 것입니다. 지금 진(秦)은 이미 한왕(韓王) 안(安)을 포로로 잡았고 그 땅을 차지하였으며(前 230년), 또 거병(擧兵)하여 남으로 초(楚)를 정벌하면서, 북쪽으로 조(趙)를 압박하고 있습니다. 진장(秦將) 왕전(王翦)[311]은 수십 만 군사를 거느리고, 장(漳)과 업(鄴)을 압박하였고, 이신(李信)은 태원(太原)과 운중(雲中)을 공격하였습니다. 조(趙)는 진(秦)을 막아낼 수가 없으니 틀림없이 진(秦)에 입신(入臣)할 것입니다. 조가 진에 입신하면 그 다음 재앙은 우리 연(燕)에 닥칩니다. 연(燕)은 작고 약하여(小弱), 그간 여러 번 군사적 침공을 당했으며, 지금 온 나라를 들어 저항한다 하여도 진(秦)을 당할 수가 없습니다. 다른 제후들도 진에 굴복하였고 이제는 합종을 따를 나라도 없습니다. 저의(丹) 사계(私計)로는 어리석은 생각이지만, 정말로 천하의 용사(勇士)를 얻어 진에 보내서, 진의 탐욕을 이용해야 하니, 진왕이 원하는 바를 바치면 소원을 이룰 수 있습니다. 정말로 진왕을 겁박하여 그간 제후국으로부터 침탈한 땅을 반환하게 만들어야 하니, 이는 마치 조말(曹沫)[312]이 齊 환공(桓公)을 겁박한 것처럼 진왕을 협박해야 합

---

311 王翦(왕전, 생졸년 미상, 翦은 자를 전) ─ 戰國시대 秦國 名將, 秦의 천하 통일에 크게 기여, 燕과 趙를 멸망시켰고, 楚의 주력을 격파하였다. 戰國 4대 명장의 한 사람. 그 후손들이 뒷날 琅邪 王氏와 太原 王氏의 시조가 되었다.

니다. 그러나 그것이 불가하다면 진왕을 그대로 척살(刺殺)해야 합니다. 진(秦)의 대장은 밖에서 군사로 마음대로 휘젓지만, 내부에서 대란이 일어나면 군신(君臣)은 서로 의심할 것입니다. 그 사이 제후를 설득하여 다시 합종을 체결하면, 진을 틀림없이 격파할 수 있습니다. 이는 저의 가장 큰 소원이나, 누구에게 이 일을 부탁해야 할지 모르지만, 경(卿)께서 유념해 주시길 바랄 뿐입니다."

그러자 형가가 말했다.

"이는 나라의 대사(大事)이나 신은 우둔하여 대임(大任)을 감당할 수 없을 것 같습니다."

태자는 앞으로 다가가 머리를 조아리며 사양하지 말아달라고 간청하였다. 그러자 형가가 수락하였다. 이에 태자는 형가를 높여 상경(上卿)으로 삼았고 가장 좋은 집에 머물게 하였으며, 태자는 날마다 문안을 드리고, 좋은 음식(太牢)과 특이한 물건을 올렸으며 가끔 수레와 말, 미녀를 헌상할 뿐만 아니라 형가가 원하는 바는 모두 그 뜻에 맞춰주었다.

---

312 조말(曹沫, 생졸년 미상) ─ 魯 莊公의 力士. 魯나라는 齊와 싸워 3전 3패하였다. 魯에서는 땅을 베어주고 齊 桓公(환공)과 강화했다. 강화 의식이 진행될 때, 조말은 단도로 제 환공을 위협하여 빼앗긴 땅을 돌려받았다(曹沫劫齊桓公).《史記》五刺客(오자객)의 한 사람. 曹沫(조말), 專諸(전제), 豫讓(예양), 聶政(섭정), 荊軻(형가).

○ 번오기의 죽음

한동안 시간이 흘렀지만, 형경(荊卿, 형가)은 떠날 생각이 없었다. 진장(秦將) 왕전(王翦)은 조(趙)의 군사를 격파하고, 조왕[趙王, 幽繆王. 이름은 천(遷), 재위 前 235 - 228]을 사로잡았으며 그 땅을 차지하면서 군사를 북쪽으로 진격시켜, 연(燕)의 남쪽 국경에 이르렀다.

태자 단(丹)은 두려워서 형가를 불러 말했다.

"진병(秦兵)이 조만간에 역수(易水)를 건널 것 같습니다만, 오랫동안 족하(足下)를 모시려 해도 괜찮을 것 같습니까?"

형가가 말했다.

"태자의 말씀이 아니라도 신은 뵙고 싶었습니다. 지금 출발하더라도 아무 신물(信物)이 없으면 진(秦)에서는 믿어주지 않을 것입니다. 지금 번(樊) 장군에게는 진왕이 1천 금의 상금과 만호의 대읍을 내걸었습니다. 정말로 번 장군의 수급과 연(燕)에서 내줄 수 있는 독항(督亢)[313]의 지도를 진왕(秦王)에게 바친다고 하면 진왕은 틀림없이 기뻐하면서 저를 만나볼 것이니, 신은 그 기회를 타서 태자께 보답할 수 있을 것입니다."

그러자 태자가 말했다.

"번 장군은 곤궁하여 저를 찾아왔습니다만, 저를 위하여 차마

---

313 督亢(독항) ─ 督亢(독항)은 燕나라 서남쪽의 지명. 당시 기름진 땅으로 알려졌다. 今 河北省 남부 保定市 관할 涿州市(탁주시) 일원.

그를 이용할 수 없으며 장자(長者)의 의리를 저버릴 수 없으니 족하께서는 다시 생각해 주십시오."

형가는 태자가 번 장군에게 말을 차마 할 수 없으리라 생각하여 사적으로 번오기(樊於期, 이름 於는 오)를 찾아가 말했다.

"진(秦)의 장군에 대한 처우는 정말 지독합니다. 부모와 종족은 모두 살육되었습니다. 제가 듣기로, 지금 장군의 목에는 1천 근의 상금과 1만 가(家)의 대읍이 걸렸는데 어찌하시겠습니까?"

번장군은 하늘을 보며 크게 한숨을 쉬더니 눈물을 흘리며 말했다.

"나는 늘 생각하지만, 언제나 골수에 사무치는 원한을 어찌 갚아야 할지 알 수가 없습니다."

"지금 드릴 제 말씀으로 연국(燕國)의 환난을 풀고 장구의 원수를 갚을 수도 있는데 어찌하시겠습니까?"

번오기는 바로 다가 앉으며 말했다.

"하겠습니다. 어찌해야 합니까?"

"장군의 수급을 가지고 가서 진(秦)에 바치겠다면, 진왕은 틀림없이 좋아하며 기꺼이 나를 만나줄 것이니 나는 왼손으로 그 옷자락을 잡고 오른손으로 진왕의 가슴을 찌르면, 장군의 원수를 갚아주고 연나라는 그간의 치욕을 씻을 수 있습니다. 장군도 역시 저와 같은 생각이 아니겠습니까?"

번오기(樊於期)는 웃통을 벗어 한쪽 어깨를 드러낸 뒤에 팔뚝을 잡고 다가서며 말했다.

"이는 내가 밤낮으로 절치부심(切齒腐心) 하던 일인데, 오늘에
야 가르침을 들었습니다."

그리고는 자살하였다. 태자가 소식을 듣고 달려가 시신을 끌
어안고 통곡하며 극도로 슬퍼하였다. 일이 이렇게 되자 어찌할
수 없어 번오기의 수급을 함에 넣고 봉했다.

　○ 장사는 다시 돌아오지 못하리!(壯士一去兮不復還)

그리고 태자는 천하에 가장 날카로운 비수(匕首)를 미리 준비
하였으니 조인(趙人) 서부인(徐夫人, 徐는 성, 夫人은 이름. 남자)이 만
든 비수를 1백 금에 사고 공인(工人)을 시켜 독약에 달굼질을 하
여 사람에게 시험하였더니 칼에 몸의 피가 조금만 묻어도 금방
죽지 않는 사람이 없었다. 그리고 형가를 보낼 짐을 챙겼다.

연국(燕國)에 진무양(秦武陽)이라는 용사(勇士)가 있었는데, 이미
12살에 살인을 했었기에 사람들이 그를 바로 바라보지도 못했다.
이에 진무양(秦武陽)을 같이 가게 하였다. 형가는 믿을 만한 사람
이 있어 같이 가려 했지만 그 사람이 먼 곳에 살고 있어 아직 도착
하지 않아 기다리고 있었다. 얼마를 지나도 출발하지 않았다.

태자는 출발이 늦어지자 형가의 마음이 바뀌었나 의심이 되어
형가를 다시 불러 물었다.

"날짜가 많이 지났습니다. 형경께서 어찌 다른 뜻이 있겠습니
까? 제가 진무양을 먼저 보내려 합니다."

형가(荊軻)가 화를 내며 태자를 질책하듯 말했다.

"이번에 떠나면 다시 돌아올 수 없나니, 어린아이여!(豎子也!) 지금 비수 한 자루를 들고 예측할 수 없는 강한 秦에 들어가야 하는데, 내가 머뭇거리는 것은 기다려 같이 갈 사람이 있기 때문이요. 지금 태자께서 늦다고 이리 염려하니 이제 떠나겠습니다."

그리고는 출발하였다. 태자와 그런 일을 아는 빈객들이 모두 흰색 의관을 갖추고 전송하였다. 역수(易水) 가에 이르렀고, 길 떠나는 조제(祖祭)[314]를 지낸 다음에 길을 잡았다. 고점리(高漸離)[315]가 축(築, 筑. 현악기의 일종)을 치자, 형가가 화답으로 노래를 불렀는데, 곡조는 치음(徵音) 변조(變調)의 성음(聲音)이라서 모두가 눈물을 흘리며 흐느꼈다.

그러자 형가가 한 걸음 더 나와 노래했다.

'바람은 소소하고 역수는 차가운데,　(風蕭蕭兮易水寒)
장사는 떠나면 다시 아니 돌아오리!'　(壯士一去兮不復還)

---

314 祖祭 − 道路之神에게 올리는 軷祭(발제). 떠나갈 먼 길의 안전을 위해 여행길을 주재하는 祖神에게 路祭를 지내고 餞別(전별)한다. 떠나는 사람과 함께 술을 마시는 것이 餞(전별할 전)이다. 祖道, 祖行, 祖送은 '전별하다'는 뜻이고, 祖宴, 祖帳은 송별연이다.

315 고점리(高漸離, 생졸년 미상) − 戰國시대 燕. 축(筑, 현악기의 일종) 연주를 잘했다. 荊軻(형가)의 友人. 前 227년 荊軻가 秦王을 죽이러 갈 때, 易水에서 전별했다. 형가가 진왕 저격에 실패하고 죽자, 고점리는 성명을 바꾸고 생활했다. 나중에 고점리는 축에 납을 부어 무겁게 한 뒤 진시황을 저격했지만 실패하여 죽음을 당했다.

비분강개한 우성(羽聲)에 모두가 눈을 부릅뜨고(瞋目), 곤두선 머리칼이 관을 들어올렸다. 그리고 형가는 수레에 올라 출발하였는데, 끝내 뒤돌아보지 않았다.

○ 지도가 펼쳐지며 비수가 ∼

형가는 진(秦)에 도착하여, 천금 어치 예물을 진왕(秦王)의 총신(寵臣)인 중서자(中庶子) 몽가[蒙嘉, 몽염(蒙恬) 제(弟)?]에게 주었다.

그러자 몽가는 먼저 진왕에게 말했다.

"연왕은 진정으로 대왕 위엄에 무서워 떨고 두려워 흠모하면서 감히 군사로 대왕에 맞설 수 없어, 온 나라를 들어서 신하로 제후 반열에 서고, 군현(郡縣)이 되어 직무를 다하며, 선왕(先王)의 종묘를 받들겠다고 합니다. (연왕이) 직접 감히 아뢰지 못하고 번오기의 목을 베고, 연(燕)의 독항(督亢) 땅 지도를 함에 봉하여 연왕(燕王)이 사람을 보내어 대왕에 아뢰고자 하오니 대왕께서 명령하시길 바랍니다."

진왕은 듣고서 대희(大喜)했다. 곧 조복(朝服)에 구빈(九賓)을 모두 갖춘 뒤에³¹⁶ 연(燕)의 사자를 함양(咸陽)의 궁궐에서³¹⁷ 알현

---

316 九賓은 《周禮》의 九儀. 秦에서 거행할 수 있는 최고의 의례를 갖췄다는 뜻.

317 秦 孝公이 咸陽에 도읍했으니 唐代의 渭城(위성)이다. 山南水北을 陽이라 하니 渭水의 北쪽이고, 九嵕山(구종산)의 南쪽이라서 咸陽이라 하였다.

하였다. 형가는 번오기의 머리가 든 함을 들었고, 진무양은 지도가 든 궤를 들고서 한 줄로 들어가 계단 아래에 섰다. 그러자 진무양의 안색이 변하고 두려워 떨자, (진秦의) 군신(群臣)이 괴이하게 여기자, 형가가 진무양을 돌아보고 웃은 뒤 앞으로 나가 말했다.

"북방 만이의 촌놈이라 천자를 뵌 적이 없어 두려워 떨고 있으니 잠깐 기다려 주시면 사신의 일을 마칠 수 있을 것입니다."

그러자 진왕이 형가에게 말했다.

"일어나 진무양이 갖고 온 지도를 올려라."

형가는 지도를 들고 받들며 지도를 펴자, 지도가 다 펼쳐지며 비수가 나타났다(圖窮而匕首見). 형가는 왼손으로 진왕의 옷소매를 잡고, 오른손으로 비수를 잡고 진왕을 찌르려 했다. 가까이 이르기 전에 진왕이 놀라 일어나며 소매를 빼자 소매가 찢어졌다.

진왕이 칼을 뽑으려 하였지만 칼이 길어 칼집만 손에 쥐었다. 너무 다급하게 칼을 뽑으려 했고 검이 꽉 꽂혀 있어 바로 뽑을 수가 없었다. 형가가 진왕을 쫓아가자, 진왕은 기둥을 돌며 달아났다(還柱而走). 군신(群臣)이 경악하였고 갑자기 일어난 불의의 사태에 모두 정신을 잃었다.

진법(秦法)에 전상(殿上)에서 시위하는 자는 누구나 조그만 무기도 지닐 수 없었다. 병기를 지닌 여러 낭중(郎中)은 모두 전각 아래에 나열하였고 왕의 명이 없으면 올라올 수도 없었다. 한창 다급하여 아래 병사를 부를 겨를도 없었고 형가가 진왕을 뒤쫓기에 황급하여 형가를 잡지도 못하고 맨손으로 형가를 치려고 하였다. 그때 시의(侍醫)인 하무차(夏無且)는 가지고 있던 약주머니(약낭)를 형가에게 던졌다.

진왕은 막 기둥을 끼고 달아나며 갑자기 당황하여 어찌할 줄을 모르는데, 측근들이 "왕께서는 칼을 뽑으십시오. 칼을 뽑으십시오!"라고 소리쳤다.

진왕은 칼을 뽑아 형가의 왼쪽 허벅지를 내리쳤다. 형가는 넘어지면서 그 비수를 잡아 진왕에게 던졌으나 맞추지 못하고 기둥에 꽂혔다. 진왕이 다시 형가를 내리쳤고 여덟 번을 찔렀다. 형가는 일이 실패했음을 알고 기둥에 기대어 웃으며 다리를 벌려 앉은 채, 진왕을 꾸짖었다.

"이리 성공하지 못한 것은 내가 진왕을 산 채로 협박하여 땅을 돌려주겠다는 약속을 받아내 태자에게 보고하려 했기 때문이다."

좌우가 모두 달려들어 형가의 목을 잘랐고 진왕은 한참 동안 제정신이 아니었다. 그리고 여러 신하를 공에 따라 차등을 두어 상을 주었고 관련자는 처벌하였다.

그리고 시의 하무차에게는 황금 2백 일(鎰)을 상으로 주며 말했다.

"무차는 나를 지키려 약주머니를 형가에게 던졌다."

○ 연(燕)의 멸망

이에, 진(秦)에서는 연(燕)에 대노하며 더 많은 군사를 조(趙)에 보냈고 왕전(王翦)[318]에게 명하여 군사로 연(燕)을 정벌케 하였다.

10월에 연(燕)의 계성(薊城)을 점령하자, 연왕 희(喜)와 태자 단(丹) 등은 그 정병을 인솔하여 요동(遼東)을 지켰다.

진장(秦將) 이신(李信)이 연왕을 추격했고, 연왕은 다급하여 대왕(代王) 가(嘉)의 계책에 따라 태자 단을 죽여 그 수급을 진(秦)에 바치려 했다. 그러나 진(秦)은 다시 군사를 진격하여 공격했다. 5년이 지나(前 222) 결국 연국(燕國)은 멸망했고, 연왕(燕王) 희(喜)를 포로로 잡았다. 진(秦)은 천하를 겸병하였다(前 221).

그 뒤에 형가(荊軻)의 벗이었던 고점리(高漸離)는 축(築, 筑)을 잘 연주하여 진 황제(皇帝)를 알현하였고, 축으로 진 황제를 공격하여 연(燕)의 원수를 갚으려 했지만 진 황제를 맞추지 못하고 죽었다.

○ 도연명(陶淵明)의 시 〈영형가(詠荊軻)〉

동진(東晉)의 도연명〔陶淵明, 365－427, 일설 이름은 도잠(陶潛). 자(字) 원량(元亮). 호(號) 오류선생(五柳先生), 우인(友人)의 사시(私諡)는 정절선생(靖節先生)〕은 은일(隱逸)의 산수자연시인으로 유명하다. 그렇다고 도연명이 담담(淡淡)한 심경으로 한적(閑寂)만을 즐긴 시

---

318 왕전(王翦, 생졸년 미상)－戰國시대 말기 秦國의 名將, 주요 戰績은 趙國 도성 한단(邯鄲)을 격파하고, 燕과 趙를 멸망시켰다. 楚國을 멸망시킨 뒤 남하하여 백월(百越)을 평정하였다. 白起, 염파(廉頗), 이목(李牧)과 함께 戰國 四大名將으로 손꼽힌다. 낭야왕씨(琅琊王氏)와 태원 왕씨의 시조이다. 《史記 白起王翦列傳》에 立傳.

인은 아니었다.

　도연명의 가슴은 정의(正義)의 뜨거운 열정으로 충만하였으니, 이러한 심경은 그의 영사시(詠史詩) 속에 잘 나타나 있다. 도연명의 영사시로 〈영빈사(詠貧士)〉 7수가 있고, 〈영이소(詠二疏)〉, 〈의고(擬古)〉 8수, 그리고 유명한 〈영형가(詠荊軻)〉가 있다.

　여기 도연명의 〈영형가〉 1편을 우리말로 옮겨 도연명이 생각한 형가의 의기를 다시 우리 마음에 새겨두고자 한다.

　　　〈형가荊軻를 노래하다〉　도연명　　〈詠荊軻〉

　　　연 태자 단은 양사를 잘했으니,　　　　　燕丹善養士,
　　　강진(强秦)에 당한 치욕 갚으려 했다.　　志在報强嬴.
　　　뛰어난 장사를 불러 모으다가,　　　　　招集百夫良,
　　　세모에 형가(荊軻)를 찾아 모셨도다.　　歲暮得荊卿.
　　　군자는 지기를 위해 목숨바치니,　　　　君子死知己,
　　　비수를 숨겨서 연경을 떠나갔다.　　　　提劍出燕京.
　　　흰털의 천리마 길에서 울어대고,　　　　素驥鳴廣陌,
　　　강개한 벗들이 협객을 전송했다.　　　　慷慨送我行.
　　　곤두선 머리칼 관을 들어올렸고,　　　　雄髮指危冠,
　　　사나운 기개에 갓끈 펄럭였도다.　　　　猛氣沖長纓.
　　　역수의 강물에 벗과 전별하는데,　　　　飲餞易水上,
　　　자리에 수많은 영웅 둘러앉았다.　　　　四座列群英.

고점리 비분(悲憤)에 축(筑)을 뜯었고,	漸離擊悲筑,
송의는 높은 음조로 노래 불렀다.	宋意唱高聲.
소슬한 슬픈 가락속 바람 날리고,	蕭蕭哀風逝,
차가운 강물 잔잔한 파도 일었다.	淡淡寒波生.
격렬한 상조(商調) 눈물이 줄줄 흘렀고,	商音更流涕,
우조(羽調)의 가락 장사의 가슴 때렸다.	羽奏壯士驚.
떠나면 다시 돌아올 수 없는 길,	心知去不歸,
그래도 뒷날 이름을 남기겠지만,	且有後世名.
수레에 올라 어찌 뒤돌아 보겠나?	登車何時顧,
펄럭인 수레덮개 진궁(秦宮)에 들어갔다.	飛蓋入秦庭.
강개한 의기로 만리길 짓누르며,	凌厲越萬里,
먼길에 수많은 성읍(城邑)을 지나왔다.	逶迤過千城.
지도(地圖)가 펴지고 비수가 드러나자,	圖窮事自至,
진왕(秦王)은 놀라며 한동안 허둥댔다.	豪主正怔營.
애석히 검술이 조금은 서툴렀나,	惜哉劍術疏,
기이한 큰일을 끝내 불성(不成)했구나.	奇功遂不成.
그사람 이미 죽어서 없다지만,	其人雖已沒,
천년이 가도 의기(義氣)는 그대로네.	千載有餘情.

○ 진시황(秦始皇)의 신장(身長)

《사기 자객열전(史記 刺客列傳)》의 기록에 의하면, 형가(荊軻)가
진왕 정(政)을 죽이려할 때, 진왕은 자신이 등에 멘 칼을 뽑으려

했지만 칼을 뽑지 못했고, 형가에 쫓기면서 큰 낭패를 보았다.

지금 진시황 병마용(兵馬俑) 박물관에 전시된 진왕의 청동검은 길이가 1m 정도로 알려졌다. 당시에는 칼을 칼집에 꽂아 등에 메는 형태였다.

춘추시대 말기, 오(吳)나 월(越)은 청동과 제철 기술이 발달한 나라였다. 일반적으로 청동검은 내리쳤을 때 잘 부러지기에 장검(長劍)도 길지 않았는데, 지금 전해지는 월왕 구천(句踐)의 청동 장검은 그 길이가 55.6cm이다. 그래서 등에 멘 칼을 쉽게 뽑을 수 있었다.

칼의 길이가 1m 정도라면 그 신장이 190cm 정도가 되어야 등에 멘 칼을 뽑을 수 있다고 한다. 아예 뽑을 수 없는 칼이라면 진왕이 등에 메고 있을 이유가 없었을 것이다. 진왕이 칼을 메고도 뽑지 못한 것은 당황했기 때문이다.

그렇다면 진왕의 키는 평소에 1m 정도의 긴 칼을 뽑을 수 있는 190cm 정도이었을 것이다. 그렇다면 당시에는 엄청난 장신의 거인이었을 것이다.

10. 전국 사공자四公子

(1) 양사 풍조의 유행

○ 문객(門客, 食客)

사실 먼 길을 여행할 때 숙식(宿食) 문제는 언제나 큰일이었다.

필자의 경험으로 여행 중에, 다른 손님이 없어 한가한데도, 혼자 와서 싼 음식을 주문한다고 식당 주인이 불친절하면 정말 기분이 나빴다. 좀 작은 마을이나 읍내의 모텔에서 숙박해야 할 때, 다른 숙박업소가 없다 하여, 낡은 시설인데도, 큰 도시의 모텔 요금을 요구할 경우, 그 다음 날 모텔을 떠나며 마음속으로 욕하며 '틀림없이 망해라!' 라고 원망했던 일이 자주 있었다. 이는 여행자의 어쩔 수 없는 감정일 것이다.

옛날, 지나가는 나그네에게 베푸는 친절은 인정이고 도리(道理)였다. 부잣집에서는 하루에 나그네가 몇 명이 오든 재워주고 먹여주었다. 더군다나 제후국의 공자(公子)라면 찾아오는 문객(門客)이나 식객을 거둬들이고 잘 대우하였다. 그러다 보니 이웃나라에서 그 명성을 듣고 찾아와 의탁하는 일이 많았다. 제나라 맹상군(孟嘗君)은 그 문객이 3천 명이라고 했다.

문객(식객)은 춘추전국 시기에 성행했던 일종의 직업이었다. 재산이 많은 귀족 자제를 찾아가 일신을 의탁하고, 필요한 경우,

할 수 있는 재능으로 봉사하며 얻어먹고 살았다.

그런 문객은 개인에게 소속되었지만 예속(隸屬)되지는 않았다. 자신에 대한 대우가 나쁘다면, 또는 주인의 도움을 받을 수 없다고 생각되면 그냥 떠나버렸다. 문객은 관직을 받지 않았기에 국군(國君)을 위해 봉사할 의무도 없었다.

문객이 기부할 수 있는 재능은 다양했다. 그야말로 오화팔문(五花八門, 천태만상)이었다. 기상천외의 책모를 꾸미고, 유세를 하거나 창가무도(唱歌舞蹈), 암살, 무력행사, 도박이나 절도 등, 주인이 필요로 하는 기능에 잘 부응하였다.

그래서 공자(公子)들은 재물을 기울여 많은 문객을 거느렸고 그것이 하나의 자랑이었다.

맹상군의 식객이었던 풍훤(馮諼 / 馮驩)은 뒷날 위기의 맹상군을 구원하였고, 조(趙) 평원군(平原君)의 식객 모수(毛遂)는 어려운 외교 협상을 마무리 지었다. 위(魏) 신릉군은 마을 문지기인 늙은 후영(侯嬴)에게 몸을 낮추었다. 그리고 조나라의 인상여(藺相如)와 연나라의 형가(荊軻)는 모두 문객(門客)으로 주인의 기대에 맞는 역할을 다했다.

○ 전국 사공자(戰國 四公子)

전국 말기에 들어와 진국(秦國)은 해마다 더욱 강성해졌다. 여러 나라의 公子나 귀족은 秦의 침략에 대비하여 나름대로 나라를 위한 인재를 끌어모았다.

그래서 전국시대에 양사(養士)를 잘한 4명의 공자가 명성을 날렸다. 이들이 부양의 대상인 士는 학사(學士)나 책사(策士), 방사(方士) 또는 술사(術士)이거나 아니면 단순히 숙식을 구걸하려는 식객도 있었다.

이들 전국 4공자는, 아랫사람들에게 예를 갖추어 접대하면서 널리 빈객을 모아 자신의 세력을 점차 확대하였다. 전국 4공자는 아래 4인이고, 이들을 비교하면 아래와 같은 표로 요약할 수 있다.

맹상군 (孟嘗君) 전문(田文)	제국(齊國)	?-前 279년
	부친 정곽군(靖郭君) 전영(田嬰)은 齊 위왕(威王)의 아들. 齊 선왕(宣王)의 이복동생. 부친 사후에 설공(薛公)의 지위 계승.	
	계명구도(雞鳴狗盜), 교토삼굴(狡兔三窟), 분권시의(焚券市義)의 고사로 유명.	
	전문입상진(田文入相秦) 前 299년.《사기 맹상군열전(孟嘗君列傳)》75권.	
평원군 (平原君) 조승(趙勝)	조국(趙國)	?-前 251년
	趙 무령왕(武靈王)의 子, 趙 혜문왕(惠文王)의 동생.	
	모수자천(毛遂自薦)의 고사 및 절름발이를 비웃은 애첩을 죽이다(殺笑躄者).	
	趙 혜문왕(惠文王)과 효성왕(孝成王) 때 재상 역임.《사기 평원군우경열전(平原君虞卿列傳)》,〈조세가(趙世家)〉〈위공자열전(魏公子列傳)〉,〈범수채택열전(范睢蔡澤列傳)〉,〈염파인상여열전(廉頗藺相如列傳)〉에도 이름이 보인다.	
신릉군 (信陵君) 위무기 (魏無忌)	위국(魏國)	?-前 238년
	魏 소왕(昭王)의 아들, 魏 안리왕(安釐王)의 이복동생.	
	허위이대〔虛位以待, 후영(侯嬴)〕절부구조(竊符救趙)	
	위국상장군(魏國上將軍).《사기 위공자열전》	

춘신군 (春申君) 황헐(黃歇)	초국(楚國)	?－前 243년
	楚 경양왕(頃襄王)의 弟.	
	楚 고열왕(考烈王) 초국(楚國) 영윤(令尹).《史記 春申 君列傳(춘신군열전)》	

(2) 맹상군(孟嘗君)

○ 맹상군의 부친

제(齊)에서 전영(田嬰)을 설(薛)에 봉하려 했다.[319] 초 회왕(懷王)
이 이를 알고서 대노하면서 제(齊)를 공격하려 했다.[320] 이에 제
왕(齊王)은 철회하려는 뜻이 있었다.

그러자 제(齊)의 공손(公孫)인 전한(田閈)이 전영에게 말했다.[321]

"봉지(封地)의 성사 여부는 우리 제(齊)보다도 장차 초(楚)에 더
관계가 있습니다. 제가 초왕을 설득하여 공(公)을 설 땅에 봉하는

---

319 이는 周 顯王 47년(前 322년)의 일이라고 알려졌다. 당시 楚는
懷王(회왕), 齊는 威王(위왕)이 재위 중이었다. 설(薛)은 今 山東省
남부, 棗莊市(조장시) 관할 滕州市(등주시)에 해당한다.

320 薛(설)은 당시 齊의 남방으로 楚와 근접한 지역이다. 魏와 齊는
우호적인 관계라서 楚에서는 魏와 齊가 연합하고 침공할 것을
늘 걱정하고 있었다.

321 공손한(公孫閈) — 여기 公孫은 複姓인 公孫氏가 아니다. 公의 후
손 곧 왕족이란 뜻. 齊의 公孫이니 田氏이다. 閈은 마을의 출입
문 한.

것을 우리보다 더 바라도록 하겠습니다."

전영이 말했다.

"그렇다면 이 일을 당신에게 맡기겠습니다."

공손(公孫)인 한(開)이 초왕(楚王)을 찾아가 말했다.

"노(魯)와 송(宋)이 초(楚)를 섬기나 제(齊)를 섬기지 않는 것은 제(齊)는 대국(大國)이나 노(魯)와 송(宋)은 소국이기 때문입니다. 대왕께서는 소국 노(魯)와 송(宋)을 홀로 이롭다 생각하면서도 제(齊)가 대국이 되는 것을 미워하지 않으니 무슨 이유입니까? 제(齊)가 그 땅을 잘라내어 전영을 봉한다면, 이는 스스로 약해지는 것입니다. 설(薛)에 봉하는 것은 반대하지 마십시오."

초왕은 "맞는 말이다." 하면서 저지하지 않았다.

○ 전영(田嬰)의 축성

정곽군(靖郭君, 전영)이 설(薛)에 축성(築城)하려 하자, 많은 문객들이 중지하라고 말했다.[322] 그러자 정곽군은 알자(謁者)에게 객인(客人)을 들여보내지 말라고 하였다.

그래도 뵙기를 청하는 제인(齊人)이 말했다.

"저는 딱 3마디만 하겠습니다. 한 마디라도 더 한다면 저를 팽살(烹殺)해도 좋습니다.

---

322 靖郭君(정곽군)은 田嬰(전영)의 시호. 《竹書紀年》에 의하면, 전영이 薛에 봉해 지던 해에 축성했다고 하였다. 이는 周 顯王 47년, 前諡 322년의 일이었다.

정곽군이 만나보았다.

객인은 빠른 걸음으로 들어오더니, "바다에 큰 물고기(海大魚)"라고 말했다. 그리고선 돌아 나갔다.

정곽군이 말했다.

"객인은 가지 마시오."

객인이 말했다.

"미천한 저는 감히 죽을 생각이 없습니다."

"괜찮소. 할 말을 더 하시오."

"군(君)은 대어(大魚) 이야기를 아십니까? 그물로도 잡을 수 없고, 낚시로도 끌어올릴 수 없으며, 갈고리로도 잡아당길 수 없지만, 멋대로 놀다가 물 밖에 나가면 땅강아지들이 마음껏 뜯어먹을 것입니다. 지금 제(齊)는 군(君, 정곽군)에게는 물(水)입니다. 군께 오래도록 감싸줄 제(齊)라는 그늘(陰)이 있는데, 왜 설(薛)에 성을 쌓으려 합니까? 설에 쌓는 성곽이 하늘에 닿도록 높다 하여 제(齊)에 무슨 이득이 있겠습니까?"

정곽군은 "옳은 말입니다." 하고서는 축성을 그만두었다.

○ 맹상군과 소진

맹상군(孟嘗君 田文)이 진(秦) 소양왕(昭襄王)의 초청을 받아 진(秦)에 가려고 하자,[323] 입진(入秦)을 저지하는 사람이 1천여 명이

---

[323] 설공(薛公) 田嬰(전영)은 보통 靖郭君(정곽군)으로 불린다. 아들 田

나 되었어도 맹상군은 듣지 않았다.

이에 소진(蘇秦)이 가지 말라고 저지하자,[324] 맹상군이 말했다.

"인사(人事)에 관해서는 나도 이미 알만큼 다 알고 있소. 내가 아직 잘 모르는 것은 다만 귀신에 관한 일입니다."

그러자 소진이 말했다.

"제가 여기 온 것은 사실 인사에 관한 말씀이 아니라 정말 귀신에 관한 일로 뵙고 싶을 뿐입니다."

그래서 맹상군이 소진을 만났다.

소진이 맹상군에게 말했다.

"지금 제가 여기 오면서 치수(淄水)[325]를 지나오는데, 어떤 토우인(土偶人)[326]과 도경(桃梗)이 서로 이야기를 하고 있었습니다.[327] 도경이 토우인에게 말했습니다. '너는 서안(西岸)의 흙이

文은 孟嘗君(맹상군)이다. 秦 昭襄王은 맹상군이 현명하다는 말을 듣고, 秦에서는 涇陽君(경양군)을 齊에 인질로 보내고, 만나보려 초청하자 맹상군이 入秦하려고 했다. 《史記 孟嘗君列傳》에 수록. 《史記 六國年表》, 《史記 田敬仲完世家》에는 周 赧王 15년(前 300), 齊宣王이 죽고, 湣王(민왕)이 즉위한 원년이었다.

324 蘇秦은 이미 죽고 없었다. 《史記》에는 蘇代(소대)로 되어 있다.

325 淄水(치수)는 泰山의 萊蕪(내무)에서 발원하여 齊 도읍 臨淄(임치)를 지나 흐르는 강.

326 土偶人은 흙으로 만든 인형. 《史記 孟嘗君列傳》에는 '木偶人與土偶人' 이라 하였다.

327 원문 桃梗相與語 - 桃梗(도경)은 東海 바다에 度朔(도삭)이라는

고, 사람들이 그 흙을 주물러서 너를 만들었으니, 팔월이 되어 비가 내려 치수(淄水)가 밀려들면 너는 와해되어 없어질 것이다.' 그러자 토우인이 말했습니다. '그렇지 않다네! 나는 서안의 흙이니 내가 해체되어도 다시 서안에 남아 있다. 그러나 너는 동국(東國)의 도경(桃梗)이고 깎아서 사람처럼 만들었으니 비가 내려 치수가 밀어닥치면 떠내려 가서 떠돌고 돌아 어디로 가겠는가? 라고 말했습니다. 지금 진(秦)은 사방이 막힌 나라이니,[328] 비유하자면 호구(虎口)와 같아, 저는 군(君)께서 어디로 탈출할 수 있을지 모르겠습니다."

이에 맹상군은 입진(入秦)을 그만두었다.

○ 설(薛) 땅의 맹상군

맹상군이 설(薛)[329]에 머무를 때에, 초인(楚人)이 설을 공격하였

산이 있고, 그 산 위에 있는 큰 복숭아나무의 이름이다. 그 복숭아나무의 가지가 구불구불 3천 리에 걸쳐 있으며, 그 동북쪽 낮은 가지 사이에 鬼門(귀문)이 있어 온갖 잡귀들이 출입을 한다. 그 귀문 위에 二神人이 있는데 한 神人을 荼與(도여, 씀바귀 도), 다른 神人을 鬱雷(울뢰)라고 부르는데 이들이 귀신을 통제하고 다스린다. 그래서 世人은 정초에 복숭아나무로 도여와 울루의 형상을 깎거나 그려서 집 대문 위에 걸어두거나 붙여 잡귀가 들어오지 못하게 비는 풍습이 생겼다고 한다. 여기 桃梗(도경)은 동쪽 齊의 맹상군을 뜻한다. 상대적으로 土偶人은 秦에서 보낸 인질 涇陽君(경양군)을 의미한다.

328 四塞之國(사색지국) – 四面에 山關이 있는 험한 나라.

다. 순우곤(淳于髡)³³⁰이 제(齊)의 사신으로 초(楚)에 갔다가 돌아
오는 길에 설에 들렀다. 맹상군은 사람을 시켜 예우하며 친히 교
외에 나가 맞이하였다.

맹상군이 순우곤에게 말했다.

"초인(楚人)이 여기 설을 공격하는데, 부자께서는 걱정해 주지
않으니, 이 전문(田文)은 다시 모실 수 없을 것 같습니다."³³¹

순우곤이 말했다.

"삼가 명을 따르겠습니다."

순우곤이 제〔齊, 임치(臨淄)〕에 가서 보고를 마쳤다.

왕이 물었다.³³²

"초(楚)에서 무엇을 보았소?"

순우곤이 대답하였다.

---

329 薛(설)은 맹상군 封地. 이는 湣王(민왕, 재위 前 300‒284년) 즉위 초
인 前 300년이 일이다.

330 淳于髡(순우곤, 淳于는 복성. 髡은 머리 깎을 곤, ?前 386‒310년) ‒ 齊國
黃縣(今 山東省 煙臺市 관할 龍□市) 출신. 稷下學派(직하학파)의
한 사람. 晏嬰(안영)을 추모한 사람. 政治家, 思想家. 滑稽(골계)와
多辯으로 유명, 成語 '杯盤狼藉(배반낭자)', '樂極生悲(낙극생비)',
'一鳴驚人(일명경인)' 등 성어를 만든 사람. 辯論에 뛰어나 다른
나라에 사신으로 자주 나갔다.《史記 滑稽列傳(골계열전)》에 立傳
되었다.

331 곧 죽을 것이라서 다시 모실 수 없을 것 같다는 뜻.

332 齊王 ‒ 前 300년이라면 齊 민왕(湣王)이다. 이때 순우곤은 이미
죽고 없었다.

"초나라는 매우 완강하였고 설(薛) 역시 그 능력을 헤아리지 않고 있었습니다."

"무슨 뜻인가?"

"설이 그 능력을 헤아리지 못한다는 말은 그곳에 선왕(先王, 위왕)을 모신 청묘(清廟)가 있기 때문입니다. 초(楚)에서 실제로 맹공을 하니 청묘는 틀림없이 위기에 처할 것입니다. 그래서 설은 그 능력을 헤아리지 못한다 하였고 초(楚) 역시 매우 심하다고 말씀드렸습니다."

제왕(齊王, 선왕, 위왕의 子)은 안색을 부드럽게 하면서 말했다.

"아하! 선군(先君)의 묘당이 그곳에 있다!"

왕은 급히 군사를 일으켜 설을 구원하였다.

사람이 급히 엎어질 듯 달려가 도움을 청하거나, 멀리서 바라보고 절하며 아뢰더라도,[333] 얻는 것이 별로 없을 수 있다. 그러나 선설자(善説者)는 그 형세를 설명하거나 그 대략을 말하면서, 다른 사람의 위급을 자신이 곤경에 처한 듯 느끼게 만들어 돕게 하니, 어찌 강한 힘이 있어야만 일이 성취되겠는가?

○ 맹상군의 사인(舍人)

맹상군의 사인(舍人) 중에 맹상군의 희첩(姬妾)과 서로 통간(通

---

333 이는 설자(説者)의 글이다. 곧 변설에 뛰어난 자는 힘들이지 않고도 공적을 성취한다는 뜻. 轉은 구를 전(倒也). 蹶은 넘어질 궐(僵也 쓰러질 강), 빨리 서두르는 모양, 급하게 도움을 청하다.

姦)하는 자가 있었다.[334]

혹자가 이를 맹상군에게 말했다.

"군의 사인이면서 주군(主君)의 여인과 상애(相愛)하니, 이는 의(義)가 아닙니다. 죽여 버리십시오."

이에 맹상군이 말했다.

"서로 모습을 보고 좋아하는 것은 인지상정(人之常情)이니, 내버려두고 말하지 말라."

1년이 지난 뒤, 맹상군은 희첩을 좋아하는 자를 불러 말했다.

"그대와 나는 오랫동안 알고 지냈지만, 대관(大官)은 얻을 수가 없고, 소관(小官)은 아마 그대가 원하지 않을 것이요. 위군(衛君)은 나와 포의(布衣) 때부터 교제한 사이이고, 수레와 필요한 재물도 마련되었으니, 위군을 찾아가 교유(交遊)하기 바라오."

그 뒤에 사인(舍人)은 위(衛)에서 매우 중요한 사람이 되었다. 제(齊)와 위(衛)의 관계가 나빠지자, 위군(衛君)은 천하 군사를 모아 맹약하고 제(齊)를 공격하려 했다.

이에 그 사인이 위군에게 말했다.

"맹상군은 신이 불초(不肖)한 줄을 몰랐고, 신을 천거하였으니, 신은 주군을 속인 결과가 되었습니다. 그리고 제가 알기로는 제

---

334 舍人(사인)은 私的 屬官. 主家事者. 여기 夫人은 맹상군의 正妻가 아닌 姬妾(희첩)을 지칭한다. 相愛의 愛는 私通하다. 본 章의 내용 중 齊 宣王 말년의 衛(위)는 三晉의 부용국으로 齊와 맞서 침략을 계획할 만한 나라가 전혀 아니었다.

(齊)와 위(衛)의 선군(先君)께서, 말과 양을 잡아 맹서하기를, '제(齊)와 위(衛)의 후세에 서로 침략하지 않을 것이니, 서로 침략하는 자가 있다면 그 목숨이 이 말이나 양과 같을 것이다.' 라고 하였습니다. 지금 주군께서 천하의 군사들을 모아 맹약하고 제(齊)를 공격하려 하시는데, 이는 귀하께서 선군의 맹약을 깨면서 맹상군을 무시하는 것입니다. 바라건대, 주군께서 제(齊)를 마음에 두지 마십시오. 주군께서 신(臣)의 말을 들어주면 그만이나, 들어주지 않는다면 불초한 저로서는 제 목을 찔러 피를 주군 옷자락에 뿌리겠습니다."

위군(衛君)은 바로 중지하였다.

제인(齊人)들이 전해 듣고서는 말했다.

"맹상군은 가히 일을 잘 처리했다 할 수 있으니, 화(禍)를 공(功)으로 만들었다."

o 맹상군이 싫어하는 사인(舍人)

맹상군에게 싫어하는 사인(舍人)이 있어 내쫓으려 했다.

이에 노중련(魯仲連)[335]이 맹상군에게 말했다.

---

335 노중련〔魯仲連, ?前 305 – 245, 간칭(魯連)〕 — 戰國時代 齊國人. 유세(遊說) 名士. 稷下學宮에서 修學. 說客으로 유명. 저명한 「義不帝秦」 변론이 잘 알려졌다. 《漢書 藝文志》에 《魯仲連子》14篇이라 기록했다. 《史記 魯仲連鄒陽列傳》에 입전. 唐 李白이 마음으로 존경했던 인물이다.

"원숭이가 나무를 떠나 물에 산다면, 물고기나 자라(어별魚鼈)만 못하고, 험한 길을 가거나 높은 곳을 오르는 데는 천리마(기기騏驥)가 여우나 삵(리狸, 삵 리)만 못합니다. 조말(曹沫)이 짧은 칼을 휘두르자,[336] 일군(一軍)도 어찌 감당할 수 없었지만, 조말이 그 삼척검을 버리고, 쟁기나 괭이를 잡고 밭고랑 사이에 서 있다면 농부만 못할 것입니다. 이처럼 만물의 특장(特長)을 버려두고, 그 단점을 본다면, 요(堯) 같은 성인도 따라갈 수 없을 것입니다. 사람에게 일을 시켰더니 무능하면 불초(不肖)라 하고, 가르쳤으나 못한다면 졸렬(拙劣)하다고 합니다. 졸렬하다면 그만두게 해야 하고, 불초하다면 버려야 하나니, 사람이 버림을 당하고 내쫓겨서 같이 살 수 없다면 결국 서로 해치거나 보복이 있을 것이니, 이런 일이 어찌 입교(立敎)의 도리라 할 수 있겠습니까!'

맹상군은 "옳은 말이요."라고 했다.

그리고는 방축(放逐)하지 않았다.

○ 문객 풍훤(馮諼)

풍훤(馮諼)[337]이라는 제(齊)나라 사람이 있었는데, 가난하여 혼

---

336 조말(曹沫, 생졸년 미상)은 魯 장공(莊公)의 力士. 齊와 싸워 3전 3패하였다. 魯에서는 땅을 베어 주고 齊 桓公(환공)과 강화했다. 강화 의식이 진행될 때, 조말은 단도로 제 환공을 위협하여 빼앗긴 땅을 돌려받았다(曹沫劫齊桓公). 《史記》 5명 자객(刺客), 곧 曹沫(조말), 專諸(전제), 豫讓(예양), 聶政(섭정), 荊軻(형가).

자 생계를 꾸릴 수 없어, 사람을 통하여 맹상군에게 그 문하(門下)에서 기식(寄食)하기를 원한다고 부탁하였다.

맹상군(孟嘗君)이 물었다.

"객인은 무엇을 좋아합니까?"

"저는 좋아하는 것이 없습니다."

"객인은 무엇을 잘합니까?"

"저는 잘하는 일이 없습니다."

맹상군은 웃고 받아들이면서 "괜찮습니다."라고 말했다.

좌우에서는 맹상군이 풍훤을 천대한다 생각하여 거친 음식을 제공하였다. 얼마 지나서, 풍훤은 기둥에 기대서서 그의 칼을 두드리며 노래했다.

「장검(長劍)아 돌아가야겠지! 끼니에 생선이 없구나.」

측근이 맹상군에게 알렸다.

맹상군은 "어류(魚類)를 주는 문하(門下)의 객(客)으로 대우하라."고 말했다.

얼마 있다가 다시 장검을 두드리며 노래를 불렀다.

---

337 馮은 성 풍, 탈 빙. 諼은 속일 훤. 거짓말을 하다. 喧(의젓할 훤)으로도 표기. 《史記》에는 馮驩(풍환, 기뻐할 환)으로 기록되었다. 馮諼(풍훤)에 관한 내용은 《史記 孟嘗君列傳》의 내용과 약간 다르다. 本章의 내용은 齊 湣王(민왕, 재위 前 300 - 284년) 즉위 前後에 해당한다.

「장검아 돌아가야겠지! 외출하려는데 수레가 없구나.」

측근들이 모두 풍훤을 비웃으며 맹상군에게 말했다.

맹상군이 지시했다.

"수레를 내주는, 문하의 거객(車客)으로 대우하라."

이에 풍훤은 수레를 타고, 큰 칼을 차고서 친우에게 들려 "맹상군이 나를 객인으로 대접한다."고 말했다.

그 얼마 뒤에 다시 장검을 두드리며 노래하였다.

「장검아 돌아가자꾸나! 가용(家用)이 부족하구나.」

측근 모두가 풍훤을 미워하면서 탐욕이 많아 만족을 모른다고 하였다.

이에 맹상군이 물었다.

"풍공은 양친이 계십니까?"

"노모가 계십니다."

맹상군은 풍훤에게 음식과 가용을 넉넉히 공급하게 해주었다. 이에 풍훤은 다시 노래하지 않았다.

ㅇ 대의를 사오다

뒷날, 맹상군은 장부를 꺼내놓고, 문하의 여러 객인에게 물었다.

"설(薛) 땅에 가서 나를 위해 빚을 받아올, 회계에 능한 사람이 있는가?"

여러 객인 중에 풍훤(馮諼)이 '할 수 있음(能)' 이라고 썼다.

맹상군이 이상히 여겨 "이 사람이 누구인가?" 라고 물었다.

좌우에서 " '장검아, 돌아가자' 라고 노래를 부른 사람입니다."라고 말했다.

맹상군이 웃으며 말했다.

"이 분이 정말 유능한 지, 그간 잊고 있어, 아직 만나본 적이 없다."

맹상군이 불러 만나서, 사례하며 말했다.

"저는 국사에 피곤하고, 여러 걱정으로 심란하며, 심성이 유약하고 어리석으며, 또 국사에 전념하다 보니 그간 선생에게 죄를 지었습니다. 선생께서 수치라 여기지 마시고, 설 땅에 가서 빚을 받아오시겠습니까?"

풍훤은 "해보겠습니다."라고 말했다.

이에 수레와 행장을 준비하고서 문건을 실은 뒤에, 떠나는 인사를 하며 물었다.

"빚을 모두 거두면, 돌아오면서 무엇을 사와야 합니까?"

"선생이 살펴보아 우리 집에 부족한 것을 사오시오."

맹상군은 수레를 타고 설 땅에 가서, 관리를 시켜 빚을 진 백성을 모두 모아 문서를 맞춰보았다. 그리고 그 문서를 모아 쌓아 놓고서, 거짓말로 맹상군의 명령이라며, 백성의 빚을 모두 탕감한다고 문건을 모두 불태우자, 백성들은 만세를 불렀다.

(풍훤이) 곧바로 말을 달려 도읍으로 돌아와 새벽에 맹상군을 뵙고자 했다.

맹상군은 그가 빨리 돌아온 것을 이상히 여기며 의관을 갖추고 만나서 물었다.

"빚은 모두 거두었습니까? 어찌 이리 빨리 왔습니까!"

"모두 다 징수하였습니다."

"무엇을 사 갖고 오셨습니까?

"군께서는 '우리 집(吾家)에 부족한 것을 사 오라' 고 하셨습니다. 신이 마음으로 계산 해보니, 군의 저택에 진기한 보배가 쌓여 있고, 사냥개나 말도 바깥 외양간에 가득 찼으며 미녀들도 줄지어 늘어섰습니다. 군가(君家)에 부족한 것이라면 대의(大義)뿐입니다. 그래서 군을 위하여 대의를 사 왔습니다."

"대의를 어떻게 사 왔습니까?"

"지금 군께서는 조그만 설(薛) 땅에서, 백성을 자식처럼 돌보지 않고 오히려 이자 놀이를 하고 계십니다. 저는 외람되게도 군명(君命)이라며 거짓말로 백성의 빚을 모두 탕감하며 문건을 전부 소각했고 백성은 만세를 불렀습니다. 이것이 바로 군(君)을 위해 대의를 사온 것입니다."

맹상군은 기분 나빠하면서 "알았습니다. 선생은 쉬십시오."라고 말했다.

○ **교토삼굴(狡兔三窟)**

그 1년 뒤, 제왕(齊王, 湣王)이 맹상군에게 말했다.

"과인은 선왕(先王, 宣王)의 신하를 다시 신하로 삼을 수 없습니다."[338]

맹상군은 설(薛)의 봉지(封地)로 부임하였는데, 1백 리를 남겨두고 백성들이 노인을 부축하고 아이를 안고 길에 나와 환영하였다.

맹산군은 풍훤을 돌아보며 말했다.

"선생께서 나를 위해 사 왔던 의(義)를 오늘에야 봅니다."

풍훤이 말했다.

"날쌘 토끼는 3개의 굴이 있다 하였으니〔狡兔三窟(교토삼굴)〕, 이제 겨우 죽음을 면할 수 있습니다. 지금 주군께서는 굴 하나를 마련하였지만,³³⁹ 아직 베개를 높이 베고 누워 있을 수는〔高枕而臥(고침이와)〕 없습니다. 주군을 위하여 다시 굴 두 개를 마련해보겠습니다."

맹상군은 풍훤에게 수레 50승에 금 5백 근을 주어 서쪽으로 양(梁, 魏)에 유세하게 하였는데, 풍훤이 양 혜왕(惠王)에게 말했다.

"제(齊)에서는 대신인 맹상군을 제후들 사이에 방축하였는데, 먼저 맹상군을 영입하는 제후만이 나라를 부강하고 강한 군대를 만들 것입니다."

이에 양왕은 상위를 비워놓고, 일부러 상(相)을 상장군으로 옮기고서, 황금 1천 근과 수레 1백 승을 보내 맹상군을 초빙하려 사

---

338 이는 先代王 신하에 대한 예우 같지만 신하의 세대교체, 곧 선대왕의 신하는 封國으로 나가라는 완곡한 표현이다. 漢代의 경우 諸侯로 就國하면 먹고 자는 일 외에 아무 일도 할 수 없었다.

339 여기의 一窟은 薛이다. 封地에서 민심을 얻었기에 안전한 굴이라 비유하였다.

자를 보냈다.

풍훤은 먼저 달려와 맹상군을 만나 말했다.

"천금은 많은 재물이고 수레 1백승은 융숭한 대우입니다. 제(齊)도 소문을 들었을 것입니다."

양(梁)의 사신이 3번이나 다시 왔지만 맹상군은 고사하면서 가지 않았다. 제왕도 이런 일을 알았고, 군신이 두려워하며 (제왕의) 태부(太傅)에게 황금 1천 근과 말 4마리가 끄는, 그림으로 장식한 수레(文車) 2대, 왕이 차던 칼 한 자루와 1통의 봉서(封書)를 맹상군에게 보내 사례하며 말했다.

"과인의 선심이 부족하여(不祥) 종묘에서 내린 화(禍, 祟 빌미 수)를 입었고 아첨하는 신하에 둘러싸여 군께 죄를 지었으니, 모두가 과인이 부족한 탓입니다. 바라건대, 군께서는 선왕(先王)의 종묘를 돌아보시며 조정으로 돌아오시어 만민을 다스려 주십시오."

풍훤이 맹상군에 방책을 말해 주었다.

"먼저 선왕의 제기(祭器)를 물려받아 설(薛)에 종묘를 세우겠다고 요청하십시오."

종묘가 완공되자, 풍훤은 맹상군에게 보고하며 말했다.

"3개의 굴이 모두 갖춰졌으니 이제 고침(高枕)하여 즐길 수 있습니다."

맹상군이 국상(國相)으로 십여 년을 재직하며 조그만 화도 당하지 않은 것은 풍훤의 계책 때문이었다.

○ 맹상군의 원한

맹상군이 제(齊)에서 방축되었다가 다시 돌아왔다. 제나라 사람 담십자(譚拾子)가 국경에 나와 맞이하며 맹상군에게 물었다.

"군께서는 제(齊) 사대부들에 대한 원망이 없으십니까?"

맹상군은 "있습니다."라고 말했다.

"군께서는 그들을 꼭 죽이고 싶습니까?"[340]

"그렇습니다."

"꼭 이루어질 일이 있고, 그렇게 될 이치가 있는데 군(君)은 알고 계십니까?"

"모릅니다."

"틀림없이 닥칠 일은 죽음이고, 그러해야 할 이치란 부귀하면 찾아 모여들고, 빈천하면 떠나가는 것입니다. 바로 이것이 꼭 이루어질 일이고, 꼭 그렇게 될 이치입니다. 제가 시장으로 비유해 보겠습니다. 시장은 아침에는 사람이 가득 찼다가 저녁에는 텅 비는데, 사람들이 아침 시장을 좋아하고 저녁 시장을 미워해서가 아니라 얻으려는 것이 있으면 찾아가고, 없으면 떠나기 때문입니다. 그러니 군(君)께서는 원한을 갖지 마십시오."

---

340 《史記 孟嘗君列》에는 馮諼(풍환)의 물음에 맹상군이 말한다.
"(나를 떠나갔던) 그 客人 또한 무슨 면목으로 나를 다시 보겠는가? 다시 나를 찾아오는 자가 있다면 꼭 그 얼굴에 침을 뱉어 크게 창피를 주겠다."《史記 孟嘗君列》의 기록이 보다 더 人情에 가까울 것이다.

이에 맹상군은 원한의 대상이었던 5백 명의 이름을 쓴 목찰(木札)을 칼로 깎아 지워버리고 더 이상 말하지 않았다.

○ 맹상군에 대한 평가

순자(荀子)는 '위로는 주군(主君)에 불충했고 아래로 백성의 칭송을 들었다지만, 붕당(朋黨)을 만들어 사익을 추구하였으니 찬신(簒臣)'이라고 말했다.

사마천(司馬遷)은 설(薛) 땅에 흉포한 사람이 많은 이유는 맹상군이 천하의 협객들을 불러들였고, 그래서 간인(奸人)이 한때 6만여 호나 있었기 때문이라고 말했다.

왕안석(王安石)은 '맹상군은 계명구도(雞鳴狗盗, 아주 하찮은 재능)의 우두머리였으니, 그가 어찌 득사(得士)했다고 이름을 날릴수 있는가?'라고 말했다.

(3) 평원군(平原君)

○ 평원군의 사과

평원군(平原君)[341]의 집은 민가에 가까웠다. 이웃 민가에 다리를 저는 사람이 있어, 다리를 절뚝거리며 물을 긷고 있었다. 평원

---

341 평원군(平原君, ?−前 251년. 嬴姓, 趙氏, 名은 勝)−趙 武靈王의 아들. 趙 惠文王의 동생. 재상 역임. 養士로 聞名.《史記 平原君虞卿列傳》에 입전. 毛遂自薦(모수자천)의 故事가 유명.

군의 희첩 하나가 그 모습을 보고 큰소리로 웃었다.

다음날 다리를 저는 사람이 평원군을 찾아와 말했다.

"저는 군께서 사인(土人)을 아끼시고 사인을 귀하게 우대하고 여인을 천하게 대우하기에, 사인들이 천리 밖에서도 찾아온다는 말을 들었습니다. 저는 불행히도 병을 알아 다리를 절고 있습니다. 그런데 군의 댁의 어떤 여인이 저를 보고 비웃었습니다. 그러니 저를 비웃은 그 여인의 목을 잘라 내주십시오."

그러자 평원군은 가벼히 웃으며 그러하겠다고 응락했고 절름발이는 돌아갔다.

평원군이 웃으며 말했다.

"저 사람은 한번 비웃었다고 미인의 목을 잘라달라 하니 너무 심하지 않은가!"

그리고는 끝내 여인을 죽이지도 이웃에게 사과하지도 않았다. 그러자 갑자기 문객들이 평원군을 떠나가기 시작했다.

평원군이 이상히 여겨 물었다.

"내가 문객들을 서운하게 대우하지 않았는데, 문객들이 왜 나를 떠나가는가?"

그러자 어떤 문객이 말했다.

"주군께서 절름발이를 비웃은 여인을 죽이지 않으니, 이는 미색을 중히 여기는 일이고, 다른 사람과 약속을 지키지 않기에 사인들이 떠나간 것입니다."

그러자 평원군은 즉시 그 여인을 죽여 머리를 들고 그 이웃에게 찾아가서 사과하였다.

이 소식이 알려지며 문객들이 차츰 다시 모여들었다.

○ 합종의 이득

위(魏)가 사람을 보내 평원군(平原君)을 통하여 조(趙)와 합종할 것을 요청하였다.[342] 3번이나 요청했으나 조왕(趙王)은 수락하지 않았다.

평원군이 나오다가 우경(虞卿)[343]을 만나 말했다.

"나를 위해 들어가서 합종을 설득해 주시오."

우경이 들어가자, 조왕이 말했다.

"지금 평원군이 위(魏)와 합종하자고 했으나 과인이 허락하지 않았는데, 당신은 어떻게 생각하는가?"

우경이 말했다.

"위나라의 잘못입니다."

"그렇소! 그래서 과인이 허락하지 않았소."

우경은 "왕께서도 역시 잘못하셨습니다."라고 말했다.

---

342 이는《史記 平原君列傳》에도 수록되었는데 前 255 – 254년의 일이다. 우경(虞卿)은 평소에 合從으로 秦에 대항할 것을 주장한 사람인데, 趙王이 魏의 제의를 받아들이지 않자, 이는 잘못이라고 말했다.

343 虞卿(우경) – 趙를 위한 說客으로 생각된다. 虞는 성씨. 卿은 실제 卿이 아니라 上卿의 대우를 받는다는 뜻이다.《史記 平原君虞卿列傳》참고.

"왜 그런가?"

"모든 강자와 약자 사이의 일에서 강자가 그 이득을 얻고 약자는 손해를 보게 되어 있습니다. 지금 위(魏)에서 합종을 맺으려는 것을 왕께서 허락지 않으신 것은, 위(魏)로서는 손해를 보려는 일이었고 왕께서는 이득을 뿌리친 것이니, 그래서 신은 위(魏)는 잘 못했고 대왕 역시 과오라고 말씀드린 것입니다."

○ 강약의 비교

평원군이 풍기(馮忌)를 만나 물었다.[344]

"나는 북으로 진격하여 상당(上黨)을 치고, 이어 연(燕)을 정벌하려는데 어떻게 생각합니까?"

풍기가 대답하였다.

"불가합니다. 진장(秦將)인 무안군(武安君) 공손기(公孫起, 白起)는 7승(勝)의 승세를 몰아 마복군(馬服君, 조사(趙奢))의 아들(조괄(趙括))과 장평(長平)에서 싸워 조(趙)의 군사를 대파하였고, 그 여분의 군사로 한단(邯鄲) 성을 포위했었습니다. 조(趙)는 패망한 나머지 군사를 끌어모으고, 격파된 부대를 수습하여 겨우 한단을 지켰는데, 진(秦) 역시 한단에서 지쳐 있었기에 조(趙)의 수비를 격파하지 못했습니다. 그 이유는 공격은 어렵고 수비는 그보다

---

344 본 장은 秦이 趙의 도읍 邯鄲(한단)을 포위 공격했다가(前 256년) 물러난 이후의 일이다. 馮忌(풍기)가 자신을 外臣이라 한 것을 보면 趙人이 아님을 알 수 있다.

쉬웠기 때문입니다. 지금 조(趙)는 (진秦 백기白起처럼) 7승을 거둔 위세도 없거니와, 연(燕)은 우리처럼 장평의 패전 같은 병화(兵禍)도 겪지 않았습니다. 지금 조(趙)는 7패의 병화를 회복하지도 못했는데, 지친 조의 군사가 강한 연을 공격하는 것은 마치 약한 조나라가 강한 진(秦)을 공격하는 것이고, 강한 연에게 약한 조의 공격을 수비하라는 것과 같습니다. 또 강한 진은 군사를 쉬게 하면서 조가 피폐하기를 기다리고 있는데, 이는 옛날 강한 오(吳)가 멸망하고 약한 월(越)이 패자가 된 이유와 같을 것입니다. 그래서 신(臣)은 연을 공격할만한 이유를 아직 찾지 못하고 있습니다."

이에 평원군은 "옳은 말씀이요!"라고 말했다.

○ 교만과 사치

평원군이 아우 평양군(平陽君)에게 말했다.

"(위魏) 공자(公子) 모(牟)가 진(秦)을 유람하고, 막 동쪽으로 가려고 응후〔應侯, 范雎(범수)〕에게 떠나는 인사를 하자, 응후가 말했습니다. '공자(公子)께서 떠나시려는데 저에게 가르침을 좀 주십시오.' 그러자 공자 모(母)가 말했네. '지금, 군의 말씀이 아니더라도 신이 드리고 싶은 말이 있었습니다. 대체로 높은 자리(貴)에서는 부유하기를 바라지 않아도 부(富)가 찾아옵니다. 부유하면 좋은 음식이나 육류를 기대하지 않아도 좋은 음식과 고기반찬이 들어옵니다. 좋은 음식과 육류를 먹으며 교만과 사치하려는 생각이 없어도 교만과 사치는 저절로 몸에 뱁니다. 교만과 사치가 몸에 배면 망하기를 기대하지 않아도 죽거나 패망이 찾아옵니다. 오랜 예부터 이런 일에 연루된 사람이 많답니다.' 그러자 응후가 말했습니다. '공자(公子)의 가르침이 아주 크십니다.' 나(평원군)는 이 말을 듣고 마음에 잊지 않고 있소. 아우도 이를 잊지 마오."

평양군은 "삼가 마음에 잊지 않겠습니다."라고 말했다.

○ 평원군의 겸양

진(秦)이 조(趙)를 침공하자, 조의 평원군은 사람을 보내 위(魏)에 구원을 요청하였다.[345] (魏) 신릉군(信陵君)[346]은 군사를 동원하여 한단성(邯鄲城)에 와서 구원했고, 진은 군사를 철수했다. 우경(虞卿)은 평원군을 위하여 봉지를 늘려주어야 한다고 청원하며 조왕(趙王, 효성왕, 재위 前 265 - 245)에게 말했다.

"군졸 싸움도 없이, 창(戟) 하나 버리지 않고 2국의 환난을 해결한 것은 평원군의 공력(功力)입니다. 남의 도움을 받고 그 사람의 은공을 잊으면 안 됩니다."

---

345 이는 秦이 趙 도읍 邯鄲(한단)을 포위 공격했던 前 257년(趙 孝成王 9년) 직후의 일이다. 平原君은 公孫龍(공손룡)의 諫言(간언)에 따라 封地를 사양했다.

346 신릉군(信陵君) 위무기(魏無忌, ?-前 243) - 姬姓, 魏氏, 魏 昭王의 아들. 魏 안리왕(安釐王)의 同父異母弟. 보통 魏公子로 통칭. 魏 安釐王 때 魏國 上將軍 역임. 禮賢下士하고 廣招門客했다. 秦과 趙의 邯鄲之戰에서 병부를 훔쳐 군사를 동원하여 趙를 구원하여 의리를 지켰다.

조왕(趙王)은 "그렇다." 하면서 숙부인 평원군의 봉지(封地)를 늘려주려 했다.

이에 (조인趙人) 공손룡(公孫龍)[347]이 듣고서는 평원군을 만나 말했다.

"군께서는 적군을 격파하거나 적장을 죽인 공로도 없이 동무성(東武城)을 봉지로 받았습니다. 조국(趙國)에는 왕의 측근에 많은 호걸지사(豪傑之士)가 있는데, 군이 상국(相國)이 된 것은 종친(宗親)이기 때문입니다. 군께서 동무성을 받고서도 무공(無功)하다고 사양하지 않았으며, 조국(趙國)의 상인(相印)을 차고서도 무능하다며 사임하지 않았으면서, 또 일국의 환난을 해결했다고 더 많은 봉지를 바라고 있지만, 이는 종친이기에 수봉(受封)한 것입니다. 그러나 백성들은 당신의 공적을 계산해 볼 것입니다. 君을 위한 계책이라면 받지 않는 것이 더 나을 것입니다."

이에 평원군은 "삼가 충고에 따르겠습니다." 라 말했고, 봉지를 받지 않았다.[348]

---

347 公孫龍〔공손룡, 前 320–250年, 字 子秉(자병)〕 — 平原君의 門客. 名家의 대표 인물. '白馬非馬', 그리고 '離堅白(이견백)'의 논쟁으로 유명하다. 혜시(惠施) 또한 공손룡과 비슷한 명성을 누렸다. 공자의 제자 공손룡(公孫龍)이 아니다.

348 平原君은 馮亭(풍정)에서 失計하여 秦의 兵禍를 자초하였고, 趙國의 절반을 상실할 뻔했었다. 그런데도 邯鄲의 포위를 풀었다는 것이 무슨 공적이겠는가? 그저 운이 좋아 因人成事(인인성사)한 것이고, 만년에 우연히 성공한 것이 아니겠는가?

○ 모수자천(毛遂自薦)

모수(毛遂, 생졸년 미상)는 조국(趙國) 한단(邯鄲) 사람으로, 평원군 조승(趙勝)의 문객(門客)이었다. 조 효성왕(孝成王) 9년(前 257), 진국(秦國)이 조국(趙國)의 도성 한단(邯鄲)을 포위 공격하였다. 평원군은 20명의 수행원을 거느리고 초국(楚國)에 가서 초왕에게 합종책을 설득하려고 했다.

평원군은 수행원 19명을 골랐지만 나머지 한 사람을 채우지 못했다. 이때 식객 모수가 앞으로 나와서 자신을 수행원에 넣어 달라고 말했다.

그러나 평원군은 모수가 누구이고, 어떤 능력이 있는지 알지 못하기에 모수에게 말했다.

"만약 송곳이 자루 속에 들어있다면 언젠가는 그 끝이 보일 것이요. 나는 어째서 여태껏 당신이 어떤 사람인 줄 모르고 있었겠소?"

그러자 모수가 말했다.

"그렇습니다. 그러하오니 이제 저를 자루 속에 넣어주십시오. 그러면 송곳 끝이 아니라 송곳 전체가 튀어나올 것입니다(穎脫而出)."[349]

이 말에 수행원은 모두 마주보며 웃었고, 모수는 수행원과 함

---

349 영탈이출(穎脫而出) – 穎脫은 송곳의 뾰족한 부분이 모두 다 나오다. 재능이 뛰어나다. 穎은 이삭 영, 송곳 끝 영, 빼어날 영.

께 초(楚)에 들어갔다.

평원군과 초 고열왕(考烈王)은 한나절이 지나도록 이야기를 했지만, 고열왕은 합종을 응락하지 않았다.

그러자 모수는 칼을 찬 채 단상에 올라가 고열왕 앞에 서서 말했다.

"합종의 이해(利害)는 한두 마디로 결론이 납니다. 그런데 왜 여태껏 이야기가 끝나지 않습니까?"

그러자 초왕이 대노하며 말했다.

"내가 너의 주군과 이야기 중인데, 이 무슨 짓인가?"

그러자 모수는 칼을 뽑아들고 앞으로 더 다가서며 말했다.

"대왕께서 나를 꾸짖는 것은 여기가 초의 궁궐이기 때문이오. 그러나 지금 십 보 이내에 대왕의 목숨은 내 손안에 있습니다. 초국의 군사는 적수가 없습니다. 진(秦)의 백기(白起) 같은 어린 장수가 어느 날 초나라 도읍을 공격했고, 이릉(夷陵)을 불살라 초나라의 선조들을 모욕했습니다. 그렇다면 진은 초나라의 원수입니다. 조나라에서는 그렇게 당하는 초를 부끄럽게 여기고 있습니다. 그렇다면 합종은 초를 위한 동맹이지 조(趙)를 위한 일이 아닙니다. 지금 나의 주군 면전에서 어찌 나를 꾸짖을 수 있습니까!"

초왕은 바로 합종을 인정하였다.

평원군은 귀국한 뒤에 외모로 사람의 능력을 평가했던 자신을 부끄러워했다. 이후 모수가 자신을 스스로 천거했다는 '모수자천(毛遂自薦)'은 성어(成語)로 후세에 전해졌다.

○《우씨춘추(虞氏春秋)》

우경〔虞卿, 생몰년 미상, 이름은 신(信), 경(卿)은 관직〕은 조국(趙國)의 재상을 역임하였고, 그의 저서《우씨춘추(虞氏春秋)》[350]를 남겼다.

우경은 조 효성왕(孝成王, 前 265 – 245)에게 처음 유세하여 인정받았고, 황금 1백 일(鎰)을 상으로 받았다. 우경은 두 번째 유세에서 상경(上卿)이 되었는데, 그래서 사람들이 우경이라고 불렀다.

조(趙)와 진(秦)이 장평에서 오래 대치하며 싸울 때, 우경은 조왕(趙王)에게 초(楚)와 위(魏)에 사신을 보내 진국과 대립하는 각을 세워야 한다고 설득하였다. 그러나 조왕은 진에 사신을 보내 강화하여 휴전하려 했다. 그러나 진(秦)의 야욕을 간과한 조(趙)의 노력은 성공할 수 없었다. 그리고 오히려 초(楚)와 위(魏)에서도 조(趙)에 대한 구원이 없었으며, 거기의 무장(武將) 조괄(趙括)을 잘못 등용하여, 대패하였다.

진군(秦軍)이 철수한 뒤에, 우경은 진군 역시 극도로 쇠약해진 상태이니 굳이 진(秦)에 땅을 할양하지 말고 군사력을 증강하자 주장하였다. 그러나 효성왕은 진(秦)에 할지하려 했다. 그러나 효

---

[350]《虞氏 春秋(우씨춘추)》–《漢書 藝文志》에는 書名이 있으나 지금은 전하지 않는다.

성왕은 나중에 우경의 건의를 받아들여 제(齊)에 6개 성을 내주고 우호동맹을 체결하자, 진(秦)은 서둘러 사신을 보내 조(趙)와 강화 (講和)하였다.

그전에 위국(魏國)의 재상이었던 위제[魏齊, ?-前 265, 인명, 위국 (魏國)의 종실, 위 소왕 상국(相國)]가 진국의 재상인 범수(范睢)에게 죄를 지었는데, 진왕이 위제를 요구하자, 위제는 조(趙)로 망명하 였다. 그러자 조왕은 위제를 죽여 그 수급을 진(秦)에 보내 우호 관계를 유지하려 했다.

이에 그전부터 위제와 친밀하였던 우경은 자신의 재상직을 버리고, 위제와 함께 위(魏)의 신릉군을 찾아가, 신릉군과 함께 초 (楚)로 망명할 계획을 세웠다.

그러나 신릉군은 우경을 신뢰하지 않았고, 또 진(秦)의 보복이 두려워서, 초(楚)로 망명을 거부하였다. 결국 위제는 위(魏) 도읍 인 대량(大梁)에서 자결하였다. -《사기 평원군우경열전(史記 平原 君虞卿列傳)》참고. -

우경은 자신의 뜻을 이룰 수 없었다. 이에《춘추(春秋)》의 대의 를 본받고 근세의 여러 일을 기록하여〈절의(節義)〉,〈칭호(稱號)〉, 〈정모(政謀)〉등 8편을 저술하였는데, 이를《우씨춘추》라 하였다.

(4) 신릉군(信陵君)

○ 불가불망(不可不忘)

위(魏) 공자(公子) 신릉군〔信陵君, 무기(無忌)〕이 위 장군 진비(晉

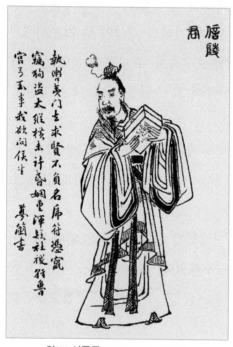

위(魏) 신릉군(信陵君, ? - 前 243년)

鄙)[351]를 죽이고, 한단(邯鄲)을 구원하였으며, 진군(秦軍)을 격파하여, 조국(趙國)을 존속케 하였다.

이에 조(趙) 혜문왕(惠文王, 재위 298-266)이 직접 교외에 나와 신릉군을 영접하였다.

이에 당차〔唐且, 당저(唐雎)〕란 사람이 신릉군에게 말했다.

"신(臣)이 알기로는,

---

351 魏 公子 신릉군〔信陵君, 名 無忌(무기)〕은 戰國 四公子 중, 德行이 돈독했다. 秦이 長平戰에서 趙軍을 대파한 뒤, 邯鄲을 포위 공격하자 다급한 趙의 平原君은 妻男인 신릉군에게 구원을 요청했다. 魏에서 정상적인 出兵이 불가능한 것을 안 신릉군은 문객 侯嬴(후영)이 일러준 대로 왕의 애첩 여희(如姬)를 시켜 병부(兵符)를

알지 않으면 안 되는 일이 있고(事有不可知者), 알게 해서는 안 되
는 일도 있습니다(有不可不知者). 잊어서는 안 되는 일이 있고(有
不可忘者), 잊지 않으면 안 되는 일도 있다(有不可不忘者)고 하였
습니다."

신릉군이 "무슨 뜻입니까?"라고 물었다.

"다른 사람이 나를 증오한다면, 내가 몰라서는 안 되고(不可不
知也), 내가 남을 미워한다면, 남이 알게 해서는 안 됩니다. 다른
사람이 나에게 德을 베풀었다면 잊어서는 안 되며(不可忘也), 내
가 남에게 덕을 베풀었다면 잊지 않으면 안 됩니다(不可不忘
也).[352] 지금 군(君)은 진비(晉鄙)를 죽이고, 한단을 구원하였으며,
진군(秦軍)을 격파하여, 조국(趙國)을 존속케 했으니, 이는 대덕(大
德)입니다. 그래서 지금 조왕(趙王)께서 직접 교외까지 나와 영접
하니, 갑작스런 조왕 알현을 君은 잊어버리길 바랍니다."

신릉군이 말했다.

"저 무기(無忌)는 삼가 가르침을 받들겠습니다."

훔쳐내었다. 병부를 가지고 魏 장군 진비(晉鄙)에게 보이며 출병
을 요청했으나 진비가 의심하자 白丁인 朱亥(주해)를 시켜 죽이
게 했다. 이어 신릉군을 군사를 이끌고 한단으로 가서 포위를 풀
었다. 이는 前 257년이었다.

352 이에 대한《史記》의 문장이 간결하고 명확하다. "物有不可忘, 或
有不可不忘. 夫人有德於公子, 不可忘也, 公子有德於人, 願公子
忘之也."

○ 신릉군의 사죄

위(魏)가 한(韓)의 영역이었던 관읍(管邑)을 공격했으나 점령하지 못했다.[353] 안릉(安陵) 사람 축고(縮高)의 아들이 진(秦)에 출사(出仕)하여 관리로 관(管)을 방어하고 있었다.

신릉군(信陵君)은 사람을 안릉군(安陵君)[354]에게 보내 말했다.

"군이 아들 축고에게 사람을 보내, 아들에게 투항을 권고하면, 내가 장차 축고를 5대부(작위명)로 삼아 지절위(持節尉)에 임용할 것입니다."

그러자 안릉군이 말했다.

"안릉은 소국(小國)입니다만, 백성을 마음대로 꼭 부릴 수는 없습니다. 사자(使者)를 직접 보내시면 내가 사람을 시켜 축고가 있는 곳까지 안내하여, 사자가 직접 축고에게 신릉군의 명령을 전하게 하겠습니다."

그러자 축고가 찾아온 신릉군의 사자에게 말했다.

"군께서 이 축고를 찾아온 것은 축고로 하여금 아들이 있는 관(管)을 공격케 하려는 뜻입니다. 아비가 자식을 공격한다면 사람

---

353 이는 秦 莊襄王 3년 前 247년의 일이다. 본 章의 내용에 좀 애매한 부분이 있다. 管城(관성)은 秦代 三川郡 소속 京縣. 今 河南省 중부 鄭州市 관할 滎陽市(형양시)이다.

354 안릉군(安陵君)－魏國에서 封君한 안릉군. 名은 미상, 信陵君과 동시대, 魏 安釐王(안리왕) 시기, 封地가 겨우 50리 소국이었다. 《史記 魏世家》에는 '安陵氏'로 기록되었다.

들은 크게 웃을 일입니다. 나 때문에 아들이 항복한다면, 이는 주군을 배신하는 것입니다. 아버지가 아들을 배신하게 시키는 일은 군께서도 좋아할 일이 아닙니다. 그러니 감히 재배하며 사양하겠습니다."

사자가 이를 신릉군에게 보고하자, 신릉군은 대노하며 다시 사자를 안릉군에게 보냈다.

"안릉의 땅도 역시 위(魏)나라 땅이다. 내가 지금 관(管)을 공격하여 함락하지 못하였으니, 곧 秦의 군사가 우리 땅에 들어올 것이고 사직은 틀림없이 위험해질 것이다. 그러니 군은 축고를 산 채로 묶어 보내라. 만약 군이 묶어 보내지 않는다면, 나 무기(無忌)가 10만의 군사를 동원하여 안릉의 성에 가서 포고할 것이다."

그러자 안릉군이 말했다.

"나의 선군(先君)이신 성후(成侯)께서, 양왕(襄王, 조양자) 명을 받아 이 땅을 지키면서 직접 헌장(憲章)을 받았습니다. 그 헌장의 상편에 '자(子)가 부(父)를 시해하거나, 신하가 시군(弑君)한다면, 어떤 일이든 사면 받을 수 없다. 나라에서 대사(大赦)를 하더라도 성을 들어 투항한 자는 사면 받을 수 없다.' 고 하였습니다. 지금 내 아들 축고는 대위(大位)도 버리면서 부자의 의리를 지키려 하는데, 군께서 '필히 산 채로 묶어 보내라' 하시니, 이는 나에게 양왕(襄王, 조양자)의 조서와 헌장을 버리라는 것이라서, 이 몸이 죽더라도 명을 받들지 못하겠습니다."

축고가 이를 전해 듣고서 말했다.

"신릉군의 사람됨은 표독하고 제멋대로다. 이 말이 신릉군에게 전해지면 틀림없이 나라에(安陵君) 큰 화(禍)가 될 것이다. 이미 나의 할 일을 하였으니, 인신(人臣)의 대의를 어기게 할 수 없으며, 나의 주군이 어찌 위(魏)의 환난이 되게 하겠는가?'

그리고 신릉군의 사자가 있는 객사에 와서 목을 찔러 죽었다.

신릉군은 축고가 자결했다는 소식에 흰옷을 입고, 다른 집에 피신하며 사자를 보내 안릉군에게 사과하였다.

"저 무기(無忌)는 소인(小人)입니다. 사려가 깊지 못하여 군에게 실언하였으니 감히 재배(再拜)하여 죄를 빌겠습니다."

(5) 춘신군(春申君)

○ 당차(唐且)와 춘신군(春申君)

제인(齊人) 당차(唐且)가 춘신군을 만나서 말했다.[355]

"제인들은 외모를 꾸미고 수행(修行)하여 녹위(祿位)를 얻습니다만, 신은 그런 녹위를 부끄럽다 생각하며 따르지 않습니다. 지금 제가 험난한 강하(江河)를 피하지 않고 1천 리 넘는 길을 달려온 것은 대군의 고의(高義)를 흠모하고 대업을 부러워 흠모하기

---

[355] 唐且(당차)는 唐雎(당저)로도 표기. 춘신군[春申君, ?-前 238년, 本名 황헐(黃歇)]-楚 考烈王 때 楚國 令尹(영윤, 相) 역임.

때문입니다.

신이 알기로, 오인(吳人) 맹분(孟賁)이나 전제(專諸) 같은 용사가 작은 칼을 들었어도 세상 사람들은 용사(勇士)로 부르고, 서시(西施)[356]가 거친 갈의(褐衣, 粗衣) 입고 있어도 미인이라 칭송합니다. 지금 군(君)은 만승 대국(大國)인 초(楚)의 상(相)으로 중국(中國)의 난관을 극복하고 있지만 원하는 것을 이루지 못하고 구하는 바를 얻지 못하고 있는데, 이는 저 같은 사람이 많지 않기 때문입니다.

장기에서 가장 강한 효기(梟棋, 올빼미 효)가 이기는 것은 여러 기(棋)의 보좌를 받기 때문입니다. 그러나 하나의 효(梟)가 적당히 배치된 5개의 산졸(散卒)을 이기지 못하는 것 또한 분명합니다.[357] 지금 군께서는 왜 효가 되어 신 같은 사람을 적당히 부리지 않으십니까?"[358]

○ 객인의 설득

어떤 객인이 춘신군(春申君)을 설득하려고 말했다.

---

356 서시(西施, 생졸년 미상) - 越女, 본명 施夷光(시이광). 今 浙江省 紹興市 관할 諸暨市(제기시) 출신. 西村의 施氏. 구천(句踐)에 의해 吳王 夫差(부차)의 姬妾으로 바쳐졌다. 四大美女 중 沉魚(침어)의 미인. 吳 몰락 후에 범려와 江南 五湖를 떠돌며 숨어 살았다는 전설의 주인공.

357 이는 獨善은 중지(衆智)만 못하다는 의미이다. 一梟之不勝은 不如五散이라.

358 결국 자기 같은 능력자를 등용해 달라는 뜻이다.

"탕왕(湯王)은 박(亳)[359]에서, (주周) 무왕(武王)은 호〔鄗, 호경(鎬京)〕[360]에서 모두 1백 리도 안 되는 땅에서 일어나 천하를 차지하였습니다. 지금 순자(荀子)[361]는 천하의 현인이라고, 군께서 백리의 땅으로 봉하도록 주청하셨는데, 제 생각으로 군에게 도움이 될 것입니다. 안 그렇습니까?"

춘신군은 "그렇소."라고 말했다.

그러나 사람을 보내 순자를 사절하였다. 순자는 조(趙)로 옮겨 갔고 조(趙)에서는 상경(上卿)이 되었다.[362]

---

359 亳(박, 地名)은 帝嚳(제곡)과 商朝 湯王의 都邑地. 今 安徽省 서북 단 亳州市(박주시) 명칭도 商朝의 亳(박)에서 유래했다.

360 鄗(땅이름 호)―鎬(호)와 通. 周都 鎬京, 今 陝西省 西安市 長安區 에 해당.

361 순자(荀子)―본 이름은 孫卿―荀卿(순경, 名 況. 約 前 316―237년?). 趙人, 齊의 稷下 學宮의 祭酒 역임. 齊人이 참소하자 荀卿은 楚 에 이주했다. 春申君(춘신군)이 난릉령(蘭陵令)에 임명하였다. 春 申君 死後에 관직 사임하고, 난릉(蘭陵)에 거주했다. 李斯(이사)는 荀卿의 제자였다. 漢代 儒學 사상과 政治에 큰 영향을 끼쳤고, 宋, 元, 明代三에는 孔廟에 배향. 순자는 性惡論으로 孟子 性善說 과 대립각을 세웠기에 유학자의 비평을 받았고 孔門의 이단으로 인식되거나 심지어는 法家 人物로 분류된다. 《史記 孟子荀卿列 傳》에 立傳. 劉向은 순자의 저술 32편을 묶어 《孫卿書》라 합칭 했다. 지금 알려진 《荀子》는 대략 91,000字 정도이다.

362 上卿―荀子는 上卿이 된 일이 없다. 뒤에는 上客으로 기록하였 다. 《史記》에서 순자는 春申君 사후에 빈곤했고 蘭陵(난릉)에서 살았다고 하였다.

다른 객인이 춘신군에게 말했다.

"옛날 탕왕의 신하인 이윤(伊尹)이 하(夏)를 떠나 은(殷)으로 가자, 은(殷)은 왕자(王者)가 되었고, 하(夏)는 망했습니다. 관중(管仲)이 노(魯)를 떠나 제(齊)로 가자, 노나라는 약해졌고 齊는 강해졌습니다. 대체로 현자(賢者)가 있는 나라의 군주로 존중받지 않는 군주가 없었고, 번영하지 않는 나라가 없었습니다. 지금 손자(孫子)는 세상에 알려진 현인(賢人)입니다. 군(君)께서는 왜 그를 거절하십니까?"

춘신군은 또 말했다. "옳은 말이요."

그리고는 사람을 趙에 보내 손자를 초청하였다.

손자(孫子, 손경, 순자)는 글을 보내 사절하였다.

「속언(俗諺)에 '몹쓸 병을 앓는 사람이 왕을 가엽게 여긴다.'는 말은[363] 불공(不恭)한 말 같습니다. 그렇지만 이 말뜻을 살피지 않을 수 없습니다. 이 말은 시해를 당해 죽는 주군을 말한 것입니다. 인주(人主)가 연소(年少)한데다가 자신의 재능만을 믿고 간신을 가려낼 줄도 모른다면, 간악한 대신(大臣)이 국정을 마음대로 전단(專斷)하고, 자신을 죽이지 못하도록 대책을 마련해 놓으면

---

363 원문 癘人憐王 ─《韓非子》에는 「諺曰, 癘憐王~」로 되어있다. 韓非(前 281 ─ 233년)가 荀子의 말을 인용했는가는 알 수 없다. 癘는 창질 여. 염병. 나병(癩, 문둥병). 염병이 惡疾(악질)이나 시해 당하는 것보다는 낫기에 왕을 불쌍히 여긴다는 뜻.

서, 현명하고 나이 든 주군을 죽이거나 적장자(嫡長子)를 폐하고 유약한 자를 옹립하게 됩니다. 그래서 《춘추》에서는 이를 경계하면서 기록했습니다.」

○ 염거지감(鹽車之憾)

한명(汗明)이라는 문객이 춘신군을 만났는데,[364] 3달을 기다려 만날 수 있었다. 이야기를 마치자 춘신군은 아주 기뻐하였다.

한명이 다시 담론을 시작하려 하자, 춘신군이 말했다.

"저는 이미 선생을 알았습니다. 선생께서는 편히 쉬십시오."

그러자 한명이 슬픈 듯 말했다.

"저는 군께 물어볼 것이 있지만, 저를 고루하다 생각하실까 걱정입니다. 군의 성명(聖明)은 요(堯)에 비하여 어떻다고 생각하십니까?"

춘신군이 말했다.

"선생께서는 좀 지나쳤습니다. 내가 어떻게 요(堯)에 비교가 되겠습니까?"

"그렇다면 군께서는 제가 순(舜)에 비하면 어떻겠습니까?"

"선생은 순(舜)에 비길 만합니다."

"그렇지 않습니다. 신은 군께 마지막으로 말씀드리고 싶습니

---

364 한명(汗明, 汗은 땀 한) - 春申君의 문객. 시기를 알 수 없다. 문객이 자신의 등용을 설득하는 내용이다. 鹽車之憾(염거지감) 고사의 출처이다.

다. 군의 현명하심은 요만 못하고, 신의 능력은 순에 미치지 못합니다. 현명한 순이 성명(聖明)하신 요를 3년 동안 섬긴 뒤에야 서로가 서로를 알게 되었습니다. 지금 군께서는 일시에 신을 다 알아냈으니, 이는 군께서는 요보다 성명하시고 저는 순보다 더 똑똑한 사람이 되었습니다."

이에 춘신군이 말했다.

"옳은 말씀입니다."

그리고 춘신군은 문리(門吏)를 불러 한명(汗明)을 빈객(賓客)의 명단에 올리게 하고 5일에 한 번씩 만나보았다.

어느 날, 한명이 말했다.

"군께서는 천리마에 대하여 들어보셨습니까? 천리마가 짐수레를 끌 나이가 되자 소금 수레(鹽車)에 매어져 태항산(太行山)[365]을 넘어가야 했습니다. 말굽은 벌어지고 무릎은 꺾였으며, 꼬리는 물에 젖어 늘어지고 피부는 문드러졌으며, 소금 녹은 물은 땅을 적시고, 덥지도 않은 날에 땀은 줄줄이 흘러내렸으며 산 중턱에서는 더 올라가지도 못하고 수레에 매여서 버틸 수도 없었습니다. 이를 백락(伯樂)[366]이 보고서는, 하거(下車)하여 천리마 기(驥)

---

365 太行山 — 一名 五行山, 王母山, 女媧山(여와산), 或作 太形山. 中國 동부의 주요 산맥. 北京市, 河北省, 山西省, 河南省에 이르는 400여 km의 대산맥. 東周 列禦寇(열어구)가 말한 '愚公移山(우공이산)'의 목표물.

366 伯樂(백락, ?前 680-610年) — 原名 孫陽, 春秋 中期 郜國(고국, 今 山

를 붙들고 울면서 자신의 비단옷을 벗어 천리마를 덮어주었습니다. 그러자 천리마는 머리를 숙여 땅에 큰 숨을 토하더니 다시 하늘을 보고 울부짖으니 그 소리가 하늘에 닿을 듯, 마치 금석(金石)의 소리와 같았습니다. 그 울음이 왜 그러했겠습니까? 천리마에게 백락은 지기(知己)이었습니다. 지금 제가 불초(不肖)하여 지방에서 막혀있고 막다른 골목의 땅굴 같은 집에서 비속한 삶을 살아온 지 오래인데, 군께서는 오로지 저를 발탁하여, 군을 위해 양(梁, 魏)나라에서 큰소리로 울게 만들어주실 생각을 왜 못하십니까?'

○ 춘신군의 종말

초(楚) 고열왕(考烈王, 재위 前 262 – 238)이 무자(無子)[367]하여, 춘신군[368]은 이를 걱정하면서 아들을 낳을 수 있는 여러 여인을 바쳤지만 끝내 아들이 없었다.

───────

東省 菏澤市 부근) 출신. 秦國의 富國强兵策에 의거 말을 잘 길러 秦 穆公(목공)의 신임을 받아 伯樂將軍이 되었다. 相馬學의 著作인 《伯樂相馬經》을 저술했다. 唐代 文豪 韓愈(한유)의 〈馬說〉의 名句 '世有伯樂, 然後有千里馬라' – 이 名句는 재능을 알아줄만한 인물의 중요성을 언급했다. 懷才不遇(회재불우)한 사람은 '伯樂不常有'라고 탄식한다.

367 考烈王(고열왕)은 경양왕(頃襄王)의 아들. 名 完. 재위 前 262 – 238년. 고열왕이 죽은 뒤, 계승한 幽王(유왕, 재위 237 – 228)은 춘신군의 私生兒라고 알려졌다.

368 춘신군은 고열왕이 죽던 해에 피살되었다(前 238년).

조(趙)나라 사람 이원(李園)은 그 여동생을 초왕(楚王)에 바치려 했는데, 왕이 아들을 낳지 못한다는 말을 들었고, 또 총애를 받지 못할까 걱정하였다. 이에 이원은 춘신군을 모시는 사인(舍人)이 되어 일했다. 얼마 뒤에 춘신군을 뵙고 휴가를 청한 뒤, 고의로 늦게 돌아왔다. 춘신군을 뵙자 춘신군이 상황을 물었다.

이에 이원이 대답하였다.

"제왕(齊王)이 사자를 보내 저의 여동생을 요구하여, 그 사자와 함께 술을 마시느라 기일을 놓쳤습니다."

춘신군이 물었다.

"여동생이 빙례(聘禮)를 마쳤는가?"

이원이 말했다.

"아직 안 했습니다."

"여동생을 한번 볼 수 있는가?"

"괜찮습니다."

이에 이원은 그 여동생을 춘신군에게 바쳤고, 즉시 춘신군의 총애를 받았다. 임신한 줄을 알고서 이원은 그 여동생과 모의했다.

이원의 여동생은 틈을 보아 춘신군에게 말했다.

"초왕께서는 군을 귀하게 여기시니 형제라도 그렇게 못할 것입니다. 지금 군께서는 초왕의 상(相)으로 20여 년을 모셨고, 王께서는 아들이 없습니다. 그렇다면 왕이 돌아가신 뒤에 다른 형제를 찾아 세워야 합니다. 곧 왕이 바뀐다면 그때 가서는 각자 알고 있는 사람을 귀하게 대할 것이니, 군께서 어찌 계속 왕의 신뢰를 받을 수 있겠습니까? 아마 그렇지 못할 것입니다. 군께서는 오랫동안 권력을 쥐었고 왕의 여러 형제들에게 예를 다하지 못한 경우도 많았을 것이고, 다른 형제가 즉위한다면 바로 화가 닥칠 것이니 국상(國相)의 인수와 강동(江東)의 봉지(封地)를 어찌 지킬 수 있겠습니까? 지금 첩은 임신하였지만 다른 사람은 모르고 있습니다. 제가 군의 총애를 받은 지 얼마 안 되지만, 정말로 고귀하신 군께서 저를 초왕에게 바친다면 초왕도 틀림없이 저를 총애하실 것입니다. 제가 하늘의 도움으로 아들을 낳는다면, 곧 군의 아들이 왕이 되는 것이며, 초의 땅을 모두 봉지로 받는 것과 같으니, 이를 군께서 예상할 수도 없이 닥쳐올 재앙에 비교한다면 어느 것이 더 낫겠습니까?"

춘신군도 그렇다고 생각했다. 곧 이원(李園)의 여동생을 다른 건물에서 근신토록 하면서 이를 초왕에게 말했다. 초왕은 궁으로 불러들였고 총애하였다. 나중에 아들을 출산했고 태자로 옹립되었으며 이원의 여동생은 왕후에 책립되었다. 초왕(楚王, 고열왕)은 이원을 높이 올려주었고, 이원은 권력을 잡았다.

이원은 여동생이 왕후가 되었고 출산한 아들이 태자가 되었지만, 춘신군으로부터 말이 새나가거나 춘신군이 교만해질까 걱정하여 비밀리에 죽음을 각오한 자객을 양성하며 춘신군을 죽여 그 입을 막으려 했다. 이런 소문은 어느 사이에 楚에 널리 알려졌다.

춘신군이 초(楚)의 상(相)으로 재직 25년에 고열왕(考烈王)이 병들었다.

초인(楚人) 주영(朱英)[369]이란 사람이 춘신군에게 말했다.

"세상에는 바라지도 않은 뜻밖의 복이 있고,[370] 또 예상하지 못한 화(禍)도 있습니다. 지금 군께서는 예측할 수 없는 세상을 살면서 예측할 수 없는 주군을 섬기고 있으니, 어찌 예측 못한 사람이 없지 않겠습니까?"

춘신군이 물었다.

"무엇을 뜻밖의 복이라 합니까?"

"군(君)께서 초의 상(相)으로 20여 년에 이름은 상국(相國)이지만 실제로는 초왕입니다. 다섯 아들은 모두 제후(諸侯)의 상(相)이 되었습니다. 지금은 왕의 질환이 심하여 아침 아니면 저녁에 붕어할 수도 있고, 태자는 어리고 약한데, 만약 왕의 병환이 낫지 않으면 군께서는 소주(少主)를 보필해야 하고 아니면 이윤(伊尹)이나 주공(周公)처럼 국정을 담당해야 됩니다. 아니면(섭정攝政을 반환하지 않고) 끝내 남면(南面)하고 고(孤)를 칭하면서 이어 초국을 차지할 수 있습니다. 이를 뜻밖의 복이라고 합니다."

---

369 朱英(주영)은 楚人. 《史記》는 河北 觀津(관진)人이라 했다. 班固의 《漢書 古今人表》에는 信都國 觀津縣 출신으로 上之下 의(智人) 인물로 평가되었다.

370 무망(無妄)은 틀림없는(可必)의 뜻. 《易 無妄 / ☰☳ 天雷无妄) 卦가 있다. 또는 바랄 수 없는(無望), 또는 '바라지 않았는데 이루어진(無所期望而有得焉)'으로 해석해도 뜻이 통한다.

춘신군이 "무엇이 예상치 못한 복입니까?"라고 물었다.

"이원은 치국(治國)하지 않지만 왕의 처남이며, 군사를 지휘하지 않지만 몰래 죽음을 각오한 문객을 양성한 지 오랩니다. 초왕이 붕어하면, 이원은 필히 먼저 입궁하여, 틀림없이 군을 제거할 모의를 하고 왕명을 조작하여, 권력을 장악하고 군을 죽여 함구(緘口)하게 할 것입니다. 이것이 군에게는 예상 못한 재앙일 것입니다."

춘신군이 "예상치 못한 사람은 누구입니까?"라고 물었다.

"군(君)은 먼저 신(臣)을 낭중(郎中)으로 출사케 해주십시오. 군왕이 붕어(崩)하면 이원이 먼저 입궁할 것이니, 저는 君을 위하여 그의 가슴을 찔러 죽이겠습니다. 바로 제가 예상치 못한 사람입니다."

그러자 춘신군이 말했다.

"선생은 그만하시고 다시는 말하지 마십시오. 이원은 연약한 사람이고 나는 그에게 잘해주었는데, 어찌 그 지경까지 가겠습니까?"

주영(朱英)은 두려워서 바로 춘신군 곁을 떠나버렸다.

그 17일 뒤, 고열왕이 죽자, 이원은 예상대로 먼저 입궁했고 극문(棘門, 궁문) 안에 대기하다가 춘신군이 나중에 들어오자 극문에서 제지하였다. 이원의 결사대가 춘신군을 잡아 찔렀고 머리를 잘라 궁문 밖으로 내던졌다. 그리고 춘신군의 일가를 모두 없애버렸다.

이원의 여동생은 처음에 춘신군의 총애를 받아 임신하였고 왕궁에 들어와 아들을 출산했고, 아들이 나중에 즉위하니 바로 유왕(幽王, 재위 前 237－228년)이다.

이 해는 진시황(政) 즉위 9년이었다(前 238). 노애(嫪毐)[371]가 秦에서 반란을 일으켰다가 발각되어 삼족이 다 멸망하였고, 여불위(呂不韋)는 파직되었다.

11. 진秦의 육국六國 통일統一

(1) 여불위(呂不韋)

○ 기화가거(奇貨可居) － 장양왕의 즉위

복양(濮陽)[372] 사람 여불위(呂不韋)[373]는 조(趙)의 도읍 한단(邯

---

371 노애(嫪毐, ?－前 238年) － 嫪는 시기할 노. 사모하다. 毐는 음란할 애. 본래 呂不韋의 천거를 받았다. 秦始皇 母親 趙姬(조희)의 면수(面首, 情夫)로 始皇母인 太后를 섬겼다. 노애는 정력이 극강하여 태후를 즐겁게 했다는 이야기가 전한다. 노애와 태후는 사통하여 아들을 둘이나 출산했다. 〈楚策〉 끝에 嫪毐(노애)의 행적을 첨부 기록한 이유는 무엇인가? 楚나 秦 두 나라의 정통(國姓)이 이미 끝났다는 의미일 것이다.

372 복양(濮陽) － 衛 成公은 楚丘〔초구, 春秋 시대 邑名. 한때 衛國의 도읍.

鄲)에서 장사를 하면서, 진(秦)의 질자(質子, 인질)인 이인(異人)³⁷⁴을 만난 뒤, 돌아와 그의 부친에게 말했다.

"농사의 이득은 얼마나 됩니까?"

今 河南省 북부 安陽市 관할 滑縣(활현)〕에서 복양으로 옮겨왔다. 복양은 옛 帝丘(제구)이니 顓頊(전욱)의 옛 터이다. 漢代에는 東郡의 治所였다. 今 河南省 황하 북쪽 濮陽市(복양시).

373 여불위(呂不韋, 前 292 – 235) ─ 처음에는 大商人(奇貨可居의 故事), 13년간 秦國의 相 역임. 門客을 모아《呂氏春秋》를 편찬했다. 先秦 雜家의 대표적 인물(兼儒墨하고 合名法). 뒷날 嫪毐(노애) 집단의 견제를 받아 相國에서 물러나 河南에 거처하다가 蜀으로 유배되자 三川郡(今 洛陽)에서 자살했다.《史記 呂不韋列傳》참고.《呂氏春秋(여씨춘추)》26편은(書存) 秦相 여불위가 智略之士를 모아 편집한 책. 8람(八覽), 六論, 十二紀로 총 20여만 자. 여불위는 책이 완성되자,《呂氏春秋》는 天地 萬物과 古往今來의 事理를 모두 다 집대성했다고 자부하면서, 함양성 성문에 책과 함께 1천금의 상금을 걸어놓았다〔懸賞金(현상금)〕. 그러면서《呂氏春秋》에 一字라도 가감하거나 고칠 곳이 있다면 1천금을 상으로 주겠다고 공표했다(一字千金). 그러나 아무도 고치겠다고 나서는 사람이 없었다. 권세는 그처럼 무서웠다.

374 이인(異人, 前 281 – 247. 人名)은 秦 장양왕(莊襄王, 재위 前 249 – 247)의 別名, 子異. 改名은 子楚. 秦 소양왕(昭襄王, 재위 前 306 – 251)의 손자, 孝文王(재위 前 251 – 250)의 아들, 진시황의 父. 소양왕 재위 중에 趙에 인질로 나갔었다. 秦 장양왕(莊襄王)으로 즉위. 중국 역사에서는 최초의 太上皇(追尊).
秦의 왕위 계승은 소양왕(昭襄王, 前 306 – 251) ─ 효문왕(孝文王, 前 251 – 250) ─ 장양왕(莊襄王, 前 249 – 247) ─ 진왕 정(政, 前 247 – 221 / 始皇帝, 前 221 – 210) ─ 二世(前 210 – 207)로 이어진다.

"10배의 이득을 볼 수 있다."

"주옥(珠玉)을 거래하면 그 이득은 몇 배입니까?"

"1백 배는 된다."

"나라의 국군(國君)을 옹립한다면 몇 배의 이득을 보겠습니까?"

"그것은 계산할 수 없다."

"지금 힘들게 고생하며 농사를 지어도 따뜻한 옷과 여분의 양식을 얻을 수 없지만, 이제 나라의 군주를 세운다면 그 혜택은 다음 대(代)에도 넘겨줄 수 있으니, 저는 그런 사람을 찾아가 섬기겠습니다."[375]

여불위(呂不韋, 前 292 - 235년)

진(秦)의 왕자(王子) 이인(異人)은 조(趙)에 보내진 인질로 요성(聊城, 趙邑) 머물고 있었는데, 여불위가 찾아가 말했다.

---

[375] 여불위는 농사나 주옥 거래는 작은 이득이라 생각했다. 建國과 立君의 大利를 생각했고 그대로 성공하였다. 여불위는 이인을 '차지할만한 기이한 물건(奇貨可居)'으로 보았다.

"자혜(子傒)[376]는 나라를 계승할 일도 있고 또 모친과 함께 지내고 있지만, 당신은 모친도 없으며[377] 또 앞날의 길흉을 알 수도 없는 나라에 맡겨졌으니, 어느 날 나라에서 약조를 깨면, 몸은 분토(糞土)처럼 버려지게 됩니다. 이제 당신이 내 계획을 따라준다면, 귀국하여 진국(秦國)을 차지할 수 있을 것입니다. 나는 당신을 위해 진에 사신으로 가서 당신을 돌아오도록 요청하겠습니다."

이에 여불위는 진 왕후(王后, 효문왕, 화양부인)[378]의 동생인 양천군(陽泉君)에게 말했다.

"군은 사죄를 짓고 있는데, 알고는 있습니까? 군(君)의 문하에는 존위(尊位)에 오르지 않은 사람이 없지만, 태자〔太子, 자혜(子傒), 효문왕의 서자, 장양왕 이모형제〕의 문하에는 귀자(貴者)가 없습니다. 군의 창고에는 진주와 보옥이 가득하고, 외양간은 준마(駿馬)로 채워졌으며, 후정(後庭)에는 미녀가 많습니다. 지금 왕은 춘추가 많으시고, 어느 날 산릉(山陵)이 붕괴하면, 태자가 치국(治國)할 것이니,[379] 군은 누란(累卵)처럼 위험하며 조생화(朝生花, 무궁화)처

---

376 子傒(자혜) — 孝文王(安國君)의 庶子이며, 莊襄王(子楚)의 異母兄弟. 傒는 묶을 혜. 傒(샛길 혜)가 아님.

377 異人의 모친은 夏姬(하희, 唐姬라는 기록도 있음)인데 총애를 받지 못해 모친이 없는 것과 같다는 주석이 있다.

378 秦王后는 孝文王의 부인 華陽夫人. 당시 昭王(昭襄王) 재위(前306-250) 중이었다.

럼 목숨이 짧습니다.[380] 지금 나에게, 당신의 모든 욕망을 이룰 수 있고, 부귀를 천만세에 누리며 태산과 사유(四維)처럼 평안하여,[381] 위태롭거나 망할 걱정이 없는 방책이 있습니다."

양천군은 피석(避席)하며 방책을 말해달라고 요청하였다.

이에 여불위가 말했다.

"대왕께서는 나이가 많으시고 왕후께서는 무자(無子)하시며, 자혜(子傒, 태자)는 승극(承國)할 대업(大業)이 있고, 또 사창(土倉)[382]이 보좌할 것입니다. 왕이 어느 날 붕어하시고 자혜가 즉위하여 사창(土倉)이 용사(用事)하면 왕후의 가문은 틀림없이 황폐

---

379 산릉(山陵)은 尊高한 사람. 高且固. 崩은 무너질 붕, 死也. 用事는 卽位하여 治 國事하다. 여기 태자는 安國君 뒷날 孝文王이다.

380 君은 陽泉君. 累卵(누란)은 아주 위험한 모양(至危也). 朝生花는 무궁화〔木菫(목근). 菫 무궁화 근〕. 아침에 피었다가 저녁에 진다(朝榮夕死). 短命不壽를 의미. 그 명이 하루 낮도 지속하지 못한다. 우리나라에서는 國花인데 꽃이 지면 또 다른 꽃이 핀다 하여 無窮花(무궁화)이나 꽃송이 하나를 볼 때 하루 낮 동안도 피어 있지 못한다. 중국인에게 무궁화는 짧고도 짧은 영화를 뜻한다.

381 泰山(태산)은 옮겨갈 수 없다. 四維는 천하 四方의 모서리. 泰山은 五岳의 으뜸(五嶽之長, 五嶽獨尊)으로, 옛 이름은 岱山(대산) 또는 岱宗(대종)으로 불리었고, 山東省의 중앙부 泰安市에 자리하고 있으며, 태산의 주봉은 玉皇頂(1,533m)이다. 泰山은 秦의 시황제 이후 漢 武帝, 또 역대 왕조의 황제들이 이곳에 친림하여 하늘에 제사하는 封禪(봉선) 의식을 행했다.

382 土倉(사창) - 인명. 社倉으로도 기록. 昭襄王 아래서 相을 역임했다.

해질 것입니다. 왕자(王子)인 이인(異人)은 현명한 인재이나 지금 趙에 버려졌고 궁내에 모친도 없는데, 목을 빼 서쪽만을 바라보며 돌아가길 기다리고 있습니다. 왕후(王后, 화양부인)께서 왕에게 요청하여 이인(異人)을 데려오면, 왕자 이인은 없던 나라가 생기고, 왕후께서는 없던 아들을 얻게 될 것입니다."

양천군은 "옳은 말이요."라며 궁에 들어가 왕후에게 말했고, 왕후는 조(趙)에 이인을 돌려보내 줄 것을 요청하였다.

조(趙)에서 이인을 돌려 보내기 전에, 여불위는 조(趙)를 설득하였다.

"왕자 이인은 진(秦)의 총애하는 왕자이지만 궁중에 모친이 없기에 왕후(화양부인)가 데려다 아들로 삼으려 합니다. 그간에 진(秦)에서 조(趙)를 정벌할 경우 왕자 하나를 생각하여 방략을 유보하지 않을 것이니, 그 사람은 말하자면 헛 인질이었습니다.[383] 만약 왕자 이인이 진에 돌아가 즉위할 수 있도록 조(趙)에서 후한 예물을 주어 보내준다면 이인은 은덕을 배반하지 않을 것이니, 이는 저절로 덕을 베풀어 강화를 성립시키는 것입니다. 진왕(秦王)은 늙었고, 어느 날 죽게 되면 비록 왕자 이인이 있다 하여도 秦이 강국이 되기에는 부족할 것입니다."[384]

---

383 空質은 버려도 상관없는 인질. 秦에서 목숨을 살리려는 인질이 아니다.

조(趙)에서는 이인을 돌려보내주었다.³⁸⁵

이인이 돌아오자, 여불위(呂不韋)는 이인이 초복(楚服)으로 왕후를 알현하게 하였다.

왕후는 그 모습에 기뻐하며, 이인의 식견을 크게 칭찬하며 말했다.

"나는 초인(楚人)이다."

그러면서 이인을 친아들처럼 여겼고, 이름도 초(楚, 子楚)로 바꾸게 했다. 소양왕이 자초(子楚)에게 배운 것을 외우게 하자, 자초가 말했다.

"어려서부터 외국에 버려져서, 일찍 사부의 가르침을 받지 못하였기에 암송에 익숙하지 못합니다."

곧 자초가 안국군(安國君, 효문왕)에게 말했다.

"폐하께서도 일찍이 조(趙)에 수레를 멈추셨던(인질이 되었던) 적이 있었기에 조(趙)의 호걸 중에 이름을 아시는 자가 적지 않았을 것입니다. 지금 대왕께서 반국(反國)하자 그들이 모두 서쪽을

---

384 인질의 가치가 秦이 안정되기에는 부족하다. 그러니 보내주어도 상관없다는 뜻으로 해석한다. 또 '秦과 結合(和親)할 수 있다'로 풀이할 수 있다.

385 《史記 呂不韋列傳》의 내용과는 많이 다르다. 《史記》에서는 秦이 한단을 포위하자, 趙에서는 子楚를 죽이려 했으나 子楚가 탈출하여 돌아오는 것으로 서술하였다. 대체로 《戰國策》의 내용이 보다 實情에 가깝다고 생각한다. 여불위처럼 두뇌 명석한 상인이라면 충분히 그럴 수 있다.

바라보며 기대를 했었습니다. 그러나 대왕께서는 그들 안부를 묻는 사람을 한 번도 보내지 않았습니다. 신(臣)의 생각으로는 그들이 아마도 원심(怨心)을 품고 있을 수도 있습니다. 따라서 변경에서는 저녁 때 일찍 폐관하고 아침에 늦게 개관(開關)하는 것이 좋을 것 같습니다."

왕도 그렇게 생각하면서 그 계책을 기이하게 생각하였다. 왕후가 자초를 태자로 세우라고 권했다.

왕이 상(相)을 불러 말했다.

"과인에게 자초만한 다른 아들이 없다."

자초는 태자가 되었다. (효문왕에 이어) 자초가 즉위하였고(장양왕, 재위 249 - 247), 여불위는 상(相)이 되었으며, 문신후(文信侯)라 불렸고, 남전(藍田)의 12개 현이 그의 식읍이었다. 왕후는 화양태후(華陽太后)로 일컬었다.

○ 참고(參考)

진(秦) 효문왕(孝文王, 재위 前 251 - 250)은 진 소양왕(昭襄王, 재위 306 - 251)의 아들인데, 즉위 전에는 안국군(安國君)으로 불렸다. 안국군은 前 265년에 소양왕의 태자로 책봉되었다. 안국군과 정처(正妻) 화양부인(華陽夫人, ? 前 296 - 230) 사이에는 아들이 없었고, 효문왕(孝文王, 안국군)의 서자이며 장양왕(莊襄王)의 이모형제(異母兄弟)인 자혜(子傒)는 이미 자기 세력을 갖추고 있었다.

여불위의 활동으로 화양부인은 안국군(뒷날 효문왕)을 설득하여 趙에 인질로 가있던 이인〔異人, 이름은 자초(子楚)로 개명〕을 양자로 맞이하며 태자로 삼았다. 두 사람은 여불위를 이인의 사부로 삼았다. 前 251년, 진 소양왕(昭襄王)이 죽고, 52세의 아들 효문왕(孝文王, 안국군)이 계위했다.

효문왕은 화양부인을 왕후로, 자초(子楚)를 태자로 봉했다. 그러면서 다음 해 갑자기 붕어했다(재위 前 251 – 250). 자초가 계위하니, 곧 장양왕(莊襄王, 재위 前 249–247년)이다.

뒷날의 진시황은 이인(異人, 자초)이 조(趙)의 도읍 한단에 머물 때 조희(趙姬)라는 여인한테서 얻은 아들이다. 여불의가 자신의 씨앗을 잉태한 여인을 이인(異人)에게 주었으니, 진시황은 여불위의 아들이라는 이야기는 확인하거나 장담할 수 없다.

장양왕이 즉위 3년 만에 죽자, 조희(趙姬) 사이에서 태어난 아들 정(政)이 13살에 즉위한다. 그래서 화양태후가 약 7년간 섭정한다. 이때도 여불위는 상국(相國)이었다. 화양부인은 진시황한테는 할머니이다.

○ 무안군 이목(李牧)

사공마(司空馬)가 조(趙)를 떠나 평원진(平原津)[386]에서 나루를 건넜다.

---

[386] 平原津 – 平原縣의 나루. 전국시대 齊의 서쪽 변경. 秦漢代 平原郡 平原縣. 今 山東省 북부 德州市 平原縣. 河北省과 접경.

평원진령(平原津令)인 곽견(郭遺)이 사공마를 위로하며 물었다.

"진(秦)이 조(趙)를 침략했다는데, 상객(上客)께서는 조(趙)에서 오셨으니, 지금 조(趙)의 형편이 어떻습니까?"

사공마는 조왕(趙王)을 위해 계책을 말했지만 조왕이 채용하지 않았으며, 조(趙)는 필히 멸망할 것이라고 말했다.

그가 물었다.

"상객께서 생각하실 때, 조(趙)는 언제 망할 것 같습니까?"

사공마가 말했다.

"조(趙)가 무안군[武安君, 이목(李牧)]을 장군으로 삼으면,[387] 1년이면 망하나(期年), 만약 무안군을 죽이면 반년을 넘기지 못할 것입니다. 조왕의 신하 중 한창(韓倉)이란 자는 사악하게 조왕에 영합하고 그 사이가 매우 친밀하지만, 한창은 그 사람됨이 현인(賢人)을 질시하고 공신(功臣)을 투기(妬忌)합니다. 지금 나라가 망할 위기에 처했는데, 조왕은 그의 말만 꼭 따르니 무안군(이목)은 틀림없이 죽게 될 것입니다."

과연 한창은 이목을 헐뜯었고, 조왕은 다른 사람[趙葱(조총)]을 보내 이목을 대신하게 했다.

---

387 武安은 趙邑. 蘇秦도 武安君에 봉해졌고, 秦將 白起도 武安君이었다. 여기 무안군은 趙의 名將 李牧. 李牧(이목, ?-前 229)의 牧은 字. 趙國 명장, 白起, 王翦(왕전), 廉頗(염파)와 함께 戰國 四大 名將의 한 사람. 《千字文》에서도 「起翦頗牧, 用軍最精」이라 하였다. 《史記 藺相如列傳(인상여열전)》에 〈李牧列傳〉을 부전(附傳)했다.

무안군이 조정에 들어오자, 한창은 무안군의 죄를 열거하며 말했다.

"장군이 전투에서 승리하자, 왕은 장군에게 술을 하사할 때, 장군은 앞으로 나와 축수하였지만, 비수(匕首)를 그대로 차고 있었으니, 이는 사죄(死罪)에 해당합니다."

무안군이 말했다.

"저는 팔이 굽는 병을 앓아, 신체는 장대하나 팔이 짧아 땅을 짚을 수가 없어 기거동작이 불경(不敬)하게 보이기에 왕 앞에서도 죽을 죄를 지을까 두려워 공인(工人, 목수)을 시켜 나무를 손에 이어 붙였습니다. 대왕께서 못 믿을 것 같으니 제가 보여 드리겠습니다."

그러면서 소매 속에서 꺼내 한창에게 보여주었는데, 그것은 (의수義手는) 문의 손잡이 같았고 천으로 감겨 있었다.

이목은 "공께서 분명히 설명해주시기 바랍니다."라고 말했다.

이에 한창이 대답했다.

"왕의 명령을 받아 장군에 죽음을 집행해야 하니, 사면할 수 없습니다. 신은 당신을 위하여 해명할 수 없습니다."

이에 무안군(이목)은 북면(北面)하여 재배를 한 다음, 죽음의 명을 받고, 칼을 뽑아 자결하려다가 말했다.

"인신(人臣)은 궁중(宮中)에서 자살할 수 없다."

그러면서 사마문(司馬門, 외문)으로 아주 빨리 걸어가서 국문(棘

門)으로 나가 오른팔로 칼을 뽑아 자살하려 했으나 팔이 짧아 미치지 못하자, 칼끝을 입에 물고 기둥에 대고 밀어 스스로 찔렀다.

무안군이 죽고 5개월 뒤에 조(趙)는 망했다.

평원령(平原令)은 여러 사람을 볼 때마다 으레 이렇게 탄식했다.

"아! 사공마(司空馬)여!"

그리고 또 말했다.

"사공마가 진(秦)에서 축출된 것은 그가 지혜롭지 못해서가 아니다. 나라가 망하는 것은 현인(賢人)이 없어서가 아니라 등용하지 못했기 때문이다."

(2) 진왕(秦王) 정(政) 즉위

o 명주(明主)의 능력 중시

진왕(秦王, 政)은 요가(姚賈)[388]를 불러 물었다.

"내가 듣기로는, 그대가 과인의 재물로 제후들과 교제하였다

---

388 요가(姚賈, 생졸년 미상) - 始皇의 大臣, 본래 梁國(魏) 출신. 出身이 한미했다. 그 부친이 監門卒(城門衛兵). 趙國의 謀臣이었다가 축출되자 秦國에서 間諜之計(간첩지계)를 건의했다. 秦이 六國과 마지막 전쟁을 치루는 기간에 姚賈는 많은 재물로 楚, 燕, 趙, 魏의 요인을 매수하여 합종을 와해시켰고, 秦王 政은 그를 上卿에 임명하였다.

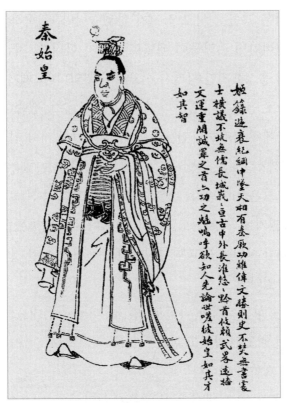

姬籙遊衰紀綱中墮天祖有秦厥功雖偉文勝則史不其無喜憂
士橫議不坑無儒長城毀～亘古中外長淮悠～黔首佐賴 武畧遠播
文運重開誠罪之首之功之魁嗚呼欲知人先論世嗟彼始皇如其才
如其智

진시황(秦始皇, 재위 前 246 – 210년)
前 246 – 222년(王), 前 221 – 칭제, 前 221 – 210년(시황제)

는데 그런 일이 있는가?"

요가는 "그렇습니다."라고 대답했다.

"그렇다면 무슨 면목으로 다시 과인을 만나는가?"

요가가 말했다.

"증삼(曾參)은 부모님께 효도하였기에 세상 사람 모두가 증삼
을 아들로 삼고 싶었습니다. 오자서(伍子胥)는 주군에서 충성하였

기에 세상은 그를 신하로 삼고자 하였습니다. 정숙하고 솜씨가
좋은 여인이라면 사람들이 배필로 삼고자 합니다. 지금 저 요가
가 대왕께 충성했지만 왕께서는 모르실 뿐입니다. 제가 4국을 돌
다가 秦으로 돌아오지 않는다면, 어디를 갈 수 있겠습니까? 제가
저의 주군에게 불충한다면, 4국의 왕들이 어찌 저의 입국을 허용
했겠습니까? 걸(桀)은 참소를 듣고서 그 낭장〔良將, 관용봉(關龍逢)〕
을 죽였고, (은殷) 주왕(紂王)은 참언을 듣고 그 충신〔忠臣, 비간(比
干)〕을 죽였기에 그 자신도 죽었거니와 나라도 멸망했습니다. 지
금 대왕께서 참언을 듣고 따르신다면 충신이 없어질 것입니다."

왕이 물었다.

"그대는 성문지기의 아들로, 양〔梁, 위(魏)〕의 대도(大盜)이며,
조(趙)에서 내쫓긴 자라고 한다."

그러자 요가가 말했다.

"태공망(呂尙)은 제(齊)에서 내쫓긴 사람이었고 (은의 도읍) 조
가(朝歌)에서는 무능한 백정이었으며,³⁸⁹ 극진(棘津)에서 낚시도

---

389 朝歌는 殷의 도읍. 今 河南省 북부 鶴壁市 관할 淇縣(기현). 商朝
(殷) 武乙(무을)이 건립한 副都(배도). 武王이 殷을 정벌할 때, 帝
辛(紂王, 주왕)이 朝歌의 교외인 牧野(목야)에서 싸워 패망하였
다. 呂尙이 조가의 거리에서 가축을 잡아 고기를 팔고 있었는데
文王이 직접 찾아가 이야기를 나누었다. 여상이 "下屠(하도)는 소
를 잡지만 上屠(상도)는 나라를 칼질합니다(屠)."라고 말했다. 이
에 문왕은 기뻐하며 같이 수레를 타고 돌아왔다. 이는 渭水에서
낚시하다가 만났다는 이야기와 다르다.

하였지만 품팔이로 써주는 사람이 없었는데, 문왕에게 등용되었고, 문왕은 왕이 되었습니다. 관중(管仲)은 비(鄙, 지명)의 상인(商人)이었는데 남양(南陽)에서 숨어 살았고, 魯에서는 사면을 받은 죄수였었지만 환공에게 등용되었으며, 환공은 패자(覇者)가 되었습니다. 백리해(百里奚)[390]는 우(虞)의 걸인(乞人)이었는데, 양가죽 5장에 팔렸고, (秦) 목공(穆公)의 相이 되었으며 서융(西戎)을 입조케 하였습니다. (晉) 문공(文公)[391]은 중산(中山)의 도적 무리의 힘을 빌려 성복(城濮)의 전투에서 승리하였습니다. 이 4인은 모두 미천한 출신이었고 천하 사람들의 웃음을 샀지만 明主에 의해 등용되었는데 (明主는) 함께 공을 세울 수 있는 능력을 알아주었습니다. 제가 만약 변수(卞隨)[392]나 무광(務光),[393] 그리고 신도적

---

390 百里奚(백리해, 생졸년 미상) — 姜 姓, 百里 氏, 名 奚(해, 百里傒, 百里子) — 世人은 五羖大夫(오고대부)라 불렀다. 春秋時代 秦國의 政治家. 秦 穆公 5년(前 655), 百里奚는 晉 獻公이 딸을 시집보낼 때 (晉秦之好) 딸려온 노비였는데, 도망갔다가 잡히자 秦 穆公이 검은 山羊의 가죽 5장으로 바꿔왔다(羊皮換相). 백리해는 秦 穆公을 도와 西戎의 여러 종족을 제패하고 영토를 넓혔으며 나라를 강성케 했다.

391 晉 文公(재위 前 636 - 628 년) — 姬姓, 晋氏, 名 重耳. 晋 獻公의 아들. 춘추오패 중 두 번째. 趙衰(조최), 狐偃(호언), 賈佗(가타), 先軫(선진), 魏武子(魏國 先祖), 介之推(개지추)의 보좌를 받아 春秋五覇의 한 사람. 晉 강성의 토대를 마련. 뒷날 三晉(趙國, 魏國, 韓國) 성립의 토대가 이때 형성되었다.

392 卞隨(변수) — 殷 湯은 夏 桀(걸)을 토벌하기 전에 이를 隱士인 卞

(申屠狄)³⁹⁴ 같은 은사(隱士)였었다면 주군께서 저를 어찌 등용할 수 있겠습니까? 그러하기에 명주(明主)는 그 출신의 비천(卑賤)을 문제 삼지 않고, 이전의 죄를 따져 묻지 않으며, 자신을 위한 능력만을 살펴봅니다. 그래서 가히 사직을 지킬만한 자라면 비록 외부의 비방이 있어도 듣지 않으며, 비록 세상의 고명한 명성이 있더라도 조그만 공도 없으면 상(賞)을 베풀지 않는 것입니다. 이러하기에 모든 신하들은 감히 주군에 대하여 공허한 희망을 가질 수 없는 것입니다."

진왕은 "그렇다."고 하면서 요가의 지위를 회복케 하였고 한비(韓非)를 죽여버렸다.

○ 돈약(頓弱)의 유세

진왕³⁹⁵이 돈약(頓弱)³⁹⁶을 만나려 하자, 돈약이 말했다.

隨와 商量하였으나 변수는 대답하지 않았다. 湯이 商朝를 건국한 뒤 卞隨에게 선양하려 하자 더러운 말을 들었다며 물에 몸을 던져 죽었다.

393 務光(무광) — 夏 말기의 은사. 商湯이 禪位하려 하자 廬水(여수)에 몸을 던져 자살한 사람.

394 申屠狄(신도적) — '紂王의 無道를 차마 볼 수 없다' 며 돌을 안고 강에 투신하였다.

395 秦王 — 始皇帝 趙政 — 嬴(영) 姓. 趙氏, 名 政(정). 秦 莊襄王(재위 前 249 – 247)의 子. 唐代 司馬貞은 《史記索隱》에서 《世本》을 근거로 趙政이라 표기. 曹植(조식)은 〈文帝誄〉에서 始皇帝를 영정

"신의 뜻이 있어 왕께 참배하지 못하오니, 왕께서 신에게 무배(無拜)하라면 뵐 수 있으나 불가하다면 알현하지 못하겠습니다."

진왕(秦王)이 허락하였다. 이에 돈약이 말했다.

"천하에 실질은 있으나 이름(名)이 없는 사람이 있고, 그 실질은 없으나 이름이 있는 자가 있으며, 또 명분도 실질도 없는 자가 있는데 왕께서는 알고 계십니까?"

왕은 "모른다."고 대답하였다.

돈약이 말했다.

"유실(有實)하나 무명(無名)한 자는 바로 상인(商人)입니다. 쟁기질을 하거나 김을 매지 않고도 곡식을 쌓아두는 내실(內實)이 있으니, 이는 유실하나 무명한 자입니다. 얻는 것도 없으면서(無實) 이름만 가진 자는 바로 농부입니다. 언 땅이 풀릴 때부터 밭을 갈고, 햇볕을 등지고 김을 매더라도 곡식을 쌓아두는 내실이 없으니, 이는 무실하나 유명(有名)한 자입니다. 무명에 무실(無實)한 사람은 바로 군왕입니다. 만승(萬乘)의 군주이지만 효자라는 명분도 없고, 천리 땅의 봉양을 받지만 효도를 받는다는 이름도 없습니다."

(嬴政)이라 최초로 호칭. 후세에 보통 嬴政(영정)으로 통칭.

396 돈약(頓弱, 생졸년 미상, 頓은 조아릴 돈) ― 戰國 말기 秦國 大夫.《戰國策》외 다른 자료 없음.《史記 秦始皇本紀》및《戰國策 秦策》을 종합할 때, 이 장은 여러 사람의 언행을 附會(부회)한 내용이라는 주석이 있다.

이에 진왕은 발끈하며 화를 내었다.

다시 진왕이 물었다.

"산동(山東)의 여러 나라를 겸병할 수 있겠는가?"

돈약이 말했다.

"한(韓)은 천하의 인후(咽喉, 목구멍)이고, 위(魏)는 천하의 흉복(胸腹, 가슴과 복부)입니다. 왕께서 신(臣)에 만금을 내주어 한(韓)과 위(魏)에 유세하도록 허락하신다면 그들 나라의 사직지신(社稷之臣)을 진(秦)에 입조토록 할 수 있으며, 한(韓)과 위(魏)가 진(秦)을 따라온다면 천하를 한번 도모할 수 있을 것입니다."

이에 진왕이 말했다.

"과인의 나라가 가난하여 만금을 공급하기 어려울 것이요."

돈약이 말했다.

"천하는 여태껏 무사한 적이 없었으니 합종 아니면 연횡(連橫)이었습니다. 연횡이 이뤄지면 진(秦)은 제(帝)가 되고, 합종이 이뤄지면 초(楚)가 왕이 됩니다. 진(秦)이 제위를 누리면 천하의 공양을 받지만, 초(楚)가 왕이 되면 대왕께서는 비록 만금이 있어도 사유(私有)할 수 없을 것입니다."

진왕은 "옳은 말이다."하면서 일만 금을 내주어 (돈약이) 동쪽으로 나아가 한(韓)과 위(魏)에 유세하게 하였는데, 그 장상(將相)을 진(秦)에 입조시켰다. (돈약이) 북쪽으로 연(燕)과 조(趙)에 유세하여 (조趙의 명장) 이목(李牧)[397]을 죽게 하였다. 제왕(齊王)이 진(秦)에 입조하니, 4국(연燕, 조趙, 한韓, 위魏)이 모두 진(秦)에 복종한 것은 돈약의 유세 덕분이었다.

(3) 육국(六國)의 종말

○ 통일 여건의 성숙

동주(東周)시대(춘추전국시대)를 거치면서 주(周)의 봉건제도는 근본적인 변화를 겪을 수 밖에 없었다. 중국은 청동기 시대에 이어 춘추시대를 거치면서 철기의 완전 보급이 실현되었다. 이에 따라 수백 호의 작은 성읍(城邑) 제후국이 수십 만의 민호를 지배하는 넓은 영영의 영토 국가로 발전하면서, 그 과정 자체가 전쟁과 전쟁에 의한 통합과정이었다.

결국 그런 통합이 춘추5패와 전국칠웅의 단계를 거쳐 秦에 의한 통일로 마무리된다. 이러한 중국 최초의 완전한 통일 국가로 발전할 수 있는 조건은 여러 면에서 성숙하였다.

---

397 李牧(이목, ?-前 229年)-牧은 字. 趙國의 名將. (趙) 廉頗(염파), (秦) 白起, (秦) 王翦(왕전)과 함께 戰國 四大名將의 한 사람. 《千字文》에 「起翦頗牧, 用軍最精. 宣威沙漠, 馳譽丹靑.」이라 하였다 秦國의 白起(백기, 前 332-257년). 秦의 王翦(왕전, 생졸년 미상, 翦은 자를 전). 趙國의 廉頗(염파, 前 327-243년) 趙國의 이목(李牧, ?-前 229년). 제한된 글자에 韻을 맞춰 4사람만 열거하였다. 이들 4인의 兵學에 관한 저술은 없다.

첫째, 경제적 측면에서 볼 때, 철기의 완전, 대량 보급에 따른 사회경제적 발전과 통합이 크게 확대되고 가속화되었다. 각 지역의 특화된 지역상품의 원거리 교역은 이제 극히 자연스러운 생활이었고, 이제는 거스릴 수 없는 상황이었다.

예를 들어 북방의 마필(馬匹)이 수천 리 떨어진 지역까지 교류되는 과정에서 제후국에 의한 분할이 아닌 통일국가의 출현은 자연스러운 여건이었다.

둘째, 춘추전국시대를 거치면서 나라와 나라 사이의 인적 교류가 크게 확대되었고, 국가와 민족의 융합이 크게 촉진되었다. 그러면서 만이(蠻夷)의 거주 지역인 초(楚)와 서융(西戎) 여러 종족이 진(秦) 안에서 융합되면서, 중국인의 거주 지역은 크게 확장되었다. 이러한 융합은, 곧 경제문화적 통일의 자연스러운 결과였다.

셋째, 특히 전국시대에 이어진 대규모로 전개되는 장기적 전쟁의 피해는 고스란히 백성들에게 전가되었다. 지친 백성들은 휴전이 아닌 통일과 안정을 희망했다. 이러한 열망은 특히 상공업자들에게 더욱 강했다.

결론적으로 봉건 세력의 할거에 따른 전쟁 종식과 통일은 모든 백성들의 염원이었지만, 전국칠웅중, 위국(魏國), 제(齊), 조(趙), 연(燕), 한(韓), 초(楚) 중 그 어느 나라도 통일을 주도할 만한 여건이 갖춰지지 않았다. 그러나 서쪽의 진(秦)은 다른 6국과 달리 여건이 점차 성숙되었다.

진은 상앙(商鞅)의 변법(變法) 이후, 사회 개혁이 철저히 추진되어 내부적으로 산업의 발전과 함께 강력한 군사력에 정치적 안정을 유지하고 있었다.

진 효공(孝公, 재위 前 361‒338)의 즉위 이후, 혜문왕(惠文王), 소양왕(昭襄王), 효문왕(孝文王), 장양왕(莊襄王)을 거쳐, 前 238년 진왕 정(政)의 친정(親政)에 이르기까지 6대 123년간에 진의 국력은 날로 강대해졌고, 다른 6국과의 계속되는 경쟁에서 진(秦)은 압도적인 우위를 형성하고 있었다.

이상 6대를 거치면서 진(秦)의 영역은 계속 확대되었다.

혜문왕은 위(魏)에 빼앗겼던 하서(河西) 지역을 회복하였고, 이어 위국(魏國)의 상군(上郡)을 점령하였으며, 촉(蜀) 지역을 완전 점유했고, 초(楚)가 오랫동안 보유하고 있던 한중(漢中) 지역을 점령하였다.

소양왕은 진(秦) 통일의 기반을 갖춘 치적을 이루었다. 한(韓), 위(魏)의 영역을 잠식(蠶食)하여, 하동(河東, 지금의 산서성 서쪽), 상당〔上黨, 지금의 산서성 남동부 장치시(長治市) 일대〕, 남양(南陽, 지금의 하남성 서남부 남양시) 땅을 차지하였다. 그리고 초(楚)의 도읍, 언(鄢)과 영(郢)을 차지하고 남군(南郡)을 설치하였다.

그리고 장양왕 때는 명분만 남은 동주(東周) 왕실을 없애고 그 땅(지금의 하남성 낙양시)을 차지하고 삼천군(三川郡)을 설치하였으며, 조(趙)의 강역을 침탈하여 태원군(太原郡)을 차지하였다.

이로써 진(秦)은 당시 중원땅의 3분의 1일 차지하였으며, 전국

재부(財富)의 3분의 2를 차지했다는 통계가 있다. 진왕 정은 재위하면서 선대(先代)의 유산을 고스란히 물려받았기에, 이미 6국을 통일할만한 모든 여건을 갖추었다.

○ 진왕(秦王) 정(政)의 권력 장악

진왕 정(政)은 前 259년에 조국(趙國)의 도읍인 한단(邯鄲, 지금의 하북성 남부 감단시)에서 조(趙)에 인질로 머물던, 이인(異人)과 조희(趙姬, 조나라의 여인이란 뜻. 성이 趙, 이름이 姬가 아님)의 아들로 태어났다. 조희가 출산한 아들이 이인(異人)의 친자(親子)인지, 아니면 여불위(呂不韋)의 아들인지는 누구도 확인할 수 없다.

당대 사마정(司馬貞)은 그의《사기색은(史記索隱)》에서《세본(世本)》의 기록을 인용하여 조정(趙政)이라 기록했고, 조식(曹植, 조조의 아들)은《문제뢰(文帝誄)》에서 진시황의 성과 이름을 영정(嬴政)이라 기록하였는데, 지금은 보통 영정으로 통용된다.

장양왕(莊襄王, 재위 前 249-247)의 재위 기간이 짧았기에 영정은 13세에 진왕(秦王)으로 즉위하였다. 즉위 초기에는 조모인 화양부인이 섭정처럼 정사를 도왔지만 진왕이 성인이 되면서 친정(親政)하였다(前 238).

진왕의 모친인 조희(趙姬)는 정력이 극강하여 태후를 즐겁게 했다는 노애(嫪毐)[398]를 면수(面首, 情夫)로 삼고 문란한 생활을 즐겼

---

398 노애(嫪毐, ?-前 238) - 秦始皇 母親 趙姬의 面首, 환관으로 위장

는데, 노애와 사통하여, 과부이면서도 아들을 둘이나 출산했었다.

　그리고 여불위는 진왕 정(政)의 모친인 태후(太后, 조희)와 통정하며 무소불위의 권력을 행사하였는데, 진왕 정(政)은 노애를 처형하였고, 여불위는 자살하였으며(前 235년, 57세), 조희는 유폐 생활을 하다가 229년에 51세에 죽었다.

　그러면서 진왕은 이사(李斯)와 위료(尉繚) 등을 등용하여 왕권을 강화하였다.

　본래 이사는 楚나라 상채군(上蔡郡)의 소리(小吏)로 문서를 관장하다가 큰 뜻을 세우고, 한비(韓非)와 함께 순자(荀子)의 문하에서 제왕술(帝王術)을 공부하였다. 이사는 전국시대 말기 법가의 대표적 인물로 이론을 실제 정치에 접목 실천하였다.

입궁하였고, 趙姬와 通姦하여 生子한 뒤에 兵變을 일으켜 秦王 政을 살해음모를 꾸몄지만 발각, 처형되었다. 《史記》의 기록에 의하면, 노애는 巨根을 가진 남자로, 여불위가 입궁시켰다. 노애는 음경(陰莖)을 축(軸)으로 오동나무 수레바퀴(桐木車輪)를 걸 수 있었다고 한다. 진왕 정의 모친인 趙姬와 통간하여 두 명의 아들을 출산케 하였고, 관직은 급사중(給事中)이었으며, 자칭 가부(假父, 秦王의 義父)라 하였다.
前 238년에 어떤 자가 秦王 영정(嬴政)에게 노애가 가짜 환관이며, 趙姬와 음란하며 반란을 일으켜 소생의 아들을 즉위시키려 한다고 밀고하자, 노애는 先發制人하여 거짓 병부로 군대를 동원하여 궁궐을 기습하였다. 여불위 등이 왕의 명을 받아 공격하여 노애를 생포했고, 노애는 거열형(車裂刑)에 이삼족(夷三族)하였다.

뒷날 이사는 입진(入秦)하여 진상(秦相)인 문신후(文信侯) 여불위의 사인(舍人)이 되었다가, 나중에 정식 관리로 낭관이 되었다. 점차 승진하면서 진왕 정은 이사의 방책을 채납하였다.

이사는 6국에 사신으로 나가 합종책을 분해하였고, 각국의 군신을 이간시켰다. 이사는 이러한 공로를 인정받아 외국인이지만 객경(客卿)에 임명되었다.

진왕 정 10년(前 237), 한국(韓國) 출신 정국(鄭國, 생졸년 미상, 성은 鄭, 이름은 國)이 수리사업을 크게 일으켰는데,[399] 이는 진(秦)을 피폐시키려는 술책임이 들통나면서 진에서는 외국 출신 관리들에 대한 축출령이 내려졌다. 이사는 방축되어야 할 상황에서 진왕에게 〈간축객서(諫逐客書)〉를 올렸다. 진왕은 이사의 문장과 주장에 감동하여 축객령을 취소하고 이사를 크게 등용하였다.

위료(尉繚, 생졸년 미상, 성씨 미상. 尉는 관직명. 이름은 繚 감길 료)는 본래 위국 대량(大梁) 출신으로 입진(入秦)하여 진국(秦國)의 국위(國尉, 무관직)가 되었고, 진시황의 6국 통일에 크게 공헌했다.

진왕 정은 즉위 10년(前 237)에 위료를 처음 만나고서 자신의 옷과 같은 의복을 하사하고 위료와 함께 식사를 했다. 이후 위료

---

399 정국거(鄭國渠) － 韓國 출신 정국(鄭國, 人名임)이 秦王 政 元年(前 246)부터 秦國에 설치한 길이 300리 정도의 大水路(水利 시설), 今 陝西省 咸陽市 관할 경양현(涇陽縣)에 남아있다. 정국은 關中 지역의 농민들로부터 '水神'으로 추앙받았다.

는 크게 감동받아 충성을 다했지만, 국법을 어긴 자는 잔인하게
처벌하는 철저한 법가의 관리였다. 위료는 각국에 사신으로 해당
나라의 군신을 이간시키면서, 외교와 국방에서 원교근공(遠交近
攻) 방책을 강력하게 추진하였다.

○ 황제(皇帝)의 시작 – 시황제(始皇帝)

이제 진왕 정은 내부의 분열세력을 완전 제거하여 강력한 왕권
을 확실하게 구축하였으며, 이사(李斯)나 위료(尉繚) 같은 유능하
고 지략이 뛰어난 인재를 모아 객경(客卿)에 임명하였다. 그러면
서 왕전(王翦) 같은 능정선전(能征善戰)하는 장수를 중용하여 6국
을 통일하기 위한 책략을 강력하게 추진하였다.

아래는 진국(秦國)의 6국 통일 과정이다.
●前 241년 – 초(楚)는 수춘(壽春)으로 재 천도했으나 진(秦)에
대항할 여력이 없었다.
●前 230년 – 한왕(韓王) 안(安)을 생포. 진(秦)이 한(韓)을 멸망
시켰다. 영천군(潁川郡)을 설치.
●前 228년 – 前 229년, 조국에 대지진 발생. 진(秦)의 장수 왕
전(王翦)이 조국(趙國)의 총신(寵臣)인 곽개(郭開)를 매수하였고, 유
언비어를 퍼트려 조왕이 이목(李牧)을 처형케 한 뒤에, 왕전이 수
도 한단을 함락시켰고, 조국(趙國)은 멸망했다.
●前 225년 – 위(魏) 도읍 대량(大梁)에 수공(水攻)으로 공격하자

위국왕(魏國王) 가(假)는 투항, 멸망했다.

● 前 223년 - 진왕 정은 젊은 장군 이신(李信)에게 초국(楚國)을 없애는데 군사가 얼마나 필요한가 물었다. 이신은 20만 명이면 족하다고 대답했다. 진왕이 왕전에게 묻자, 왕전은 60만이 아니면 불가하다고 대답했다. 진왕은 왕전이 늙어 담력이 약해졌다고 생각하며 이신(李信)에게 20만 명을 내주었다. 왕전은 자신이 이제 왕의 신임을 받지 못한다 생각하여 병을 핑계하며 고향으로 돌아가려 했다. 이신은 몽무(蒙武)와 함께 출정하여 초를 공격했지만, 초장 항연(項燕)[400]에게 대패한 뒤, 회군했다.

진왕은 도성을 떠나는 왕전을 따라가 사과하며, "장군이 아니면 초(楚)를 없앨 수 없다."며 출정을 요청하며 60만 대군을 내주었다.

왕전은 60만 대군을 거느리고 출정하여, 초의 도성 수춘(壽春)을 함락시키고 초왕 부추(負芻)를 포로로 잡았다. 이어 왕전은 222년 월(越)왕의 항복을 받고 그 땅에 회계군(會稽郡)을 설치하였다.

이후 초인(楚人)의 진(秦)에 대한 원한은 '초수삼호(楚雖三戶), 망진필초(亡秦必楚)'라며 설한(雪恨)의 의지를 강조했다. 前 209년

---

400 항연(項燕, ?-前 223) - 楚國 下相(今 江蘇省 서북부 宿遷市) 출신. 戰國 말기 楚國 대장군. 항량(項梁)의 父, 서초패왕(西楚覇王) 항우(項羽)의 祖父. 秦의 멸초(滅楚) 전쟁 중에 秦 장수 이신(李信)에게 대승했다. 그러나 곧 秦 장수 왕전(王翦)에게 격파당하며 자살했다.

에 항연의 손자인 항우(項羽)가 진(秦)을 멸망케 하였다.

●前 222년 – 왕전이 조국(趙國)을 멸망시킨 뒤(前 228) 연국(燕國)을 침공했다. 이에 연왕은 태자 단(旦)을 잡아보내 사죄하고, 요동으로 도피했었다.

●前 221년 – 진왕 정은 왕분을 보내 멸제(滅齊)하고, 중원 통일을 완성하였다.

○ 진시황의 통일정책(統一政策)

진왕 정은 13세에 왕으로 즉위하여 39세에 6국을 멸망시켜 중원 통일을 완성하며, 이사(李斯) 등이 올린 황제(皇帝)를 받아들여 자신은 황제의 시작이라 하여 「시황제(始皇帝)」를 자칭하였다.

시황제는 통일천하(統一天下)한 뒤에, 일족을 분봉(分封)하는 봉건제(封建制)를 버리고, 상앙변법(商鞅變法)에서 시도한 적이 있었던 군현제(郡縣制)를 전국적으로 시행하며 중앙집권을 강화하였다. 아울러 도량형(度量衡)의 통일, 수레 궤도의 통일, 문자 통일 등 강력한 통일정책으로 중국 정치사에서 2100여 년을 지속한 새로운 정치제도의 틀을 마련, 시행하였다.

그러나 재위 기간 중에 흉노 침략 예방을 위한 만리장성(萬里長城)의 축조, 아방궁(阿房宮) 신축, 여산(驪山)에 자신의 능묘 건축 등 대규모의 토목 공사를 너무 조급하게 추진하여 백성을 완전히 도탄(塗炭)에 빠트렸다.

○ 진시황 – 불로장생(不老長生) 추구

진시황은 통일 천하 이후에 10년 동안에 6차례에 걸쳐 전국의 약 3분의 1 정도에 걸쳐 대규모의 순유(巡遊)를 통하여 자신의 위세를 만방에 과시하면서 육국의 잔존세력을 꺾으려 했다. 진산(泰山)에 올라 봉선(封禪)하였으며 지금의 산동반도의 끝 성산(成山)에 올라 태양신(日主)을 제사하였다. 그 증거로 이사(李斯)의 명필 석각인 〈역산석각(嶧山刻石)〉을 남겼다. 물론 이런 순유 과정에서 진시황의 암살 시도가 있었으니, 진시황 29년(前 218) 3차 순유 때, 장량(張良)이 주도한 박랑사〔博浪沙, 지금의 하남성 북부 신향시(新鄕市) 부근〕의 저격사건도 있었다.

시황제는 자신의 불로장생이 가능하다고 믿었다. 시황제의 이런 황당한 욕구를 잘 알고 있는 방사(方士)들은 동해 삼신산(三神山)[401]을 찾아 선인이 복용하는 불사약을 구할 수 있다고 진시황을 유혹하였다. 그 대표적인 사람이 제인(齊人) 서불〔徐巿 / 서복(徐福)〕[402]이었다.

———
401 삼신산(三神山) – 신선이 거주한다는 동해의 봉래산(蓬萊山), 방장산(方丈山), 영주산(瀛洲山)을 지칭한다. 물론 이는 가공의 섬이며 지명이다.

402 서불(徐巿) – 서시(徐市)로 보통 잘못 읽는다. 巿(슬갑 불, 무릎 덮개)은 수건 건(巾)부의 1획이다(총 4획). 저자 시(市)는 수건 건(巾)部의 2획(亠)이라서 총 5획으로 써야 한다. 활자로 인쇄하면 市

그는 동남동녀 3천 명을 데리고 입해(入海)하여 어디로 갔는지 그 행방을 알 수가 없다.

결국 속임수에 걸려든 진시황은 그간 방사(方士)들이 바친 연단(鍊丹)에 들어있는 수은 중독으로 나이 50세인 재위 37년(前210) 평원진(平原津)에서 병을 얻어, 이궁의 하나인 사구(沙丘)[403]의 평대(平臺)에서 죽었다.

죽은 날짜에 대하여《사기》제6〈진시황본기(秦始皇本紀)〉에는 「(37년) 7월 병인(丙寅), 시황붕어사구평대(始皇崩於沙丘平臺)」라고 기록했다.

(4) 진나라 멸망(秦朝滅亡)

○ 사구지변(沙丘之變)

시황제의 갑작스런 죽음은 승상 이사(丞相 李斯)에게도 충격이었다. 우선 자신의 목숨을 걱정하면서, 일단 황제의 죽음을 숨기고 발상(發喪)하지 않았다. 시신이 든 관을 시원한 수레 안에 보관하면서, 대신들의 상주는 이전처럼 진행하였다.

(불)과 市(시) 글자가 구분이 안 된다. 徐市(서시)로 읽으면 분명한 오독(誤讀)이다.

403 沙丘宮 – 今 河北省 남부 邢臺市(형대시) 관할 廣宗縣. 이곳에 길이 150m, 폭 70 정도의 모래 언덕이 있고, 여러 왕조의 이궁(離宮)이 있었다.

그래도 다만 막내아들 호해(胡亥)와 조고(趙高, 前 258 – 207) 및 5, 6명의 환관이 알고 있었다. 승상 이사는 사구(沙丘)에서 호해를 태자로 삼고, 公子 부소(扶蘇)와 몽염(蒙恬)을 사사(賜死)하라는 황제의 유조(遺詔)를 받았다고 거짓말을 하였다.

이를 역사에서는 사구지변(沙丘之變)이라 한다. 그러면서 함양으로 직행 도착한 다음에 발상하였다. 호해가 즉위하니, 이가 2세 황제이다. 그해 9월에 여산릉에 진시황을 장례했다.

○ 진말(秦末) 농민 반란

진(秦) 2세 황제가 즉위한 다음 해(2세 원년, 前 209년, 7월), 농민인 진승〔陳勝, 陳涉(진섭)〕과 오광(吳廣)[404]은 노역에 종사할 인부를 인솔하고 가다가 대택향(大澤鄉)에 이르러 장맛비로 기일 안에 갈 수가 없었다. 여기서 그들은 진에 반기를 들었다. 이들 세력은

---

404 陳勝(진승, ?– 前 208)–《史記》에서는 陳勝의 사적을 〈陳涉世家(진섭세가)〉로 기록했다. 《漢書》에서는 31권 〈陳勝項籍傳(진승학적전)〉에 입전되었다(七十 傳의 맨 처음). 陳勝(진승)의 字는 섭(涉)으로 陽城 사람이다. 吳廣(오광)의 字는 叔으로 陽夏 사람이었다. 진승이 젊었을 적에 다른 사람과 함께 품팔이 농사일을 하다가 두둑에 앉아 쉬면서 크게 한숨을 쉬며 말했다. "만약 부귀해지더라도 서로 잊지는 말자!(苟富貴, 無相忘!)" 일꾼들이 웃으며 말했다. "너는 품팔이나 하면서 어떻게 부귀를 누리겠는가?" 진승이 크게 탄식하며 말했다. "아! 제비나 참새가 어찌 큰 기러기나 고니의 뜻을 알겠는가!(嗟乎, 燕雀安知鴻鵠之志哉!)" 이는 참으로 절실한 말이었다.

급속히 커졌고, 전국에서 호응하여 천하 대란이 시작되었다.

비록 진승과 오광이 관중(關中) 공격은 실패하였지만 이런 기회를 틈타 멸망한 6국이 복국(復國)되며 秦에 항거하였다.

진승은 자립하여 장군이, 오광은 도위가 되어 대택향을 공격하여 차지하고 병사를 모아 기현(蘄縣)을 공격하여 점령하였다. 이어 진승은 자립하여 왕이 되어 장초(張楚)라 하였다.

진승(陳勝)이 왕을 한 것은 모두 6개월이었다. 진승은 주방(朱防)이란 사람을 중정(中正)으로, 호무(胡武)를 사과(司過)로 임명하여, 신하에 대한 사찰을 맡겼다. 여러 장수들이 지방을 평정하면 이들(주방과 호무)이 가서 명령에 따르지 않는 자를 잡아 처벌하였고 가혹한 사찰을 (진왕陳王에 대한) 충성이라 생각하였다. 혹 나쁜 사람이라 생각되면 담당 관리에게 넘기지 않고 그대로 처리했는데, 진승이 그들을 신임했기에 여러 장수들은 진승 편이 되지 않았다. 이점이 바로 실패한 이유였다.

진승은 비록 죽었지만 그가 내세운 왕후장상들이 결국 秦나라를 멸망시켰다. 한 고조 때에 진승을 위해 탕산(碭山)의 무덤을 지키는 사람을 두었고, 이후로 제사를 지내왔다.

ㅇ 진조(秦朝) 멸망

前 207년. 진시황 죽은 지 3년에, 초장(楚將) 항연(項燕)의 손자인 항우(項羽, 項籍)는 거록(巨鹿)의 싸움에서 진(秦)의 장군 장한(章邯)이 거느린 진군(秦軍)의 주력을 격파하였다.

前 207년 9월, 조고(趙高)는 2세 재위 중에 지록위마(指鹿爲馬)로 자신 편이 아닌 신하를 골라 제거한 뒤에, 진(秦) 2세를 핍박하여 자살케 하였다〔望夷宮之變(망이궁지변)〕. 이어 자신이 제위에 오르려 했으나 대신들이 반대하였다.

조고는 결국 자영〔子嬰, 진시황의 장자 부소(扶蘇)의 아들〕을 진왕으로 즉위시켰다. 즉위 당일에 자영은 조고를 죽여버렸다.

前 207년 10월, 진왕 자영은 패상(灞上)에서 초장(楚將) 유방(劉邦, 뒷날 한 고조)에 투항하면서 진조(秦朝)는 멸망하였다. 이후 항우와 유방 간 천하 쟁탈의 초한전쟁(楚漢戰爭)이 202년까지 5년간 계속되었고, 유방이 최후 승자가 되어 한(漢) 제국을 건국하였다.

○ 통일제국 진 멸망의 원인(〈과진론(過秦論)〉)

아래는 가의(賈誼, 前 200 – 168)가 지은 명문장인 〈과진론(過秦論)〉의 후반부이다. 반고는 《한서 진섭항적열전(漢書 陳涉項籍列傳)》의 말미에 가의의 이 문장을 인용하여 진(秦)의 6국 통일과 통일후 신속한 멸망의 원인을 언급하였다. 이는 결국 전국시대 종결에 대한 결말이라 할 수 있어 여기에 인용하였다.

「진(秦)의 효공(孝公)은 효산(殽山)과 함곡관(函谷關)의 험고한 지형에 의거하며 옹주(雍州)의 땅을 차지하고, 군신이 나라를 지키며 주실(周室)을 엿보면서 천하를 석권하고 온 땅을 차지하며 사해를 통일하고 중국 바깥까지 병탄할 마음을 갖고 있었다. 이

때에 상앙(商鞅)은 효공을 보좌하면서 안으로는 법도를 세우고 농경과 방직을 장려하고 전쟁 준비를 하였으며, 밖으로는 연횡책을 펴면서 제후국이 서로 싸우게 하여 진(秦)은 힘들이지 않고 황하의 서쪽 지역을 차지하였다.」

「효공이 죽고 혜문왕(惠文王), 무왕(武王), 소양왕(昭襄王)은 옛 유업의 혜택과 옛 방책을 이어받아 남으로는 한중(漢中)을 취하고, 서쪽으로는 파(巴)와 촉(蜀)을 합쳤고, 동쪽으로는 기름진 지역을 차지하고 중요한 군현을 거둬들였다. 제후들은 두려워서 회맹하고 진(秦)을 약화시키려는 계획으로 나라의 진기중보(珍器重寶)와 비옥한 땅을 아끼지 않고 천하의 명사를 초치하였다. 그리하여 합종 약속이 체결되고 서로 협력하여 하나가 되었다. 이 무렵에 제(齊)에는 맹상군(孟嘗君), 조(趙)에는 평원군(平原君), 초(楚)에는 춘신군(春申君), 위(魏)에는 신릉군(信陵君)이 활약했다. 이 4공자(公子)는 모두 명철한 지혜와 충의를 바탕으로 애인(愛人)하며 존현(尊賢)하고, 중사(重士)하니 합종을 약정하고 연횡책을 버렸기에 한(韓), 위(魏), 연(燕), 조(趙), 송(宋), 위(衛), 중산국(中山國)의 민중을 통합할 수 있었다. 이때 육국지사(六國之士)로는 영월(甯越), 서상(徐尙), 소진(蘇秦), 두혁(杜赫) 같은 사람들이 계책을 논했으며, 제명(齊明), 주최(周最), 진진(陳軫), 소활(召滑), 누원(樓緩), 적경(翟景), 소려(蘇厲), 악의(樂毅) 같은 사람들이 소통을 꾀했었다. 오기(吳起)와 손빈(孫臏), 대타(帶他), 예량(兒良), 왕료(王廖), 전기(田忌), 염파(廉頗), 조사(趙奢) 같은 부류들이 군사를 거느렸다. 합종세력은 언제나 진(秦)보다 10배의 국토와 100만 대군으로 함곡관을 바라보며 진을 공격하였는데 진인(秦人)이 관문을 열고 적을 맞이하자, 9국의 군사들은 머뭇거리며 진격하지 못했다. 결국 진은 화살과 살촉 하나 잃지 않았고 나머지 나라들은 곤경에 처하게 되었다.

이에 합종은 해체되고 약속은 깨지게 되었는데 6국은 앞 다투어 자신의 땅을 잘라 진에 뇌물로 바치었다. 진은 여력이 생겼고 여러 폐단을 바로 잡으며 여러 나라를 멸망시키거나 패퇴시키니 시신(屍身)이 백만이고 유혈(流血)에 방패가 떠내려갈 정도였으며, 유리한 형세를 이용하여 천하를 나누고 산하를 분할하니, 강국은 복속을 간청하고 약소국은 조공을 바치게 되었다. 효문왕(孝文王)과 장양왕(莊襄王)에 이르러서는 나라를 통치한 기간이 짧아 나라에 별일이 없었다.」

「시황(始皇)에 이르러서는 6세의 유업을 바탕으로 긴 채찍을 휘두르며 천하를 마음대로 몰고 갔으니, 서주(西周, 제후국)와 동주(東周)를 병합하고 다른 주(周)의 제후국을 없앴으며, 지존(至尊, 황제)의 자리에 올랐고 6합(六合)을 제압하였으며, 몽둥이를 들고 채찍으로 천하를 매질하니 그 위세가 사해(四海)에 떨쳤다. 남쪽으로 백월(百越)의 땅을 취해 계림군(桂林郡)과 상군(象郡)을 설치하니 백월의 군장(君長)들은 머리를 숙이고 목에 줄을 매어 옥리에게 자신의 목숨을 맡겼었다. 그리고 몽염(蒙恬)을 시켜 북에 장성(長城)을 쌓고 국경을 지키면서 흉노들을 7백여 리 물리치니 호인(胡人)이 감히 남하하여 말을 기르지 못했고, 6국의 지사(志士)도 감히 활을 당겨 원수를 갚을 생각을 할 수 없었다. 이에 시황제는 선왕지도(先王之道)를 버리고 백가(百家)의 서적을 태우고 백성들을 어리석게 만들었다. 6국의 이름이 난 성곽을 허물고 호걸이나 준재를 죽이고 천하의 무기들을 함양(咸陽)에 모아 칼과 화살촉을 녹여 금인(金人) 12개를 주조하여 천하 백성의 의지를 꺾어버렸다. 그런 연후에 화산(華山)에 의지하여 성을 쌓고 황하를 성지(城池)로 대체하니 높이를 알 수 없는 성과 깊이를 헤아릴 수 없는 성지(城池)에 의거하니 공고한 성이 되었다. 뛰어난 장수와 강한 쇠뇌로 요해처(要害處)를 방어하고, 믿을만한 신하와 정예 병졸에 우수한 무기가 널렸으니 누가 무엇을 할 수 있겠는가? 이제 천하가 안정되자 시황제의 마음속으로 험하고도 튼튼한 관중(關中) 땅은 금성천리(金城千里)이고 자손의 제왕(帝王)이 만세에 번영할 토대라고 스스로 생각하였다.」

「그리고 시황이 죽은 뒤에도 여세는 풍속이 다른 곳까지 떨쳤었다. 그러나 진섭(陳涉, 진승)은 아주 가난한 사람이고, 농사일을 하는 고용인이었으며 노역에 동원된 무리에 속했는데, 그 재능은 보통 사람에도 미치지 못했고 중니(仲尼)나 묵적(墨翟) 같은 지혜도 없었으며, 도주공(陶朱公)이나 의돈(猗頓)처럼 부자도 아니었다. 군대에 발을 들여놓았다가 논밭 사이에서 요역이나 면해보려고 일어나서 지치고 산만한 병졸을 거느렸으며 수백 명의 장수였지만 방향을 바꿔 진(秦)을 공격하였다.

진섭은 나무를 깎아 무기를 만들고 장대로 깃발을 세우니, 천하가 구름처럼 모이고 호응하였으며, 양식을 싸들고 그림자처럼 따르니 산동(山東, 6국)의 호걸들이 마침내 봉기하여 진(秦)의 일족을 멸망시켰다.」

「그리고 秦의 천하는 작지도 약하지도 않았으며 옹주(雍州)의 땅과 효산, 함곡관의 튼튼하기는〔殽函之固(효함지고)〕 전과 같았다. 진섭(陳涉)의 지위는 제(齊), 초(楚), 연(燕), 조(趙), 한(韓), 위(魏), 송(宋), 위(衛), 중산(中山)의 군주와 상대가 되지 않았고 진섭의 삽자루나 곰방메, 대추나무로 만든 창은 갈고리 창과 긴 양날창의 적수가 될 수 없었으며, 죄수로 끌려가는 무리들은 9국의 군사에 당할 수가 없었으며, 진섭의 심모원려(深謀遠慮)와 행군용병(行軍用兵)의 운영은 옛날의 모사(謀士)에도 미칠 수 없었다. 그러나 성패(成敗)와 이변(異變), 공업(功業)이 서로 틀린 것은 무엇 때문인가?

산동(山東) 6국과 진섭의 길고 짧음을 재어보고 그 권세와 전력을 비교한다면, 결코 같은 나이라고 말할 수가 없다(마치 어른과 아이의 차이와 같다는 뜻). 그렇지만 진(秦)도 작은 땅에서 만승(萬乘)의 권력을 이룩하였고 8주(州)의 제후국을 한 줄로 세워 조공하게 한 것이 백여 년에 마침내 온 천하를 하나의 집안이 되었고, 효산과 함곡관을 자기들의 궁으로 만들었다. 한 사람 필부(匹夫)가 난을 일으키니 天子의 종묘가 무너졌고, 황제의 몸이 남의 손에 죽으며 천하의 웃음거리가 된 것은 무엇 때문이겠는가? 인의(仁義)를 베풀지 않았고 공격과 수성(守成)의 형세가 같지 않았기 때문일 것이다.」

12. 전국시대의 경제

(1) 수리(水利)와 농업기술 진보

전국시대에 농민들의 생산의욕이 높아지면서 각종 수리 사업도 활발하게 전개되었다. 전국시대에 각 제후국에서는 나라 관직에 토목공사를 주관하는 사공(司空)을 설치하여 적극적으로 수리 사업을 전개하였다.

○ 서문표의 장수십이거(漳水十二渠)

수리 사업을 잘한 사례로, 위(魏) 업현〔鄴縣, 지금의 하북성 남부 한단시(邯鄲市) 관할 임장현〕의 현령인 서문표(西門豹, 생졸년 미상)를 꼽아야 한다. 서문표가 업현 현령으로 부임해 보니 고을 전체가 황폐하였는데, 그 원인은 업현에 흐르는 장수(漳水)의 수신(水神) 하백(河伯)에게 해마다 미녀를 바치는 하백취부(河伯娶婦)의 악습 때문이었다. 진상을 파악한 서문표는 그간 악습을 주관하였던 무당과 일당을 하백에게 바쳐야 한다며 잡아 죽였다.

그리고서는 12개의 인공 수로〔水路, 거도(渠道)〕를 뚫어 관개하여 그곳 염분이 많은 토지를 전부 비옥한 농경지로 바꾸었다. 이후 그 수로는 서문표거(西門豹渠)로 이름이 남았다. 서문표의 이러한 선정은 《한비자(韓非子)》, 《사기 골계열전(史記 滑稽列傳)》, 《논형(論衡)》, 《전국책(戰國策)》, 《회남자(淮南子)》, 《설원(說苑)》 등에 기록되었다.

위국(魏國)에서는 황하와 지금의 하남성 중부 정주시(鄭州市) 관할 중모현(中牟縣)까지 운하를 뚫어 황하의 물을 농경지에 관개하였다.

남방의 오국(吳國)에서도 지금의 강소성 양주시 동남의 한(邗)에 축성하면서 회수(淮水)와 장강을 연결하는 운하를 뚫어 한구(邗溝)라 하였는데, 이는 뒷날 수대(隋代) 대운하의 한 부분으로 활용되었다.

○ 도강언(都江堰)

도강언(都江堰, 堰은 방죽 언, 저수지 둑)은 전국시대 말기 秦 소양왕(昭襄王, 재위 前 306 – 251) 때 만들어져 지금까지 2300년의 역사를 가지고 활용된 수리(水利) 시설이다.

위치는 지금의 사천성(四川省) 중부 성도시〔成都市, 사천성의 성회(省會)〕 서북쪽의 도강언시(都江堰市) 민강(岷江)에 있는 수리 시설이다.

전하는 바에 의하면, 전국시대 진국(秦國) 촉군(蜀郡)의 군수(郡守)인 이빙(李冰)과 그의 아들이 소양왕 재위 말년 경인 前 256년부터 251까지 처음 건설하였다. 그러면서 여러 시대를 거쳐 계속 유지 보완하며 이어져 내려왔다. 이 도강언 부근은 역대 촉 땅의 중심으로 많은 고적이 있는데, 이왕묘(二王廟), 복룡관(伏龍觀), 안란교(安瀾橋), 옥루관(玉壘關), 서봉와(鳳棲窩), 투서대(鬪犀臺) 등이 있다.

도강언은 크게 두 부분으로 구분할 수 있는데, 제방의 머리 부분에 해당하는 언수(堰首) 부분은 어취(魚嘴, 민강의 주류를 양쪽으로 분할하는 역할)을 하고 비사언(飛沙堰)은 넘쳐나는 강물의 수위를 조절하고, 보병구(寶瓶口)는 수리관개용 강물을 끌어들이는 역할을 한다.

그리고 관개수로 부분은 관개용수의 공급과 수운(水運)을 담당한다.

이 도강언의 수리 시설로 성도평원(成都平原)은 중국의 '천부지국(天府之國)'이 되었다. 이 도강언 시설은 2000년에 세계문화유산으로 지정되었다.

○ 이빙(李冰)

이빙(李冰, 생졸년 미상)은 촉군 군수로 재직하며 민강의 범람을 예방하기 위한 조치로 도강언 공사를 시작하였다.

이빙은 소양왕의 명을 받아 前 256년에서 251년까지 촉군〔蜀郡, 지금의 성도시(成都市)〕의 군수였다. 이빙은 도강언의 공사를 주관하여 성도평원(成都平原)을 천부지국(天府之國)으로 변화시키는 기초를 확실하게 마련하였다. 이빙의 도강언에 관한 기록은, 사마천의《사기 하거서(史記 河渠書)》에 기록되었다.

1974년에는 외강(外江) 지역에서 후한 시대의 석상(石像)이 발굴되었는데 그 명문(銘文)에「이부군휘빙(李府君諱冰)」이라 새겨졌는데, 이것으로 도강언의 대공사는 이빙에 의하여 완공되었음이 증명되었다.

228년 촉한의 승상인 제갈량은 군정(軍丁) 1,200명을 동원하여 도강언을 보완하였으며, 관리를 전담하는 언관(堰官)을 설치하였다.

(2) 농업과 수공업의 발달

○ 철제 농기구 보급

전국시대는 중국에서 철기가 완전히 보급된 시대였다. 하남성 북부 신향시(新鄕市) 관할의 휘현시(輝縣市)에서 1935－1937년 사이에 발굴된 휘현 유리각(輝縣琉璃閣)의 전국시대의 분묘(甲乙墓)에서 1,000여 건이 유물이 출토되었는데, 그중에 철제 유물 160건 중 58건이 모두 쟁기의 보습, 삽, 호미, 낫, 도끼 등 철제 농기구였다. 그리고 보습이나 호미 등 날이 매우 날카로웠는데, 그만큼 제련기술이 뛰어났었다는 반증이었다.

또《맹자 등문공(滕文公) 上》편에서는 맹자(孟子, 前 372 − 289)가 농가(農家)에 속하는 허행(許行, 맹자와 동시대 인물, 저서는 전하지 않음)의 제자 진상(陳相)에게 "허행도 쇠솥에 불을 때어 익혀먹고, 쇠 농기구로 농사를 짓는가?"라고 묻는 구절이 있다.

이를 본다면, 전국시대에 철제 생활도구나 농기구가 완전 보급되었음을 알 수 있다.

철제 농기구의 보급과 사용은 농업기술에 획기적 발전을 가져왔다. 우선 김매기가 수월하였고, 작업능률 향상으로 1인의 경작면적이 늘어나고, 우경(牛耕)에 의거, 땅을 깊이 갈아 작물의 뿌리가 깊게 뻗어 농작물 수확의 증대를 가져왔다.

우경(牛耕)에 의한 심경(深耕)은 인력의 대체와 절약으로 보다 많은 농민을 군사로 차출도 가능하게 만들었다.

○ 토질에 따른 세분(細分)과 시비법 개선

단위 면적당 많은 농작물을 재배할 경우 아무리 토질이 좋아도 시비(施肥)하지 않는다면 좋은 수확을 기대할 수 없다. 토지를 비옥 정도에 따라 등급을 세분화하여 나중에 조세 부과에 참고하였으며 인분(人糞)이나 가축 분뇨(糞尿)를 거름으로 이용하였다. 이렇게 먼저 분뇨를 뿌리고 작물을 경작하는 농사를 분종(糞種)이라 하였다.

제초(除草)한 다음에 곡식을 심고, 분뇨를 뿌려 경지를 비옥하게 하는 농법을 지금은 당연한 것이라 생각하지만, 전국시대 그런 농사는 가히 혁신적인 발전이었다.

지금 우리나라 벼농사에서 모내기〔이앙(移秧)〕는 당연하지만, 지금의 모내기는 조선시대 중기에야 비로서 전국에 보급되었다. 밭농사에서 고랑과 이랑의 구분 역시 지금은 당연하지만, 그런 혁신적 아이디어를 찾아내고 실천, 보급하는 일은 결코 쉽지 않았다.

이처럼 농업기술의 진보는 더디고 어려운 과정이었다. 그러나 전국시대에 중국의 농업기술은 가히 혁신적인 진보가 이뤄졌고, 그 시작은 철제 농기구의 보급이었다.

○ 수공업의 발달

찾아낸 철광(鐵鑛)을 제련하는 야철(冶鐵) 과정을 거쳐 쇳덩어리(철괴鐵塊)를 얻고, 그 철괴를 용광로에 녹여 순도를 높이고(연철鍊鐵), 필요한 도구나 무기를 제조(주철鑄鐵)하는 과정을 거쳐야 철제 농기구나 무기를 생산할 수 있다.

전국시대에 철기의 보급에 따라 철광이나 동광을 찾아낼 수 있는 여러 가지 지식이 보급되었다.

예를 들어, '위에 자석(磁石)이 있으면 그 아래에 구리가 있고
(上有慈石下有銅), 붉은 흙이 있으면 그 아래에 철이 있다(上有赭
石下有鐵).'는 등 실용적인 지식이 널리 알려졌었다. 특히 지금
의 하남성 일대에서 철의 생산이 많았는데, 그 지역은 대개 한(韓)
과 초(楚)나라의 영역이었다. 특히 한(韓)은 좁은 영토에 인구도
많지 않았지만, 우수한 무기가 많이 제조되어 다른 나라에서 감
히 경시할 수 없는 나라였다.

철기가 완전히 보급되었지만, 그래도 청동기는 여전히 제조되
고, 그 기술 또한 크게 발전하였다. 청동기는 각종 예기(禮器), 악
기(樂器), 귀족들의 생활용구로 여전히 중요하게 사용되었다.
전국시대 청동 생활용구로는 솥(釜), 시루(증甑), 거울(鏡) 대
구〔대구(帶鉤), 허리띠 바클)〕 등이 제조되었으며 청동으로 각종 전
폐(錢幣)도 제조되었다.

○ 장인(匠人)의 신(神) - 노반조사(魯班祖師)

세계 여러 민족들의 신화에는 대개 뛰어난 장인(匠人) 또는 건
축 기술자에 대한 전설이 있다고 한다. 이는 모든 민족에게 각종
수공업의 중요성을 강조하며, 그런 기능에 대한 칭송의 뜻이 담
겨져 있다고 볼 수 있다.

중국 고대의 장인신(匠人神)으로 가장 잘 알려졌고, 또 많은 영

향력을 행사하는 신은 노반(魯班)이다. 중국인들의 노반에 대한 숭배는 그 역사도 오래거니와 숭배열이 조금도 식지 않고 계속되고 있다고 한다. 노반은 역사상 유명한 기술자였는데 신(神)이 되어 목공이나 기와공, 그리고 석공들로부터 '조사 어른〔祖師爺, (조사야)〕'으로 숭배받고 있다.

노반은 춘추시대 말기 노(魯)나라의 유명한 공장(工匠)이었다. 그는 노 정공(定公) 3년(前 507) 또는 노 애공(哀公) 원년(前 494) 경에 태어나 약 6~70년을 살았다고 한다. 이 기록대로라면 공자보다 약 4~50년 늦게 태어난 셈이다.

노반은 공수반(公輸般) 또는 공수자(公輸子)라고도 부르는데, 그가 노나라 사람이기에 노반(魯班)이라 불렀다고 한다.

《맹자 이루장구(孟子 離婁章句)》에 '공수자의 재주(公輸子之 巧)'란 말이 있는데, 그 주(註)에 "공수자는 노반으로 노나라의 솜씨 있는 사람이다."라고 하였다.

그러나 《염철론(鹽鐵論)》[405] 「빈부(貧富)」편에 보면, 노반은 '가난한 목공'으로 기록되었다. 즉 그는 좋은 재목만 있으면 멋진 궁실과 누대나 전각을 잘 지었지만, 자신의 집은 그야말로 조그만 부엌 같았다고 하니 대단한 기술자였지만 가난을 면치 못했던 것 같다.

────
405 《염철론(鹽鐵論)》─前漢 昭帝 때 당시 소금과 철의 전매제도에 대한 의론을 모은 책.

노반이 활동한 시기는 춘추시대 말기로 주나라의 봉건제도가 크게 붕괴되어가는 시기였다. 이 시기에는 철기의 광범위한 보급으로 농업분야의 생산력이나 수공업이 크게 발전하던 시기였다. 가령 목공 분야에서도 수레바퀴, 교자(轎子, 가마), 가구, 수레, 관곽의 제조 등 여러 분야로 전문화되었다고 한다.

전국시대에 들어와서 목공은 가옥 건축이나 전차와 수레, 그리고 선박 건조 등 교통 분야에서 많은 기술 향상을 이룩하였다.

당시 수공업자들은 비교적 활동의 자유가 있었으며, 노반은 초나라에 가서 성을 공격할 때 사용하는 높은 사다리차 - 운제(雲梯)를 만들었다고 한다.

묵자(墨子)는 노반이 초나라에서 운제와 상대방의 배를 찍어 끌어당기는 구강(鉤強) 같은 무기를 만들었다고 하였다. 그러나 노반은 무기 종류보다는 일상생활에 필요한 여러 기구, 가령 삽과 보습 같은 농기구나 톱(거鋸), 대패, 곡척(曲尺, 직각자), 먹줄통 같은 공작기구 등을 만들었다고 한다.

여하튼 노반의 '놀랄 만한 기교' 에 대해서는 다음과 같은 여러 가지 기록이 있다.

○ 공수자(노반)의 기교가 있더라도 규구(規矩; 직각자와 콤파스)를 쓰지 않고서는 사각형과 원을 그릴 수 없다.《맹자 이루장구(孟子 離婁章句)》

○ 공수자가 대나무와 나무를 막아 까치를 만들어 날렸는데, 3

일간 땅에 내려오지 않았다.《묵자 노문(墨子 魯問)》

○ 노반과 묵자가 나무로 솔개(매)를 만들어 날렸는데, 3일간 내려앉지 않았다.《회남자 제속훈(淮南子 齊俗訓)》

○ 세상 사람들이 노반은 그 재주 때문에 어머니를 잃어버렸다고 한다. 즉 노반은 그 어머니를 위해서 나무로 수레와 말과 마부를 만들었다. 모든 기관(機關)이 다 준비된 후 어머니를 수레에 태워 움직이게 했더니 너무 빨리 어디론가 가버리고 돌아오지 않았다. 이에 그는 어머니를 잃어버렸다.《논형 유증(論衡 儒增)》

만약 이 기록대로라면 대단한 기술이 아닐 수 없다. 어찌 보면 대나무와 나무로 행글라이더를 만든 셈인데 전혀 불가능한 일이라고 볼 수는 없다. 다만 3일을 계속 날았다는 것은 좀 심한 과장이라 생각된다.

그리고 목제 수레와 마부는 일종의 로봇인데, 그것이 전혀 불가능하다고 볼 수는 없다.《삼국지》에도 제갈공명이 목제 우마(牛馬)로 군량을 날랐다고 쓰여 있지 않은가? 그러나 너무 빨리 움직여서 자기 모친의 행방을 잃어버렸다는 것은 그 당시 도로나 하천 등을 생각할 때, 좀 과장된 서술이고 동시에 훈계하는 뜻이 있는 것 같다. 다시 말해, 재주 많다고 너무 오만하지 말라는 교훈을 담고 있다고 생각된다.

하여튼 이런 기록을 볼 때, 노반은 교공(巧工) 또는 교장(巧匠)으로 노반의 기술은 당시 사람들의 사고(思考) 범주를 뛰어넘는 것이었다. 때문에 사실의 전달이나 전파 과정에서 과장이 심해 그 본래의 진실을 잃어버린 것이라 생각된다.

그러다 보니 세월이 지나면서 노반에 대한 전설은 점차 신비하게 각색되었고 드디어 노반은 신의 반열에 올라섰던 것이다.

(3) 상업 발달과 도시의 번영

○ 상업 발달

춘추시대의 상업은 귀족 생활의 필요에 의거 점차 발달하였다. 전국시대의 상업과 시장의 형성과 발달은 귀족이나 관리들의 수요 충족이 아니라, 일반 백성들의 생활 편리를 위하여 수공업의 발달과 함께 활발한 거래가 이루어졌다.

생활용구나 음식 조리와 식생활을 위한 각종 그릇, 여러 의복과 모자들이 생산되고 거래되었다. 이들 상인이나 수공업자들은 농업에 종사하지 않지만 농민들보다 쉽게 큰돈을 벌 수 있었다.

趙에서 활동하는 대상인 여불위는 '농사는 10배의 이득을 얻지만 보석이나 보물의 거래는 1백 배의 이득을 거둔다.' 는 사실을 잘 알고 있었다.

당시 사람들은 '가난을 털고 부자가 되려면(用貧求富) 농사는 수공업만 못하고(農不如工), 수공업은 장사만 못하다(工不如商).' 고 생각하였다. 그러다 보니 전국시대 각 나라에 상업에 종사하는 사람들이 결코 적지 않았다.

순자(荀子)는 '북방의 마필(馬匹)과 사냥개와 남방의 날짐승의 털(羽毛)과 상아(象牙)와 안료(顔料, 물감), 동방의 비단과 어류(魚類)와 소금(鹽), 그리고 서방의 피혁(皮革)과 모직물(毛織物) 등이 모두 중원(中原)의 시장에서 거래되었다.'고 하였다.

이를 본다면 상업의 발달과 그에 따라 도시의 형성과 발달은 필연적이었다.

○ 상인 계층의 분화

이러한 거래 과정에서 그 거래량이나 방식에 따라 상인의 분화가 진행되었다.

곧 소상소판(小商小販)과 부상대고(富商大賈)로 양분되었다. 소상소판은 농촌에서 이탈한 농민이나 소규모 수공업자의 상업경영으로 소매와 근거리 이동으로 상업 활동을 영위하며 부상(富商)의 먹잇감이 되었다.

그러나 부상대고는 관리였거나 지주 수공업자로 벼락부자가된 사람들이 상업활동에서 매점매석이나 대량 운송과 투기를 통해 큰 부자가 된 이른바 폭발호(暴發戶)였다. 이런 부상대고의 본보기가 바로 여불위(呂不韋)와 백규(白圭)였다.

○ 부상(富商)의 치부(致富)

백규(白圭)는 낙양 사람이었다. 위 문후(文侯, 재위 前 445 − 396) 시절, 이회〔李悝, 이극(李克)〕가 농업 장려에 힘쓸 때 백규는 시류의 변화 파악을 잘하였는데 남들이 팔 때 사들이고, 남이 사들일 때 물건을 팔았다. 나쁜 음식을 먹고 욕망을 억제하고 의복에 들어가는 비용을 아끼면서 사업을 할 때 하인과도 고락을 같이 하면서 때가 맞으면 맹수가 새를 잡는 형세로 시행하였다.

그리고 "나는 사업에서 이윤(伊尹)이나 여상(呂尙)과 같은 계획을 세우고, 손자(孫子)와 오자(吳子)가 같이 용병하며, 상앙(商鞅)이 법을 시행하듯 장사를 하였다. 그래서 임시방편을 택할 지략이 부족하거나 결단을 내릴 용기가 없다든지, 남에게 인의를 베풀지도 않고 신의를 지킬 굳센 뜻도 없는 사람이 나를 찾아와 나의 기술을 배우겠다 하여도 나는 더 말해줄 것이 없다."라고 말했다. 이 때문에 천하에 장사하는 사람은 백규(白圭)를 본받았다. 《한서 화식전(漢書 貨殖傳)》

의돈(猗頓)[406]은 염지(鹽池)의 소금으로 부자가 되었고, 한단(邯鄲)의 곽종(郭縱)은 쇠 제련으로 성공하여 왕자(王者)들과 대등한 부를 축적했다.

---

406 의돈(猗頓, 생졸년 미상) — 魯國人, 戰國시대의 富商. 본래 魯國의 가난한 書生이었다. 의돈은 陶朱公 범려(范蠡)를 찾아가 經商之道를 물었다. 범려는 빨리 부자가 되고 싶거든 목축을 하라고 권유하였다. 의돈은 소와 양을 길러 10년 만에 거부가 되었다. 《史記 貨殖列傳(화식열전)》에서는 河東에서 염지(鹽池)를 경영하여 巨富가 되었으며, 또 주옥(珠玉)이나 寶金을 거래하여 큰 부자가 되었다.

오지현[烏氏縣, 지금의 영하회족자치구(寧夏回族自治區) 남부의 고원시(固原市) 동남. 氏는 고을 이름 지]의 영(贏)은 목축을 하였는데, 가축이 많아지자 모두 팔아 좋은 비단을 구해서 몰래 서융(西戎)의 왕에게 선물했다. 융왕(戎王)은 그 10배에 해당하는 가축을 상으로 주었고, 영(贏)은 가축을 잘 길러 골짜기 단위로 셀 정도가 되었다. 진시황은 영을 봉군(封君)처럼 대우하였는데 때때로 여러 신하와 함께 만나보았다.

파군(巴郡)의 과부인 청(淸)은 그 선조 때부터 단사(丹砂) 광산을 운영하여 여러 대에 걸쳐 그 이익을 독점하여 가산(家産)이 셀 수 없을 정도로 많았다. 청(淸)은 과부였지만 가업을 계속하며 재물로 자신을 지켰기에 남이 감히 범하질 못했다. 진시황도 청(淸)을 정숙한 여인으로 생각하며 빈객으로 예우하였고 여회청대(女懷淸臺)를 지어주었다.《한서 화식전(漢書 貨殖傳)》

○ 소봉(素封)

부상(富商)은 엄청난 재부(財富)를 형성하였기에 왕공(王公)보다도 더 부유했고, 사회적 지위도 높았다. 그래서 대상인이 비록 작위나 봉지(封地)는 없지만 왕공과 비슷한 지위를 누렸기에 그런 상황을 소봉(素封)이라 불렀다.

대상인은 그런 재부를 바탕으로 왕후(王侯)와 교제하면서 정치적 영향력을 발휘하였을 뿐만 아니라 정치 무대에 뛰어들어 막강한 권력을 행사하였다.

여불위는 장양왕과 진왕 政을 섬겼고, 13년간 진(秦)의 상국(相國)으로 진왕(秦王) 정(政)으로부터 중부(仲父)의 칭호를 들으며, 정치와 경제에 큰 영향력을 행사하였다.

○ 전국시대의 전폐(錢幣)

포폐(布幣)의 포(布, bù)는 농기구인 박(鎛, bó, 호미, 큰 종)의 가차 자(假借字)인데, 박(鎛)은 오늘날의 부삽(鏟 삽 산, 깎다)과 같이 자루가 달렸다는 주석이 있다. 산(鏟)은 상고(上古) 한어(漢語)에서 전(錢, 돈 전)과 같은 음이었다. 포폐는 주로 주(周)의 도읍이나 왕기(王畿) 지역에서 유통되었다. 이는 청동 농기구 모양에서 발전한 최초의 화폐이다.

도폐(刀幣)는 도전(刀錢)이라고도 부른다. 융적(戎狄)의 칼 모양에서 변형이 이뤄진 금속화폐인데 전국시대에 제(齊), 연(燕), 조(趙) 등지에서 널리 유통되었다. 도전은 춘추시대에 제국(齊國)에서 최초로 제조 유통되었는데, 머리 부분(刀首)과 몸체(刀身), 그리고 자루 부분(도병刀柄)과 고리 부분(도환刀環)의 4부분으로 이루어졌다. 제도(齊刀)는 그 구리 함량이 100분의 70이상이었고 정미(精美)하게 주조되어 도전의 대표라고 알려졌고 명문(銘文)이 있었다.

진시황이 중국을 통일한 뒤에는 패전(貝錢), 도전(刀錢), 포전(布錢) 등을 모두 폐지하였다. 그리고 황금을 상폐(上幣)라 하여 제왕

(帝王)의 상사(賞賜)에 제한적으로 사용하였다. 그러면서 동전(銅錢)을 하폐(下幣)라 하여 백성들의 교역에 사용토록 통일하였다.

환전(圜錢)은 원형의 몸체에 둥근 모양 또는 사각형의 구멍(방공方孔)이 있어 휴대나 보관이 용이하였다.

이 환전에 속하는 가장 대표적인 전폐는 秦 나라의 반양전(半兩錢)이었다. 이 금전에는 반양(半兩)이라는 글자가 새겨져 있었다. 이는 진나라 말기 혜문왕(惠文王) 2년(前 336)에서 진시황 26년(前 221)까지 제조 유통된 진(秦)의 법정화폐였다. 이 반양전은 진에서 한대까지 제조 유통되었는데 한 무제(漢 武帝) 원수(元狩) 5년(前 118)에 오수전(五銖錢)을 제조 유통하면서 반양전의 사용은 중지되었는데, 218년간 유통된 최초의 중국 통일의 화폐였다.

○ 고리대금업

화폐유통의 보편화와 함께 고리대금업(高利貸金業)이 발생하였고, 큰 이득을 거둘 수 있었다. 齊 민왕(潛王, 재위 前 300－284)의 상국이었던 맹상군이 자신의 봉지 설(薛)에 가서 나를 위해 빚을 받아올 사람을 찾았고, 객인 중에 풍훤(馮諼)이 자신 있다고 큰 소리 친 다음에 설 땅에 가서 나무로 만든 차용 증빙 자료인 권(券)을 모두 불살랐다. 차용 시에 나무로 권을 작성했는데 채무자는 우권(右券) 물주(物主, 대금업자)는 좌권(左券)을 나눠가졌다고 한다.

○ 도시의 발달

전국시대 철기의 보급과 생산의 증대, 잉여 생산물에 따른 교역의 확대에 따라 도시가 형성되고 커졌다. 춘추시대의 도시는 왕공이나 제후의 거주지를 에워싸는 성곽을 만들었다. 때문에 그 당시의 성시(城市, 도시) 4방의 길이의 합계가 보통 9백 장(丈)을 넘지 않았다.

1장이 성인(成人)의 신장을 의미하니, 180cm로 추정할 때 1.8m ×900장=1710m, 곧 4각형 성곽을 가정할 때 1변의 길이가 400m 정도였다고 생각할 수 있다.

그러나 전국시대에 들어와서는 도시 규모가 크게 확장되었다.

송국(宋國)의 도읍인 정도〔定陶, 지금의 산동성(山東省) 서남단 하택시(荷澤市) 정도구(定陶區)〕, 연국(燕國)의 수도인 하도〔下都, 지금의 하북성(河北省) 남부 보정시(保定市) 관할 역현(易縣)〕, 조국(趙國)의 수도 한단〔邯鄲, 지금의 하북성 남부 한단시(邯鄲市)〕, 위국(魏國)의 수도 대량〔大梁, 지금의 하남성 동부 개봉시(開封市)〕, 제국(齊國)의 도읍인 임치〔臨淄, 지금의 산동성 중부 치박시(淄博市)〕, 동주(東周)의 왕도(王都)인 낙양(洛陽)은 일찍부터 잘 알려진 대도시였다.

「제국(齊國)의 도읍인 임치(臨淄)는 성안에 민호(民戶)가 7만호인데,[407] 臣이 대략 계산하더라도 하호(下戶)에 남자가 3인이면, 3

---

407 임치(臨淄)는 1960-70년대에 이루어진 발굴 조사에서 임치의

×7은 21만이니, 먼 지방 현의 군사를 동원하지 않아도, 임치의 군졸로 21만 명입니다. 임치는 부유하고 내실(內實)하여 그 백성들은 취우(吹竽, 竽는 피리 우), 고슬(鼓瑟, 25현의 瑟을 연주), 격축(擊筑, 筑은 5弦의 악기) 탄금(彈琴), 투계(鬪鷄), 주견(走犬, 개 경주), 육박(六博, 노름), 답국〔蹹踘, 蹴鞠(축국)〕을 못하는 사람이 없으며, 번화한 임치(臨淄)의 거리에는 수레 바퀴통이 부딪치고, 사람 어깨가 닿으며, 옷깃이 서로 닿아 휘장이 되고, 옷소매를 들면 천막이 되며, 땀을 씻으면 비가 내리는 것 같고, 집집마다 은부(殷富)하고 인지(人志)가 고대(高大)하다.」

중국의 전통적인 중농억상(重農抑商) 정책에도 불구하고, 이처럼 큰 도시에는 상인들이 활약하고, 화폐가 널리 유통되었으며, 상품경제가 발달하였다.

제국(齊國)과 위국(魏國)은 경제적 입지가 좋고, 사회개혁이 일찍부터 추진되었기에 다른 나라에 비해 일찍부터 강국으로 발전하였다.

진국(秦國)은 춘추시대까지도 다른 지역에 비하여 문화가 낙후된 지역이었지만, 비옥한 관중(關中) 땅을 바탕으로, 철저한 사회개혁이 추진되었기에, 전국시대 후기에 가장 강성한 나라로 크게

궁궐을 보호하는 小城과 평민 거주지를 포함한 大城의 구조였는데 대성은 그 둘레가 14km, 소성은 7km나 되었다고 한다.

발전하였다.

초국(楚國)은 가장 넓은 영역에 토지도 비옥하였으나 농경 기
술은 낙후된 지역이었다. 그런데도 수공업과 상업이 발달하고,
그 경제 수준과 규모가 커지면서 제(齊)와 진(秦)의 경쟁상대가 되
었다. 그러나 초국의 정치와 군사력은 진(秦)에 뒤쳐졌기에 결국
진에게 멸망하였다.

(4) 천문학과 의학

○ 천문학

중국의 갑골문자에 천문기상에 관련된 많은 기록이 있는데, 예
를 들면, 일식(日蝕)과 월식(月蝕) 및 여러 기상 현상에 관한 기록
이 많은데, 이는 세계 천문학상 최초이며 최고(最高)의 기록이라
고 중국인들은 자랑한다. 《춘추》에도 2백여 년 중에 모두 37차례
일식 기록이 남아있다.

그리고 노(魯) 문공(文公, 재위 前 626−609) 14년(前 613) 7월에
혜성(彗星)의 출현 기록이 있는데, 이는 혜성에 관한 세계 최초의
기록이라고 한다.

천문(天文)은 우주 공간에서 일월성신(日月星辰)의 분포와 운행
에 관한 현상이다. 이러한 천문에 관한 여러 현상의 기록이 〈천문
지(天文志)〉이다. 〈천문지〉는 고대 천상(天象) 관측의 총결이며,

과학기술사의 귀중한 자료이다.

《사기(史記)》에는 〈천관서(天官書)〉가 있다. 후한 반고(班固)의 《한서(漢書)》이다. 《송서(宋書)》, 《진서(晉書)》, 《수서(隋書)》에도 〈천문지(天文志)〉가 있는데, 《수서》의 〈천문지〉가 가장 우수하다고 알려졌다.

반고는 《한서(漢書), 서전(序傳)》에서 말했다.

「밝고도 밝은 상천(上天)에 일월성신(日月星辰)이 드리웠으니, 일월(日月)은 온 주위를 밝히고 성신(星辰)은 빛을 내고 있다. 백관(百官, 星官)과 입법(立法, 운행 질서)에 궁실(宮室, 星宿)이 함께 뒤섞여(곧 천문) 그 조짐이 왕정(王政)에 대응하니 마치 촛불에 생기는 그림자와 같다. 3代의 말세에 천문에 관한 일이 없어지거나 흩어졌는데, 그 옛 징험을 모아 옛일을 돌아보고 새 일을 생각해 보았다. 이에 〈천문지(天文志)〉 제6[408]을 서술했다.」

천문학의 기록을 바탕으로 천상의 변화와 운행을 파악할 수 있다. 그리고 그러한 천문학을 바탕으로 역법을 제정하여 생활에

---

408 그러나 《漢書》의 〈天文志〉는 班固가 완성치 못하고 죽었기에 馬續(마속)이 편찬하였다. 馬續(마속, 서기 70-141년)은 후한의 武臣인 馬援(마원)의 侄孫(질손)이며 훈고학자 馬融(마융)의 兄으로 護羌都尉(호강도위)를 역임했다. 後漢 和帝 永元 5년(서기 93), 班固가 《漢書》를 완성하지 못하고 옥중에서 죽자, 화제는 반고의 여동생 班昭(반소, 曹大家)에게 〈八表〉를 완성케 했고, 마속(馬續)에게 〈天文志〉를 집필케 하였다. 이로써 《漢書》가 완성되었다.

활용한다.

여기서 반고의 《한서 율력지(律曆志)》의 역법에 관한 〈서〉를 옮겨 중국 고대 역법의 발전과정을 알아본다.

「역수(曆數)의 기원은 오래되었다. 전하는 바에 의하면, 전욱 (顓頊)[409]은 남정(南正)인 중(重)을 시켜 천문(天文, 司天)을, 화정(火 正)인 여(黎, 검을 여)에게 지리를 관장케 하였는데, 그 이후 삼묘 (三苗)[410]에 의해 나라가 혼란해지자 이관(二官; 南正, 火正)은 모두 폐지되었다.

요(堯)는 중(重)과 여(黎)의 후임을 복원하고, 그 업무를 찬술(撰 述)케 하였기에, 《서경(書經)》에서는 「이에 희씨(羲氏)와 화씨(和氏) 에 명하여 호천(昊天)을 삼가 본받고, 일월성신(日月星辰)의 운행 을 관찰하여(曆象), 백성들에게 계절을 알려주었다.」[411]

---

409 顓頊(전욱, 顓은 마음대로 할 전. 頊 삼갈 욱)은 전설적 인물로 五帝의 한 사람. 黃帝의 손자. 高陽氏로 호칭. 黃帝 死後 聖德이 있다 하 여 20세에 제위에 올랐다. 古 六曆의 하나인 顓頊曆(전욱력)을 만 들었고, 전욱력은 秦에서 사용되었다.

410 三苗(삼묘)는 전설 속에 黃帝에서 堯, 舜, 禹 時代에 걸쳤던 古國 名. 대체적으로 長江 하류에 거주했던 종족으로 알려졌다.

411 희(羲)는 희중(羲仲)과 희숙(羲叔), 和는 和仲과 和叔으로 天地와 四時를 관찰하고 관련 업무를 수행한 인물이다. 欽若(흠약)은 삼 가 따르다. 若은 따르다. 順의 뜻. 昊는 넓고 클 호. 昊天은 天氣 가 廣大하다. 曆은 자주. 象은 관찰하다. 敬授는 정성으로 알려 주다. 民時는 계절에 맞춰 백성이 일을 해야 할 시기.

「1세(歲)는 3백(百)하고 6순(旬)에 6일(日)이니, 윤월(閏月)로 사시(四時)를 조절하여 1년의 세시(歲時)를 정하고, (이로써) 백관(百官)을 잘 다스렸으니, 모든 공적이 훌륭히 하였다.」고 하였다.[412]

그 이후에 요(堯)가 순에게 제위(帝位)를 물려주며 말했다.

「아! 너 舜이여, 하늘의 역수(曆數)가 너에게 있도다.」

「순(舜)도 우(禹)에게 같은 말을 하였다.」[413]

주(周)의 무왕(武王)이 기자(箕子)를 방문했을 때,[414] 기자는 대법(大法) 9장(〈홍범 9조〉)을 말했는데,[415] 그중 오기(五紀)는 역법

---

412 歲三百有六旬有六日 — 한 달을 30일씩 12달이면 360이고, 6일이 남는다. 작은 달(29일)에서 또 6일이 남으니 총 12일이다. 그래서 3년이 안 되어 다시 1달이 모자라므로 윤달을 정하고 윤달을 계산에 넣어야 1년이 이루어진다.

413 이는 《論語 堯曰(요왈)》의 구절이다. 咨는 물을 자. 탄식하다. 감탄사. 爾는 너 이. 曆數는 帝王이 相繼하는 次第. 세시의 절기의 순서와 같이 차례가 있다. 躬은 몸 궁.

414 武王이 殷을 멸망시킨 뒤의 일이다. 箕子(기자)는 子姓, 名 胥餘(서여), 商朝의 宗室, 帝 文丁의 아들, 帝乙의 동생, 紂王(주왕)의 叔父, 관직은 太師. 箕(기)에 봉해졌다(今 山西省에 해당). 周 武王이 克殷한 뒤에 기자에게 治國之道를 물었고, 이는 《書經 周書 洪範》에 기록되었다. 《論語 微子》에는 微子(미자), 比干(비간)과 함께 '殷有三仁'이라 하였다. 사마천 《史記》에는 기자가 만년에 朝鮮을 통치했다고 기록했다.

415 〈洪範(홍범)〉의 九疇(구주)는 一曰 五行, 二曰 敬用五事, 三曰 農用八政, 四曰 協用五紀, 五曰 建用皇極, 六曰 乂用三德(예용삼덕, 다스릴 예), 七曰 明用稽疑(계의, 점치는 일), 八曰 念用庶徵(서징, 자

(曆法)을 밝혔다.[416] 그리하여 殷과 周의 개시에 따라 제위가 바뀌면 제도를 바꿔, 새로운 역법의 계산과 복색을 개정하였는데, 이는 시기(時氣)에 맞추면서 천도(天道)에 따른 것이었다.

3대(夏, 殷, 周)가 몰락 이후 춘추시대 말기에,[417] 사관(史官)이 기록을 상실(喪失)하고, 역법(曆法)을 아는 후손들이 분산(分散)하여,[418] 혹은 이적(夷狄)의 땅에 살았는데 그 기록에 따라 〈황제력(黃帝曆)〉, 〈전욱력(顓頊曆)〉, 〈하력(夏曆)〉, 〈은력(殷曆)〉, 〈주력(周曆)〉 및 〈노력(魯曆)〉이 있었다. 전국시대에 천하 대란〔大亂, 요양(擾攘)〕이후에 진(秦)이 천하를 다 차지했지만(兼倂), 역법을 새로 제정할 겨를이 없었으며, 다만 오행(五行) 상승(相勝)의 이론에 따라 스스로 수덕(水德)을 받았다 하여[419] 10월을 세수(歲首)인 정월로 정하고[420] 흑색(黑色)을 숭상하였다.」

연과 인간의 기본관계), 九日 向用五福과 威用六極(위용육극, 6가지 불행)을 말한다.

416 其四日 協用五紀也 — 一曰歲, 二曰月, 三曰日, 四曰星辰, 五曰曆數. 歲는 歲星(목성), 星辰(성신)은 金, 土, 水, 火星.

417 원문 五伯之末 — 五伯(오패)는 春秋 五霸(오패). 伯(音 패, 우두머리 패)는 霸.

418 원문 疇人子弟分散 — 疇人(주인)은 역법을 이해하는 同僚(동료). 疇는 類. 匹也.

419 원문 亦頗推五勝, 而自以獲水德 — 五勝은 五行의 克勝(극승)의 이론. 周는 火德으로 건국 통치했다. 水克火의 논리로 秦은 水德을 표방했다.

○ 신의(神醫) 편작(扁鵲)

편작(扁鵲, ?前 407-310)의 원성(原姓)은 진(秦)이고, 이름은 월인(越人)이었고, 호(號)는 노의(盧醫) 또는 편작(扁鵲)인데, 편작이란 별호는 본래 헌원씨(軒轅氏) 시대의 명의이었다. 또 편작이란 고대양의(良醫)를 지칭하는 말이고 특정한 사람을 지칭하지 않는다는 주장도 있다.

편작은 대체로 주 위열왕(威烈王) 19년(前 407) 전후에 태어나서 주 난왕(赧王) 5년(前 310)에 죽었으며, 본래 강제(姜齊) 발해군(勃海郡) 막주〔莫州, 지금의 하북성 중부 창주시(滄州市) 관할 임구시(任丘市)〕 출신으로 후한의 화타(華佗)와 장중경(張仲景), 명(明)나라 이시진(李時珍)과 함께 고대 사대명의(四大名醫)[421]로 손꼽히는 사람이다.

---

420 十月은 亥(해, 돼지 해)에 해당하고, 亥는 만물을 모두 포용하고 入地하여 接水한다. 그래서 秦은 水德을 표방했고 북방의 색인 흑색을 숭상했다.

421 扁鵲(편작), 후한의 華佗와 張仲景(150-219년, 名 機, 字 仲景, 後漢書에 未 立傳), 明朝의 李時珍(이시진)을 古代 四大名醫라고 부른다. 그리고 화타, 동봉(董奉), 장중경(張仲景)을 '建安三神醫'라 칭한다. 화타는《三國志 方技傳》에도 입전되었다.《三國演義》의 가장 정채로운 부분의 하나인 관우(關羽)의 팔을 '괄골요독(刮骨療毒)' 한 내용은 완전 허구이다. 관우가 독화살에 맞은 것은 사실이나, 그때 화타는 이미 조조에 의해 죽은 뒤였다고 한다. 당시 軍陣에는 軍醫가 있었다.

편작은 중국 의학에서 진맥(診脈)의 기초를 마련한 의학의 선하(先河)였다.《한서 예문지(漢書 藝文志)》의 기록에 의하면, 편작은《내경(內經)》과《외경(外經)》을 저술하였는데, 지금은 전하지 않는다.

《사기 편작창공열전(史記 扁鵲倉公列傳)》에는 편작의 생평(生平)에 4가지 이야기를 수록하였다.

편작은 청년시절에 장상군(長桑君)이란 사람한테 의술을 받았고, 사람을 투시할 수 있는 능력을 습득한 뒤, 각지를 돌며 의술을 폈다.

그리고 편작이 조간자(趙簡子, ?−前 476, 원명 조앙)를 치료한 일은《사기 조세가(史記 趙世家)》와《논형 기요(論衡 紀妖)》에도 기록되었다.

편작은 곽국〔虢國, 도읍 상양(上陽), 지금의 하남성 서쪽 삼문협시 섬주구〕의 태자를 치료했으며 전제(田齊)의 환공(桓公, 재위 前 374−357년)을 치료하였다. 그러나 이 기록은 조간자의 치료 시기와 1백 년 이상 시차가 있어 잘못된 기록일 것이라고 알려졌다.

의생(醫生)인 편작이 秦 도무왕(悼武王, 재위 310−307)을 알현하자,[422] 무왕(武王)은 자신의 병을 말하면서 편작에게 치료를 부탁

---

422 秦 武王(재위 前 310−307年, 秦 惠文王之子)−《史記 秦始皇本紀》에는 秦 悼武王(도무왕).《世本》에는 秦 武烈王, 장편 역사소

했다.

그러자 옆에 측근이 말했다.

"주군(主君)의 병환은 귀(耳)의 앞, 눈(目)의 아래에 있으니 완전 치료가 어려울 수도 있으며, 나중에는 귀가 잘 안 들리거나 눈이 침침할 수도 있습니다."

무왕이 이를 편작에게 말했다.

그러자 편작은 화를 내며 돌 침(針, 石)을 던지며 말했다.

"주군께서는 일을 아는 자와 도모하지만 나중에는 무지한 자와 함께 일을 망칠 것입니다. 진(秦) 국정도 이 같을 수 있으니 一擧에 나라를 망칠 수도 있습니다.[423]《전국책 진책二(戰國策 秦策二)》권4〈의편작견진무왕장(醫扁鵲見秦武王章)〉

그러나 편작은 진(秦)의 태의령(太醫令)인 이혜(李醯)의 투기를 받아, 여산(驪山, 지금의 섬서성 서안시 임동구) 북쪽을 지나다가 자객에게 피살되었다고 한다.

설《東周列國志》에 秦 武王은 92回《賽擧鼎秦武王絶脛 荓赴會楚懷王陷秦》에 등장한다.

[423] 扁鵲(편작)은 趙 簡子(간자)와 같은 시대 사람이고, 조간자는 晉昭, 頃, 定公 때 사람이며 周 景王, 敬王시대이다. 秦 武王元年은 주(周) 난왕(赧王) 5년이니 2백년의 時差가 난다는 주석도 있다.

제4부

제자백가와 백화제방

〈諸子百家·百花齊放〉

1. 제자백가

춘추전국시대는 정치적으로 전제(專制) 군주권의 강화가 진행
되었고, 중앙집권적 관료제(官僚制)의 확립 과정이었다.

각국에서는 부국강병을 위해 신분을 초월한 인재 등용에 힘썼
는데, 그 결과 학문과 사상의 발전을 가져와 제자백가(諸子百
家)[424] 출현의 배경이 되었다.

---

[424] 제자백가(諸子百家) - 後漢(東漢) 반고(班固)의 저술인 《漢書》는
《史記》의 書에 〈刑法志〉, 〈五行志〉, 〈地理志〉, 〈藝文志(예문지)〉
의 4개 志目을 추가하였다. 그중 〈藝文志〉는 유흠(劉歆, 前 50
年?-서기 23년, 改名 劉秀)의 《七略(칠략)》을 바탕으로 '六分法'의
방식에 의거 당시 존재하던 서적 목록을 수록하였다. 반고는 우
선 先秦에서 前漢에 이르는 학문의 대략을 먼저 서술한 뒤에 6略
38類로 나누어 569家, 13,269권의 서적 이름을 수록하였으니, 이
는 중국 최초의 분류된 도서목록인 셈이다. 춘추시대 이후 諸子
百家를 보통 '九流十家'라 하는데, 이는 〈藝文志〉에서 나왔다.

제자백가는 중국 선진(先秦) 시대의 학술과 사상에 관련한 인물과 유파(流派)를 종합한 총칭이다. 제자(諸子)는 선진(先秦) 시기의 노자(老子), 장자(莊子), 공자(孔子), 맹자(孟子), 순자(荀子), 묵자(墨子), 열자(列子), 신자(申子, 신불해),[425] 한비자(韓非子) 등 사상과 학문으로 유파를 대표하는 인물을 지칭한다.

춘추시대 후기 이후로 도가(道家), 유가(儒家), 법가(法家), 묵가(墨家), 병가(兵家), 명가(名家), 음양가(陰陽家) 등 학문의 유파가 형성되어 여러 학파가 각각 자기주장을 내세웠으니, 이를 백가쟁명(百家爭鳴, 鳴은 울 명)이라 표현하며, 여러 학문이 크게 발전하여 중국 사상의 기본 바탕을 공고히 다졌다.

이를 곧 많은 꽃이 한꺼번에 피었다는 뜻으로 백화제방(百花齊放)이라고 말하는 표현도 흔히 볼 수 있다.

춘추전국시대에 경제적으로는 철기 문화의 보급과 우경(牛耕)과 관개(灌漑, 水利) 사업에 의한 농업 생산의 비약적 증가가 이루어졌으며, 자작(自作)의 소농민 계층이 대두하였다.

---

425 신불해(申不害, 前 420-337), 존칭 申子, 鄭國 京邑 출신. 鄭國이 韓國에 멸망당한 뒤에 法家 학설로 韓 소후(昭侯)의 재상이 되었다. 法家의 三派 중에 신도(愼到)는 「세(勢)」를 중시하였고, 신불해는 「술(術)」을, 그리고 상앙(商鞅)은 「法, 법치」를 강조하였다. 《漢書 藝文志》에 신불해의 저서 「申子六篇」이 있다 하였으나 모두 망실되었다.

동시에 수공업과 상업이 발달하였고 화폐 유통이 보편화되면서 재부(財富)를 축적하여 국정에 관여하는 상인이 출현하기도 했다.

제후들은 부국강병을 구현하기 위하여 신분에 구애받지 않고 인재를 발탁하였고, 지식과 전문 능력을 가진 사(士) 계층이 두텁게 형성되면서 사농공상(士農工商)이라는 신분 계층이 확실해졌다.

이러한 춘추전국시대의 정치 경제 사회의 변화와 발전은 학문과 사상의 발달을 가져왔다.

사마천은《사기 태사공자서(史記 太史公自序)》에서 부친 사마담(司馬談)의 견해를 인용하여 선진(先秦) 이래의 학파를 6가(家)(〈논육가요지(論六家要旨)〉)로 요약하였는데, 6가는 도가(道家), 유가(儒家), 묵가(墨家), 법가(法家), 명가(名家), 음양가(陰陽家)이다.

후한(後漢, 동한) 반고(班固)는《한서 예문지(漢書 藝文志)》의 「제자략(諸子略)」에서 선진 이래의 학파를 10가(家)(9류10가)로 정리하였으니, 곧 도가(道家), 유가(儒家), 묵가(墨家), 법가(法家), 명가(名家), 음양가(陰陽家), 농가(農家), 종횡가(縱橫家), 잡가(雜家), 소설가(小說家)이다.

반고가《한서 예문지》에서 요약한 제자백가(諸子百家)는 모두 나라의 관직에서 유래되었다고 하였으니, 그 내용을 요약하면 아래와 같다.

○ 백가(百家)의 기원(起源)

십가(十家)	시원(始原)	창시자, 대표학자
儒家者流	蓋 出於司徒之官(사도)	孔子(공자), 孟子(맹자)
道家	出於史官	老子(노자), 列子(열자), 莊子(장자)
墨家	出於淸廟之守(청묘)	墨翟(묵적), 禽滑釐(금활리)
法家	出於理官(司法官)	李悝(이회), 商鞅(상앙)
名家	出於禮官	鄧析(등석), 公孫龍(공손룡), 尹文(윤문), 惠施(혜시) 등
陰陽家	出於羲,和之官(희,화)	鄒衍(추연)
農家	出於農稷之官(농직)	許行(허행)
縱橫家	出於行人之官	鬼谷子(귀곡자), 張儀(장의), 蘇秦(소진)
雜家	出於議官(의관)	呂不韋(여불위)
小說家	出於稗官(패관)	虞初(우초), 屈原(굴원)

이 중 전국시대에 크게 영향을 끼친 사상은 법가(法家)와 종횡가(縱橫家)이다.

법가 사상은 백가 중에서 제일 늦게 출현했다. 그렇기 때문에 유가(儒家), 도가(道家), 묵가(墨家)의 사상적 영향을 많이 받았지만, 기존 학파의 이상주의나 문치주의(文治主義)를 신랄하게 비판하면서 제후국 간 약육강식(弱肉强食)의 대립 항쟁에서 승리하기 위한 부국강병책을 주장하여 여러 제후들의 환영을 받았다.

법가 사상의 기원은 춘추시대 齊의 관중(管仲)[426]과 鄭나라 재

---

426 관중(管仲, 前 725－645) － 姬姓에 管氏. 名 夷吾(이오)는 齊 환공(桓公)의 相. 춘추시대 法家의 대표 인물. 中國 역사상 재상의 전범

상 자산(子産)⁴²⁷까지 거슬러 올라간다.

관중(管仲)은 제 환공(桓公)⁴²⁸을 도와 제(齊)의 패업을 성취했다. 정(鄭)나라 자산(子産)은 법치를 위해 정나라의 형법을 새긴 청동으로 만든 솥(형정刑鼎)을 주조하였는데, 이를 중국 최초의 성문법(成文法)이라고 일컫는다.

전국시대의 법가 사상가로는 이회(李悝),⁴²⁹ 오기(吳起),⁴³⁰ 신

(典範). 내정을 개혁하면서 상업도 중시. 九合 諸侯하며 병거(兵車)에 의지하지 않았다.《史記 管晏列傳》에 입전.

427 자산(子産, ?−前 522, 姬 姓, 國氏. 名 僑, 字 子産)−又稱 公孫僑(공손교), 東里子産, 정교(鄭喬). 춘추 말기에 鄭國의 政治家. 子産이 執政하는 시기에 내정을 개혁하고, 외교에 공을 들여 위(衛)의 침략을 막아내며 국익을 지켜 鄭나라 백성의 존경을 받았다. 중국 역사에서 재상의 모범으로 추앙된다. 자산은 前 536년에 鄭國의 刑法을 鼎(정)에 주조하였는데, 이는 중국의 최초 成文法이라 알려졌다. 공자는 鄭나라의 子産을 유능한 정치가로 공경하였다.

428 齊 桓公 小白(재위 前 685−643)−春秋 五覇의 첫 번째.

429 이회(李悝, 李克. 前 455−395)−孔子의 제자인 子夏의 弟子, 魏文侯의 相. 魏國 安邑人(今 山西省 夏縣). 魏國의 變法을 주관. 重農과 法治 병행. 商鞅(상앙)과 韓非(한비)에 큰 영향을 주었으며, 전국시대 法家의 始祖로 알려졌다.

430 吳起(오기, 前 440−381)−戰國 初期의 兵法家. 兵家의 대표 인물. 衛國 左氏縣(今 山東省 서남단 菏澤市 定陶區) 출신. 吳起는 魯, 魏, 楚 3국에 출사(出仕)했고, 각국에서 능력을 인정받았다. 前 381년, 楚 悼王(도왕)이 죽은 뒤, 楚에서 兵變이 일어나며 피살되었다. 《吳子兵法》6편만 존재. 곧〈圖國〉,〈料敵〉,〈治兵〉,〈論將〉,〈應

도(愼到),⁴³¹ 신불해(申不害),⁴³² 상앙(商鞅),⁴³³ 이사(李斯),⁴³⁴ 한비
(韓非)⁴³⁵ 등이 활동하였다.

變), 〈勵士〉 등이다. 《孫子兵法》과 함께 《孫吳兵法》으로 통칭.
北宋 시대에 《吳子兵法》은 《武經七書》의 하나였다.

431 愼到(신도, 前 395 – 315년) — 趙國 邯鄲(한단) 출신. 孟子보다 약간
앞선 시기의 인물. 戰國時의 道家, 法家, 思想家. 法家에 三派가
있었으니 愼到는 '勢', 申不害는 '術', 商鞅(상앙)은 '法'을 중시
했다. 신도는 韓에서 주로 활동했다.

432 申不害(신불해, 前 420 – 337년) — 申子는 존칭. 戰國시대 鄭國 京邑
人〔今 河南省 滎陽市(형양시)〕. 鄭國이 韓國에 멸망한 이후 법가
학설로 韓 昭侯의 재상이 되었다. 法家 중 '術'을 강조. 《史記 老
子韓非列傳》에 입전.

433 商鞅(상앙, 前 390 – 338년) — 戰國시대 정치가, 法家의 대표적 인
물. 衛國 國君의 후예라 衛鞅(위앙)으로도 호칭, 또는 公孫鞅. 봉
읍이 商(상)이라서 商君, 商鞅(상앙)으로도 호칭. 秦 孝公의 相을
역임. '徙木立信(사목입신)'의 故事가 유명. 《史記 商君列傳》에
입전되었다.

434 이사(李斯, 前 284 – 208년, 字는 通古) — 楚國 上蔡(今 河南省 동부
上蔡縣) 출신. 秦朝의 著名한 政治家, 文學者, 書法家. 左丞相.
文字 통일(小篆). 貨幣 통일(圓形方孔의 半兩錢) 〈諫逐客書(간축
객서)〉《蒼頡篇(창힐편), 일종의 字典》 저술. 〈泰山刻石〉, 〈瑯邪臺
刻石(낭야대석각)〉 등 명필을 남김. 《史記 李斯列傳》에 입전.

435 韓非(한비, ?前 281 – 233년) — 戰國시대 말기 韓國(한국)에서 출생.
法家 思想의 대표적 인물. '法, 術, 勢'를 동시에 존중하는 이론
을 세워 법가 사상을 집대성했다. 韓非는 戰國 七雄 중 가장 약
소국인 韓國의 宗室 公子로 출생했다. 심하게 말을 더듬었지만
文筆은 유창하고 우수했다. 前 255~247년 사이에 同學 李斯(이

종횡가(縱橫家)의 대표자는 소진(蘇秦)과 장의(張儀)인데,《전국
책》에서 가장 주요한 인물이며 전국시대 말기 중원(中原)의 정세
를 좌지우지했던 인물이다.

병가(兵家)는 유향(劉向)이 〈병서략(兵書略)〉으로 별도로 분류
하였다. 전국시대에는 정벌 전쟁의 연속이었다. 따라서 많은 병
법가(兵法家)가 출현했고, 전술이나 전략도 함께 연구 발전하였
다.《한서 예문지》에 병서(兵書)는 총 53가(家)에 790편의 도서명
을 수록했다.

병가(兵家)는 대개 옛 사마(司馬)[436]의 직분인 왕궁과 관부(官府)
의 무장(武將)이나 경비(警備)에서 유래되었다.

《서경 홍범(書經 洪範)》의 8정(政)[437]에서도 여덟 번째가 사(師)

사)와 함께 儒家의 大師인 荀子(순자) 문하에서 帝王之術을 공부
했지만 이사는 자신이 韓非를 이길 수 없다는 것을 잘 알고 있었
다. 韓非는 자신의 학설에 바탕을 道家의 黃老之術에 두고 老子
《道德經》을 연구하여 《解老》,《喩老(유노)》 등의 저술을 남겼다.
한비는 《孤憤(고분)》,《五蠹(오두)》,《顯學(현학)》,《難言(난언)》 및
《韓非子》를 저술했다. 한비는 秦에 사신으로 갔다가 秦王 政(정)
의 마음에 들지 못했고 결국 투옥되었다가 승상 李斯의 사주로
독살되었다.

436 司馬는 《周禮》에서 夏官에 속했다. 武事를 관장하고 군대를 통
　　솔했다.

437 《尙書 周書 洪範》은 八政, 一曰食, 二曰貨, 三曰祀(사), 四曰司空,
　　五曰司徒(사도), 六曰司寇(사구), 七曰賓(빈), 八曰師.

라고 했다.

　공자(孔子)는 나라를 다스리는 요점⁴³⁸을 "족식(足食)과 족병(足
兵)"이라 했고,⁴³⁹ "백성을 훈련시키지 않는다면 백성을 버리는
것"이라 하여⁴⁴⁰ 군사(兵, 武備)의 중요성을 분명히 밝혔다.

(1) 논육가요지(論六家要旨)

　다음에 반고(班固)의《한서 62권, 사마천전(司馬遷傳)》에 수록된
사마천(司馬遷)의 부친 사마담(司馬談, 前 2세기 ?-110)의〈논육가
지요지(論六家之要指)〉를 옮겨 수록했다.

438《論語 顏淵》子貢問政. 子曰, "足食, 足兵, 民信之矣."

439 子貢(자공)이 政事의 要諦(요체)를 묻자, 공자는 '足食'을 제일 먼
　　저 꼽았다. 족식은 식량을 풍족하게 한다는 뜻이니 우선 백성의
　　배를 채워야 한다.《尙書 周書 洪範》의 八政의 첫째가 '一曰食'
　　이다.《禮記 王制》에서는 나라에 9년 정도의 식량이나 군량 비축
　　이 없다면 '不足'이라 했고, 3년 치 양식의 비축이 없다면 '나라
　　가 나라도 아니다(國非其國).'라고 했다.(《禮記 王制》) 다음으로
　　공자가 열거한 것은 '足兵'이다. 여기서 兵은 병력과 무기나 군
　　수물자를 총칭한다. 나라에 文事가 중요하지만 반드시 武備(무
　　비)가 있어야 한다. 공자는 세 번째로 '民信之'라고 했다. 이는
　　백성이 위정자를 신뢰하게 하는 것, 곧 나라의 정책은 백성으로
　　부터 신뢰를 받아야 한다.

440《論語 子路》子曰, "以不教民戰, 是謂棄之." 백성을 적당히 훈련
　　시키는 것도 足兵이다.

○ 사마담(司馬談)의 학문

태사공(太史公) 사마담(司馬談)은 당도(唐都)한테 천문역법을 배웠고, 양하(楊何)로부터 《역(易)》을 전수받았으며 황생(黃生)에게서 도론(道論)을 배웠다. 태사공은 한 무제 건원(建元, 前 140－135)에서 원봉(元封, 연간 前 110－105)에 출사하였는데 학자가 6가(家)의 본질을 이해 못하고 스승도 잘못 알고 있는 것을 걱정하여 6가의 요지를 논술하였다.

○ 육가 총론(六家 總論)

《역경(易經)》의 〈대전(大傳) 계사전(繫辭傳)〉에서는 '천하(天下)의 목표는 하나이나 사려(思慮)는 제각각이고, 같은 곳을 가려 하지만 길이 다르다.' 라고 하였다.

대개, 음양가(陰陽家), 유가(儒家), 묵가(墨家), 명가(名家), 법가(法家), 도덕가(道德家, 도가)는 모두 잘 다스리고자 하는 방법이다. 다만 하는 말에 따라 길이 다르며 성찰을 잘한 것도 있고 성찰하지 못한 것도 있다.

내가 살펴본바, 음양가(陰陽家)의 방법은 '대상(大詳, 길흉의 조짐)이 있다.' 고 하면서 많은 것을 기휘(忌諱)하게 하며 사람들을 속박하고 두렵게 하는 것이 많으나 4時에 잘 따를 것을 서술하고 있으니 버릴 수는 없을 것이다.

유가(儒家)는 예법이 광박(廣博)하여 요약하기 어렵기에 힘이 들고 효과는 크지 않으며, 예(禮)를 따라 모두를 실행하기 어렵지만 군신(君臣)과 부자의 예법을 말하고 부부와 장유(長幼)의 구별을 설명하고 있으니, 이를 바꿔서는 안 될 것이다.

묵가(墨家)는 검약을 강조하여 지키기가 쉽지 않으며 그 때문에 두루 다 따르기는 어렵지만 그 근본 강화와 절용(節用)을 없애서는 안 될 것이다.

법가(法家)는 엄격하고 은택이 없지만 군신 상하의 구분을 엄격히 따지고 있으니 고쳐서는 안 될 것이다.

명가(名家)는 사람을 명분에 얽매게 하여 참됨을 잃기 쉬우나 그냥 보아 넘길 수만은 없다. 도가(道家)는 사람의 정신을 한 곳으로 집중하며 인간의 행동을 보이지 않는 도에 일치시키려 하고 만물을 풍족케 한다.

도가의 학술은 음양가(陰陽家)의 대순(大順)을 따르고, 유가(儒家)와 묵가(墨家)의 장점을 취하고, 명가(名家)와 법가(法家)의 요점을 잡아 시대에 따라 적응하고, 사물에 따라 변화하며 시속에 따라 일을 처리한다면 적의(適宜)하지 않은 것이 없을 것이며, 그 요지를 간략히 알고 쉽게 따라간다면 수고는 적고 이루는 것은 많을 것이다.

그러나 유가는 그러하지 않으니 인주(人主)는 천하의 의표(儀表)라 생각하여 주군이 먼저 창도(唱導)하면 신하가 따라 화답하며, 주군이 앞서고 신하는 따라간다. 그러하기에 주군은 노심(勞心)하고 신하는 안일하다. 도가 대도(大道)의 요점은 웅건한 힘과 탐욕을 없애고 총명함을 제거하는 것으로 무위(無爲)의 도(道)에 맡겨두는 것이다. 정신을 많이 쓰면 고갈되며 육신을 과로하면 망가지나니, 정신과 육체를 빨리 쇠약하게 만들고서 천지(天地)처럼 장구할 수 있다는 말을 아직 듣지 못했다.

○ 음양가

음양가(陰陽家)에서는 사계(四季)와 8방위, 12도(度)와 24절기에 각각 교령(敎令)이 있고 '이에 잘 따르는 자는 창성(昌盛)하고, 어기는 자는 멸망한다.'고 하지만 꼭 그러하지는 않기에 '사람을 얽매며 두려워 하게 하는 것이 많다.'고 하였다. 대개 만물이 춘생(春生)하고 하장(夏長)하며 추수(秋收)에 동장(冬藏)하는 이것은 천도(天道)의 대경(大經)이며 이를 따르지 않는다면 천하의 기강(紀綱)으로 삼을만한 다른 것이 없는 것이다. 그러하기에 '사시(四時)의 순환에 따르는 것을 버릴 수 없다.'고 하였다.

○ 유가(儒家)

유가는 육예(六藝, 육경)를 법도로 삼는데, 육예의 경전(經傳)은 천이나 만으로 세어야 하며 오랜 세월을 두고 배워도 그 학문에 통달할 수 없으며, 평생을 걸려도 그 예를 다 강구(講究)할 수는 없다. 그래서 '광박(廣博)하나 요령은 적어 익히기 힘들며 성과는 적다.'고 하였다. 유가가 군신과 부자의 예를 강조하고 부부와 장유(長幼)의 구별을 서술한 것은 비록 백가(百家)라도 그것을 변역(變易)할 수 없을 것이다.

○ 묵가(墨家)

묵가는 위로 요순(堯舜)의 덕행을 말하면서 '마루의 높이는 3
자, 흙의 계단은 3계단, 지붕의 띠풀을 가지런히 하지 않고, 서까
래도 다듬지 않으며 질그릇으로 물을 떠 마시고 거친 기장밥과
명아주나 콩잎국을 마신다. 여름에는 삼베옷을 겨울에는 사슴 가
죽옷을 입는다.'고 하였다. 장례를 치루는 관은 오동나무 관으로
두께는 3치이며 곡을 하여도 마음의 슬픔을 다하지 않는다. 이런
상례(喪禮)를 가르치고 이를 온 백성을 위해 솔선한다. 그리하여
온 천하가 이와 같이 한다면 존비의 구별이 없을 것이다. 시대에
따라 시속에 따라 달라져야 하는 것이지 모든 일이 다 똑같아야
하는 것은 아니다. 그래서 묵가를 '검약(儉約)하지만 따르기는 어
렵다'고 하였다. 요점은 근본을 강화하면서 씀씀이를 줄이니 사
람이 넉넉해지는 길이라 할 수 있다. 이는 묵자의 특장이니 백가
(百家)라도 이를 없앨 수는 없을 것이다.

○ 법가(法家)

법가는 친소(親疏)를 구별하지 않으며 귀천을 달리 보지 않고
한결같이 법에 의해 결단하니, 법가에서는 친자를 친애하고 존자
(尊者)를 존중하는 은택을 단절한다. 이는 일시적 계책이 될 수 있
지만 장구히 쓸 수는 없기에 '엄하지만 은택이 없다'고 하였다.

주군을 높이고 신하를 낮추며 직분을 분명히 하고 결코 서로 넘을 수 없는 것은 다른 백가라도 바꾸지 못할 것이다.

ㅇ 명가(名家)

명가는 주변을 상세히 관찰하고 따져서 사람으로 하여금 그 뜻에 반할 수 없게 하며, 전적으로 명분만을 따져 결정하기에 때로는 인정을 버려야 한다. 그러기에 '사람을 명분에 얽매게 하여 참됨을 잃기 쉽다.'고 하였다. 명분을 내세우고 실질을 추구하며 작은 것을 놓치지 않는 것은 그냥 넘겨볼 수만은 없다.

ㅇ 도가(道家)

도가는 무위(無爲)를 내세우고 또 무불위(無不爲)하는데, 실질은 쉽게 행할 수 있지만 그 말을 알기는 어렵다. 그 방법은 허무를 근본으로 하고 자연을 따르는 인순(因循)을 수용한다. 고정된 힘도 불변의 형세도 없기에 만물의 본 뜻을 강구할 수 있다. 사물의 선후를 따르지 않고 변화하기에 만물의 주인이 될 수 있는 것이다. 자연의 소유와 무소유의 법은 시간에 따라 공업(功業)을 이룬다. 만물에 대한 판단 기준의 유무는 만물의 순행에 따라 생기거나 없어진다. 그러하기에 '성인이 쇠퇴하지 않는 것은 추이에 따른 변화를 지키기 때문이다.'라고 하였다. 허무(虛無)는 도(道)의 일상이며 자연의 도에 따르는 인순은 군주의 근본이다. 모든 신하가 함께 이루면서 각자 자신을 발명(發明)해야 한다. 실질이 말(名分)과 일치하는 것을 정단(正端)이라 하고, 실질이 명분과 부합하지 않는 것을 관(款, 공허)이라 한다. 공허한 말(관언款言, 허언虛言)을 따르지 않으면 간교(奸巧)가 없어지고, 현(賢)과 불초(不肖)는 구분되며 흑백은 저절로 드러난다. 실존하며 이를 적용한다면 무슨 일을 이루지 못하겠는가! 대도(大道)에 합치하면 원기가 충만하여 천하를 밝게 하며, 무명(無名)으로 다시 돌아간다.

모든 사람이 태어나는 것은 신(神)이고, 정신이 의탁한 것은 형(形, 육신)이다. 정신을 과도히 쓰면 고갈되고 육신이 과로하면 피폐(疲弊)해지는데, 육신과 정신이 분리되는 것이 바로 죽음이다. 죽은 자는 다시 살아날 수 없고 분리된 것은 다시 합칠 수 없기에 성인은 정신과 육신을 중히 여긴다. 이런 점에서 본다면 정신은 생명의 근본이며 육신은 생명의 도구이다.

정신과 육신을 먼저 돌보지 않고 '내가 존재하기에 천하를 통치하겠다.' 라고 말한다면, 어디에 그 이유가 있겠는가?

(2) 《한서 예문지(漢書 藝文志)》 10가(家) 대의(大義)

다음은 반고의 《한서 예문지 제자략(諸子略)》이다.

〈제자략〉에서는 각 가(家)의 대표적 저술의 도서 권수와 내용을 기록하고 각 10家의 대의를 요약하였다.

이는 당시 제가(諸家)의 대의를 일목요연하게 읽을 수 있어 여기에 절록(節錄)하였다.

○ 유가(儒家)

유가류(儒家流)는 주(周)의 관직 사도(司徒)[441]에서 시작되었는데, 인군(人君)이 음양의 순리에 따르고 교화를 창도(唱導)하는 일을 돕는 직분이다. 유가는 《육경(六經)》을 연구하고 인(仁)과 의(義)의 추구에 전심(專心)하며, 요순(堯舜)의 도를 조술(祖述)[442]하고 (주周) 문왕(文王)과 무왕(武王)의 왕법(王法)을 본받으며, 중니(仲尼)를 종사(宗師)로 받들고 그 말씀을 중히 여기며 정도(正道)를 귀하게 여긴다.

공자(孔子)는 "누군가를 칭찬한다면 그럴만한 이유가 있을 것이다."라고 말하였다.[443] 당우(唐虞, 요순) 시대의 융성이나 은(殷)과 주(周)의 흥성, 그리고 중니(仲尼, 공자)의 제자 교육(業)은 이미 유가가 거둔 효과일 것이다.

그러나 현혹한 자는 유가의 미세한 말단을 추구하거나[444] 집착하는 실수가 있고, 편벽(偏僻)한 유자(儒者)는 수시로 억제나 고양(高揚)에 따라 유가의 근본에서 멀리 벗어나며 대중을 현혹하여

---

441 司徒(사도)는 周의 六卿 중에서 地官. 나라의 토지와 백성에 대한 教化 담당하였다.

442 祖述 — 祖는 始也. 述은 修也. 堯舜을 儒家의 시작으로 생각하고 그 道를 서술하다.

443 이 구절은 《論語 衛靈公》子曰, "吾之於人也, 誰毁誰譽? 如有所譽者, 其有所試矣. ~. 斯民也, 三代之所以直道而行也."

444 유가의 미세한 부분에 집착하는 실수를 범한다는 뜻.

존중을 받으려 한다.[445] 후진(後進)들이 이러한 폐단을 따르게 되니(循之, 좇을 순) 이로써 《오경(五經)》의 근본과 더욱 어긋나며 유학은 점차 쇠미하였으니, 이는 편벽한 유생들이 유발하는 환난일 것이다.

○ 도가(道家)

도가류(道家流)는 대개 사관(史官)에서 배출되었으니, 역대(歷代)의 성패(成敗)와 흥망과 화복(禍福)에 관련한 고금(古今)의 대도(大道)를 기록하였다. 그러다 보니 요점을 파악하고 근본을 견지하며 청정(淸靜)과 허무로 자수(自守)하며 낮은 곳(卑)에 미약하게(弱) 자신을 견지하였는데, 이는 또한 인군(人君)이 남면(南面)하는 술수(術數)이다. 이는 공경을 바탕으로 한 요(堯)의 극양(克讓)과 합치한다.[446]

《역(易)》에서 겸손을 말한 것은 한 번의 겸손에 4가지가 유익하니,[447] 이것이 겸손의 장점이다. 방일한(湯也) 자가 도가를 배우

---

445 이 부분은 유가의 폐단을 지적한 글이다.

446 《書 虞書 堯典》에 堯의 덕을 칭송하여 '允恭克讓(윤공극양)'이라 하였으니, 이는 堯가 信實한 恭敬을 바탕으로 한 사양지심(辭讓之心)을 가졌다는 뜻이다. 攘은 讓. 讓의 古字.

447 이는 겸괘(謙卦, ☷☶ 地山謙)의 단사(彖辭)에 볼 수 있다. 겸손으로 四益하다 하였으니 四益은 天益, 地益, 神益, 人益을 말한다. 원문은 「謙은 亨하나니, 天道는 下濟而光明하고 地道는 卑而上行한다. 天道는 虧盈而益謙하고, 地道는 變盈而流謙하며, 鬼神

게 되면 예학을 없애고 아울러 인의마저 포기하면서, 나 혼자만 청정겸허(淸靜謙虛)해도 태평을 이룰 수 있다고 말한다.[448]

○ 음양가(陰陽家)

음양가 유파는, 대개 희화(羲和)의 관직에서 나왔는데,[449] 희화는 호천(昊天, 上天)의 뜻을 받들고 천상(天象)과 일월(日月)과 성신(星辰)을 살펴 농사철을 알려주었으니, 이는 그런 관리들의 장기였다. 그러나 막힌 사람들이 음양을 담당하게 되면 금기(禁忌)에 얽매이고, 미세한 소수에 집착하여 인사(人事)를 버려두고 임의로 귀신을 섬기게 된다.[450]

○ 법가(法家)

법가의 유파는 이관(理官, 법관)에서 유래되었는데, 신상필벌(信

은 害盈而福謙하고 人道는 惡盈而好謙한다. 謙尊而光하고 卑而不可逾하나니 君子之終이다.」

448 이는 모든 道家가 仁義를 방치한다는 뜻이 아니고 방탕한 자가 어설프게 道家를 배우면 그렇게 된다는 뜻으로, 道家의 단점(폐단)을 지적한 말이다.

449 羲和之官－羲和(희화)는 羲氏와 和氏의 합칭. 전설에 의하면 堯가 羲仲(희중)과 羲叔(희숙), 그리고 和仲과 和叔 형제들에게 명하여 사방에 나눠 살면서 天象(天文)을 관찰하여 계절의 변화를 사람들에게 알려주게 하였다.

450 원문 泥於小數, 舍人事而任鬼神－泥는 진흙 니. 막히다(滯也). 舍는 그만둘 사(廢也), 집 사.

賞必罰)로 예제(禮制)를 보완하려 했다.

《역(易) 서합괘(噬嗑卦)》[451]에서도 「선생은 상벌을 분명히 시행하고 국법을 엄정히 한다.」고 하였으니, 이는 법가의 장점이다.

그러나 각박한 자가 법을 관장하면 교화가 없고 인애(仁愛)를 멀리하며, 오로지 형법(刑法)에 의지하여 통치하고, 가까운 친족에게도 잔인하여 은애와 온후한 인정을 해치게 된다.

○ 명가(名家)

명가의 원류는 예관(禮官)에서 나왔다. 옛날에 신분과 지위가 맞지 않으면 의례의 거행도 달랐다.[452]

공자가 말했다.

「반드시 위정(爲政)의 명분을 바로잡아야 한다. 명분이 부정하면 언사가 불순하고, 언불순(言不順)하면 만사가 불성(不成)한다.」[453]

---

451 《易 噬嗑卦(서합괘)》 - '火雷噬嗑 ☲ ☳' 噬嗑(서합)은 '깨물다'의 뜻. 噬는 씹을 서. 嗑은 입을 다물 합.

452 異數는 숫자가 달라진다. 예를 들어, 天子는 7廟, 제후는 5廟, 대부는 3廟, 士는 1개의 묘당에서 조상을 제사했다.

453 《論語 子路》명분이 바르지 않다면 그런 명분에 따라 하는 말이 순리에서 벗어나게 된다. 순리가 아니라면, 또 순리로 설명할 수 없다면 억지나 궤변으로 합리성을 입증해야 한다. 그것은 불가능하다. 그러니 國事가 제대로 성취될 수 없고, 國政이 제대로 추진되지 않는다면 예악이 무너진다. 예악이 붕괴한다면 곧 질서의 문란이고 문화와 학문, 理性과 合理가 제자리를 잡지 못하

이는 명가(名家)의 장점이다. 그러나 거짓된 자가 명분을 내세우면 혼란만 키울 뿐이다.

○ 묵가(墨家)

묵가는 종묘를 지키는 관직에서〔淸廟之守(청묘지수)〕시작되었다. 띠풀 지붕(모옥茅屋, 초가)에 참나무 서까래(채연采椽)로 지은 집에 살면서, 검소를 귀하게 여겼고, 노인을 부양하면서 겸애(兼愛)를 실천했으며, 선사(選士)에 대사례(大射禮)를 행하여 현자를 높였다. 조상의 제사를 받들고 어른을 존경하며(宗祀嚴父) 귀신을 중히 모셨다. 4시(時)에 순응하며 실행하니 운명이 아니라는 뜻이고(非命), 온 천하 모두에게 효행을 행하며 모두가 동일하다고 생각했으니, 이는 묵가의 장점이다. 그러나 막힌 어리석은 자가 이를 따르면 검약의 이득을 알아 의례를 실천하지 않고 겸애의 뜻을 추론하여 친소(親疏)의 구별을 모르게 된다.

며, 反知性的, 非文化的, 沒價値的인 僞善(위선)이나 非理, 악덕과 폭력이 난무하게 된다.
이는 法治가 무너진 것이고, 질서유지를 위한 최하위 개념인 형벌마저 바로 서지 못한 것이니, 이런 상황에서 백성이 안정된 생활을 하며 자유를 누리겠는가? 백성은 손발을 놀릴 수가 없을 것이다〔手足無措(수족무조)〕. 지금의 '手足無措'는 불안한 시대, 공황상태에서 어찌해야 좋을지 모르는 상황을 뜻한다.

○ 종횡가(從橫家)

종횡가[454]는 행인(行人)[455]의 관직에서 시작되었다.

공자(孔子)가 말했다. "《시》 3백 편을 외우더라도 사방에 사자로 나가 전대(專對)하지 못한다면 비록 많이 외운들 무얼 하겠는가?"[456] 또 "사자(使者)로다. 훌륭한 사자로다(使乎, 使乎!)" 하였는데, 이 말은 사자(使者)가 상황에 따라 일을 적절하게 처리한 것이니, 사자는 명을 받지만, 해야 할 말을 받지는 않으니,[457] 이는

---

454 從橫家 － 南北曰 縱(從), 東西曰 橫. 전국시대 후반에 秦은 막강했고, 나머지 6국은 군사력이 약했다. 이에 衆弱이 남북으로 연합하여 서쪽의 彊秦에 대항해야 한다는 외교방책이 합종책이었다. 秦과 화평하여 국가를 보전하며 다른 약국의 침략을 막을 수 있다는 방책이 連橫策이다.(연횡책, 連衡, 여기 衡은 가로 횡). 이런 주장을 펴는 縱橫家는 權變(권변, 상황에 따르는 능동적 변화)을 숭상하며 文辭와 辯說(변설)에 뛰어났었다.

455 行人 － 使者. 《周禮》에 秋官에 속한 大行人, 小行人이 있었다.

456 《論語 子路》子曰, "誦詩三百, 授之以政, 不達, 使於四方, 不能專對, 雖多, 亦奚以爲?" 이는 《詩》의 실용성을 강조한 말이다. 《詩經》의 그 본질은 詩歌라는 문학형식이고, 거기에 이런 저런 지식인의 潤飾(윤식)이 보태지면서 周 귀족 자제의 교재로 활용되었다. 그래서 귀족 자제들은 13세가 되면 樂과 詩를 배웠다고 한다. 이런 詩를 배우면서 우아하고 고상한 언어로 자신의 뜻이나 여러 사실을 표현하였고 교제와 외교에서도 詩를 인용하게 되었다.

457 사신으로 상대방 나라에 갈 때, 예를 들어 군주를 설득하여 동맹을 체결하라는 사명을 받지만, 무슨 말을 하라는 명령을 받아 가지는 않는다. 곧 사신으로 나가서는 상황에 따라 대처해야 한다는 뜻.

종횡가의 장점이다. 그러나 사악한 자가 유세(遊說)를 하면 윗사람을 속이거나 신의를 잃게 된다.

○ 잡가(雜家)

잡가 학파는 의관(議官)에서 시작되었다. 유가와 묵가의 사상을 아우르고(兼儒, 墨), 명가와 법가의 주장도 통합하나니(合名, 法), 치국(治國)의 대례(大體)가 여기에도 있음을 볼 수 있고,[458] 왕자(王者) 치국(治國)의 도가 다양함을 알 수 있는 것이,[459] 잡가의 장점이다. 그러나 방종한 자가 이런 학문을 하면 방만(放漫)하여 어디에 귀착할 바를 모른다.

○ 농가(農家)

농가는 농사를 담당하는 농직(農稷)의 관(官)에서 시작되었다. 온갖 곡식을 재배하고 농사와 길쌈을 권장하여 의식(衣食)을 넉넉케 하나니, 그래서 팔정(八政)[460]의 첫째가 식량이고, 둘째가 물화(物貨)이다.

---

458 國體는 治國의 大體. 此는 雜家之說.

459 원문 見王治之無不貫 - 王者의 治國에 百家之道가 다 필요하기에 한 가지 사상이나 주장만으로 일관할 수 없다.

460 〈洪範九疇〉의 八政은 一曰食, 二曰貨, 三曰祀(삼, 제사), 四曰司空(사공, 백성 안정), 五曰司徒(사도, 백성 교화), 六曰司寇(사구, 司法), 七曰賓(빈, 손님접대, 외교), 八曰師(軍事)를 말한다.

공자는 "백성의 양식을 소중히 여겨야 한다."고 하였으니,[461]
이는 농가의 장점이다. 그러나 비루한 자가 일을 담당하면 성왕
이라도 받들 필요가 없다며 주군이나 신하 모두 농사일을 해야
한다며 상하의 질서를 어지럽힌다.

○ 소설가(小說家)

소설가 유파는 패관(稗官)[462]에서 나왔다. 가담항어(街談巷語)[463]
나 도청도설(道聽塗說) 하는 백성이 만들어 낸다.

공자는, "비록 소도(小道)이나 반드시 볼만한 점이 있으며, 큰
뜻을 이루는데 장애가 될 수 있어 군자는 그런 일을 하지 않는
다."고 하였고,[464] 그러하기에 또 없어지지도 않는다.[465] 마을의

---

461 《論語 堯曰》 "~ 所重, 食喪祭." 食量, 喪禮, 祭祀를 소중히 여기
다.

462 稗官(패관) – 稗는 피 패. 밭곡식 이름. 우리나라에서는 먼 옛날은
모르겠으나 밭곡식 피를 거의 재배하지 않았다. 논에 자라는 벼
와 아주 비슷한, 고약한 잡초인 '피' 가 있다. 稗는 잘다. 굵거나
크지 않다. 街談巷說(가담항설)을 자질구레하고 시시콜콜한 이야
기로 보았다. 稗官은 小官. 패관을 보내 민간에 떠도는 이야기를
채집하여 그로써 民情을 살폈다.

463 街談巷語 – 巷은 골목 항. 마을의 안 길.

464 《論語 子張》에 나오는 子夏의 말이다. 子夏曰, "雖小道, 必有可
觀者焉, 致遠恐泥, 是以君子不爲也." 여기서 小道는 百工의 技藝
(기예) 또는 농사나 원예, 醫術과 占卜(점복), 음악 등의 재능을 의
미한다. 百家의 書는 異端의 雜書라고 해설한 사람도 있다. 名

작은 지식을 가진 자들이 만들어내기에 그치지 않고 또 잊히지도 않는다. (소설이) 나무꾼이나 허튼 소리나 하는 사람의 의논일지라도 받아들일 만한 것이 있을 것이다.

제자(諸子)는 총 189家에 4,324편이다.

筆, 畫家(화가), 石刻(석각), 바둑(下棋), 악기 연주나 마술, 심지어 골패의 기술조차도 깊이 연구하지 않는다면, 피나는 수련이나 엄격한 법도 하에 익히지 않고서는 大家의 명성을 누릴 수가 없다. 곧 기예에도 그 분야만의 특별한 원칙이나 도리가 있고 절차탁마의 과정을 거치게 마련인데, 군자가 그런 기예에 깊이 몰입하다보면 원대한 大道를 잊거나 막혀버리기에 군자는 그런 기예를 배우지 않는다고 했다.

465 小道에도 나름대로의 道가 있어 없어지지 않는다. 공자는 "종일 飽食(포식)하고 아무 일도 하지 않는 사람은 정말 어쩔 수 없다. 바둑〔博奕(박혁)〕을 둘 수도 있지 않은가? 그런 것이라도 하는 것이 오히려 나을 것이다."라고 말했다.《論語 陽貨》

공자가 말한 博奕(박혁)은 바둑으로 번역하지만 본래 박(博)은 일종의 주사위 놀이의 일종이고, 혁(奕)은 장기나 바둑을 뜻하며 놀이 방법이 달랐다고 한다. 공자의 이런 말은 아무것도 하지 않는 (無所用心) 것보다는 그래도 머리를 쓰는 놀이가 차라리 더 낫다는 뜻이었다. 사실 지금의 바둑은 아주 고차원의 두뇌 스포츠이며 거기에도 분명히 지키고 닦아야 할 棋道(기도)가 있다. 그 심오한 경지는 여러 명칭이 통용되지만 기성(棋聖)이라는 칭호가 만들어진 것을 보면 小道 중 으뜸이 아니겠는가?

○ 결어(結語)

제자(諸子) 10가에서 볼만한 것은 9가뿐이다. 모두 왕도(王道)가 쇠미하여 제후가 정치를 주도한 뒤에 일어났는데, 이는 그 당시 세속 군주의 호오(好惡)가 달랐기 때문이다.

9가의 학설이 떼를 지어 일어나 각각 한 끝을 잡고 장점을 강조하며 자기 이론으로 제후를 취합(聚合, 取合)하려 했다. 그 말이 서로 달랐으나 비유하자면, 물불(水火)이 서로를 없애며 돕는 것과 같았다. 인(仁)과 의(義), 경(敬)과 화(和)는 서로 상반하면서 상생(相生, 相成)한다.

《역(易)》에서는[466] 「천하는 동귀(同歸)하나 길이 다르고(수도殊塗), 하나가 되지만 생각은 제각각(백려百慮)이라.」고 하였다. 지금 서로 다른 학파(9가)가 각각 장점을 내세우고 온갖 지혜와 사려를 다하여 그 주장을 밝히는데, 비록 그 폐단과 단점이 있지만 그 요지와 귀착점은 역시 육경(六經)의 끝이라 할 수 있다.[467] 가령 어떤 사람이 명왕(明王)이나 성주(聖主)를 만나더라도 합치하는 바가 있어야만 주군을 보좌하는 역할을 할 수 있을 것이다.

공자가 말했으니 "(도읍에) 예(禮)가 사라졌다면 외야(外野)에서 구해야 한다."고 하였는데,[468] 지금은 성인(聖人)이 살던 시대

---

466 《易 繫辭(계사) 下》의 구절.

467 諸家의 주장을 六經에 비유하자면 水의 下流, 衣의 끝자락〔末裔(말예)〕과 같다.

468 都邑에서 失禮했다면 外野에서 구할 수 있다. 이 말은 禮의 근본

와 오래되었고 도술(道術)도 부족하거나 없어져 찾을 곳이 없다지만, 제자(諸子) 9가에서 찾는다면 외야에서 찾는 것보다 낫지 않겠는가? 저들 9가가 만약 육예(六藝, 육경)의 학술을 연찬하여 단점을 버리고 장점을 취할 수만 있다면 가히 만방(萬方)에 통할 수 있는 지략을 깨칠 수 있을 것이다.[469]

2. 제자諸子 이야기

(1) 유가 제자

○ 공자(孔子)의 호학(好學)

공자가 배우기를 좋아하고 열심히 공부했다는 것은 누구나 다 인정해야 한다. 공자 자신이 즐겨 배웠고 열심히 노력했기에 그에 따른 성취가 있었으며, 그만한 학문적 바탕이 있었기에 자기 철학을 확실히 할 수 있었고, 제자들에게 호학과 면학을 권했을 것이다. 공자의 호학과 면학은 어느 정도였으며, 어떤 영향을 남겼는가?

───────

을 추구하면, 예를 지켜나갈 수 있다는 뜻으로 해석해야 한다.

469 萬方은 天下. 萬方之略은 天下之道. 略은 道術.

자신을 위한 배움

물건을 만드는 사람은 공장에서, 모든 사람들은 자기 일터에서 자신의 일을 수행한다. 그렇다면 학문을 하는 사람의 일터는 어디인가? 그 일터가 학교 또는 대학의 연구실이라는 좁은 개념의 공간일 수는 없다.

공자의 제자 자하(子夏)는 배우는 사람은, 또 진정한 배움을 이룩한 사람은, 배움의 과정에서 도(道)를 실현한다고 하였다.[470] 이는 배움의 과정 그 자체가 군자(君子)의 일터라는 뜻이다.

공자는 제자들에게 개념이나 사상을 가르치기 전에 때로는 구체적이고 실질적인 교육을 했다. 예를 들면, 인(仁)을 좋아하고 추구하지만 학문의 바탕이 없다면 그 폐단은 어리석음이며, 지혜로움(知)을 좋아하지만 배움이 없으면 허황된 것이며, 용기를 추구하면서도 학문적 바탕이 없다면, 이는 혼란(亂)이라고 말했다.[471]

시장의 원리를 무시한 제품은 성공을 거둘 수 없다. 다시 말해, 고객의 기호를 무시한 상품이 성공할 수는 없다. 그렇다면 이러한 원리를 배움에도 적용할 수 있겠는가?

---

470 《論語 子張》子夏曰, 百工居肆以成其事 君子學以致其道.
471 《論語 陽貨》子曰, 由也 女聞六言六蔽矣乎. ~ 好仁不好學 其蔽也愚 ~ 好勇不好學 其蔽也亂?

요즈음 우리의 현실을 고려한다면, 나를 써줄 만한 기업을 위한 맞춤형 지식을 축적하거나 그 회사에 필요한 기능을 수련하는 일이 가장 빠른 길일 수도 있다. 첩경을 달려가는 사람은 다른 길을 고려하지 않는다. 이처럼 전문지식만을 고집한다면 다른 인문 지식은 필요 없다는 가장 쉬운 결론을 얻을 수 있다. 그러나 그것이 가장 바른길(正道)이겠는가?

공자의 시대에는 또 공자한테 배우는 제자들은 요즈음과 같은 생존경쟁을 몰랐을 것이다. 때문에 공자는 상당히 포괄적이면서도 실질과는 관련성이 적다고 생각할 수 있는 교육을 한 것 같다.

공자가 바라는 진정한 배움은 우선 자기완성(自己完成)이었고 자아실현(自我實現)이었다. 그러면 저절로 자신의 목표를 성취할 수 있을 것이라고 생각했다. 다시 말해, 폭넓은 배움은 좋은 인품을 만드는 것이라고 생각했다. 좋은 제품이 시장에서 잘 팔리는 것처럼 폭넓은 배움이 곧 자아실현이고, 그것은 곧 나와 남을 위한 배움의 길일 것이다.

배움은 깨우침

오늘날의 지식과 정보를 제공하는 교육은 양적으로 엄청나게 많지만 현대의 교육은 학습자에게 '깨우침'을 강조하지 않는 것 같다. 지식과 정보의 교육에는 자신에 대한 성찰(省察)이나 철학적 통찰(洞察)이 없다.

공자가 강조한 것은 자신에 대한 성찰과 그 결과 얻을 수 있는 깨우침이었다. 예를 들면, 인(仁)을 알고 실천하라는 공자의 가르침은 지식과 정보의 습득 또는 기술의 이해나 숙련을 강조하는 현대의 교육과 본질적으로 달랐다. 공자가 제자들에게 강조하는 깨우침이란 지식과 정보의 양이 많다 하여 얻을 수 있는 것은 아니었다.

공자의 중심 사상은 인(仁)이다. 인(仁)을 중시했기에, 인(仁)이 무엇인가를 스스로 알기 위하여 공자는 학문을 했고 또 실천하려고 노력도 했다. 그리고 제자들에게 인(仁)을 여러 가지로 설명을 하면서 실천하라고 가르쳤다. 공자는 특히 지배층에게 인을 강조했고 인(仁)을 깨닫고 실천하려는 의지를 가진 군자가 되어야 한다고 구체적인 인간상을 제시했다.

공자는 군자와 소인을 구분하고 여러 가지로 비교도 했다. 또 효(孝)를 가르쳤는데 효와 불효는 구분이 된다. 그렇다면 공자는 이분법적 사고를 벗어나지 못했고, 이분법적 사고로 제자들을 가르쳤다고 보아야 하는가?

그러나 군자와 소인의 구분은 언어적 표현이다. 언어는 본래 구분하여 표현하는 것이 그 수단이다. 유(有)와 무(無), 선(善)과 악(惡)이라는 말로 존재나 가치를 설명한다 하여 이분법적 사고라고 단정할 수 없다. 그리고 언어로는 모든 것을 다 표현할 수도 없다. 더군다나 깨우친 사람이 자신의 그 깨우침을 언어로 표현하여 남에게 모든 것을 전달할 수도 없다. 공자의 경우는 분명 그러했다.

실제로, 인이란 곧 인자하려고 스스로 노력한다 하여 얻어지는 것이 아니었다. 인(仁)과 불인(不仁)의 구분을 떠나 모두를 포용할 수 있는 생각과 성찰이 있어야 한다. 포용이 없는 어짊(仁)은 없지만, 모든 것을 다 포용했다고 해서 어질다는 뜻은 아닐 것이다.

인(仁)은 커다란 깨우침이다. 한 사람의 생각이나 행동이 인이냐 아닌가를 이분법적으로 구분할 수는 없다. 어짊은 이분법적인 사고나 분별(分別)의식을 초월하는 통찰을 거쳐야 깨우칠 수 있다. 이처럼 배움은 깨우침을 얻는 것이다.

○ 《논어(論語)》의 가치

《논어》는 공자 철학에 관한 기본 자료이며 공자 사상의 결정판으로, 공자가 죽은 뒤, 2500년간 지속적으로 읽혀 온 최고의 인문교양서이다. 《논어》는 공자의 사상이 일관되게 관통하고 있는 유가(儒家) 최고의 경전으로 간결하고도 아름다운 문장이 가득하다.

《논어》는 읽으면 읽을수록 그 느낌이나 감동이 다르고, 읽을 때마다 그 지평(地平)이 끝없이 넓어지는 책이다. 《논어》를 제대로 읽지도 않은 사람들이 《논어》가 낡은 사상이나 전통 윤리를 강요하고 진보적인 사고를 가로막는다고 생각하지만, 실제로 《논어》는 매우 논리적이고 진보적인 동양 고전 중의 고전이다.

《논어》는 유가 경전의 기초이며, 유가사상의 원천으로 지금도 영향력을 행사하는 책이다. 젊은이나 나이 든 사람을 막론하고 많은 사람들이 여전히 《논어》를 읽고 나름대로 해석하고 교훈을 얻는다. 《논어》를 읽고 나서 아무렇지도 않은 사람이 있고, 마음에 와닿는 한두 구절에 좋아하는 사람, 또 《논어》를 소중히 여기는 사람도 있으며, 자신도 모르게 덩실덩실 춤추는 사람도 있다고 하였다.

그러나 지금 세상에 《논어》를 교과서 배우듯 읽고 외우는 사람은 거의 없을 것이다. 필자 역시 젊어 《논어》를 배웠지만, 여전히 읽을 때마다 새로운 느낌으로 다가온다. 필자는 여러 사서(史書)를 공부하며 한대(漢代)에도 《논어》가 여전히 정치와 학문에서 큰 영향을 행사했음을 알았다. 《논어》의 전문(全文)과 그 번역은 얼마든지 구해 읽을 수 있다.

그러나 《논어》 20편의 서술 내용은 단계적이거나 체계적이 아니며, 같은 의미의 말이나 문장이 곳곳에 흩어져 있다. 우리가 《논어》의 구절이나 명구(名句)를 자연스럽게 활용하지만, 《논어》의 고사(故事)나 명언(名言)을 요약정리하고 전후 내용도 참고로 제시하면, 그 뜻을 훨씬 깊게 이해할 수 있을 것이다.(참고, 필자의 《논어명언삼백선(論語名言三百選)》, 명문당, 2018)

북송(北宋)의 개국공신으로 3차례 재상을 역임했던 조보(趙普, 922~992)는 학문이 깊은 사람은 아니었다.

그가 송(宋) 태종(太宗, 조광의, 재위 976~997)에게 말했다.

"신에게 《논어》 한 권이 있는데 그 절반으로 태조의 천하 평정을 도왔고, 나머지 반으로는 폐하께서 태평을 이루도록 도왔습니다.(臣有論語一部. 以半部佐太祖定天下, 以半部佐陛下致太平.)"

후세 사람들은 이를 두고 조보가 '《논어》반 권으로 세상을 다스렸다(半部論語治天下).'고 말했다.

이는 《논어》의 효용성을 과장하여 강조한 말이지만, 사실 《논어》가 아닌 어떤 책이든 읽으면 유익하기에(開卷有益), 언제나 손에 책을 들고 살아야 한다[手不釋卷(수불석권)].

○ 공자의 젊은 날

공자가 죽고(기원전 479년), 약 330여 년 뒤에 출생한 사마천(司馬遷, 前 135?~86?)이 저술한 《사기 공자세가(史記 孔子世家)》는 공자에 관한 가장 상세한 기록으로 인정받고 있다.

사마천이 공자를 개인의 전기라 할 수 있는 열전에 넣지 않고 제후의 반열인 세가(世家)에 넣은 것은 매우 특별한 배려이기에 이에 관련하여 많은 논쟁이 있었다. 물론 사마천의 기록도 완전한 기록은 아니지만[472] 공자의 일생을 전하는 《공자가어(孔子家語)》보다는 신이(神異)한 내용이 없어 사실에 가까운 기록으로 인

---

472 淸의 고증학자 崔述(최술, 1740~1816년)은 《洙泗考信錄(수사고신록)》이란 저서에서 사마천의 〈공자세가〉 기록은 7~8할이 중상모략이라고 비판하였다. 공자의 일생에 관한 많은 저술이 있지만, 필자는 논문 〈공자세가의 연대기적 내용에 대한 연구〉(1998)에서 〈공자세가〉에 수록된 年代記的 내용의 오류를 분석하였다.

정받고 있다.[473]

    공자[474]의 본명은 공구〔孔丘, 字는 중니(仲尼)〕로, 당시 노(魯)나라의 추읍(郰邑, 지금의 산동성 중부 제녕시 관할 곡부시)에서 몰락한 하급 무사의 아들로 태어났다.[475] 출생연도에 여러 설이 있지만 지금은 일반적으로 前 551년 출생으로 통용되며, 前 479년에 73세를 일기로 작고하였다.

<hr/>

473 《孔子家語》는 孔子의 思想과 일생에 관한 기록으로 漢 이전부터 漢代에 걸쳐 쓰인 책이나 지금 통용되는 것은 왕숙(王肅, 후한 말~魏)이 정리한 것이다. 그러나 顧頡剛(고힐강)은 《孔子硏究講義》라는 책에서 《孔子家語》는 왕숙의 僞作(위작)으로 '믿을만한 내용이 아무것도 없는 책'이라 하였다.

474 《論語》에는 제자들이 보통 스승 공자를 '子'라고 통칭했다. 이때 子는 성인 남자에 대한 통칭이었지만 점차 스승이나 유덕한 사람을 지칭했다. 夫子(부자)는 大夫에 대한 경칭인데, 나중에는 공자의 제자들이 스승 공자에 대한 호칭이 되었다. 그리고 《論語》에는 '孔子曰'로 지칭한 장도 있는데, 이는 《論語》가 어떤 원칙하에 일관되게 편찬되지 않았기 때문이다. 孔子를 영어로 Confucius라고 번역하는데, 이는 공부자(孔夫子)의 음역이다. 유가사상은 Confucianism이라 한다.

475 魯나라의 도성 曲阜(곡부)에서 20여 km 지점에 郰邑(추읍, 鄹, 陬로도 표기)이 있었다. 공자의 어머니 顔氏는 尼丘山(이구산)에 기도를 해서 공자를 낳았으며, 공자의 부친 별세 후에는 魯 도성 내의 闕里(궐리)로 이사했고, 공자는 궐리에서 생활하였다. 이 근처에 洙水(수수)와 泗水(사수)가 있다. 그래서 尼丘(이구)와 洙泗(수사), 闕里(궐리)는 때로 공자의 代稱(대칭)으로도 쓰인다.

공자는 3살에 부친을 여위고 젊은 미망인 어머니의 손에 양육되었으니 그 가정의 경제적 상황이 어떠했겠는가는 쉽게 짐작할 수 있다.

당시 공자는 신분상 일반 평민이 아닌 관직에 나갈 수 있는 길이 열린 사(士)에 속했지만 경제적으로 힘든 궁사(窮士) 계층이었다.

사(士)는 문화적 소양과 지식을 지닌 계층으로 중하급 관리 노릇을 할 수 있었으며 경제적으로는 토지를 사유할 수 있어 국가적으로도 중요한 계층이었다. 사 계층의 위로는 귀족이라 할 수 있는 대부(大夫)가 있고, 아래로는 생산 활동에 종사하는 평민(소인)이 있었다. 사(士)는 스스로의 노력과 관운에 의거 신분 상승을 할 수도 있지만 잘못하면 평민으로 떨어질 수도 있었기에 이들은 태생적으로 현실 개혁 의지를 갖고 있었다고 볼 수 있다.

공자 역시 처음에는 창고지기와 목장 관리인 같은 낮은 직위에 있었다. 공자 자신도 이런 낮은 지위에 근무했었다는 사실을 숨기지 않았다. 공자가 창고지기를 할 때는 회계가 정확했고, 목장 관리인을 할 때는 소나 양들이 잘 번식했다는 기록이 있다.

그러나 농사를 지어도 굶주릴 수 있고, 학문을 하면 녹봉을 얻을 수도 있었기에 공자나 그 제자들은 스스로 노력하며 관직을 구하려 애를 썼다.

이들 사 계층은 관직을 유지하고 잘 살아가려면 반드시 공경(公卿)이나 대부들에게 매달릴 수밖에 없었다.

공자는 15세에 배움에 뜻을 두었다고 했다.[476]

공자는 일정한 스승에게 배우기보다는 문자 습득 후 독학에 의한 학습을 했을 것이고, 창고지기 같은 하급 관리로서의 실무도 익혔을 것이다. 젊은 날의 이런 경험은 하층민들에 대한 접촉과 함께 그에 대한 이해의 바탕을 넓힐 수 있었을 것이다.

공자는 모친이 죽은 뒤 복상(服喪)했을 것이고, 그 이후에도 관직에 있었는가는 상세히 알 수 없다. 다만 30세에 자립(三十而立)했다는 것은 인생과 학문, 처세에서 자신의 주관이 확립되었다는 것을 의미한다. 동시에 자신이 육예(六藝)에 관한 학문을 계속 연마하면서 찾아오는 제자들에게 예와 학문에 관한 지식을 전수했을 것으로 생각할 수 있다.

사실 공자의 생애에는 별로 극적인 요소가 없었으며, 당시의 세속적 기준으로 본다면 성공한 삶은 아니었다. 공자의 포부가 실현된 것도 없었으며, 그의 제자들이 각국에서 크게 등용된 경우도 많지 않았다.

이는 당시 여러 제후국의 정세가 공자의 인의(仁義)에 의한 정치를 시도할 만큼 안정적이지 못했으며, 공자의 주장이 현실적으로는 수용이 어려운 이상적 주장이었다고 볼 수도 있다.

---

476 《論語 爲政》子曰, 吾十有五而志於學, 三十而立, 四十而不惑, 五十而知天命, 六十而耳順, 七十而從心所欲 不踰矩.

다만 그의 제자들에 의하여 공자의 사상은 단절되지 않고 계속 확산되었는데, 전한(前漢)의 무제(武帝, 재위 前 141−87)가 동중서 (董仲舒)의 건의를 받아들여 유학을 국가 정치와 백성 교화, 곧 정교(政敎)의 이념으로 채택하면서 크게 융성하기 시작했다. 그렇지만 이로 인해 유교는 전제정치의 정당화에 악용되기 시작했고, 공자에 대한 여러 가지 전설이 보태지거나 윤색되었다.

○ 공자의 제자들

공자가 말했다.

"나에게 배워 육예(六藝)에 능통한 제자가 77명이니,[477] 모두가 특별한 능력을 가진 문사(文士)이다. 위덕(德行)이 훌륭한 자는 안연(顏淵)과 민자건(閔子騫), 염백우(冉伯牛, 冉耕), 중궁(仲弓)이다.[478] 정사(政事)에 유능한 자는 염유(冉有)와 계로(季路, 자로)이다. 언어(言語, 응대)를 잘하는 사람은 재아(宰我)와 자공(子貢)이다. 문학(文學, 문헌)에는 자유(子游)와 자하(子夏)가 뛰어났다."

전손사(顓孫師, 자장)는 지나치고,[479] 증삼(曾參)은 노둔(魯鈍)하

477 《孔子家語》에는 〈七十二弟子解〉가 있다.

478 이는 《論語 先進》에 수록되었다. 《論語》에는 言語가 먼저이나 여기서는 政事를 먼저 열거했다. 德行, 言語, 政事, 文學을 孔門 四科라고 하고, 顏淵, 閔子騫, 冉伯牛, 仲弓, 宰我, 子貢, 冉有, 季路, 子游, 子夏를 孔門十哲이라고 칭한다.

479 偏僻(편벽). 子張은 재주가 많으나 사벽(邪僻)하고 꾸밈이 지나치다는 뜻.

고,[480] 고시(高柴, 자고)는 우직하고,[481] 중유(仲由, 자로 또는 계로)는 거칠고,[482] 안회(顔回, 안연)는 늘 궁색하였다. 단목사(端木賜, 子貢, 子贛 同)는 천명을 받지는 않았지만 경상(經商, 理財)에 뛰어나 그 추측이 여러 번 적중하였다.[483]

○ 안회(顔回)의 가난

안회(顔回)는 노(魯)나라 사람으로, 자(字)는 자연(子淵)이다.[484]

---

480 魯는 노둔할 노, 鈍은 무딜 둔. 曾子는 遲鈍(지둔)하다. 머리 회전 이 빠르지 못했다.

481 愚는 우직하다(愚直之愚).

482 子路의 행실이 차분하지 못하고 거칠었다는 뜻. 卑俗하다. 仲由 (前 542년~前 480)-字는 子路, 보통 季路(계로)로도 표기. 孔門 十哲의 한 사람(政事). 孔子보다 9살 아래이며, 공자를 가장 오랫 동안 모셨으며, 공자를 따라 列國을 주유했다. 가정에서는 孝子 로 〈二十四孝〉 중 '위친부미(爲親負米)'의 주인공이다.

483 공자의 이런 평가는 제자들이 자신을 알고 힘써 고쳐나가라는 뜻이었다. 《論語》의 문장과 약간 다르다. 屢空은 생활이 아주 곤 궁하다는 뜻. 子貢은 理財에 밝아 중국인에게 儒商의 始祖로 추 앙받고 있다. 《論語 先進》柴也愚, 參也魯, 師也辟, 由也喭. 子曰, "回也其庶乎, 屢空. 賜不受命, 而貨殖焉, 億則屢中."

484 顔回(前 521~481년)-字 子淵, 顔子, 顔淵(안연)으로도 호칭. 春 秋시대 魯國人(今 山東省 南部 濟寧市 관할 縣級 曲阜市). 孔子 72門徒의 첫째. 孔門十哲 德行으로도 첫째. 漢代 이후로 안연은 72제자의 첫째 인물로 공자 제향 시에 늘 配享되었다. 이후 여러 추증을 받는데 明 世宗 嘉靖 9년(1530) 이후 「復聖」이라 존칭

공자보다 30세 적었다. 안연(顔淵)으로도 기록한다.

안회가 인(仁)에 대하여 묻자, 공자는 "극기복례(克己復禮)한다면 천하 사람들은 너를 인덕(仁德)을 갖춘 사람이라고 칭송할 것이다."[485]

공자가 말했다.

"안회의 덕행은 훌륭하도다! 한 그릇의 밥과 물 한 바가지를 마시며 좁은 골목에 살아도 다른 사람은 그런 고생을 감당하지 못하지만 안회는 도락(道樂)을 바꾸지 않는다."[486]

"안회는 어리석은 것 같다. 그러나 안회가 물러난 뒤 그 행실을 살펴보면 내 가르침을 착실히 지키니, 안회는 결코 어리석은 사람이 아니다."[487]

"나를 등용한다면 출사할 것이고, 등용되지 않는다면 은거할

하였다.

485 克己는 約身也. 자신의 행실을 조심하다. 顔淵問仁. 子曰, "克己復禮爲仁. 一日克己復禮, 天下歸仁焉. 爲仁由己, 而由人乎哉?" 顔淵曰, "請問其目." 子曰, "非禮勿視, 非禮勿聽, 非禮勿言, 非禮勿動." 顔淵曰, "回雖不敏, 請事斯語矣."《論語 顔淵》

486 子曰, "賢哉, 回也! 一簞食, 一瓢飮, 在陋巷, 人不堪其憂, 回也不改其樂. 賢哉, 回也!"《論語 雍也》. 一簞食(일단사)는 작은 대나무 그릇에 담긴 밥. 簞은 대광주리 단(筥也). 食는 밥 사. 먹이다.

487 子曰, "吾與回言終日, 不違如愚. 退而省其私, 亦足以發, 回也不愚."《論語 爲政》. 不違如愚는 가르치면 가르친 대로 고지식하게 그대로 따르다(默而識之). 亦足以發의 發은 啓發. 闡發(천발). 스승의 가르침을 자기에 적용하며 잘 지켜나가다.

것이니 이는 나와 너만이 똑같다."

안회는 나이 29세에 머리가 하얗게 세었고 일찍 죽었다.

공자는 안회의 죽음에 통곡했다.⁴⁸⁸

그러면서 "내 문하에 안회가 있어 제자들이 나와 더 가까워졌다."고 말했다.⁴⁸⁹

노 애공(魯 哀公)이 물었다.

"제자 중에 누가 호학(好學)합니까?"

이에 공자께서 대답하였다.

---

488 顔淵死, 子哭之慟. 從者曰, "子慟矣!" 曰, "有慟乎? 非夫人之爲慟而誰爲?"《論語 先進》. 慟은 서럽게 울 통. 안연이 머리가 센 것은 가난과 영양실조 때문이고, 나이 40 이전에 죽었다.《孔子家語》에는 안회가「年二十九而髮白, 三十二而死.」라고 하였는데, 이는 착오이다. 공자의 아들 伯魚(孔鯉)가 50세에 공자보다 먼저 죽었는데, 그때 공자는 70세였다. 안회가 죽었을 때 공자는 '鯉也死, 有棺而無槨.' 이라 하였다(《論語 先進》). 공리보다 나중에 죽었으니 공자보다 30세 연하인 안회는 40세에 죽었다고 보아야 한다.

489 공자와 안회는 서로 의지하고 뜻이 같은 가까운 師弟 간이었기에 다른 제자도 공자를 가깝게 생각하였다는 뜻. 顔淵은 공자를 "우러러볼수록 높아지고, 뚫을수록 견고하시며, 앞에 보이다가도 어느덧 뒤에 있는 것 같도다! 스승께서는 순리대로 우리를 이끌어주셨으며, 나의 학문을 넓혀주셨고, 예로 나의 행실을 바로잡아주셨다. 이제는 학문을 그만둘 수도 없고 다만 나는 최선을 다하여 우뚝 일어설 수 있어야 한다. 스승의 뒤를 따르고자 하나 따라갈 수가 없도다!" 라고 탄식하였다.

"안회란 제자가 있어 호학하였으니, 안회는 분노를 다른 사람에게 내보이지 않고 과오를 거듭하지도 않았습니다만 불행히 단명하여 죽었고, 지금은 안회만큼 호학하는 제자가 없습니다."[490]
《사기 중니제자열전(史記 仲尼弟子列傳)》

○ 효자 민자건(閔子騫)

민손(閔損, 前 536년~487년)의 자(字)는 자건(子騫), 노국인(魯國人). 공문십철(孔門十哲) 중 덕행(德行)으로 유명하다.

민자건은 큰 효자였다. 어려서 모친을 여의고 계모 밑에서 생활하였다.

어느 해 겨울에 계모는 두 아들에게만 솜옷을 입히고 민자건에게는 갈대솜(蘆花, 蘆絮)을 넣은 홑옷(單衣)을 입게 했다. 민자건은 아버지를 태우고 수레를 몰았는데, 너무 추워 실수를 하여 수레가 구덩이에 처박혔다. 아버지가 크게 나무라며 매질을 하자, 홑옷이 터지면서 갈대 솜이 날렸다.

부친이 사실을 알고 계모를 내쫓으려 하자, 민자건이 울면서

---

490 《論語 雍也》哀公問, "弟子孰爲好學?" 孔子對曰, "有顔回者好學, 不遷怒, 不貳過. 不幸短命死矣, 今也則亡, 未聞好學者也." 孰은 누구 숙. 不遷怒는 자기감정을 잘 통제할 수 있어 다른 사람에게 표현하지 않는다. 不貳過는 같은 실수를 거듭하지 않는다. 공자는 季康子의 물음에도 안회가 호학한다고 말했다. 《論語 先進》季康子問, "弟子孰爲好學?" 孔子對曰, "有顔回者好學, 不幸短命死矣, 今也則亡."

말했다.

"어머니가 계시면 저만 추위에 떨지만, 어머니가 안 계시면 자식 셋이 고생하게 됩니다."

부친은 계모를 용서했고, 계모는 잘못을 뉘우쳤다.

이를 〈이십사효(二十四孝)〉 중 '단의순모(單衣順母)'라고 한다.

○ 기절했던 증자(曾子)

증삼(曾參, 증자)이 산에서 나무를 할 때 손님이 찾아왔다.

증삼의 모친은 기다렸지만 어떻게 알릴 방법이 없었다. 이에 모친은 손가락을 깨물어 피를 흘렸다. 산에서 나무하던 증삼은 갑자기 가슴이 아파 견딜 수 없었는데, 증삼은 모친에게 변고가 있다고 생각하여 급히 나뭇짐을 메고 돌아왔다.

모친은 "내 손끝을 깨물어 너에게 알리려 했다."고 말했다. 이를 설지통심(齧指痛心, 깨물 설)이라 한다.

증삼이 오이밭을 매다가, 실수로 오이 모종의 뿌리를 잘라버렸다. 아버지 증석(曾晳)이[491] 화를 내며 큰 몽둥이로 증삼의 등짝을

---

[491] 曾晳(증석, 살결 흴 석)은 曾蒧〔증점, 蒧은 풀이름 점(蒧, 通 點)〕이다. 曾參의 부친이다. 《孔子家語 七十二弟子解》에는 曾點, 그리고 字를 子晳(자석)이라고 했다. 공자 초기의 제자로 공자보다 20세 정도 어렸다. 孔子를 모실 때, 孔子가 말했다. "너의 素志를 말해보아라." 그러자 증점이 말했다. "春服이 마련되면 어른(冠者)

후려쳤는데, 증삼은 땅에 엎어져 사람도 몰라보고, 한참 있다가 겨우 깨어났다.

증삼은 기쁜 듯(欣然, 흔연히) 일어나 아버지에게 가서 말했다.

"조금 전에 제가 아버님께 죄를 지었고, 아버님께서는 온 힘을 다하여 저를 깨우쳐주셨는데, 어디 아프신 데는 없습니까?"

그리고서는 제 방에 들어가 금(琴)을 잡고 노래하여 아버지가 듣고 자기 몸이 괜찮다는 것을 알게 하였다.

이런 사실을 공자가 듣고서는 화를 내며 문하의 제자들에게 말했다.

"증삼이 오더라도 들여보내지 말라."

증삼은 아무것도 모른 채 사람을 보내 스승을 뵙겠다고 청했다. 그에 공자가 말했다.

"너는 알지 못했느냐? 옛날 고수(瞽叟)의 아들이 순(舜)이었는데,[492] 순은 아버지를 섬기면서, 아버지가 일을 시키려하면 언제

———
대여섯과 아이(童子) 예닐곱과 함께 沂水(기수)에서 목욕하고 舞雩(무우)에서 바람을 쐰 뒤에 노래를 읊으며 돌아오고 싶습니다." 이에 공자께서 크게 한숨을 쉬고서는 말했다. "나도 너처럼 그러고 싶도다."

492 舜의 부친 이름 瞽叟(고수)의 瞽는 '소경 고'이고, 叟는 '늙은이 수'이나 叟는 瞍(소경 수)이어야 한다는 주석도 있다. 하여튼 고수는 소경이지만, 정말 눈이 먼 사람이라기보다는 사람을 알아보지 못하는 눈뜬 장님과 같다는 의미로 해석해야 한다. 착한 아

나 그 곁에 있었으나 아버지가 순을 죽이려고 찾을 때면 찾을 수
가 없었다. 작은 회초리로 때리면 끝날 때까지 참고 기다렸지만,
큰 몽둥이를 잡아들면 도망갔기에, 고수는 아버지 노릇을 못한다
는 죄를 짓지 않았고, 순도 아버지에게 할 수 있는 효도를 다하였
다. 이번에 너는 부친을 섬기면서 부친의 분노에 너의 몸을 맡겨
두고, 죽음도 피하지 않았으니, 만약 네가 죽었다면 부친은 불의
(不義)의 죄를 지었을 것이니 이보다 더 큰 불효가 어디 있겠는가?
너는 천자의 백성이 아닌가? 천자의 백성을 죽였다면 그 죄가 무
엇과 같겠는가?'

증삼은 이를 전해 듣고 말했다.

"제가 큰 죄를 지었습니다."

그리고서는 공자 처소에 나아가 사죄하였다.

○ 아성(亞聖) 맹자(孟子)

공자는 지성(至聖)이다. 공자의 학문과 인덕(仁德)에 가장 접근
한 사람은 복성(復聖)인 안자(顏子, 안연), 종성(宗聖) 증자(曾子), 술

들을 몰라보았고 완고한 아내와 버르장머리 없는 서자를 두둔하
였다. 무엇보다도 자신의 악행을 몰랐으니 눈이 없는 사람보다
더 나쁜 사람이었다. 아들을 죽이려고 셋이서 한 짓을 보면 정말
기가 막힌다. 그러나 순은 자식의 할 일을 다하고 도리를 지켰
다. 《中庸》 10장에서 孔子는 「舜은 大孝이다! 덕행은 성인이고
(德爲聖人) 尊貴하기는 天子이다(尊爲天子).」라고 말했다.

성(述聖) 자사자(子思子), 아성(亞聖) 맹자(孟子)이다.

이상은 문묘(文廟)나 성균관 대성전의 사배(四配)이다.

술성 자사(子思)는 공자의 손자 공급(孔伋, 前 483－402)이다. 공자는 결혼 다음 해(20세)에 아들을 보았다. 마침 魯의 소공(昭公, 재위 前 541－510)이 인편에 축하의 선물로 잉어(鯉)를 보내주었기에 아들 이름을 공리(孔鯉, 前 532－483, 字는 伯魚)라 하였다.

공리는 나이 50에 공자보다 먼저 죽었고, 공리의 아들 급[伋, 자사(子思), 前 483－402]은 전국 초기에 증자(曾子)에게 배웠고 노 목공(穆公)에게 출사했다. 자사(子思)가《중용(中庸)》을 지었다는 주장은 실증이 어렵다. 맹자는 자사의 문인(門人)에게 배웠다.

맹자(孟子, 名은 軻, 前 372－289, 수레의 굴대 가)는 추읍[鄒邑, 지금의 산동성 서남부 제녕시(濟寧市) 관할 추성시(鄒城市)] 출신으로 자사의 문인에게 배운 재전(再傳) 제자이다. 맹자는 전국 시기 유가의 대표 인물로, 성인에 버금간다는 뜻으로 '아성(亞聖)'이라 존칭한다. 그리고 보통 공자와 합칭하여 '공맹(孔孟)'으로 일컬어진다. 《사기 맹자순경열전(史記 孟子荀卿列傳) 14》에 입전. 성선론(性善論)을 주장, 인정과 왕도 정치를 강조하였다. 당의 한유(韓愈)는 맹자를 아주 높게 평가했다.

맹자의 제자 만장(萬章) 등이《맹자》를 저술하여 공자의 사상을 계승, 발양했다. 저서로《맹자》는 7편〈양혜왕(梁惠王)〉상, 하. 〈공손추(公孫丑), 축이 아님〉상, 하. 〈등문공(滕文公)〉상, 하. 〈이루(離婁)〉 상, 하. 〈만장(萬章)〉 상, 하. 〈고자(告子)〉 상, 하. 〈진심(盡心)〉 상, 하 로 구성. 총 261장에, 원문은 34,685자이다.

외편인 〈성선(性善)〉, 〈변문(辯文)〉, 〈설효경(說孝經)〉, 〈위정(爲正)〉은 후인의 위작(僞作)이라고 한다.

남송(南宋)의 주희(朱熹)는 《논어(論語)》,《대학(大學)》,《중용(中庸)》,《맹자(孟子)》를 「사서(四書)」라 지칭했고, 청말(淸末)까지 《사서》는 과거의 시험 과목이었다.

맹자(孟子) 〈출처: 위키백과〉

○ 우산(牛山)의 나무(牛山之木)

맹자가 제(齊) 도읍 임치 교외에 있는 우산(牛山)을 두고 말했다.《맹자 고자장구(孟子 告子章句) 上》

「우산지목(牛山之木)은 본래 무성했다. 도읍 근처에 있어 사람들이 도끼로 숲을 찍어댔기에 무성할 수 있겠는가? 나무와 풀은 밤낮으로 자라고 빗물에 싹이 돋았지만, 사람들이 소와 양을 풀어 먹게 하였다. 그랬더니 민둥산이 되었다. 그러자 사람들은 우산에는 본래 나무와 풀도 없었다고 생각했다. 그러나 우산이 본래 민둥산이었고, 그것이 산의 본모습이었는가? 사람의 본성에 어찌 인의(仁義)의 마음이 없었겠는가? 사람들이 양심을 버려둔 것은 마치 아침저녁에 도끼로 나무를 베어낸 것과 같다. 그러니 어찌 인간 본성이 착할 수 있겠는가? 하루하루 지나며 길어지는 착한 심성을 남아 있지 못하게 한다면 사람들의 본성은 짐승과 같아질 것이다. 사람의 그런 모습만을 보고 그것이 사람의 본성이라고 말할 수 있겠는가? 그러니 배양하는 힘이 있다면 자라지 않는 것이 없고, 길러주는 힘이 없다면 소멸되지 않는 것이 없다.」

이는 맹자가 그의 성선설(性善說)과 착한 심성의 배양을 강조한 글이다.

○ 호연지기(浩然之氣)의 조장(助長)

어떤 송나라 사람은 자기 밭 곡식이 싹은 텄지만 빨리 자라지 않는다고 걱정하였다.

어느 날 그가 일하고 돌아와 말했다.

"오늘은 몹시 힘들구나! 나는 곡식이 자라는 것을 도와주었다(助苗長也)."

그의 아들이 놀라 밭에 뛰어가 보니 곡식은 모두 말라 죽었다.

「이 세상에는 곡식 싹을 뽑아 올려 곡식이 자라도록 도와주지 않는 사람이 거의 없다. 무익하다고 버려두는 사람을 밭에 김을 매지 않는 사람이고(방치放置), 무리하게 도와주는 사람은 곡식을 뽑아 들어올리는 사람이다. 이는 모두 무익할 뿐만 아니라 도리어 해치는 것이다.」⁴⁹³

이는 맹자가 호연지기(浩然之氣)를 설명한 뒤에 호연지기를 배양한다고, 억지로 조장(助長)해서는 안 된다는 뜻으로 말한 우화(寓話)이다.

○ 호연지기(浩然之氣)

호연지기(浩然之氣)에 대한 《맹자 공손추장구》의 풀이는 아래와 같다.

「호연지기의 그 기운은 지극히 크고 굳세며(至大至剛), 그것은 곧음으로 배양할 수 있으며, 아무런 해악이 없으며, 그런 호연지

---

493 원문 《孟子 公孫丑章句(공손추장구) 上》 浩然之氣章 ─ 宋人有閔其苗之不長而揠之者, 芒芒然歸, 謂其人曰. "今日病矣! 予助苗長矣! 其子趨而往視之, 苗則槁矣! 天下之不助苗長者寡矣. 以爲無益而舍之者, 不耘苗者也. 助之長者, 揠苗者也. 非徒無益, 而又害之."

기는 하늘과 땅에 충만하게 된다. 그 호연지기는 정의(正義)와 정도(正道)와 같은 것이며, 호연지기가 없으면 굶주림과 같다. 그것은 정의가 한데 모였을 때 생겨나는 것으로, 정의가 밖에서 마음에 들어와 형성되는 것이 아니다. (호연지기의) 실행에 마음에서 꺼리낄만한 것이 있다면, 호연지기가 모자른 것이다. 그래서 나는 말할 수 있나니, 고자가 대의를 느끼지 못한 것은 고자가 대의를 마음 밖에 있는 것으로 알았기 때문이다. 어떤 일에 관하여 그 정도를 바르다 생각하지 말 것이며, 호연지기를 마음에 잊지 말 것이며, 그렇다고 조장하지도 말라.」

이를 본다면, 호연지기는 일종의 자연에 합일하는 기운이며, 온 우주에 두루 통하는 실체로 생각할 수 있는 감성(感性) 역량이라고 볼 수 있다.

○ 으스대는 제(齊)나라 사람

아내와 첩을 하나씩 거느린 제나라 사람이 있었다. 그가 외출하고 돌아와서는 늘 술과 고기를 배불리 먹었다고 아내와 첩 앞에서 자랑을 했다. 그의 아내가 생각할 때, 부자나 벼슬아치를 자기 집에 초청한 적이 없는데, 누구와 함께 고기와 술을 물리도록 먹을 수 있는지 궁금했다. 어느 날 외출하는 남편을 아내가 미행했다.

남편은 거리에서 누구와 만나 이야기하거나 인사하는 사람도 없었다. 남편은 성문을 나가 곧바로 공동묘지로 걸어갔다. 공동묘지에서 제사하는 사람이 있으면, 제사 마치기를 기다렸다가 술과 음식을 얻어 먹었다. 그리고 다음 묘지 찾아가기를 반복했다.

아내는 돌아와 사실을 첩에게 설명하며 말했다.

"남편은 우리가 우러러보며 평생을 의지하며 살아갈 사람인데, 우리 남편이 지금 이 꼴이다."

그리고서는 두 여인이 서로 끌어안고 마당에서 통곡했다. 집에 돌아온 남편은 울고 있는 아내와 첩을 보고서도 술과 고기를 배불리 먹었다고 자랑하며 으스대었다.

「군자의 눈으로 볼 때, 부귀영달(富貴榮達)을 쫓는 사람으로 그 아내와 첩에게 부끄럽지 않아, 아내와 첩을 울지 않게 하는 사람은 아주 드물 것이다.」[494]

○ 순자(荀子)의 성악설

손경(孫卿)-순경[荀卿, 이름은 황(況). 약(約) 前 316-237년? 선제(宣帝) 이름을 피하여 손(孫)으로 표시]. 조인(趙人), 제(齊) 직하학궁(稷下學宮)의 제주(祭酒) 역임했다. 제인(齊人)이 참소하자 순경은 초(楚)에 이주했고, 춘신군(春申君)이 난릉령(蘭陵令)에 임명했다. 춘

---

494 《孟子 離婁章句(이루장구) 下. 齊人有一妻一妾章》 원문 「由君子觀之, 則人之所以求富貴利達者, 其妻妾不羞也而不相泣者,幾希矣.」

신군 사후에 관직을 사임하고, 난릉에 거주했다. 이사(李斯)는 순경의 제자였었다.

순자는 성악론(性惡論)으로 맹자의 성선설(性善說)과 대립각을 세웠기에 유학자의 비평을 받았고 공문(孔門)의 이단으로 인식되거나, 심지어는 법가(法家)로 분류된다. 《사기 맹자순경열전 14》에 입전.

유향(劉向)은 순자의 저술 32편을 묶어 《손경서(孫卿書)》라 합칭했다. 지금 알려진 《순자(荀子)》는 대략 91,000자 정도이다.

순자(荀子)의 인성론(人性論)은 맹자와 근본적으로 다르다. 맹자는 성선(性善)을 순자는 성악(性惡)을 주장하였다.

맹자는 성선의 예로 「어린아이가 우물로 기어가려고 할 때, 누구든 달려와 어린아이를 잡아 구할 것이라 하였다. 그러면서 인간이 악한 짓을 하는 것은 착한 본성을 배양할 겨를이 없이 주변이 알게 물들었기 때문이라고 하였다.

그러나 순자는 어린아이 때부터 형제가 먹을 것을 다투고 성인이 되어서는 재산 싸움을 하는 것은, 착한 본성을 잃어서가 아니라 본디 그것이 본능과 같기 때문이라고 주장하였다,

(2) 도가(道家)의 제자

도가는 구류십가(九流十家)의 하나로 노자(老子), 열자(列子), 장

자(莊子) 등이 그 대표자이다. 도가사상은 전국시대 다음, 전한(前漢, 서한) 건립 이후에 한고조(漢高祖), 혜제(惠帝), 여후(呂后) 시대에 걸쳐 장량(張良), 소하(蕭何), 조참(曹參), 진평(陳平) 등 여러 대신들이 도가사상으로 치국(治國)하면서 부세를 경감하면서 휴양생식(休養生息)에 힘썼다. 그 결과 한 문제(文帝)와 경제(景帝) 시대에 소위 문경지치(文景之治)의 태평성세를 이룩하였다.

○ 노자(老子)

노자〔老子, 이담(李聃), 前 571－471?〕는 이름은 이(耳), 자(字)는 백양(伯陽), 외자(外字)는 담(聃, 귓바퀴 없을 담)이다. 주실(周室) 주하사(柱下史)는 주(周)의 관명(官名)으로 한대의 어사(御史)와 같다. 어전 기둥 옆에 시립(侍立)하면서, 임무를 수행하기에 주하사(柱下史)라 하였다. 왕에게 보고되는 각종 상주문이나 공문, 도서, 통계자료 등을 관장하였다.

제자백가를 말할 때, 제자는 대개 성씨에 스승이라는 존칭의 뜻이 들어있는 자(子)를 붙였다. 그래서 공구(孔丘)를 공자, 맹가(孟軻)를 맹자라 하였다. 순자〔荀子, 이름은 황(況)〕, 장자〔莊子, 이름은 주(周)〕 또한 그러하다. 그렇다면 노자는 노(老)가 성씨인가?

후한의 학자 정현(鄭玄)은 그의 《예기 증자문(禮記 曾子問)》의 주석에서 「노(老)는 장수(長壽)의 뜻이고, 노자가 160세 또는 2백세를 살았기에 노자라 했다.」고 풀이하였다.

갈현(葛玄)⁴⁹⁵은 태어날 때부터 머리가 백발이었기에 노자라고 불렀다고 하였다. 또 모친이 이씨(李氏)라서 모친의 성을 따랐다는 주장도 하였다.

또 노자는 자(子) 성(姓)에 이씨인데, 이(李)와 노(老)의 음이 유사하여 노자라 불렀다는 주장도 있으며, 노(老)가 성씨인데 이(李)로 바뀌었으며, 이름은 이(耳)이고, 담(聃, 귓바퀴 없을 담)은 자(字)라는 주장도 있다.

○ 공자문례(孔子問禮)

《사기 노자한비열전(史記 老子韓非列傳)》에 의하면, 노자(老子, 前 571- 471)는 초나라 고현〔苦縣, 지금의 하남성 동부 주구시(周口市) 관할 녹읍현(鹿邑縣)〕 사람으로, 주 왕실의 수장실사(守藏室史, 도서관장 격) 역임했다.

일찍이 공자가 노자를 찾아가 예(禮)에 대해 물었다고 했으니, 노자는 공자보다 나이가 많았던 것 같다. 공자는 노자를 매우 존경하였고, 노자를 만난 뒤 마치 용과 같다고 찬탄했다.

공자와 공자의 제자 남궁경숙(南宮敬叔)⁴⁹⁶은 주(周, 東周) 도읍

---

495 갈현(葛玄, 서기 164-244. 字는 孝先) - 三國時 孫吳의 道士, 낭야(琅邪) 출신. 도교 이론서인 《포박자(抱朴子)》를 저술한 갈홍(葛洪)의 從祖父. 보통 갈선옹(葛仙翁)으로 불렸다.

496 南宮敬叔(남궁경숙) - 魯國 대부, 孟僖子(맹희자)의 아들이며, 孟

에 가서 노자에게 예(禮)에 관해 물었다.

　남송(南宋)의 주자(朱子, 주희)는 "노자가 주실(周室)의 주하사(柱下史)를 역임하여 예와 예절에 관하여 알기 때문에 찾아가 물었다."고 말했다.

　남궁경숙(南宮敬叔)은 노 소공(昭公)의 지원을 받을 수 있었다. 〈공자세가(孔子世家)〉에는 방문한 연도 기록은 없고 노 소공이 수레와 말 2마리, 하인 1명을 내주었다고 기록했다.

　당시 주 왕실은 지금의 하남성 낙양(洛陽)에 있었다. 공자가 노자를 방문한 시기를 공자가 '계씨사(季氏史)가 된 이후, 노 소공 20년 사이'의 일로 기록했다.[497] 사실 공자가 노자를 만났다면, 이는 중대한 일인데 《논어》에는 이에 관한 언급이 없다.

　남궁경숙은 함께 주(周, 낙읍)에 갔고 노담(老聃)에게 예에 대하여 물었다. 예는 예의범절(禮儀凡節)이라는 뜻이지만, 여기서는 생활예절이 아니다. 생활예절을 물으러 주 왕실까지 여행하겠는가? 예는 어떤 의식 절차나 개인 상호 간의 예절만을 지칭하지 않는다.

　《논어》에 보이는 예는 넓게 말하여 하나의 문화 규범이다. 예

─────

　　懿子(맹의자)의 동생인 南宮敬叔〔남궁경숙, 생졸년 미상, 姬姓, 南宮氏, 名은 閱, 一名 紹(도), 시(諡)는 敬〕은 공자를 찾아와 學禮했다. 그러나 남궁경숙은 《史記 仲尼弟子列傳》에 이름이 나타나지 않는다.
497 《史記索隱》에서는 「莊子云 '孔子年五十一, 南見老聃.'」이라 하여 공자 51세 이후라 했다.

는 사회나 국가의 평화와 질서를 유지하고 인간 행위들의 조화와 안정을 이룩하려는 외형적 모습으로, 하나의 나라가 이룩한 문화적 총체라고 할 수 있다.

그리고 공자는 장홍(萇弘)[498]을 찾아 악(樂)에 대한 의견을 나누었으며 교사(郊社)를 지내는 곳을 돌아보았고, 명당(明堂)[499]의 법제를 살폈으며 종묘와 조정의 여러 법도를 고찰하였다. 그리고서는 공자가 탄식하며 말했다.

"나는 이제야 주공(周公)의 성명(聖明)하심과 주실(周室)이 천하를 차지한 까닭을 깨우쳤도다."

공자가 떠나올 때, 노자는 공자에게 말했다.

"내가 들어 알기로, 부귀한 자는 사람을 전송하며 재물을 주고 인자(仁者)는 송인(送人)할 때 잠언(箴言)을 말해준다고 하였소. 내가 부귀한 사람이 될 수 없으니, 잠시 인자라 생각하며 그대에게 말로 송별하려 합니다. 대체로 오늘 날 사인(士人)이나 군자가 총명하고 깊이 통찰하는데도 거의 죽을 지경에 이르게 되는 것은

---

498 萇弘(장홍, ?−前 492년)−춘추시대 周 敬王(재위 前 519−477년)의 신하. 蜀人. 저명한 학자이며 관리. 天文, 曆數(역수), 音律에 정통했다.

499 明堂(명당)−천자가 政敎의 大典을 행하는 건물. 朝會, 祭祀, 慶賞, 養老, 敎學 등의 행사를 집행하는 곳. 작용, 구조, 위치 등에 관하여 正論이 없다. 漢의 경우 武帝 建元 원년(前 140)에 설치했다.

남을 비판하고 평가하기를 좋아하기 때문이고, 많은 지식에 달변이면서도 자신을 위험에 빠트리는 것은 남의 단점을 들춰내기를 좋아하기 때문이요. 그러니 자신이 남의 자식이 되거나 남의 신하가 되어서는 주군의 미움을 받지 않도록 해야 합니다."

이에 공자는 "삼가 가르침을 받들겠습니다(敬奉敎)."라고 말했다. 공자가 주(周)에서 노(魯)로 돌아온 뒤에 공자의 도(道)는 더욱 존중되었다. 그리고 멀리서도 제자들이 찾아오니 그 제자가 대략 3천명이나 되었다.[500]

○《노자도덕경(老子道德經)》

노자는 주 왕실이 쇠퇴하자 그는 관직을 떠나 은둔생활을 하려고 했다.

---

500 공자의 제자는 얼마나 많았는가?《史記 孔子世家》에는 「제자가 대략 3천 명인데, 그중에 六藝에 통달한 자가 72인이었다.(弟子蓋三千焉, 身通六藝者七十有二人.)」라고 하였다. 여기서 '三千弟子 七十二賢'이라는 말이 나왔다. 공자는 찾아오는 제자를 결코 마다하지 않았으며(《論語 述而》, 子曰, "自行束脩以上, 吾未嘗無誨焉.") 제자의 빈부나 신분을 가리지 않았으며(《論語 衛靈公》子曰, "有敎無類."), 문제가 있다 생각하여 제자들도 만나기를 꺼리는 젊은이도 공자는 모두 포용하였다.《孟子》에는 공자의 제자가 70여 명이었다는데, 이는 어느 정도 사실에 가까운 숫자라고 볼 수 있다.《史記 仲尼弟子列傳》에는 76명이 이름이 나오지만 이름만 수록된 제자들이 40여 명이나 된다.《論語》에는 공자의 제자로 생각해도 무방한 사람 22명이 언급되어 있다.

노자가 하남 함곡관(函谷關)을 지날 때, 관소(關所)를 지키던 윤희(尹喜)[501]는 노자를 맞이하여 글을 남겨 달라고 요청했다. 이에 노자는 후인들을 위하여 한 권의 글을 남겼는데, 바로《노자도덕경 / 5천언》이며 그 뒤 행적은 알려진 바 없다. 노자는 160세 또는 200세를 살았다고 하나 믿을 수 없고, 초나라의 노래자(老萊子)가 노자라고 하는 사람도 있으며, 태사(太師) 담(儋)이 노자라 말하는 사람도 있어 일정하지 않다.

《노자도덕경》은 그 내용이 5천 자 정도여서《노자오천언》또는《노자》,《도덕진경》등 여러 가지로 불리운다. 전한 하상공(河上公)이 쓴《노자장구(老子章句)》는 모두 81장으로 되어 있는데, 전반 37장을 도경(道經), 후반 44장을 덕경(德經)이라 한데서 통칭《도덕경》이란 말이 나왔다고 한다.

---

501 윤희(尹喜) — 名은 喜. 老子 過關에 喜는 去吏하고 老子를 따라갔다는 주석이 있다. 지금 중국에서, 일반적으로 老子像의 좌우에는 南華眞人(莊子)과 無上眞人(尹喜)의 상을 함께 모신다. 노자가《道德經》을 저술하고 강론했다는 곳은 今 陝西省 西安市 周至縣(주지현) 終南山 기슭의 樓觀臺(누관대)이다. 누관대의 說經臺는 노자가 윤희에게《道德經》을 준 곳이라 하여 특히 신성시하고 있다. 누관대에는 老子祠가 있고 노자와 관련 있는 여러 유물과 70여 개 비석이 있어 문물 자료와 함께 (唐) 歐陽詢(구양순)이나 (元) 조맹부 등 역대 명필의 글씨를 감상할 수 있다고 한다. 윤희의 저술로《關尹子(관윤자)》가 있었으나 루亡하여 전하지 않는다.

《노자도덕경》은 본시 진(秦) 이전에 성립된 도가의 주요 저술인데 도교에 의해 경전으로 받들어지기는 오두미도(五斗米道)에서 모든 이에게 읽기를 권장한데서 시작되었다고 한다.

《도덕경》의 중심 사상은 도(道)이다. 이는 도교 신앙의 핵심이며 도교의 교의나 신선술 모두가 도에서부터 출발한다. 노자가 도라는 철학 범주를 언급한 것은 우주 본원을 탐색하기 위한 것이었고 또 노자 자신도 그 문제의 해답을 제시하고 있다. 물론 그 해석이나 해답 자체는 매우 추상적이다.

《노자도덕경》의 첫 귀절은 '도를 도라 할 수 있는 것은 변함없는 도가 아니고 이름을 붙일 수 있는 이름은 변함없는 이름이라 할 수 없다(道可道 非常道 名可名 非常名).'로 시작된다. 이는 진정 최선의 도란 어떻게 표현할 수 없는 것이고, 다만 그 존재만 알 수 있는 것이란 뜻으로 이해할 수 있다.

이는 퍽 신비주의적 기운이 농후한 표현이라 생각된다. 이어서 도란 '현묘하고도 또 현묘하여 모든 묘함의 출입문이라 할 수 있다(玄之又玄 衆妙之門).'고 하였다.(《노자도덕경》 제 1장)

여기서 '현지우현(玄之又玄)'은 도의 불가사의한 기능을 표현한 말이라 할 수 있다. 우주 삼라만상의 모든 변화와 다양성의 근원이 도이고 도의 형상은 캄캄한 깊은 골짜기처럼 현묘한 모습인데 그런 현에서 모든 만물이 생성하고 또 변화하며 질서가 만들어지니 그 현이야말로 모든 변화가 들고나는 출입문이라는 것이다.

《노자도덕경》속에 나타난 도에 관한 몇 가지 서술을 뽑아보면 다음과 같다.

「도가 형체를 띠면 오직 황홀할 뿐이며, 그 황홀 속에 모습과 형체가 있다.」(제 21장)

「물(物)이 뒤섞여 천지(天地)보다 먼저 생겼다. 아주 적막 고요하며 우뚝 서서 바뀌지 않고, 두루 작용하되 불안하지 않고 천하의 모체라 할 수 있지만, 난 그 이름을 모른다. 굳이 그것에 이름을 붙인다면 도(道)라 할 수 있다.」(제 25장)

「도는 하나(一, 氣)를 낳고, 하나는 둘(二, 陰陽)을 낳으며, 둘은 셋(三, 冲和)을 낳고, 셋은 만물을 낳는다.」(제 42장)

노자가 말하는 도(道)란 구체적으로 무엇인가? 정신적인 것인가? 아니면 물질적인 것인가? 이것은 2천여 년간 계속되어온 논제였다.

사실 도의 개념은 《노자도덕경》그 자체 내에서도 일치하지 않는다. 때로는 주관적인 정신을 뜻하고 어떤 때는 물질을 의미하지만, 심원하고 현묘하며 모든 것의 근원 내지 바탕이라는 개념은 도교 이론가들에게 수용되어 도교의 가장 중요한 핵심 이론이 되었다.

○ 노자의 무위(無爲)

공자가 말했다.

"아무런 작위(作爲) 없이도 천하를 다스린 사람은 아마 순(舜)일 것이다. 순이 무엇을 했겠는가? 공손한 몸가짐으로 남쪽을 바라보기만 하였다."(子曰, "無爲而治者其舜也與? 夫何爲哉? 恭己正南面而已矣."《논어 위령공(論語 衛靈公)》)

노자의 도를 말하는데 많은 사람들이 무위자연(無爲自然)으로 설명한다. 특별히 어떤 작위를 하지 않는다는 뜻이다. 그렇다고 무위자연을 노자가 처음 강조하고 설파하지는 않았다.

사실 정사(政事)에 부지런한 현군(賢君)도 많이 있었다. 정말 잠도 못자며 열심히 정사 관련 업무를 처리했지만 당대에 몰락한 사람은 바로 신(新)나라 왕망(王莽, 왕망 재위 서기 8–23)이었다.

공자는 순(舜)을 무위이치(無爲而治)로 성공한 대표적 인물로 꼽았다. 자신의 의표(儀表)를 단정히 하고 그냥 남면(南面)만 했어도 잘 다스렸다고 칭송하였다.

사실 최고의 통치자가 문서를 만들고 검토하지 않는다. 문제는 인재 획득에 있다. 순(舜)은 우(禹)와 고요(皐陶)에게 정사를 맡기고 의자에서 내려오지도 않았지만 천하는 잘 다스려졌다. 최고의 위정자는 구인(求人)에 힘쓰고 현자(賢者)에 일임한 뒤 공손하게 자리만 지켰다. 즉 공자는 지도자가 유능한 인재를 골라 일임하고 주군이 행선(行善)하며 그 아래서 자발적으로 본받아 따라오는(上行下效) 것이 무위(無爲)의 치(治)이다.

그러나 노자가 말한 무위(無爲)는 자연에 순응하는 무위로 통치자가 아무런 작위(作爲)도 하지 않아 백성으로 하여금 무지무욕(無知無欲)하고, 지자(智者) 역시도 아무런 작위를 하지 않으면 천하에 다스려지지 않는 것이 없다고 하였다.[502]

전한 건국 후 문제(文帝)와 경제(景帝) 시대에 황노(黃老) 사상에 바탕을 둔 무위의 치(治)가 태평성대를 이룩했었는데, 이후로 공자의 무위의 치보다 노자의 무위의 치가 일반적으로 널리 통용되었다.

○ 열자(列子)

열어구(列禦寇, 前 450 - 375. 혹 列圄寇)는 춘추시대 정국(鄭國) 출신으로 도가학파의 선구자라 할 수 있다.

열어구는 《사기(史記)》에 입전되지 않았다. 다만 《장자(莊子)》, 《관자(管子)》, 《안자(晏子)》, 《묵자(墨子)》, 《한비자(韓非子)》, 《시자(尸子)》, 《여씨춘추(呂氏春秋)》 등에 그 이름이 보인다.

열어구는 장자(莊子)보다 앞서 살았고 청정무위(清靜無爲)를 주장하였다. 전하는 바에 의하면, 윤희(尹喜)를 찾아 문도(問道)했으며 호구자(壺丘子)를 스승으로 섬겼다고 한다.

---

502 《老子道德經》 2장 : 天下皆知美之爲美, 斯惡已. 皆知善之爲善, 斯不善已. 有無相生, 難易相成, ～ 是以聖人處無爲之事, 行不言之敎. 3장 : 不尙賢, 使民不爭, 不貴難得之貨, 使民不爲盜. ～ 常使民無知無欲. 使夫智者不敢爲也. 爲無爲, 則無不治.

열어구는 9년간 수도한 뒤, 도통하여 바람을 타고 날아다닐 수 있었다. 당 현종(玄宗)은 천보(天寶) 연간에, 조서를 내려 열자를 '충허진인(沖虛眞人)'에 봉했다.

열어구의 저서인 《열자》는 《노자》, 《장자》와 함께 《도가삼서》로 널리 알려졌다. 여기에는 제자백가서의 어느 책보다도 교훈적인 우화(寓話)가 많이 실려 있다.

지금 존속하는 《열자, 일명 〈중허진경(沖虛眞經)〉》8편은 위진(魏晉) 시대의 위작(僞作)이라 알려졌다. 그 8편은 〈천서(天瑞)〉, 〈황제(黃帝)〉, 〈주목왕(周穆王)〉, 〈중니(仲尼)〉, 〈탕문(湯問)〉, 〈역명(力命)〉, 〈양주(楊朱)〉, 〈설부(說符)〉 등 8편인데, 우언(寓言)과 고사(故事)가 많다.

우리에게 잘 알려진 '우공이산(愚公移山)', '기인우천(杞人憂天)', '기로망양(岐路亡羊)', '남존여비(男尊女卑)', '조삼모사(朝三暮四)' 등이 있다.

당대에는 《도덕경》, 《장자》, 《문자》, 《열자 중허진경)》을 도교 4부 경전이라 했다.

○ 장자(莊子, 莊周)

장자(莊子, 장주. ?前 369－286. 장씨, 이름은 주(周), 일설에 자(字)는 자휴)는 전국시대 송국(宋國) 몽현(蒙縣, 지금의 하남성 동쪽 끝 상구시) 사람으로, 맹자와 거의 동시대에 살았다.

장자(莊子, 莊周) 〈출처: 위키백과〉

장주는 칠원리〔漆園吏, 안휘성 서북부 박주시(亳州市) 관할 몽성현
(蒙城縣)에 해당〕를 역임하였다.

장자는 가난한 사람이었다. 물고기를 잡거나, 신발을 만들어
팔아 생계를 유지하였다. 그러나 그의 성품은 고결했고, 부귀를
티끌처럼 생각했으며, 하고 싶은 그대로 행동했다.

초나라 위왕(威王, 재위 前 339-329)은 장주가 현명하다는 말을 듣고 장자를 재상의 자리에 임용하려 사람을 보냈다.

이에 장자가 말했다.

"천금(千金)은 큰 돈이고 재상의 자리는 아주 고귀합니다. 그러나 교제(郊祭)를 지낼 때 희생물로 쓰는 소를 보지 못했습니까? 그 소는 좋은 먹이를 먹고 수놓은 비단으로 만든 덮개를 덮고 지냈습니다. 그러나 제사 때가 되면, 살아있는 작은 돼지만도 못합니다. 당신은 내 자리를 더럽히지 말고 빨리 돌아가시오. 나는 흙탕물에 텀벙대면서, 하고 싶은 대로 즐기며 살 것입니다. 권력자에게 속박당하지 않을 것입니다. 나는 죽을 때까지 벼슬길에 나가지 않고 내 기분대로 즐기며 살 것입니다."

장자는 노자 사상의 계승자로, 뒷날 노자와 함께 '노장(老莊)'으로 병칭한다. 당 현종 천보 연간에 장주(莊周)를 남화진인(南華眞人)에 봉하고 그 저서 《장자》를 《남화경(南華經)》이라 했다.

《장자》 52편 중 지금은 33편이 전한다. 사고전서(四庫全書)에서는 자부(子部) 도가류(道家類)로 분류되었다. 여기에는 '장주몽접(莊周夢蝶)', '장주시처〔莊周試妻, 선분(扇墳)〕', 포정해우(庖丁解牛), 당랑포선(螳螂捕蟬)의 고사가 유명하다. 《사기 노자한비열전》에 입전되었다.

○ 양주(楊朱)

양주(楊朱, 前 440-360?, 陽朱, 楊子로도 기록)는 위국인(魏國人) 또는 진국인(秦國人)으로 그 생평(生平)을 상고할 수 없으나 노자의 제자라고 알려졌다. 양주는 전국시대 도가(道家) 중에서도 개혁적인 사상가로 양주학파(楊朱學派)를 개창하여 자아중심(自我中心), 개인주의, 이기주의, 향락주의(享樂主義)를 강조하였다. 도교에서는 양주를 '귀생진인(貴生眞人)' 이라 존칭한다.

양주의 행적은 노(魯), 송(宋), 양(梁) 일대에 걸쳐 나타나는데, 《장자》에는 양주가 묵자(墨子)보다는 늦고, 맹자(孟子)보다는 앞선 사람이라 하였다.

(3) 음양가(陰陽家) 제자

○ 추연(鄒衍)

추연(鄒衍, ?前 305 - 240)은 제인(齊人)인데, 연 소왕(燕 昭王)의 사부였다. 직하(稷下)의 학궁에서 연학(硏學)하였는데, 호는 담천연(談天衍, 넘칠 연)이다.

추연은 전국시대 음양가의 창시자이고 대표적 인물이다. 추연의 주요 학설은 '오덕종시설(五德終始說)' 인데, 이는 후대에 정말 큰 영향을 끼쳤고 논쟁거리를 제공하였다.

오덕종시(五德終始)의 역사관, 곧 모든 물질은 금(金), 목(木), 수(水), 화(火), 토(土)로 구성되었고 사물의 변화 발전과정에서 5행이 상극(相剋)하고 상생하며 순환 발전하는데, 이는 필연이며 자연이라고 주장하였다. 《사기 맹자순경열전(史記 孟子荀卿列傳)》에

서는 추연의 저서가《종시(終始)》,《대성(大聖)》등 10여만 자라고
했다.

(4) 법가(法家) 제자

○ 상앙(商鞅)

상앙(商鞅, 前 390－338, 가슴걸이 앙, 뱃대)은 전국시대 정치가, 법
가의 대표적 인물로, 위국(衛國) 국군(國君)의 후예라서 위앙(衛
鞅), 공손앙(公孫鞅)으로도 호칭한다. 또는 봉읍이 상(商)이라서 상
군(商君) 또는 상앙(商鞅)으로도 호칭한다. 진 효공(秦 孝公)의 상
(相)을 역임하였다. '사목입신(徙木立信)'의 고사가 유명하다.《사
기 상군열전(史記 商君列傳)》에 입전(立傳)되었다.

저서《상군(商君)》29편 – 지금 일부분이 전한다.

○ 신불해(申不害)

신불해(申不害, 前 420－337)는 전국시대 정국(鄭國) 경읍인〔京邑
人, 지금의 하남성 중부 정주시(鄭州市) 관할 형양시(滎陽市)〕이다. 정국
(鄭國)이 한국(韓國)에 멸망한 이후, 법가 학설로 한(韓) 소후(昭侯,
재위 前 362－333)의 재상이 되었다. 법가 중 '술(術, 술수)'을 강조
하였고, 군주는 관리의 성과를 엄격하게 평가하고 분석하여 포상
하거나 출척(黜陟)해야 한다는 '형명참동(形名參同)'을 주장하였
다.《사기 노자한비열전(史記 老子韓非列傳)》에 입전되었다.

○ 한비(韓非)

한비(韓非, ?前 281－233년)는 전국시대 말기 한국(韓國)에서 출생. 법가 사상의 대표적 인물. '법(法), 술(術), 세(勢)'를 동시에 존중하는 이론을 세워 법가사상을 집대성했다. 한비(韓非)는 전국칠웅(戰國七雄) 중 가장 약소국인 한국의 종실 공자(公子)로 출생했다. 심하게 말을 더듬었지만 문필은 유창하고 우수했다.

前 255～247년 사이에 동학(同學)인 이사(李斯)와 함께 유가(儒家)의 대사(大師)인 순자(荀子) 문하에서 제왕지술(帝王之術)을 공부했지만, 이사는 자신이 한비를 이길 수 없다는 것을 잘 알고 있었다.

한비는 자신의 학설을 바탕으로 도가의 황노지술(黃老之術)에 두고 노자《도덕경》을 연구하여,《해노(解老)》,《유노(喩老)》등의 저술을 남겼다.

한비는《고분(孤憤)》,《오두(五蠹)》,《현학(顯學)》,《난언(難言)》및《한비자》55편을 저술했다. 한비는 진(秦)에 사신으로 갔다가 진왕(秦王) 정(政)의 마음에 들지 못했고 결국 투옥되었다가 승상 이사(李斯)의 사주로 독살되었다.

○ 이사(李斯)

이사(李斯, 前 284－208)는 초국(楚國) 상채〔上蔡, 지금의 하남성 남부, 주마점시(駐馬店市) 관할 상채현(上蔡縣)〕출신. 진조(秦朝)의 관리, 문학가, 서법가. 승상 역임.《사기》에서는 〈이사열전(李斯列傳)〉

에 조고(趙高)와 함께 입전하였다.

진(秦)이 통일육국(統一六國)한 뒤에 이사는 승상(丞相)인 왕관(王綰), 어사대부 풍겁(馮劫) 등과 함께 진왕에게 황제(皇帝)의 칭호를 올렸다. 아울러 황제만이 사용할 수 있는 짐(朕), 조(詔)와 같은 용어를 제정 시행하였다.

이사는 강력한 통일정책을 추진하였는데, 문자를 통일하고 화폐와 도량형을 통일하였다. 아울러 분봉하는 봉건제(封建制)가 아닌 군현제(郡縣制)의 개혁 등 볼만한 치적을 남겼다. 횡의(橫議)를 예방하기 위한 조치로 민간이 보유하는 제자백가의 서(書)를 모두 불태웠고(분서焚書) 국정을 비판하는 서생들을 묻어 죽였다(갱유坑儒).

그러나 진시황이 죽은 뒤, 이사는 보신책으로 조고(趙高)와 한편으로 장자인 부소(扶蘇)를 제쳐두고 진시황의 말자(末子)인 호해(胡亥)를 황제로 옹립하였다. 그러나 결국 조고의 해악을 입어 삼족이 멸족되었다.

이사의 문장으로는 〈간축객서(諫逐客書)〉가 잘 알려졌고, 저술로는 문자학의 필수도서인 《창힐편(蒼頡篇)》이 있다.

이사는 명필로도 유명한데, 그의 석각(石刻)으로 《태산각석(泰山刻石)》, 《낭야대각석(瑯邪臺刻石)》, 《역산각석(嶧山刻石)》, 《회계각석(會稽刻石)》 등이 남아있다.

(5) 명가(名家) 제자

○ 등석(鄧析)

등석(鄧析, 前 545-501)은 춘추시대 말기 정국(鄭國) 사람으로 정자산(鄭子産)과 같은 시기에 살았던, 명가(名家)의 주요 인물이다. 등석의 저서인《등석자(鄧析子)》의 진위(眞僞)에 대해서는 의논이 많지만, 사고전서(四庫全書)에는 자부(子部) 법가류로 분류되었다.

순자(荀子)는 등석과 혜시(惠施)를 함께 비판하였다. 등석은 형명지치(刑名之治)를 주장하면서 죽형(竹刑)을 제정해야 한다고 주장했는데, 이는 귀족이 반대하였다.

등석(鄧析)은 정(鄭)의 정(鼎)에 주조된 형률(刑律)을 개정하려고 자신이 생각한대로 형률을 죽간(竹簡)에 기록하여 이를 실행해야 한다고 주장하였다. 죽형(竹刑)은 죽간에 써진 형률이란 뜻이지만 시행되지 못했다. 등석은 정국의 대부에게 피살되었다.

○ 공손룡(公孫龍)

공손룡(公孫龍, 前 320-250년)은 평원군의 문객(門客)이었고, 명가(名家)의 대표 인물이다. '백마비마(白馬非馬)', 그리고 '이견백(離堅白)'의 논쟁으로 유명하다. 공손룡의 저서《공손룡자(公孫龍子)》 14편 중 일부가 잔존한다.

○ 혜시(惠施)

혜시(惠施, ?前 370－310)는 전국시대 송국인(宋國人)으로 장자
와 같은 시대 인물이다.《장자》에 혜시의 담론이 많이 들어있다.
〈천하편(天下篇)〉속의 '역물십사(歷物十事)'와 〈추수편(秋水篇)〉
의 '호량지변(濠梁之辯)' 등이 그 예이다.

(6) 묵가(墨家) 제자

○ 묵자(墨子)

묵자(墨子, ?前 468－376년)는 자성(子姓), 묵씨(墨氏)이고, 이름은
적(翟, 꿩 적)이다. 춘
추시대 말기에서 전
국시대 초기의 제자
(諸子)이다. 본래 송국
인〔宋國人, 지금의 하남
성 동쪽 끝 상구시(商丘
市)〕이나 일설에는 노
국인(魯國人)이라고
한다.

《사기 맹자순경열
전(史記 孟子荀卿列傳)》

묵자(墨子, 墨翟) 〈출처: 위키백과〉

에 「묵적(墨翟)은 송나라의 대부이다. 선수어(善守御)하고 위절용
(爲節用)하였다. 혹왈(或曰) 공자와 같은 시대 또는 그 이후이다.」
라고 하였다. 그러나 묵자의 성명, 국적에 대해서는 여러 이론(異
論)이 많다.

　묵자는 형벌을 받아 손발이 굳었고, 얼굴도 묵자(墨刺)의 형벌
로 검었다는 주장이 있다. 묵자는 비유(非儒), 겸애(兼愛), 비공(非
攻), 상현(尙賢), 상동(尙同), 명귀(明鬼), 비명(非命), 천지(天志, 天道
인격과 같은 의지의 소유주체). 비악(非樂), 절장(節葬), 절용(節用), 교
상리(交相利) 등 유가와 상반되는 주장을 내세웠고, 당시 영향력
이 매우 커서 '유묵(儒墨)'이란 말이 통했다.《천자문》의「묵비사
염(墨悲絲染)」은《묵자 소염(所染)》에서 나왔다.

　○ 묵자와 공수반(公輸般)

　묵자는 계급적 차별이 없는 겸애(兼愛)를 주장한 박애주의자였
다. 묵자는 비공(非攻)을 주장하며 불의(不義)의 침략이나 전쟁을
반대한 평화주의자였다.

　《묵자 공수(公輸)》에 의하면, 공수반은 노국(魯國)의 만능기술자
였다. 초나라에서는 공수반을 초빙하여 성곽을 공격할 수 있는 사
다리차인 운제(雲梯)를 만들고 있었다. 묵자의 짐작에 그런 사다리
차의 제조 목적은 말할 것도 없이 송(宋)나라의 침공에 있었다.

　이에 묵자는 10여 일을 걸어서 초나라 도읍 영〔郢, 지금의 호북성
남부 강릉시(江陵市)〕에서 작업 중인 공수반을 만났다.

공수반이 물었다.

"제게 할 말씀이 계신가요?"

묵자가 말했다.

"저 북쪽 땅에 어떤 사람이 나를 무시하였습니다. 제가 천금을 드릴터이니 저를 위해 그 사람을 죽여주십시오."

"저는 절대로 사람을 죽이지 않습니다."

그러자 묵자가 일어나 공수반에게 재배한 다음에 말했다.

"제가 북쪽에서 듣기로는, 선생께서 사다리차를 만들어서 송(宋)을 공격하려 한다는데, 송나라가 무슨 죄를 지었습니까? 초(楚)의 토지는 넓으나 경작할 사람이 부족합니다. 송에서는 땅은 좁은데 사람은 많습니다. 그런데 사람이 많은 나라를 공격하여 땅을 빼앗으려 하니, 이는 지혜롭지 못한 처사입니다. 아무런 잘못도 없는 송(宋)을 공격한다면, 이는 불인(不仁)입니다. 이런 명백한 도리를 알고서도 바른말을 올리지 않는다면, 이는 불충(不忠)입니다. 논쟁을 해서 상황을 바꿀 수 있는데도 바른말을 하지 않는다면, 이는 강한 것이 아닙니다(不强). 한 사람을 죽이지 않는다면서 많은 사람을 죽일 사다리차를 만드는 것은 생각을 잘못한 것입니다."

공수반은 묵자가 자신을 설득시키려는 뜻을 알고 초왕에게 데려갔다. 묵자는 초왕에게 송나라를 공격하지 말라고 설득했다. 그러면서 사다리차로 송나라를 공격한다면 송나라의 대응 방법을 모형을 지적하면서 논리적으로 설득하였다.

초왕이 왜 그러느냐고 묻자, 묵자가 말했다.

"공수반의 뜻은 나를 죽이려는 뜻이고, 나를 죽이면, 송나라에서는 지킬 사람이 없을 것이니 성을 빼앗을 수 있다고 생각하고 있습니다. 그러나 나의 제자 금활리(禽滑釐) 등 3백여 명은 성곽을 지켜낸 무기를 들고 성벽 위에서 초의 군사가 공격해오길 기다리고 있습니다. 여기서 나를 죽일 수야 있겠지만, 그렇다 하여 송나라를 이기지는 못할 것입니다."

결국 초왕은 송(宋)에 대한 침공 계획을 포기하였다.

(7) 종횡가(縱橫家) 제자

○ 소진(蘇秦)

소진[蘇秦, ?-前 284, 자(字)는 계자]은 동주(東周) 낙읍(雒邑) 출신이다. 귀곡자(鬼谷子)의 도제(徒弟)였다. 전국시대 종횡가(縱橫家)인데, 소진과 장의(張儀)는 귀곡자 아래서 함께 종횡(縱橫)의 술수를 배웠다. 이후 몇 년 동안 제후를 찾아 유세했지만 인정을 받지 못했다.

소진은 다시 각고하며 《음부(陰符)》를 정독한 다음에 유세에 나서 연(燕) 문공(文公)의 인정을 받고 사신으로 조국(趙國)에 나갔다. 소진은 6국이 합종(合縱)하여 항진(抗秦)해야 한다는 전략을 유세하여 결국 6국의 연맹을 이루며 '종약장(從約長)'이 되어 6국의 상인(相印)을 지닐 수 있었으며, 이후 15년 간, 진(秦)은 함곡관

(函谷關)을 나올 수 없었다.

그러나 나중에 제(齊)가 연(燕)을 침략했고 소진은 제(齊)에 점령한 땅을 돌려주라고 설득했는데, 결국 제(齊)에서 보낸 자객에게 살해되었다. 소진이 성공한 동안 장의(張儀)의 연횡책이 설득력을 잃었다. 《사기 소진열전(史記 蘇秦列傳)》에 입전되었다.

○ 장의(張儀)

장의(張儀, 前 373 - 310)는 위국(魏國) 안읍〔安邑, 지금의 산서성 서남부 운성시(運城市) 관할 하현〕출신이다. 전국 시기의 저명한 종횡가(縱橫家)로 소진과 함께 귀곡자(鬼谷子)의 도제로 수학했다.

초(楚)에서 도적으로 몰려, 수백 대를 얻어맞고도 '혀는 남아 있으니 괜찮다'고 말했다. 진(秦)과 화친(和親)하고 동맹하여 평화를 유지하자는 연횡책(連橫策, 連衡)을 주장하여 진 혜문왕에게 중용되었고, 소진의 합종책을 해체시켰다.

前 311년, 진 혜문왕이 죽고 그 아들 무왕이 즉위하자, 무왕과 사이가 안 좋았던 장의는 고국 위(魏)에 돌아와 죽었다.

1973년 장사(長沙)의 마왕퇴(馬王堆) 한대(漢代)의 묘(漢墓)에서 출토된 《전국책횡가서(戰國縱橫家書)》의 기재에 의하면, 소진은 前 284년, 장의는 前 310년에 죽었고, 일부 내용은 《사기》나 《자치통감》과 다르다고 하였다. 《사기 장의열전(史記 張儀列傳)》에 입전되었다.

○ 방훤(龐煖)

방훤〔龐煖, 생졸년 미상. 일작(一作) 방환(龐煥), 방원(龐援)〕의 이름인 난〔煖, 따뜻할 난. 온난할 훤(煖音 許遠反)〕이라는 주석이 있다. 《사기 염파인상여열전(史記 廉頗藺相如列傳)》의 풍훤(馮煖)일 것이라는 주석도 있다. 조국(趙國)의 장군으로 종횡가(縱橫家)에 속한다.

(8) 농가(農家) 제자

○ 중농학파

농가(農家)는 중농학파(重農學派)라 할 수 있는데, 전국시대 제자백가의 하나이다.

당시 상층 제후일지라도 전설시대의 신농씨(神農氏)처럼 농민과 함께 농사를 지어야 한다고 생각하였다. 물론 이것은 통치자의 보여주기식 행사이겠지만, 농업 장려와 농민 격려는 위정(爲政)의 기본이었으며, 농업생산의 증대는 나라의 안정과 번영의 기본이었다.

농업은 나라 존속의 근본으로 인식되었기에 법가나 유가에서도 중시하였고, 경제는 물론 다른 철학 분야와 연관해서도 중시되었다.

○ 허행(許行)

허행(許行, 생졸년 미상, 저서 不傳)은 전국시대 농학가(農學家)의
대표적 인물이었다.

허행은 초국(楚國) 출신인데, 초 선왕(宣王, 재위 前 369－340) 이
후 회왕(懷王, 前 328－299) 시기에 생존한 맹자와 동시대 인물로
알려졌다.

《맹자 등문공(滕文公) 상》편에서는 맹자(孟子, 前 372－289)가 허
행의 제자인 진상(陳相)에게 "허행도 쇠솥에 불을 때어 익혀 먹
고, 쇠 농기구로 농사를 짓는가?"라고 묻는 구절이 있다.

허행은 「현명한 국군(國君)이라면 응당 백성처럼 농사를 지어
자신의 양식을 얻어야 하고, 아침 저녁밥을 짓듯 백성을 다스려
야 한다.」[503]라고 주장하였다. 또 국군이 창고를 짓고 곡식과 물
자를 쌓아둔다면 이는 자급자족하는 백성을 해치는 것이라 주장
했다.

그러면서 허행은 상품의 품질이나 수량, 규격에 따라 상인이
가격을 결정하는 것은 농민을 상대로 하는 속임수이기에 반대한
다는 입장을 취했다.

———
[503] 허행의 '國君도 백성처럼 농사를 지어야 한다'는(君民並耕)의
　　　주장에 대하여 맹자는 분명히 반대하였다. 맹자는 군자는 勞心
　　　하여 治人해야 하고, 힘써 일해야 하는 백성은 통치를 받아야 한
　　　다.(「勞心, 治人. 勞力, 治於人.」)고 주장하였다.《孟子 滕文公(등
　　　문공) 上》

허행은 농민의 자급자족을 가장 이상적인 경제활동으로 인식하며 농사에 방해되는 백성 동원이나 수탈, 그리고 불로소득에 반대하였다.

(9) 잡가(雜家) 제자

○ 오자서(伍子胥)

오원(伍員, ?-前 484년)은 춘추시대 오(吳)나라의 장군인데, 그는 본래 초(楚)의 공족(公族)이었다. 초나라에서 박해를 피해 오(吳)에 망명하였고, 오왕(吳王) 합려(闔閭)에 중용되어 초국(楚國)을 공격 대파하였다. 그러나 오왕 부차(夫差)가 계위한 뒤에 참소를 받아 죽었다.

○ 위료(尉繚)

위(尉) 성(姓)에 료(繚, 감길 료)가 이름이다. 《위료자(尉繚子)》의 작자로 위(魏) 혜왕(惠王) 시대의 은사(隱士), 또는 진시황 시기의 대량인(大梁人) 위료(尉繚)라는 주장이 있다. 1972년 산동성 임기시(臨沂市)의 은작산(銀雀山) 한대(漢代) 묘에서 《위료자》의 잔간(殘簡)이 출토되었는데, 이를 보면 《위료자》가 한대에도 유행했음을 알 수 있다.

○ 시교(尸佼)

시교(尸佼, 前 390 – 330, 주검 시)는 전국시대의 진국인〔晉國人, 또
는 노국(魯國), 초국인(楚國人) /《사기 맹자순경열전》에는 초인(楚人)〕인
데, 유가 또는 잡가(雜家)로 분류되는 사람이다. 상앙(商鞅)의 문객
(門客)으로 상앙의 변법에 참여했는데. 상앙이 피살되자 촉(蜀)으
로 망명했고 거기서 죽었다. '四方上下曰宇, 往古來今曰宙'라 하
여 우주(宇宙)란 말을 처음 만들어낸 사람으로 알려졌다. 그의 저
서《시자(尸子)》는 전하지 않는다.

○ 여불위(呂不韋)

진(秦)의 상국(相國)인 여불위(呂不韋, 前 292 – 235)가 지략지사
(智略之士)를 모아 편집한 책《여씨춘추(呂氏春秋)》26편은 지금 남
아 전한다.

여불위는 처음에는 대상인〔大商人, 기화가거(奇貨可居)의 고사(故
事)〕이었다가 진(秦)으로 옮겨와 13년간 진국(秦國)의 상(相)을 역
임하였다. 여불위는 문객(門客)을 모아《여씨춘추》를 편찬했는데
선진(先秦) 잡가의 대표적 인물이다.

그러나 뒷날 노애(嫪毒) 집단의 견제를 받아 상국(相國)에서 물
러나 하남(河南)에 거처하다가 촉으로 유배되자 삼천군(三川郡, 지
금의 낙양)에서 자살했다.《사기 여불위열전(史記 呂不韋列傳)》참
고.

(10) 소설가(小說家) 제자

○ 소설 꾸미기

'성문에서 불이 나니 연못 물고기가 그 재앙을 당한다(城門失火하니 禍及池中魚라).' 라는 속언이 있다. 이 말을 가지고 얼마나 많은 이야기를 만들 수 있겠는가?

연못의 물고기(池中魚)를 인명(人名)으로 생각하고 이야기를 꾸밀 수 있고. 성지(城池)의 물고기로 생각해도 된다. 엉뚱한 일로 선인(善人)이 피해를 본다는 뜻으로 교훈을 만들어내도 좋다. 이것이 옛사람이 생각한 소설이다.

여기 소설이란 짤막한 이야기, 간단하고 자잘한 일화(逸話) 또는 세상에 떠도는 이야기를 재정리한 글이란 뜻으로 사용되었다. 이 소설 작품은 작가에 의하여 짜임새 있게 구성된 작품이 아니고 철학적 의미를 가진 짤막한 주장이나 정사에 수록되지 않은 야사(野史)의 내용이거나, 또는 방사(方士)들에 관한 이야기이다.

이런 소설들은 길이가 짧고 재미있으며 수신(修身)에 도움이 되거나 변설이나 언행에 도움이 된다는 공통점이 있다. 이후 중국문학사에서 소설과 비슷한 뜻으로 사용되는 말로는 설화(說話), 패관(稗官), 평화(評話), 변문(變文) 등이 있다. 여기의 소설은 뒷날 명청(明淸)시대 사대기서(四大奇書)와 같은 장편 장회소설(章回小說) 탄생의 씨앗이 되었다.

자하(子夏)가 말했다.

「비록 작은 도(道)이지만 틀림없이 볼만한 것이 있을 것이다. 다만 먼 길을 가면 흙이 묻기에, 군자들은 소도(小道)의 일을 하지 않을 뿐이다.」[504]

여기서 소도는 백공(百工)의 기예(技藝) 또는 농사나 원예, 의술(醫術)과 점복(占卜), 음악 등의 재능을 의미한다. 백가(百家)의 서(書)는 이단(異端)의 잡서(雜書)라고 해설한 사람도 있다.

명필(名筆), 화가(畵家), 석각(石刻), 바둑(下棋), 악기 연주나 마술, 심지어 골패의 기술조차도 깊이 연구하지 않는다면, 피나는 수련이나 엄격한 법도 하에 익히지 않고서는 대가(大家)의 명성을 누릴 수가 없다. 곧 어떤 기예에도 그 분야만의 특별한 원칙이나 도리가 있고 절차탁마(切磋琢磨)의 과정을 거치게 마련인데 군자가 그런 기예에 깊이 몰입하다보면 원대한 대도(大道)를 잊거나 막혀버리기에 군자는 그런 기예를 배우지 않는다고 했다.

○ 소설(小說)이란

중국에서 소설이란 '작가에 의하여 창작되는 문학작품'이란 현대적 의미는 없고, '하찮은 말' 혹은 '풍문(風聞)'이란 의미를 가지고 있었다. 중국 문헌에 '소설(小說)'이란 말이 최초로 등장

---

504 「子夏曰, "雖小道, 必有可觀者焉, 致遠恐泥, 是以君子不爲也."」《論語 子張》.

하는 책은 《장자(莊子)》이다.

《장자 외물(外物)》편에는 '임공자(任公子, 임나라 公子)는 거세한 황소 50마리의 고환을 굵은 낚싯줄에 미끼로 꿰어 가지고 높은 회계산(會稽山) 꼭대기에 걸터앉아 동해(東海)에서 엄청나게 큰 고기를 잡았는데, 그 고기를 포(脯)로 떠서 수많은 사람이 실컷 먹었다.' 는 이야기가 있다.

이어 '작은 낚싯대에 가는 낚싯줄로 작은 도랑에서는 큰 고기를 잡을 수 없다.' 면서, '작은 이야기를 꾸며내어 높은 명성을 얻으려는 사람은 아마 크게 영달하기는 어려울 것이다.' 라고 하였다. 여기에서 장자가 말한 소설은 '큰 경륜에 미치지 못하며, 대도(大道)를 논할만한 심오한 학문이 없는 주장이나 이야기' 라는 뜻이다.

또 전국시대의 순자(荀子)는 《순자 정명(正名)》편에서 「그러므로 지혜 있는 사람은 도를 논할 뿐이니, 소가진설(小家珍說)이 바라는 바는 모두 없어지게 된다.」[505]고 하였다.

이 '소가진설(小家珍說)' 의 준말이 바로 '소설(小說)' 이다.

이로부터 소설이란 '짤막한 이야기, 간단하고 자잘한 일화(逸話)' 또는 '연애, 귀신, 괴기한 일 등 세상에 떠돌아다니는 이야기를 재정리한 글' 이란 뜻으로 사용되었다.

그러다가 반고(班固, 32~92년)의 《한서 예문지》에는 제자십가

---

[505] 「故智者論道而已矣, 小家珍說之所願皆衰矣.」

(諸子十家) 중 '소설가(小說家)'가 당당히 한 학파로 등장한다.

《한서 예문지》에 의하면 '소설가란 유파는 대개 패관(稗官, 小官)에서 나왔으니 가담항어(街談巷語)나 길에서 주워듣고 말하는 것들〔道聽塗說(도청도설)〕로 만든 것이다.'라고 기록했다.

《한서 예문지》에는 소설가로 분류하는 저술들을 간략하게 소개하고 있는데, 대개가 작가에 의하여 짜임새 있게 구성된 작품이 아니고 철학적 의미를 가진 짧막한 주장이나 정사에 수록되지 않은 야사(野史), 또는 방사(方士)들에 관한 이야기이다. 이런 소설들은 길이가 짧고 재미있으며 수신(修身)에 도움이 되거나 변설이나 언행에 도움이 된다는 공통점이 있다.

중국문학사에서 소설과 비슷한 뜻으로 사용되는 말로는, 설화(說話), 패관(稗官, 하급 관리들이 수집한 세상 사람들의 이야기), 평화(評話) 등이 있다.

중국역대사화中國歷代史話 (I)
– 춘추전국사화春秋戰國史話

초판 인쇄 2024년 5월 27일
초판 발행 2024년 5월 31일

저 자 진기환
발행자 김동구
디자인 이명숙 · 양철민
발행처 명문당(1923. 10. 1 창립)
주 소 서울시 종로구 윤보선길 61(안국동)
　　　　국민은행 006-01-0483-171
전 화 02)733-3039, 734-4798, 733-4748(영)
팩 스 02)734-9209
Homepage www.myungmundang.net
E-mail mmdbook1@hanmail.net
등 록 1977. 11. 19. 제1~148호

ISBN 979-11-985856-9-1 (04820)
ISBN 979-11-985856-8-4 (세트)
25,000원

* 낙장 및 파본은 교환해 드립니다.
* 불허복제